dtv

Jedes Kind in ganz Neuengland, ja in den ganzen USA, kennt den berühmten Knittelvers:

Lizzie Borden mit dem Beile
Hackt Mama in vierzig Teile.
Das Ergebnis freut sie sehr,
Bei Papa wird's ein Teil mehr.

1921: In den Sommerferien rennt die dreizehnjährige Amanda in einem Süßwarengeschäft Lizzie Borden buchstäblich in die Arme. Ihre heimliche Freundschaft wird jäh auf die Probe gestellt, als Amandas verhasste Stiefmutter mit einem Beil ermordet wird. Und drei Jahre später treffen sich Miss Lizzie und Amanda wieder, in New York in der glitzernden Halbwelt der Roaring Twenties. Amandas Onkel ist erschlagen worden – mit einem Beil. Amanda gerät in Verdacht …

Walter Satterthwait wurde 1946 in Philadelphia geboren. Neben längeren Aufenthalten in Europa lebt und schreibt er in Santa Fe, New Mexico, wenn er nicht gerade mit seinem Wohnmobil durch die USA tourt.

Walter Satterthwait

Miss Lizzie

und

Miss Lizzie kehrt zurück

Zwei Romane in einem Band

Deutsch von
Ursula-Maria Mössner

Deutscher Taschenbuch Verlag

Ausführliche Informationen über
unsere Autoren und Bücher
finden Sie auf unserer Website
www.dtv.de

MIX
Papier aus verantwortungsvollen Quellen
FSC® C019821

Neuausgabe 2011
Deutscher Taschenbuch Verlag GmbH & Co. KG, München
Umschlagkonzept: Balk & Brumshagen
Umschlagbild: Nikolaus Heidelbach
Gesamtherstellung: Druckerei C. H. Beck, Nördlingen
Gedruckt auf säurefreiem, chlorfrei gebleichtem Papier
Printed in Germany · ISBN 978-3-423-21289-2

›Miss Lizzie‹ veröffentlicht 1996 im
Deutschen Taschenbuch Verlag GmbH & Co. KG, München

Titel der amerikanischen Originalausgabe:
›Miss Lizzie‹ (St. Martin's Press, New York 1989)

Deutsche Erstveröffentlichung: Zürich 1995

›Miss Lizzie kehrt zurück‹ veröffentlicht 2006 im
Deutschen Taschenbuch Verlag GmbH & Co. KG, München

Titel des amerikanischen Originals: ›New York Nocturne‹

Vermittelt durch die Literarische Agentur
Thomas Schlück GmbH, Garbsen

Miss Lizzie

Yoshitsune war ein berühmter Krieger, der im mittelalterlichen Japan lebte. Die damaligen Umstände machten es erforderlich, ihn in die nördlichen Provinzen des Landes zu senden. Dort wurde er ermordet. Vor seiner Abreise sagte er seiner Frau Lebewohl, die kurz darauf in einem Gedicht schrieb: »So wie Zwirn von einer Spule rollt, soll Vergangenheit sich zur Gegenwart entwickeln.« Wie sie dies sagte, wurde die Vergangenheit tatsächlich gegenwärtig. In ihren Gedanken war Vergangenheit Gegenwart.

Dogen sagt: »Die Zeit fließt von der Gegenwart zur Vergangenheit.« Das ist nicht wahr, sagt uns die Vernunft. Es ist die Wahrheit, lehrt uns die Erfahrung, die wir machen, wenn wir die Vergangenheit lebendig werden lassen. Hierin verbirgt sich Poesie und menschliches Dasein.

Shunryu Suzuki,
Zen-Geist Anfänger-Geist

»Lizzie Borden mit dem Beile
Hackt Mama in vierzig Teile.
Das Ergebnis freut sie sehr;
Bei Papa wird's ein Teil mehr.«

ERSTES BUCH

Eins

Die Tage waren damals länger, in jenem längst vergangenen Sommer an der See, und die Luft war milder und das Sonnenlicht goldener, das sich flimmernd und flirrend auf einem blaueren Meer brach. Die Männer trugen makelloses weißes Leinen und kesse Kreissägen aus Stroh, wenn sie, die Hände in den Hosentaschen, die Strandpromenade auf und ab flanierten; die Frauen trugen weiße Spitze und weiße Hüte, die breitkrempig und flott waren. Das Kleid, das ich in jenem Sommer am häufigsten trug (und doch glaubte, nicht oft genug getragen zu haben, gar nicht oft genug tragen zu *können),* war in der Tat mein allererstes Spitzenkleid, und bis zum heutigen Tag kann ich das wispernde Geräusch hören, das es machte, wenn die Brise, warm und frisch und nach Salz riechend, fächelnd vom Wasser kam. Und ich kann noch das Rascheln der Krinoline darunter hören; und an meinem Hals, so deutlich und wahrhaftig, als wäre es in diesem Augenblick, kann ich das Flattern und Kitzeln der Hutbänder spüren. Die Zeit geht nicht wirklich dahin; nur die Menschen.

Es muß in jenem Sommer, außer Miss Lizzie, noch andere Frauen gegeben haben, die Trauer trugen; aber ich kann mich um nichts in der Welt an sie erinnern. Vielleicht verbargen sie sich und ihren Kummer in ihren Häusern, wagten sich nicht hinaus in die helle, weiße, sonnendurchflutete Welt, wo Kummer erbärmlich, pflichtvergessen erschienen wäre. Vielleicht war ich in jenem Sommer aber auch so mit mir selbst beschäftigt, so berauscht von dem Bewußtsein grenzenloser

Möglichkeiten, die sich mir und der Welt insgesamt boten, daß ich sie nicht sah.

Denn zwei Jahre nach dem Ende des Weltkrieges, des ersten, wie sich herausstellen sollte, hatte das Land endlich den Gürtel aufgeschnallt und die Krawatte gelockert. Die Frauen hatten das Wahlrecht erhalten; und mit ihm hatten sie dazu beigetragen, die Demokraten – repräsentiert durch den düsteren, trübsinnigen Mr. Wilson und seinen etwaigen Nachfolger, Mr. Cox – durch die Republikaner zu ersetzen, repräsentiert durch den jovialen, stattlichen Mr. Harding. Überall herrschte ein Gefühl der Erwartung, als harrte gleich hinter der nächsten Ecke Etwas Ganz Wunderbares. Kein Wunder also, daß ein dreizehnjähriges Mädchen (das, wie es meinte, gerade die Schwelle zum Frausein erreicht hatte) etwas so Schäbiges, so Anstößiges wie Trauer möglicherweise einfach nicht wahrnahm.

Schwer wäre es dagegen gefallen, Miss Lizzie nicht wahrzunehmen. Zum einen war sie unsere nächste Nachbarin. Sie hatte das weiße, mit Schindeln verkleidete Ferienhaus neben unserem gemietet, und jeden Morgen ging sie, während ich sie vom Wohnzimmer aus beobachtete, geschäftig die Stufen hinunter und durch den kleinen sandigen Vorgarten, wo büschelweise Unkraut wuchs, zum Törchen des Lattenzauns. Sie klinkte das Törchen auf, schlüpfte durch, drehte sich dann um und klinkte es sorgfältig und mit Bedacht wieder zu wie jemand, der sich gegen Eindringlinge vorsieht. Und dann eilte sie die Straße hinunter, eine kleine stämmige Gestalt, die Hände verschränkt in die Ärmel ihres schwarzen Kleides geschoben, die Handtasche über den Unterarm gehängt wie ein Vorhängeschloß. Beim Gehen zog sie die Schultern hoch und beugte sich leicht nach vorn, wie gegen einen ureigenen Wind gestemmt, und sie trug ihr Schwarz, wie ich fand, geradezu stolz: als wäre es eine Uniform, als wäre sie bei einem Defilee.

Zum anderen war sie natürlich berüchtigt. Ich bezweifle, daß es in ganz Neuengland, ja in den ganzen Vereinigten Staaten ein einziges Kind gab, das den berühmten Knittelvers über sie und das Beil nicht gehört hatte.

Lizzie Borden mit dem Beile
Hackt Mama in 40 Teile.
Das Ergebnis freut sie sehr;
Bei Papa wird's ein Teil mehr.

Ich erinnere mich noch an meine Ungläubigkeit und den geheimen Schauder der Erregung, als Vater mir offenbarte, daß die Frau von nebenan in der Tat *die* Lizzie war, die Frau, die fast dreißig Jahre davor wegen des schrecklichen Mordes an ihren Eltern vor Gericht gestanden hatte. Und, wie er ernst und mit Nachdruck hinzufügte, für nicht schuldig befunden worden war.

»Dann ist die Wahrheit also«, sagte ich maßlos enttäuscht, »daß sie es nicht getan hat?«

»Die Wahrheit?« Vater lächelte traurig und strich sich über den Schnurrbart. Wie an jedem Sonntag nach der Kirche war auch an diesem Nachmittag ein Teil des ›Boston Herald‹ auf seinem Schoß ausgebreitet, während der Rest der Zeitung – abgesehen von den *Katzenjammer Kids*, die ich in mein Nest auf dem Sofa entführt hatte – rings um seinen Sessel auf dem Boden verstreut lag. Aus dem Grammophon kam Walzermusik, draußen schien die Sonne, und es war einer dieser trägen Sonntage, wie es sie heute nicht mehr gibt, die mit genügend Zeit für alles und jeden angefüllt zu sein schienen.

»Die Wahrheit«, sagte er, »wird man wohl nie erfahren, Amanda, die kennen nur Miss Lizzie und der liebe Gott. Aber nach dem Gesetz hat sie Anspruch darauf, mit Respekt behandelt zu werden und ...«

Meine Stiefmutter, die am anderen Ende des Wohnzimmers methodisch an ihrer Petit-point-Stickerei arbeitete, schnaubte. Unüberhörbar.

Vater seufzte. Mit einer Geduld, die im Laufe der Jahre ihrer ursprünglichen Zärtlichkeit beraubt worden war, wandte er sich ihr zu und sagte: »Ja, Audrey?«

»Sie ist doch verhaftet worden, stimmt's?« sagte sie, die Lippen zu dem schmalen, grimmigen Strich zusammengekniffen, in den diese sich jedesmal verwandelten, wenn sie eine, wie sie wußte, unpopuläre Meinung zum Ausdruck brachte. »Wo Rauch ist, ist auch Feuer.« Dies verkündete sie, begleitet von leichtem Kopfnicken, mit der absoluten Überzeugung, die sie sich für alle ihre Platitüden vorbehielt; und dann nahm sie ein Praliné aus der Schachtel, die (wie immer) auf dem Couchtisch stand, stopfte es in den Mund und beugte sich wiederum über ihre Petit-point-Stickerei.

»Nach dem Gesetz«, sagte Vater sanft zu mir, »hat sie Anspruch darauf, von uns mit Respekt behandelt zu werden. Und seelisch hat sie, wie jedermann, Anspruch auf unser Mitgefühl.«

Meine Stiefmutter schnaubte erneut und sagte, ohne aufzublicken: »Aus Fall River ist noch nie etwas Gutes gekommen.«

Niemand ist provinzieller als die großstädtische Mittelschicht. Wäre Miss Lizzie aus Boston gewesen, statt aus Fall River mit seinen Fabriken und seinen Handwerkern, so hätte meine Stiefmutter sie zum Tee eingeladen. Wäre sie aus Back Bay gewesen, so wäre meine Stiefmutter, Axtmörderin hin oder her, nicht von ihrer Schwelle gewichen.

Diese Unterhaltung fand, wie ich bereits sagte, am Sonntag statt. Durch einen glücklichen Zufall, der in einem Roman verdächtig wirken würde, im wirklichen Leben jedoch (wenn man dreizehn ist) unvermeidlich erscheint, begegnete ich Miss Lizzie am Montag von Angesicht zu Angesicht.

Annie Holmes und ich waren in Drummonds Süßwarengeschäft in der Broad Street, vorgeblich, um Lakritzstangen zu kaufen, tatsächlich aber, um vor Roger, dem Sohn des Besitzers, mit unserem Sommerstaat zu protzen. Roger war groß und hager und dunkel, und er hatte romantische Höhlen unter den Wangenknochen und feine schwarze Haare auf den Rükken seiner langen gebräunten Finger. (Und außerdem ein schikkes Motorrad Marke Shaw.) Er war unser Heathcliff, Annies und meiner, und wir hätten uns ihm beide mit Wonne hingegeben, selbst dann, wenn wir genau gewußt hätten, was das bedeutete.

Als wir gingen, drehte ich mich am Eingang um und säuselte – mit der, wie ich glaubte, Koketterie der geborenen Frau von Welt – über die Schulter zurück: »War wirklich *schön*, dich wiederzusehen, Roger.«

Annie prustete neben mir los, und einen Moment lang war ich wütend, doch dann überkam uns beide, plötzlich und übermächtig, das große Kichern, und Annie schob mich schnell durch die Fliegentür hinaus. Direkt in Miss Lizzie und einen Armvoll Päckchen hinein, die jählings in alle Richtungen davonsegelten.

Ich stand da wie versteinert, während Annie um mich herumhuschte, um der Frau zu helfen. Es waren weniger Päckchen, nur drei oder vier, als es nach ihrer Eruption den Anschein gehabt hatte, und in kürzester Zeit hatte Miss Lizzie alle wieder eingesammelt. Dann wandte sie sich an mich und sagte: »Was sperrst du so den Mund auf, Kind? Willst du Fliegen fangen?«

Ich machte den Mund zu, von dem ich bis dahin gar nicht gewußt hatte, daß er offenstand.

Sie kniff die Augen zusammen. Hinter dem Kneifer, der auf ihrem Nasenrücken saß, waren sie von einem sehr hellen Blau, fast grau, und groß, was sie erwartungsvoll, abwartend wirken ließ. »Du bist die kleine Burton«, sagte sie. »Von nebenan.«

Ich nickte. Ihr Haar, unter ihrem schwarzen Hut zu einem Chignon zusammengefaßt, war silberweiß. Sie muß Ende Fünfzig oder Anfang Sechzig gewesen sein, aber ihre Haut war feinporig, weder runzelig noch sommersprossig. Wie die meisten Frauen in den frühen zwanziger Jahren, bevor Rouge und Lippenstift Symbole der Eleganz waren, trug sie kein Make-up.

»Und«, sagte sie, und sie lächelte, »hast du auch einen Vornamen?« Es war wirklich ein ganz außergewöhnliches Lächeln, das zwei tiefe Grübchen in ihren Wangen hervorbrachte und ihr bis dahin strenges, ernstes Gesicht in ein Gesicht voller Lebendigkeit und Charme verwandelte.

»Amanda«, sagte ich, als ich meine Stimme wiederfand. Sie klang rauh, kratzig, als ob ich sie seit Jahren nicht benutzt hätte; ich räusperte mich und sagte noch einmal: »Amanda.«

Sie hielt ihre Päckchen mit dem linken Arm fest und streckte die rechte Hand aus, damit ich sie schütteln konnte. Mit meinen dreizehn Jahren hatte man mir noch nicht oft einen Händedruck angeboten, und so kam ich mir sehr mondän vor, als ich ihrer Aufforderung nachkam. (Und war ihr sehr dankbar, daß sie mir Gelegenheit gab, diese Mondänität zur Schau zu stellen.) Ihre Hand war klein, mollig und trocken.

»Lizzie Borden«, sagte sie, und falls sie auf eine Reaktion von mir wartete, auf ein entsetztes Zurückzucken, einen Laut des Erstaunens, so ließ sie sich nichts davon anmerken. Und auch ich zeigte keinerlei Reaktion. Unerklärlicherweise empfand ich so etwas wie Verwandtschaft mit dieser Frau.

Annie dagegen reagierte. Ihr Körper wurde starr, und ihre Augen weiteten sich. Sie streckte widerstrebend die Hand aus, als hielte sie sie in eine Flamme, ergriff Miss Lizzies Hand und riß ihre eigene sofort zurück, nachdem sie ihren Namen geflüstert hatte.

Mit einem leisen Lächeln, das belustigt und nach innen gekehrt war, wandte sich Miss Lizzie mir zu. »Und wie kommt es dann, Amanda, daß du mich noch nie besucht hast?«

Ich lächelte zurück, und schon hatte ich das Gefühl, als amüsierten wir uns über einen privaten Scherz; obgleich ich nicht hätte sagen können, worin er bestand. »Ich bin ja nicht eingeladen worden.«

Sie lachte. Ihr Lachen war voll, fast das Lachen eines Mannes, gelöst und unbekümmert und direkt aus dem Zwerchfell. »Dann«, sagte sie, »müssen wir das auf der Stelle korrigieren. Hättest du Lust, um vier Uhr zum Tee zu kommen?«

»Heute?« fragte ich, und ich glaube, daß sich ein wenig Enttäuschung in meine Stimme schlich. Annie und ich hatten um vier schwimmen gehen wollen (um diese Zeit ging Roger Drummond, welch ein Zufall, gewöhnlich schwimmen).

»Wenn nicht heute«, sagte Miss Lizzie achselzuckend, »dann vielleicht ein andermal.«

»Nein«, sagte ich, plötzlich entschlossen. »Heute nachmittag wäre prima. Ich würde sehr gern kommen. Wirklich.«

Sie wandte sich an Annie. »Du bist natürlich auch eingeladen, Liebes.«

Annie nickte stumm.

»Also um vier«, sagte Miss Lizzie zu uns beiden. Sie rückte ihre Päckchen zurecht, machte kehrt und ging geschäftig die Straße hinunter.

Als sie außer Hörweite war, packte mich Annie bei der Schulter und flüsterte mir hektisch ins Ohr. »Das war *die!* Das war wirklich *die!*«

Ich zuckte gleichgültig die Achseln. Der Mantel der Mondänität lag noch immer schmückend um meine Schultern.

»Lizzie Borden«, zischte Annie und hüpfte neben mir auf und ab. »›Lizzie Borden mit dem Beile hackt Mama in vierzig Teile!‹«

»Bei dem Prozeß sagten die Geschworenen, daß sie nicht schuldig ist.«

Annie hörte auf zu hüpfen und trat einen Schritt zurück. »O nein«, sagte sie entsetzt. »*Amanda.* Du willst doch nicht wirklich hingehen? *Amanda!* Das *kannst* du nicht! Bist du übergeschnappt?«

»Nach dem Gesetz«, verkündete ich, »hat sie Anspruch darauf, mit Respekt behandelt zu werden.«

Wenn Vater an dem Tag dagewesen wäre, hätte ich ihn bestimmt um Erlaubnis gebeten, einen Besuch bei Miss Lizzie machen zu dürfen, und ganz bestimmt hätte er es mir auch erlaubt. Aber er war in Boston, in seinem Büro, wo er etwas ungeheuer Wichtiges, aber ziemlich Unverständliches mit Aktien und Wertpapieren machte, und kam erst am Freitag wieder an die See.

Mit meiner Stiefmutter über den Besuch zu sprechen, kam überhaupt nicht in Frage. Sie hätte ihn rundweg untersagt. Nicht etwa aus Sorge um meine Sicherheit (ich glaube, daß sie in diesem Stadium unseres Zusammenlebens mich mit Wonne einer ausgemachten Hexe überlassen hätte, vorausgesetzt, sie hätte im Gegenzug die hieb- und stichfeste Garantie erhalten, daß ich gebraten und verspeist würde), sondern weil die Nachbarn es erfahren könnten und dann schockiert wären. Sie fürchtete sich davor, mit einem Skandal in Verbindung gebracht zu werden, vielleicht weil sie selbst eine so eifrige Sammlerin von Skandalen war, mit denen andere in Verbindung gebracht wurden.

Ich werde kurz über meine Stiefmutter sprechen müssen, da sie, wenn auch unwillentlich, eine wichtige Rolle bei den späteren Ereignissen spielen wird.

In jenem August wurde behauptet – allerdings von keinem, der einen von uns tatsächlich kannte –, daß mein Bruder und ich sie haßten. Das war schlicht und einfach nicht wahr. Haß setzt, genau wie Liebe, voraus, daß man den anderen akzeptiert, daß man ihn oder sie als Person gelten läßt. Was wir für unsere Stiefmutter empfanden, war etwas Schlimmeres, etwas weitaus Schändlicheres. Es war Verachtung.

Ich habe meine richtige Mutter nie gekannt; sie starb kurz nach meiner Geburt. Als ich fünf Jahre alt war, wurde bei Vater eine Tuberkulose diagnostiziert, die er in einem Sanatorium im trockenen therapeutischen Südwesten auskurieren mußte. Mein Bruder William und ich wurden zu den Eltern meines Vaters geschickt, um bei ihnen in einem weitläufigen Steinhaus zu leben, das vor dem Unabhängigkeitskrieg gebaut worden war, einem Konflikt, von dem ich, aufgrund der Art und Weise, wie meine Großmutter davon sprach und dabei eine zwanglose Vertrautheit mit den daran Beteiligten an den Tag legte, annahm, er hätte erst vor wenigen Monaten stattgefunden.

Vater brauchte über ein Jahr, um seine Gesundheit wiederzuerlangen, und in dieser Zeit fand er auch eine neue Frau, während mein Bruder und ich, wie er uns bei seiner Rückkehr sagte, eine neue Mutter gefunden hatten.

Sie war seine Krankenschwester gewesen, drüben im Wilden Westen mit all den Cowboys und Indianern und genesenden Schwindsüchtigen, und vor mir habe ich gerade eine Photographie liegen, braungerändert und brüchig, die ihn zurückgelehnt in einem Liegestuhl zeigt, vor grauen Bergen, die sich wellenförmig in den Hintergrund schieben, eine Decke um die Beine gelegt und mit einem Lächeln auf den Lippen, das eine solche Vitalität auszustrahlen scheint, daß man einfach nicht glauben will, daß er jemals im Leben krank war. Sie steht hinter ihm, in klinischem Weiß, die Hand auf seiner Schulter, und das Lächeln, das sie zur Schau trägt, ist erleichtert und triumphierend zugleich, wie bei einer Katze, die nach langwierigem und mühsamem Anpirschen endlich den Kanarienvogel ergattert hat.

Um meinerseits Boshaftigkeit zu vermeiden, ein zweifellos fruchtloses Unterfangen, muß ich zugeben, daß ich glaube, daß sie sich am Anfang ehrlich bemühte (vermutlich entgegen ihren natürlichen Neigungen), meinen Bruder und mich zu mögen. Ich erinnere mich, wie sie mich am ersten Tag anstrahlte, sich bückte und mich an ihren üppigen elastischen Busen riß, der stark nach Flieder roch. »Amanda!« sagte sie an meinem Ohr. Sie drückte mich und ließ mich dann abrupt los, eine Frau, der nicht ganz wohl dabei war, Kinder um sich zu haben, sie zu berühren. Sie hielt mich auf Armeslänge von sich weg, den Kopf auf die Seite gelegt, und sagte: »Wir werden dicke Freunde werden, nicht wahr, Schätzchen?«

Die Anstrengung hinter dem Lächeln war, selbst für eine Sechsjährige, so augenfällig, daß ich verwirrt zu Vater aufblickte. Er konnte doch bestimmt sehen, daß diese dralle, aufgedonnerte und (schon damals) übergewichtige Frau Theater spielte? Daß ihre Gefühle offenkundig geheuchelt waren? Vater stand da und blickte glücklich auf uns herab – stolz, wie ich glaube, auf uns beide, seine Frau, seine Tochter.

Ich blickte William an, den vier Jahre älteren, und er zumindest hatte gesehen, was ich gesehen hatte. Die Arme fest über der Brust verschränkt, schürzte er verächtlich die Lippen und verdrehte die Augen himmelwärts.

Ich wandte mich wieder meiner Stiefmutter zu, und mit der mühelosen Grausamkeit des Kindes sagte ich: »Das glaube ich nicht.«

Eine Sekunde lang drohte ihr Lächeln zu ersterben; dann fachte sie es unverzüglich wieder an. »Tja, Schätzchen«, sagte sie, »du mußt mir aber eine Chance geben. Weißt du, Rom wurde auch nicht an einem Tag erbaut.«

Gereizt, mutwillig stieß ich sie weg, verzog das Gesicht und schrie: *»Nein!«* Dann machte ich kehrt und rannte, gehässig *»Nein nein nein nein nein«* leiernd, aus dem Zimmer.

Heute schäme ich mich, wenn ich an diesen Moment, und auch an andere, denke. In unseren grausamsten Momenten lachten William und ich ungeniert über die Klischees und die engstirnigen Maßregeln, nach denen sie ihr Leben ausrichtete und nach denen wir, wie sie erwartete, *unser* Leben auszurichten hatten (wir, zwei Kinder, die in dem bei liebevollen und wohlhabenden Großeltern verbrachten Jahr gelernt hatten, daß wir einzigartig waren, privilegiert, *auserkoren*). In unseren wohlwollendsten, unseren höflichsten Momenten gaben wir vor, keine Notiz von ihr zu nehmen; und ich vermute, daß unser Wohlwollen weit grausamer war als unsere Grausamkeit.

Unsere offenkundige Geringschätzung trug nicht dazu bei, ihre Beziehung mit Vater zu verbessern, der zwischen zwei

Loyalitäten hin und her gerissen war. Aber ich glaube aufrichtig (ohne unser schreckliches Benehmen bagatellisieren oder dafür um Vergebung bitten zu wollen), daß sich die Ehe in jedem Fall verschlechtert hätte. Er und sie spielten nicht mehr die Rollen, in denen sie sich kennengelernt und ineinander verliebt hatten; und ohne die gestärkte weiße Schwesterntracht und die rauhe Wolldecke waren sie lediglich zwei (sehr) ungleiche Menschen, die zufällig unter dem gleichen Dach lebten. Vater entstammte einer Tradition, die daran festhielt, daß nur der Tod eine Ehe beenden kann, selbst eine schlechte; und so fand er sich mit seinem Schicksal ab. Und sie, glaube ich, wußte das und fand sich daher mit ihrem ab. Sie zog sich in ein verdrossenes Schweigen zurück, knabberte ihre Pralinés und stieß ihre Nadel in das straff gespannte Rund des Stoffes, während ihr Busen (wie alles Fleischliche), den Gesetzen der Schwerkraft gehorchend, langsam üppiger und weniger elastisch wurde.

So wenig wie es in Frage kam, mit meiner Stiefmutter über den Besuch bei Miss Lizzie zu sprechen, so wenig kam es in Frage, ihn nicht zu machen: Ich hatte Miss Lizzie gesagt, daß ich kommen würde; ich hatte mein Wort gegeben. Und so verließ ich an jenem Tag um Viertel vor vier unser Haus durch den Hintereingang, schlüpfte durch die Hecken am Ende des Gartens, wandte mich nach rechts und trabte einen halben Straßenzug lang durch den warmen Sand, an den Sonnenschirmen und den herumtollenden Kindern und den ausgestreckten Erwachsenen vorbei. Die Brise hatte die Schärfe von Sand und zerrte an meinem Hut. Brecher rollten und schlugen und rauschten ans Ufer. Drei Häuser weiter folgte ich dem Pfad, der durch Azaleen wieder zur Water Street führte, wandte mich abermals nach rechts und ging die Straße entlang zu Miss Lizzies Haus.

Der Umweg war unnötig – meine Stiefmutter machte ihr übliches Mittagsschläfchen. Aber ich hatte nun einmal (und habe bedauerlicherweise noch immer) eine Schwäche für Heimlichkeiten und Verwirrspiele.

Ich klinkte das Törchen auf, klinkte es hinter mir wieder zu, ging über den mit Steinplatten belegten Weg, die Holzstufen hinauf zur Haustür und klingelte.

Zwei

»Nimm eine Karte«, sagte Miss Lizzie und sah mich über den Kneifer hinweg an. Mit einer Hand blätterte sie das Spiel aus auf der Rückseite blauen Bicycle-Karten zu einem Fächer auf und streckte ihn über den Tisch. Ich beugte mich vor, um die Teekanne herum, über die Platte mit Teegebäck, und zog eine Karte aus dem Spiel.

»Schau sie dir sorgfältig an«, sagte sie und mischte. Die Karten raschelten und zischelten in ihren Fingern, die trotz ihrer Molligkeit sehr geschickt waren. »Laß mich nicht sehen, welche es ist, aber präge sie dir gut ein.«

Es war die Kreuz-Sieben. Ich hatte schon mit Vater Rommé gespielt und kannte die Namen der Farben.

»Wirst du sie dir auch merken können?« fragte sie.

»Natürlich«, sagte ich pikiert.

Miss Lizzie lächelte. »Das sollte keine Beleidigung sein, Amanda.« Sie richtete das Spiel auf dem Tisch zu einem ordentlichen Stoß aus, ließ es dort liegen, lehnte sich zurück und sagte: »Gut. Stecke die Karte wieder in das Spiel. Wo immer du möchtest.«

Ich schob die Karte in die untere Hälfte des Stoßes und vergewisserte mich dann, stolz auf meine Umsicht, daß alle Karten exakt übereinanderlagen.

Miss Lizzie nippte an ihrer Teetasse. Sie sagte: »Gut. Und jetzt werden wir die Karte durch den Stoß wandern lassen und dann durch den Tisch, so daß sie unten herauskommt.«

»Sie meinen«, sagte ich, »daß sie durch die hölzerne Tischplatte geht?«

»Genau«, sagte Miss Lizzie mit einem knappen Nicken.

Ich war zu höflich, um meine Ungläubigkeit laut zum Ausdruck zu bringen (wie die meisten Menschen war ich nur zu denen frech und grausam, die ich gut kannte), aber mein Gesichtsausdruck muß mich wohl verraten haben.

Miss Lizzie lächelte. »Dazu ist sehr viel Konzentration erforderlich, und du wirst mithelfen müssen, aber ich glaube, wir werden es schaffen. Beachte bitte, daß ich nichts versteckt habe.« Sie hielt die Hände in die Höhe, drehte sie hin und her, damit ich sah, daß sie tatsächlich leer waren. Ich nickte. Sie legte die linke Hand unter den Tisch und sagte zu mir: »Und jetzt mußt du fest auf den Stoß drücken. Und dich konzentrieren.« Sie schloß die Augen.

Argwöhnisch und ohne den Blick von ihr abzuwenden, drückte ich mit den Fingerspitzen auf den Stoß.

Nach einem Weilchen öffnete Miss Lizzie die Augen. »Hm«, sagte sie. »Es klappt nicht.«

Ich lachte.

Sie sah mich streng an. »Geduld, Amanda. Schau, versuche einmal, *so* auf das Spiel zu drücken.« Sie legte zur Veranschaulichung die Hand flach auf den Stoß, drückte und lehnte sich dann zurück. »Und versuche dich mehr zu konzentrieren.«

»Ich konzentriere mich ja.« War doch nicht meine Schuld, wenn sich die blöde Spielkarte weigerte, gegen die Naturgesetze zu verstoßen.

»Nun«, sagte sie, »dann versuche es noch einmal.« Sie schloß die Augen und griff mit der linken Hand wieder unter den Tisch. »Vergiß nicht, *fest* zu drücken.«

Ich drückte fest, noch immer mißtrauisch, noch immer ohne sie aus den Augen zu lassen.

Plötzlich lächelte sie, lehnte sich zurück und zog die Hand unter dem Tisch hervor. »Geschafft«, sagte sie. Sie hielt die Kreuz-Sieben in der Hand.

Ich sah sie stirnrunzelnd an. Es war ein Trick, soviel wußte ich; die Karte war nicht wirklich durch den Tisch hindurchgegangen. Aber ich hatte keine Ahnung, wie Miss Lizzie es gemacht hatte. »Noch mal«, verlangte ich.

Und Miss Lizzie lachte.

Ich hatte einige Minuten auf der vorderen Veranda gestanden, bevor Miss Lizzie die Tür aufmachte. Als sie es schließlich tat, schien sie abgehetzt, etwas außer Atem und etwas aus dem Konzept zu sein. Ihr Kneifer saß eine Spur schief, und einige dünne weiße Haarsträhnen hatten sich aus ihrem Chignon gelöst. Sie fuhr sich mit der rechten Hand über den Kopf, um ihre Frisur wieder in Ordnung zu bringen, atmete umständlich aus, die linke Hand auf die Brust gelegt, und lächelte mich an. Wieder wurde ihr Gesicht durch das Lächeln verwandelt. »Entschuldige, Liebes, ich war draußen hinter dem Haus.« Sie sah sich auf der Veranda um, sah wieder mich an, zog die Augenbrauen hoch. »Deine Freundin ist nicht mitgekommen?«

»Sie war schon anderweitig verabredet«, erklärte ich.

»Ah«, sagte sie und lächelte wieder. »Nun, komm herein, komm herein.«

Sie trat einen Schritt zurück, um mich eintreten zu lassen. Sie trug das gleiche wie am Vormittag oder aber eine Kopie davon, ein langes schwarzes Kleid mit Knöpfen, die am Oberteil bis hinauf zum Hals kletterten. Da ich jetzt geistesgegenwärtiger war, bemerkte ich, daß der Schnitt des Kleides sehr elegant war und daß es sich bei dem Stoff um Brokatseide handelte. Genau wie am Morgen trug sie keinen Schmuck und kein Make-up.

Sie führte mich durch den Flur und nach draußen. (»Das also«, erinnere ich mich, hinter ihr im stillen gesagt zu haben, mit dem eigenartigen, aber sehr deutlichen Gefühl, eine Heldentat zu vollbringen, als ob ich irgendwie für ihre Existenz verantwortlich wäre, »ist *Lizzie Borden.«)* Als wir am Wohnzimmer vorbeikamen, erhaschte ich einen flüchtigen Blick von einem dunklen polierten Mahagoni-Couchtisch, einem großen Wandspiegel, einem Perserteppich, drei roten Plüschsesseln und einem roten Plüschsofa, allesamt mit Schondeckchen, und einer sehr großen flauschigen weißen Katze, die auf dem Sofa lag und entweder fest schlief oder sehr tot war. Alles (einschließlich der Katze) sah wesentlich gediegener und teurer aus als die Sachen in unserem Ferienhaus nebenan oder, was das betrifft, in unserem Haus in Boston.

»Ich dachte, wir trinken unseren Tee hier draußen«, sagte Miss Lizzie, als wir die hintere Veranda erreichten. »Die Brise ist heute sehr angenehm.«

Ihre Veranda war, genau wie unsere, mit Fliegengitter umgeben, aber im Gegensatz zu unserer stand in der Mitte ein viereckiger Mahagonitisch. Auf diesem Tisch befand sich genug Essen, um ein kleines Bataillon zu verköstigen. Da war eine Wedgewood-Teekanne, ein großer Wedgewood-Teller, beladen mit Sandwiches, eine silberne Platte, auf der sich Teegebäck türmte, ein Porzellanschüsselchen mit Erdbeermarmelade, eines mit Orangenmarmelade sowie ein Teller mit leuchtend bunten Petits fours. Falls Miss Lizzie all dies selbst zubereitet hatte, noch dazu in der Zeitspanne, seit ich sie zuletzt gesehen hatte (und aufgrund meiner Beobachtungen wußte ich, daß sie keine Hausangestellten an die See mitgebracht hatte), dann hatte sie allen Grund, abgehetzt auszusehen.

»Nimm Platz, nimm Platz«, sagte sie, während sie selbst Platz nahm und mich zu dem Stuhl gegenüber von ihr dirigierte. »Erzähle mir alles über dich.«

»Womit soll ich anfangen?« fragte ich. Ich setzte mich und beobachtete sie, um zu wissen, was ich als nächstes tun mußte. Dies war meine erste Teegesellschaft, und ich war nicht sicher, ob ich alle Regeln kannte.

Sie griff nach der Damastserviette auf dem Platzdeckchen vor sich, entfaltete sie, legte sie auf ihren Schoß. Ich tat das gleiche. »Nun«, sagte sie, »erzähle mir, wo du heute in zehn Jahren sein möchtest.«

»In einem Flugzeug«, sagte ich.

»Einem Flugzeug?« Sie lächelte.

Ich nickte. »Ich möchte Flieger werden.«

»Pilotin.« Sie nickte. Das war das erste Mal, daß ich dieses Wort hörte, das erst im nächsten Jahrzehnt, und dann nur wegen der bemerkenswerten Miss Earhart, in den allgemeinen Sprachgebrauch Eingang finden sollte. Während sie mir Tee einschenkte, sagte sie: »Würdest du die Post befördern?«

»Passagiere«, sagte ich. »Vater sagt, daß Flugzeuge eines Tages mehr Passagiere befördern werden als heute die Eisenbahn.«

»Sahne oder Zitrone?« fragte sie mich.

»Was nehmen Sie?«

»Ich nehme Sahne.«

»Dann nehme ich auch Sahne. Er sagt, daß es eines Tages möglich sein wird, in einem Tag von New York nach Kalifornien zu kommen.«

»Bestimmt hat er recht«, sagte sie, »aber warum sollte man das wollen?«

Damit hatte sie mich einen Moment lang aus der Fassung gebracht – ja, warum eigentlich? –, und so runzelte ich die Stirn. »Na ja«, sagte ich schließlich, »vielleicht haben sie es eilig.«

»Nein, Liebes, ich meinte, warum sollte überhaupt jemand nach Kalifornien gehen wollen. Nach allem, was ich gelesen habe, ist es dort gräßlich. Nichts als Cowboys und Orangen. Zucker?«

»Ja, bitte. Er sagt, daß sie auch den Atlantik überqueren werden. Dann können die Leute von New York nach London und Paris fliegen.«

»Das wäre allerdings schön«, sagte sie. »Ich würde Paris zu gern wiedersehen.«

»Heißt das, daß Sie schon einmal dort waren?« Weiter als bis an die See in diesem Sommer war ich von Boston aus noch nie gekommen.

Sie tat die Frage mit einer Handbewegung ab. »Vor einer Ewigkeit.«

Irgendwie wußte ich, obwohl sie so beiläufig darüber hinwegging, sofort, daß diese Reise nach Paris etwas war, worüber sie gerne sprechen würde. Auf jeden Fall war es etwas, worüber ich mehr erfahren wollte. »Wie war es?«

»Es war«, sagte sie und lächelte, »sehr französisch.«

Wir redeten über eine Stunde, nippten an unserem Tee und knabberten an den Sandwiches (Rahmkäse und Brunnenkresse, die Brotkrusten fein säuberlich wegmanikürt), und sie erzählte mir von Paris, wie sie die von der Sonne gesprenkelten Champs-Élysées entlangschlenderte und in einem Straßencafé saß und sich, mittels eines betrunkenen und vermutlich unzuverlässigen Dolmetschers, mit einem bärtigen rothaarigen Maler aus Holland unterhielt, der nach Absinth und Verzweiflung roch. Miss Lizzie hatte, ganz nebenbei, eine Vorliebe für das Werk von Constable geäußert; der Maler, wütend und entrüstet, war von seinem Stuhl aufgesprungen, den er dabei umgeworfen hatte. In wenigen rasenden Augenblicken hatte er eine Skizze von ihr zu Papier gebracht, diese aus seinem Skizzenblock gerissen und sie auf den Tisch geschmissen. Dann war er, finster dreinblickend und vor sich hin murmelnd und mit den Armen ein unsichtbares Orchester dirigierend, in Richtung des Flusses davongewankt. Zur Erinnerung an ihre Europareise hatte sie die Skizze, wie sie sagte, seit damals aufbewahrt.

Sie verließ die Veranda, um sie zu holen, und kam mit einem kleinen, aber fein gearbeiteten Silberrahmen zurück. Das Haar war dunkler und voller; und das Lächeln, leicht verwirrt angesichts der Possen des verrückten Holländers, schien eher ein fester Bestandteil des jüngeren Gesichts zu sein, als, wie bei dem älteren Gesicht, ein netter nachträglicher Einfall. Aber sie war wiederzuerkennen, diese andere Miss Lizzie; der Künstler hatte die großen grauen erwartungsvollen Augen genau getroffen. Er war ein talentierter

Mann gewesen: Trotz der manischen Geschwindigkeit seines Stiftes hatte er eine Eigenschaft eingefangen, die unschuldig und boshaft zugleich war. In die rechte untere Ecke hatte er seinen Namen gekritzelt und ihn mit einem Schnörkel unterstrichen, der beinahe durch das Papier gegangen war: *Vincent.*

Wir aßen gerade das Teegebäck, das wirklich sehr gut war zusammen mit der irischen Orangenmarmelade und der englischen Konfitüre, als Miss Lizzie sich plötzlich vorbeugte und mich fragte: »Magst du Kartentricks, Amanda?«

Ich hatte noch nie im Leben einen Kartentrick gesehen. Ich sagte: »Natürlich.«

Sie lächelte, lehnte sich zurück, griff in die Seitentasche ihres Kleides und holte ein Päckchen Spielkarten heraus. Gekonnt ritzte sie mit dem Daumennagel die Hülle auf und öffnete das Päckchen. Sie rückte ihren Kneifer zurecht, nahm das Spiel heraus, hielt es hoch, ließ es mit dem Daumen abrauschen, so daß ich die Bildseiten sehen und erkennen konnte, daß es gewöhnliche Spielkarten waren, blätterte sie dann mit einer Hand zu einem Fächer und hielt sie mir hin. »Nimm eine Karte«, sagte sie.

»Noch mal«, sagte ich.

Miss Lizzie lachte. »Ein Zauberer sollte einen Trick niemals wiederholen, Amanda.«

»Aber wie haben Sie das *gemacht?«* Ich kam mir dumm und ungeschickt vor. Alle sagten, ich sei gescheit, ich *wußte,* daß ich gescheit war, und doch war hier, jetzt, etwas geschehen, das ich nicht erklären konnte.

Sie zuckte verschmitzt lächelnd die Achseln. »Muß wohl Zauberei sein.«

»Nur ein *einziges* Mal!« bettelte ich. Ich konnte den weinerlichen Ton in meiner Stimme hören und ärgerte mich darüber; und so fügte ich bedächtig und ruhig hinzu: »Ich wäre Ihnen sehr dankbar.«

»Na gut«, sagte sie nickend. »Noch einmal. Aber nur das

eine Mal.« Sie blätterte die Karten wieder zu einem Fächer, hielt sie mir über den Tisch hin. »Nimm eine.«

Das tat ich. Es war die Herz-Sechs. Während sie die Karten mischte, paßte ich auf wie ein Luchs. Soweit ich sehen konnte, benutzte sie dabei, allerdings geschickter und flinker, die gleiche Technik wie Vater, wenn wir miteinander spielten.

Sie legte den Stoß auf den Tisch und sagte: »Gut. Stecke die Karte wieder hinein.«

Das tat ich, wobei ich mich, wie beim letzten Mal, vergewisserte, daß die Ränder der Karten genau übereinanderlagen.

»Gut«, sagte sie. »Jetzt mußt du auf die Karten drücken. Und dich *konzentrieren.«*

Stirnrunzelnd drückte ich auf die Karten, während Miss Lizzie die linke Hand unter den Tisch legte.

Nach einem Weilchen schüttelte sie den Kopf. »Schau, Amanda, du mußt *so* auf die Karten drücken ...«

Sie schob die rechte Hand auf den Stoß zu, als ich plötzlich ausrief: *»Moment mal!«*

Ihre Hand hielt in der Luft inne, und ich knallte meine eigene Hand auf den Stoß und schrie: »Das haben Sie letztes Mal auch gemacht!« Schnell, bevor sie mich daran hindern konnte, drehte ich die oberste Karte des Stoßes um.

Die Herz-Sechs.

Aber sie hatte den Stoß doch gar nicht berührt, seit ich die Karte wieder hineingesteckt hatte ...

Ich blickte zu ihr auf. Sie beobachtete mich gespannt, mit zusammengekniffenen Augen und einem breiter werdenden Lächeln.

Ich sagte, plötzlich begreifend: »Es gibt mehr als eine davon.«

Mit einem explosiven Lachen, fast einem Bellen, ließ sich Miss Lizzie in ihren Stuhl zurücksinken und klatschte begeistert in die Hände.

Ich nahm das Päckchen in die Hand, drehte es um, besah

mir die Karten. Ich merkte sofort, daß es sich nicht um ein gewöhnliches Kartenspiel handelte.

Dieses spezielle Spiel wird, wie mir Miss Lizzie später erzählte, das Menetekel-Spiel genannt. Es war (und ist) in Geschäften für Zaubereibedarf erhältlich, aber man kann es ohne weiteres auch selbst herstellen, wobei man sechsundzwanzig identische Kartenpaare aus zwei separaten Spielen auswählt und jeweils eine Karte jedes Paares kürzer macht, indem man knapp zwei Millimeter abschneidet. Dann legt man alle zweiundfünfzig Karten so aufeinander, daß die kurze Karte jeweils die obere Karte des Paares ist. Beim Abheben ist die unterste Karte des abgehobenen Päckchens dann stets eine unmanipulierte Karte, und ihr Gegenstück liegt direkt darüber. Wenn man das Spiel abrauschen läßt, sind nur die langen Karten zu sehen, und es scheint sich um ein ganz normales Spiel zu handeln.

Als ich die Kreuz-Sieben wählte, brachte Miss Lizzie, die wußte, daß die darüberliegende Karte identisch war, eben diese Karte nach oben und sorgte durch vorgetäuschtes Mischen dafür, daß sie zuoberst blieb. Unter dem Vorwand, mir genau zu zeigen, was ich mit dem Spiel tun mußte, nahm sie die zweite Sieben heimlich weg und ließ sie auf den Schoß fallen. Und von dort brachte sie sie dann zum Vorschein, nachdem sie durch den Tisch »hindurchgewandert« war.

Ich erkläre, wie dieser Trick ausgeführt wurde, weil es der erste Trick dieser Art war, den ich je gesehen hatte. Es wird auch der letzte Trick sein, den ich erkläre. Im Laufe der Jahre habe ich gelernt, daß die meisten Leute gar nicht wissen wollen, wie ein Zaubertrick ausgeführt wird. Auch wenn sie sagen, vielleicht sogar glauben, daß sie es wissen wollen; aber wenn sie es dann erfahren, sind sie fast zwangsläufig enttäuscht. Sie wissen, daß sie getäuscht wurden (die Freude an der Zauberei – und das gilt nur für wenige andere menschliche Tätigkeiten – liegt ja teilweise in der *Gewißheit* begründet, daß man getäuscht wird), aber sie wünschen sich, daß die Täuschung mehr als bloße Fingerfertigkeit und manipulierte Requisiten ist. Sie wünschen sie sich weniger einfach, weniger prosaisch; sie wünschen sich, daß es echte Zauberei ist.

Aber für mich, für das Mädchen, das ich einst war und das ich, ach, noch immer in mir herumtrage, lag in der Einfachheit des Tricks echte Zauberei.

Ich fragte Miss Lizzie, ob sie mir noch einen Trick zeigen würde.

Lächelnd bat sie mich, einen Moment zu warten, und verließ die Veranda.

Als sie zurückkam, brachte sie einen flachen, dunklen Holzkasten mit. Sie nahm wieder mir gegenüber Platz und stellte den Kasten auf den Tisch. »Stört es dich, wenn ich rauche?« fragte sie mich.

»Nein«, sagte ich. Man sah inzwischen immer häufiger Frauen in der Öffentlichkeit Zigaretten rauchen, ein Sachverhalt, der vor dem Krieg undenkbar gewesen wäre.

Miss Lizzie machte den Deckel des Kastens auf, holte ein weiteres Kartenspiel heraus, ein kleines silbernes Federmesser und eine lange schwarze Panatella. Sie legte die Karten auf den Tisch und klappte das Messer auf. Sie schnitt die Spitze der Panatella ab, steckte die Zigarre in den Mund, holte ein Zündholz aus dem Kasten, riß es nach Cowboyart am Daumen an, ließ es kurz aufflammen und hielt es an die Zigarre. Sie paffte ein Weilchen, um das Ding in Gang zu bringen, lehnte sich dann zurück und blies einen blauen Rauchkegel in Richtung der Fliegengitter, zum Himmel und zum Meer hin. Sie seufzte glücklich und blickte geradezu mit Bewunderung auf die Zigarre in ihrer Hand hinunter. »Es ist eine schreckliche Angewohnheit«, sagte sie kopfschüttelnd, »aber ich weiß nicht, was ich ohne sie machen würde.«

Ich nickte. Ich war verblüfft.

Sie beugte sich vor und steckte sich die Zigarre in den Mundwinkel. »Nun denn«, sagte sie, nahm das Spiel in die Hand, blätterte es zu einem Fächer, hielt es mir hin. »Nimm eine Karte.«

Den ganzen Juni und Juli hindurch verbrachte ich fast jeden Werktagnachmittag ein paar Stunden damit, bei Miss Lizzie zaubern zu lernen. Wir saßen meist draußen auf der Veranda an dem Mahagonitisch, wo die Meeresbrise uns sanft durch das Haar strich, während sie mir Kartenkunststücke erklärte und vorführte. Manchmal ließ sich ihre große flauschige weiße Katze – die Eliot hieß, nach einem ehemaligen Präsidenten der Harvard-Universität – dazu herab, sich zu uns zu gesellen, um dann abseits auf einem Stuhl zu liegen und uns mit gelangweilten grünen Augen zu beobachten.

Niemand, so dachte ich jedenfalls, wußte etwas von diesen Nachmittagen. Sie waren, sagte ich mir, mein Geheimnis, das erste richtige Geheimnis, das ich jemals gehabt hatte. An den Wochenenden hätte ich gelegentlich, begeistert von meinen neuen Kenntnissen, meiner neuen Kunstfertigkeit, Vater beinahe davon erzählt. Doch jedesmal zögerte ich, weil ich mir sagte, daß ich dann kein Geheimnis mehr hätte. Und ohne es mir wirklich richtig einzugestehen, hatte ich natürlich auch Angst, daß er es nicht billigen würde, daß seine Tochter zaubern lernte. Wenn ich heute, da ich klüger bin, zurückschaue, weiß ich, daß er es nicht mißbilligt hätte, und ich wünschte, ich hätte ihm davon erzählt. Vielleicht wäre dann alles anders gekommen. Aber der Blick zurück lehrt uns auch, wie Miss Lizzie einmal sagte, daß es auf dieser Welt kein *Wenn-ich-nur* gibt, daß wir die Vergangenheit nicht ummodeln können. Und in Anbetracht der individuellen Charaktere der beteiligten Personen gab es vielleicht tatsächlich nichts, was ich hätte tun können, um den Lauf der Ereignisse aufzuhalten.

Jedenfalls lernte ich zaubern. Jeden Nachmittag brachte mir Miss Lizzie auf ihrer Veranda etwas Neues bei. Ich lernte das Svengali-Spiel kennen, das markierte Spiel, das gestutzte Spiel. Ich lernte, wie man Karten zurechtbiegt, wie man eine Karte mit Paraffin gleitfähig macht, wie man sie mit Diachylon haftend macht. Eine ganze Woche beschäftigten wir uns mit Tricks: dem vorgetäuschten Mischen, dem falschen Abheben, dem Abziehen, dem Glattstoßen, dem Palmieren. Ich lernte, wie man nur oben liegende und nur unten liegende Karten austeilt; auch wenn ich nie, wie Miss Lizzie, imstande war, in der Mitte liegende auszuteilen.

Das konnten – und können – nur wenige. Seit jenem Sommer bin ich Hunderten von Kartenkünstlern begegnet, Amateuren und Profis, und ich glaube, daß nur eine Handvoll von ihnen ansatzweise an Miss Lizzies Niveau herankam und daß man nur von einem einzigen, nämlich John Scarne, sagen könnte, daß er ihr ebenbürtig war.

Eine Kunstfertigkeit dieses Kalibers zu entwickeln, setzt ungeheuer viel Zeit voraus, und erst sehr viel später wurde mir klar, daß Miss Lizzie die erforderliche Zeit nur deshalb gehabt hatte, weil sie Miss Lizzie war; weil sie, seit dem Tod ihrer Eltern, als Erwachsene den größten Teil ihres Lebens allein verbracht hatte. Und erst da begriff ich, daß diese Kunstfertigkeit auf eine schreckliche lebenslange Einsamkeit hindeutete, die durch die Übung eben dieser Kunstfertigkeit hatte überwunden werden sollen.

Doch damals, als wir auf der Veranda saßen, vor uns die Karten, während sich hellblauer Zigarrenrauch über dem Tisch kräuselte, kam es mir gelegentlich in den Sinn, daß diese Frau, ob sie nun für den Tod ihrer Eltern verantwortlich war oder nicht (und damals konnte ich nicht glauben, daß dies der Fall war), die zerstückelten und blutüberströmten Leichen ihres Vaters und ihrer Mutter gesehen hatte. Was hatte sie damals empfunden? Was empfand sie heute? Konnte man über so etwas jemals wirklich hinwegkommen?

Ich sollte die Antworten auf einige dieser Fragen bald erfahren, denn im August, als die entsetzliche Hitze kam, fand der erste Mord statt.

Drei

In den dreißiger Jahren, vor dem zweiten Weltkrieg, lebten mein zweiter Mann und ich eine Zeitlang vor der Küste Kenias auf einer Insel namens Lamu. Es war ein wunderschönes Fleckchen Erde, mit Palmen und Akazien und über sechzig Meter hohen Sanddünen, die sich von einem meilenlangen Strand landeinwärts zogen. Fast das ganze Jahr über war das Wetter ideal; die vom Indischen Ozean kommende Brise war so beständig und kräftig, daß man sich beinahe an sie anlehnen konnte wie an eine Wand. Aber kurz vor der Regenzeit verschwand die Brise, und von da bis zum ersehnten Einsetzen des Monsuns wußte man, daß man nur hundert Meilen vom Äquator entfernt war. Das Sonnenlicht hatte eine Art Schwere, wurde drückend, erbarmungslos, und die Luft nahm Substanz an, Dichte; man konnte fühlen, wie sie sich teilte, um einen durchzulassen, und sich dann fast hörbar hinter einem wieder schloß, wie ein Gelee, wenn das Messer herausgezogen wird. Das war in meinem ganzen Leben das einzige Wetter, das an Intensität und Unerfreulichkeit der Hitze jener ersten Augustwoche an der See nahekam.

Genau wie fünfzehn Jahre später auf Lamu, legte sich der Wind in jener Woche. Die Sonne hämmerte auf den Sand und das glatte, glitzernde silberne Meer ein, und wenn man nicht gerade badete, war es am Strand unerträglich: Man konnte dort nicht laufen, nicht einmal in Lederstiefeln. Im Ort selbst schien alles zum Stillstand zu kommen. Die Straßen waren leer, ihre Teerbeläge weich und mit glänzenden Blasen durchsetzt; die Geschäfte hatten die Rolläden heruntergelassen. Es war eine Zeit ausgedehnter Mittagsschläfchen und aufbrausender Temperamente.

Am Dienstag morgen, dem zweiten Tag im August, wachte ich nach einer Nacht, in der ich nur leicht geschlafen hatte und immer wieder atemlos aufgeschreckt war, zum letzten Mal um acht Uhr auf.

Ich blieb noch ein Weilchen auf den feuchten Laken liegen, das Haar an die Stirn geklebt, die Haut ölig vor Schweiß. Die Luft war reglos, die Vorhänge am offenen Fenster schlaff. Im Zimmer roch es nach Feuchtigkeit und Moder. Ich hatte keine Lust, das Bett zu verlassen, ich hatte keine Lust, mich zu bewegen.

Aber schließlich wälzte ich mich doch auf die Seite und drückte mich von der Matratze ab, stand auf und zog mein nasses Nachthemd aus. Ich wusch mich am Waschbecken mit dem Schwamm ab; einen Moment lang verbreitete das lauwarme Wasser auf meiner Haut die Illusion von Kühle. Ich trocknete mich ab, schlüpfte in mein Unterkleid, bürstete mir am Frisiertisch das Haar und zog dann ein Kleid aus dem Schrank, einen Baumwollhänger, der in dieser Hitze wenigstens eine gewisse Bequemlichkeit versprach.

Unten roch das Haus nach dem Kohl vom Vorabend. Meine Stiefmutter war in der Küche, wo sie mit Mrs. Mortimer, ihrer hiesigen Busenfreundin, am Frühstückstisch saß.

»Morgen«, sagte ich und nickte beiden zu.

Meine Stiefmutter nickte knapp zurück und biß ein Stück Toast ab. Sie trug ihren grauen Baumwollmorgenrock, dessen Ärmel an ihren fleischigen Armen hochgekrempelt waren.

Mrs. Mortimer, groß, spröde, vogelartig, trug ein marineblaues Kleid, das mit winzigen roten Lilien bedruckt war. Sie lächelte mich heftig blinzelnd an. »Hallo, Amanda. Und wie fühlst *du* dich heute morgen?« Sie war kinderlos und gehörte zu den Frauen, die mit Kindern sprechen, als wären sie bessere Haustiere.

»Heiß«, sagte ich, »und furchtbar verschwitzt. Und wie geht es *Ihnen,* Mrs. Mortimer?«

»Danke, sehr gut.« Sie bewegte ruckartig den Kopf hin und her.

Strenggenommen war Mrs. Mortimer, als Frau des hiesigen Gastwirts, meiner Stiefmutter gesellschaftlich nicht ebenbürtig; schon gar nicht in der damaligen Zeit, als das Gasthaus, im ersten Jahr der Prohibition, illegal betrieben wurde. Aber strenggenommen war für meine Stiefmutter niemand gesellschaftlich ebenbürtig: Für sie war die Welt eingeteilt in die über ihr – die sehr Reichen – und die unter ihr – alle übrigen. Was Mrs. Mortimer an Vornehmheit fehlte, machte sie durch Untertänigkeit und Verfügbarkeit wett.

»Pferde schwitzen«, verkündete meine Stiefmutter, »und Männer transpirieren, aber Frauen ist warm.«

»Wenn das so ist«, sagte ich, das gehässige Kind, »dann ist mir eben warm wie einem Schwein.«

Mrs. Mortimer kicherte.

Ich ging hinüber zum Herd und nahm den Deckel von dem Topf, der dort stand. Hafergrütze. Schon wieder.

»Du solltest sie nicht noch ermutigen, Esther«, sagte meine Stiefmutter. »Amanda, warum mußt du unbedingt immer derart abscheulich sein?«

Offenkundig war das eine Frage, die sich nicht beantworten ließ, ohne einen Streit vom Zaun zu brechen. Ich holte einen tiefen Teller aus dem Schrank und schöpfte etwas von der klebrigen Hafergrütze hinein. »Ist William schon heruntergekommen?« fragte ich.

»Nein«, sagte meine Stiefmutter. »Und wenn er sich nicht bald nach unten bequemt, gehe ich hinauf und gebe ihm ein paar hinter die Löffel.«

Ich hütete mich, höhnisch zu schnauben. William, über einen Meter achtzig groß und fast neunzig Kilo schwer, war nicht gerade prädestiniert, ein paar hinter die Löffel zu bekommen.

Ich machte die Tür des Eisschranks auf, holte eine Flasche Milch heraus, stemmte den Pappverschluß auf, begann ein wenig auf die Hafergrütze zu gießen.

»Du sollst die Flasche doch vorher schütteln«, sagte meine Stiefmutter.

»Aber ich *mag* den Rahm«, sagte ich. Das war noch in der Zeit vor dem Homogenisieren, und oben auf der Flasche befand sich immer eine kleine süße konische Rahmschicht.

»*Du* magst, *du* magst. Denkst du eigentlich immer nur an dich?« Sie wollte den Rahm natürlich für ihren Kaffee haben.

Seufzend machte ich den Verschluß wieder zu und schüttelte die Flasche. Ich nahm den Deckel wieder ab, goß Milch auf die Hafergrütze, machte den Deckel abermals zu und stellte die Flasche wieder in den Eisschrank. Ich trug den Teller zum Tisch und nahm meiner Stiefmutter gegenüber Platz, Mrs. Mortimer zu meiner Rechten.

Mrs. Mortimer fragte mich aufgeräumt: »Gefällt dir der Sommer hier, Amanda?«

»Ja, bis es so heiß geworden ist.« Ich löffelte Zucker auf die Hafergrütze. »Wie geht es Mr. Mortimer?«

Sie bewegte wieder ruckartig den Kopf hin und her. »Danke, sehr gut.«

»Kann ich ein bißchen Kaffee haben?« fragte ich meine Stiefmutter.

»Kann ich *bitte* ein bißchen Kaffee haben.«

»Kann ich *bitte* ein bißchen Kaffee haben?«

»Nein«, sagte sie, »das kannst du nicht.« Ihre Miene war völlig ausdruckslos; einer der Unterschiede zwischen Erwachsenen und Kindern ist der, daß Erwachsene sich das Vergnügen nicht anmerken lassen, das ihnen kleine Triumphe bereiten. »Wenn dein Vater meint, dir sonntags Kaffee geben zu müssen«, sagte sie, »dann ist das seine Sache. Er weiß, daß ich das nicht billige. Aber solange *ich* die Verantwortung trage, weigere ich mich, deiner Gesundheit zu schaden. Es ist medizinisch erwiesen, daß Koffein das Wachstum beeinträchtigt. Schau dir deinen Bruder an.«

»Aber William hat noch *nie* Kaffee getrunken.«

Sie nickte selbstgefällig. »Eben.«

Plötzliches lautes Poltern im vorderen Teil des Hauses verkündete uns, daß William die Treppe herunterrannte. Einige Sekunden später kam er in die Küche gestürmt, ganz in blendendes Weiß gekleidet – Hemd, Hose, Schuhe. Mit seinen schwarzen Haaren, die er mit Pomade glatt nach hinten gekämmt hatte, und seinem strahlenden Lächeln sah er (jedenfalls für eine Schwester) wie eine jüngere, größere Version von Douglas Fairbanks aus. »Tut mir leid, Leute«, sagte er. »Keine Zeit. Hallo, Mrs. Mortimer. Muß gleich rüber zu Andy. Wir wollen mit seiner Kiste die Küste hochfahren und picknicken.«

»Setz dich einen Moment, William«, sagte meine Stiefmutter.

»Mensch, Audrey, ich kann nicht, ich hab keine –«

»Setz dich hin«, sagte sie, und ihr Mund war verkniffen, »oder es wird dir leid tun.«

So hatte sie noch nie mit einem von uns gesprochen. William sah mich verblüfft an; da ich ebenso überrascht war wie er, zuckte ich nur die Achseln und schüttelte den Kopf.

Er zappelte vor Ungeduld, griff sich dann aber doch einen der Holzstühle, wirbelte ihn herum und nahm neben mir darauf Platz, die Arme auf der Rückenlehne des Stuhls verschränkt. »Na schön. Was gibt's?«

Sie blickte von William zu mir. »Ihr zwei haltet euch wohl für sehr schlau, stimmt's?«

William sah mich an, ich sah ihn an. Er grinste und sagte zu ihr: »Tja, Audrey, ich glaube, dem ist so.«

»Ihr zwei habt jetzt lange genug euren Willen gehabt. Papis kleine Lieblinge. Papis kleine Engel. Aber ich weiß so einiges über euch, über euch beide, was der liebe Papi *nicht* weiß.«

Mrs. Mortimer räusperte sich. »Ich muß jetzt wirklich gehen, Audrey. Ich habe so viel ...«

»Du bleibst hier, Esther. Ich möchte, daß du mal siehst, mit was für zwei sauberen Früchtchen ich es hier zu tun habe.«

William lächelte noch immer, überzeugt, alles parieren zu können, was sie auch vorbringen mochte.

Doch als erstes knöpfte sie sich mich vor. »Glaubst du etwa, ich hätte nicht gesehen, wie du in das Haus dieser gräßlichen Frau schleichst? Glaubst du etwa, ich wüßte nicht, was ihr dort treibt?« Aus der Tasche ihres Morgenrocks zog sie ein Päckchen Spielkarten hervor und knallte es auf den Tisch. Sie griff wieder in die Tasche und zog ein weiteres Päckchen heraus, knallte es neben das erste. »Was glaubst du wohl, was dein Vater dazu sagen wird, wenn er erfährt, daß du mit einer *Mörderin* verbotene *Spielchen* machst?«

Ich war so überrascht, wie falsch sie das Ganze verstanden hatte, daß ich in Gelächter ausbrach. »Verbotene Spielchen? Das ist ja verrückt!«

Auf mein Gelächter hin ballte sich die Entschlossenheit in ihrem Gesicht wie eine Faust. »Verrückt? Du hältst das für verrückt? Wozu sind denn die Karten, junge Dame? Was treibt ihr, wenn du zu dieser Frau hinüberschleichst?«

Ich schüttelte gereizt den Kopf. »Ich ›schleiche‹ nicht hinüber.«

»Nein?« Ihre Oberlippe kräuselte sich geringschätzig. »Warum hast du dann deinem Vater nichts davon erzählt? Warum ein Geheimnis daraus machen?«

Unfehlbar hatte sie den Finger auf den wunden Punkt gelegt und hackte darauf herum. Ich ging von der Verteidigung zum Angriff über: »Du hast sie aus meiner Kommode genommen. Du hattest kein Recht ...«

»Erzähle *du* mir nicht, was *ich* für Rechte habe, junge Dame. Das hier ist *mein* Haus, und es ist *meine* Aufgabe, auf euch zwei aufzupassen.« Sie beugte sich vor. »Es heißt, daß sie sogar raucht. Gibt sie dir Zigaretten?«

»Nein!«

»Und es heißt, daß sie nicht ganz richtig im Kopf ist, daß sie nicht normal ist. Faßt sie dich an? *Läßt* du dich von ihr anfassen?«

Aus meiner Wut war Verwirrung geworden. *»Was?«*

Ihr Gesicht verzerrte sich. »Ziehst du dich aus, läßt du ...«

Wütend sagte William: »Hör auf, Audrey, verdammt noch mal. Laß sie in Ruhe.«

»O nein«, sagte sie, indem sie zu ihm herumfuhr und mit dem Finger auf sein Gesicht deutete. »O nein, so nicht. *Du* sagst *mir* nicht, was ich zu tun habe. Glaubst du etwa, ich wüßte nicht Bescheid über dich? Glaubst du etwa, ich hätte dich und diese billige kleine Grady-Schlampe nicht gesehen? Wie ihr euch draußen auf dem Rasen betatscht und begrapscht habt wie *Tiere?*«

Williams Gesicht wurde puterrot. Ob vor Zorn oder Verlegenheit wußte ich nicht (und weiß ich bis heute nicht).

Die Augen meiner Stiefmutter waren schmale Schlitze. »Nimmst du sie schon her? Steckst du ihn schon in sie rein? Das mußt du wohl, sonst bräuchtest du *die* ja nicht.« Aus ihrer anderen Tasche holte sie eine kleine flache Pappschachtel und schnippte sie auf den Tisch. Obwohl ich das damals nicht wußte, enthielt die Schachtel natürlich Kondome. William sagte: »Der Teufel soll dich holen, Audrey.«

Sie lachte – ein hartes, trockenes, bitteres Krächzen. »Verfluche mich. Nur zu, verfluche mich ruhig. Dein Vater wird auch *das* zu hören bekommen. Er wird alles zu hören bekommen. Seine kleinen Engel. Seine kleinen Lieblinge. Er wird erfahren, wie ihr wirklich seid.«

Durch zusammengebissene Zähne sagte William: »Du bist ein ganz gemeines Luder.«

»Wage es ja nicht«, sagte sie, indem sie aufstand und um den Tisch herum auf ihn zuging, »wage es ja nicht, mich so zu nennen, du mieser kleiner Dreckskerl.« Inzwischen stand sie neben ihm und versetzte ihm nun einen heftigen Schlag ins Gesicht. In der kleinen Küche war das Geräusch so laut wie eine Explosion. Ich hörte, wie Mrs. Mortimer den Atem anhielt. William schloß die Augen und umklammerte mit den Fingern seine Unterarme, daß die Knöchel weiß wurden.

Sie schlug ihn erneut. »Du *Dreckskerl!* Ich bin für dich nicht gut genug, ich bin für dich nie gut genug gewesen, ich bin bloß die dicke alte Audrey, die *dumme alte Audrey.*« Sie schlug ihn wieder, diesmal mit dem Handrücken. *»Du Dreckskerl, du Dreckskerl, du Dreckskerl.«*

William stand auf. Er überragte sie, und dennoch schlug sie

weiter auf ihn ein. Er drehte sich um und ging, ohne ein Wort zu sagen, zum Hintereingang des Hauses. Sie blieb ihm dicht auf den Fersen, schlug jetzt mit beiden Händen auf ihn ein, links, rechts, prügelte ihn. Ich stand auf und folgte ihnen. Ich hatte Angst, daß William zurückschlagen könnte – stark wie er war, hätte er sie umbringen können. Ich glaubte wohl, ihn aufhalten zu können.

Draußen auf der hinteren Veranda, während ihre Arme weiter auf ihn eindroschen, öffnete er die Fliegentür. Er drehte sich zu ihr um. Sie trat einen Schritt zurück – hatte vielleicht plötzlich Angst, daß er doch noch zurückschlagen würde. Er sagte: »Das wird dir noch leid tun, Audrey«, und dann ging er die Stufen hinunter und machte die Tür hinter sich zu.

Sie riß die Tür auf und ging die Stufen hinunter, blieb unten stehen und rief ihm nach: *»Du Dreckskerl!«*

Ohne sich umzudrehen, mit ruhigen Schritten, ohne Eile, verschwand er hinter den Hecken. Dann drehte sich meine Stiefmutter um und sah mich in der Tür stehen.

Einen Moment lang dachte ich, sie würde mich schlagen. Ihre Augen verengten sich, und ihr Körper wurde starr. Doch sie zögerte. Vielleicht überlegte sie, wie Vater reagieren würde, wenn er davon erfuhr.

Sie holte tief Luft, atmete aus und fuhr mich an: »Geh mir aus dem Weg.«

Ich trat zur Seite, und sie stapfte die Treppe herauf und an mir vorbei.

Mrs. Mortimer war schon fast an der vorderen Haustür. Meine Stiefmutter rief ihr nach: »Esther!«

Ich trat in die Küche. Geschwind stibitzte ich einen Schluck Kaffee aus ihrer Tasse: So würde wenigstens etwas für mich herausspringen, trotz des ganzen Theaters. Dann verließ ich die Küche und lief über die Hintertreppe hinauf in mein Zimmer. Ich sperrte die Tür hinter mir zu.

Ich zog die rechte untere Schublade der Kommode auf. Die beiden Kartenspiele, ein gestutztes Spiel und ein markiertes

Spiel, hatten unter einem Karton Briefpapier gelegen. Der Karton schien nicht angetastet worden zu sein. Sie mußte gestern abend heraufgekommen sein, während ich im Wohnzimmer las. Was bedeutete, daß sie vermutlich schon seit geraumer Zeit wußte, daß die Karten da lagen. Aber seit wann?

Mir war, als hätte man mir Gewalt angetan. Diese Frau hatte kein Recht, in meinen Sachen zu wühlen, kein Recht, die Karten an sich zu nehmen.

Ich machte die Schublade zu, ging durch das Zimmer, warf mich auf das Bett. Was würde Vater sagen, wenn er erfuhr, daß ich fast jeden Tag zu Miss Lizzie gegangen war?

Ich hörte die vordere Haustür ins Schloß fallen, hörte meine Stiefmutter unten herumgehen. Sie war allein.

Vom Fuß der Treppe aus rief sie meinen Namen. Ich gab keine Antwort. Einen Augenblick lang hatte ich Angst, sie würde heraufkommen; aber sie kam nicht.

Was hatte William bloß mit Marge Grady gemacht? Was hatte Marge bloß getan, daß aus ihr eine Schlampe geworden war? Und was war in der kleinen Schachtel, die meine Stiefmutter auf den Tisch geworfen hatte? Was hatte die Schachtel damit zu tun, daß er »ihn in sie reinsteckt«? Was hatte meine Stiefmutter damit gemeint? Und warum war sie so in Rage geraten?

Es war, als ob all diese Fragen zuviel für mich wären. Nachdem ich ein Weilchen so dagelegen hatte, schlief ich ein.

Ich erwachte aus einem Traum, an den ich mich nicht mehr erinnern kann. Aber es war einer von diesen Träumen gewesen – wie wir sie wohl alle haben –, die einem so fremd vorkommen, als ob ein anderer sie geträumt hätte und wir nur das Mittel, das Medium gewesen wären. Und weil Fetzen und Bruchstücke des anderen noch an den Bruchstücken und Fetzen unseres eigenen Ichs haften, sind wir entsetzt und erschrocken darüber, wie zerbrechlich unsere Persönlichkeit, unsere Identität in Wahrheit ist. (Nachdem wir wieder zu uns gekommen sind, vergessen wir die Wahrheit natürlich und träumen, abermals, wir seien unveränderlich.)

Ich schaute auf die Uhr auf dem Nachttisch. Zwölf Uhr fünfzehn. Ich hatte fast zwei Stunden geschlafen.

Ich wusch mir wieder das Gesicht am Waschbecken und ging dann nach unten, um meine Stiefmutter zu suchen. Ich wußte, daß ich keine verbotenen Spielchen gemacht hatte, noch nie verbotene Spielchen gemacht hatte, und ich wollte meine Karten wiederhaben.

Gewöhnlich war meine Stiefmutter um diese Zeit entweder im Wohnzimmer und stickte oder oben im Gästezimmer und machte ein Nickerchen.

Das Wohnzimmer war leer.

Ich ging die vordere Treppe hinauf zum Gästezimmer. Die Tür befand sich oben am Treppenabsatz, gegenüber der Tür zu Williams Zimmer.

In der Luft hing der Geruch von Flieder – das Lieblingsparfum meiner Stiefmutter –, mit dem sich ein anderer Geruch verband, ein stärkerer, metallischer, an den ich mich vage erinnerte, den ich zunächst aber nicht identifizieren konnte.

Die Gästezimmertür stand offen, und sie lag auf dem Bett.

Das Auge kann nur sehen und der Verstand nur begreifen, was ihm schon bekannt ist. (Das ist natürlich das Prinzip, auf dem die ganze Zauberei beruht.) Konfrontiert mit einer Sache, die neu ist, einer Sache, die unmöglich ist, nehmen beide sie als etwas anderes wahr, als etwas, das ihnen vertraut ist.

Und daher dachte ich zunächst, groteskerweise, daß die dünnen dunklen Streifen, die ihren schweren Körper überzogen, ein Netz seien von der Art, wie es die hiesigen Fischer benutzten, und ich fragte mich, was sie damit machte. Und dann sah ich, daß ihr Gesicht buchstäblich auseinanderbrach. Ihre Stirn war aufgeschlitzt, so daß hinter dem blutigen Riß rosa Hirnmasse zu sehen war, und an ihrer Wange hing ein loser Hautlappen herunter, der den weißen Knochen ihres Schädels freilegte. Ihr linkes Auge fehlte, und ihr rechtes starrte blind nach oben. Und ich sah, daß die Streifen, die sie überzogen, in Wahrheit ihr eigenes Blut waren und daß es überall war, an den Wänden, an der Decke, auf dem Bett. Das Kissen unter ihrem Kopf war schwarz davon, durchtränkt damit, und das war der Geruch, der neben dem Fliedergeruch in der Luft hing, der Gestank von Blut, und dann, während ich mich rückwärts aus dem Zimmer schob, konnte ich diesen schweren schauderhaften kupferartigen Gestank nicht mehr einatmen, meine Kehle hatte sich gegen ihn verschlossen.

Ich stolperte die Treppe hinunter und entriegelte die Vordertür und taumelte aus dem Haus. Taub, mit verengtem Blick, so daß ich nur sah, was unmittelbar vor mir lag, wankte ich über den Rasen zu dem einzigen Menschen in der Nähe, der mir helfen konnte. Zu Miss Lizzie.

ZWEITES BUCH

Vier

In meiner Erinnerung sind die folgenden Stunden ein wildes Durcheinander von Bildern, einige davon so klar umrissen, daß die Konturen von Dingen, Menschen, Möbelstücken, der stofflichen Wirklichkeit des täglichen Lebens, messerscharf erscheinen, scharf genug, um sich daran zu schneiden; andere so verschwommen und grau, als hätte man sie aus weiter Ferne durch ein mit Eisblumen überzogenes Fenster gesehen. In diesen Stunden rückte die Zeit nicht wie gewohnt in ruhigen, regelmäßigen Abständen vor; sie schlingerte und torkelte, hüpfte und strauchelte; hin und wieder blieb sie sogar ganz stehen.

Ich erinnere mich, wie Miss Lizzie im blendendweißen Sonnenschein unter der Tür stand, ihr Trauerkleid so schwarz und steif wie das Gewand einer Nonne. Ich erinnere mich, wie ihr breites Begrüßungslächeln schwand und ihre großen grauen Augen sich besorgt weiteten. »Amanda?« sagte sie, und in ihrer Stimme lag eine Unsicherheit ähnlich der, mit der wir Freunde von früher begrüßen, die fast nicht wiederzuerkennen sind. Und dann eindringlicher: »Amanda, *was ist passiert?*«

»Tot«, sagte ich, und die Worte wurden von einem anderen, fernen Ich gesprochen. »Blut. Überall.«

Da war kein langsam heraufdämmerndes Begreifen; da war nicht einmal ein Moment der Verwirrung oder der Ungläubigkeit. Ihre Augenlider schlossen sich, und sie wich zurück, als hätte sie einen Schlag versetzt bekommen. Ich glaube, sie muß sich verzweifelt gewünscht haben, vor diesem leidgeprüften Geschöpf auf ihrer Türschwelle und den Schrecken, die es plötzlich verkörperte, zu fliehen. Doch sie öffnete die Augen, holte tief Luft, setzte eine entschlossene Miene auf und streckte die Hand aus, um mit ruhigen und beruhigenden Fingern meinen Oberarm zu berühren. »Wer, Amanda?« sagte sie leise. »Wo?«

»Oben«, sagte ich. »Mutter.« Das war das erste Mal in meinem Leben, und es sollte auch das letzte Mal sein, daß ich die Frau bei diesem Namen nannte.

Miss Lizzie holte nochmals scharf und tief Luft, geradezu zischend, und dann legte sich ihr molliger Arm um meine Schulter und zog mich an sie. »Komm herein. Komm herein, Liebes.« Sie führte mich ins Wohnzimmer. Während ich, auf schwachen Beinen, schweren Füßen dahinschlurfte, spürte ich ihre Handfläche auf meiner Stirn, und ihre Haut schien weder warm noch kühl zu sein; ich hatte die Fähigkeit verloren – das Verlangen verloren –, zwischen Empfindungen zu unterscheiden.

»Du bist ja eiskalt, Kind«, sagte sie.

Und das war ich tatsächlich. Trotz der drückenden Augusthitze, die mich umgab, bewegte ich mich in einer Hülle aus dichter, undurchdringlicher Kälte. Ich merkte, daß meine Zähne klapperten.

»So«, sagte sie, als wir das rote Plüschsofa erreichten. »Setz dich hier hin, Kind, während ich . . .«

»Nein!« schrie ich und warf mich auf sie, klammerte mich an sie. Unter meinen Halt suchenden Fingern spürte ich die starren Fischbeinstäbe ihres Korsetts, an meinem Kopf spürte ich die Wölbung ihres Busens und roch den Duft von ihr, Orangen und Zimt und Nelken. Sie war Wärme und Gegenständlichkeit, Weichheit und Stärke; sie war real. Sie war lebendig.

»Amanda«, sagte sie gütig nach einem Weilchen; gütig strich sie mir über das Haar. »Amanda. Amanda, Kind.«

Lange Zeit – wie lange kann ich nicht sagen – hielt sie mich fest, murmelte meinen Namen, während ihre Hand meinen Nacken liebkoste. Mehr wollte ich nicht; weniger aber auch nicht.

Schließlich spürte ich, daß sich ihr Körper aufraffte, starr wurde, wie um sich auf eine ungeheure Anstrengung vorzubereiten. Sie legte die Hände auf meine Arme. »Amanda, du mußt jetzt sehr tapfer sein und sehr stark. Ich möchte, daß du dich auf das Sofa setzt, während ich dir eine Decke hole.«

Ich protestierte mit einem schwachen Laut und schüttelte den Kopf, der noch immer an sie gedrückt war.

»Still«, sagte sie leise. »Still jetzt.« Langsam, aber entschieden schob sie mich von sich weg. Ihre grauen Augen starrten mich ohne zu blinzeln an, und möglicherweise erkannte ich da zum erstenmal, welche Entschlußkraft sie besaß; unter ihrer Güte war ihre Willensstärke fast mit Händen zu greifen. »Du stehst unter Schock, Kind«, sagte sie, »und es gibt Dinge, die getan werden müssen. Sei jetzt tapfer, Amanda. Willst du das für mich tun?«

Stumm, hilflos nickte ich.

Sie nickte zurück, mit einer knappen Kopfbewegung. »Ich weiß, daß du es kannst. Alles wird wieder gut, dafür sorge ich, Amanda. Ich verspreche es dir. Und jetzt setzt du dich hin.«

Ich setzte mich, kraftlos und matt, die Hände schlaff in den Schoß gelegt. Und dann war Miss Lizzie, mit raschelnden Unterröcken, fort.

Um mich herum begann sich langsam, unerbittlich wie fallender Schnee, die Kälte zu verdichten.

... weit weg, am anderen Ende des Perserteppichs, lag die Katze auf dem roten Plüschsessel, den breiten weißen Kopf über dicken weißen Pfoten erhoben, und betrachtete mich mit grünen Augen, die so rund und blank wie Steine waren.

... etwas Weiches, das sich um meinen Hals und meine Schultern legte, und Miss Lizzies Gesicht vor mir, während sie das Plaid um meinen Körper zog, mich bis zu den Knien einhüllte. Sie hielt mir ein ballonförmiges Glas an die Lippen, das zur Hälfte mit einer braunen Flüssigkeit gefüllt war. »Weinbrand«, sagte sie. »Trink das, Kind.«

Ich nippte daran. Es schmeckte bitter und brannte.

»Mehr«, drängte sie.

Ich nahm noch einen kleinen Schluck, spürte, wie etwas Feuriges in meinem Inneren hinunterlief, meinen ganzen Körper zu wärmen begann. Und das wollte ich nicht, starrsinnig, wie ich war, haßte es, daß etwas in meine Taubheit einbrach. Als sie mir das Glas erneut anbot, schüttelte ich den Kopf. Bis zum heutigen Tag kann ich, obwohl ich es versucht habe, sogar im Kreise von Freunden und geliebten Menschen, den Geschmack und den Geruch von Weinbrand nicht ertragen.

Miss Lizzie stand auf, blickte hinunter auf das Glas, hob es dann an die Lippen und leerte es. Sie sagte: »Ich bin gleich wieder da.«

... plötzlich und so grell beleuchtet, als läge sie im Blitzlicht eines Photographen, kehrte die Szene im Gästezimmer zu mir zurück, und ich sah wieder die blutbesudelten Wände, die Flecken und Spritzer, das furchtbare *Ding* aus Fleisch und Knochen, das auf dem Bett lag, zerhackt und zerstückelt und zerschmettert. Das obszöne weiße Schimmern der Knochen, den schwarzen erstarrenden Glanz des Blutes.

Mein Verstand riß sich davon los, schreckte davor zurück, und ich stürzte in die Sicherheit meines einsamen, leeren Winters.

... dann wieder Miss Lizzie, die entschlossen über den Teppich zu ihrem Telephon geht, einem Luxus, über den nur wenige Sommergäste verfügten. Sie sah älter und blasser und irgendwie dünner aus, als hätte sich ihr Körper dichter um ihr Skelett gezogen. Bevor sie den Hörer abnahm, warf sie einen schnellen Blick auf mich. Aus meiner Erstarrung heraus konnte ich nicht erkennen, was in diesem Blick lag, ob Mitleid, Mitgefühl oder Entsetzen. Vielleicht alle drei; vielleicht nichts davon. Erst später wurde mir klar, daß sie Dort Hinauf gegangen war, in das Gästezimmer des Hauses nebenan, und gesehen hatte, was ich gesehen hatte.

Sie schaute weg. Einen Moment lang stand sie mit der Hand auf dem Telephon da, stützte sich darauf, lehnte ihr Gewicht darauf. Dann nahm sie abrupt den Hörer ab, wartete auf das Fräulein vom Amt und verlangte dann eine Nummer in Boston.

Ich starrte auf das Blumenmuster des Perserteppichs. Ich hörte, wie sie ihren Namen nannte. »Miss Lizbeth A. Borden.« Von da an hörte ich nur Bruchstücke, während ich ständig bis hinauf an die Oberfläche meiner Eiseskälte getragen wurde und dann wieder in ihr versank. »Einen hier in der Stadt ... Der beste, sagen Sie?« Dann explosiv: »Natürlich nicht, seien Sie nicht albern.« Ich hörte, wie sie Vaters Namen erwähnte und die Maklerfirma, für die er arbeitete. »Wie heißt der Arzt doch gleich? ... Ja ... Ja, unverzüglich, haben Sie verstanden? ... In meinem Ferienhaus, ja ... Auf Wiederhören.«

Sie legte den Hörer auf die Gabel, stützte sich abermals kurz darauf, nahm ihn dann wieder ab. Sie bat das Fräulein vom Amt, sie mit einem Dr. Bowen zu verbinden.

Ich hörte: »... Schock, ja ... So schnell wie möglich, wenn es Ihnen nichts ausmacht ... Miss Lizbeth A. Borden ... Water Street einhundertzwei ... Borden ... Miss *Lizbeth* A. *Borden ...«* Dann gereizt: »Sind Sie noch da, Sie törichtes Ding?« Und besänftigter: »Ja, dafür wäre ich Ihnen sehr dankbar.« Sie knallte den Hörer auf die Gabel und fauchte: »Dumme Gans.«

Sie stand einen Moment heftig atmend da. Ich starrte weiter auf den Teppich.

»Nur noch eines«, sagte sie.

Ich blickte schwerfällig auf, sah, daß sie mit mir sprach. Ich nickte, obwohl ich nicht sicher war, was sie meinte.

Sie nahm den Hörer ab, wartete wieder und verlangte dann die Polizei. Pause. Dann: »Hier ist Miss Lizbeth A. Borden. Ich möchte einen Mord melden.«

... Miss Lizzie, schweigend neben mir sitzend, den linken Arm auf die Rückenlehne des Sofas gelegt, hinter meinem Kopf. Ich konnte ihren tröstenden Duftkissengeruch nach Zitrus und Gewürzen riechen; doch unter meiner Schneedecke wollte ich von Trost jetzt nichts mehr wissen.

... das Klopfen schwerer Knöchel an der Haustür, ein Geräusch, das in der Stille des Hauses wie ein Stoß wirkte, unvermittelt und herrisch. Miss Lizzie berührte mich ganz leicht an der Schulter; und dann, wiederum mit dem raschelnden Seufzen von Unterröcken, ging sie weg.

... das Öffnen der Tür, eine andere Stimme als Miss Lizzies, dunkel, hart, irisch, betont männlich. Miss Lizzies Stimme verhalten. Eine weitere männliche Stimme, weicher als die erste, beschwichtigend. Wieder die erste Stimme, barsch, aggressiv. Miss Lizzies Stimme, die sie vorübergehend übertönt, allmählich lauter wird, protestiert. Die zweite Männerstimme, die sie unterbricht, höflich und ehrerbietig, aber sehr bestimmt. Miss Lizzie müde und resigniert.

Schwere Schritte auf dem Teppich.

... eine blaue Uniform, die Hosen mit sauberen Bügelfalten, die schwarzen Schuhe sorgfältig geputzt. Ich sah, daß die Sohle des rechten Schuhs eine Kerbe aufwies, als ob mit dem Messer ein kleines keilförmiges Stück aus dem Leder geschnitten worden wäre. Der Mann ging vor mir in die Hocke, die Uniformmütze mit beiden Händen haltend, die Ellbogen auf die Knie gestützt. »Hallo, Schätzchen«, sagte er leise.

Er war Anfang Dreißig, hatte ein sonnengebräuntes Gesicht und kurzgeschnittenes blondes Haar, das links gescheitelt war. Seine Augenbrauen waren ebenfalls blond, desgleichen sein Schnurrbart, der genau an den klar gezeichneten Linien – Lachfältchen, wie Vater sie immer nannte – endete, die sich von einer leichten Adlernase nach unten zogen und einen wohlgeformten Mund einrahmten. Was das Gesicht davor bewahrte, insgesamt zu schön zu sein, war ein winziges erhabenes Muttermal, rund und schokoladenbraun, das am Bogen eines feingemeißelten Wangenknochens lag. Trotzdem war es ein außergewöhnlich gut aussehendes Gesicht, ein Gesicht, das man mit Freuden tollkühn auf sich herablächeln sehen würde, während sein Besitzer, mit einer einzigen schwungvollen Bewegung seines Taschenmessers, die Fesseln durchtrennt, die einen an die kalten Eisenbahnschienen banden, die schon im Takt der Vibrationen des schnell näher kommenden und nicht mehr aufzuhaltenden Neun-Uhr-fünf-Zuges summten.

Der Besitzer des Gesichts sagte zu mir: »Mein Name ist Officer Medley.« Dann, wie von dieser Förmlichkeit peinlich berührt, grinste er. Schüchtern, gewinnend, bezaubernd. »Aber du kannst Tom zu mir sagen. Das tun die meisten Leute hier in der Gegend. Und wie heißt du, Schätzchen?«

Ich sah Miss Lizzie an, die etwas abseits stand, die Hände nach Mandarin-Art in die Ärmel ihres schwarzen Kleides geschoben. Ihre Lippen waren zu einem dünnen, argwöhnischen Strich zusammengekniffen. Da sie älter und weiser war, war sie für die Reize von gutem Aussehen und Charme zweifellos weniger empfänglich; und, in Anbetracht ihrer Vergangenheit, insbesondere dann, wenn diese von einem Hüter des Gesetzes an den Tag gelegt wurden. Dennoch nickte sie fast unmerklich.

Ich sah wieder Officer Medley an. »Amanda«, sagte ich. Meine Stimme klang noch immer anders, fremd; aber da ich den Mann immer sympathischer fand, konnte ich spüren, wie ich langsam aus der Tiefe emporzusteigen begann, in die ich gestürzt war.

Er nickte lächelnd. »Und dein Nachname ist Burton«, sagte er, »und du bist aus Boston. Ist das richtig?«

Ich nickte. »Woher wissen Sie das?«

Er lächelte sein tollkühnes Lächeln. »Solche Dinge müssen wir eben wissen, das gehört alles zu unseren Aufgaben.

Boston, hm? Ein wunderschöner Ort, selbst für eine Großstadt. Ich bin schon oft dagewesen. Manchmal setze ich mich auf eine von den Bänken im Gras und schaue den Booten zu, die den Charles hinaufrudern. Hast du das auch schon gemacht, Amanda?«

Ich nickte. »Mit Vater.«

»Das ist Mr. Burton, der Börsenmakler?«

Ich nickte.

»Und jetzt ist er vermutlich daheim in Boston? Das heißt, während der Woche?«

Ich nickte.

»Also«, sagte er und tätschelte mein Knie, »wir werden uns sofort mit ihm in Verbindung setzen, Schätzchen, und ich bin sicher, daß er so schnell wie möglich hier sein wird.«

Miss Lizzie sagte steif: »Ich habe bereits veranlaßt, daß Mr. Burton benachrichtigt wird.«

Officer Medley sah sie mit seinem bezaubernden Lächeln an. »Sehr gut, Madam. Vielen Dank. Das war sehr aufmerksam von Ihnen.«

Miss Lizzie nickte ihm knapp zu.

Er wandte sich wieder an mich und schob nachdenklich die Lippen vor. »Nun, Amanda«, sagte er, »ich weiß, daß du jetzt ganz durcheinander bist, und du darfst mir glauben, daß ich dir das nachfühlen kann. Aber wie ich gehört habe, hat es nebenan einen schrecklichen Unfall gegeben, bei dir zu Hause, und es gehört auch zu meinen Aufgaben, dir dazu ein paar Fragen zu stellen. Glaubst du, daß das möglich ist?«

Ich sagte: »Kein Unfall.«

Er nickte, und sein hübsches Gesicht war ernst. »Natürlich nicht, Schätzchen. Deine Mutter?«

Ich schüttelte den Kopf. »Stiefmutter.«

»Hast du irgendeine Ahnung, Amanda, wer es getan haben könnte?«

Ich schüttelte den Kopf.

Er nickte. »Ich wüßte gerne, ob du heute irgend jemand im

Haus gesehen hast, im Garten oder auf der Straße, der sich irgendwie merkwürdig benommen hat?«

Wieder schüttelte ich den Kopf.

»Und du selbst, Amanda, warst heute vormittag wo?«

»Oben. Hab geschlafen. Die Hitze.«

Er nickte. »Hast du denn gar nicht gefrühstückt?«

»Vorher.«

»Und deine Stiefmutter hat mir dir zusammen gegessen?«

»Ja.«

»Und wann war das etwa?«

Ich war im Begriff zu antworten, als plötzlich abermals Schritte, schwer und hastig, über den Teppich gepoltert kamen und ein weiterer Polizist, die Mütze noch schief auf dem Kopf, ins Wohnzimmer stürmte. Er war kleiner als Officer Medley, ein schwergebauter Mann Ende Vierzig mit einem runden glänzenden Gesicht und einer Knollennase. Normalerweise war seine Haut (wie ich später feststellte) gerötet, was an den geplatzten Äderchen und den zerstörten Kapillargefäßen des starken Trinkers lag, doch jetzt zeichneten sich nur zwei kräftige Flecken, leuchtend rot wie bei einem Clown, auf der Blässe seines Gesichts ab. Seine Kleidung war erheblich weniger adrett als die von Officer Medley und erheblich weniger gut sitzend: Insbesondere der Umfang seines Oberhemdes blieb um einige Zentimeter hinter seiner Leibesfülle zurück, und am Bauch war ein Knopf aufgesprungen, der ein rautenförmiges Stück des straffen weißen Unterhemds sehen ließ.

»Jesses, Maria und Josef, Tommy!« rief er entsetzt mit einem starken irischen Akzent und wildem Blick. »Du müßtest ma sehn, was die miesen Schweine mit ihr gemacht ham! Überall Blut, ganze Eimer von dem Zeugs!«

»Frank«, sagte Officer Medley, langsam und geduldig, aber mit einem ansteigenden warnenden Ton in der Stimme, den sogar ich hören konnte.

Der andere Polizist war jedoch viel zu verstört und viel zu aufgeregt, um zuzuhören. »Wie in eim Schlachthaus sieht's da aus! Mein Gott, Tommy, so was hab ich noch nie gesehn, in meim ganzen Leben nich! In Stücke ham sie die gehackt wie n *Kalb*, daß die Knochen rausstehn und das Hirn über die Bettlaken läuft!«

Mit einem Schlag brach alles wieder über mich herein – die Wände, das Bett, das Blut, die verstümmelten Überbleibsel des menschlichen Wesens, das meine Stiefmutter gewesen war – und mit einem erstickten Laut zog ich die Knie hoch, schlang die Arme um sie und vergrub mein Gesicht in dem Plaid, mein ganzer Körper verkrampft wie eine geballte Faust.

Ich spürte eher, als daß ich hörte, wie Officer Medley aus der Hocke aufsprang. »Herrgott noch mal, Frank!«

Und fast gleichzeitig von Miss Lizzie: »Sie Trampel, Sie Flegel! Sie gefühlloser Kretin! Wie können Sie es wagen?«

»Nun halten Sie aber ma die Luft an, Lady«, sagte der zweite Polizist. Nichts bringt einen Polizisten rascher zur Vernunft, erinnert ihn schneller an seine bedeutende Stellung innerhalb einer geordneten Gesellschaft, als ein wie auch immer gearteter Vorwurf seitens eines Zivilisten.

Aber Miss Lizzie war nicht aufzuhalten: »Wagen Sie es nicht, mir zu sagen, was ich zu tun habe. Sie unausstehlicher Tölpel. Das Mädchen hat einen furchtbaren Schock erlitten, und Sie kommen hier hereingeplatzt wie ein Operettenbuffo! So geht das nicht, so geht das auf gar keinen Fall. Ich wäre Ihnen dankbar, wenn Sie mein Haus auf der Stelle verlassen würden.«

»Hörn Sie, Lady, Ihnen scheint nich ganz klar zu sein, mit wem Sie hier eigentlich reden.« Und dann, hitziger werdend, als ihm das volle Ausmaß dieser Ungeheuerlichkeit aufging: »Ich bin die *Polizei*, Lady, die *Polizei*, und es hat hier einen abscheulichen Mord gegeben, und wenn hier einer rumkommandiert, dann bin *ich* das!«

»Frank«, sagte Medley. »Laß es gut sein.«

»Haste die gehört, Tommy? Kommandiert mich hier rum wie aufm Kasernhof. Das laß ich mir von der verdammich nich bieten, nich wo wahrscheinlich *sie* die war, die die alte Dame kaltgemacht hat.«

»Frank – « sagte Officer Medley.

»Die gottverdammte Miss Lizzie Borden, und gottverdammt ist alles, wo Miss Lizzie Borden die Finger im Spiel drin hat.«

»Ich glaube«, sagte Miss Lizzie, und ihre Stimme war eisig, »jetzt reicht es. Ich kenne sehr wohl meine Rechte und auch die des Kindes. In Kürze wird ein Anwalt hier sein, und ich fühle mich verpflichtet, Sie darauf hinzuweisen, daß ich . . .«

»Auch noch n verdammter Anwalt!«

»Herrgott noch mal, Frank!«

». . . mit ihm nicht nur die rechtlichen Schritte erörtern werde, die zur Wahrung der Interessen dieses Kindes erforderlich sind, sondern auch Tatbestände wie Schikanierung und natürlich üble Nachrede.«

»Üble Nachrede! *Üble Nachrede,* ach ja? Tommy, alle Welt weiß doch, daß sie ihre Olle und ihren Ollen abgemurkst hat!«

»Himmel, Frank!«

»Sofern Sie nicht beabsichtigen, eine Verhaftung vorzunehmen«, sagte Miss Lizzie, »muß ich Sie bitten . . .« Sie brach abrupt ab und sagte dann in einem Ton, der, wenn möglich, noch eisiger war: »Und wer, wenn ich fragen darf, sind Sie?«

»Da Silva«, sagte eine Stimme, eine völlig neue Stimme. »Polizeichef.« Die Stimme war so gebieterisch, und es schien eine so absolute Autorität in ihr mitzuschwingen, daß selbst Miss Lizzie einen Moment lang sprachlos war.

Ich sah von dem Plaid auf. Miss Lizzie, Officer Medley und der Polizist namens Frank starrten alle drei zur Wohnzimmertür. Ich drehte mich um.

Der Mann, der dort stand, war nicht ausgesprochen groß, vielleicht eine Spur unter einem Meter achtzig, wirkte jedoch sehr viel größer, weil er sich so steif und gerade hielt, daß er eine dorische Säule hätte sein können. Unter kurzen lockigen schwarzen Haaren, die mit Grau durchzogen waren, lagen zwei dicke schwarze Augenbrauen; und, unter diesen, Augen von so dunkler Farbe, daß sie ebenfalls schwarz wirkten. Eine Hakennase ragte über einem breiten sinnlichen Mund vor. Das dunkle Gesicht war viereckig und hart, als wäre es aus einem einzigen Granitblock gemeißelt, ein Antlitz aus ebenen Flächen und scharfen Kanten. Er hatte keinen Schnurrbart; vielleicht hatte der Bildhauer nicht gewagt, sich an einem zu versuchen.

Er war, würde ich sagen, Mitte Fünfzig; aber er schien ungeheuer in Form zu sein: breite Schultern, breiter und muskulöser Oberkörper, der Bauch so flach wie eine Marmorplatte. Er war in Zivil – schwarze Schuhe, schwarze Hose, weißes Hemd, schwarze Krawatte –, das er jedoch wie ein Soldat trug, alles gestärkt und geplättet, die Bügelfalten messerscharf. Man erwartete beinahe, ein unter den Arm geklemmtes Offiziersstöckchen zu sehen.

Das Offiziersstöckchen wäre zwangsläufig unter seinen rechten Arm geklemmt gewesen – denn einen linken Arm hatte er nicht. Der linke Ärmel war ordentlich nach oben geschlagen und knapp über der Stelle, wo der Ellbogen hätte sein müssen, festgesteckt.

Wenn man in illustrierten Zeitschriften aus den Jahren nach dem ersten Weltkrieg blättert, stößt man auf zahllose Anzeigen für raffinierte und »unsichtbare« Prothesen: Hände, Arme, Füße, Beine. Vor dem Aufkommen von Antibiotika und Mikrochirurgie war eine Infektion fast unweigerlich tödlich, Amputationen eine Alltäglichkeit. Und als Nation hatten wir mehr als nur die Toten an der Somme, der Marne, in den Argonnen zurückgelassen.

Aber im Falle des Mannes vor uns hatte man das Gefühl, daß ein fehlender Arm, insbesondere sein eigener, für ihn eine Sache war, die man zur Kenntnis nahm und danach völlig ignorierte. Man hatte das Gefühl, daß er wußte, daß er mit einem Arm mehr zustande bringen konnte, als ein anderer mit zwei Armen versuchen mochte.

Er verneigte sich kurz förmlich vor Miss Lizzie und wandte sich dann an Officer Medley. »Medley«, sagte er. »Erstatten Sie Bericht.«

Unbewußt oder nicht hatte Officer Medley geradezu militärische Haltung angenommen. »Das Revier erhielt eine Meldung von Miss Borden« – er deutete mit einem Nicken auf sie –, »daß in der Water Street einhundert ein Mord verübt worden ist und daß eine Angehörige der Toten sich derzeit in diesem Haus aufhält. Streifenpolizist O'Hara und ich wurden hinbeordert. Ich schickte Officer O'Hara zum Tatort, während ich versuchte, die kleine Miss Burton zu vernehmen, die Stieftochter der Toten.«

»Der angeblichen Toten«, sagte Da Silva. »Haben Sie den Tatort selbst in Augenschein genommen?«

»Nein, Sir. Das tat Officer O'Hara.«

Da Silva wandte sich dem anderen Polizisten zu und runzelte die Stirn. Es war nur eine winzige Bewegung, kalt und hart, schnell wieder verschwunden. »O'Hara«, sagte er. »Ihre Uniform ist nicht korrekt.«

»Sir?« sagte Officer O'Hara, der ebenfalls strammstand. Als er an sich hinuntersah, entdeckte er den offenen Knopf. Er zog den Bauch ein und machte den Knopf mühsam wieder zu. Dann blickte er wieder auf. *»Sir?«*

Da Silva sagte: »Sie waren am Tatort?«

»Jawohl, *Sir*.«

»Erstatten Sie Bericht.«

O'Haras militärische Haltung ließ ihn im Stich. Sein Bauch drückte wieder gegen sein Hemd, und er schüttelte schwerfällig den Knopf. »Oh, Sir, es war fürchterlich, Sir, *fürchterlich*. Überall Blut und kleine Stücke von ihr, Sir, *fürchterlich*. Als ob jemand mit nem Hackmesser über sie hergefallen wäre oder« – er blickte kurz auf Miss Lizzie, sah wieder weg – »oder eben mit nem Beil, Sir.«

Da Silva nickte. Er wandte sich Miss Lizzie zu und sah sie einen Moment lang abschätzend an. Dann lächelte er. Sein

Lächeln war genauso knapp und kalt wie sein Stirnrunzeln. »So, so«, sagte er. »Wieder mal Dummheiten gemacht, Lizzie?«

Miss Lizzie wiederum musterte ihn, starrte ihn aufmerksam an. Mit leichter Verwirrung in ihrer Stimme, und ohne von seinem vertraulichen Ton Notiz zu nehmen, sagte sie: »Kennen wir uns?«

Noch immer verhalten und kalt lächelnd nickte Da Silva. »Wir hatten einmal miteinander zu tun. Vor langer Zeit. Ich war damals Streifenpolizist. Der, der den Dachboden in eurer Scheune untersucht hat.«

»Da Silva«, sagte Miss Lizzie, und ihre Stimme wurde tonlos. »Der Portugiese.«

Fünf

Plötzlich hatten wir uns alle, ohne es eigentlich zu wollen, in Antagonisten und Zuschauer verwandelt. Die beiden standen da und beobachteten sich, ohne zu sprechen. Da Silva mit diesem leisen Lächeln, das keine Wärme besaß, Miss Lizzie mit ausdrucksloser Miene. Und schweigend beobachteten wir übrigen die beiden. Irgend jemand hätte vermutlich früher oder später irgend etwas gesagt; obgleich ich mir nicht vorstellen kann, wer oder was. Doch mit einem Male (und es war wie eine Erlösung) hörten wir Stimmen am Eingang und Klopfen an der Haustür, die, vermutlich seit Officer O'Haras Erscheinen, offenstand.

Ohne die Augen von Miss Lizzie abzuwenden, deutete Da Silva mit einer knappen Kopfbewegung zum Eingang. »Sehen Sie nach, Medley.«

Miss Lizzie sagte: »Dies ist *mein* Haus.« Sie richtete sich würdevoll auf, soweit ihre untersetzte Statur dies gestattete, und ich mußte an Photographien der britischen Königin

Victoria denken, die ich gesehen hatte. »Und *meine* Tür. Wenn hier jemand öffnet, dann ich.«

Da Silva, unverwandt lächelnd, machte erneut eine kleine förmliche Verbeugung. »Wie Sie wünschen.«

Niemand sprach, als sie hinausging.

Ich hatte mich auf dem Sofa etwas umgedreht und starrte den Polizeichef an. Er muß meinen forschenden Blick gespürt haben: Sein Blick schoß zu mir, und er starrte zurück. In seinen Augen, die so dunkel waren wie Obsidian, konnte ich weder Zuneigung noch Abneigung lesen, weder Besorgnis noch Bosheit, noch Neugier, nicht die kleinste Gemütsregung.

Miss Lizzie kam mit zwei Männern zurück.

Der eine von ihnen war, wie ich sofort wußte, der Arzt: ein kleiner, rundlicher Mann in einem zerknitterten schwarzen Anzug, die spärlichen weißen Haare über den glänzenden rosa Schädel gekleistert und mit einer abgewetzten prallen Ledertasche in der rechten Hand. Seine Augen blinzelten heftig hinter einer dicken Hornbrille, während er auf Miss Lizzie einredete: »... ein echter Coup für mich, wissen Sie, wo doch die halbe Stadt schon den ganzen Sommer darauf brennt, hier mal einen Blick reinzuwerfen, und wie ein ganzer Hühnerstall gackert, was, und ich, der alte Dr. Bowen, bin der Glückliche ...«

Miss Lizzies Miene war noch immer ausdruckslos.

»... Ah«, rief der Arzt, als er Da Silva entdeckte, und streckte die Hand aus, »schön, Sie zu sehen, Chief. Was macht der Arm, was? Noch keine Probleme?«

Da Silva ließ die Hand des Arztes los. »Keine.«

»Gut, gut, freut mich zu hören, können erstklassige Arbeit leisten, diese Sanitätsoffiziere. Nicht immer, wohlgemerkt – die reinsten Metzger, einige davon, schlicht und einfach, hakken Arme und Beine und sonst was ab, als würden sie Hekken stutzen, was? Tag, Tom, treibst mir auch keinen Unfug, was? Frank, du siehst ein bißchen grünlich aus, brauchst eisenhaltigere Nahrung, Sirup mit Rum wär genau das Richtige. Aber ans Werk, ans Werk, was? Wo ist der Patient?«

»Auf dem Sofa«, sagte Miss Lizzie. »Miss Burton.«

Ich hörte es kaum; ich starrte nämlich den zweiten Mann an. Er hatte die Arme vor der Brust verschränkt und sich mit der Schulter lässig an den Pfosten der Wohnzimmertür gelehnt. Er trug einen Anzug aus weißem Leinen, der makellos und, trotz der Hitze, entschieden unzerknittert war. Außerdem trug er ein Paar weiße Lackschuhe, ein hellblaues Hemd aus einem glänzenden Stoff, bei dem es sich nur um Seide handeln konnte, und dessen weißer Kragen mit einer goldenen Kragenspange geschlossen war, die dazu beitrug, eine dunkelblaue Regimentskrawatte an ihrem Platz zu halten. Er war Ende Zwanzig und mit seinem scharf geschnittenen Gesicht und dem glatt aus der hohen intelligenten Stirn nach hinten gekämmten Haar eine verwegene und elegante Erscheinung – als ich, Jahre später, irgendwo die Zeile »glattrasiert und gertenschlank« las, mußte ich sofort an diesen Mann denken.

Sein Mund war zu einem trägen und ironischen Lächeln verzogen – über Dr. Bowen, über die Situation, vielleicht über das Leben selbst. Seine Augen waren grün wie die von Miss Lizzies Katze; aber unter Lidern, die halb geschlossen waren, als könnte er jeden Moment einschlafen, funkelten sie vor Scharfsinn und stiller Belustigung.

Er nickte den beiden Beamten zu. »Medley. O'Hara.« Und nickte dann, noch immer ironisch lächelnd, Da Silva zu. »Chief.«

Da Silva nickte zurück, selbst nicht mehr lächelnd. »Wie ich sehe, hat Miss Borden keine Zeit verloren und auch keine Kosten gescheut, sich einen Rechtsbeistand zu besorgen.«

Der Mann zog mit gespielter Überraschung die Augenbrauen hoch. »Aber ist das nicht ihr gutes Recht, alter Knabe?«

Ohne darauf zu antworten, sagte Da Silva: »O'Hara?«

O'Hara nahm Haltung an. *»Sir?«*

»Gehen Sie wieder nach nebenan, und bewachen Sie das Haus.«

O'Hara erbleichte. »Äh, ich bitte vielmals um Entschuldigung, Sir, aber ...«

Leichtes kaltes Stirnrunzeln der Ungeduld. »Sie brauchen ja nicht hineinzugehen. Bleiben Sie einfach dort und halten Sie die Aasgeier ab, bis Hardesty und Dr. Malone eintreffen. Und Freeling, der Photograph. Ansonsten ist niemand hineinzulassen.«

»Sir«, sagte O'Hara und marschierte, sichtlich erleichtert, aus dem Zimmer.

Dr. Bowen, der neben mir auf dem Sofa saß und in seiner vollgestopften Tasche wühlte, brachte endlich einen flachen Holzspatel zum Vorschein. »So, meine Kleine«, sagte er fröhlich zu mir, »schön den Mund aufmachen und *ah* sagen.«

»Sie hat einen Schock«, sagte Miss Lizzie, »keine Laryngitis.«

»Ach ja, natürlich, natürlich«, sagte Dr. Bowen blinzelnd. Er legte die Hand auf meine Stirn, und ich erhaschte den Duft seines Rasierwassers. »Hmmm, eindeutig feuchtkalt, tatsächlich, genau. Dann wollen wir mal den Puls fühlen, was?« Ich gab ihm meinen Arm, und er zerrte eine goldene Uhr, die an einer goldenen Kette hing, aus der Tasche, sah blinzelnd auf ihr Zifferblatt und drückte die Finger an mein Handgelenk. Schließlich blickte er auf und verkündete dem Zimmer im allgemeinen: »Schock, jawohl, ohne jeden Zweifel.« Und dann zu mir: »Warmes zu trinken, Kamillentee wär genau das Richtige, was, und viel Bettruhe. Und damit wir schlafen können, was, ein ganz leichtes Beruhigungsmittel.«

Da Silva sagte: »Erst müssen wir ihr einige Fragen stellen.«

»Ich fürchte nein, alter Knabe.« Das kam von dem schlanken jungen Mann, der am Türpfosten lehnte.

Da Silva drehte sich zu ihm um. »Slocum«, sagte er geduldig, »nebenan ist ein Mord verübt worden, und bis jetzt ist dieses

Mädchen der einzige Zeuge, den wir haben, möglicherweise sogar der einzige Zeuge, den wir jemals haben werden. Wir müssen sie vernehmen.«

»Und das sollen Sie auch«, sagte Slocum mit einem leichten Nicken. »Aber alles zu seiner Zeit.«

»Jetzt ist die richtige Zeit.«

»O nein, nein«, sagte Slocum leichthin und schüttelte den Kopf. »Das denke ich nicht, alter Knabe. Sie haben doch gehört, was der gute Doktor gesagt hat. Das Mädchen steht unter Schock.«

»Das bedeutet nicht, daß sie nicht einige Fragen beantworten kann.«

»Vielleicht könnte sie. Aber bedenken Sie, wie das vor Gericht aussehen würde. Bedenken Sie, wie die Geschworenen reagieren könnten, wenn sie hören, daß das arme Mädchen, noch während es sich in einem traumatischen Zustand befand, unter Druck gesetzt wurde ...«

»Ich setze Zeugen nicht unter Druck«, sagte Da Silva. Kein Ärger in der Stimme, nur eine leidenschaftslose Gewißheit.

Slocum zog die Augenbrauen hoch, zum Zeichen des Erstaunens. »*Natürlich* tun Sie das nicht, alter Knabe. *Ich* weiß das. Die meisten braven Bürger dieser Stadt wissen das. Ich möchte nur darauf hinweisen, was ein Verteidiger – einer ohne Skrupel, selbstverständlich – den zwölf Männern im Geschworenenstand zu verstehen geben könnte. Sie wollen doch bestimmt, daß der Wahrheitsgehalt einer Zeugenaussage, die Sie aufgenommen haben, über jeden Verdacht erhaben ist?«

Da Silva hatte die Augen zusammengekniffen. »Wen genau vertreten Sie hier eigentlich, Slocum?«

»Miss Borden und die kleine Miss Burton natürlich. Aber ich habe versäumt, mich vorzustellen.« Er löste sich vom Türpfosten und nickte Miss Lizzie liebenswürdig zu. »Darryl Slocum, Miss Borden.« Dann kam er, mit katzenhafter Grazie, zum Sofa herüber und hielt mir die Hand hin. »Darryl Slocum, Miss Burton. Wie geht es Ihnen?«

Ich nahm seine Hand. »Sie können Amanda zu mir sagen«, sagte ich. »Danke, sehr gut.«

Er lächelte plötzlich, ein strahlendes Lächeln ohne jede Ironie. »Amanda«, sagte er. »Entzückt.« Und dann machte er über meiner Hand eine schnelle, geschmeidige Verbeugung wie ein Europäer. Ich spürte, wie mir die Röte ins Gesicht schoß und daß ich mit den Augendeckeln klapperte. Ich hoffte, daß niemand etwas bemerkt hatte. Aber gleichzeitig mit meiner Verlegenheit kam die augenblickliche Überzeugung, daß dies der Mann war, den ich eines Tages heiraten würde.

Der Leichenschmaus war noch nicht einmal bestellt worden, und ich deckte schon die Hochzeitstafel. Ich möchte gerne glauben, aus der verzeihenden Sicht von heute, daß dies nicht schlichte Gefühllosigkeit, nicht schlichte Gleichgültigkeit meinerseits war. Ich stand noch immer unter Schock. Bei normalem Lauf der Dinge kann der menschliche Verstand nur ein bestimmtes Maß an Schrecken verkraften. Wenn er mit mehr konfrontiert wird, wendet er sich ab oder blendet sich völlig aus. Mr. Slocums glänzende Erscheinung lieferte, vorübergehend, genau die Ablenkung, der eine leidgeprüfte Seele bedurfte.

»Hören Sie, Slocum«, sagte Da Silva, »Sie können nicht beide vertreten.«

»Aber natürlich kann ich das«, sagte Mr. Slocum und ließ meine Hand los (die einen Moment lang, kribbelnd, in der Luft hing), um sich dem Polizeichef zuzuwenden. »Es sei denn, ich käme zu der Erkenntnis, daß dies einen Interessenkonflikt darstellen würde.«

Einen Moment lang starrte Da Silva ihn nur an. Dann kam wieder sein leises finsteres Lächeln zum Vorschein. »Na gut«, sagte er. »Wir werden das Mädchen später vernehmen. Miss Borden . . .«

»Miss Borden«, warf Mr. Slocum ein, »hat selbstverständlich das Recht, sich mit ihrem Anwalt zu beraten, bevor sie irgendwelche Fragen beantwortet.«

»Wir können«, sagte Da Silva, »Miss Borden ersuchen, uns auf das Revier zu begleiten und eine offizielle Aussage zu machen.«

»Gewiß können Sie das«, räumte Mr. Slocum liebenswürdig ein. »Aber als ihr Anwalt würde ich ihr davon abraten. Eine Frau von Miss Bordens Charakter und gesellschaftlicher Stellung braucht sich, wie ich meine, einer derartigen Demütigung nicht auszusetzen. Und Sie können ihre Willfährigkeit nicht erzwingen, ohne sie in Haft zu nehmen. Wofür Sie, wie ich wohl kaum hinzuzufügen brauche, keine Verdachtsmomente haben.«

»Slocum . . .« begann Da Silva.

Der Anwalt wandte sich an Miss Lizzie. »Miss Borden, haben Sie Informationen irgendwelcher Art, die der Polizei dienlich sein könnten?«

Miss Lizzie hob den Unterkiefer leicht an. »Das habe ich nicht.«

Mr. Slocum wandte sich wieder an Da Silva und zuckte die Achseln. »Na bitte, alter Knabe.«

Auf Da Silvas Wange zuckte ein Muskel. »Ein Mord ist verübt worden, Slocum. Jemand hat einen Menschen ums Leben gebracht. Bedeutet Ihnen das gar nichts?«

Neben mir rutschte Dr. Bowen unruhig auf dem Sofa hin und her.

»Natürlich bedeutet mir das etwas«, fauchte Mr. Slocum mit einer Stimme, aus der alle Leichtigkeit verschwunden war. »Ich bin ein Beauftragter des Gerichts, genau wie Sie. Und ich verstehe Ihre Entschlossenheit, den Verantwortlichen zu finden. Aber angenommen«, sagte er in einem Ton, der ausgesprochen vernünftig war, »angenommen, wir machen folgendes. Wir gönnen Miss Burton und Miss Borden – denn ich bin sicher, daß Miss Borden ebenfalls beträchtliche Aufregungen erlebt hat –, wir gönnen also beiden eine Ruhepause, Zeit, sich von all dem zu erholen. Und morgen nachmittag, sagen wir um zwei Uhr, treffen wir uns alle wieder hier. Ich gehe davon aus, daß die beiden Damen dann gerne ihre Aussagen machen werden. Wären Sie damit einverstanden, Miss Borden?«

»Ja«, sagte Miss Lizzie.

Mr. Slocum wandte sich an mich. »Amanda?«

Ich nickte.

»Chief Da Silva?« sagte Mr. Slocum.

Da Silva stand nur da. Sein Blick huschte von Mr. Slocum zu Miss Lizzie und wieder zurück zu Mr. Slocum. »Vor dem Haus wird eine Wache aufgestellt.« Er hatte wieder dieses kleine harte Lächeln. »Natürlich nur zum Schutz von Miss Borden und Miss Burton.«

Mr. Slocum nickte. »Einverstanden.«

»Keine von ihnen darf die Stadt verlassen.«

»Ohne vorherige Benachrichtigung«, fügte Mr. Slocum hinzu.

Da Silva erwog dies einen Moment lang und nickte dann. »Ohne vorherige Benachrichtigung.«

»Einverstanden«, sagte Mr. Slocum.

»Keine Presse«, sagte Da Silva. »Keine Reporter.«

»Einverstanden.«

Da Silva nickte. »Um zwei Uhr also. Medley?«

»Sir?«

»Kommen Sie.«

Als Officer Medley hinter Da Silva zur Wohnzimmertür hinausging, blickte er über die Schulter zurück und beehrte mich mit einem kurzen unerschrockenen Grinsen. Ich lächelte zurück, aber automatisch, reflexartig; meine Loyalität hatte sich verlagert. Officer Medleys tollkühner Charme konnte es, wie mir damals schien, nicht mit Mr. Slocums Flair aufnehmen. Und außerdem war Medley auf ihrer Seite, Mr. Slocum dagegen war auf unserer, auf meiner und Miss Lizzies Seite.

Miss Lizzie wandte sich ihm zu. »Ich danke Ihnen«, sagte sie ziemlich steif, als wäre sie es nicht gewöhnt, in jemandes Schuld zu stehen.

Mr. Slocum ging mit einer Handbewegung darüber hinweg. »Kein Problem. Als Felix mich aus Boston anrief und mir die Lage der Dinge erläuterte, hielt ich es für das beste, mich gleich in Trab zu setzen.«

»Dafür bin ich Ihnen sehr dankbar. Ich weiß, daß ich, hätte ich diesem Mann allein gegenübergestanden, nicht so diplomatisch gewesen wäre.« Sie bewegte geziert, fast schüchtern, den Kopf hin und her. Auch diese Bewegung schien etwas zu sein, woran sie nicht gewöhnt war; etwas, das sie vielleicht nicht mehr gemacht hatte, seit sie ein junges Mädchen war. Es wirkte jedenfalls irgendwie zaghaft, mädchenhaft; und ich erinnerte mich an das Bild der jungen Miss Lizzie, das gezeichnet worden war, bevor die Morde sie verändert hatten. »Das war sehr freundlich von Ihnen«, sagte sie.

Auf Mr. Slocums Lippen erschien wieder das ironische Lächeln. »Ich habe den Verdacht, daß Chief Da Silva Ihrer Beurteilung meines Charakters nicht beipflichten würde.«

Zum ersten Mal an diesem Tag lächelte Miss Lizzie. »Ich habe den Verdacht, daß Chief Da Silva keiner Beurteilung von mir beipflichten würde.«

»Ach ja?« sagte Mr. Slocum, wobei seine linke Augenbraue nach oben wanderte. »Dann kennen Sie ihn also?«

Sie nickte kurz. »Von früher.«

»Oh«, sagte Mr. Slocum. »Natürlich. Fall River. Ich hatte vergessen, daß Chief Da Silva von dort stammt. Sie hatten mit ihm zu tun, als Sie« – sein kurzes Zögern dauerte nicht einmal so lange, wie man braucht, um es zu erwähnen – »damals Ärger hatten?«

»Ja«, sagte sie knapp und brüsk. Sie wandte sich dem Arzt zu, als hätte sie sich plötzlich daran erinnert, daß er auch noch da war. Er saß noch immer neben mir auf dem Sofa, und er hatte (genau wie ich) die Unterhaltung mit großem Interesse verfolgt. »Und natürlich bin ich auch Ihnen dankbar, Dr. Bowen, daß Sie so prompt gekommen sind.«

»Hätte ich mir um nichts in der Welt entgehen lassen«, sagte der Doktor und blinzelte selig. »Macht mich glatt zum begehrtesten Mann beim Bridge, was?«

Lächelnd sagte Mr. Slocum: »Ich weiß, daß ich Sie nicht an Ihre Schweigepflicht zu erinnern brauche, Doktor.«

»Nein, nein, natürlich nicht«, sagte Dr. Bowen blinzelnd. »'türlich nicht. Meine Lippen sind versiegelt, was, mein Junge?«

»Sie sagten etwas«, sagte Miss Lizzie, »von einem Beruhigungsmittel für Miss Burton?«

»In der Tat. Hab's gleich hier.« Den Kopf gebeugt, kramte er in seiner Tasche herum. »Irgendwo. Aha. Genau.« Er holte ein kleines bernsteinfarbenes Fläschchen heraus, öffnete es, klopfte vier kleine weiße Tabletten in seine hohle Hand. »So, meine Kleine.« Er gab sie mir. »Zwei davon jetzt gleich, und die zwei anderen sind für heute nacht, falls du nicht schlafen kannst, was?«

»Danke«, sagte ich.

»Kamillentee«, sagte er. »Und viel Bettruhe, was? Morgen früh bist du wieder auf dem Damm. Wie neugeboren. Genau.«

»Vielen Dank, Doktor«, sagte Miss Lizzie. »Bitte seien Sie so gut und schicken Sie mir die Rechnung.«

»Die Rechnungen schreibt meine Frau«, sagte er. »Wird ihre helle Freude haben an der, was? Ich meine, nun ja, in Anbetracht . . .« Weder Miss Lizzie noch Mr. Slocum sagten etwas. Dr. Bowen räusperte sich blinzelnd. »Nun denn.« Vor Anstrengung leicht grunzend, erhob er sich vom Sofa. »Muß wieder los. Immer auf Achse, was?«

Mr. Slocum sagte zu Miss Lizzie: »Soll ich den Doktor hinausbegleiten?«

»Ja, bitte, Mr. Slocum«, sagte sie nickend.

Als die beiden Männer das Wohnzimmer verließen, kam sie zum Sofa. »Wie fühlst du dich, Amanda?«

»Müde«, sagte ich.

»Möchtest du dich hinlegen?«

»Ja, ich glaube schon. Falls das möglich wäre?«

»Aber natürlich. Du kannst das unbenutzte Zimmer oben haben. Ah, Mr. Slocum. Lassen Sie mich nur rasch Amanda zu Bett bringen, dann können wir uns unterhalten.«

Mr. Slocum nickte und sagte dann zu mir: »Der Doktor hat recht, Amanda. Wenn du geschlafen hast, fühlst du dich wieder besser.«

Seine Zähne waren, wie ich bemerkte, absolut ebenmäßig; und sogar im düsteren Licht des Wohnzimmers funkelten sie tatsächlich.

Oben weigerte sich Miss Lizzie, sich von mir beim Beziehen des Bettes helfen zu lassen. Sie bestand darauf, daß ich mich auf den kleinen Holzstuhl setzte, der an der Wand stand, während sie sich mit den Laken zu schaffen machte und das untere so strammzog, daß es als Trampolin hätte dienen können. Als sie fertig war, strich sie alles glatt. »So. Du gehst jetzt ins Bett, Liebes, und ich hole dir deinen Tee.«

Ich hätte sie gerne nach ihren früheren Erlebnissen mit Chief Da Silva in Fall River gefragt, aber ich hatte das Gefühl, daß das eine Zumutung, eine Einmischung gewesen wäre. Statt dessen fragte ich: »Glauben Sie, daß mein Vater bald kommen wird?«

Sie streckte die Hand aus und strich mir über das Haar. »Da bin ich ganz sicher, Liebes. Als ich mit meinem Anwalt in Boston gesprochen und ihn gebeten habe, jemanden hier aus der Stadt herzuschicken, habe ich ihm gesagt, er solle das Büro deines Vaters anrufen und ihm mitteilen, was passiert ist. Ich bin sicher, daß er schon auf dem Weg ist. Ich schicke ihn gleich zu dir herauf, wenn er ankommt. Und jetzt ins Bett mit dir.«

Sie eilte geschäftig hinaus und machte die Tür hinter sich zu.

Nachdem ich Dr. Bowens Pillen auf den Nachttisch gelegt hatte, zog ich mich langsam aus, kroch ins Bett und deckte mich zu. Die Laken rochen nach Mottenkugeln.

Ob aufgrund des Schocks oder aus schierer Erschöpfung begann mein Verstand endlich auszusetzen. Jetzt, da ich von einem schützenden Kokon umgeben war, fühlte ich mich furchtbar schwach und unendlich müde.

Binnen etwa fünfzehn Minuten kehrte Miss Lizzie mit einem Tablett zurück, auf dem ein Glas Wasser und eine dampfende Tasse Kamillentee standen. Sie stellte es auf den Nachttisch und setzte sich neben mir auf das Bett.

»Sind das die Tabletten, die dir Dr. Bowen gegeben hat?« fragte sie und nahm sie in die Hand.

»Ja«, sagte ich. »Muß ich sie wirklich nehmen?«

Sie lächelte. »Ja, Liebes, das mußt du. Dann kannst du besser schlafen. Zwei davon, hat er gesagt. Hier. Und da ist dein Wasser. Sehr gut. Danke, Amanda.«

Ich sagte: »Wie alt schätzen Sie Mr. Slocum?«

»Mr. Slocum? Ich weiß nicht recht, Liebes. Siebenundzwanzig? Achtundzwanzig? Warum fragst du?«

Ich zuckte die Achseln unter dem Laken. »Ich weiß nicht. Nur so. Er scheint schrecklich klug zu sein, nicht?«

Sie lächelte. »Schrecklich klug. Und jetzt schläfst du. Ich verspreche dir, sobald dein Vater da ist, schicke ich ihn herauf.«

»Danke, Miss Lizzie.«

Sie strich mir wieder über das Haar. »Und mach dir keine Sorgen, Amanda. Ich verspreche dir, daß ich mich um alles kümmern werde.«

»Sie sind wirklich sehr freundlich, Miss Lizzie.«

»Still jetzt«, sagte sie. »Schlaf schön. Ich sehe später noch einmal nach dir.«

Sie stand auf und drehte sich um, ging zur Tür und machte sie auf. Sie drehte sich zu mir um und lächelte. »In zehn Jahren, wenn du dreiundzwanzig bist, ist er erst siebenunddreißig.«

Ich wurde rot. War ich so lächerlich leicht zu durchschauen?

»Schlaf gut, Liebes.« Sie lächelte und schlüpfte durch die Tür und zog sie hinter sich zu.

Zehn Jahre, dachte ich.

Nur wenige Minuten später fiel ich in einen tiefen, traumlosen Schlaf, der bis zum Morgen des darauffolgenden Tages dauerte.

Ich erwachte in dem fremden Bett inmitten von Kampfergeruch, einem dumpfen, klaustrophobischen Geruch. Die Luft war heiß und reglos, so dicht wie Fleischbrühe, und mein Baumwollunterkleid klebte auf meiner feuchten Haut wie ein Senfpflaster.

Ein schmaler Streifen Sonnenlicht drang zwischen den Spitzengardinen hinter mir ein, durchschnitt schräg das Zimmer, brach sich am Glas der Nußbaumvitrine an der gegenüberliegenden Wand. Hinter den staubigen Scheiben standen starre Porzellanfigurinen aufgereiht: Schäfer und Schäferinnen, behäbige Bürger und ihre behäbigen Frauen, die mich allesamt mit winzigen glasigen Augen stupide anstarrten.

Rechts von mir stand eine Frisierkommode mit einem flekkigen Spiegel, der in einem kunstvollen, aber angeschlagenen Oval aus dunklem Holz saß. Links von mir stand ein gedrungener Eichenschreibtisch, dessen abgenutzte Schreibplatte leer war, dessen offene Fächer nichts enthielten. Und dort, vor ihm, auf dem an der Wand stehenden Stuhl mit der geraden Rückenlehne zusammengesunken, die in weißen Hemdsärmeln steckenden Arme vor der Brust verschränkt, die Krawatte am Hals gelockert, den Kopf gesenkt, so daß eine braune Haarsträhne schlaff in die Stirn fiel, saß Vater.

»Daddy?« sagte ich. »Daddy?«

Sein Kopf schnellte nach oben, und er sah mich an. »Amanda«, sagte er. Er stand so langsam, mit solcher Mühe auf, als würde ihm die Anstrengung Schmerzen bereiten. Mit hängenden Schultern durchquerte er das Zimmer und setzte sich neben mir auf das Bett. Seine Wangen waren eingefallen, seine blauen Augen rotumrandet. »Wie geht es dir, Kleines?« sagte er, und seine Hand kam auf mich zu und legte sich auf meinen Kopf.

»O Daddy«, sagte ich, und ich griff nach ihm, und er zog mich an sich, legte die Arme fest um mich, und zum ersten Mal, seit ich die Leiche meiner Stiefmutter gesehen hatte, schnürte mir der Kummer die Kehle zu, und heiße Tränen schossen zwischen meinen Lidern hervor.

»O Daddy«, schluchzte ich. *»Daddy.«*

Er hielt mich fest, und seine Hand tätschelte sanft meinen Rücken. »Kleines«, sagte er. »Kleines.«

Er hielt mich fest, und auf einmal spürte ich auf meinem Gesicht einen Tropfen, und dann noch einen, von den Tränen meines Vaters. Jeder blieb einen Moment zitternd dort hängen und lief mir dann naß und kitzelnd die Wange hinunter und vermischte sich mit meinen eigenen Tränen. Ich hatte meinen Vater noch nie weinen sehen. Und dann schluchzte ich seinetwegen, wegen seines Verlustes und wegen seines Schmerzes und sogar wegen seiner Freude, mich im Arm zu halten. Ich hielt ihn fest, und er hielt mich fest, und lange Zeit weinten wir stumm miteinander.

Nach einer Weile, als mein Schluchzen nachgelassen und sich in Schniefen und tiefe abgerissene Seufzer verwandelt hatte, rückte er etwas von mir ab und rieb, durch den Mund atmend, mit den Fingerkuppen der rechten Hand an seinen Augen herum, erst am rechten und dann am linken. Es war eine Geste, die ich, in ihrer maskulinen Abruptheit, ebenso anrührend fand wie seine Tränen. Er griff nach hinten in seine Gesäßtasche und zog ein säuberlich zusammengelegtes weißes Baumwolltaschentuch heraus, entfaltete es und reichte es mir. Ich wischte mir die geschwollenen Augen ab (ich habe nie zu diesen glücklichen und möglicherweise legendären Frauen gehört, die Tränen noch schöner machen) und führte es dann an die Nase und trompetete hinein. Ich sah Vater an und sagte kläglich: »Ich klinge bestimmt wie eine Gans.«

Er lächelte und blinzelte einen Tränenschleier weg. »Wie eine dumme Gans.«

Ich schneuzte mich noch einmal geräuschvoll in das Taschentuch. »Ich bin ganz verstopft«, sagte ich mit finsterem Blick.

»Ich auch.«

Ich gab ihm das Taschentuch zurück, und er schneuzte sich, diskreter als ich, zog kurz die Nase hoch, schneuzte sich abermals und steckte das Tuch wieder ein.

Ich sagte: »Daddy, es war schrecklich.«

Er nickte. »Ich weiß, Kleines. Ich habe sie gesehen.«

»Du hast sie gesehen?« Den zerfleischten Körper und die zersplitterten Knochen; die grauenvollen Blutspritzer. »Die Polizei hat dich dazu gezwungen?«

»Drüben im Krankenhaus.« Er holte tief Luft. »Jemand mußte sie identifizieren.«

»O Daddy.« Ich legte die Hand auf seine.

Er deckte sie mit der anderen Hand zu. »Jetzt ist es ja ausgestanden, Amanda. Jetzt ist es vorbei.«

»Dieser gemeine Chief Da Silva. Diese Ratte.«

Er drückte meine Hand und schüttelte den Kopf. »Nein, Amanda. So ist nun mal das Gesetz. Chief Da Silva hat nur seine Pflicht getan.«

»Ich kann ihn nicht leiden.«

»Er ist ein harter Mann, aber gerecht, wie ich glaube.«

»Ich kann ihn trotzdem nicht leiden. Daddy?«

»Ja?«

»Wer könnte Audrey das angetan haben?«

Er schüttelte den Kopf. »Ein Verrückter. Ein Wahnsinniger. Ich ...«

Es klopfte an der Tür. Vater rief: »Herein.«

Die Tür ging auf, und Miss Lizzie trat ein, auf dem Arm einen ordentlichen Stapel Kleidungsstücke. »Ich habe Sie reden hören. Ich möchte nicht stören.«

Es klang nicht direkt wie eine Entschuldigung; es wäre mir auch schwergefallen, mir irgendwelche Umstände vorzustellen, unter denen Miss Lizzie eine Entschuldigung vorgebracht hätte. Ich glaube, daß die offensichtliche Vertrautheit zwischen Vater und mir ihr Unbehagen bereitete. Aber was auch immer der Grund gewesen sein mag, auf jeden Fall war ihre Stimmung gedämpft, fast geschäftsmäßig.

Vater sagte: »Keineswegs, Miss Borden.«

Sie wandte sich an mich. »Und wie geht es dir heute, Amanda?« In ihrer Stimme schwang diese forsche, muntere, gekünstelte Herzlichkeit mit, die die meisten Erwachsenen im Gespräch mit Kindern an den Tag legen. Ihr Verhalten hatte nichts von der Nähe und Wärme des gestrigen Tages; es schien zu besagen, daß sie und ich bloß Bekannte waren und nicht, wie ich zu glauben begonnen hatte, Freunde. Und so war ich gekränkt, wie es nur eine Dreizehnjährige sein kann.

»Mir geht's gut«, sagte ich mit schmollender Stimme.

Sie nickte. »Ich habe dir ein paar von deinen Sachen von nebenan gebracht. Wenn du baden möchtest, der Waschraum ist am anderen Ende des Flurs.«

»Vielen Dank.« Ich ließ meine Stimme kühl und zurückhaltend klingen.

Sie legte das Kleiderbündel auf dem Schreibtisch ab und wandte sich an Vater: »Haben Sie Amanda schon von der Zusammenkunft erzählt?«

»Noch nicht«, sagte er.

»Mit der Polizei?« fragte ich.

»Mit dem Anwalt«, sagte er. »Um zwölf.« Er lächelte matt. »Ein Kriegsrat, bevor wir mit der Polizei sprechen.«

»Dem Anwalt?« sagte ich. »Mr. Slocum?«

Er nickte. »Und einem Pinkerton-Mann. Miss Borden meint, daß er nötig sein könnte.« Aus seinem Ton schloß ich, daß er diese Meinung nicht teilte.

»Ein richtiger Privatdetektiv?«

Er lächelte. »Ein richtiger Privatdetektiv.«

»Nun«, sagte Miss Lizzie, »dann lasse ich Sie beide jetzt allein.« Sie wandte sich mir zu. »Du kannst gerne bleiben, solange du möchtest, Amanda.« Sie sah sich im Zimmer um und verzog mißbilligend den Mund. »Das Mobiliar gehört natürlich nicht mir. Es ist der übliche Krimskrams, den man in jedem vermieteten Sommerhaus antrifft. Wir könnten etwas dagegen unternehmen, wenn du möchtest. Hübschere Sachen hereinstellen. Das Meißner« – mit einem finsteren Blick in Richtung der Figurinen – »ist besonders gräßlich.«

»Nein«, sagte ich, »das ist schon in Ordnung, Miss Lizzie. Das Zimmer ist nett.«

»Nun, sag mir Bescheid, wenn du es dir anders überlegst.« Dann, als wäre ihr plötzlich etwas eingefallen, sagte sie: »Hast du Hunger, Kind?«

Zu meiner Überraschung stellte ich fest, daß ich einen Bärenhunger hatte. »Ein bißchen«, räumte ich ein.

Ihr Gesicht wurde weicher. »Gut. Ich bringe dir gleich etwas herauf.«

Sofort hatte ich Gewissensbisse wegen meiner früheren Kälte. »Nein, Miss Lizzie, wirklich. Sie brauchen sich keine Umstände zu machen.«

»Das macht doch keine Umstände«, sagte sie. »Und du mußt schließlich bei Kräften bleiben.« Sie wandte sich Vater zu, bedachte ihn mit ihrem geschäftsmäßigen Nicken. »Dann bis später.«

Als sie sich zum Gehen anschickte, rief ich ihr nach: »Miss Lizzie?«

Sie sah mich mit hochgezogenen Augenbrauen an. »Ja?«

»Vielen Dank«, sagte ich. »Für alles.«

Da lächelte sie und wurde wieder die Miss Lizzie, die ich kannte, mit strahlenden grauen Augen und Grübchenwangen. »Keine Ursache, Kind. Ich habe es gerne getan.« Sie nickte Vater nochmals zu, machte kehrt und ging.

Ich sah ihn an. »Sie war wunderbar, Vater.« Sobald ich das Wort aussprach, wurde mir klar, daß wir nicht mehr *»Daddy«* und *»Kleines«* waren; Miss Lizzies Anwesenheit hatte uns daran erinnert, daß es außer uns beiden noch eine andere Welt gab. Ich verspürte einen kleinen Stich des Bedauerns.

»Ich weiß«, sagte er.

»Hättest du etwas dagegen, wenn ich noch ein Weilchen bei ihr bleiben würde?«

»Tja, Amanda«, sagte er und strich sich über den Schnurrbart. »Ich dachte, wir nehmen dir ein Zimmer im Hotel, vielleicht gleich neben meinem. Zumindest bis das Ganze vorbei ist. Du hättest ein Badezimmer ganz für dich allein, und das Restaurant ist nur eine Etage tiefer.« Er rang sich ein Lächeln ab. »Und sie haben dort Zimmermädchen, die alles sauberhalten. Du bräuchtest dir keine Gedanken wegen des Aufräumens zu machen.«

An der Tatsache, daß Vater meine Schlampigkeit ins Feld führte, die innerhalb der Familie zur Legende geworden war, merkte ich, daß ihm die Vorstellung, daß ich bei Miss Lizzie blieb, aus irgendeinem Grund nicht behagte.

Ich sagte: »Vater, sie ist meine Freundin. Ich weiß nicht, was ich gestern getan hätte, wenn sie nicht dagewesen wäre und mir geholfen hätte.«

Er sah mich lange an. Schließlich sagte er: »Na schön. Wir werden sehen, wie es geht.« Dann sah er mich wieder mit diesem gequälten Lächeln an. »Wenn sie deine Freundin ist, kannst du sie jetzt nicht gut im Stich lassen, nicht wahr?«

»Nein«, sagte ich grinsend, indem ich, wie die Situation es von mir verlangte, so tat, als ob sein Lächeln echt wäre. »Danke, Vater. Was ist mit William? Wohnt er auch im Hotel?«

Das Lächeln verschwand, und er schüttelte den Kopf. »Nein, Amanda. Wir können ihn nicht finden. Ich hatte gehofft, daß du eine Ahnung hättest, wo er hingegangen sein könnte.«

»Er hat gestern gesagt, daß er und Andy mit Andys Auto die Küste hinauffahren wollten.«

Er schüttelte wieder den Kopf. »Die Polizei hat mit Andy gesprochen. William ist gestern überhaupt nicht erschienen. Niemand hat ihn gesehen.«

Der Kriegsrat sollte in Miss Lizzies Wohnzimmer stattfinden. Viertel vor zwölf waren wir alle versammelt und warteten auf die Ankunft des Pinkerton-Mannes.

Vater und ich saßen auf dem Sofa. Er trug jetzt Krawatte und Jackett – ein Gentleman war in Gesellschaft von Damen nicht in Hemdsärmeln –, doch er sah nicht weniger abgehärmt, nicht weniger abgespannt aus.

Ich hatte ihm noch nichts von dem Streit gestern zwischen Audrey und William erzählt. Er hatte schon genug schlechte Nachrichten erhalten, dachte ich; und darüber zu sprechen hätte zudem bedeutet, meine eigene Rolle dabei zu verraten und das Geheimnis, das ich ihm den ganzen Sommer verschwiegen hatte. Familien werden ebensosehr zusammengehalten durch das, was sie nicht sagen, wie durch das, was sie tun.

Ich trug ein leichtes blaues Popelinkleid, das am Saum und an den Ärmeln mit Spitzen besetzt war. Audrey hatte es mir in Boston gekauft, bevor wir an die See fuhren. Das Kleid war sehr hübsch, aber der Saum endete nur gute zehn Zentimeter über dem Boden, und seit Monaten hatte ich Audrey bestürmt, mich das Kleid kürzen und auf eine vernünftigere Länge bringen zu lassen. Sie hatte erklärt, daß ich noch im Wachstum sei und daß der Saum früher oder später der Mode entsprechen würde. (Was, wie ich ihr verkündete, genau in dem Moment passieren würde, in dem die Ärmel an den Ellbogen endeten.) Und so hatte das Kleid, so hübsch es auch war, den ganzen Sommer im Schrank geschmachtet. Ich trug es heute gewissermaßen als Entschuldigung für meine Sturheit.

Miss Lizzie, die ihr stets gleichbleibendes Schwarz trug, saß in einem der roten Sessel, auf dem Schoß eine Ausgabe von ›Harper's‹. Den Kneifer auf der Nase, blätterte sie eher beiläufig die Zeitschrift durch, um hin und wieder bei einer Seite zu verweilen; aber letzten Endes blickte sie doch unweigerlich auf und starrte finster, den Mund zu einem grimmigen Strich zusammengekniffen, in Richtung des Wohnzimmerfensters.

Etwas weg vom Fenster – durch dessen Spitzengardinen er die Straße sehen konnte, ohne selbst gesehen zu werden – stand Mr. Slocum, die Hände in den Taschen, einen leicht nachdenklichen Zug um die Lippen. Er trug heute einen anderen Leinenanzug, diesmal einen zartgelben von der Farbe alten Elfenbeins, und dazu ein hellgrünes Hemd und eine lindgrüne Krawatte.

Vater, vor Müdigkeit und Anspannung nörgelig, sagte plötzlich: »Haben die denn gar nichts Besseres zu tun?«

»Wohl kaum«, sagte Mr. Slocum, der noch immer aus dem Fenster sah. »Ich glaube kaum, daß irgendeiner von denen jemals etwas Besseres zu tun hatte. Jedenfalls nichts derart Seelenbewegendes.« Er drehte sich zu Vater um und lächelte schwach. »Sofern man in diesen Kreisen von Seelen sprechen kann.«

Sie hatten sich, wie Miss Lizzie mir gesagt hatte, gestern am frühen Abend zu versammeln begonnen, während ich schlief. Zuerst waren es nur wenige gewesen, stumm und reglos; doch nach und nach hatten sich weitere zu ihnen gesellt, und um Mitternacht, sagte Miss Lizzie, seien es bestimmt zweihundert gewesen. Im Laufe der Nacht war ihre Zahl geschrumpft, um dann, bei Morgengrauen, wieder anzuwachsen.

Jetzt standen, trotz des blendenden weißen Mittagslichts und der drückenden Hitze, die wie eine Wolldecke über der Stadt lag, wesentlich mehr als zweihundert dort draußen. Sie verstopften die Water Street, ergossen sich in die Seitenstraßen, blockierten jeglichen Verkehr. Da waren Kinder, und da waren alte Leute. Da waren blasse Angestellte in Straßenanzügen, Bauern mit Terracottagesichtern und wettergegerbte Fischer in Overalls, Hausfrauen in tristen Kalikokleidern und Verkäuferinnen in modischen Röcken, von denen viele leuchtendbunte Sonnenschirme in der Hand hielten, um ihren hellen Teint vor der unerbittlichen Sonne zu schützen. Sie wogten hin und her, bildeten Grüppchen und gruppierten sich scheinbar planlos neu, bewegten sich wie in Trance, ohne Ausdruck, blickten manchmal in die Ferne, die Straße hinunter, zum grellen weißen Himmel hinauf, zu ihren Bekannten hinüber; blickten aber immer wieder mit dumpfer benommener Faszination auf das Haus, in dem Miss Lizzie wohnte.

Keiner von ihnen hatte sich dem weißen Lattenzaun genähert. Vielleicht wurden sie durch die Anwesenheit von Officer O'Hara in Schach gehalten, der auf dem altersschwachen kleinen Korbsofa auf der Veranda saß und grimmig dreinschaute, während er seinen Gummiknüppel rhythmisch auf den Handteller sausen ließ. Ich glaube jedoch, daß sie eher durch ihr eigenes unergründliches Grauen zurückgehalten wurden.

Es kam vor, daß einer von ihnen, mutiger als die übrigen, etwas rief – *»Zeig uns die Axt, Lizzie!«* – und ein anderer ihn anfeuerte und dann ein gedämpftes Lachen, schockiert und erleichtert zugleich, durch die Menge ging, das dann langsam schwächer wurde, zu einem Murmeln verebbte, das seinerseits langsam erstarb, bis wiederum nichts als diese lastende, geistlose Stille blieb.

Vater sagte: »Man sollte meinen, daß sie es früher oder später müde werden.«

Miss Lizzie hob den Blick von ihrer Zeitschrift und sagte: »So etwas werden sie niemals müde.«

(Sie hatte mir bereits gesagt, daß den ganzen Morgen das Telephon geläutet hatte, bis sie schließlich das Fernsprechamt angerufen und verlangt hatte, daß man ihre Nummer änderte. Sie rechnete damit, wie sie sagte, daß sie gezwungen sein würde, sie erneut zu ändern, möglicherweise sogar mehrmals; und so war es auch.)

Mr. Slocum beugte sich leicht vor. »Ich glaube, unser Pinkerton ist eingetrudelt.«

Wir hörten das Raunen der Menge, dann eine Stimme, die etwas Gehässiges rief, dann ein Geräusch, als ob sich ein großes Tier regte, das soeben aus dem Schlaf erwacht war.

Mr. Slocum wandte sich an Miss Lizzie. »Ist es Ihnen recht, wenn ich ihn hereinlasse?«

»Ja, bitte«, sagte sie und legte die Zeitschrift weg.

Er drehte sich um und ging forsch aus dem Wohnzimmer. Die Menge draußen murrte und grollte.

Ich sagte zu Vater: »Was wollen die denn?« Sie jagten mir Angst ein, diese leeren ausdruckslosen Gesichter.

Er fuhr sich mit der Hand durch das Haar, schüttelte den Kopf. Er seufzte. »Ich weiß es nicht, Amanda. Und ich möchte es auch lieber nicht wissen.«

Ich sah Miss Lizzie an. Sie schien etwas sagen zu wollen, doch dann preßte sie die Lippen zusammen und sah zur Seite.

Wir hörten, wie die Haustür geöffnet und geschlossen wurde, hörten Schritte; und dann betrat Mr. Slocum mit dem Pinkerton-Mann das Zimmer. »Das«, verkündete der Anwalt, und sein ironisches Lächeln war zurückgekehrt, seine grünen Augen funkelten wieder vor stiller Belustigung, »ist Mr. Boyle.«

Sieben

Ich bin nicht ganz sicher, was ich erwartet hatte. Pinkerton-Männer, so viel wußte ich, waren ein bißchen wie Schnüffler und ein bißchen wie Sheriffs: Sie vereitelten die teuflischen Pläne von Großstadtgangstern, und sie brachten, auf dem Rücken unermüdlicher Pferde, schnauzbärtige Desperados zur Strecke, die Eisenbahnzüge überfielen. Ein Pinkerton-Mann sollte eigentlich wie eine Kreuzung zwischen Sherlock Holmes und Buffalo Bill aussehen; sollte eine schmale Mütze mit hochgeklappten Ohrenschützern tragen und, unter einem mit Revolvern behängten Gürtel mit silbernem Koppelschloß, in glänzenden ledernen Cowboyhosen stecken.

Er sollte nicht wie ein gedrungener, übergewichtiger ehemaliger Preisboxer mittleren Alters aussehen. Er sollte nicht kahl werden. Er sollte keine mindestens zwei Tage alten Salz-und-

Pfeffer-Stoppeln haben, die seine Hängebacken verdüstern. Er sollte keinen braunen Anzug tragen (selbst ich wußte, daß man braune Anzüge nur bei Landpartien trug), insbesondere keinen, der aussah, als wäre darin schon geschlafen worden, und das häufig und von mehreren an Schlaflosigkeit Leidenden gleichzeitig.

»Sagen Sie Harry zu mir«, sagte der Pinkerton-Mann. »'tschuldigung, daß ich mich verspätet hab. Mußte die Karre ein paar Straßen weiter stehenlassen. Da draußen wimmelt's ja nur so von Aasgeiern.«

»Kein Problem, alter Knabe«, sagte Mr. Slocum jovial und klopfte ihm auf den Rücken. (Ich bildete mir ein, eine kleine Staubwolke von Boyles Schulter aufsteigen zu sehen.) »Kommen Sie, ich mache Sie bekannt.«

Er führte den Mann im Zimmer herum, zunächst zu mir und Vater. Ich nickte, und Boyle nickte zurück. »Freut mich, dich kennzulern.« Vater schüttelte dem Mann die Hand; Mr. Boyle nickte zurück. »Freut mich, Sie kennzulern.«

Miss Lizzie, die Slocum als »Miss Lizbeth A. Borden« vorstellte, setzte sich steif auf und starrte Boyle an, die grauen Augen hinter dem Kneifer weit aufgerissen. Sie hatte vielleicht die gleiche hinreißende Hybride erwartet wie ich.

»Guten Tag«, sagte sie ziemlich förmlich und nickte, ohne ihm die Hand zu reichen.

»Ihnen auch«, sagte Boyle. »Freut mich, Sie kennzulern.« Er ließ sich durch nichts anmerken, ob ihm bewußt war, daß er die berühmte Lizzie Borden vor sich hatte. Obwohl ich über jede wie auch immer geartete Reaktion natürlich unverzüglich die Nase gerümpft hätte, stellte ich (naserümpfend) fest, daß die Tatsache, daß er keine Reaktion zeigte, nur ein weiterer Beweis, sofern es dessen noch bedurft hätte, für seine völlige Unfähigkeit war. In diesem Augenblick konnte Boyle, was mich betraf, einfach nicht gewinnen.

»Setzen Sie sich, alter Knabe«, sagte Mr. Slocum lächelnd, »ich will mal die Lage schildern.«

Boyle entschied sich für den Stuhl gegenüber von Vater und nur einen Meter zur Rechten von Miss Lizzie. Sie schien leicht vor ihm zurückzuweichen, als versuchte sie, ohne tatsächlich die Möbel umzustellen, den Abstand zwischen ihnen so groß wie möglich zu machen. Mr. Slocum saß auf dem Stuhl zur Linken von Miss Lizzie.

Boyle wandte sich an Miss Lizzie. »In Ordnung, wenn ich rauche?« fragte er und zog ein zerdrücktes Päckchen Fatima aus der Hemdtasche.

»Selbstverständlich«, sagte sie, und ihre Stimme klang gestärkt. »Der Aschenbecher steht dort drüben.« Dies für den Fall, daß der Mann ihn übersehen oder seinen offensichtlichen Verwendungszweck nicht erkannt hatte.

Während Boyle sich eine Zigarette in den Mund steckte, begann Mr. Slocum: »Ich habe gewartet, bis Sie hier waren, Mr. Boyle, damit ich den Sachverhalt nur einmal darlegen muß.«

»Harry«, sagte Boyle, dessen Zigarette beim Sprechen auf und ab hüpfte. Er beugte sich vor, rammte beide Hände in die Jackentasche und suchte nach etwas.

»Gestern«, sagte Mr. Slocum, »wurde im Haus nebenan Mrs. Audrey Burton ermordet. Die kleine Amanda hier, ihre Stieftochter, hat sie gefunden.«

Boyle hörte auf herumzukramen und machte ein finsteres Gesicht hinter seiner Fatima. »Weia, Kleine«, sagte er bekümmert, »muß hart gewesen sein.«

Ich wußte nicht, was ich sagen sollte. Ich hatte ihn nicht gemocht – er war einer von diesen grotesk-komischen Schlägen gewesen, die die Wirklichkeit urplötzlich der Phantasie versetzt –, und doch schien er aufrichtig besorgt zu sein.

Er streckte das eine Bein aus, um die Suche in seinen Hosentaschen fortzusetzen, und wandte sich dann an Mr. Slocum. »Die Sache mit der Lady, Mrs. Burton, die hab ich aus der Zeitung. Steht schon in allen Bostoner Käseblättern. Draußen sind ein paar von ihren Fritzen und halten mit den anderen Gaffern Maulaffen feil.« Endlich hatte er gefunden, wonach er gesucht hatte: ein ganz gewöhnliches Zündholz. Als er es am Daumennagel anriß, blickte ich rasch zu Miss Lizzie, um zu sehen, ob sie diese Geste bemerkt hatte, die ihr vielleicht ein Gefühl der Verwandtschaft mit Boyle gab. Das war offenbar nicht der Fall; sie starrte ihn weiter an, als hätte sie eine Schlange auf der Buttercremetorte entdeckt.

Boyle warf das Zündholz in den Aschenbecher, lehnte sich zurück und stieß eine blaue Rauchwolke aus. »Also, worum geht's? Was führt die Polizei im Schilde?«

»Also schön.« Mr. Slocum nickte, noch immer lächelnd – er schien einen Narren an Boyle gefressen zu haben. Er bückte sich und hob seine Krokodilleder-Aktentasche vom Boden auf. Er öffnete sie auf dem Schoß und entnahm ihr ein Bündel Papiere, stieß sie an der Aktentasche glatt, richtete sie mit schmalen Fingern aus und legte sie dann sorgfältig oben drauf. »Zunächst einmal«, sagte er, »habe ich hier den vorläufigen Autopsiebericht.« Er wandte sich mit einem gütigen Gesichtsausdruck an mich und sagte: »Du mußt dir das nicht anhören, Amanda.«

Ich schüttelte den Kopf. »Mir geht's wieder gut.« Kurz zuvor hatte Vater mir erklärt, was eine Autopsie ist und fast das gleiche gesagt. Ich glaubte, daß das Anhören der Tatsachen die Grausamkeit dessen, was ich gesehen hatte, in irgendeiner Form abschwächen würde. Außerdem war ich natürlich auf morbide Weise neugierig. Trotz des grauenvollen Anblicks gestern war der Tod etwas so Exotisches und Fernes wie Siam.

»Wenn du meinst«, sagte Mr. Slocum.

Ich nickte. Vater griff nach meiner Hand und drückte sie. »Bist du ganz sicher, Amanda?«

»Ja.«

Miss Lizzie schürzte die Lippen. Boyle, der nicht zu mir hersah, klopfte seine Zigarette am Rand des Aschenbechers ab.

Vater sagte zu Mr. Slocum: »Ich weiß, daß wir uns auf Mr. Slocums Taktgefühl verlassen können.«

Der Anwalt nickte und überflog dann das oberste Blatt.

»Also. Mrs. Burtons Tod wurde verursacht durch eine Reihe von Schlägen mit einem schweren, scharfen Gegenstand, vermutlich einem gewöhnlichen Beil. Es waren insgesamt, äh, fünfundzwanzig Schläge. Mindestens fünf davon hätten den sofortigen Tod zur Folge gehabt.«

Fünfundzwanzig, dachte ich bestürzt. Wie konnte jemand Audrey, oder überhaupt irgend jemanden, derart hassen?

Mr. Slocum las schweigend. »Hmmm«, sagte er. »Ich glaube, das überspringen wir.« Er drehte das Blatt um, besah sich das nächste, blickte auf und sagte: »Aufgrund des, äh, Mageninhalts von Mrs. Burton hat der Gerichtsmediziner ermittelt, daß sie ungefähr zwei Stunden nach ihrer letzten Mahlzeit gestorben ist.«

Ich erinnerte mich an die in dem Topf auf dem Herd erstarrende Hafergrütze, dachte daran, wie sie in Audreys Magen lag; es zog mir meinen zusammen.

»Wie gut ist der Mann?« fragte Boyle. »Der Gerichtsmediziner.«

»Dr. Malone?« sagte Mr. Slocum. Er zuckte die Achseln. »Durchaus kompetent, würde ich sagen. Aber sicher kein Genie.«

»Dann könnt er also ein bis zwei Stunden danebenliegen.«

»Schon möglich. Aber wie mir Miss Borden sagte, hat Amanda die Leiche kurz nach zwölf Uhr entdeckt. Die Polizei und Dr. Malone haben sie kurze Zeit später untersucht. Malone ist sicher, daß die, äh, näheren Einzelheiten am Tatort mit der Todeszeit übereinstimmen. Und die Polizei hat die Aussage einer Mrs. Esther Mortimer ...« Er blätterte in seinen Papieren.

Mrs. Mortimer, dachte ich und zuckte zusammen. Mrs. Mortimer war dabeigewesen, sie hatte den furchtbaren Streit zwischen Audrey und William miterlebt. Hatte sie der Polizei davon erzählt? Ich sah Vater an. Er starrte zu Boden, verfolgte das Muster des Perserteppichs, als könnte es ihn irgendwo hinführen, in die Vergangenheit oder in die Zukunft. Er muß meinen Blick gespürt haben, denn er sah auf, lächelte und drückte wieder meine Hand. Tröstete mich, wo er doch eindeutig selbst Trost brauchte.

»Da ist es«, sagte Mr. Slocum, während er ein Blatt herauszog und oben auf den Stapel legte. »Das sind nur Notizen, müssen Sie wissen«, sagte er zu Boyle. »Ich hatte keine Zeit, vollständige Kopien ihrer Zeugenaussage anzufertigen.«

Boyle nickte. Er steckte sich die zweite Fatima am glühenden Stummel der ersten an und drückte dann die erste im Aschenbecher aus.

Mr. Slocum sagte: »Mrs. Mortimer hat ausgesagt, daß sie an dem betreffenden Morgen um acht Uhr dreißig mit Mrs. Burton gefrühstückt hat. Sie sehen also, daß der Mageninhalt mit den anderen Hinweisen übereinstimmt.«

»Dann wurde sie also« – Boyle warf einen kurzen Blick auf mich, zog an seiner Zigarette, stieß den Rauch aus –, »dann ist es also gegen zehn Uhr dreißig passiert?«

»Ja, irgendwann zwischen zehn und elf.«

»Haben die Polypen die Tatwaffe? Das Beil?«

»Eine Waffe wurde nicht gefunden.«

Boyle zog die Augenbrauen hoch und die Mundwinkel nach unten. »Na schön«, sagte er. »Und wer kommt für sie in Frage?«

»Tja«, sagte Mr. Slocum und lehnte sich lächelnd zurück, »einige von ihnen sind davon überzeugt, daß der Mord Bestandteil eines Radikalenkomplotts war.«

Diese Möglichkeit war gar nicht so abwegig, wie man meinen könnte. 1920, nur ein Jahr davor, hatte der Justizminister der Vereinigten Staaten, Mr. Palmer, über fünftausend mutmaßliche Kommunisten (von denen keiner ein Verbrechen begangen hatte) eingesperrt und des Landes verwiesen. Im September des gleichen Jahres war in der Wallstreet, in der Nähe von J.P. Morgan and Company, eine Bombe explodiert, die dreißig Menschen getötet und Hunderte verletzt hatte. Und ungefähr zwei Wochen vor dem Tod meiner Stiefmutter hatte ein Gericht, keine hundert Meilen von hier, zwei obskure Anarchisten namens Nicola Sacco und Bartolomeo Vanzetti wegen Mordes verurteilt.

»Aber diejenigen, die zu dieser Theorie neigen«, sagte Mr. Slocum, »gehören auch zu den Leuten, die glauben, daß der Papst ein Bolschewik ist.«

Boyle, dessen Nase hellblauer Rauch entströmte, nickte. An seiner Miene war nicht abzulesen, wie er über Bolschewiken oder über den Papst oder über eine etwaige Verbindung zwischen beiden dachte.

Mr. Slocum sagte: »Ein oder zwei Polizisten, mit denen ich gesprochen habe, meinten, daß Mrs. Burton von einem Verrückten, einem Fremden, ermordet worden sein könnte. Aber die meisten von ihnen neigen dazu, diese Möglichkeit außer acht zu lassen. Erstens, weil das im wesentlichen ein Verbrechen ohne Motiv bedeuten würde, das sich als nicht aufzuklären erweisen könnte.« Er lächelte. »Frei in der Gegend herumlaufende Verrückte sind, wie Ihnen sicher bekannt ist, ungemein schwer aufzuspüren.«

Boyle zuckte die Achseln. »Könnt trotzdem so gewesen sein.«

»Es wäre denkbar«, räumte Mr. Slocum ein. »Aber zweitens werden die meisten Morde, wie Ihnen zweifellos ebenfalls bekannt ist, von jemandem verübt, der dem Opfer nahesteht, von jemandem, der es kennt.«

Boyle sagte: »Dann nehmen sie also Angehörige und Freunde unter die Lupe.«

»Im wesentlichen«, sagte Mr. Slocum. »Alles schön einfach machen. Und im Vereinfachen ist die Polizei groß. Im Moment kommen für sie vier Verdächtige in Frage.« Er wandte sich stirnrunzelnd an Vater. »Der erste, wie ich Ihnen leider mitteilen muß, Mr. Burton, ist Ihr Sohn.«

Vater schüttelte den Kopf. »Nicht William.«

»Nein«, sagte Mr. Slocum diplomatisch. »Bestimmt nicht. Aber laut Mrs. Mortimers Aussage, die offenbar äußerst widerstrebend gemacht wurde, hatten Ihr Sohn und Mrs. Burton gestern eine Art Auseinandersetzung.«

Diese Petze! (»Luder« war ein Wort, das damals, bedauerlicherweise, noch nicht zu meinem Wortschatz gehörte.)

Vater zuckte die Achseln. »Ein Wortwechsel. Das kam gelegentlich vor. Audrey konnte manchmal schwierig sein.«

»Es kam zu Handgreiflichkeiten«, sagte Mr. Slocum.

»Das ist ausgeschlossen«, sagte Vater mit Nachdruck. »William würde niemals eine Frau schlagen.«

»Anscheinend war Mrs. Burton diejenige, die Schläge austeilte.«

Vater, der nie die Hand gegen seine Kinder erhoben hatte, brauchte einen Moment, um das zu verarbeiten. Schließlich sagte er ungläubig. »Sie hat ihn geschlagen?«

»Laut Mrs. Mortimers Aussage.«

Vater sah mich an.

»Es ist wahr, Vater«, sagte ich. »Ich war dabei.«

»Audrey hat ihn *geschlagen?«* Es war, als sähe er in William nicht den jungen Mann, zu dem er herangewachsen war, sondern das kleine hilflose Kind.

»Sie war böse«, sagte ich. »Sie war wütend, sie war ...«

»Aber warum hast du mir das nicht gesagt, Amanda?« Er schien eher verletzt als wütend zu sein. Ich hätte es lieber gehabt, wenn er wütend gewesen wäre.

»Auf jeden Fall«, sagte Mr. Slocum zu Mr. Boyle gewandt, »ist Mr. Burtons Sohn seit gestern verschwunden.«

»Gibt's schon n Haftbefehl?« fragte ihn Boyle.

»Nein, aber man hat die Bostoner Polizei benachrichtigt und gebeten, nach ihm Ausschau zu halten. Ebenso die Polizei des Bundesstaates.«

Vater sah mich an, runzelte traurig die Stirn und sah weg.

Boyle stieß nickend zwei Rauchfahnen durch die Nase aus. »Wen ham se noch?«

»Der zweite Verdächtige«, sagte Mr. Slocum, »sind Sie, Mr. Burton.«

Vater wandte sich ihm überrascht zu.

Mr. Slocum lächelte. »Ehemänner sind immer verdächtig, wenn eine Ehefrau ermordet wird. Aber solange jemand Ihre Aussage bestätigen kann, brauchen Sie sich deswegen keine Gedanken zu machen. Sie waren in Boston, wenn ich mich recht entsinne, und haben mit einem Klienten konferiert.«

»Ja«, sagte Vater.

Mr. Slocum nickte. »Der dritte auf ihrer Liste«, sagte er und wandte sich ironisch lächelnd an Miss Lizzie, »sind Sie, Miss Borden.«

Miss Lizzie lächelte mit einer Ironie zurück, die seine widerspiegelte. »Erst der dritte?«

»Ah.« Er lächelte. »Aber der erste im Herzen von Chief Da Silva.« Er wandte sich an Boyle. »Unser Polizeichef war Streifenpolizist in Fall River, als Miss Bordens Eltern ermordet wurden. Er hatte mit dem Fall zu tun.«

»Da Silva«, sagte Boyle. »Richtig. Der Polyp aufm Dachboden.«

Dann hatte er also über Miss Lizzie Bescheid gewußt. Offensichtlich wußte er sehr viel mehr als ich. Wieder der Dachboden. Was hatte es damit für eine Bewandtnis?

Ich sah sie an und merkte, daß sie Boyle ansah, die eine Augenbraue hinter dem Kneifer leicht hochgezogen, als würde sie ihn neu beurteilen.

»Ja«, sagte der Anwalt. »Er glaubt, daß Miss Borden damals zu Unrecht freigesprochen wurde, und scheint entschlossen zu sein, ihr die Schuld an diesem Verbrechen nachzuweisen.«

»Haben die irgendwelche Beweise?« fragte Boyle. »Zeugen? Sonst was?«

»Nichts.«

Boyle nickte, klopfte seine Zigarette am Aschenbecher ab. »Sie sagten vier.«

»Vier.« Mr. Slocum nickte. Er wandte sich mir zu und lächelte. »Einige von ihnen scheinen zu glauben, daß Amanda Mrs. Burton getötet hat.«

»Das«, sagte Miss Lizzie, »ist absurd.«

»Hören Sie auf, Slocum«, sagte Vater ungeduldig. »Nicht einmal die Polizei könnte auf die Idee kommen, daß ein dreizehnjähriges Mädchen *das* getan hat.«

Boyle saß einfach da, Rauch durch die Nase ausstoßend, die Augenbrauen fragend hochgezogen, und wartete auf meine Reaktion.

Meine Reaktion bestand darin, daß ich die Wahrheit der Worte, die ich vernommen hatte, sofort erkannte.

Natürlich wußte ich, daß ich meine Stiefmutter nicht tatsächlich getötet habe. Falls aber, wie die Priester erklärten, die Absicht ebenso verwerflich ist wie die Tat, dann war ich ebenso unweigerlich verdammt, wie wenn ich selbst zum Beil gegriffen und sie umgebracht hätte.

Hatte ich nicht, seit ich sie kannte, sie Tag für Tag, Stück für Stück, mit meinen tausend kleinen Grausamkeiten getötet? Hatte ich nicht tausendmal gewünscht, daß sie *fort* wäre, fort von mir, von Vater und William, fort aus unserem Haus, unserem Leben: weg, verschwunden – *nicht mehr da?*

Als sie gestern in der Küche getobt und gekreischt und gewütet hatte, mit offenem Mund, als sie auf meinen Bruder einschlug, daß ihr schlaffer Körper bebte, hatte ich da nicht aufrichtig gewünscht, daß diese Frau tot wäre?

Die Polizei hatte recht. Ich war schuldig. Und infolgedessen war ich verloren.

Der Gleichmut, mit dem ich mein Schicksal, das ewige Höllenfeuer, hinnahm, überraschte mich selbst. Ein Bild blitzte einen Moment lang vor meinem geistigen Auge auf, wie ich mich schreiend in den Flammen winde; und ich betrachtete es nicht voller Furcht und zitternd, sondern mit distanzierter, geradezu nonchalanter Neugier. *So ist es also,* dachte ich, *verdammt zu sein.*

Mr. Slocum lächelte noch immer. »Amanda«, sagte er freundlich, »wir alle wissen, daß du es nicht getan hast.«

Und ich verspürte einen schmerzlichen Stich, bittersüß,

wegen seiner Gutherzigkeit, die so fehl am Platz, so falsch war. Ich verdiente keine Gutherzigkeit, schon gar nicht von ihm; denn durch meine Schlechtigkeit hatte ich ihn und die Chöre der Cherubim und die Emporen mit den Harfen für immer verloren.

»Die Polizei«, sagte er verständnisvoll, »muß jeden verdächtigen, der die Möglichkeit hatte und ein Motiv gehabt haben könnte. Und, siehst du, darum finde ich, daß du uns erzählen solltest, was gestern vorgefallen ist.«

Vaters Hand schloß sich fest um meine. Seine blauen Augen blickten nicht mehr verletzt drein. Aber wie würden sie dreinblicken, wenn er erfuhr, daß ich ihm den ganzen Sommer über etwas verheimlicht hatte?

Mir wurde klar, daß ich, zumindest für den Augenblick, jede weitere Erwägung meiner schwefelhaltigen Zukunft zurückstellen mußte. Damit konnte ich mich später wieder befassen, auf persönlicher Basis, von gleich zu gleich, mit Gott selbst.

Ich sah Miss Lizzie an. Den Kopf gebeugt, die Lippen geschürzt, blickte sie mich über den Kneifer hinweg an. Sie nickte kurz. Ich sah Boyle an. Und er verwirrte mich, indem er mir langsam und deutlich zublinzelte.

Ich holte tief Luft.

Acht

Wie so häufig bei vorhergesehenen Ereignissen stellte sich, als ich Vater von Miss Lizzie und den Zaubertricks erzählte, eine gewisse Enttäuschung ein. Während alle zuschauten, sagte ich bemüht, jeglichen weinerlichen Ton in meiner Stimme zu unterdrücken: »Ich hätte dir schon früher davon erzählt, aber ich hatte Angst, du würdest denken, daß es, ich weiß nicht, falsch oder so war.«

»Nein, Amanda«, sagte er. »Ich wünschte wirklich, du hättest mir davon erzählt, aber ich denke nicht, daß es falsch war.« Er drückte meine Hand und lächelte. »Du mußt mir einmal eines von den Kunststücken vorführen, die Miss Borden dir beigebracht hat.«

»Soll ich die Karten holen?« Er würde Augen machen, wenn er meine Flüsternden Damen oder meine Siamesischen Zwillinge sah.

Er lächelte wieder. »Vielleicht später. Erzähle erst einmal weiter.«

Als ich Marge Grady und die kleine flache Schachtel erwähnte, die Audrey hervorgeholt hatte, sagte keiner etwas. Vater und Mr. Slocum warfen sich nur Blicke zu, während Boyle weiter zurückgelehnt dasaß und zusah, wie sich der Rauch seiner Zigarette in der heißen, stillen Luft nach oben schlängelte. Miss Lizzie saß noch genauso steif aufgerichtet auf ihrem Stuhl wie vorhin, als ich angefangen hatte.

Ich endete, und Mr. Slocum sagte: »In Ordnung, Amanda.« Er war die ganze Zeit über sehr freundlich gewesen, hatte auf jede Ironie verzichtet und rücksichtsvoll gelächelt, während er mir mit taktvollen Fragen und geduldiger Ermutigung den Hergang entlockte. »Laß uns ein bißchen zurückgehen. Zurück zu dem Streit in der Küche. Nach allem, was du sagst, hat Mrs. Mortimer diese letzten Worte, die William draußen zu deiner Stiefmutter gesagt hat, vermutlich nicht gehört.«

Das wird dir noch leid tun, Audrey.

»Ich glaube nicht«, sagte ich. »Sie war im Flur, auf dem Weg aus dem Haus.«

Vater sagte zu Slocum: »Steht davon nichts in ihrer Zeugenaussage?« Seine Stimme klang zögernd, schwach.

»Nein. Also, Amanda, du bist ganz sicher, daß du, während du oben in deinem Zimmer warst, kein Geräusch gehört hast, rein gar nichts?«

»Ich habe geschlafen«, sagte ich.

Er nickte. »Als du später heruntergekommen bist, war da die Hintertür offen, die von der Küche auf die Veranda?«

»Ja. Audrey ließ sie tagsüber gewöhnlich offen.«

»Die Fliegentür von der Veranda nach draußen. Hat die ein Schloß?«

»Ein Schnappschloß.«

»War die Falle eingeschnappt?«

»Das weiß ich nicht. Daran erinnere ich mich nicht.«

»War die Tür normalerweise eingeschnappt?«

Ich nickte. »Audrey hatte Angst vor Landstreichern.«

»Die Fenster im Haus waren offen?«

»Ja.«

»Haben alle Fliegengitter?«

»Ja.«

Er wandte sich an Vater. »Schlösser an den Fliegengittern?«

»Keine Schlösser«, sagte er. Froh, glaube ich, einer Sache sicher zu sein und sie beitragen zu können. »Haken und Riegel.«

»Auf der Innenseite.«

»Ja.«

»Na gut. Amanda. Als du aus dem Gästezimmer heruntergekommen bist, nachdem du deine Stiefmutter gefunden hattest, war da die Haustür offen oder geschlossen?«

»Geschlossen.«

»Abgesperrt?«

»Daran erinnere ich mich nicht.«

»Was sie für gewöhnlich abgesperrt?«

»Gewöhnlich schon.«

Er wandte sich wieder an Vater. »Was für ein Schloß ist es?«

»Ein Sicherheitsschloß.«

»Es rastet automatisch ein, wenn die Tür geschlossen wird?«

»Ja«, sagte Vater. »Und es hat auch einen Riegel. Man legt ihn mit einem kleinen Knopf an der Innenseite vor oder von außen mit dem Schlüssel.«

Mr. Slocum fragte mich: »Du erinnerst dich nicht, ob die Tür verriegelt war?«

»Nein«, sagte ich. »Ist das wichtig?«

»Möglicherweise.«

»Warum?«

Er lächelte. »Nehmen wir einmal an, daß jemand ins Haus wollte, und die Hintertür war eingeschnappt. Und nehmen wir an, daß er die Fliegengitter nicht durchschneiden wollte. Wenn die Vordertür unverriegelt war, hätte er einen Zelluloidstreifen nehmen können, um die Feder des Schlosses zurückzuschieben.«

Vater sagte: »Und das ginge nicht, wenn der Riegel vorgelegt gewesen wäre?«

»Nein«, sagte Mr. Slocum.

»Sprechen Sie von einem Einbrecher?« fragte Vater.

»Es ist eine Möglichkeit.«

»Aber ich dachte, die meisten Einbrüche fänden nachts statt.«

»Tatsache ist, daß die meisten bei Tage stattfinden, wenn die Hausbewohner nicht da sind.«

Den Blick noch immer träge auf die blauen Rauchfahnen gerichtet, sagte Boyle: »Wird hier inner Gegend viel eingebrochen?«

Mr. Slocum runzelte die Stirn, schüttelte den Kopf. »Nein, nicht sehr viel.«

Boyle schaute dem Rauch zu. »Fehlt was im Haus?«

»Der Polizei zufolge nicht«, sagte Mr. Slocum und sah Vater an.

»Man hat mich gebeten nachzusehen«, sagte der. »Audrey hatte etwas Schmuck in unserer Schlafzimmerkommode, und wir bewahrten etwas Bargeld in einer Keksdose in der Küche auf. Beides war noch da. Aber vielleicht war es doch ein Einbrecher, und vielleicht wurde er vertrieben, bevor er etwas finden konnte.«

Boyle hörte auf, dem Rauch zuzuschauen, und sah Vater an.

»Vielleicht«, sagte er. »Aber warum isser zuerst ins Gästezimmer gegangen?«

Mr. Slocum sagte: »Wie meinen Sie das?«

Boyle zog an seiner Zigarette. »Warum sollte er nach oben gehn, bevor er unten fertig ist? Die meisten Einbrecher wissen genau, daß in einem Haus der Zaster nur im Schlafzimmer oder in der Küche sein kann. Die kenn sich aus mit Keksdosen. Und die meisten Einbrecher, an was die ständig denken, solange sie drin sind, das ist, wie sie wieder rauskommen. Jemand kommt rein, während der Einbrecher oben ist, schon sitzt er inner Falle. Macht es da nicht mehr Sinn, daß er sich erst mal inner Küche umsieht?«

»Aber vielleicht war der Mann kein berufsmäßiger Einbrecher«, sagte Vater. »Vielleicht hatte er das alles nicht bedacht.«

Boyle zuckte die Achseln. »Vielleicht nicht.« Er zog an seiner Zigarette, lehnte sich zurück, stieß Rauch aus und schaute zu, wie er nach oben stieg.

Mr. Slocum sagte zu mir: »Du sagst, daß deine Stiefmutter nach dem Frühstück für gewöhnlich ein kleines Nickerchen machte?«

»Nach dem Frühstück und nach dem Mittagessen. Sie sagte, die Füße täten ihr weh.« Mein schlechtes Gewissen regte sich, und so fügte ich hinzu: »Wahrscheinlich haben ihr die Füße wirklich weh getan.«

»Und ihre Nickerchen machte sie für gewöhnlich im Gästezimmer?«

»Ja, damit sie die Klingel hören konnte, falls jemand kam.«

»Im hinteren Teil des Hauses«, sagte Vater, »oben, wo unser Schlafzimmer liegt, kann man die Klingel nicht hören.«

Slocum nickte. An mich gewandt: »Und als du sie gefunden hast, sah sie da so aus, als ob sie geschlafen hätte, als es passiert ist?«

»Ich glaube schon. Ja.«

»Sie lag auf dem Bett«, sagte Mr. Slocum zu Vater, »und laut Polizeibericht gab es nirgendwo im Zimmer Anzeichen für einen Kampf. Vermutlich hat sie geschlafen. Und Amanda hat ebenfalls geschlafen. Ein Einbrecher könnte das Haus betreten haben. Wie viele Schlüssel gibt es für die Haustür?«

Vater runzelte die Stirn. »Das hat mich die Polizei gestern abend auch schon gefragt.«

»Das kann ich mir denken.«

»Tja«, sagte Vater, »ich habe einen. Audrey hat . . . Audrey hatte einen. Mr. Cutler, der Besitzer des Hauses, hat mindestens einen. Und William hat einen. Vier, soviel ich weiß.«

»Wo bewahrte Mrs. Burton ihren Schlüssel auf?«

»An einem Nagel in der Küche.«

»Als Sie mit der Polizei das Haus überprüft haben, ist Ihnen da aufgefallen, ob er noch da war?«

»Nein. Darauf habe ich nicht geachtet.«

»Hat man Sie danach gefragt? Wo er aufbewahrt wurde?«

»Ja, vorher.«

Er wandte sich an mich. »Du hast keinen Schlüssel, Amanda?«

»Nein.«

Er lehnte sich mit nachdenklicher Miene zurück. Geraume Zeit sprach niemand.

Schließlich sagte Boyle: »Also, was passiert jetzt?«

Mr. Slocum zuckte die Achseln. »Amanda und Miss Borden machen vor der Polizei ihre Aussage. Und wir versuchen, Ihren Sohn zu finden, Mr. Burton. Ich würde gerne vor der gerichtlichen Untersuchung mit ihm sprechen. Die wird am Montag sein. Im Grunde ist es eine reine Formsache. Sofern die Polizei nichts Neues entdeckt, steht ihr Ergebnis im wesentlichen bereits fest.«

»Klar«, sagte Boyle. »Hört sich nicht so an, als ob sie Selbstmord begangen hätte.«

Zu meiner eigenen Überraschung mußte ich plötzlich kichern. Ich hielt mir schnell den Mund zu und wurde puterrot.

Niemand sprach; Mr. Slocums ironisches Lächeln war zurückgekehrt.

Boyle sah sich im Zimmer um. »Hoppla!« sagte er. Er streckte Vater und Miss Lizzie die offenen Hände entgegen. »'tschuldigung.«

Vater nickte knapp. Miss Lizzie bemühte sich, die Lippen noch fester zusammenzupressen.

Boyle wandte sich an Mr. Slocum und sagte, offenbar um das Gespräch wieder ins rechte Gleis zu bringen: »Und wo komm ich ins Spiel? Soll ich Ihnen den Bruder aufspüren? Diesen William?«

»Das«, sagte Mr. Slocum, »liegt ganz bei Miss Borden.«

Boyle sah sie an.

»Ich möchte, daß Sie sich zur Verfügung halten«, sagte sie, und eine gewisse Abneigung gegen diese Vorstellung war ihr deutlich am Gesicht abzulesen. »Vielleicht wünscht Mr. Burton, Ihre Detektei mit der Suche nach seinem Sohn zu beauftragen, wozu ich ihm auch raten würde. Aber ich glaube, daß Sie eine nützlichere Funktion erfüllen würden, wenn Sie Ihre Nachforschungen vor Ort vornähmen.«

»Was für Nachforschungen?« fragte Boyle.

Mr. Slocum sagte: »Miss Borden ist der Meinung, daß die hiesige Polizei in ihrer Eile, den Fall abzuschließen, etwas übersehen könnte.«

»Ich habe heute«, sagte Miss Lizzie, »bei der hiesigen Zeitung eine Annonce aufgegeben und eine Belohnung ausgesetzt für Informationen, die zur Verhaftung und Verurteilung der Person führen, die für den Mord an Mrs. Burton verantwortlich ist. Falls sich jemand mit Informationen meldet, die vielversprechend erscheinen, möchte ich, daß Sie diesen nachgehen.«

»Um was für ne Belohnung geht's dabei?« fragte Boyle.

»Fünftausend Dollar.«

Vater schüttelte den Kopf. »Miss Borden, ich kann nicht zulassen, daß Sie ...«

»Ich weiß Ihre Besorgnis zu schätzen, Mr. Burton«, sagte sie, »aber es ist schließlich mein Geld.«

»Ja, gewiß, aber ...«

»Wirklich, Mr. Burton. Ich bin fest entschlossen.«

»Miss Borden«, sagte er. »Bitte. Erlauben Sie mir wenigstens, etwas dazu beizusteuern.«

Sie hob den Kopf und nickte dann. »Wenn Sie darauf bestehen.«

Boyle sagte: »Das ist ne Menge Moos, Miss Borden.«

Sie nickte wieder. »Dessen bin ich mir bewußt.«

»Damit locken Sie ne Menge Spinner aus ihren Löchern, wenn das erst mal publik wird.«

»Möglicherweise. Aber möglicherweise finden wir auch etwas heraus, das die Polizei nicht erfahren würde.«

»Da könnt aber ne ganze Menge bei ans Licht kommen.«

»Das muß man in Kauf nehmen.«

»Und der Fall ist noch nicht abgeschlossen. Die Polizei wird nicht gerade begeistert sein, wenn ich anfang, drin rumzustochern.«

»Stört Sie das?«

Er zuckte die Achseln. »Nicht gerade.«

»Und bedenken Sie«, sagte sie, »daß, im Falle Ihre eigenen Bemühungen fördern derartige Informationen zutage, Sie selbst Anspruch auf die Belohnung haben.«

Rauch ausstoßend schüttelte Boyle den Kopf. »Darf ich nicht annehmen. Gegen die Vorschriften.« Er zuckte die Achseln. »Und außerdem macht so n Batzen Geld alles nur komplizierter.«

Jetzt zog Miss Lizzie die Augenbrauen hoch, überrascht oder ungläubig. »Aber können wir uns auf Sie verlassen? Nehmen Sie den Auftrag an?«

Boyle lächelte. »Keine Ahnung, ob Sie sich auf mich verlassen könn. Aber klar, ich übernehm den Auftrag.«

Ich sagte zu Mr. Slocum: »Muß ich es ihnen sagen?«

»Was, Amanda?« sagte er. »Wem?«

»Der Polizei. Was William gesagt hat. Auf der Veranda.«

»Wenn sie dich danach fragen, Amanda. Ja. Leider.«

»Versuch's«, sagte Officer Medley. »Versuch dich zu erinnern, ob die Tür verriegelt war.«

»Ich kann nicht«, sagte ich. »Ich kann mich wirklich nicht erinnern.«

Officer Medley und Chief Da Silva hatten sich, als ich Marge Grady und die kleine flache Schachtel erwähnte, die gleichen schnellen komplizenhaften Blicke zugeworfen wie zuvor Vater und Mr. Slocum. Und sie hatten, wie ich befürchtet hatte, Williams Abschiedsworte an Audrey aufgegriffen und viel Wesens darum gemacht, genickt und dunkle, bedeutungsvolle Blicke getauscht. Jetzt ritten sie hartnäckig auf der Haustür herum.

»Komm schon, Amanda«, drängte Medley, der den Hauptteil der Vernehmung durchgeführt hatte. Er zeigte sein gewinnendes Lächeln. »Versuch's doch.«

»Sie hat bereits erklärt«, sagte Mr. Slocum mit verbindlicher Nachsicht, »daß sie sich nicht erinnern kann.«

»Das ist aber ziemlich wichtig, Sir«, sagte Medley ernst zu ihm. Officer Medley konnte einen wundervollen Ernst an den Tag legen.

Am anderen Ende des Zimmers saß die Polizeistenographin, eine auffallend kleine junge Frau, nachgerade eine Zwergin, in einem gemusterten Baumwollkleid über ihren Block gebeugt. Ihr Name war Miss Mullavey.

Stühle waren von Boyle, Medley und Mr. Slocum aus dem Eßzimmer ins Wohnzimmer gebracht worden. Wenige Gegenstände sind so eigensinnig wie ein Eßzimmerstuhl; mutwillig, wie er ist, widersetzt er sich jeder größeren Platzveränderung. Selbst der gewöhnlich so gewandte Mr. Slocum hatte ungelenk und komisch ausgesehen (wenn auch auf liebenswerte Weise), als er das ihm anvertraute Möbelstück mühsam auf dem Perserteppich in Stellung brachte. Wir acht waren in einem unregelmäßigen Kreis über das Zimmer verteilt; mit Tassen und Untertassen auf dem Schoß hätte man uns für eine (etwas bunte) Teegesellschaft halten können.

Ich hatte die ganze Fragerei inzwischen gründlich satt. Erst Mr. Slocum und dann, mit weniger Taktgefühl (aber sehr viel Ernst), Officer Medley. Dennoch versuchte ich es erneut. Ich erinnerte mich, daß ich die Treppe hinuntertaumelte, fast stürzte, erinnerte mich, diesen gräßlichen kupferartigen Gestank in der Nase zu haben. Erinnerte mich, daß ich die Hand ausstreckte, sich auf die Tür zubewegen sah ...

»Wenn sie sich nicht erinnern kann«, sagte Mr. Slocum zu Officer Medley, »dann kann sie sich eben nicht erinnern.«

Finger greifen nach dem Riegel ...

»Sie hat Furchtbares durchgemacht«, sagte er.

»Sie war verriegelt«, rief ich aus. Und dann ruhiger: »Sie war verriegelt, ich erinnere mich genau.«

Medleys Blick huschte zu Da Silva und wieder zu mir. Er grinste. »Das ist toll, Amanda. Das ist großartig. Bist du sicher?«

»Ja«, sagte ich. »Ich bin ganz sicher.«

Langsam und mit einer Miene, als hätte er etwas von äußerster Wichtigkeit vollbracht, lehnte sich Officer Medley zurück.

Mr. Slocum hing lässig auf seinem Stuhl, die Hände in den Taschen, den Knöchel seiner lindgrünen Socke auf sein weißes Leinenknie gelegt. Die Stirn gerunzelt, die Lippen nachdenklich geschürzt, grübelte er über diese neue Entwicklung nach. Boyle blies träge Rauchfahnen zur Decke. Da Silvas Gesicht war, wie schon die ganze Zeit über, ausdruckslos.

Miss Lizzies Gesichtsausdruck, bewußt reserviert, hatte sich seit dem Eintreffen der Polizei ebenfalls nicht verändert. Und sie hatte auch nicht gesprochen. Nun sagte sie: »War die Tür zur hinteren Veranda eingeklinkt?«

»Ja«, sagte Officer Medley.

»Haben Sie ihren Schlüssel?«

Medley runzelte die Stirn. »Was?«

»Mrs. Burtons Schlüssel für die Haustür. Haben Sie den?«

Medley blickte rasch auf Da Silva und wieder auf Miss Lizzie. »Mrs. Burtons Schlüssel.«

»Das sagte ich doch wohl.«

»Tja«, sagte Officer Medley eindeutig zögernd.

»Ah«, sagte Mr. Slocum und lächelte unvermittelt. »Sie haben ihn also gefunden.«

»Noch nicht«, sagte Medley und gab mit seinem festen Ton zu verstehen, daß dieser Gegenstand zweifellos jeden Moment auftauchen würde.

»Ich verstehe«, sagte Mr. Slocum und nickte freundlich. »Und was ist mit Zeugen? Haben sich irgendwelche gemeldet?«

Officer Medley sah wieder Da Silva an, offenbar unsicher, ob es ihm gestattet war, Fragen nicht nur zu stellen, sondern auch zu beantworten.

Da Silva sagte kategorisch: »Nein.«

Mr. Slocums linke Augenbraue wanderte nach oben. »Tatsächlich? Da begeht jemand am hellichten Tag einen Mord und spaziert dann, zweifellos blutbespritzt, seelenruhig die Straße hinunter, und niemand sieht etwas?«

»Wir wissen nicht«, sagte Da Silva, »ob der Mörder die Straße hinuntergegangen ist.«

»Ach so«, sagte Mr. Slocum. »Ja. Vermutlich ist er ein Weilchen am Strand herumgeschlendert und dann weggeschwommen.«

»Wir wissen nicht, was der Mörder gemacht hat«, sagte Da Silva. »Der Strand war gestern verlassen. Aus dem gleichen Grund, aus dem sich jeder in der Straße im Haus aufhielt und die Rollos heruntergezogen hatte. Die Hitze.«

»Was ist mit forensischem Beweismaterial? Haben Sie im Haus irgend etwas gefunden, das weiterhelfen könnte?«

Da Silva brachte wieder ein kurzes kaltes Stirnrunzeln hervor. »Nichts.«

»Aber da muß doch etwas sein, alter Knabe. Ich meine, man begeht doch kein derartiges Verbrechen, ohne Spuren zu hinterlassen. Im Zimmer. Am eigenen Körper.«

»Der Abfluß«, sagte Miss Lizzie.

Alle sahen sie an.

Über den Kneifer hinweg fragte sie mich: »Ist oben ein Badezimmer? Auf der Gästezimmerseite des Hauses?«

Ich nickte. »Ein kleines. Nur Dusche und Waschbecken. Und Toilette.«

Sie wandte sich an Da Silva. »Haben Sie in den Abflüssen nachgesehen?«

Der Polizeichef blickte rasch auf Medley, der mit einem knappen Kopfschütteln antwortete. Da Silva wandte sich an Miss Lizzie. »Und warum genau sollten wir das?«

Sie sagte: »Das liegt doch auf der Hand. Er war vermutlich voller Blut. Wäre da nicht sein erster Gedanke, es abzuwaschen, bevor er nach draußen geht? Etwas davon könnte im Siphon unter dem Ausguß zurückgeblieben sein. In diesem Fall glaube ich nicht, daß er viel dagegen unternehmen konnte.«

Da Silva zeigte wieder dieses harte Lächeln, das genauso kalt war wie sein Stirnrunzeln. *»Er,* Miss Borden?«

Neun

Bei der Vernehmung von Miss Lizzie war Chief Da Silva, und nicht Officer Medley, derjenige, der die Fragen stellte. Wir übrigen wurden wieder zu Zuhörern. Keiner von uns sprach, abgesehen von Mr. Slocum, der von Zeit zu Zeit fast in der Art eines Schiedsrichters unterbrach. Und keiner von uns bewegte sich, abgesehen von Mr. Boyle, der ungerührt eine Zigarette nach der anderen paffte, und der kleinwüchsigen Polizeistenographin, deren Federhalter mit hurtiger metronomischer Effizienz über die Seiten ihres Blocks eilte.

Chief Da Silva: Miss Borden, wie lange wohnen Sie schon in der Water Street einhundertzwei?

Miss Borden: Seit Anfang Mai.

Chief Da Silva: Sie haben das Haus für den Sommer gemietet?

Miss Borden: Ja.

Chief Da Silva: Kannten Sie die verstorbene Mrs. Audrey Burton?

Miss Borden: Nein.

Chief Da Silva: Aber Sie wußten doch sicher, daß Mrs. Burton in der Water Street einhundert wohnte, direkt neben Ihnen?

Miss Borden: Ja.

Chief Da Silva: Haben Sie jemals mit ihr gesprochen?

Miss Borden: Nein.

Chief Da Silva: Also wirklich, Miss Borden. Sie erwarten von uns zu glauben, daß Sie mehrere Monate neben der Verstorbenen gewohnt haben und kein einziges Mal mit ihr gesprochen haben? Nicht einmal, um guten Tag zu sagen?

Miss Borden: Was Sie glauben oder nicht glauben, ist für mich ohne Belang.

Mr. Darryl Slocum: Miss Borden hat Ihre Frage beantwortet, Chief Da Silva. Vielleicht können wir jetzt weitermachen?

Chief Da Silva: Miss Borden, Sie haben die Polizei telephonisch benachrichtigt, daß Mrs. Burton ermordet worden ist. Ist das richtig?

Miss Borden: Ja.

Chief Da Silva: Woher wußten Sie das?

Miss Borden: Miss Burton, die kleine Amanda Burton, ihre Stieftochter, kam an meine Tür und teilte es mir mit.

Chief Da Silva: Um wieviel Uhr war das?

Miss Borden: Etwa zwanzig Minuten nach zwölf.

Chief Da Silva: Ungefähr um zwölf Uhr zwanzig am zweiten August, ist das richtig?

Miss Borden: Ja.

Chief Da Silva: Und was genau sagte Miss Burton?

Miss Borden: Daß jemand tot sei und daß überall Blut sei.

Chief Da Silva: Das waren ihre genauen Worte?

Miss Borden: Soweit ich mich erinnern kann.

Chief Da Silva: Haben Sie sie gefragt, wer tot ist?

Miss Borden: Ja.

Chief Da Silva: Und was war ihre Antwort?

Miss Borden: Daß es ihre Mutter sei.

Chief Da Silva: Welchen Eindruck machte sie auf Sie?

Miss Borden: Sie schien unter Schock zu stehen.

Chief Da Silva: Verfügen Sie über eine medizinische Ausbildung, Miss Borden?

Miss Borden: Nein.

Chief Da Silva: Und was genau hat Sie dann befähigt, bei Miss Burton diese Diagnose zu stellen?

Mr. Slocum: Nun mal langsam, alter Knabe. Sie haben sie gefragt, welchen Eindruck das Mädchen auf sie machte. Mir scheint, daß sie die Frage beantwortet hat.

Chief Da Silva: Was waren die Symptome dieses Schocks, den Sie diagnostizierten?

Miss Borden: Sie war sehr blaß. Ihre Äußerungen waren unzusammenhängend.

Chief Da Silva: Was für eine Behandlung haben Sie verordnet?

Miss Borden: Soll das heißen, was ich als nächstes getan habe?

Chief Da Silva: Ja.

Miss Borden: Ich nahm sie mit hinein und versuchte sie zu beruhigen.

Chief Da Silva: Wie?

Miss Borden: Ich habe sie in ein Plaid gewickelt und ihr Weinbrand gegeben.

Chief Da Silva: Welcher Art ist Ihre Beziehung zu Amanda Burton?

Miss Borden: Wir sind befreundet.

Chief Da Silva: Geben Sie ihr oft Weinbrand?

Miss Borden: Nein.

Chief Da Silva: Haben Sie ihr früher jemals Weinbrand gegeben?

Miss Borden: Nein.

Chief Da Silva: Ist Ihnen bekannt, Miss Borden, daß in diesem Land Alkoholverbot besteht?

Mr. Slocum: Jetzt schweifen wir aber wirklich ein bißchen arg weit ab. Wenn Sie jeden verhaften wollen, der für medizinische Zwecke etwas Weinbrand im Schrank hat, müßten Sie die halbe Stadt verhaften, einschließlich, wie ich zu behaupten wage, des größten Teils der Polizei.

Chief Da Silva: Lassen wir das für einen Moment auf sich beruhen. Miss Borden, warum sollte Miss Burton gerade zu Ihnen kommen?

Miss Borden: Ich bin ihre Nachbarin und, wie schon gesagt, ihre Freundin.

Chief Da Silva: Hat sie Sie schon früher zu Hause besucht?

Miss Borden: Ja.

Chief Da Silva: Oft?

Miss Borden: Ja.

Chief Da Silva: Jeden Tag?

Miss Borden: So oft nicht, würde ich sagen.

Chief Da Silva: Einmal in der Woche? Zweimal in der Woche? Dreimal in der Woche?

Miss Borden: Vielleicht dreimal in der Woche. Vielleicht viermal.

Chief Da Silva: Und was haben Sie beide bei diesen Besuchen gemacht?

Miss Borden: Wir haben Karten gespielt.

Chief Da Silva: Was für Kartenspiele?

Mr. Slocum: Aber das ist doch wohl irrelevant?

Chief Da Silva: Ich versuche festzustellen, welche Beziehung zwischen Miss Borden und dem Mädchen besteht, *Herr Anwalt.*

Mr. Slocum: Das haben Sie bereits festgestellt. Sie sind befreundet, und sie haben miteinander Karten gespielt. Ob sie Rommé oder Whist oder, was das betrifft, Poker gespielt haben, steht mit der vorliegenden Angelegenheit in keinem Zusammenhang.

Chief Da Silva: Vielen Dank für diesen Hinweis, Herr Anwalt.

Mr. Slocum: Gern geschehen, alter Knabe.

Chief Da Silva: Miss Borden, was haben Sie gemacht, nachdem Sie Miss Burton mit Weinbrand beruhigt hatten?

Miss Borden: Ich ging nach nebenan.

Chief Da Silva: Sie meinen, in das Haus der Familie Burton?

Miss Borden: Ja.

Chief Da Silva: Warum?

Miss Borden: Um zu verifizieren, was Amanda mir gesagt hatte.

Chief Da Silva: Ich verstehe. Und was fanden Sie dort?

Miss Borden: Ich fand Mrs. Burton.

Chief Da Silva: Was meinen Sie damit, Sie fanden Mrs. Burton?

Miss Borden: Ich fand sie im Gästezimmer, tot.

Chief Da Silva: Woher wissen Sie, daß sie tot war? Haben Sie sie untersucht?

Miss Borden: Bei der Art ihrer Verletzungen lag das auf der Hand.

Chief Da Silva: Haben Sie die Leiche angefaßt?

Miss Borden: Nein.

Chief Da Silva: Haben Sie sonst etwas im Zimmer angefaßt?

Miss Borden: Nein.

Chief Da Silva: Aber Sie haben das Zimmer betreten.

Miss Borden: Ich trat einen Schritt ins Zimmer. Selbst von der Tür aus lag es auf der Hand, daß die Frau tot war.

Chief Da Silva: Sie fanden sie im Gästezimmer?

Miss Borden: Ja.

Chief Da Silva: Sie begaben sich also von Ihrem Haus zum Haus der Familie Burton und gingen direkt ins Gästezimmer?

Miss Borden: Ja.

Chief Da Silva: Woher wußten Sie, daß sie dort war?

Miss Borden: Miss Burton hatte es mir gesagt.

Chief Da Silva: Aber Sie sagen, daß Sie *direkt* ins Gästezimmer gingen. Waren Sie schon einmal im Haus der Familie Burton gewesen?

Miss Borden: Nein.

Chief Da Silva: Wollen Sie damit sagen, daß Miss Burton, obwohl sie unter Schock stand, Ihnen genau erklärte, wo sich das Gästezimmer befindet?

Miss Borden: Nein, das will ich damit *nicht* sagen. Wenn ich das hätte sagen wollen, dann hätte ich es auch so ausgedrückt. Miss Burton teilte mir bereits vor etwa drei Wochen mit, wo das Gästezimmer liegt.

Chief Da Silva: Warum hätte sie das tun sollen?

Miss Borden: Wir unterhielten uns über die Ähnlichkeiten zwischen unseren Häusern. Beide sind im wesentlichen identisch. Dabei sagte sie mir, wo das Gästezimmer liegt.

Chief Da Silva: Und Sie erinnerten sich drei Wochen später daran?

Miss Borden: Finden Sie das so ungewöhnlich?

Chief Da Silva: Ich finde es imponierend.

Miss Borden: Das überrascht mich nicht.

Mr. Slocum: Ich glaube, daß wir diesen Punkt nun zur Genüge geklärt haben, meinen Sie nicht auch, alter Knabe?

Chief Da Silva: Was taten Sie, nachdem Sie Mrs. Burtons Leiche entdeckt hatten?

Miss Borden: Ich ging wieder nach Hause.

Chief Da Silva: Und dann?

Miss Borden: Ich habe ein Telephongespräch geführt.

Chief Da Silva: Mit wem?

Miss Borden: Mit meinem Anwalt in Boston.

Chief Da Silva: Sie haben nicht die Polizei angerufen?

Miss Borden: Sie wissen sehr wohl, daß ich die Polizei angerufen habe.

Chief Da Silva: Aber erst, nachdem Sie einen Anwalt angerufen hatten.

Miss Borden: Ja.

Chief Da Silva: Und warum taten Sie das, Miss Borden?

Miss Borden: Ich wollte Miss Burtons Interessen wahren.

Chief Da Silva: Was veranlaßte Sie zu glauben, daß ihre Interessen in Gefahr sein könnten?

Miss Borden: Ich habe von früher gewisse Erfahrungen mit der Polizei.

Chief Da Silva: Und wann wäre das gewesen, Miss Borden?

Mr. Slocum: Ich sehe keinen Grund, weshalb meine Klientin diese Frage beantworten sollte.

Chief Da Silva: Warum nicht? Hat sie etwas zu verbergen, Mr. Slocum?

Mr. Slocum: Jegliche Erfahrung, die Miss Borden mit der Polizei gemacht haben sollte, wäre aktenkundig. Und sie wäre für diese Ermittlung völlig irrelevant.

Chief Da Silva: Miss Borden befindet sich nicht in Haft, Herr Anwalt.

Mr. Slocum: Ach so. Ich dachte, dieser geringfügige Sachverhalt könnte Ihrer Aufmerksamkeit vielleicht entgangen sein.

Chief Da Silva: Möchten Sie die Frage beantworten, Miss Borden?

Mr. Slocum: Als ihr Anwalt rate ich Miss Borden, sie nicht zu beantworten.

Chief Da Silva: Miss Borden?

Miss Borden: Ja.

Chief Da Silva: Möchten Sie die Frage beantworten?

Miss Borden: Ich glaube nicht.

Chief Da Silva: Sie weigern sich, die Frage zu beantworten?

Mr. Slocum: Das hat sie gerade gesagt. Wenn ich mich recht erinnere, dann sprachen Sie doch gestern davon, daß Sie Zeugen nicht schikanieren?

Chief Da Silva: Slocum, allmählich verliere ich die Geduld mit Ihnen.

Mr. Slocum: Und ich dachte, wir kämen prima miteinander aus.

Chief Da Silva: Sie haben also Ihren Anwalt angerufen, Miss Borden. Was war die Folge dieses Anrufs?

Miss Borden: Er sagte mir, er werde einen hiesigen Anwalt, nämlich Mr. Slocum, anrufen und ihn bitten, mich aufzusuchen.

Chief Da Silva: Was Mr. Slocum, gewissenhaft, wie er nun einmal ist, auch unverzüglich tat.

Mr. Slocum: Hübsch formuliert, alter Knabe.

Chief Da Silva: Miss Borden, wie viele Telephongespräche führten Sie noch, bevor Sie die Polizei anriefen?

Miss Borden: Eines.

Chief Da Silva: Mit wem?

Miss Borden: Mit Dr. Bowen.

Chief Da Silva: Zu welchem Zweck?

Miss Borden: Miss Burton stand unter Schock. Ich war der Meinung, daß sie einen Arzt brauchte.

Chief Da Silva: Und dann riefen Sie endlich die Polizei an.

Miss Borden: Ja.

Chief Da Silva: Haben Sie irgendeine Idee, wer Mrs. Burton ermordet haben könnte?

Miss Borden: Nein.

Chief Da Silva: Können Sie uns sonst noch etwas sagen, das weiterhelfen könnte?

Miss Borden: Nein.

Chief Da Silva: Nichts?

Miss Borden: Nichts.

Chief Da Silva: Ich danke Ihnen für Ihre Mitarbeit, Miss Borden.

Die Stenographin steckte die Kappe auf die Feder ihres Füllhalters und klappte ihren Notizblock zu.

Mr. Slocum sagte zu Da Silva: »Bevor Sie gehen, alter Knabe, wüßte ich noch gerne, ob Sie gedenken, die Polizeiwache vor Miss Bordens Haus zu verstärken.«

Da Silva runzelte verdrossen die Stirn. »Ich habe nur eine begrenzte Anzahl von Beamten, Slocum. Die Hälfte davon ist bereits mit diesem Fall beschäftigt, und die übrigen arbeiten doppelt soviel, wie sie müßten.«

»Das ist mir klar«, sagte Mr. Slocum. »Aber Sie haben die Meute draußen ja gesehen. Diese Leute sind nur ein Ideechen davon entfernt, sich in einen Mob zu verwandeln. Nichts liegt mir ferner, als Ihnen zu sagen, was Sie zu tun haben, aber stellen Sie sich einmal vor, wie das in den Zeitungen aussehen würde, falls Miss Borden oder der kleinen Miss Burton etwas zustoßen sollte.«

Da Silva lächelte. Knapp. »Was würde ich bloß machen, Slocum, wenn Sie nicht derart um meinen guten Ruf besorgt wären?«

»Aber das tue ich doch gern, alter Knabe.«

Da Silva nickte. »Na gut. Zwei weitere Beamte.«

»Danke«, sagte Mr. Slocum.

Da Silva stand auf. Dann stand Medley auf, dann die Stenographin, dann die anderen Männer im Zimmer.

»Sobald Miss Mullavey ihre Notizen ins reine geschrieben hat, wird jemand die Aussagen herbringen, damit Miss Borden und Miss Burton sie unterschreiben.«

»Ich habe vollstes Vertrauen in Miss Mullavey«, sagte Mr. Slocum und lächelte galant der kleinwüchsigen Stenographin zu. (Ich wußte, daß er nur liebenswürdig sein wollte, fragte mich aber doch, weshalb er sich mit so einem mausgrauen unscheinbaren Dingelchen abgab.)

Da Silvas Blick wandte sich ruckartig mir zu, und ich sah in seine dunklen kalten Augen. »Erinnerst du dich zufällig, was dein Bruder gestern getragen hat?«

Ich sah Vater an. Er nickte.

»Er hatte ein weißes Hemd und weiße Hosen an«, sagte ich. »Und weiße Schuhe.« Ich erinnerte mich, wie er in die Küche stürmte, so stahlend und schön wie ein Filmstar, breit grinsend und mit Bewegungen, die trotz seiner Größe voller Anmut waren.

Da Silva nickte Officer Medley zu. »Das deckt sich mit Mrs. Mortimers Schilderung.«

Vater sagte zu ihm: »Wie kommt es, daß Sie ihn noch nicht gefunden haben?«

Da Silva wandte sich ihm zu. »Wir suchen schließlich erst seit einem Tag nach ihm, Mr. Burton. Aber wir werden ihn finden.« Der letzte Satz wurde mit solcher Entschlossenheit ausgesprochen, daß weder Vater noch ich viel Trost daraus schöpfen konnten.

»Er hatte nichts damit zu tun, was mit Audrey passiert ist«, sagte Vater. »Das weiß ich.«

»Nun«, sagte Da Silva, »je früher wir ihn finden und als Verdächtigen ausschließen, desto besser für alle.«

Vater sagte nichts, sondern holte nur tief Luft.

»Noch etwas«, sagte Da Silva und wandte sich an den Pinkerton-Mann. »Ihnen ist sicher klar, Mr. Boyle, daß hier in einem Mordfall ermittelt wird. Falls ich erfahre, daß Sie unsere Arbeit in irgendeiner Weise behindert haben, werde ich sehr enttäuscht sein.«

»Würd mir nicht im Traum einfallen, Chief«, sagte Boyle.

»Denken Sie daran. Ich kann Ihnen das Leben ganz schön schwermachen.«

»Schon kapiert, Chief. Könn sich auf mich verlassen.«

»Wir finden allein hinaus«, sagte Da Silva zu Miss Borden.

Nachdem Medley und Miss Mullavey hinter Da Silva hinausmarschiert waren (Medley ohne mich mit seinem tollkühnen Lächeln zu bedenken), nahmen die Männer wieder Platz, und Boyle sagte: »Ein ganz Scharfer. Was der wohl zum Frühstück ißt? Rasierklingen?«

Mr. Slocum lächelte. »Er ist ein guter Polizist.«

Boyle sagte: »War aber alles andere als gut, daß er die Abflüsse übersehn hat.« Grinsend wandte er sich an Miss Lizzie. »Ich glaub nicht, daß Sie jetzt beim Chief n Stein im Brett haben, Miss Borden.«

Miss Lizzie lächelte trocken. »Nein, wohl kaum.«

»Er ging davon aus, daß Medley die Abflüsse überprüft hatte«, sagte Mr. Slocum. »Wie es Medleys Pflicht gewesen wäre. Aber das ist der erste echte Mordfall, den diese Leute untersuchen dürfen. Da Silva ist der einzige, der wirklich Erfahrung hat. Sie sollten ihn nicht unterschätzen. Ich glaube nicht, daß er noch einmal von Annahmen ausgehen wird. Er ist clever, und er ist sehr zielstrebig.«

»Ja«, sagte Boyle, »von Ihnen scheint er auch ganz hin und weg zu sein.«

»Man tut, was man kann«, sagte Mr. Slocum lächelnd.

Vater sprach. »Was hat es zu bedeuten, Slocum, daß sie Audreys Schlüssel nicht finden?«

Mr. Slocum zuckte leicht die Achseln. »Das weiß ich wirklich nicht. Und die Polizei offenbar auch nicht. Aber ich kann Ihnen sagen, was eine der Konsequenzen ist. Es entkräftet das, was sie gegen Ihren Sohn in der Hand haben. Falls William einen Schlüssel hatte, bestand für ihn kein Grund, den von Mrs. Burton zu nehmen. Aber jemand anders, unser hypothetischer Einbrecher, könnte ihn genommen und dazu benutzt haben, die Haustür zu verriegeln.«

»Ich habe keinen Schlüssel«, sagte ich. »Bedeutet das, daß sie glauben, daß ich ihn genommen habe?«

»Nein, Amanda«, sagte Mr. Slocum und lächelte. »Sie haben dich nicht danach gefragt, stimmt's? Und außerdem müßten sie, wenn sie das tatsächlich anführen wollten, erst beweisen, daß du ihn genommen hast. Und das hast du nicht, stimmt's?«

»Nein.«

»Na gut«, sagte Boyle. »Und jetzt?«

»Tja«, sagte Mr. Slocum, »ich würde vorschlagen, daß wir uns alle zunächst etwas ausruhen. Wir können morgen, sagen wir um elf Uhr, wieder hier zusammenkommen. Bis dahin werden bestimmt genügend brave Bürger dieser Stadt Miss Bordens Annonce gesehen haben und plötzlich von einem unerklärlichen Pflichtbewußtsein gepackt worden sein. Wenn es Ihnen recht ist, Miss Borden, werden Harry und ich sie zusammentrommeln und herbringen.«

Miss Lizzie nickte. »Das wäre mir sehr recht.«

Ich fragte Mr. Slocum: »Darf ich zuhören?«

Er runzelte die Stirn. »Ich glaube nicht, daß das eine ausgesprochen erquickliche Erfahrung für dich wäre, Amanda.« Er zuckte die Achseln. »Aber das liegt natürlich bei deinem Vater.«

Vater sah auf. »Was? Ach so. Tja, Amanda, ich glaube schon. Wenn du wirklich möchtest.«

Er war in Gedanken versunken gewesen; hatte sich, wie ich dachte, Sorgen wegen William gemacht.

Auch ich machte mir Sorgen um ihn. Wo um alles in der Welt steckte er nur?

Zehn

Mr. Slocum ging zurück in seine Kanzlei. Vater und Harry Boyle gingen ins Hotel Fairview, um frühzeitig zu Abend zu essen, und Vater versprach, noch einmal herzukommen und mir gute Nacht zu sagen, bevor er sich schlafen legte. Er hatte Miss Lizzies Anregung aufgegriffen, sich der Detektei Pinkerton zu bedienen, um meinen Bruder zu finden; Boyle sollte alle Informationen, die Vater liefern konnte, aufschreiben und sie telephonisch seinem Büro in Boston übermitteln.

Miss Lizzies Salon – der, wie die meisten Salons der damaligen Zeit, fast nie benutzt wurde – lag auf der Nordseite des Gebäudes, und von seinem Fenster aus hatte ich einen freien Blick auf unser Sommerhaus. Nur eine knappe Stunde nachdem Da Silva und die anderen gegangen waren, sah ich durch den Vorhang zu, wie ein weiterer Polizeitrupp eintraf. Mit lautem Gehupe und Geklingel schob ihr schwarzer Dienstwagen langsam die widerstrebende Menge vor unserem Haus zur Seite.

Insgesamt vier Polizisten stolperten wie Keystone Cops aus dem Wagen und bahnten sich vorgebeugt ihren Weg durch den Schwarm, der, aus seiner Lethargie gerissen, nun summte. Bewaffnet mit Schraubenschlüsseln, Bügelsägen, Vorschlaghämmern und einem leeren Blecheimer, klapperten sie durch den Vorgarten und polterten über die Veranda, um dann ins Haus zu verschwinden. Hinter ihnen raunte die Menge, zischte und applaudierte.

Eine gute Stunde lang wanderte ich ständig zwischen dem Salon und dem Wohnzimmer hin und her, wo Miss Lizzie am Couchtisch saß und Abziehen und Palmieren übte. (Während der ganzen Zeit, die ich bei ihr wohnte, übte sie ihre Kartenkunststücke nie, wenn jemand anderes als ich da war. Noch rauchte sie ihre Zigarren.)

Endlich traten die Polizisten wieder auf die Straße, abweisend und heimlichtuerisch, eine Miene, auf die sich Polizeibeamte verstehen. Zwei von ihnen hatten die Hemdsärmel hochgekrempelt, und einer der beiden trug den Blecheimer, der jetzt mit einem Handtuch zugedeckt und, nach der Art und Weise zu schließen, wie er vorsichtig, vom Körper weg, gehalten wurde, nicht mehr leer war. Die Menge umschwärmte sie murmelnd und raunend, doch die Polizisten schüttelten nur die Köpfe als Antwort auf die hervorgestoßenen Fragen, rissen sich von zupackenden Fingern los. Einer von ihnen arbeitete sich zur Kühlerhaube des Wagens vor und warf mit der Kurbel den Motor an. Dann fuhren er und der Beamte, der den Eimer geschleppt hatte, langsam vom Haus weg und rückwärts die Water Street hinunter. Die beiden anderen Beamten drängten sich durch die Menge und kamen über den Bürgersteig, um sich Officer O'Hara auf der vorderen Veranda anzuschließen.

Ich ging wieder zu Miss Lizzie. Sie blickte auf, hob ab und hielt mir die Karten hin, um mir ein As zu zeigen.

Ich sagte: »Es sind noch zwei Polizisten auf die Veranda gekommen.«

»War das der Lärm, den ich gehört habe? Das Eintreffen der Prätorianergarde?«

»Und ich glaube, daß sie nebenan etwas gefunden haben. Im Abfluß.« Ich spürte, wie mich ein leichter Schauer, nicht gänzlich unangenehm, überrieselte, als ich diese melodramatische Neuigkeit weitergab.

»Das dachte ich mir«, sagte sie und senkte den Blick, um die Karten überhand zu mischen. In Anbetracht der Tatsache, daß die Untersuchung des Abflusses immerhin ihre Idee gewesen war, wirkte sie übertrieben blasiert. »Ich bin sicher, daß Mr. Slocum alles erfahren und uns erzählen wird.« Sie teilte den Stoß und stach dann die Spielkarten. »Hättest du Lust, das Nikola-System zu lernen?«

»Was ist das?«

»Das ist ein gepacktes Spiel, das von einem Mann namens Louis Nikola erfunden wurde. Es ist wirklich großartig. Komm, setz dich, ich zeige es dir.«

Kurz gesagt geht es beim Nikola-System darum, die Karten im voraus nach einer bestimmten Methode anzuordnen. Jeder Position innerhalb eines Spiels von eins bis zweiundfünfzig wird ein Name zugewiesen. Und auch jede Karte erhält einen Namen. Die Namen aller Karten der Kreuzfarbe, abgesehen von den Figurenkarten, beginnen mit dem Buchstaben K; alle Karten der Herzfarbe mit dem Buchstaben H; und so weiter. Die Kreuz-Zwei beispielsweise heißt »Kanne« und liegt auf Position zweiundzwanzig, die »Nonne« heißt.

Man merkt es sich, indem man sich das fröhliche Bild einer Nonne vorstellt, die aus einer Kanne trinkt.

Obwohl dieses System nicht (ganz) so kompliziert ist, wie man zunächst meinen könnte, erfordert es doch sehr viel Routine. Ich verbrachte eine Woche damit, mir alle Kombinationen einzuprägen. Wenn man es erst einmal beherrscht, läßt sich damit eine Fülle ziemlich spektakulärer Effekte vorführen. Außerdem sind die ersten einundzwanzig Karten für Poker gepackt, während das gesamte Spiel für Whist oder Bridge gepackt ist. Ich habe es mir zur Gewohnheit gemacht, immer ein Nikola-Spiel bei mir zu haben. In Yucatan hat es mir, zwanzig Jahre später, das Leben gerettet.

Doch an dem betreffenden Nachmittag hatte Miss Lizzie kaum richtig begonnen, mir zu erklären, wie es funktioniert, als sie von einem plötzlichen Klopfen an der Haustür unterbrochen wurde.

Sie legte die Karten weg und sah mich stirnrunzelnd an. »Du bleibst besser hier, Amanda«, sagte sie und stand auf.

Ich wartete, bis sie draußen im Flur war, bevor ich ihr folgte.

Von der Wohnzimmertür aus beobachtete ich, wie sie sich an der Tür vorbeugte, den Kopf schieflegte und rief: »Wer ist da?«

»Officer O'Hara«, kam die Antwort.

»Was wollen Sie?« rief Miss Lizzie.

»Fragen, ob Sie wohl so gut wärn, mich Ihre Toilette benutzen zu lassen.«

Miss Lizzie zögerte kurz und schob dann den Riegel zurück. Sie machte vorsichtig die Tür auf, als wäre sie bereit, ja geradezu begierig, sie wieder zuzuschlagen.

Beide waren sorgsam darauf bedacht, sich nur ja nicht zu berühren. Officer O'Hara zwängte sich in den Flur und rückte ehrerbietig den Schirm seiner Mütze zurecht. Miss Lizzie wich zurück. »Ma'am«, sagte O'Hara.

»Am Ende des Flurs links«, sagte Miss Lizzie über die Schulter.

»Danke, Ma'am«, sagte er und rückte abermals seinen Mützenschirm zurecht. Als er sich dann umdrehte und mich sah, rückte er ihn erneut zurecht. »Miss Burton. Äh. Und wie geht's uns heute?«

»Danke, bestens.«

»Freut mich zu hören. Tja, also« – sein Blick huschte zwischen uns hin und her wie der eines in die Enge getriebenen Bären –, »wenn Se mich jetzt entschuldigen würden, dann verzieh ich mich ma.« Und dann schlenderte er tapfer wiegenden Ganges mit einwärts gesetzten Zehen den Flur hinunter.

Miss Lizzie machte die Tür zu, legte den Riegel vor und drehte sich zu mir um. Sie machte ein säuerliches Gesicht. »Wenn ich ihn nicht hereingelassen hätte, wäre er nur nach hinten gegangen und hätte den Garten benutzt.«

Ich sagte: »Glauben Sie, daß er uns erzählt, was sie nebenan gefunden haben?«

»Ich bezweifle, daß er es weiß. Warum sollte das irgend jemand *ihm* erzählen?« Sie sah meine Enttäuschung und sagte sanfter: »Ist es für dich wirklich so wichtig, das zu wissen, Amanda?«

»Ja.«

»Warum?«

»Ich weiß nicht recht«, sagte ich. Ich vermute, daß es damit zusammenhing, daß ich den Bruchstücken dessen, was noch bis gestern mein Leben gewesen war, einen Sinn geben wollte. Plötzlich war das Chaos hereingebrochen, meine Stiefmutter war ermordet worden, mein Bruder verschwunden; und ich glaube, ich hatte das Gefühl, daß ich, wenn ich die Trümmer untersuchen, ihre Bedeutung erfassen könnte, dann irgendwie in der Lage wäre, zwar nicht mein Leben in seiner alten Form zu rekonstruieren, aber doch zumindest die ihm zugrundeliegende Ordnung wiederherzustellen. Diese Überzeugung, daß letzten Endes eine Ordnung zu entdecken sein *muß,* ist die Kraft, die Polizisten und Physiker und einen hohen Prozentsatz der Paranoiker antreibt. »Ich möchte es einfach nur *wissen*«, sagte ich zu Miss Lizzie.

Sie lächelte betrübt. »Na schön, Kind«, sagte sie. »Dann frag ihn. Diesen Iren. Ich bin drinnen. Aber hole mich auf jeden Fall, bevor du die Tür aufmachst.«

»Danke, Miss Lizzie.«

Sie berührte meine Wange leicht mit den Fingerspitzen und ging raschelnd an mir vorbei ins Wohnzimmer.

Einige Minuten später kam Officer O'Hara wiegenden Schrittes durch den Flur. Ich stand an der Tür, verstellte ihm regelrecht den Weg.

»Officer O'Hara?« sagte ich.

»Ja?« Seine kleinen Augen blinzelten, und er hatte wieder diesen Ausdruck eines in die Enge getriebenen Tieres.

»Was haben sie gefunden?«

Die Augen verengten sich. »Wie meinste das?«

»Im Abfluß nebenan. In unserem Haus.«

»Tja, also«, sagte er, und ich glaube, er wollte onkelhaft sein, »ich glaube nich, daß das was is, worüber sich n kleines Mädchen den Kopf zerbrechen sollte.«

»Ich bin kein kleines Mädchen«, sagte ich. »Ich bin dreizehn. Und ich habe schon Schlimmeres gehört. Und Schlimmeres gesehen«, erinnerte ich ihn.

Er sah mich blinzelnd an und runzelte dann die Stirn.

»Tja, weißte«, sagte er und kratzte sich die Knollennase, »ich wollt das schon die ganze Zeit loswern. Und jetzt hab ich endlich ma ne Gelegenheit. Nämlich, daß das gestern wohl n bißchen unüberlegt war, wie ich da reingeplatzt und drauflosgeplappert hab wie n verdammter Idiot. Ich muß mich bei dir entschuldigen, und kein Mensch von der Welt kann sagen, daß wenn Frank O'Hara eim was schuldet, daß er nich bezahlt. Und deshalb, kleines Fräulein, sag ich jetzt, daß es mir leid tut.«

Ich wurde rot. Das war, wie ich fand, sehr hochherzig von ihm. Ich war alt genug, um zu wissen, wie selten sich Erwachsene bei Kindern entschuldigen. Aber ich war auch alt genug, um es auszunutzen.

»Danke«, sagte ich und lächelte so süß wie eine Borgia. »Aber, Officer O'Hara, könnten Sie mir nicht sagen, was sie nebenan gefunden haben?«

Er zögerte. »Ich bin mir gar nich sicher, ob's gut is, über so was zu reden, weißte.«

»Mr. Slocum, der Anwalt, erfährt es morgen sowieso. Und er sagt es mir, das weiß ich genau.«

Er runzelte mißbilligend die Stirn.

Vielleicht war es falsch gewesen, Mr. Slocum zu erwähnen. Zurück zur alten Taktik: *»Bitte,* Officer O'Hara.«

Er blickte rasch zur Haustür, als könnten draußen Spione herumlungern, senkte dann den Kopf und die Stimme und sagte: »Tja, also, die ham ne Heidenarbeit gehabt, um an den Siphon ranzukomm, das kann ich dir sagen. Der Siphon, das is der gebogne Teil von dem Rohr, weißte, gleich unterm Abflußdings. Jimmy sagt, daß sie die Fliesen und alles am Boden von der Dusche aufreißen mußten. Und das Holz auch noch. Sie mußten alles mit dem Hammer zerdeppern. Ham ewig dazu gebraucht, sagt Jimmy. Und ich nehm an, daß sie fast genauso lang brauchen, um alles wieder in Ordnung zu bringen.«

Er brauchte fast genauso lange für die Schilderung; aber einen geschenkten Gaul trieb man nun einmal nicht an.

»Und dann, als sie endlich dran warn, weißte, da konnten sie das Ding nich einfach rausreißen – weil's nämlich eingerostet war, von der Feuchtigkeit und allem. Sie ham die Bügelsäge nehm müssen, sagt Jimmy, und sogar mit der war's kein Zukkerschlecken, bei weitem nich. Noch dazu wo's dort so wenig Platz hat und alles so eng is, weißte . . .«

Nun trieb ich den geschenkten Gaul doch an. »Aber sie *haben* etwas gefunden.«

Er nickte mit gravitätischem Ernst. »Das ham se. Se ham was gefunden.«

»Blut?«

»So isses. Es war Blut. Tut mir leid, das sagen zu müssen, aber es war das eigene Lebensblut deiner armen Stiefmutter, was sie gefunden ham.«

Miss Lizzie machte die Haustür hinter Officer O'Hara zu und sagte zu mir: »Du siehst blaß aus, Kind. Möchtest du dich hinlegen?«

»Nein«, sagte ich. »Nein, danke.« Aber ich *fühlte* mich blaß, kraftlos und körperlos, so, als ob ein hinter meinem Rücken befindliches Licht direkt durch mich hindurchscheinen könnte, durch Organe, Fleisch und Knochen.

Es war ja gut und schön, darüber, was wohl im Abfluß war, Vermutungen anzustellen und sich an dem grausigen Schauer zu ergötzen. Aber bei der Vorstellung, daß Audreys Blut dort tatsächlich gefunden worden war, aufgefangen zusammen mit Haaren und grauem Seifenschaum, war mir plötzlich schwach und schwindelig geworden. Und während wir hier standen, schwappte das »eigene Lebensblut« meiner Stiefmutter im Polizeiwagen gegen die Wände des Blecheimers, gluckste und platschte ...

»Sie haben es gefunden«, sagte Miss Lizzie.

»Ja.«

»Setz dich, Liebes. Ich mache dir einen Kamillentee.«

Sie machte mir einen Kamillentee, brachte ihn mir und fragte, ob ich glaubte, etwas essen zu können. Ich sagte nein, danke, setzte aber hinzu, falls sie hungrig sei, solle sie sich durch mich nicht abhalten lassen. Sie werde später eine Kleinigkeit essen, sagte sie, und hoffe, daß ich mich ihr dann anschließen werde. Sie fragte mich, ob ich gern mit dem Nikola-System weitermachen würde. Ich sagte, daß ich im Moment lieber ein Weilchen lesen würde.

Und so saßen wir da, Miss Lizzie auf dem Sofa und mit ihren Kartentricks beschäftigt, ich auf dem Stuhl und mit »Harper's« in der Hand, um mein Schweigen zu rechtfertigen.

Der Abfluß hatte bewiesen, daß der Mörder sich gewaschen

hatte, nachdem er Audrey getötet hatte. Und zumindest für mich hatte er noch etwas anderes bewiesen. Daß William sie nicht getötet hatte.

Das hatte ich auch nie geglaubt. Doch nun sah ich das Argument gegen seine Schuld als überwältigend an, quasi als eine Hierarchie von Unmöglichkeiten.

William verabscheute selbst die Idee, zu töten. Vor vier Jahren, als er dreizehn und ich neun war, hatte er sich in Boston einmal eine Schleuder gebastelt. Um sie auszuprobieren, ging er in einen Park am Charles. Als er sie das allererste Mal benutzte, zielte er auf eine herumstolzierende Taube und traf sie. Unter Tränen brachte er sie nach Hause. Als Vater ihm sagte, daß man nichts mehr tun könne, daß die Taube weit über das Stadium hinaus sei, in dem man sie wieder gesundpflegen könne, hatte William sie unter einer Ulme in unserer Straße begraben, Gebete gesprochen und ein kleines Kreuz aufgestellt und dabei die ganze Zeit geheult.

Folglich hätte William Audrey nicht getötet.

Ich wußte, daß William in Rage geraten konnte: Ich hatte einmal miterlebt, wie er ein Modellschiff nahm und durch sein Zimmer schleuderte, so daß es an der Wand in Stücke sprang, und das alles nur, weil ein einziges zierliches Rundholz, das er stundenlang einzubauen versucht hatte, gebrochen war. Aber seine Reue danach war genauso jäh wie sein Zorn. Und er war spontan zu Vater gegangen und hatte sich entschuldigt, daß er etwas, das Vater ihm geschenkt, zerstört hatte.

Er war kein Grübler und keiner, der stunden- oder wochenlang stumm seinen Groll hegte, ihn mit Bitterkeit und Haß nährte.

Folglich hätte William, wenn er Audrey getötet *hätte,* es nicht im Gästezimmer und so lange nach dem Streit in der Küche getan.

William besaß ein angeborenes Gefühl für Fairneß. Er war griechisch-römischer Ringer, der beste der Schule in seiner Gewichtsklasse. Einmal hatte er bei einer Meisterschaft mit beiden Schultern die Matte berührt, nur für einen Augenblick und ohne, daß sein Gegner, die Zuschauer oder der Schiedsrichter es gesehen hatten. William hätte weitermachen können; doch er brach den Kampf ab und gab den Punkt ab und verzichtete damit auf die Meisterschaft. Als ich ihn später fragte, warum, sah er mich an, als verstünde er die Frage nicht. »Weil ich verloren habe«, sagte er. »Schon«, sagte ich, »aber das hat doch keiner gewußt.« »Aber Amanda«, sagte er, als könnte er noch immer nicht begreifen, was ich meinte, *»ich* wußte es.«

Folglich hätte William, wenn er Audrey getötet *hätte,* es nicht getan, während sie dalag und schlief und verwundbar war.

Natürlich ließ ich die (äußerst entfernte) Möglichkeit gelten, daß selbst ein solches Musterexemplar, selbst ein so sanfter, tapferer und ehrenwerter Mensch wie William einen Anfall von Geistesstörung erleiden konnte, unerklärlicherweise und ohne Vorwarnung verrückt werden konnte. Aber angenommen, es war so. Angenommen, ein wilder Dämon hätte sich seiner bemächtigt, angenommen, eine Blase wäre geplatzt und hätte das Gift des Wahnsinns in seinen Kopf schießen lassen. Angenommen, er hätte ein Beil gefunden, wäre ins Haus zurückgekommen, die Treppe zum Gästezimmer hinaufgegangen und hätte Audrey zerstückelt. Dann wäre er hinterher nicht seelenruhig in die Dusche gegangen und hätte sich abgebraust.

Wenn er aber unschuldig war – und ich wußte, wie gesagt, daß er unschuldig war –, warum hatte er sich dann nicht gemeldet, nachdem Audreys Tod entdeckt worden war? (Eine Frage, die die Polizei sich zweifellos auch stellte.)

Dafür konnte es nur einen Grund geben. Er wußte nicht, daß Audrey tot war.

Was bedeutete, daß er nicht mehr hier in der Stadt war. Wenn er hier gewesen wäre, hätte er es unmöglich nicht wissen können.

Aber wenn er die Stadt verlassen hatte, vermutlich unmittelbar nach dem Streit mit Audrey, wohin war er gegangen?

Er wäre nicht nach Boston gelaufen, um sich bei Vater über

Audrey zu beschweren. Dazu war er zu stolz. Gewiß, er hätte hingehen können, um zu Hause Geld oder Kleidung zu holen, aber es wäre heimlich geschehen, ohne daß es jemand gemerkt hätte.

Wäre er zu irgendeinem seiner Freunde gegangen, so hätte er dort von dem Mord an Audrey erfahren; Boyle hatte gesagt, daß es in allen Bostoner Zeitungen gestanden hatte.

Folglich mußte er, wo immer er auch hingegangen war, an einem Ort sein, wo es keine Menschen und keine Zeitungen gab, die ihm hätten mitteilen können, was passiert war.

Und plötzlich glaubte ich zu wissen, wo er war.

Elf

Das Haus meiner Großeltern lag auf dem Lande, nur wenige Meilen westlich von Boston. Nach der Wiederheirat meines Vaters verbrachten William und ich oft den Sommer dort. Vater erschien meist am Wochenende, gewöhnlich ohne meine Stiefmutter, die erklärte, allergisch gegen den Pflanzenbestand zu sein, der zur einen oder anderen Zeit, wie mir schien, jede dem Menschen bekannte Art umfaßt hatte. (Aus diesem Grund waren die Pflanzen in unserem Bostoner Haus raffinierterweise aus Seide angefertigt. Was den zusätzlichen Vorteil hatte, daß sie wenig Pflege und Liebe brauchten, da sie nur hin und wieder etwas abgestaubt werden mußten.)

Aber ihre Abneigung gegen Besuche dort ging, wie ich damals glaubte und auch heute noch glaube, eher auf das Gefühl zurück, von Vaters Eltern abgelehnt zu werden. Und damit hatte sie recht. Obwohl beide zu höflich waren, um ihre Mißbilligung jemals offen zu zeigen, bezogen sie sie immer erst verspätet in die Unterhaltung ein, als hätten sie plötzlich bemerkt, daß diese nachlässig gekleidete Frau tatsächlich schon die ganze Zeit im Zimmer war, und fühlten sich nun, wenn auch widerwillig, durch die Etikette verpflichtet, diese bestürzende Tatsache zur Kenntnis zu nehmen.

Jenseits der ebenen grünen Fläche des Rasens, auf der Badmintonnetze gespannt und Fußangeln aus Croquet-Toren aufgestellt waren, kleine Rechtecke aus weißem Draht, die bei Gartenfesten manch einen beschwipsten Gast zu Fall brachten, war das Haus meiner Großeltern auf drei Seiten von einem Wald aus Ahorn und Ulmen und Eichen umgeben. Mir war dieser Wald immer feucht und tief erschienen, endlos, so undurchdringlich wie nur irgendein Dschungel in Afrika und genauso voller wahrscheinlich fleischfressender und zweifellos ekelhafter wilder Tiere: Schlangen und Eidechsen, Wölfen und Bären. Und noch andere Dinge lauerten dort – die Geister von herumschleichenden Rothäuten in Kriegsbemalung und von unschuldigen und arglosen und vermutlich bestürzten Siedlern, die von ihnen mit dem Tomahawk erschlagen wurden. Ich wollte ihn nie betreten.

Und dann sah ich eines Sommers – ich war zehn, William vierzehn –, daß mein Bruder ihn regelmäßig betrat. Von der verglasten Steinveranda hinten am Haus beobachtete ich, daß er jeden Tag kurz nach dem Mittagessen über den Rasen schlenderte, die Hände in den Hosentaschen, als würde er einen Verdauungsspaziergang machen. Wenn er den Waldrand erreichte, blickte er sich rasch einmal verstohlen um (ich duckte mich dann immer), schlüpfte wie ein Indianer hinter den schwarzen schartigen Stamm einer mächtigen Eiche und verschwand.

Ich hatte keine Ahnung, was er dort tat. Vielleicht auf Forschungsreise gehen und Stanley im Kongo spielen. Vielleicht sich mit einem Mädchen treffen. Seine Einstellung zu Mädchen, außer natürlich zu mir, hatte sich in den letzten Jahren geändert. Während er früher in ihrer Gegenwart gespöttelt oder geschmollt hatte, schien er jetzt fasziniert und verlegen zugleich zu sein.

Als ich ihn regelmäßig im Wald verschwinden sah, malte ich

mir aus, daß er am Ufer eines murmelnden Bächleins kniete, neben sich eine hübsche Schäferin, die in der Tat denen ähnelte, die drei Jahre später in immerwährender Keckheit hinter Glas in Miss Lizzies Gästezimmer erstarrt waren. Ihr Haar fiel ihr in blonden Ringellöckchen auf die nackten weißen Schultern, und sie saß sittsam im Gras, die Hände im Schoß, den makellos weißen Rock ihres bäuerlichen Kleides um sich herum ausgebreitet wie eine geöffnete Blüte.

Woher sie kam, aus welchen Bruchstücken der Phantasie und vergessenen Erinnerungen ich sie erschuf, kann ich nicht sagen. Ich hatte zu der Zeit noch nie eine Meißner Figurine gesehen, und in all den Sommern dort hatte ich in der näheren Umgebung noch nie Schafe gesehen oder gehört oder von Schafen reden hören.

Eines Tages beschloß ich, ihm zu folgen. Ich wußte, daß der Rasen zu breit war, um auf der Veranda zu warten, während William ihn überquerte: Bis ich selbst den Wald erreichte, wäre er verschwunden gewesen. Und so sagte ich beim Mittagessen zu meinen Großeltern, daß ich mich nicht recht wohl fühlte, ein Nein-nichts-Ernstes-nur-vielleicht-ein-bißchen-den-Magen-verdorben-Gefühl, und trottete die Vordertreppe hinauf zu meinem Zimmer. Vor der Tür blieb ich stehen, lauschte einen Augenblick, rannte dann durch den Korridor, hastete die Hintertreppe hinunter, huschte leise durch die Veranda und spurtete über den Rasen. Ich versteckte mich hinter einer Eiche und wartete.

Vögel zwitscherten, Insekten summten. Der Wald hinter mir begann, dichter heranzurücken, aber ich wartete trotzdem. Das Knacken der Zweige und das Rascheln von Blättern hinter mir bedeutete, daß Tiere herumstreiften, vielleicht angelockt von meinem Geruch; aber ich wartete trotzdem.

Endlich kam William um das Haus herum und begann über den Rasen zu bummeln. Er hätte vor sich hin summen können, so unbekümmert war er. Und dann sprang er dort, wo der Rasen endete, plötzlich hinter seine Eiche.

Ich zögerte nur kurz und trabte dann zu dem Baum hinüber. Ich spähte um den Stamm herum und sah William zwanzig Meter voraus einen schattigen Weg entlangschlendern. Als er noch weitere fünfzehn Meter gegangen war, begann ich ihm zu folgen.

Noch hundert Meter und er bog nach rechts ab. Als ich die Stelle erreichte, sah ich, daß der Weg hier auf eine zerfallene Steinmauer stieß, vielleicht aus der Kolonialzeit, gebaut vermutlich von Siedlern, die der Tomahawk noch nicht ereilt hatte. Die unregelmäßigen abgerundeten schwarzen Felsbrokken waren stellenweise mit grauen Flechten überzogen und mit weichem Moos bewachsen, das so grün war, daß es zu leuchten schien.

Und da war auch William, der auf der Mauer von Stein zu Stein hüpfte, durch den Tunnel der Bäume vom Schatten ins Licht glitt – und dann jäh auf der linken Seite hinuntersprang.

Da ich Angst hatte, ihn zu verlieren, lief ich eilends unbeholfen über die Steine und blinzelte durch das Laub. Und sah weiter drüben etwas Weißes zwischen den Bäumen: Williams Hemd.

Ich rannte den Weg hinunter, bis ich ihn wieder in Sichtweite hatte, und dann, zum ersten Mal langsamer gehend, fiel mir auf, daß der Wald eigentlich gar nicht so düster und dunkel war; gar nicht so hart, so monolithisch. Er war offen und einladend; er war hell und leuchtend. Überall um mich herum tanzte Gold auf Grün. Sonnenlicht fiel durch die Baumwipfel, ergoß sich auf Blätter, flutete über das Gras und die wilden Blumen, Schmetterlinge schwebten und stießen herab; grazile zartgliedrige Libellen mit schillernden Augen hingen in der Luft, bewegten sich blitzschnell und verharrten wieder. Die hellbraunen Blätter auf der Erde, von der Sonne leuchtend gelb gesprenkelt, sahen so weich aus, als könnte man darauf schlafen.

Hier lebten mehr Bäume, als ich für möglich gehalten hätte. Ihre Namen sollte ich erst sehr viel später lernen, aber ich sah

Hickorybäume, so hoch und gerade wie die Masten von Schiffen, knorrige Holzapfelbäume, struppigen Ahorn, zierliche Hartriegel mit ihren weißen Blüten, jedes Blumenblatt an der Spitze mit einem Tröpfchen Dunkelbraun versehen. (Das Blut Jesu, wie meine Großmutter sagte.) Da gab es Dikkichte aus Kirschlorbeer und Geißblatt. Silberne Birken, deren abblätternde Rinde so fein wie eine Zwiebelschale war, bogen sich himmelwärts und senkten dann ihre Zweige zur Erde, als hätte (wie es in einem Gedicht heißt) das ausgelassene Schaukeln lachender Knaben ihnen diese Form gegeben.

Es war, kurz gesagt, ein verwunschener Ort, und genau wie jede andere Prinzessin an einer solchen Stätte, hatte ich mich schon bald verlaufen. William war nicht mehr in Sicht, und ich war nicht mehr sicher, ob der Weg, dem ich folgte, der war, den er eingeschlagen hatte. Ich versuchte es mit Erkundungsgängen in mehreren Richtungen; aber kein William. Von Panik ergriffen, rief ich schließlich laut seinen Namen. Keine Antwort. Rief wieder laut nach ihm. Keine Antwort.

Der Wald rückte wieder dichter an mich heran, und eine tiefhängende Wolke mit schwarzem Bauch und einem perfekten Gefühl für den richtigen Zeitpunkt kroch langsam über den Himmel und verdunkelte die Sonne.

Ich ließ mich mutlos auf die Erde plumpsen und entdeckte, daß welke Blätter, ob von der Sonne gesprenkelt oder nicht, keineswegs weich sind. Sie sind krümelig und stachelig, bringen nackte Beine zum Jucken und bleiben an weißen Baumwollkleidern hängen, als wären sie dort angeheftet.

Mein Kleid! Irgendwie war es mit Grün beschmutzt, mit Grau beschmiert worden. Großmutter würde Zustände bekommen!

Aber andererseits würde Großmutter weder mich noch das Kleid je wiedersehen. Nicht vor dem nächsten Frühjahr, wenn ein stämmiger Holzfäller (Stiefel, Overall, eine schwere Axt auf den breiten buntkarierten Schultern) zufällig auf das ausgebleichte kleine Skelett stieß, das da zwischen den Blättern und den Zweigen und den vergilbten Baumwollfetzen lag.

Natürlich würde es ein Begräbnis geben, spröde Knöchelchen würden in dem kleinen Sarg klappern, und alle würden weinen, weil ein junges Leben so früh ausgelöscht worden war. Ich malte mir Großmutters Schmerz aus, und Großvaters und Vaters und Williams (seiner verbunden mit einem überwältigenden und, wie zu hoffen stand, selbstmörderischen Schuldgefühl), und ich begann zu weinen.

Ein Rascheln im Wald. Der Holzfäller? Schon?

Es war William, mit einem ärgerlichen Ausdruck im Gesicht. »Was machst *du* denn hier?«

Ich hörte auf zu weinen. »Dich suchen.«

»Warum?«

»Ich wollte sehen, was du machst.«

»Geht dich nichts an.«

»Ich sag's Daddy.«

»Ach ja? Was denn?«

»Daß du im Wald ein Geheimnis hast.«

Er sah mich scharf an. »Was für ein Geheimnis denn?«

»Das weiß ich nicht, aber ich sag ihm, daß du jeden Tag herkommst und daß du etwas verheimlichst.«

»Was denn?«

»Das weiß ich nicht, aber Daddy findet es heraus.«

Er blickte finster drein. »Amanda, wieso bist du auf einmal so eine Petze?«

»Ich bin keine Petze. Ach bitte, William, sag mir doch, was ist es.«

Er zögerte. Ich sah meine Chance und ergriff sie. »O William, bitte! Zeig es mir doch. Ich erzähle auch keinem was, ich verspreche es. Großes Ehrenwort.«

Er schwankte, Unschlüssigkeit im Gesicht.

»Ich schwöre es. Ich schwöre, daß ich es keinem sage.«

Seine Augen verengten sich. »Schwörst du es auf die Bibel?«

»Wir haben keine Bibel.«

»Großmama hat daheim einen ganzen Stapel davon.«

»Na gut. Dann schwöre ich auf eine davon.«

»Schwörst du, daß, wenn du es verrätst, du in die Hölle kommst und für immer dort schmoren wirst?«

»Mhm. Ich schwöre es.«

»Ich hole wirklich eine Bibel und laß dich darauf schwören.« (Das tat er auch.)

»Das ist in Ordnung. Ich schwöre es, ganz bestimmt.«

»Gut. In Ordnung. Komm mit.«

Seinem Stolz nach zu urteilen, glaube ich, daß er es schon die ganze Zeit jemandem hatte zeigen wollen.

Es war ein Fort. Er hatte es vor zwei Jahren gebaut und seither ständig Verbesserungen vorgenommen. Es bestand aus Zweigen, die jeweils etwa fünf Zentimeter dick und gut zwei Meter lang waren und so an den langen überhängenden Ast einer Eiche genagelt waren, daß sie eine Art A-förmiges Gerüst bildeten, das zweieinhalb Meter lang und an der Basis eineinhalb Meter breit war. Darüber war eine Persenning gezurrt, um es wasserdicht zu machen; und auf diese waren Blätter gehäuft worden, um das Ganze zu tarnen. (Tatsächlich war die Hütte aus vier Schritten Entfernung nicht zu sehen.) Davor breitete sich eine kleine Lichtung aus, in deren Mitte ein Halbkreis aus feuergeschwärzten Felsbrocken lag. Das Fort war, wie William mir sagte, als Zufluchtsort für die Familie gedacht und sollte benutzt werden, falls die Hunnen in Massachusetts einfielen. (Der Weltkrieg war noch im Gange, und in den Vereinigten Staaten hatten erwachsene Männer Projekte ausgearbeitet, die um nichts weniger absurd waren als Williams Refugium.)

»Darf ich hineingehen?« fragte ich ihn.

»Na gut. Aber faß ja nichts an.«

Innen verbreitete der Boden aus gestampfter Erde den Waldgeruch von Lehm und Pilzen. (Bis zum heutigen Tag muß ich jedesmal, wenn ich Morcheln esse, an Williams Fort denken.) An der gegenüberliegenden Wand hatte er aus großen Steinen und Brettern Regale gebaut, auf denen Konservendosen mit Erbsen, Karotten, Mais, Corned beef, Honig und Marmelade aufgereiht waren. Aber nirgendwo war etwas von einer hübschen Schäferin zu sehen.

Ich kroch wieder hinaus. »William, das ganze Essen. Das hast du aus Großmamas Speisekammer stibitzt.«

»Ich habe es nur geborgt«, sagte er. »Und wenn die Hunnen kommen, bekommen es Großpapa und Großmama ja sowieso zu essen.«

Ich beäugte das Fort mit Skepsis. »Darin sollen wir alle leben?«

»Wir bauen noch an.«

»Was ist, wenn das Essen alle ist?«

»Dann können wir Wurzeln und Beeren essen. Die gibt es überall. Und wir können Kaninchen fangen.«

»Kaninchen? O nein, William!«

»Nur wenn wir müssen. Um zu überleben, meine ich.«

»Was ist mit Wasser?«

»Gleich dort drüben ist ein kleiner Bach.«

»Was ist mit den Tieren?«

»Was für Tieren?«

»Du weißt schon. Bären und so.«

»Hier gibt es keine Bären.«

»Ja, aber Schlangen . . .«

»Tiere«, sagte er mit absoluter Überzeugung, »tun dir nichts, wenn du ihnen nichts tust.« Im Laufe der Jahre habe ich gelernt, daß er, mit Ausnahme von Haien und menschlichen Wesen, absolut recht hatte.

Ich schaute das Fort an, schaute wieder William an. »Darf ich herkommen?«

»Wie meinst du das?«

»Wenn du nicht da bist. Darf ich herkommen und drinnen spielen?«

»Nein, natürlich nicht. Es gehört mir.«

»Du hast gesagt, daß es für alle ist, für die ganze Familie.«

»Schon, aber nur, wenn die Hunnen kommen.«

Ich konnte schwerlich auf die Hunnen warten; sie waren bekanntermaßen äußerst unzuverlässig. »Was ist, wenn du nicht da bist? Was ist, wenn du bei den Bromptons bist? Manchmal bleibst du tagelang bei ihnen. Es könnte jemand vorbeikommen und es finden.«

»Es steht schon seit zwei Jahren da, und keiner hat es je gefunden.«

»Ja, aber da war auch Winter, und da kommt nie einer her. Ich könnte es für dich bewachen. Wenn jemand kommt, könnte ich hingehen und sagen, ich hätte mich verlaufen, und dann müßten sie mich zu Großmama zurückbringen. Dann würden sie es nie finden.«

Er dachte nach.

»Bitte, William! Ich verspreche es, daß ich keinem etwas davon sage.«

Er hatte den Anstand, sich den Hinweis zu verkneifen, daß es sich bei dem, was ich durchblicken ließ – es tatsächlich weiterzusagen – um eine leere Drohung handelte, da ich ja bereits einen Eid geschworen hatte.

»Na gut, in Ordnung. Aber nur, wenn ich nicht da bin. Und keine Puppen oder so was.«

(Ich brachte meine Puppen natürlich doch mit – da ich zu dem Schluß kam, daß William nichts gegen ihre Anwesenheit in seinem Fort einzuwenden gehabt hätte, wenn er sie näher gekannt hätte –, aber ich verriet es ihm nie.)

Er betrachtete das Fort so wie Carnegie, der seine erste Bibliothek bewundert, und wandte sich dann an mich: »Gefällt es dir?«

»William«, sagte ich. »Es ist wunderschön.«

Er strahlte.

Ich sah Miss Lizzie zu, wie sie die mittlere von drei Karten umdrehte, die auf dem Couchtisch lagen. Es war das Pik-As. Sie schob die Karten zusammen, mischte sie, hob mit Hilfe des Daumennagels ab und blätterte die Karten, in jeder Hand ein halbes Spiel haltend, gleichzeitig zu zwei vollendeten Fächern. Dann schob sie die wie Blätter im Wind rauschenden Karten ineinander. Sie blickte auf, sah, daß ich zuschaute, und lächelte. »Kann ich dir etwas bringen, Liebes? Noch etwas Tee?«

»Nein, danke, Miss Lizzie. Ich brauche nichts.« Ich dachte an das Fort.

Wir hatten den letzten Sommer bei unseren Großeltern verbracht, und das Fort war noch dagewesen, noch immer mit Vorräten ausgestattet, obwohl William nicht mehr jeden Tag hinging – mit sechzehn hatte er andere Dinge im Kopf, hauptsächlich Mädchen. (Innerhalb von zwei Jahren hatte er seine Schüchternheit verloren, möglicherweise deshalb, weil die Mädchen, die er – mit dem schlechten Geschmack, den nur ein älterer Bruder haben kann – zu umwerben beschloß, so albern und einfältig waren.)

Konnte er da, ein Jahr später, nicht wieder hingegangen sein? War es etwa nicht als Zufluchtsort gedacht gewesen?

Aber ich hatte einen Eid geschworen, unter Androhung des Höllenfeuers, keinem jemals etwas von dem Fort zu sagen.

Andererseits war ich, logisch gesehen, ohnehin bereits verdammt. Den ganzen Tag über hatte ich beiläufig das Bild von Amanda in den Flammen betrachtet, es immer wieder hin und her gewendet wie eine glänzende Münze oder ein funkelndes Schmuckstück. Es gab schließlich nur eine Ewigkeit; man konnte nicht zweimal dazu verurteilt werden.

Doch den Eid zu brechen, erschien mir irgendwie sehr viel schlimmer, als Audrey den Tod zu wünschen.

»Miss Lizzie?« sagte ich.

Sie ließ gerade den Herz-König in der Hand verschwinden. Zerstreut sagte sie: »Ja?«

»Was glauben Sie, wie es in der Hölle aussieht?«

»Das weiß ich nicht, Liebes. Wie in Pittsburgh?« Sie blickte auf und sah an meinem Stirnrunzeln, daß es mir ernst war. »Warum fragst du, Amanda?«

Ich zuckte die Achseln. »Es interessiert mich eben.«

»Tja, Kind«, sagte sie in gütigem Ton, »ich glaube, das ist eine Frage, die du besser deinem Vater stellen solltest.«

»Das werde ich auch«, sagte ich. Von wegen. »Aber ich wollte wissen, wie Sie darüber denken.«

Sie lächelte. »Was ich denke, weicht vielleicht stark von dem ab, was dein Vater denkt.«

»Das ist schon in Ordnung. Was denken *Sie?*«

»Tja«, sagte sie, »das ist nur meine persönliche Meinung, mußt du wissen, aber ich glaube nicht, daß es die Hölle überhaupt gibt. Zumindest nicht in der Form, wie sie in Büchern und von den Bigotten dargestellt wird.«

Einen Moment lang war ich sprachlos. Bestürzt weniger über das, was sie gesagt hatte – was schon bestürzend genug war –, sondern daß sie es aussprach, es denken konnte, ohne vom Antlitz der Erde hinweggefegt zu werden und unverzüglich an eben diesen Ort zu fahren. Stammelnd sagte ich: »Aber – aber wo kommen wir denn dann hin? Hinterher? Ich meine, die bösen Menschen. Wo kommen *die* denn hin?«

Ich glaube nicht, daß sie irgendwo hinkommen. Ich glaube, daß sie hier auf der Erde bleiben.«

»Meinen Sie so wie Gespenster?«

»Nein, nicht so wie Gespenster.« Sie lächelte leise, nachdenklich. »Vielleicht einige davon.« Ich mußte an ihre Mutter, ihren Vater denken. Hatten sie sie verfolgt, zerstückelt und blutüberströmt? Waren sie ihr in mondhellen Nächten erschienen?

Sie sagte: »Ich glaube, die meisten von uns bleiben hier durch unsere Taten, durch die Ereignisse, die wir in Gang setzen. Durch die Menschen, die wir gekannt haben.«

»Aber was ist mit unserer Seele? Was ist mit unserem inneren Wesen? Wo kommt mein *Ich* hin, wenn ich sterbe?«

Sie lächelte. »Wo war es, bevor du geboren wurdest?«

Ich dachte darüber nach. »Im Geist des lieben Gottes?«

Sie nickte. »Einverstanden. Ja. Im Geist Gottes. Diese Erklärung ist auch nicht schlechter als andere.«

»Und da gehen wir alle wieder hin?«

»Da sind wir alle, denke ich. Wir sind alle ein Teil davon, Ausdruck seines Geistes. Wie alles auf der Welt. Wenn du einem Hund oder einer Katze oder irgendeinem Tier in die Augen schaust, kannst du es dort sehen, dieses Etwas, diese Kraft. Den Geist Gottes.«

»Auch bei Käfern?«

Sie lachte. Es schien Wochen her zu sein, seit ich ihr Lachen gehört hatte. »Wenn unsere eigenen Augen scharf genug wären, dann, glaube ich, würden wir es sogar in den Augen von Käfern sehen.«

»Aber was ist mit ...« Ich brach ab, lauschte dem plötzlich anschwellenden Gemurmel der Menge draußen. Ich sah Miss Lizzie an.

»Vielleicht kommt dein Vater zurück.«

Hämmern an der Haustür.

Ich glaube, wir wußten beide, daß es nicht Vater war.

Wieder folgte ich ihr, wieder hielt sie das Gesicht an die Tür und rief: »Wer ist da?«

»Officer Medley.«

Sie entriegelte die Tür, öffnete sie. Medley trat ein, und sie machte die Tür hinter ihm zu.

Officer Medley blickte grimmig drein. »Ich bin auf der Suche nach Mr. Burton.«

»Er ist nicht da«, sagte Miss Lizzie. »Ich glaube, er ist im Fairview.«

Medley schüttelte den Kopf. »Das habe ich überprüft. Dort ist er nicht.«

»Was ist denn?« fragte ich. »Geht es um William?«

Medley wandte sich mir zu. Sein Mund wurde hart.

»Ja?« sagte ich. »Geht es um William?«

»Ja«, sagte er.

Ich stand im Nachthemd am offenen Fenster des in Dunkel gehüllten Zimmers und starrte zwischen den Spitzengardinen hindurch auf den leeren Strand. Es war Ebbe, und im Licht der Sterne konnte ich eine flache grüne Sandbank sehen, deren Ausläufer in das schwarze glänzende Meer hineinragten. Ich hatte schon geraume Zeit dort gestanden.

Officer Medley hatte uns nur mitgeteilt, daß William noch immer verschwunden war. Er weigerte sich standhaft zu verraten, welche neuen Erkenntnisse die Polizei gewonnen hatte, und beteuerte ernsthaft, daß er Vater sprechen müsse.

Nachdem er gegangen war, hatte Miss Lizzie Sandwiches mit Hammelfleisch gemacht, das von einem Braten in ihrem Eisschrank stammte; aber keine von uns hatte viel gegessen. Um zehn Uhr war Vater immer noch nicht zurückgekommen. Miss Lizzie empfahl mir, ein bißchen zu schlafen, und versicherte mir, daß sie ihn, sobald er eintraf, in mein Zimmer schikken würde.

Ich hatte ein Weilchen im Bett gelegen und den Kampfergeruch eingeatmet, aber nicht einschlafen können.

Was hatte die Polizei gefunden? Beweise, wie Mr. Slocum gesagt hätte. Aber Beweise wofür?

Hatten sie ihn gefunden? Hatten sie, auf irgendeine Weise, sein Fort ausfindig gemacht? Um von Boston aus zu meinen Großeltern zu kommen, hätte er per Anhalter fahren oder den Zug nehmen müssen. Hatte ihn jemand gesehen und es gemeldet?

Genau wie Traurigkeit wird auch Kummer durch sich selbst gespeist. Nachdem ich ein Weilchen im Dunkeln gelegen und mir Sorgen gemacht hatte, kam mir ein anderer Gedanke in den Sinn. Zum ersten Mal seit dem Mord (so groß ist die schützende Kraft der Versunkenheit in sich selbst) fragte ich mich, wer, wenn William es nicht gewesen war, Audrey getötet hatte.

Wer war mit einem Beil in unser Haus geschlichen, hinauf ins Gästezimmer gehuscht und hatte *fünfundzwanzigmal* auf sie eingeschlagen?

Wenn es ein Verrückter war – und wer außer einem Verrückten hätte ihr diese Wunden beibringen können? –, dann konnte es jeder sein, dann konnte er überall sein. Er konnte, in eben diesem Moment, einige Straßen weiter wach liegen, sich hämisch freuen und einen weiteren Mord planen. Vielleicht war er eines der anonymen Gesichter in der Menge vor Lizzies Haus gewesen. Ich konnte mir vorstellen, wie er sein Gesicht schlaff werden ließ, um die dumpfe Faszination derer um ihn herum vorzutäuschen, während er sich ins Fäustchen lachte und sein Geheimnis in seinem bösartigen Herzen bewahrte.

Wer immer es auch war, mußte *gewußt* haben, daß Audrey sich droben im Gästezimmer aufhielt. Sonst wäre er die Treppe im hinteren Teil des Hauses hinaufgegangen und hätte sie in Vaters Zimmer gesucht oder in meinem . . .

Aber vielleicht hatte er das. Vielleicht *war* er die Hintertreppe hinaufgeschlichen, hatte in das Zimmer meiner Eltern gespäht, dann die Tür zu meinem Zimmer geöffnet und mich dort liegen sehen. Wenn ich nicht geschlafen hätte, wenn ich die Augen genau in dem Moment geöffnet hätte, dann wäre ich jetzt vielleicht ebenso tot wie Audrey. Mich schauderte. Es war kein beruhigender Gedanke.

Wer immer es auch war, hatte meine Stiefmutter getötet, während ich nur vier oder fünf Meter weiter im Bett lag.

Oben gab es keine Verbindungstüren zwischen den Räumen im vorderen Teil des Hauses und denen im hinteren Teil. Aber die Wände waren dünn, und oft hatte ich, wenn ich in meinem Zimmer war und Audrey im Gästezimmer, sie dort herumgehen hören. Warum hatte ich ihren Mörder nicht gehört?

Ein Mord, die Tat an sich, müßte eigentlich so gellend aufschreien, daß selbst die Toten erwachen. Aber anscheinend tat er das nicht. Anscheinend konnte man daliegen und friedlich und ahnungslos schlafen, während einige Schritte weiter ein Mensch erschlagen, abgeschlachtet, ausgelöscht wurde.

Wer hatte ihr das angetan? Und warum?

Alle diese Fragen trommelten unablässig auf mich ein. Schließlich schlug ich das Laken zurück, kroch aus dem Bett und ging zum Fenster. Dort stand ich und starrte aufs Meer, als wären irgendwo dort draußen unter dem Sternenhimmel, zwischen dem schwarzen Samt und dem schwarzen Glas, die Antworten zu finden. Doch dort lagen sie nicht.

Dann hörte ich, wie unten die Haustür geöffnet und geschlossen wurde. Und Stimmen, leise, undeutlich, Miss Lizzie und ein Mann. Vater? Ja! Schritte auf der Treppe. Ich tappte eilends zum Bett, sprang hinein und deckte mich rasch mit dem Laken zu.

Leises Klopfen an der Tür. Sie öffnete sich einen Spalt, und ein schmaler Lichtstreifen fiel ins Zimmer. Vaters Stimme, die sacht, fast flüsternd rief: »Amanda?«

»Ich bin wach, Vater.«

Die Tür ging ganz auf, und er hob sich als Silhouette gegen das Licht der Flurlampe ab. An seinen hängenden Schultern erkannte ich, wie müde er war.

»Soll ich das Licht anmachen?« Er klang heiser, erschöpft.

»Nein, nicht nötig.«

Er ließ die Tür leicht angelehnt und kam langsam mit schweren Schritten zum Bett. Er und die Matratze ächzten gleichzeitig, als er auf ihr Platz nahm.

»William?« sagte ich.

Er schüttelte den Kopf. »Sie haben ihn noch nicht gefunden.«

»Aber sie haben etwas gefunden, stimmt's? Officer Medley war hier.«

»Ich weiß. Er hat es mir gesagt. Ich war mit Boyle in Mortimers Gasthaus.«

»Was haben sie gefunden?«

»Ich habe heute vormittag Mrs. Dougherty« – unsere Haushälterin in Boston – »angerufen und ihr gesagt, sie solle der Polizei gestatten, Williams Zimmer zu durchsuchen. Ich dachte, sie würden etwas finden, das uns sagen würde, wo er hingegangen ist.«

»Haben sie etwas gefunden?«

»Mrs. Dougherty konnte sehen, daß jemand dagewesen ist. Sie hatte das Zimmer erst vor ein paar Tagen abgestaubt. Einige Sachen von William fehlten. Und ein Rucksack.«

Das Fort, dachte ich. Er ist in das Fort gegangen.

Vater holte tief Luft und stieß sie langsam wieder aus. »Und sie haben seine Sachen unten im Schrank gefunden. Die Sachen, die er gestern anhatte. Ein weißes Hemd, ein Paar weiße Hosen.«

»Und?«

»Sie waren mit Blut befleckt.«

Ich verschloß die Augen vor diesem Bild, schüttelte den Kopf. »Nein«, sagte ich. »Nein, Vater, er hat es nicht getan.«

»Ich weiß, Kleines, ich weiß.« Seine Hand tastete nach meiner. »Die Bostoner Polizei untersucht die Flecken. Es gibt heutzutage Tests, chemische Analysen, mit denen man nachweisen kann, daß es nicht Audreys Blut ist. Aber wenn es das nicht ist ...«

»Wenn es nicht Audreys Blut ist«, sagte ich, »dann ist es Williams Blut.«

»Ja, aber vermutlich war es nichts Schlimmes, Amanda. Er war bestimmt wohlauf, mobil genug, um nach Boston zu kommen. Vielleicht hat er sich geschnitten oder Nasenbluten bekommen.« Ich wußte, daß ich nicht der einzige Mensch war, den Vater zu überzeugen versuchte.

»Vater ...«

»Da ist noch etwas, Amanda.«

»Was?«

»Gestern abend, als ich mit der Polizei gesprochen habe, habe ich ihnen nicht die Wahrheit gesagt.«

Vater und *lügen?* »Wie meinst du das?«

Er blickte zum Fenster, hinaus in die Nacht, als suchte auch er dort nach Antworten. »Du wirst es ohnehin erfahren, fürchte ich. Du kannst es ebensogut von mir erfahren.«

Er machte mir angst. »*Was* erfahren?«

Er holte tief Luft und sah mir direkt ins Gesicht. »Ich habe der Polizei gesagt, ich hätte eine Besprechung mit einem Freund von mir gehabt. Mit Tad Garrison. Tad und ich hatten eine Vereinbarung getroffen. Falls sich jemand erkundigte, was ich an ganz bestimmten Tagen gemacht hatte, sollte Tad sagen, ich sei bei ihm gewesen. Aber ich hatte doch nicht an so etwas gedacht! Und ich kann ihm wohl kaum einen Vorwurf daraus machen, daß er nicht für mich gelogen hat.«

»Gelogen, weshalb, Vater?«

Wieder tiefes Luftholen. »Ich habe eine Freundin, Amanda. In Boston. Ich war gestern bei ihr.«

Ungeheuer erleichtert sagte ich: »Ist das alles? Das macht doch nichts aus.«

Er schüttelte den Kopf und lächelte wehmütig. »Nein, Kleines. Du verstehst mich nicht. In den Augen der Polizei, in den Augen der Kirche ist das, was sie und ich getan haben, Ehebruch.«

Ehebruch. Ich hatte davon reden hören, ohne wirklich zu wissen, was das war. Etwas Schlimmes, den Priestern zufolge. Aber den Priestern zufolge war ja fast alles etwas Schlimmes. Und wenn Vater das begangen hatte, konnte es eindeutig nichts furchtbar Schlimmes sein.

»Ist sie nett?« fragte ich ihn.

Er überraschte mich mit einem Lachen, einem leisen, von Melancholie gedämpften Lachen. »Amanda«, sagte er, »das ist eine Sünde. Und im Staate Massachusetts, wie Chief Da Silva so freundlich war, mir ins Gedächtnis zurückzurufen, ist es auch eine strafbare Handlung.«

Eine Sünde vielleicht, aber fast mit Sicherheit eine läßliche, drei Gegrüßet-seist-du-Maria und ab mit dir. Bestimmt auch keine arge strafbare Handlung; und Da Silva war sowieso gemein. »Aber ist sie nett?«

Er seufzte. »Ja. Ja, das ist sie. Sie ist sehr nett. Sehr intelligent, sehr freundlich. Es war falsch von mir, mich in dieser Weise mit ihr einzulassen, aber ich liebe sie.«

Das war nun wirklich ernst. Außer ganz kurz, zu Beginn ihrer Ehe, hatte ich Audrey nie als eine Bedrohung für Vaters Liebe zu mir betrachtet.

»Wie heißt sie?« fragte ich ihn. Als könnte ich die Bedrohung, die sie darstellte, abschätzen und eindämmen, wenn ich ihren Namen wüßte.

»Susan.«

Viel zu nichtssagend, dachte ich, um gefährlich zu sein.

»Susan St. Clair«, sagte er. »Ich glaube, daß sie dir gefallen würde.«

Das bezweifelte ich. Nicht mit einem Namen wie St. Clair. Er beschwor Visionen von ausgelassenen Pariserinnen herauf, von denen Miss Lizzie gesprochen hatte, Frauen mit lockerem Lebenswandel, die auf einer Bühne herumhüpften und rüschenbesetzte Röcke hochwarfen, so daß man ihre extravaganten Schlüpfer sehen konnte.

Ziemlich tapfer, wie ich in Anbetracht der Situation fand, fragte ich ihn: »Wirst du uns wegen ihr verlassen? Mich und William?«

Seine Hand schloß sich fest um meine. »Nein, Amanda. Natürlich nicht. Ich werde euch nie verlassen. Aber ich mußte der Polizei von Susan erzählen. Und jetzt, wo sie von ihr wissen, haben sie noch mehr Grund, mich des Mordes an Audrey zu verdächtigen. Sie glauben, daß ich ein Motiv hatte.«

Das war absurd. Wenn die Polizei so dumm war, daß sie Vater verdächtigte und ein Motiv brauchte, dann hätte Audreys Persönlichkeit allein schon eines liefern können. Mit der Bedrohung, die diese St. Clair-Metze darstellte, konnte ich mich später befassen. Im Augenblick galt es Wichtigeres zu erwägen. Selbst wenn es für mich bedeutete, eine Ewigkeit in der Hölle zu schmoren, mußte ich ihm von dem Fort erzählen.

»Vater«, sagte ich, »ich glaube, ich weiß, wo William ist.«

So gut ich konnte, erklärte ich Vater, wie er Williams Fort fand. Er verließ Miss Lizzies Haus, um meine Großeltern anzurufen und danach die lange Fahrt zu ihnen anzutreten.

Mein Leben war mit einem Schlag ganz durcheinandergeraten; ich konnte nicht schlafen. Ich machte mir Sorgen wegen William, und ich machte mir Sorgen wegen Vater, der Auto fuhr, wo er doch so erschöpft war – er hatte seit zwei Tagen nicht geschlafen. Ich fragte mich, wer Audrey umgebracht hatte, und ich fragte mich, warum. Und die ganze Nacht hindurch tanzte immer wieder Susan St. Clair in ihrem Cancan-Kostüm durch das dunkle Zimmer und warf die Beine in die Luft.

Geraume Zeit führte ich ein ernstes Gespräch mit dem lieben Gott. Ich setzte ihm auseinander, daß ich durchaus bereit war, mich damit abzufinden, von ihm in die Hölle geschickt zu werden, wenn es das war, was er wirklich wollte. Aber vielleicht konnten wir miteinander auch eine Vereinbarung aushandeln – zwei bis dreihundert Jahre bloßes Leiden im Fegefeuer im Austausch gegen ein Leben unter den Nonnen oder den Aussätzigen. (Wenn ich es mir hätte aussuchen können, hätte ich mich für die Aussätzigen entschieden.) Ich machte ihn darauf aufmerksam, daß es mildernde Umstände gegeben hatte, sowohl im Falle meines Eidbruches (William konnte schließlich verletzt sein und Hilfe benötigen) als auch im Falle meines Wunsches, Audrey möge tot sein (sie war schließlich, möge sie in Frieden ruhen, eine Hexe gewesen). Ich bat ihn, all dies zu berücksichtigen, bevor er zu einem möglicherweise voreiligen Urteil gelangte; und legte ihm nebenbei nahe, ein wachsames Auge auf diese St. Clair zu haben, die womöglich nur hinter Vaters Geld her war.

Ich bat um ein Zeichen, das mir sagte, daß meine Botschaft ihn erreicht hatte, aber es gab keine Heimsuchungen, keine brennenden Dornbüsche, nicht einmal eine Brise, die die schlaffen Spitzengardinen bewegt hätte.

Am frühen Morgen schlief ich endlich ein.

Ich stand an der Gästezimmertür und sah eine große, dunkle Gestalt vor mir, die sich über Audrey beugte. Sie hatte mir den Rücken zugekehrt, trug schwarze Hosen und einen langen schwarzen Gehrock. Ich sah, wie die Gestalt den Arm hob, sah das Schimmern des Axtblattes, sah, wie ihr Arm nach unten sauste und das Metall zu einem verschwommenen Fleck machte, hörte das nasse *Knirsch,* als es sich in Fleisch und Knochen grub. Die Gestalt holte abermals aus, schlug wieder zu, und wieder war dieses scharfe knackende Geräusch zu hören; und sie holte wieder und wieder aus, und das Blut spritzte durch das ganze Zimmer.

Ich schrie vor Entsetzen auf, und die Gestalt fuhr mit einem Ruck herum und sah mich, und ich sah sie, *und ich erkannte das Gesicht.*

Mit einem Wimmern in der Kehle wachte ich auf, und das Gesicht verschwand. Ich versuchte mit aller Kraft, es zurückzuholen, versuchte verzweifelt, mich an die vertrauten Gesichtszüge zu erinnern; aber das Gesicht war verschwunden.

Graues Licht drang durch das Fenster ein. Die Flut kam: Ich konnte die Wellen an den Strand schlagen hören. Doch es klang nicht wie Sand und Wasser; es klang wie das Kratzen von Stahl auf Erde, wie der langsame schleppende gleichförmige Rhythmus, in dem man ein Grab zuschaufelt.

So lag ich da, während das Zimmer um mich herum langsam wieder Form annahm, bis ich unten Miss Lizzie hörte.

Miss Lizzie machte Pfannkuchen, die wir im Eßzimmer aßen. Die Menge draußen vor dem Haus war heute viel kleiner. Officer O'Hara, der kurz zuvor hereingekommen war, um wieder die Toilette zu benutzen, sagte zu mir, das sei »nur Gesindel, der Abschaum der Stadt«, was mich keineswegs so beruhigte, wie es vermutlich seine Absicht gewesen war.

Ich blickte von meinem Teller auf und fragte Miss Lizzie: »Und was ist mit den guten Menschen?«

Sie schien verwirrt zu sein. »Was, Amanda?«

»Glauben Sie, daß es einen Himmel gibt, in den sie kommen?«

Sie lächelte. »Ich glaube, daß die guten Menschen, die wirklich guten Menschen, gewissermaßen bereits im Himmel sind.«

»Und die wirklich bösen Menschen?«

Sie hielt inne, die Teetasse auf halbem Wege an die Lippen gehoben. »Die wirklich bösen Menschen, ja, die sind gewissermaßen bereits in der Hölle.« Sie nippte an ihrem Tee, stellte die Tasse ab, tupfte sich mit der Serviette den Mund ab und sagte wie zu sich selbst: »Ich muß heute unbedingt einkaufen gehen.«

»Aber Miss Lizzie! Die ganzen Leute da draußen . . .«

»Pack«, sagte sie leichthin. »Was können die mir schon tun? Nur glotzen und gaffen. Nein, ich habe sie schon entschieden zu lange gewähren lassen.«

»Aber Mr. Boyle und Mr. Slocum kommen doch. Mit den Leuten, die auf Ihre Annonce geantwortet haben.«

Sie schürzte die Lippen. »Dann eben danach. Ich weigere mich, mich in meinem eigenen Haus gefangenhalten zu lassen.«

Der erste Besucher an diesem Vormittag war jedoch weder Mr. Slocum noch Mr. Boyle, noch einer aus dem Kreise ihrer potentiellen Zeugen.

»Draußen is n junger Mann«, sagte Officer O'Hara und steckte sein gerötetes Gesicht zur Tür herein, »der Miss Amanda sprechen möchte.«

Es war kurz vor zehn Uhr; wir waren im Wohnzimmer gewesen, als wir das Klopfen an der Tür hörten. Miss Lizzie sah mich an, während ich Officer O'Hara ansah und ihn fragte: »Wer?«

»Roger, der Sohn von Carl Drummond.« Miss Lizzie vertraute er an: »Ein anständiger Junge, arbeitet im Süßwarenladen, wegen *dem* brauchen Se sich keine Sorgen zu machen.«

»Das liegt ganz bei Miss Burton«, sagte sie. Officer O'Haras Billigung machte auf Miss Lizzie herzlich wenig Eindruck.

»Hätten Sie etwas dagegen?« fragte ich sie.

»Natürlich nicht, Kind.« Zu O'Hara sagte sie, als spräche sie mit einem Dienstboten: »Führen Sie den jungen Mann bitte herein.«

Das Gesicht legte sich in finstere Falten, verzog sich, und einen Moment später kam Roger durch die Tür.

Angesichts all dessen, was sich in den letzten Tagen ereignet hatte, war mir Roger überhaupt nicht mehr in den Sinn gekommen. Nun fragte ich mich, warum.

Er war noch immer groß und dunkel und schlank (wenn auch weder so groß noch so schlank wie Mr. Slocum) und noch immer so schön wie Heathcliff (wenn auch nicht so schön wie Mr. Slocum). Er trug einen flotten Anzug aus kreppartigem Leinen, ein weißes Hemd, eine schwarze Krawatte und schwarze Schaftstiefel. Er grinste mich an, daß man sämtliche Zähne sehen konnte. »Hallo, Amanda.«

»Guten Tag, Roger.« Ich stellte ihn Miss Lizzie vor. Beide waren steif und förmlich, Miss Lizzie vermutlich deshalb, weil sie inzwischen wohl jedem Fremden gegenüber argwöhnisch war, und Roger – nun, ich sollte bald erfahren, weshalb Roger so zurückhaltend war.

»Ich wollte fragen«, sagte er zu ihr, »ob ich mit Amanda sprechen könnte.«

»Aber sicher«, sagte sie. Und zu mir: »Amanda, warum unterhältst du dich mit deinem Gast nicht im Wohnzimmer?« Und zu Roger, höflich: »Kann ich Ihnen einen Tee anbieten?«

»Nein, danke.« Nach kurzem Zögern setzte er hinzu: »Madam.«

Miss Lizzie sagte zu mir: »Falls du etwas brauchst, ich bin oben in meinem Zimmer.«

Ich bedankte mich und führte Roger, als sie ging, ins Wohnzimmer. Ich kam mir sehr selbstsicher und erwachsen vor, gerade so, als wäre das mein Zimmer, mein Haus und Roger ein Verehrer, der gekommen war, um um meine Hand anzuhalten.

Er setzte sich auf das Sofa und sagte mit einem schnellen Blick zur Wohnzimmertür: »Das ist sie also, hä?«

Ich nahm ihm gegenüber auf dem Sessel Platz. »Ja. Sie ist wirklich wunderbar gewesen, Roger.«

Er beugte sich vor. »Sie ist ein Psychopath, Amanda.«

»Was ist ein Psychopath?«

»Ein Verrückter. Ein Irrer.«

Ich lachte. »O Roger, das ist sie nicht. Sie ist einer der nettesten Menschen, die mir je begegnet sind.«

»Sie hat ihre Eltern umgebracht.«

»Das hat sie nicht«, protestierte ich. »Die Geschworenen haben es gesagt. Sie war unschuldig.«

»Die Geschworenen haben gesagt, daß sie nicht schuldig ist.«

»Das habe ich doch gerade gesagt.«

Er schüttelte den Kopf. »Das ist nicht dasselbe. Hör mal, was weißt du eigentlich über den Prozeß?«

»Ich weiß, daß sie für unschuldig befunden wurde oder für nicht schuldig oder was auch immer. Sie haben sie freigelassen.«

Er blickte wieder schnell zur Tür, beugte sich weiter vor und senkte die Stimme. Wie schon bei anderer Gelegenheit fiel mir auf, wie lang seine schwarzen Wimpern waren, länger und feiner als meine eigenen. (Es erschien mir ungerecht, daß ein Junge solche Wimpern hatte.) Vielleicht war er nicht so schön, so schneidig wie Mr. Slocum, aber durch meine Sünden hatte ich Mr. Slocum verloren, und mit seinen dunkelbraunen feuchten Augen, seinen romantischen Backenknochen gab Roger eine nicht gänzlich unerfreuliche Alternative ab. »Ich habe alles darüber gelesen«, versicherte er mir. »In der Bibliothek haben sie Bücher und Ausgaben des ›Boston Herald‹ aus der Zeit, als der Prozeß stattfand. Und ich habe mit Leuten gesprochen, die dabei waren.«

»Was für Leuten?«

»Chief Da Silva, unter anderem.«

»Chief Da Silva kann Miss Lizzie nicht leiden.«

Er schnaubte verächtlich. »Das kannst du laut sagen. Er kann sie nicht leiden, weil er weiß, daß sie es getan hat und ungestraft davongekommen ist.«

»Sie *hat* es nicht getan.«

»Hör mal«, sagte er. »Hast du gewußt, daß die Morde im August passiert sind, am heißesten Tag des Jahres?«

»Na und?«

»Also erstens einmal geht die Zahl der Tötungsdelikte in die Höhe, sobald die Temperatur über 37 Grad Celsius steigt. Körpertemperatur. Die Leute werden gereizt. Leute, die ein bißchen verrückt sind, werden noch viel verrückter.«

»Wer sagt das, Roger?«

»Das ist wissenschaftlich erwiesen. Und zum andern hatten die Bordens im Hof eine Scheune, stimmt's? Eigentlich war es nur ein kleiner Schuppen, aber die ganze Familie sprach von der Scheune. So waren sie eben.«

»Sie waren wie?«

»Du weißt schon. Eingebildet.«

»Wer sagt das?«

»Jeder.« Er ging mit einer Handbewegung darüber hinweg. »Ist ja auch egal, stimmt's? Jedenfalls sagten sie Scheune dazu. Und diese Scheune hatte einen Dachboden.«

Der Dachboden, dachte ich. Vielleicht werde ich jetzt erfahren, was das ganze Gerede über den Dachboden zu bedeuten hatte.

»Der Dachboden hatte nur einen einzigen Zugang«, sagte Roger, »eine Falltür über der Treppe aus der Scheune nach oben, und er hatte nur ein einziges Fenster, und zwar aus Glas, und das war zugesperrt. Als sie dann beim Prozeß gefragt wurde, wo sie an dem Morgen gewesen sei, hat Lizzie gesagt, sie sei auf den Dachboden gegangen, um Bleigewichte zu holen. Sie wollte einige Tage später nach Marion fahren, hat sie gesagt, und sie hätte das Blei gebraucht, um eine Angelschnur zu beschweren.«

»Roger, ich verstehe nicht, was das alles soll.«

»Laß mich ausreden. Zunächst einmal war ihre Mutter schon seit zwei Stunden tot, als sie hinaus in die Scheune ging. Das hat die gerichtsmedizinische Untersuchung ergeben. Lizzie hat gesagt, sie hätte gedacht, ihre Mutter sei ausgegangen. Ihr Vater habe sich im Wohnzimmer hingelegt, hat sie gesagt, und geschlafen. Er war kurz zuvor aus der Stadt zurückgekommen. Na schön, sie geht also auf den Dachboden, um das Blei zu holen, und bleibt, wie sie sagt, fünfzehn Minuten dort. Sie *sagt«* – Sarkasmus ringelte sich um das Wort –, »sie hätte am Fenster gestanden und Birnen gegessen.«

»Und was gibt es daran auszusetzen?«

»Am heißesten Tag des Jahres? Auf einem stickigen Dachboden? Da hat sie fünfzehn Minuten gestanden und *Birnen* gegessen?«

»Vielleicht hat sie die Bleigewichte nicht finden können und hat versucht, sich daran zu erinnern, wo sie sind.«

»Jetzt hör aber auf, Amanda«, sagte er, und Verachtung verzerrte sein Gesicht. Seine Backenknochen wirkten dadurch beträchtlich weniger romantisch. »Es gab da eine Kiste mit Bleigewichten drin, aber die stand unten, nicht auf dem Dachboden.«

»Aber es war Blei in der Scheune.«

Er verdrehte theatralisch die Augen. »Na gut. Chief Da Silva war in Fall River noch ein einfacher Polizist. Aber er war einer der besten Polypen am Tatort. Während die Nachbarn und die anderen Polypen im Haus mit Lizzie sprachen . . .«

»Hör auf, sie *Lizzie* zu nennen.«

Er sah mich überrascht an. »Wie soll ich sie denn nennen?«

»Miss Borden.«

Er lachte. Verächtlich. Roger sah immer weniger wie ein potentieller Heiratskandidat aus.

Ich sagte: »Es klingt gehässig, so wie du das sagst. ›*Lizzie.*‹ Sie ist nicht deine Freundin. Es ist taktlos.«

»Sie schlägt ihre Eltern mit der Axt tot, und ich bin derjenige, der taktlos ist?«

»Sie hat sie nicht getötet.«

Er seufzte übertrieben. »Während die anderen Polizisten im Haus mit *Miss Borden* sprachen, ging Da Silva in die Scheune. Er ging hinauf auf den Dachboden. Er stellte sich in die Falltür und hielt den Kopf so, daß der Fußboden in Augenhöhe war. Er schaute sich überall um. Es waren keine Fußabdrücke im Staub, Amanda. Keine. Und es war dort sehr staubig – sogar *Miss Borden* räumte beim Prozeß ein, daß seit Monaten niemand aus der Familie mehr oben gewesen war. *Keine Fußabdrücke.*«

»Warum hat Da Silva das beim Prozeß dann nicht gesagt?«

»Das hat er. Und die Verteidigung brachte zwei Kinder bei, die sagten, sie hätten an dem Morgen auf dem Dachboden gespielt, bevor alles passiert ist. So stand Da Silva natürlich wie ein Lügner da, denn wenn die Kinder oben gewesen wären, hätten sie überall Fußabdrücke hinterlassen.«

»Dann *hat* Da Silva gelogen.«

»Amanda«, sagte er mit dieser übermäßigen Geduld, der es mit Absicht nicht gelingt, das Gegenteil zu kaschieren, »die Kinder sind geschmiert worden. Genau wie Bridget, das Hausmädchen der Bordens, geschmiert worden ist.«

»Von wem?«

»Von wem wohl?« Er lächelte. Unausstehlich. »Von deiner Freundin, *Miss Borden.*«

»Das ist doch verrückt. Wenn da Silva nicht gelogen hat, dann hat er sich eben geirrt. Er hat die Fußabdrücke übersehen.«

»Er ist ein guter Polyp, Amanda. Er weiß, was er dort oben gesehen hat. Da waren keine Fußabdrücke. Was glaubst du wohl, warum er Fall River verlassen hat? Weil er *wußte,* daß sie es getan hat, und weil er wußte, daß sie dadurch, daß sie die Kinder geschmiert hat, ihn zum Lügner oder zum Narren gemacht hat.«

»Roger«, sagte ich, »nenne mir *einen* guten Grund, weshalb Miss Lizzie ihre Eltern umbringen sollte.«

»Der Geschlechtstrieb«, sagte er und lehnte sich triumphierend zurück wie jemand, der gerade ein As abgehoben hat.

»Der Geschlechtstrieb? Wovon redest du da?« Das Geschlechtliche war genau wie Ehebruch etwas, über das ich nur lückenhafte Kenntnisse besaß. Es wurde viel darüber geredet, und überall im Land prangerten Priester und Geistliche die laxe Moral der Nachkriegsgeneration an; aber keiner hatte jemals genau erklärt, in welcher Hinsicht diese Laxheit herrschte. In der Schule hatte ich von Knutschereien und Zungenküssen reden hören; aber so unanständig und irgendwie faszinierend das auch klang, konnte ich mir nicht vorstellen, warum alle Welt soviel Aufhebens davon machte.

Roger zuckte lässig die Achseln. »Sie hat ihren sexuellen Impulsen widerstanden, und weil die sich nicht ausleben konnten, sind sie gewalttätig geworden. Ein klassischer Fall von Unterdrückung.«

»Unterdrückung?«

»Wenn du schon deinen Freud gelesen hättest, wüßtest du Bescheid.«

»Meinen Freud?«

Er grinste wieder selbstgefällig. »Sigmund Freud«, sagte er. »Das ist ein deutscher Arzt, der alles entdeckt hat, was es über das Unbewußte zu wissen gibt.« Er schlug die Beine übereinander wie ein Professor, der im Begriff ist, einem gutwilligen, aber leicht beschränkten Studenten ein äußerst heikles Problem zu erklären. »Der menschliche Geist besteht nämlich aus drei Teilen. Aus der Libido, das ist deine primitive, animalische Energie. Aus deinem Ich, das ist das, was du von deinen Eltern hast. Und aus deinem Über-Ich, das ist das, was du von der Gesellschaft hast. Wenn aber dein Über-Ich zu stark ist, dann wird deine Libido blockiert, klar? Deine natürlichen Impulse kommen durcheinander, und das führt dann zu Hysterie und Verrücktheit und in manchen Fällen sogar zum Mord.«

»Und der ist Arzt, dieser Sigmund Freud?«

»Einer der größten, die es je gegeben hat. Er hat die Psychologie revolutioniert.«

»Für mich hört er sich wie ein Spinner an.«

»Das«, verkündete er, »ist bloß, weil du keine Ahnung hast, wovon du redest.« Damit war Roger als Heiratskandidat endgültig aus dem Rennen.

»Dieses Über-Ich da«, sagte ich. »Wie bekommt man das eigentlich von der Gesellschaft?«

Er zuckte die Achseln. »Durch die Vorschriften und Regeln der sozialen Gruppe.«

»Dann ist das so etwas wie das Gewissen.«

»Na ja«, sagte er. »Irgendwie schon. Aber das Ganze ist natürlich viel komplizierter.«

»Aber wie wird es ein Teil von meinem Geist?«

Er machte eine ungeduldige Handbewegung. »Das ist unwichtig, Amanda.« Er stellte die gekreuzten Beine wieder nebeneinander und beugte sich erneut zu mir vor, die Unterarme auf die Knie gestützt. Er *hatte* schöne lange Finger; es war jammerschade, daß er so dämlich war. »Das Entscheidende ist, daß Unterdrückung zu Gewalt führt. Und deine Freundin Lizzie Borden ist unterdrückt. Sie ist zeit ihres Lebens unterdrückt worden. Sie hat nie geheiratet, sie war eine alte Jungfer von zweiunddreißig Jahren, als sie ihre Eltern umgebracht hat.«

»Sie hat ihre Eltern nicht umgebracht. Roger, es gibt Tausende von alten Jungfern, die zweiunddreißig Jahre alt sind, wahrscheinlich Millionen davon, und die gehen nicht alle her und bringen ihre Eltern um.«

Er zuckte wieder die Achseln. »Einige von ihnen können die Belastung einfach nicht aushalten.«

»Wie viele davon bringen ihre Eltern um?«

»Mensch, Amanda, eine genügt doch. Hör zu, es besteht kein Zweifel, daß sie es getan hat.«

»Für mich schon.«

Er lehnte sich zurück und schüttelte entrüstet den Kopf. »Du kapierst das nicht, stimmt's?«

»Nein«, sagte ich, »das kapier ich nicht.«

Wieder beugte er sich zu mir vor. Seine dunklen Augen spähten scharf in meine, als wollte er mich hypnotisieren. »Paß mal auf, Amanda. Paß mal gut auf. Hast du gewußt, daß euer Haus nebenan und das Haus von den Bordens in Fall River praktisch identisch sind? Die gleiche Anzahl Zimmer? Die gleiche Aufteilung?«

»Na und?«

»Paß auf. Deine Stiefmutter wurde im August ermordet, am heißesten Tag des Jahres. Hast du gewußt, daß Lizzie Bordens Mutter gar nicht ihre richtige Mutter war? Sie war ihre *Stiefmutter.* Und hast du gewußt, daß sie oben ermordet wurde, im vorderen Zimmer auf der linken Seite des Hauses? Im *Gästezimmer,* Amanda. Und *deine* Stiefmutter wurde auch im Gästezimmer umgebracht.«

»Also wirklich, Roger. Du willst doch nicht behaupten ...«

Er nickte. »Doch, Amanda. Sie hat deine Stiefmutter umgebracht.«

»Das ist unmöglich«, sagte ich.

»Es war die Hitze, Amanda. Die hat sie geschafft, die hat sie nach Fall River und dreißig Jahre zurückversetzt, und da hat sie einfach durchgedreht.«

»Roger, sie hat meine Stiefmutter nicht einmal gekannt.«

»Dann wäre es für sie ja noch leichter gewesen, sie umzubringen. Begreifst du denn nicht? Ich meine, sie hat ihre Eltern gekannt, und die hat sie umgebracht.« Die Logik dieser Aussage leuchtete mir nicht ein, aber Roger war nun in Fahrt, hatte sich wieder vorgebeugt und stieß mit dem Finger in meine Richtung. »Hör mal, die Polizei hat euer ganzes Haus durchsucht, stimmt's? Gleich nebenan. Und sie haben die Waffe nicht gefunden. Aber haben sie auch hier gesucht?«

»Natürlich nicht. Dazu hatten sie keinen Grund.«

»Oh, dazu haben sie schon einen Grund, aber der reicht noch nicht aus, um einen Haftbefehl zu erwirken. Aber ich mache jede Wette mit dir, Amanda, jede Wette, daß das Beil genau hier irgendwo rumliegt.« Er sah sich im Zimmer um, als könnte er es auf dem Beistelltisch entdecken, gleich neben der Cloisonné-Vase. Sein Blick kehrte zu mir zurück. »Die Sache ist nämlich die, daß sie jeden Moment wieder durchdrehen kann. Es ist immer noch heiß, die Temperatur liegt immer noch über 37 Grad. Sie kann jeden Moment losgehen, wie eine Bombe.«

»Roger«, sagte ich, »ich glaube, du bist der Psychopath.«

Er lehnte sich zurück. »Ich bin ja nicht derjenige, der mit einer Axtmörderin unter einem Dach lebt. Verstehst du? Du bist hier nicht sicher, Amanda. Du könntest die nächste sein.«

Ich legte den Kopf schief. »Bist du deshalb hergekommen? Um mich zu warnen?« Er war zwar verbohrt, aber wenigstens hatte er das Herz auf dem rechten Fleck.

»Unter anderem«, sagte er.

Ich ließ mir meine Enttäuschung nicht anmerken. (Und

warum, fragte ich mich, sollte ich eigentlich enttäuscht sein? Der Knabe war ein Dummkopf.) »Aus welchem Grund noch?«

»Ich schreibe einen Artikel für die Zeitung.« Ich hatte vergessen, daß er Journalistik studierte. Er grinste, aufgeregt und stolz. »Das wird mein erster echter Knüller, Amanda. Mein Name erscheint unter der Überschrift und so.«

»Aber das kannst du doch nicht tun!« sagte ich. »Mr. Slocum, der Anwalt, hat Chief Da Silva versprochen, daß keiner von uns mit den Reportern spricht.«

Er machte eine wegwerfende Handbewegung. »Ich habe Da Silva bereits interviewt. Er weiß, was ich mache.«

»Ja, und er läßt dich machen, weil er weiß, daß du genau das schreibst, was er gern hätte.«

»He«, sagte er beleidigt, »ich schreibe nicht, was jemand gern hätte. Ich schreibe die Wahrheit, wie ich sie sehe.« Selbst mit achtzehn konnte er seine Stimme schon vor verbohrter missionarischer Selbstgerechtigkeit beben lassen.

»Jedenfalls kannst du nichts von dem schreiben, was ich gesagt habe«, erklärte ich ihm. »Das lasse ich nicht zu.«

»Amanda«, erwiderte er in diesem mittlerweile vertrauten Ton geduldiger Überlegenheit, »wir haben Pressefreiheit, das gehört zu einer demokratischen Gesellschaftsordnung.«

»Wenn du irgend etwas Schlechtes über Miss Lizzie schreibst, dann verklagt sie dich, damit du es nur weißt. Und die Zeitung auch. Wegen übler Nachrede. Wie viele Artikel, glaubst du, lassen sie dich dann noch schreiben?«

»Üble Nachrede ist mündlich«, sagte er. »Verleumdung ist schriftlich.« Aber die Pedanterie war beiläufig, automatisch; und er machte ein finsteres Gesicht.

Da ich wieder im Vorteil zu sein glaubte – eine Dreizehnjährige kann so skrupellos wie ein Mongole sein –, nutzte ich ihn aus. »Dann darfst du wahrscheinlich nie mehr irgend etwas für irgend jemand schreiben. Dann lassen sie dich fallen wie eine heiße Kartoffel.«

»Niemand kann die freie Presse zum Schweigen bringen«, sagte er, und ich glaube, es sollte wie eine zündende Proklamation klingen, doch es kam gequält und verdrossen, fast gereizt heraus.

»Also«, sagte ich – und genau in dem Moment klopfte es an der Haustür. Miss Lizzie war oben; ich mußte daher selbst aufmachen.

»Also«, fauchte ich ihn an und stand auf, »denk dran, daß die freie Presse nichts mehr mit dir zu tun haben will, wenn du etwas Schlechtes über Miss Lizzie schreibst.« Dann drehte ich mich um und rauschte zufrieden aus dem Zimmer, da ich das letzte Wort behalten hatte.

An der Haustür hielt ich das Gesicht an das Holz, so wie ich es bei Miss Lizzie gesehen hatte. »Wer ist da?«

»Darryl Slocum.«

Ich entriegelte die Tür, machte sie auf; der Anwalt und Mr. Boyle traten an mir vorbei in die Diele. Mr. Slocum trug wieder einen seiner eleganten Leinenanzüge, diesmal einen perlgrauen; der Pinkerton-Mann trug das gleiche zerknitterte braune Ding, das er schon gestern angehabt hatte.

»Miss Lizzie ist oben«, teilte ich ihnen mit. »Ich gehe sie holen.«

Als ich die Tür zumachte, kam Roger aus dem Wohnzimmer. »Ich muß jetzt gehen«, sagte er zu mir. Er sprach schnell, etwas verlegen, ein kleiner Junge, der beinahe mit den Fingern im Marmeladenglas erwischt worden war.

»Hallo, Roger«, sagte Mr. Slocum. »Wie geht's deinem Vater?«

»Gut, Mr. Slocum. Entschuldigen Sie, aber ich ...«

»Roger«, sagte ich zu Mr. Slocum mit Unschuldsmiene und in einem Ton, der so süß und echt wie Saccharin war, »will für die Zeitung einen Artikel über Miss Lizzie schreiben.«

Mr. Slocum lächelte. »Gratuliere, Roger.«

Roger sah mich finster an und sagte dann zu Mr. Slocum: »Na ja, Sir, so toll ist das Ganze auch wieder nicht ...«

»Roger glaubt«, sagte ich, noch immer mit dieser herzlosen Unschuld, »daß Miss Lizzie Audrey getötet hat.«

»Ach, tatsächlich?« sagte Mr. Slocum und zog eine Augenbraue hoch. »Nun ja, Roger, selbstverständlich hast du das Recht, eine eigene Meinung zu haben. Meinungen sind eine feine Sache, ähnlich wie Kragenstäbchen. Jeder sollte welche haben. Aber man muß damit vorsichtig umgehen, weißt du. Man will sich doch nicht weh tun.«

»Ja, Sir«, sagte Roger und lachte. Ein bißchen verunsichert, wie ich mit Genugtuung feststellte. Und auf seiner Oberlippe standen auch ein paar erfreuliche Schweißperlen. »Das ist gut, Sir. Ha, ha. Kragenstäbchen. Das muß ich bei Gelegenheit mal verwenden.«

Mr. Slocum neigte lächelnd den Kopf. »Betrachte es als dein Eigentum.«

»Ja, Sir, danke. Also, dann geh ich jetzt wohl besser. Auf Wiedersehen, Sir.« Er machte kehrt und nickte Boyle, dem er nicht vorgestellt worden war, unsicher zu, wandte sich dann mit wütendem Blick an mich. »Auf Wiedersehen, Amanda.« Kalt, ausdruckslos.

»Bis bald, Roger«, sagte ich liebenswürdig und hielt ihm die Tür auf. »Komm doch wieder mal vorbei, wenn du Zeit hast.«

Er blickte mich finster an und schlüpfte dann zur Tür hinaus. Lächelnd machte ich sie hinter ihm zu.

Boyle sagte zu Mr. Slocum: »Scheint mir noch nicht trocken genug für einen Starreporter.«

»Ach, Roger ist schon in Ordnung«, sagte Mr. Slocum. »Vielleicht eine Spur übereifrig. Ich werde mal mit Benedict sprechen, dem Besitzer der ›Sun‹, um mich zu vergewissern, daß ihm und seinen Leuten die Vorzüge der Diskretion bekannt sind.« Er wandte sich an mich. »Na, Amanda, wie geht es dir heute?«

»Gut«, sagte ich. »Und Ihnen?« Er war ohne jeden Zweifel ein wirklich schöner Mann.

»Gar nicht so schlecht. Könntest du mal nachsehen, wo

Miss Borden ist? Unsere ehrenwerten Zeugen müßten jeden Moment eintreffen, um ihren wohlverdienten Lohn zu kassieren.«

»Ich hole sie.« Und da mir meine gute Erziehung wieder einfiel, sagte ich zu Boyle, der ein Päckchen Fatima aus der Hemdtasche zog: »Wie geht es Ihnen, Mr. Boyle?«

»Prima, Kleine. Immer schön die Ohren steifhalten, klar?«

Ich sagte ihm, daß ich das tun würde, und ging Miss Lizzie holen.

Die Zeugen – drei an der Zahl – warteten schon im Salon. Mr. Slocum, Boyle und Miss Lizzie wollten sie einen nach dem anderen im Wohnzimmer befragen, hinter verschlossenen Türen. Ich war lediglich ein Statist, ein Zeuge ihres Zeugnisses.

Als erstes führte Mr. Slocum eine untersetzte Frau herein, die eine graue Reisetasche in der Hand hielt und ein wallendes weißes Seidenkleid trug, das fast bis zu den Sohlen ihrer, wie es aussah, weißen Satin-Ballettschuhe reichte. Es war ein ungewöhnliches Kleid, eine Mischung, die einem antiken griechischen Gewand mit Empire-Taille ähnelte, an das eine Schneiderin, die nichts Besseres zu tun gehabt hatte, zwei weite Flügelärmel genäht hatte. Das Ganze gab ihr ein leicht klerikales Aussehen und hätte sie vielleicht imposant wirken lassen, wenn sie nicht kleiner als ich und fast so klein wie Miss Mullavey, die Polizeistenographin, gewesen wäre. Als sie Platz nahm, die Reisetasche über ihren breiten Schoß drapiert, schwebten ihre winzigen rundlichen Füße knapp über dem Boden.

Sie schien zunächst eine attraktive Person zu sein. Ein Helm aus braunem Haar, das mit grauen Strähnen durchzogen war, saß in festen entschlossenen Löckchen auf ihrem Schädel. Unter einer breiten Stirn und zu beiden Seiten einer leichten Stupsnase lagen zwei kleine braune Augen tief zwischen horizontalen Fleischfalten. Neben dem breiten fleischigen Mund hingen schlaffe Wangen herab, die ihr, zusammen mit dem leuchtendroten Lippenstift und dem leuchtendroten Rouge, das Aussehen einer weiblichen Bulldogge gaben.

Aber ihr Lächeln, als Mr. Slocum sie vorstellte, war von der gleichen Art wie Miss Lizzies, da es das ganze Gesicht, von dem es ausstrahlte, sofort verwandelte, es jünger und weicher machte und beim Betrachter vorübergehend schuldbewußte Verwirrung stiftete. Und ihre Stimme, als sie guten Tag sagte, war leise und melodiös; was einen irgendwie aus der Fassung brachte, weil man eher das Geknurr eines Hundes erwartet hatte. Ihr Name war Mrs. Helene Archer.

»Nun, Mrs. Archer«, sagte Mr. Slocum, »wie ich höre, haben Sie Informationen bezüglich des Todes von Mrs. Audrey Burton.«

»In der Tat, Mr. Slocum«, sagte sie in diesem weichen melodischen Ton. »Ich habe erst gestern abend mit Mrs. Burton gesprochen.«

Mr. Slocum lehnte sich zurück und legte den rechten Knöchel auf das linke Knie. »Ich verstehe«, sagte er und nickte weise. »Sie wissen natürlich, daß Mrs. Burton vor zwei Tagen gestorben ist.«

Sie lächelte ihn an. »Ich ziehe die Wendung ›hinübergegangen‹ vor.«

»Aha«, sagte Mr. Slocum. »Und warum das?«

»Weil es den aktiven Charakter des Zustands der Seele exakter beschreibt. Das heißt also, nach der Einstellung der Aktivität im körperlichen Wesen.«

»Ich verstehe«, sagte Mr. Slocum. »Ich nehme an, daß Sie an Spiritismus glauben.«

Mrs. Archer lächelte wieder. »Ja. Natürlich.«

Boyle, der sich in den Stuhl links von Mrs. Archer gelümmelt hatte, stieß einen vollendeten Rauchring aus, der über dem Couchtisch nach oben stieg, einen Moment lang dort zitternd in der Luft hing, sich dann um sich selbst drehte, zerfaserte und sich schließlich auflöste.

Ich sah Mrs. Archer an und spürte, wie sich insgeheim Verachtung in mir regte; Vater hatte mir von Spiritisten mit ihrem Ektoplasma und ihren Klopfgeräuschen erzählt, und genau wie er hielt ich von alledem rein gar nichts.

»Ich verstehe«, sagte Mr. Slocum nochmals, und mir schien, als seufzte er. »Sie sind, vermute ich, mit meiner Sekretärin, Mrs. Coyne, bekannt.«

Sie nickte. »Ich habe das Glück gehabt, Mrs. Coyne bei einer Reihe von Anfragen helfen zu können. Ihr verstorbener Mann, Albert, ging im Krieg hinüber, müssen Sie wissen.«

»Ja«, sagte der Anwalt. »Ich weiß. Sie sind *Madame* Helene, nicht wahr?«

Sie nickte huldvoll. »Viele meiner Klienten benutzen diesen Namen.«

»Ja. Nun, Mrs. Archer, Mrs. Coyne ist eine äußerst tüchtige Sekretärin, und ich glaube, sagen zu dürfen, daß ich ihre ... religiösen Überzeugungen immer respektiert habe, aber ich fürchte, in diesem Fall hat sie meine Absicht mißverstanden. Wonach wir in diesem Fall suchen, sind nun einmal präzise Informationen bezüglich des Mordes an Mrs. Burton.«

Mrs. Archer legte den Kopf schief, was ihre Wangen zittern ließ. Sie lächelte. »Aber was könnte präziser sein als die Informationen, die von Mrs. Burton selbst stammen?«

Mr. Slocum sah schnell auf Miss Lizzie, wie um sie zu bitten, einzugreifen und die Frau zu entlassen. Es überraschte ihn, wie ich glaube, als sie sagte: »Da Mrs. Archer sich die Mühe gemacht hat herzukommen, sollten wir uns vielleicht die Zeit nehmen, sie anzuhören.«

Mrs. Archer nickte ihr liebenswürdig zu. »Ich merke, daß Sie ebenfalls zu den Skeptikern gehören, Miss Borden, und ich weiß Ihre Freundlichkeit zu würdigen.«

»Keine Ursache«, sagte Miss Lizzie. »Sie sagten, daß Mrs. Burton gestern abend mit Ihnen gesprochen hat?«

»Es wäre zutreffender zu sagen, daß Mrs. Burton *durch* mich gesprochen hat. Mrs. Coyne kam gestern nach dem

Abendessen zu mir und setzte mir die Situation auseinander. Sie deutete an, daß ich in der Lage sein könnte, Mr. Slocum bei seiner Suche nach der Wahrheit behilflich zu sein. Ich räumte ein, daß dies möglich sei, und war mit Mrs. Coynes Hilfe in der Lage, Barnard zu erreichen.«

»Das College?« fragte Miss Lizzie stirnrunzelnd.

»Den Geistführer«, sagte Mrs. Archer. »Er ist mir seit vielen Jahren eine große Hilfe. Er ist eine sehr weise und mitfühlende Seele. Weisheit ist, wie Sie sicher wissen, zwangsläufig mitfühlend. Und die Zeit beschert uns allen Weisheit, sofern wir nur unsere Herzen öffnen. Barnard hat buchstäblich Äonen lang Zeit gehabt, Weisheit zu erlangen. Er war nämlich ein Krieger im alten Atlantis.«

»Bevor es unterging, nehme ich an«, sagte Miss Lizzie.

»Natürlich«, sagte Mrs. Archer. »Sein körperliches Wesen ertrank bei der Überschwemmung.«

Boyle blies wieder einen zitternden blauen Rauchring. Mr. Slocum verfolgte träge, wie er sich in Nichts auflöste, und trommelte mit dem Zeigefinger auf sein Hosenbein. Die beiden Männer hatten das resignierte Aussehen von Fahrgästen, die spätnachts auf einem verlassenen Bahnhof stehen und auf den Frühzug warten.

Miss Lizzie sagte: »Und Barnard hat Ihnen geholfen, Mrs. Burton zu finden?«

»Ja. Wie schon gesagt, ist er mir immer eine große Hilfe gewesen.«

»Und was hatte Mrs. Burton mitzuteilen? Nachdem Barnard sie gefunden hatte?«

»Sie brachte ihre Zuneigung zu ihren Stiefkindern William und Amanda zum Ausdruck.« Sie schenkte mir ein reizendes Lächeln, und unerklärlicherweise spürte ich, wie mich ein kalter Schauer überrieselte. »Und sie brachte auch ihre Vergebung zum Ausdruck.«

»Vergebung?« sagte Miss Lizzie. »Vergebung wofür?«

»Das hat sie leider nicht näher ausgeführt. Sie sind nämlich alle ein bißchen verwirrt, wenn sie gerade erst hinübergegangen sind.«

»Verständlich«, sagte Miss Lizzie.

»Sie haben sich noch nicht an die Astralebene gewöhnt, und manchmal ist ihnen nicht klar, daß unser Sehvermögen nicht so umfassend ist, wie ihres geworden ist. Häufig gehen sie davon aus, daß wir hier auf dieser Seite Kenntnisse besitzen, die wir in Wahrheit gar nicht besitzen.«

»Ein durchaus verbreiteter Irrtum« – Miss Lizzie nickte –, »selbst unter uns hier auf dieser Seite.«

Zum ersten Mal sagte Boyle etwas. »Hat sie zufällig erwähnt, wer sie abgemurkst hat?«

Mrs. Archer lächelte ihn an. »Sie meinen, wer sie getötet hat? Nein, bedaure, das hat sie nicht gesagt. Natürlich habe ich sie gefragt, aber sie weiß es nicht. Sie schlief nämlich, als es geschah.«

Boyle nickte, ohne eine Miene zu verziehen. Mr. Slocum lächelte die Frau an. »Das stand in allen Zeitungen, Mrs. Archer.«

Mrs. Archer erwiderte das Lächeln. »Tatsächlich? Davon ist mir nichts bekannt. Ich lese leider sehr selten Zeitung.«

Boyle blies wieder einen Rauchring, diesmal in Richtung der Decke.

»Was hatte Mrs. Burton sonst noch zu sagen?« fragte Miss Lizzie.

»Nun, wie ich Ihnen bereits sagte, brachte sie gegenüber ihren Stiefkindern ihre Zuneigung und Vergebung zum Ausdruck.« Ich hatte meinen anfänglichen Schock überwunden, hatte im stillen schon abzustreiten begonnen, daß es ein Schock gewesen war; und nun war ich skeptisch genug festzustellen, daß der Tod eine merkliche Verbesserung hinsichtlich Audreys Einstellung bewirkt hatte. »Und sie erwähnte etwas von einem Schlüssel«, fügte Mrs. Archer hinzu.

»Einem Schlüssel?« sagte Miss Lizzie.

Mrs. Archer nickte. »Als ich sie nach dem Mord fragte, waren ihre genauen Worte: ›Der Schlüssel ist der Schlüssel.‹«

Aufgeregt fragte ich sie, meine Ungläubigkeit wieder einmal vergessend: »Der Schlüssel für die Haustür?«

Mrs. Archer lächelte mich an. »Das kann ich nicht sagen, mein Kind. Ich kann nur die Informationen weitergeben, die die Seelen so freundlich sind zu übermitteln. Interpretieren kann ich sie leider nicht.«

»›Der Schlüssel ist der Schlüssel‹«, sagte Mr. Slocum wie zu sich selbst und blickte dann zu Boden und lächelte.

»Ja.« Mrs. Archer nickte. »Das waren ihre Worte.«

»Hat sie sonst noch etwas gesagt?« fragte Miss Lizzie.

»Nein. Wir verloren den Kontakt.«

Mr. Slocum sah aus seiner Träumerei auf. »Eine schlechte Verbindung?«

»Eine Störung im Äther. Das kommt gelegentlich vor.«

»Aha.«

Miss Lizzie fragte: »Können Sie uns sonst noch etwas sagen, Mrs. Archer?«

Sie lächelte. »Nein, nicht über Mrs. Burton. Aber wenn Sie möchten, können wir uns einmal treffen, und ich könnte versuchen, wieder Kontakt mit ihr aufzunehmen. Ich stehe Ihnen jederzeit zur Verfügung.«

Lächelnd fragte Mr. Slocum: »Und wie hoch wäre Ihr Honorar, Mrs. Archer?«

»Oh, ich habe kein festes Honorar«, sagte sie. »Nein, das wäre nicht angebracht. Ich bitte lediglich um eine Zuwendung, wissen Sie, um meine Arbeit fortsetzen zu können. Was immer der Spender aufbringen kann und geben möchte.«

Er nickte. »Ich verstehe. Nun, vielleicht setzen wir uns mit Ihnen in Verbindung.«

Sie nickte. »Ich danke Ihnen.« Sie wandte sich an Miss Lizzie. »Da ist noch etwas, Miss Borden. Ich habe eine Nachricht von Ihrem Vater.«

Miss Lizzie zog eine Augenbraue hoch. »Was Sie nicht sagen.«

»Ja. Ich soll Ihnen ausrichten, daß er noch immer Ihren Ring trägt.«

Miss Lizzies Augenbraue fiel herab, und ihr Gesicht wurde plötzlich sehr blaß.

Fünfzehn

Miss Lizzies Schock, so es denn einer war, dauerte nur einen Moment. Schon nach wenigen Sekunden kam wieder Farbe in ihr Gesicht, und sie bedachte die Spiritistin mit einem Lächeln, das ebenso ironisch war wie das von Mr. Slocum. »Sie sagen, daß mein Vater mich das wissen lassen wollte«, sagte sie. Sowohl Mr. Slocum als auch Boyle beobachteten sie mit Interesse (genau wie ich).

Mrs. Archer nickte. »Ja. Es schien ihm sehr daran gelegen zu sein.«

Unverwandt lächelnd, nickte Miss Lizzie. »Ja. Das kann ich mir vorstellen. Danke, daß Sie mir die Botschaft übermittelt haben. Und falls er wieder einmal vorbeischauen sollte, Mrs. Archer, dann danken Sie ihm doch bitte in meinem Namen, ja?«

Sie nickte. »Es wird mir eine Freude sein.«

»Und ich danke Ihnen, daß Sie gekommen sind«, setzte Miss Lizzie hinzu. »Das Ganze war höchst aufschlußreich.«

»Aber das war doch selbstverständlich.«

»Auf den ersten Blick ist sie ziemlich beeindruckend«, sagte Mr. Slocum, als er zu seinem Stuhl zurückkehrte, nachdem er Mrs. Archer zur Tür gebracht hatte. »Aber nichts von alledem, was sie gesagt hat, hätte sie nicht auch hier in der Stadt erfahren können.« Er nahm wieder Platz.

»Was ist mit dem Schlüssel?« fragte ich ihn, für den Moment verunsichert, ob ich mich den Skeptikern oder den Verfechtern zurechnete. »Audreys Schlüssel? Er ist verschwunden.«

Er lächelte. »Die ganze hiesige Polizei weiß von dem Schlüssel. Und so wie ich Kleinstädte kenne, weiß im Umkreis von fünf Meilen wahrscheinlich jeder davon.«

Ich blickte zu Miss Lizzie. Nach ihrer Blässe zu schließen, auch wenn sie nur vorübergehend gewesen war, hatte Mrs. Archers »Botschaft« sie offensichtlich aus der Fassung gebracht. Mr. Slocum und Boyle blickten, wie ich feststellte, in die gleiche Richtung.

»Mein Vater trug einen Ring, den ich ihm geschenkt hatte«, sagte sie und lächelte mich an. »Meinen Schulabschluß-Ring. Er wurde mit ihm begraben. Einen Moment lang habe ich mich gefragt, wie Mrs. Archer das wissen konnte. Aber dieser Punkt wurde in allen Zeitungen erwähnt. Jedermann hätte davon wissen können.«

Ich erinnerte mich, daß Roger mir erzählt hatte, die hiesige Bücherei habe Ausgaben des ›Herald‹, die bis in die Zeit von Miss Lizzies Prozeß zurückreichten. Mrs. Archer konnte ohne weiteres hingegangen sein und von dem Ring erfahren haben. Ich war erleichtert, aber ich war auch wütend auf mich selbst: erleichtert, weil ich es, genau wie jeder andere, lieber hatte, wenn meine Überzeugungen – und die meines Vaters – nicht in Zweifel gezogen wurden; wütend, weil ich selbst sie in Zweifel gezogen hatte und weil nicht *ich* diejenige war, die herausbekommen hatte, wie dieser Trick ausgeführt worden war.

»Trotzdem«, sagte Miss Lizzie und lächelte nun Mr. Slocum an, »finde ich, daß sie ihre Sache äußerst geschickt gemacht hat.«

»Oh, sie ist gut«, sagte der Anwalt. »Sie hat meiner Sekretärin mehrere hundert Dollar abgeknöpft.«

Boyle zog an seiner Fatima, stieß einen Rauchschwaden aus und sagte zu Mr. Slocum: »Wer ist als nächster dran?«

Miss Clare Hammill gehörte zu diesen seltenen, aber unerbittlichen Menschen, denen man meist auf Cocktailpartys und auf Kreuzfahrten begegnet und die an einem Übermaß an Präsenz leiden. Mit ihrem kurzen malvenfarbenen Crêpe-de-Chine-Kleid (nicht ganz das richtige für den Nachmittag), ihrem mit Henna gefärbten Bubikopf, ihren geschminkten Wangen und angemalten Lippen, ihren glänzenden munteren braunen Augen und ihrem lebhaften Mund besetzte sie das Wohnzimmer in gleicher Art, in der die amerikanische Armee nach dem Waffenstillstand Koblenz besetzt hatte. Sie füllte das Zimmer, dessen Wände zu zittern schienen vor lauter Anstrengung, sie festzuhalten.

Selbst im Sitzen war sie ständig in Bewegung. Sie ließ ihren Kaugummi knallen; klimperte mit ihren dichten Wimpern; hob und senkte ihre gezupften Augenbrauen; schlug die langen Beine in den glänzenden weißen Seidenstrümpfen übereinander und stellte sie wieder nebeneinander; fuchtelte mit ihrer Zigarette herum, die sie zwischen zwei gestreckten schlanken Fingern hielt, und schwang sie wie einen Dirigentenstab, um ihre Geschichte zu unterstreichen. Ich erinnere mich, daß ich dachte, daß sie nur sieben oder acht Jahre älter als ich sein konnte, gerade erst die Schwelle der Zwanzig überschritten hatte und nun fest in dem geheimnisvollen Reich des Erwachsenseins etabliert war; und weit davon entfernt, Mißbilligung zu verspüren, empfand ich eine Art Scheu vor dem, was ich als ihr einzigartiges Raffinement auslegte.

»Ich war mit Bobby Childers im Packard-Coupé von seinem Vater, Sie haben es wahrscheinlich schon gesehen, es ist der einzige Packard in dem blöden Kaff hier, und wir hatten draußen hinter dem Fischgeschäft geparkt, kennen Sie das kleine Gäßchen dort? Das war vor ein paar Wochen, an einem Donnerstag. Ich erinnere mich deshalb, weil ich erst am Tag zuvor, am Mittwoch, aus New York zurückgekommen war, ich und meine Freundin Annabelle waren hingefahren, um ins Theater zu gehen und uns ein bißchen Kultur zu Gemüte zu führen, verstehen Sie? Ich meine, in dem elenden Nest hier ist doch nichts los, rein gar nichts. Ehrlich, manchmal denke ich, daß ich noch ersticke. Wieso mein Vater es hier so toll findet, ist mir schleierhaft. *Ein* Strand ist doch wie der andere, stimmt's? Sand ist Sand.«

»Sie und Bobby Childers hatten also geparkt«, erinnerte sie Mr. Slocum.

»Richtig, genau«, sagte sie und stieß eine unordentliche Rauchwolke aus. »Bobby hält sich für einen ganz tollen Hecht oder so was, wegen dem Packard, nehme ich an, und dabei gehört der ihm gar nicht, er darf ihn nur ein paarmal in der Woche fahren. Ich meine, also *wirklich!* Jedenfalls wird er plötzlich zudringlich, verstehen Sie? Hat seine Hände überall, wo ich hinschaue, als ob mich ein Krake angesprungen hätte.« Und dann tat sie etwas, das sie mir für alle Zeiten sympathisch machte: Sie sah mich an und blinzelte mir verschwörerisch zu, als wüßte ich ganz genau, was sie damit meinte (was natürlich nicht der Fall war).

Wieder zu Slocum: »Ich meine, ich habe ja schon einiges erlebt, aber ich gehöre nicht zu *der* Sorte Mädchen, wenigstens nicht bei einem Kerl wie Bobby Childers, der nicht einmal ein *eigenes* Auto hat, verstehen Sie? Jedenfalls hatte ich ihn gerade wieder beruhigt und so, ihn gebändigt, verstehen Sie, da sehe ich, daß uns eine Frau beobachtet. Sie steht irgendwie im Schatten, gleich neben der Apotheke. Steht nur da und beobachtet uns. Das war ganz schön unheimlich. Ich meine, sonst war ja niemand da, es war Abendbrotzeit, nehme ich an, und alle waren zu Hause. Also sage ich zu Bobby, nichts wie weg hier, ich bleibe doch nicht da sitzen und lasse mich von dieser komischen Frau *anstarren*, verstehen Sie? Also tritt Bobby aufs Gaspedal, und wir verdrücken uns.«

»Und diese Frau war Mrs. Burton?« fragte Mr. Slocum.

»Dazu komme ich gleich«, sagte sie und hielt die Hand hoch wie ein Verkehrsschutzmann. »Das nächste war nämlich, daß ich am anderen Tag bei Drummond war, Sie wissen schon, im Süßwarenladen. Und da kommt genau diese Frau her und sagt, sie würde mich gerne sprechen, sie sagt, daß es um etwas wirklich Wichtiges gehe, daß es zu meinem eigenen Vorteil sei, sie anzuhören. Ich dachte mir, es kann ja nichts schaden, auf die Weise ist wenigstens was *los,* verstehen Sie? Also gehe ich mit ihr hinaus. Tja, wie sich herausstellt, kennt sie meinen Namen, sie sagte Clare zu mir, als seien wir schon ewig dicke Freunde, und sie sagt zu mir, daß es äußerst bedauerlich wäre, wenn Dr. Hammill – das ist mein Vater –, wenn Dr. Hammill erfahren würde, was ich in geparkten Autos treibe.«

Mr. Slocum runzelte die Stirn.

»Tja, für mich war es klar wie Kloßbrühe, auf was sie hinauswollte, sie wollte natürlich Geld, aber dazu hatte sie erst gar keine Gelegenheit, weil ich ihr einfach ins Gesicht gelacht habe. Ich sagte zu ihr, und das ist auch die Wahrheit, daß mein Vater lieber hören würde, daß ich in einem Auto rumknutsche, als zu erfahren, daß ich irgendwo in einer Kaschemme hocke und mich vollaufen lasse.«

»Und was war ihre Antwort darauf?« fragte Mr. Slocum.

»Sie hat nur so ein verkniffenes, gehässiges Gesicht gemacht und gesagt: ›Wir werden ja sehen‹, richtig fies und eiskalt, mir sollten wohl die Knie schlottern.«

»Aber sie hat nicht ausdrücklich Geld von Ihnen verlangt?«

»Wie ich schon sagte, dazu hatte sie erst gar keine Gelegenheit. Aber genau darum ging es ihr, verlassen Sie sich drauf.«

»Hat sie mit Ihrem Vater gesprochen?«

»Gesprochen eigentlich nicht, nein. Aber etwa vier Tage später, als ich die Post geholt habe, war ein an ihn adressierter Brief dabei, und die Schrift darauf war ganz gerade und eckig, wie mit dem Lineal gezogen. Und er war hier in der Stadt aufgegeben worden, und unsere übrige Post wird uns immer von unserer Bostoner Adresse nachgeschickt. Also habe ich ihn geöffnet.« Sie machte einen Lungenzug und genoß sichtlich die melodramatische Atmosphäre, die die Kunstpause erfüllte, die sie eingelegt hatte.

»Und?« sagte Mr. Slocum.

»Der Brief war auf die gleiche Weise geschrieben wie die Adresse, wie mit dem Lineal gezogen. Nur Druckbuchstaben und so, und darin stand, daß Dr. Hammill vielleicht gerne wissen würde, daß seine Tochter ihre Abende damit verbrachte, im Packard von Fred Childers mit dessen Sohn herumzupoussieren. Ich meine, sie hat wirklich ›herumpoussieren‹ geschrieben. Das ist doch der Gipfel, oder?«

»Haben Sie den Brief aufgehoben?« fragte Mr. Slocum.

Ihre gezupften Augenbrauen wanderten die Stirn hinauf. »Ich sehe nur doof *aus*, klar? Und ich bin ja nicht verrückt. Ich meine, mein Vater ist zwar progressiv und alles, aber warum ein Risiko eingehen, verstehen Sie, was ich meine? Ich habe ihn weggeworfen.«

»Kamen noch weitere Briefe?«

»Nö. Ich nehme an, daß sie dachte, sie hätte schon soviel Schaden angerichtet, wie sie bezweckt hatte.«

»Und die Frau, die Sie angesprochen hat, war Mrs. Burton?«

»Genau. Sehen Sie, nachdem sie draußen vor Drummonds Laden ihre kleine Schau abgezogen hatte, da bin ich nämlich wieder reingegangen und habe Roger gefragt – das ist der Sohn, er ist irgendwie süß, aber nicht ganz mein Typ –, ob er wüßte, wer das war. Er sagte, das sei Mrs. Burton, die Frau des Börsenmaklers.« Falls sie Roger für süß hielt, dann fragte ich mich, was sie erst von seinem Freund Dr. Freud halten würde.

Mr. Slocum nickte. »Hat sie noch einmal mit Ihnen gesprochen?«

»Ich habe sie nur noch ein einziges Mal gesehen, und das war auf der Straße, im Vorbeigehen. Sie hat mich nicht einmal angeschaut. Ich hätte beinahe etwas zu ihr gesagt, irgend etwas Gehässiges, verstehen Sie? Aber dann dachte ich mir, schlafende Hunde soll man nicht wecken.«

»Was unter diesen Umständen vermutlich das klügste war. Gestatten Sie mir noch eine Frage, Miss Hammill. Haben Sie eine Ahnung, wer Mrs. Burton ermordet haben könnte?«

»Na, das liegt doch auf der Hand, oder? Sie hat jemanden

erpreßt oder zu erpressen versucht, so wie sie es auch bei mir getan hat, und der ist stinkwütend geworden und hat sie umgebracht.«

Mr. Slocum nickte.

Sie zupfte einen Tabakkrümel von ihrer Unterlippe. »Und was ist nun mit der Belohnung? Ich meine nicht, daß ich habgierig wäre oder so, aber man kann schließlich immer ein bißchen Taschengeld brauchen, stimmt's?«

Mr. Slocum lächelte. »Falls sich Ihre Informationen als hilfreich erweisen, werden wir uns wieder mit Ihnen in Verbindung setzen.«

Sie runzelte die Stirn. »Das muß doch nicht unbedingt in die Zeitung kommen oder so? Ich meine, Sie müssen doch nicht etwa meinen Namen verwenden oder den Kram mit Bobby Childers?«

Mr. Slocum schüttelte den Kopf. »Ich glaube sagen zu dürfen, daß wir Ihnen Anonymität zusichern können.«

Sie nickte. »Anonymität. Das ist gut. Und das Geld wäre in bar oder ein Scheck?«

Mr. Slocum sah Miss Lizzie an, lächelte, sah wieder Miss Hammill an. »Ich nehme an, daß wir uns auf Barzahlung einigen könnten.«

»Gut«, sagte sie. »Prima.«

»Danke, daß Sie gekommen sind, Miss Hammill.«

»Keine Ursache.«

Mr. Slocum begleitete Miss Hammill hinaus, kam zurück, setzte sich wieder auf seinen Stuhl, sah Boyle an und sagte: »Erpressung?«

Boyle zuckte die Achseln. »Nach allem, was die flotte Biene sagt, kam die Lady erst gar nicht dazu, von Geld zu sprechen. Aber es hört sich eindeutig so an, stimmt's?«

Mr. Slocum runzelte wieder die Stirn. »Irgendwie fällt es mir schwer, mir Mrs. Burton als Erpresserin vorzustellen.«

Boyle grinste: »Glauben Sie etwa, daß Erpresser immer gestreifte Hemden und Halbmasken tragen wie diese Comic-Einbrecher?«

Mr. Slocum lächelte. »Aber eine Frau in mittleren Jahren, die finanziell mehr als abgesichert ist? Warum sollte sie sich mit so etwas abgeben?«

»Bei Erpressung geht's nicht immer um Bares. Manchmal geht's um den Kitzel, den es einem verschafft, wenn man im Leben anderer rumpfuscht.«

»Dann glauben Sie also, daß Miss Hammill die Wahrheit gesagt hat.«

Wieder Achselzucken. »Für mich soweit ne klare Sache.«

Mr. Slocum wandte sich an mich. »Weißt du etwas davon, Amanda?«

»Nein«, sagte ich. »Nichts.«

Miss Lizzie beugte sich zu mir. »Glaubst du, daß deine Stiefmutter so etwas getan haben könnte? Das, was Miss Hammill geschildert hat?«

Ich erinnerte mich, wie kleinlich Audrey gewesen war, wie sehr es ihr um Geld und Skandale gegangen war. »Ja«, sagte ich.

Miss Lizzie nickte. Zu Mr. Slocum sagte sie: »Ich neige wie Mr. Boyle dazu, der kleinen Hammill zu glauben.« Sie lächelte. »Aber ich muß gestehen, daß sie zu einem Typ gehört, der mir völlig fremd ist. Dieses Kleid, das sie anhatte, und diese ganze Tünche. Und sie besitzt eine Selbstbezogenheit, die ich nur als überwältigend bezeichnen kann.«

»Eine neue Rasse«, sagte Mr. Slocum lächelnd. »Die Frau der zwanziger Jahre. F. Scott Fitzgerald hat sie erfunden.«

»Dann sollte er sich meiner Meinung nach postwendend wieder ans Zeichenbrett setzen. Aber, wie ich sagte, ich glaube ihr. Leider wird das, falls sie recht hat und Mrs. Burton *tatsächlich* jemanden erpreßt hat, sehr schwer zu beweisen sein. Wer immer es auch war, wird sich ja wohl kaum freiwillig melden und es zugeben.«

»Selbst wenn er sie nicht getötet hat«, sagte Boyle.

»Aber es ist«, sagte sie zu ihm, »der einzige Anhaltspunkt, den wir bis jetzt entdeckt haben. Vielleicht könnten Sie mit Mrs. Burtons Freundinnen und Bekannten sprechen und herauszufinden versuchen, ob jemand etwas davon wußte.«

»Nadel im Heuhaufen«, sagte Boyle.

»Vielleicht«, sagte sie. Sie lächelte. »Aber schließlich ist es der Zweck aller Heuhaufen, ihre Nadeln schließlich preiszugeben.«

Boyle grinste und zuckte wieder die Achseln. »Es sind Ihre Mäuse, Miss Borden.«

Miss Lizzie wandte sich an Mr. Slocum. »Wer möchte sonst noch mit uns sprechen?«

Sechzehn

Der dritte und letzte Zeuge war ein Mann in den Vierzigern. Sein Gesicht war vierschrötig, von der Sonne gegerbt, vom Alter oder harter Arbeit gefurcht. Zwei buschige schwarze Augenbrauen sträubten sich unter (aber nicht sehr weit unter) einem drahtigen schwarzen Haarschopf. Seine Augen waren braun, klein, lagen dicht neben der plattgedrückten Nase; und sein breiter schmallippiger Mund war an beiden Enden nach unten gebogen, als hätte er sich einmal über etwas geärgert und seitdem beschlossen, ständig verärgert zu sein. Seine mächtigen abfallenden Schultern steckten in einem grauen Baumwollhemd, das schon ziemlich abgenutzt war, und über diesem lagen die Träger seiner dunkelblauen Latzhose. Seine Schuhe waren derbe schwarze Straßenschuhe. Er war ein sehr stämmiger Mann, größer als Boyle, aber nicht so groß wie Mr. Slocum, und breiter als die beiden.

Er durchquerte das Zimmer mit dem gemächlichen, gemessenen, zufriedenen Gang eines Menschen, der, um seinen Lebensunterhalt zu verdienen, auf seinen Körper angewiesen ist und weiß, daß der ihn nie im Stich lassen wird. Mr. Slocum, der ihn aus dem Salon geholt hatte, stellte ihn als Mr. Hornsby vor. Er stellte uns vor und sagte: »Nehmen Sie Platz, Mr. Hornsby.«

Mr. Hornsby beäugte den feudalen roten Plüschsessel einen Moment lang, als könnte es sich um eine raffinierte Falle handeln, ließ sich dann hineinsinken und verschränkte die Arme vor der Brust.

Mr. Slocum sagte: »Nun, Mr. Hornsby, Sie sagen, daß Sie Informationen bezüglich des Mordes an Mrs. Audrey Burton haben.«

Hornsby sagte: »Der Nigger war's.«

Einen Moment lang sprach keiner von uns; selbst ich wußte, daß das kein Wort war, das man im höflichen Gespräch benutzte.

»Ich verstehe«, sagte Mr. Slocum schließlich. »Und welchen Neger genau meinen Sie damit?«

»Den alten. Den alten Nigger, wo mit den andern draußen vor der Stadt wohnt. Charlie sagen sie zu ihm.«

»Der alte Charlie?« sagte ich. Ich sah Miss Lizzie an. »Das ist der Mann, der die Hühner bringt. Er tut keiner Fliege etwas zuleide.« Charlie war ein alter Mann, gebeugt und weißhaarig, furchtbar lieb, immer zu einem breiten Grinsen bereit, das schwarze Lücken zwischen gelben Zahnstummeln offenbarte. (Audrey hatte jedesmal Charlie als Beispiel angeführt, wenn sie auf die Gefahren ungenügender Zahnhygiene hingewiesen hatte.) Er hatte sich immer mit mir unterhalten und mit mir gescherzt, wenn er die Hühner lieferte, die Audrey bestellt hatte. Von Anfang an hatte ich ihn bitten wollen, mir ein Spiritual beizubringen, mich aber nie getraut. Schließlich wußte alle Welt, daß jeder Neger eine Unmenge Spirituals kannte.

»Was bringt Sie auf den Gedanken«, sagte Mr. Slocum, »daß dieser Mann etwas mit dem Tod von Mrs. Burton zu tun haben könnte?«

»Hab ihn gesehen«, sagte Hornsby. »Hab ihn aus dem Haus

neben dem da kommen sehn. Das ist doch das Haus von den Burtons. Hat Blut am Hemd gehabt. Hab's genau gesehn. Und er hat was in ner Tüte dabeigehabt. Ist direkt an mir vorbei die Water Street runtergegangen.«

In seiner Stimme lag mehr als das vertraute Näseln der Bewohner Neuenglands, irgendein anderer Akzent, den ich jedoch nicht identifizieren konnte.

»Mr. Hornsby«, sagte Mr. Slocum, »falls wir hier von der gleichen Person sprechen, nämlich von Charlie Peterson, so ist das ein Mann, der Hühner züchtet und schlachtet. Da wäre es nicht ungewöhnlich, daß er Blut am Hemd hat. Oder etwas in einer Tüte bei sich hat. Ein Huhn zum Beispiel.«

»Hab ihn aus dem Haus von den Burtons kommen sehn. Mit meinen eignen Augen.«

»Sie haben ihn tatsächlich aus dem Haus kommen sehen?«

»Die Veranda runter. Frech wie Oskar zuerst, aber dann hat er mich gesehn und so verschlagen geguckt, wie die das immer tun. Hat mir auch nicht ins Gesicht gesehn, als er vorbeigegangen ist. Hab gleich gewußt, daß bei dem was faul ist.«

»Kennt er Sie?«

»Na klar.«

Mr. Slocum wandte sich an mich. »Amanda, weißt du, ob deine Stiefmutter für Dienstag ein Huhn bestellt hatte?«

»Ich glaube nicht. Aber vielleicht ist Charlie vorbeigekommen, um zu fragen, ob wir eins möchten. Das macht er manchmal. Er tut *wirklich* keinem etwas zuleide.«

Mr. Slocum fragte Mr. Hornsby: »Haben Sie der Polizei mitgeteilt, was Sie gesehen haben?«

»Noch nicht. Mach ich aber noch. Verlassen Sie sich drauf. Dann hab ich da gestern in der Zeitung was von ner Belohnung gesehn. Hab mir gedacht, warum mir nicht mal selbst was Gutes tun, solange ich meine Pflicht tu. Einer muß ja was tun. Mal was unternehmen.«

»Wogegen?« fragte Mr. Slocum.

»Die Nigger. Die machen nichts als Ärger. Brauchen sich

doch bloß Chicago anzusehn.« Zwei Jahre davor war Chicago von Rassenunruhen zerrissen worden, die begannen, als weiße Badegäste einen schwarzen Jungen gesteinigt hatten, der unwissentlich über die unsichtbare Linie geschwommen war, die den Strand am Michigan-See nach Rassen trennte. Der Junge war ertrunken. In der Woche darauf wurden fünfzehn Weiße und dreiundzwanzig Schwarze getötet, und die Armee war gerufen worden, um die öffentliche Sicherheit wiederherzustellen.

»Die fallen hier aus den Südstaaten ein wie die Heuschrekken«, sagte Hornsby. »Die wollen unsere Arbeitsplätze, die wollen unsere Frauen.«

»Wer«, sagte Miss Lizzie, die zum ersten Mal sprach, »sagt das?«

Hornsby sah sie an. »Das weiß doch jeder Depp.«

Sie schürzte die Lippen. »Jeder Depp, allerdings.«

»Mr. Hornsby«, sagte Mr. Slocum, »Sie sind nicht etwa zufällig ein Mitglied des Unsichtbaren Reiches?«

»Ich bin ein Kleagle«, sagte Hornsby. Ein Kleagle war (wie Mr. Slocum später erläuterte) ein Beauftragter des Ku-Klux-Klan, der Mitgliedschaften dieses Geheimbundes verkaufte. »Und stolz drauf. Einer muß ja was tun, um das Land vor den Niggern und den Juden zu retten. Die Zahl der Nigger hier in der Stadt hat sich seit dem Krieg verdoppelt.«

»Stimmt«, sagte Mr. Slocum. »Von zehn auf zwanzig. Und korrigieren Sie mich, wenn ich mich irre, Mr. Hornsby, aber sind Sie nicht ebenfalls aus den Südstaaten?«

»Na und?« sagte Hornsby. »Ich bin hier raufgekommen, um das Gesocks los zu sein. Wollte meine Kinder großziehn, wo's noch sauber und anständig zugeht. Und was ist jetzt? Überall Nigger. Bringen am hellichten Tag weiße Frauen um.«

»Ich glaube«, sagte Mrs. Lizzie, »daß wir genug gehört haben. Danke, daß Sie gekommen sind, Mr. Hornsby.«

Hornsby nahm die Arme von der Brust und legte sie auf die Armlehnen des Sessels. Er blickte auf Mr. Slocum, auf Miss

Lizzie, auf Boyle, der ihm freundlich zulächelte und Rauch aus seinen Nasenlöchern steigen ließ. »Hätt ich mir denken können«, sagte Hornsby. »Hätt mir ja denken können, daß Sie versuchen, mich um mein Geld zu bringen.«

Mr. Slocum sagte ganz ruhig: »Danke, daß Sie gekommen sind, Hornsby.«

Hornsby stierte ihn an. »Ham Sie's mit den Niggern, Slocum? Ich hab gehört, daß ihr Harvard-Jüngelchen es mit denen habt, wenn ihr's mal nicht gerade miteinander treibt.«

Boyle legte seine Zigarette behutsam im Aschenbecher ab und stand auf. »Okay, Sportsfreund«, sagte er. »Höchste Zeit, sich wieder in die Gummizelle zu verziehen und die Zehen zu zählen.«

Hornsby trat dicht vor ihn hin. »Was ham wir denn da? Noch n Niggerfreund?«

»Nee«, sagte Boyle. »Ich bin n Nigger. Seh bloß nicht so aus.« Er machte eine ruckartige Kopfbewegung in Richtung der Tür. »Raus.«

»Willst du mich etwa zwingen, Fettsack?« Seine knorrigen Hände öffneten und ballten sich.

Boyle lächelte schläfrig. Er war einen Kopf kleiner als Hornsby. »Prima Idee«, sagte er. »Ich hab schon seit fast einer Woche keinen Schwachsinnigen mehr vorm Mittagessen vermöbelt.«

Hornsby schwang seine mächtige rechte Faust. Ich habe noch nie jemanden sich so schnell bewegen sehen wie Boyle in diesem Moment. Er trat einen Schritt vor, fing Hornsbys Schlag mit dem linken Unterarm ab, rammte dann seine eigene rechte Faust zweimal kurz hintereinander Hornsby ins Gesicht und trieb damit den stämmigen Mann zurück. Sein linker Arm löste sich von Hornsbys rechtem, und die Faust krachte gegen Hornsbys Kiefer. Der Kopf des stämmigen Mannes fuhr ruckartig nach hinten, und er ging zu Boden, die Beine lang ausgestreckt. Seine Nase blutete, und seine Augen blickten benommen.

Boyle trat zu ihm, packte ihn am linken Arm, zog ihn mühelos auf die Beine und hielt ihn fest. »Bei Teppichen muß man aufpassen, Sportsfreund. Wenn sie verrutschen, kann man böse hinfallen.«

Hornsby hielt die Hand vor den Mund. Er sagte: »Du hast mir n Zahn ausgeschlagen, du Mistkerl.«

»Leg ihn unters Kopfkissen«, sagte Boyle. »Vielleicht kommt ne gute Fee und gibt dir dafür ein paar Scheinchen.«

Hornsby riß seinen Arm los. »Das wird dir noch leid tun, Fettsack.«

»Klar. Ich seh dich dann in der Witzbeilage.« Er deutete mit dem Daumen über die Schulter. »Verschwinde.«

Hornsby sah sich mit zusammengekniffenen Augen im Zimmer um. »Wird euch noch allen leid tun.«

Boyle trat einen Schritt vor. »Willst du noch mehr?«

Hornsby wich zurück, noch immer unsicher auf den Füßen. Er sah sich noch einmal im Zimmer um, machte dann kehrt und ging leicht schwankend zur Tür. Er machte sie auf, sah Boyle an und sagte: »Wir sehn uns noch, Fettsack.«

Boyle lächelte, grinste. »Wird mir ein Vergnügen sein, Sportsfreund.«

Als Hornsby ging, kehrte Boyle an seinen Platz zurück. Er setzte sich und starrte auf seine rechte Hand, die er ein Weilchen auf und zu machte, auf und zu, wie um sich zu vergewissern, daß alles noch funktionierte. Dies war offenbar der Fall. Er schüttelte sie kurz, als ob sie naß wäre, holte dann seine Fatima aus dem Aschenbecher und sagte zu Miss Lizzie: »Tut mir leid. Sah nicht so aus, als ob er freiwillig gehen würde.«

Miss Lizzie lächelte. »Sie brauchen sich nicht zu entschuldigen, Mr. Boyle. Ich bin Ihnen sehr dankbar, daß Sie die Sache auf diese Weise geregelt haben. Und das, ohne das Mobiliar zu beschädigen. Sie haben wirklich«, fügte sie hinzu, »einen sehr schönen rechten Haken.«

Boyle grinste hinter einem Rauchkegel. »Danke.«

Ich sagte: »Sie waren toll, Mr. Boyle.«

»Ach«, sagte er und schüttelte den Kopf. »Glückstreffer.«

»Ich möchte Ihnen ebenfalls meinen Dank aussprechen«, sagte Mr. Slocum lächelnd. »Daß Sie so prompt zur Verteidigung meiner Ehre eingeschritten sind.«

»He.« Boyle grinste. »Gern geschehen, Herr Anwalt. Gehört zu meinem Beruf.« Er sah Miss Lizzie an. »Also. Wo soll ich anfangen?«

»Ich glaube, wie ich bereits sagte, daß Sie mit Mrs. Burtons Freundinnen hier in der Stadt anfangen sollten. Bestimmt kann Amanda Ihnen eine Liste von ihnen geben. Ich weiß sehr wohl, daß es schwierig sein wird, aber vielleicht weiß eine von ihnen doch etwas über diese Erpressung.«

»Angebliche Erpressung«, sagte Mr. Slocum.

Sie nickte. »Wie Sie meinen.«

Boyle fragte sie: »Soll ich mich mal mit diesem Charlie unterhalten, von dem Hornsby geschwafelt hat? Diesem Hühnerfritzen?«

»Ich glaube, das wäre eine gute Idee. Nach allem, was ich von ihm weiß, hat Amanda recht. Er ist bestimmt nicht für den Tod von Mrs. Burton verantwortlich. Aber Ihrem guten Freund Hornsby zufolge war Charlie zu der Zeit in der Nachbarschaft. Es könnte sein, daß er etwas gesehen hat.«

»Hornsby zufolge«, sagte Boyle, »war Charlie nicht der einzige, der zu der Zeit in der Nachbarschaft war.«

»Richtig«, sagte Miss Lizzie. »Das ist mir klar. Hornsby hat offensichtlich zugegeben, daß er selbst hier war. Aber können Sie sich einen einzigen Grund denken, weshalb er Mrs. Burton ermordet haben sollte?«

»Noch nicht«, räumte Boyle ein. »Aber bestimmt fällt mir noch einer ein.«

Nach der Zusammenkunft kehrte Mr. Slocum in seine Kanzlei zurück, Miss Lizzie ging nach oben – um zu lesen, wie sie sagte –, und Boyle saß mit mir im Wohnzimmer und schrieb die Namen von Audreys Bekannten in sein Notizbuch. Es waren nicht viele: Mrs. Mortimer; Mrs. Sheehy, die hiesige Putzmacherin; Mrs. Maybrick, die, zusammen mit ihrem Mann, einem Bankier, den ersten Sommer an der See verbrachte; und Mrs. Marlowe.

»Aber Mrs. Marlowe ist in letzter Zeit nicht mehr oft dagewesen«, sagte ich ihm.

»Wieso das?« fragte Boyle und sah von seinem Notizbuch auf.

»Das weiß ich nicht. Vielleicht hat sie sich nicht wohl gefühlt. Sie ist schon furchtbar alt, fast achtzig, und hat Probleme mit dem Gehen.«

»Und wer ist diese Mrs. Marlowe?«

»Sie ist so ziemlich die wichtigste Frau in der Stadt. Sie gibt jedes Jahr ein großes Gartenfest, am Ende des Sommers, und jeder möchte eingeladen werden. Wissen Sie, was ich meine?«

Er nickte. »Ein großes Tier. Ist deine Stiefmutter manchmal zu ihr nach Hause gegangen?«

»Früher schon, zu Beginn des Sommers, aber ich glaube, sie ist schon ein ganzes Weilchen nicht mehr hingegangen.«

»Wie lange ist ein ganzes Weilchen?«

»Ich weiß nicht recht. Vielleicht seit einem Monat. Glauben Sie, daß das wichtig ist?«

»Kein Schimmer. Muß ich noch rauskriegen. Fällt dir sonst noch wer ein?«

»Nein, eigentlich nicht. Audrey hatte nicht allzu viele Freunde.«

»Tja.« Er klappte sein Notizbuch zu, schob es in die Innentasche seiner Jacke. »In Ordnung, Kleine, danke.«

»Mr. Boyle?«

»Ja?«

»Glauben Sie, daß Sie herausbekommen, wer Audrey ermordet hat?«

»Keine Ahnung, Kleine. Muß es versuchen. Aber weißt du, gewöhnlich sind's die Polypen, die so was am besten können.« Er tat einen Zug an seiner Fatima.

»Aber die glauben, daß es mein Bruder war.«

»Weil er abgehauen ist«, sagte er und stieß Rauch aus. »Wenn einer gleich nach nem Mord abhaut, dann werden die Polypen unruhig. Klare Sache. Aber mach dir man keine Sorgen. Sobald er auftaucht, wird er's schon richtigstellen.«

»Glauben Sie das wirklich?«

»Klar doch. Hab ich alles x-mal erlebt.«

Ich nickte, dankbar für diese Beruhigung. »Sie sind bestimmt schon lange ein Pinkerton-Mann.«

»Schon ewig«, sagte er und zog wieder an seiner Fatima.

»Haben Sie schon einmal jemanden erschossen?«

»Hab hier und da *auf* wen geschossen. Aber nie getroffen. Bin nicht sonderlich gut mit Waffen.«

»Aber dafür sind Sie ein furchtbar guter Boxer.«

»Ach was.«

»Ich habe Sie doch mit diesem Hornsby gesehen.«

»Mit dem ist nicht viel los. Vielleicht vor zehn Jahren mal. Jetzt reist er nur noch auf seine alte Tour.«

»Aber er sieht furchtbar stark aus.«

»Mag sein. Aber er ist nicht zäh.«

»Ist das nicht das gleiche?«

Er schüttelte den Kopf. »Stark ist äußerlich. Zäh ist innerlich.«

»Sie meinen, ein Mensch kann zäh sein, ohne stark zu sein?«

»Kommt ständig vor.« Er grinste. »Miss Borden zum Beispiel. Nicht gerade ausgesprochen stark, würde ich sagen, aber zäh wie Schuhleder.«

»Sie ist wirklich gut zu mir gewesen.«

Er nickte. »Die ist allerdings ne Nummer.«

»Sie hat es nicht getan, nicht wahr, Mr. Boyle?«

Er machte einen Lungenzug. »Was denn?«

»Sie wissen schon. Das in Fall River.«

Er zuckte die Achseln. »Die Geschworenen haben sie freigesprochen.«

»Aber manche Leute glauben immer noch, daß sie es getan hat.«

Er schüttelte wieder den Kopf. »Lohnt nicht, sich darüber den Kopf zu zerbrechen. Man muß die Menschen so behandeln, wie sie einen selbst behandeln. Wenn sie einen anständig behandeln, dann behandelt man sie auch anständig. So einfach ist das.«

»Was ist, wenn sie einen nicht anständig behandeln?«

»Dann macht man's genauso.«

Ich dachte einen Moment darüber nach. »Ich nehme an«, sagte ich, »dazu muß man ganz schön zäh sein.«

»Manchmal schon.« Er lächelte. »Manchmal muß man auch bloß schlau sein.«

»Glauben Sie, daß Mr. Slocum zäh ist?«

Er beugte sich vor, klopfte seine Zigarette am Aschenbecher ab, lehnte sich zurück. »Ich glaub, daß er schlau ist«, sagte er. Er zuckte die Achseln. »Zäh sein is was, worüber sich Anwälte im allgemeinen keine Gedanken zu machen brauchen. In ner Kleinstadt wie hier kommt's darauf wohl auch nicht an.«

»Glauben Sie, daß er nicht zäh ist, nur weil er in einer Kleinstadt lebt?«

Er ginste. »He, das hab ich nicht gesagt. Vielleicht isser ja zäh, vielleicht auch nicht. Schwer zu sagen.«

»Aber ob Miss Lizzie zäh ist, das können Sie sagen.«

Er lachte. »Du würdest n guten Anwalt abgeben, Kleine. Ich nehm an, du magst ihn, was?«

»Wen?« Ich spürte, wie mein Gesicht puterrot wurde.

Lachend sagte er: »Keine Angst. Dein Geheimnis ist bei mir sicher aufgehoben. Ich ...«

Er blickte nach links. Es klopfte an der Haustür.

Ich sprang auf. »Entschuldigen Sie«, sagte ich. »Ich muß nachsehen, wer das ist.«

Boyle drückte seine Zigarette in dem mit Kippen überfüllten Aschenbecher aus und stand dann, noch immer grinsend, auf. »Ist schon in Ordnung. Muß sowieso los. Komm, ich geh mit dir an die Tür.«

Draußen in der Diele drehte er den Türknopf herum, zog die Tür auf und trat einen Schritt zurück.

In grauen Twillhosen und einem karierten Arbeitshemd – Sommersachen, die er trug, wenn wir bei meinen Großeltern waren – trat Vater in den Flur.

»Vater!« rief ich. »War er da? William? War er im Fort?«

Er nickte mit zusammengepreßten Lippen. »Ja. Aber jetzt hat ihn die Polizei.«

Siebzehn

»Setzen wir uns«, sagte Boyle zu Vater. »Hört sich an, als ob's ne Menge zu besprechen gäbe.«

Wir gingen ins Wohnzimmer. Vater hielt sich aufrechter als gestern; seine Bewegungen waren schnell und abrupt, ungeduldig, und sein Gesicht war grimmig. An die Stelle seiner Erschöpfung war, wie ich merkte, Verärgerung getreten.

Er und ich nahmen auf dem Sofa Platz, Boyle auf einem der Sessel.

»Okay«, sagte Boyle und holte seine Zigaretten heraus. »Sie haben Ihren Sohn gefunden. Wo war er?«

»In der Nähe meines Elternhauses, droben in den Berkshires. Er war im Wald.« Er zuckte zusammen. »Und dort hätte ich ihn verdammt noch mal auch lassen sollen.«

Boyle strich ein Zündholz an. »Hätt auch nichts genützt.«

»Zumindest hätte ihn jetzt nicht die Polizei.«

Boyle warf das Zündholz in den Aschenbecher, tat einen tiefen Zug an seiner Fatima. »Vielleicht. Vielleicht auch nicht. Er war im Wald?«

»In einer Hütte, die er sich vor einigen Jahren gebaut hat.

Amanda hat mir davon erzählt. Sie dachte, daß er dort sein könnte, und sie hatte recht. Ich habe ihn heute früh dort gefunden. Gegen fünf Uhr.«

»War mit ihm alles in Ordnung?« fragte ich.

Er legte die Hand auf mein Knie. »Es geht ihm gut, Amanda.«

Ich fragte: »Woher war dann das Blut?«

Er lehnte sich zurück. »Es war sein eigenes. Er ist per Anhalter nach Boston gefahren, und er hat sich mit dem Mann geprügelt, der ihn mitgenommen hat.« Ich verzog das Gesicht, doch er schüttelte den Kopf. »Es war nur eine blutige Nase, Kleines. Nichts Ernstes.«

Boyle sagte: »Sie sprechen von dem Blut an seiner Kleidung. An den Sachen, die die Polizei in Boston gefunden hat.«

Vater sah überrascht aus. »Sie wissen davon?«

Boyle zuckte die Achseln. »Mein Job. Das Polizeilabor in Boston müßte inzwischen die Ergebnisse haben. Also. Sie haben ihn gefunden. Und dann?«

»Ich brachte ihn zu meinen Eltern. Wir haben geredet.«

»Hat er Ihnen gesagt, warum er die Stadt verlassen hat?«

»Er war wütend und gedemütigt. Der Streit mit Audrey quälte ihn. Brachte ihn ganz durcheinander. Er ist nicht wirklich weggelaufen – ich habe versucht, der Polizei das klarzumachen. Er wußte nicht einmal, daß Audrey tot war, bis ich es ihm sagte. Er wollte nur irgendwo hingehen, wo er allein sein und nachdenken konnte.«

»Wann ist er weggegangen?«

»Vor zehn Uhr, sagt er. Er sagte, daß ihn das Auto gegen zehn mitgenommen habe.«

»Dann hat er für die Tatzeit n Alibi.« Er legte die Stirn in Falten. »Moment mal. Warum hat er sich mit dem Kerl geprügelt?«

Vater runzelte die Stirn, sah kurz zu mir und sagte zu Boyle: »Der Mann hat ihm Avancen gemacht.«

Boyle seufzte. »Ist ja großartig«, sagte er.

Ich fragte Vater: »Was heißt das, er hat ihm Avancen gemacht?«

Er schüttelte den Kopf. »Später, Kleines.«

»Hat Ihr Sohn zufällig den Namen mitgekriegt?« fragte Boyle.

»Smith«, sagte Vater säuerlich. »Jim Smith.«

»Alles klar. Was ist mit dem Wagen? Welche Marke?«

»Ein Ford.«

»Klasse«, sagte Boyle nickend. »Große Klasse. Haben Sie ne Ahnung, wie viele Fords da draußen rumkurven?«

»Er hatte ein Nummernschild aus Massachusetts. Daran erinnert sich William.«

Boyle nickte verdrossen. »Also. Warum war der Kerl zwischen hier und Boston unterwegs?«

»Er hat lediglich eine Spritztour gemacht, wie er zu William sagte.«

»Spritztour.« Boyle nickte. »Wird ja immer schöner. Hat er Ihrem Sohn gesagt, wo er wohnt?«

»In Boston. Er lebt in Boston. William sagt, daß er die Stadt gut zu kennen schien.«

»Also *könnte* er in Boston wohnen. Er könnte aber auch *früher* mal in Boston gelebt haben.« Er schüttelte den Kopf. »Egal. Wir finden ihn. Also. Kann Ihr Sohn den Kerl beschreiben?«

»Ja, natürlich. Er hat der Polizei die Beschreibung gegeben.«

»Na gut. Ich besorg sie mir von ihm oder von den Polypen und schick sie an mein Büro. Hat irgend jemand Ihren Sohn in Boston gesehen?«

»Nein. Er kann sich an niemanden erinnern.«

Boyle nickte. »Wie ist er von Boston zu Ihren Eltern gekommen?«

»Mit dem Zug. Hören Sie, irgend jemand *muß* ihn im Zug gesehen haben.«

»Wann fährt der Zug in Boston ab?«

»Um fünf Uhr nachmittags.«

Boyle schüttelte den Kopf. »Hilft auch nicht viel. Also. Im Haus von Ihren Eltern. Da haben Sie und William miteinander geredet. Was dann?«

»Wir haben ein bißchen geschlafen. Alle beide. Wir brauchten beide Schlaf.«

»Wann sind die Polypen aufgekreuzt?«

»Heute morgen um zehn. Da kam dieser Polizeibeamte. Medley. Er muß mir gestern abend gefolgt sein. Ich habe ihn erst gesehen, als er heute vormittag mit einem Staatspolizist erschien.«

Boyle nickte. »Nicht mehr sein Zuständigkeitsbereich. Hat die Staatspolizei gebraucht, um einen Haftbefehl zu bekommen und zuschlagen zu können.«

»Das hat er uns alles erklärt.«

»Wie nett von ihm. Also. Wo ist Ihr Sohn jetzt?«

Vater blickte finster drein. »Im Gefängnis.«

»Hier inner Stadt? Haben sie ihn schon erkennungsdienstlich behandelt?«

»Ja. Ich glaube, das haben sie.«

»Fingerabdrücke genommen? Ihn photographiert?«

Seufzend nickte Vater. »Ja.«

»He«, sagte Boyle. »Machen Sie sich man deswegen keine Gedanken. In ein paar Jahren ist das nur noch n irres Abenteuer. Nick-Carter-Stoff. Um damit bei den Studentinnen anzugeben.«

Vater blickte wieder finster drein. »Hoffentlich haben Sie recht.«

»Aber klar. Also. Dann wollen wir uns man aufs Revier begeben und sehen, was wir tun können.«

Vater nickte und wandte sich dann an mich. »Amanda, du wartest hier. Ich bin so schnell wie möglich wieder da.«

»Aber ich möchte William sehen«, beschwerte ich mich, fast mit einem weinerlichen Ton in der Stimme.

»Morgen, Kleines. Ich verspreche es. Jetzt müssen wir vor allem Mr. Boyle seine Arbeit tun lassen. In Ordnung?«

»Das ist nicht fair.«

»Ich weiß. Ich weiß, daß es nicht fair ist. Aber jetzt müssen wir uns, und zwar alle, zunächst einmal darauf konzentrieren, William zu helfen. Meinst du nicht auch?«

Widerstrebend sagte ich: »Ja ... schon. Wahrscheinlich. Aber kann ich ihn morgen sehen?«

»Ich verspreche es.«

Es vergingen nicht mehr als zehn Minuten von dem Moment, als Vater und Boyle das Haus verließen, bis zu dem Moment, als Miss Lizzie die Treppe herunterkam und mich niedergeschlagen auf dem Wohnzimmersofa sitzen sah.

»Amanda?« sagte sie. »Was ist denn?«

»Vater war da«, sagte ich, ohne aufzublicken.

»Das hättest du mir sagen sollen, Liebes. Ich wäre heruntergekommen, um ihm guten Tag zu sagen.«

Noch immer auf den Teppich starrend, sagte ich: »Die Polizei hat William geschnappt. Er ist im Gefängnis.«

Einen Moment lang schwieg sie. Dann setzte sie sich neben mich. »Haben sie ihn hierher gebracht?«

»Ja. Officer Medley, diese miese Ratte, ist Vater gestern abend bis zu meinen Großeltern gefolgt. William hatte sich in seinem Fort im Wald versteckt.«

»Nun«, sagte sie, »immerhin weißt du, daß ihm nichts zugestoßen ist.«

Ich sah sie an. »Aber es ist ihm etwas zugestoßen, Miss Lizzie. Die Polizei glaubt, daß er Audrey getötet hat.«

»Amanda, es wird sich alles aufklären.« Sie lächelte. »Habe ich dir das nicht versprochen? Du wirst noch krank werden, wenn du dir weiter solche Sorgen machst.«

»Jeder sagt, ich soll mir keine Sorgen machen – aber wie soll ich denn aufhören, mir Sorgen zu machen? Mein Bruder ist im Gefängnis, und dabei hat er noch nie im Leben etwas Böses getan. Das ist einfach nicht fair.«

Sie strich mir mit der Hand über den Hinterkopf. »Manchmal ist das Leben nun mal so, Amanda. Oder es kommt einem zumindest so vor. Aber ich bin davon überzeugt, daß jeder früher oder später bekommt, was er verdient.« Sie lächelte wieder, leise und bekümmert. »Manchmal sehr viel später.« Das Lächeln wurde heiterer, und sie hörte auf, mich zu streicheln, und legte die Hand in den Schoß. »Aber ich glaube nicht, daß es in diesem Fall so sein wird. Sobald dein Bruder der Polizei alles erzählt hat, werden sie einsehen, daß er unschuldig ist, da bin ich ganz sicher.«

»Das sagt Mr. Boyle auch.«

»Na siehst du. Und Mr. Boyle ist Experte.«

Ich lächelte widerwillig, da meine Bekümmertheit nicht vor diesem Optimismus kapitulieren wollte. »Er war schrecklich gut, als er es diesem Hornsby gegeben hat, nicht?«

Sie nickte. »In der Tat.«

»Er sagt, das sei nur ein glücklicher Schlag gewesen.«

»Wir machen unser Glück selbst, Amanda. Aber einige von uns machen es schneller als andere. Mr. Boyle macht seines *sehr* schnell.«

»Das kann man wohl sagen.« Und ich lachte.

Miss Lizzie lächelte. »Hör mal, Liebes. Während ich oben war, habe ich die Position jeder Karte des Nikola-Systems aufgeschrieben. Hier.« Sie reichte mir ein gefaltetes Blatt Papier. »Damit du, wenn du möchtest, einen Blick darauf werfen kannst, während ich weg bin.«

»Weg?« Erst da bemerkte ich, daß sie Handtasche und Hut bei sich hatte. »Oh«, sagte ich und schüttelte den Kopf. »Nein, Miss Lizzie. Das *können* Sie nicht.«

»Wenn ich noch einen einzigen Bissen Hammelfleisch essen muß, schreie ich. Ich dachte, ich gehe zu Mr. McGee ins Fischgeschäft und hole uns etwas Schönes zum Mittagessen. Eine Makrele vielleicht oder Krabben? Was meinst du?«

»Ich hasse Fisch«, sagte ich zu ihr. »Mir ist Hammel recht. Wirklich. Ich esse schrecklich gerne Hammelfleisch.«

Sie nickte. »Dann ißt du das Hammelfleisch, und ich esse die Krabben.«

»Aber, Miss Lizzie, die sind immer noch draußen. Die warten immer noch draußen.«

»Es sind nur wenige. Strolche und Tagediebe. Sie werden mir schon nichts tun.« Sie lächelte. »Und dein Freund Officer O'Hara ist ja auch noch da. Der wird mich bestimmt beschützen.«

»Aber Sie *können* nicht weggehen.«

»Natürlich kann ich. Und da ich es mir vorgenommen habe, sollte ich es jetzt gleich tun. Draußen auf dem Meer braut sich ein Gewitter zusammen, und ich glaube, wir werden endlich Regen bekommen. Warte hier auf mich, es wird nicht lange dauern.« Sie stand auf, setzte ihren Hut auf und ging zu dem runden Spiegel, der über dem Sekretär hing. »Hoffentlich regnet es bald«, sagte sie und rückte ihren Hut zurecht. »Diese Hitze ist nicht zum Aushalten.«

»Miss Lizzie«, sagte ich, und diesmal klang meine Stimme wirklich weinerlich. »*Bitte*.«

»Mir passiert ganz bestimmt nichts, Liebes.« Sie kam wieder zum Sofa, nahm ihre Handtasche und klemmte sie unter den Arm. »Was soll's denn nun sein?« sagte sie. »Makrele oder Krabben?«

Es hatte offenbar keinen Sinn, weitere Einwände vorzubringen. Und so sagte ich etwas ungnädig und schmollend. »Krabben.«

Sie lächelte. »Also Krabben.« Sie machte kehrt und marschierte dann, leicht vorgebeugt und so resolut, wie ich es von ihr kannte, zur Tür hinaus.

Sobald ich die Tür zufallen hörte, sprang ich vom Sofa auf und lief zum Fenster. Ich preßte mich an die Fensterbank und verrenkte mir den Hals, um Officer O'Hara und Miss Lizzie durch das Fliegengitter sehen zu können. Obwohl er nur ein paar Zentimeter größer war, bemühte er sich, sie zu überragen, und sein gerötetes Gesicht war vor Empörung verzerrt. Ich konnte nicht hören, was er sagte, denn obwohl er zu schreien schien, muß er in Wahrheit wohl geflüstert haben.

Sein theatralischer Protest erwies sich jedoch als ebenso nutzlos wie mein Jammern. Miss Lizzie schüttelte lediglich knapp und entschlossen den Kopf, wandte sich ab und begann die Verandatreppe hinunterzugehen. O'Hara schlug sich mit beiden Händen auf die Beine und legte den Kopf zurück wie ein Hund, der den Mond anbellt.

Die Menge, einige Stunden zuvor schon klein und jetzt noch kleiner, bestand nur aus zwanzig bis dreißig Personen, lauter Männern. Als Miss Lizzie die Stufen hinabschritt, schienen sie einen Moment lang vom Lattenzaun zurückzuweichen, als hätte ihr Anblick – endlich, nach all dem Herumstehen und Warten und Höhnen – sie aufgescheucht und vielleicht sogar erschreckt. Und einen Moment lang dachte ich, sie würde es schaffen: daß die Menge, von ihrer Entschlossenheit eingeschüchtert, weiter zurückweichen würde, zur Seite treten würde, um sie passieren zu lassen.

Und dann, gerade als Miss Lizzie die letzte Stufe hinter sich gelassen hatte und den mit Platten belegten Weg erreichte, rief jemand: *»He, Lizzie!«* und aus den Augenwinkeln sah ich eine blitzartige Bewegung, einen Arm, der die Luft über den versammelten Köpfen durchschnitt, und ich sah undeutlich das Geschoß, das auf sie zuraste. *»Nein!«* schrie ich, doch es war zu spät.

Es traf sie an der Schulter, und ihr Körper wankte, als das Ding mit einem harten dumpfen *Platsch* explodierte und überall rote Spritzer waren. *Blut,* dachte ich entsetzt. Doch es war kein Blut. Wieder schoß etwas auf sie zu, verfehlte sie und zerplatzte rot auf dem sandigen Rasen. Tomaten.

Bellendes Gelächter brach in der Menge aus, und Miss Lizzie blieb stehen. Wieder flog eine Tomate durch die Luft, und dann noch eine, und jemand kreischte hysterisch vor Begeisterung. Als die erste auf sie klatschte und dann die zweite, stand Miss Lizzie unbeweglich da. Eine weitere sauste an ihrem

Kopf vorbei, ein Fehlwurf, und noch immer bewegte sie sich nicht. Bis zum heutigen Tag bin ich davon überzeugt, daß ich, wenn ich vor ihr gestanden und in ihr Gesicht geblickt hätte, sie die ganze Situation über nicht ein einziges Mal hätte blinzeln sehen.

Dann polterte Officer O'Hara die Treppe hinunter und den Weg entlang, fuchtelte mit seinem Gummiknüppel und brüllte. »Heda, aufhören, *aufhören!*« Mit einer Geschwindigkeit und Behendigkeit, die ich nicht für möglich gehalten hätte, sprang er über den Zaun und stürmte in die Menge. *»Idioten! Ihr verdammten Idioten! Weg da, sach ich, verschwindet!«*

Diesmal wich die Menge tatsächlich alarmiert zurück. Sie löste sich in Grüppchen, Paare, einzelne auf; sie teilte sich, zerstreute sich vor der Raserei von Officer O'Hara. Er tobte und brüllte, er heulte, er bellte. Er packte einen Nachzügler bei der Schulter und wirbelte ihn so herum, daß er taumelnd die Straße hinunterlief. Einen anderen faßte er am Kragen und brüllte ihm in das verdutzte Gesicht: *»Hau bloß ab hier, O'Hanlon, bevor ich dir deinen verdammten irischen Schädel einschlage!«* und stieß den zurückweichenden Mann weg.

Und so verzogen sie sich: manche laufend und kichernd wie Kinder, die etwas angestellt haben; manche großspurig und höhnisch, um die Hartnäckigkeit ihres Heldenmutes unter Beweis zu stellen; manche geduckt wie geprügelte Hunde. Aber sie alle gingen, bis Officer O'Hara allein auf der heißen leeren Straße stand, mit dem Rücken zu mir, vor Wut und Anstrengung keuchend, und seinen Gummiknüppel in die hohle Hand sausen ließ, als hoffte er geradezu, daß sie zurückkämen.

Ich schaute Miss Lizzie an. Sie machte kehrt und ging, den Kopf gesenkt, die Verandatreppe hinauf.

Ich rannte zur Haustür, drehte den Knopf herum, riß die Tür auf und trat zurück.

Sie betrat das Haus, drückte mit dem Rücken die Tür zu

und blieb so stehen, an die Tür gelehnt, die Handtasche mit beiden Händen an den Bauch gepreßt. Das Vorderteil ihres Kleides war mit Tomaten befleckt und bespritzt, mit leuchtendgelben Samenkörnern und einer Schmiere aus glänzendrotem flüssigem Fruchtfleisch. Es war in ihren Haaren und auf ihrem Gesicht, und es tropfte ihr von beiden Armen. Während sie so an der Tür stand, ihre Brust sich unter kurzen zischenden Atemzügen hob und senkte, plumpste ein nasser Brocken von ihrer Hüfte auf den Teppich.

Ich hatte Miss Lizzies Stimme gehört, als sie wütend war, damals, als Officer O'Hara in ihr Wohnzimmer geplatzt war und von meiner Stiefmutter geplappert hatte; aber mein Kopf war in ihrem Plaid versteckt gewesen, und ich hatte ihr Gesicht nicht gesehen. Nun sah ich es.

Ihre Augen waren zusammengekniffen, ihre Lippen weiß und so schmal, daß sie fast verschwanden. Purpurrote Flecken zeichneten sich wie böse Prellungen auf ihrer blassen Stirn und ihren bleichen Wangen ab.

Sie schloß die Augen. »Memmen«, zischte sie mit geblähten Nasenflügeln. »Dreckiges Pack.«

Sie öffnete die Augen, und diese grauen, dunkler gewordenen Augen starrten mich an. Besser gesagt, in meine Richtung; eigentlich durch mich hindurch; denn ich glaube nicht, daß sie mich überhaupt erkannte.

Sie blinzelte kurz und drückte sich dann, ohne ein weiteres Wort, von der Tür ab und stürmte an mir vorbei durch den Flur. Sie verschwand um die Ecke, und dann hörte ich das *Rumps Rumps Rumps* ihrer Schritte auf der Treppe, als sie die Stufen hinaufstapfte.

Es klopfte an der Haustür. Ich drehte mich um und rief: »Wer ist da?«

»O'Hara!«

Ich machte die Tür auf.

»Gottverdammtes Weib!« rief er mit aufgerissenen Augen und dunkelrot angelaufenem Gesicht. »Mußte ma wieder ihren verdammten Dickkopf durchsetzen.« Er bearbeitete seinen Gummiknüppel wie eine Wäscherin, die ein nasses Handtuch auswringt. »Ich hab's ihr ja *gleich* gesagt. Aber hat sie auf mich *gehört?* O nein, nicht Miss Sturheit persönlich, nich Lizzie Borden. Ich *hab* noch versucht, sie aufzuhalten, hab ich *wirklich*, weißte, bevor's passiert is.«

»Ich weiß«, sagte ich. »Ich habe es gesehen.«

»Aber *nein. Die* nich. Die muß unbedingt zu MeGee gehn und ihren verdammten Fisch holen.« Er blickte zu Boden, schüttelte den Kopf. *»Fisch!«* Er blickte auf. »Wie geht's ihr denn jetzt?«

»Sie ist nach oben gegangen. Sie war ... furchtbar aufgebracht.«

»Und kann man's ihr vielleicht verdenken? Wo diese schwachsinnigen Spinner sie mit Tomaten bombardiert ham? Verdammte *Idioten.«* Er drehte sich um und warf einen finsteren Blick auf die leere Straße, bevor er sich wieder mir zuwandte. »Was für n Fisch hat sie denn ham wolln? Ich hab mir gedacht, ich könnte den jungen Timothy hinschicken und was holen lassen.«

»Krabben«, sagte ich. »Sie wollte Krabben besorgen.«

Er zog die Augenbrauen hoch. »Krabben? Ja ist das zu fassen ...« Er schüttelte den Kopf, als fiele ihm plötzlich wieder ein, daß er eigentlich eine Gefälligkeit erweisen wollte. »Egal. Wir holen ihr ihre Krabben.«

»Ich habe Geld da ...«

»Das behältst du ma lieber, kleines Fräulein, kauf dir Bonbons oder n schönes Stück Schokoladentorte von. So arm bin ich nu auch wieder nich, daß ich nem kleinen Mädchen Geld abknöpfen muß.« Er zögerte, blickte den Flur entlang, sah wieder mich an und sagte leise: »Eins kann ich dir sagen, ma ganz unter uns Pfarrerstöchtern. Sie mag ja ne gemeine Mörderin sein, deine Lizzie Borden da, aber bei Gott, Mut hat sie wie n Stier.«

Dann nickte er mir zum Abschied zu und ging.

Ich machte die Tür zu. Ich schaute hinunter auf den Teppich, auf die Tomatenspritzer, schaute dann hinauf zum hinteren Teil der oberen Etage, wo sich Miss Lizzie aufhielt.

Mein Verstand war seit dem Moment, als ich ihr Gesicht sah, einem bestimmten Gedanken ausgewichen. Jetzt kehrte dieser Gedanke wieder. Als sie dort stand, mit ihrem fleckigen Gesicht, ihrem vor Wut bebenden Körper, hatte Miss Lizzie buchstäblich ausgesehen, als könnte sie vor Wut jemand umbringen.

Achtzehn

Eine Stunde später kam Miss Lizzie wieder herunter. Ich saß auf dem Sofa, über den Couchtisch gebeugt, auf dem ich ein Kartenspiel nach der Vorlage des Nikola-Systems angeordnet hatte.

Sie hatte gebadet und sich umgezogen, sich die Haare gewaschen und getrocknet und wieder zu einem Chignon zusammengefaßt. Sie lächelte mich an. »Wie ich sehe, hat jemand das ganze Gemüsepüree vom Fußboden aufgewischt. Warst das etwa du?«

Ich zuckte die Achseln.

»Ich danke dir«, sagte sie. »Und ich möchte mich bei dir dafür entschuldigen, daß ich die Beherrschung verloren habe.«

Ich empfand diese schreckliche Unbeholfenheit, die mich jedesmal überfiel, wenn ich in Verlegenheit gebracht wurde. »Sie brauchen sich nicht zu entschuldigen, Miss Lizzie.«

»Das muß ich sehr wohl. Das war ein abscheulicher Auftritt, und ich schäme mich dafür.«

Es wäre mir weitaus lieber gewesen, wenn sie so getan hätte, als ob es diesen Zwischenfall nie gegeben hätte (so wie ich es gern getan hätte), damit wir so schnell wie möglich wieder die Menschen sein konnten, die wir gewesen waren. Munter sagte ich: »Möchten Sie die Krabben immer noch? Officer O'Hara hat uns welche gebracht. Ich habe sie in den Eisschrank gelegt.«

»O'Hara?« sagte sie erstaunt. »Tatsächlich? Das war aber wirklich sehr freundlich von ihm, nicht wahr? Ich muß ihm das Geld dafür geben. Ist er noch draußen?«

»Ich glaube«, sagte ich, »also ich glaube, daß es ihm lieber wäre, wenn Sie das nicht täten, Miss Lizzie. Ich glaube, das wäre ihm, na ja ... irgendwie unangenehm.«

Sie sah mich kurz an und sagte dann: »Das diplomatische Corps wird einen Verlust erleiden, wenn du Fliegerin wirst, Amanda.« Sie lächelte. »Du hast natürlich recht. Aber meinst du, daß es schrecklich unangebracht wäre, wenn ich hinausginge und mich für diese freundliche Geste bei ihm bedanken würde?«

Sie sagte das mit einer so leisen Ironie, so liebevoll und nekkend, daß ich im stillen lächeln mußte. »Ich glaube, das wäre sehr nett.«

»Gut. Dann will ich das gleich tun. Und danach mache ich uns beiden ein Krabben-Soufflé. Wie hört sich das an?«

»Das hört sich wirklich gut an.«

Sie nickte. »Dann wäre das geklärt.«

Miss Lizzie hatte recht behalten, was den Regen betraf. Als wir auf der hinteren Veranda zu Mittag aßen, zog vom Wasser her grollend und zuckend ein Gewitter auf. Das Meer war schwarz dort draußen unter den aufgeblähten Wolken und der dunklen Regenwand; nah der Küste wurde daraus ein düsteres Schiefergrau, mit Schaumkronen besetzt und ausgefranst, wo der Wind darüberpeitschte. Längs des Ufers wurden die Wellen größer: Sie schlugen klatschend und zischend und saugend an den Strand und ließen matte weiße Gischtstreifen zurück.

Nach der drückenden, stehenden Hitze der letzten Tage waren die Windstöße, die durch das Fliegengitter fegten, zunächst herrlich kühl. Als wir zu Ende gegessen hatten, zündete sich Miss Lizzie eine Zigarre an, und wir saßen schweigend da und sahen zu, wie sich die Regenfront auf uns zu wälzte; und genossen beide, wie ich glaube, diese zu Kopf steigende Mischung aus Demut und Überschwang, wie sie nur ein Gewitter erster Güte hervorruft.

Doch Gefühle dieser Art bedürfen einer gewissen räumlichen Distanz. Nicht lange nachdem Miss Lizzie ihre Zigarre angezündet hatte, vielleicht zehn Minuten später, riß der Wind schon Aschefetzen von der Spitze ihrer Zigarre und zerrte an ihrem und an meinem Kleid. Wir räumten das Geschirr ab und zogen uns eilends ins Haus zurück. In der Ferne krachte und rollte der Donner.

Der Regen begann, als wir den Abwasch machten – Miss Lizzie spülte, ich trocknete ab –, und trommelte den ganzen Abend und bis tief in die Nacht hinein unablässig auf das Dach. Nach dem Abendessen kam Vater vorbei, an dessen Mantel das Wasser herunterlief. Er hängte Mantel und Hut an der Garderobe auf, setzte sich dann ins Wohnzimmer und trank mit uns Tee, während er erzählte, was er und Boyle erfahren hatten.

Das kriminaltechnische Labor der Bostoner Polizei hatte die Untersuchung von Williams Kleidungsstücken abgeschlossen und festgestellt, daß es sich um Blutflecken der Gruppe A handelte, Williams Blutgruppe. Leider war dies – laut Aussage des Gerichtsmediziners, Dr. Malone – aber auch die Blutgruppe von Audrey.

Die hiesige Polizei hatte das Personal des Hotel Fairview und die Belegschaft der beiden Tankstellen der Stadt befragt; aber niemand erinnerte sich an den Mann, den William beschrieben hatte. Boyle hatte sein Büro veranlaßt, einen weiteren Privatdetektiv zu schicken, der am nächsten Tag eintreffen sollte; der neue Pinkerton-Mann sollte versuchen, jemanden ausfindig zu machen, der diesen Mann kannte oder gesehen hatte.

Vater hatte mit Mr. Slocum gesprochen, und der Anwalt

hatte einen weiteren hiesigen Verteidiger empfohlen, einen Mr. Spencer, mit dem sich Vater beraten hatte. Mr. Spencer war der Ansicht, daß das Material der Anklage, trotz der scheinbaren Beweise, nicht ausreichte. Er meinte, daß es möglich sein müßte, William am nächsten Tag gegen Kaution freizubekommen.

Die Unterredung mit Mr. Spencer hatte Vater offenbar aufgemuntert. Zum ersten Mal seit Audreys Tod war er wieder ganz der alte, gelöst und entspannt. (Wir sprachen nicht über die Möglichkeit, daß Audrey eine Erpresserin war, und keiner von uns erwähnte Susan St. Clair.)

Er bat mich, nachdem ich mehrfach mit dem Zaunpfahl gewunken hatte, ihm einen Kartentrick zu zeigen; und als ich meine Glanznummer vorführte, war er entsprechend beeindruckt.

Und zwar so beeindruckt, daß ihm nicht ganz wohl dabei zu sein schien, als fragte sich ein Teil von ihm, warum ausgerechnet seine eigene Tochter sich mit etwas derart Exotischem wie Kartenkunststücken abgeben mußte. Doch er machte gute Miene zum bösen Spiel, was in diesem Fall bedeutete, daß er unsicher lächelte und im stillen, wie ich glaube, eben das Beste hoffte. Es war eine Reaktion, an die ich mich im Laufe der Jahre gewöhnen sollte und die ich nicht nur bei Vater erlebte.

Aber er war viel zu froh über die Aussicht auf Williams Freilassung, um lange beunruhigt zu sein. Schon bald lächelte er wieder glücklich und machte sogar Scherze, was er, wie mir schien, seit Wochen nicht getan hatte.

Er ging gegen neun Uhr abends, nachdem er versprochen hatte, mich am nächsten Morgen abzuholen und zu William zu bringen. Kurz danach räumten Miss Lizzie und ich im Wohnzimmer auf und gingen nach oben. Der Wind hatte sich gelegt, aber der Regen prasselte noch immer auf das Dach, und die Luft war kühl, so daß Miss Lizzie eine Steppdecke aus dem Wäscheschrank im Flur holte und mir aufdrängte, bevor sie mir lächelnd gute Nacht sagte.

Ich zog mich aus, warf die Steppdecke über das Bett und sprang hinein. Wie wohlig und gemütlich das war, sich nach den langen heißen Nächten in ein warmes trockenes Bett zu kuscheln, über mir rauschte der Regen, und an den Strand rauschte das Meer. Es war ein langer Tag gewesen, aber er war gut ausgegangen, und ich fühlte mich behaglich und sicher. Miss Lizzie hatte diese Dummköpfe mit ihren Tomaten anscheinend vergessen; Vater war ausgeruht und glücklich; und William sollte morgen freigelassen werden.

Ich erinnere mich, wie ich dachte, daß die Polizei bestimmt bald herausfinden würde, wer den Mord tatsächlich begangen hatte, und ich erinnere mich, daß ich mir vorstellte, wie sehr ich mich freuen würde, wenn ich erfuhr, daß es jemand war, den ich nicht kannte und der mir völlig gleichgültig war. Beispielsweise jemand (nur um einen Namen zu nennen) wie Susan St. Clair mit ihren gerafften Röcken und ihren schwarzen Netzstrümpfen.

Aber die war, wie mir einfiel, zu der Zeit bedauerlicherweise mit Vater zusammengewesen.

Trotzdem, die Polizei würde schon einen finden, und es würde nicht William sein.

Wie mir schien, begann sich endlich alles aufzuklären.

Ich wachte mit einem Schlag auf, so plötzlich, als hätte man mich in eiskaltes Wasser geworfen. Furcht machte sich in meiner Brust breit, und Schweiß legte sich kalt und feucht auf meine Haut. So lag ich einen Moment da, während mein Herz gegen die Rippen pochte, und versuchte zu begreifen, was geschehen war, warum ich so panikartig aus dem Schlaf gefahren war.

Es war spät; zwei oder drei Uhr, einer der dunkleren Winkel der Nacht. Der Regen hatte aufgehört, das Meer war ruhig, und im Haus war es still. Ich konnte nur das gleichmäßige metallische Tröpfeln hören, mit dem das Wasser aus der Dachrinne in die Pfützen herunterplätscherte.

Dann roch ich es.

Rauch.

Heute weiß ich so wenig wie damals, warum ich augenblicklich annahm, daß die Männer, die vor Miss Lizzies Haus gestanden hatten, die Männer, die sie mit faulen Tomaten beworfen hatten, zurückgekommen waren und das Haus angezündet hatten.

Ich schlug die Decke zurück, schwang die Beine aus dem Bett und stand auf. Ich nahm meinen Morgenmantel von der Rückenlehne meines Stuhls und zog ihn an. Auf Zehenspitzen schlich ich zur Tür, öffnete sie einen Spalt, hielt das Ohr an die Öffnung. Es war nichts zu hören. Als ich die Tür etwas weiter aufmachte, sah ich, daß Miss Lizzies Tür auf der anderen Seite des Flurs angelehnt war und daß dahinter Licht brannte.

Der Rauch kam aus ihrem Zimmer, und dann merkte ich, daß es Zigarrenrauch war.

War sie bei Licht und mit brennender Zigarre eingeschlafen? Wenn dem so war, mußte ich dann nicht etwas unternehmen?

Ich war noch nie in Miss Lizzies Schlafzimmer gewesen. Sie hatte mich nie hineingebeten, und tagsüber war die Tür immer zu. Vielleicht sogar abgeschlossen; ich hatte sie nie zu öffnen versucht und nie danach gefragt. Beides wäre mir als eine Verletzung von Miss Lizzies Privatsphäre erschienen.

Doch nun überquerte ich zögernd den Flur. Ohne die Tür zu berühren, beugte ich mich vor und flüsterte: »Miss Lizzie?«

Nichts.

Ich drückte die Tür vorsichtig auf und trat ein.

Sie hatte mir erzählt, daß sie eine Spedition beauftragt hatte, einige Möbel aus ihrem Haus in Fall River an die See zu transportieren. Als ich nun in der Türöffnung stand, fragte ich mich, wie viele Möbelpacker sich wohl mit dem riesigen Himmelbett abgemüht hatten, das sich an der gegenüberliegenden Wand ausbreitete. Es war ein Ungetüm aus dunklem Holz, mit einem Himmel aus blaßrosa Seide, und es sah so solide aus, als könnte es die Meere befahren; für alle Zeiten, wie der Fliegende Holländer. Beim Schein der Kerosinlampe auf dem Nachttisch konnte ich sehen, daß jemand darin gelegen hatte; doch nun war es leer.

Dann blickte ich nach links und sah – meine Atmung setzte aus, mein ganzer Körper wurde kalt – zwei fremde Frauen dort sitzen. Sie bewegten sich nicht, sie nahmen mein Eindringen überhaupt nicht zur Kenntnis. Im flackernden Lampenlicht wirkten sie sonderbar düster und melancholisch, zwei Gespenster, die mit unendlicher Geduld, aber praktisch ohne Hoffnung, auf eine endgültige Entscheidung warten: ein Lösegeld, eine Begnadigung. Wäre ich nicht vor Überraschung wie angewurzelt gewesen, dann wäre ich wohl aus dem Zimmer gerannt. Doch im nächsten Moment merkte ich, daß es sich um eine doppelte Miss Lizzie handelte, um die Frau selbst und um ihr Bild im Spiegel einer ausladenden Frisierkommode aus Mahagoni.

Ich erkannte meine Freundin kaum wieder. Ich hatte sie bisher nur gesehen, wenn sie ihre schwarze Trauerkleidung trug und ihr Haar zu einem Chignon zusammengefaßt war. Nun fiel ihr das Haar in dichten weißen Locken auf die Schultern, und sie trug einen lavendelfarbenen seidenen Morgenmantel, an dem jedes Revers mit einer großen roten Rose bestickt war. Sie hatte die Beine übereinandergeschlagen, das rechte über das linke, und ihr Kopf war leicht nach vorn geneigt. Ihre Hände lagen auf ihrem Schoß und hielten ein bauchiges Glas mit einer dunklen Flüssigkeit.

Rechts von ihr, auf der Frisierkommode, standen eine große opake grüne Flasche und ein rechteckiger Schmuckkasten aus Teakholz. Daneben stieg, aus einem schweren schwarzen Aschenbecher, der Rauch einer Zigarre in Spiralen zur Decke.

Ich trat einen Schritt vor. »Miss Lizzie?«

Ihr Blick glitt hinauf in den Spiegel, und sie sah mich.

»Amanda«, sagte sie tonlos und blickte mich im Spiegel an. »Ist alles in Ordnung?«

Sie setzte sich auf, räusperte sich. »Ich konnte nicht schlafen.«

»Soll ich Ihnen etwas bringen?«

»Nein«, sagte sie und sah nach unten. »Nein.« Sie drehte sich um, sah mich direkt an und sagte: »Nein, Liebes. Danke.«

Links von ihr stand ein kleiner Schemel, der wie ihr Stuhl mit rotem Leder bezogen war. Ich ging zu ihm, setzte mich und sah zu ihr auf. »Ist alles in Ordnung, Miss Lizzie?«

Sie hob das bauchige Glas an die Lippen, nippte an der Flüssigkeit. »Es geht mir ausgezeichnet, Amanda. Ich habe nur nachgedacht.«

Ich warf einen Blick in den Spiegel. Er machte mich konfus, gab mir das Gefühl, als wären zu viele von uns im Zimmer. Ich fragte sie: »Sind Sie sicher? Ich könnte uns einen Tee machen.«

»Ganz sicher«, sagte sie. Sie griff nach ihrer Zigarre, paffte daran, stieß eine kleine Rauchwolke aus. Dann sah sie mich mißbilligend an. »Amanda! Warum bist du so spät noch auf?«

»Ich glaube, ich habe einen bösen Traum gehabt. Ich bin aufgewacht und hatte Angst.«

Sie lächelte matt, ihr nach innen gerichtetes Lächeln. »Ja«, sagte sie und legte die Zigarre wieder in den Aschenbecher. »Das klingt wirklich nach einem bösen Traum.«

»Aber ich erinnere mich nicht mehr an ihn. Gewöhnlich erinnere ich mich an die bösen Träume.«

Sie starrte ins Leere und nickte langsam. »Es wäre zu schön, könnten wir uns nie an die bösen erinnern.« Sie nippte wieder an ihrem Glas.

»Sind Sie immer noch aufgebracht?« fragte ich sie. »Wegen dieser Männer gestern?«

»Nein«, sagte sie. »Nein. Das war nichts.« Sie machte mit dem Glas eine leicht wegwerfende Bewegung, so daß die Flüssigkeit gegen die Seiten schwappte. »Eine kleine Welle von Ärger. Haß.« Sie schüttelte den Kopf. »Nichts. Das geht vorbei, und die Oberfläche ist wieder ruhig.«

Ich wußte nicht, was sie damit meinte, und ich wußte nicht,

was ich tun sollte. Sie schien mir zutiefst unglücklich zu sein, und ich hatte ihr nichts anzubieten. Aber ich wollte sie auch nicht allein lassen. Rasch sah ich mich im Zimmer um. Da mir nichts Besseres einfiel, sagte ich: »Das ist aber ein schöner Schmuckkasten.«

Sie sah zu dem Kasten. »Ja«, sagte sie. »Danke. Mein Vater hat ihn mir geschenkt.« Sie nahm das Glas in die linke Hand und klappte mit der rechten den Deckel auf. Innen verbarg sich ein Uhrwerk, denn plötzlich erfüllte Musik den Raum, so blechern und so dünn und so anrührend, wie es nur die Melodie einer Spieldose sein kann.

»Was ist das für ein Lied?« fragte ich.

»Das ist Musik, mit der jemand ein Gedicht vertont hat. *Hame, Hame, Hame*. Das ist schottisch. Es heißt *daheim*.«

Wir lauschten der Musik, die zunächst flott und schwungvoll war, dann aber allmählich ermattete, als das Uhrwerk ablief. Die Töne wurden hohl, bleiern; sie kamen langsamer, stockten, erstarben; und ließen im Zimmer plötzlich eine Stille zurück, die lauter als die Musik war.

Fast flüsternd, den Blick wieder ins Leere gerichtet, rezitierte Miss Lizzie: *»When the flower is in the bud . . . and the leaf is on the tree . . . the larks shall sing me hame . . . in my ain country.«* Sie sah mich an und lächelte, zuckte leicht mit den Achseln, als wollte sie sich entschuldigen, als hätte die Qualität ihres Vortrags oder das Gedicht selbst sie verlegen gemacht. »Das war sein Lieblingslied«, sagte sie.

Ich hatte bemerkt, daß auf dem obersten Boden des mit Samt ausgeschlagenen Schmuckkastens zwei Dinge lagen, eine Perlenkette und ein Bild in einem Goldrahmen, der Größe nach ein Porträt, aber mit dem Gesicht nach unten. Mit einer Kopfbewegung in Richtung des Kastens sagte ich: »Ist das ein Bild von ihm?«

Sie blickte auf den Kasten, schüttelte den Kopf. »Nein.« Sie streckte die Hand aus, holte das Bild behutsam heraus und reichte es mir.

Es war die Photographie einer jungen Frau und irgendwann gegen Ende des letzten Jahrhunderts aufgenommen. Die Frau trug ein helles Kleid mit langen Ärmeln, einem Plisseerock und einer Schärpe um die Taille; und darüber ein dazu passendes enganliegendes Jäckchen, dessen kurze Rüschenärmel mit Spitzen besetzt waren. Ihr blondes Haar war in der Mitte gescheitelt und im Nacken zu einem Knoten zusammengefaßt, wobei einige Strähnen entwischt waren und sich raffiniert an ihren Schläfen ringelten. Sie stand seitlich zur Kamera, sah sie an und hielt einen Hut hinter dem Rükken, eine Pose, die ihre ausgezeichnete, fast sinnliche Figur auf das Vorteilhafteste zur Geltung brachte. Diese Pose, in Verbindung mit der Lichtverteilung und dem Ausdruck auf ihrem Gesicht, schien um eine seelenvolle ästhetische Zartheit bemüht zu sein, ohne sie jedoch ganz zu erreichen.

Möglicherweise war ihr Gesicht daran schuld. Ihre Augen lagen zu tief und zu weit auseinander; ihr Mund war eine Spur zu schmal, eine Spur zu dünn. Es war ein Gesicht, das auf eine kleine, aber möglicherweise störende Charakterschwäche hindeutete; auf Eigensinn vielleicht oder auf Engstirnigkeit.

Trotz alledem war sie eine sehr hübsche Frau, und das sagte ich auch zu Miss Lizzie.

»Ja«, sagte sie und nippte wieder an ihrem Glas. »Sie war sehr hübsch.«

»Was ist aus ihr geworden?« fragte ich.

»Ich habe sie getötet«, sagte sie.

Neunzehn

Mein Gesicht muß meinen Schock widergespiegelt haben, da Miss Lizzie lächelte und sagte: »Nein, nicht hier draußen, nicht in der realen Welt.« Sie gab dem Wort »real« eine leicht sarkastische Betonung. »Nein. Hier drinnen.« Sie deutete mit dem Glas auf ihre Brust. »In meinem Herzen.«

»Warum?« fragte ich sie. »Wer war sie?«

Sie schürzte die Lippen und zog nachdenklich die Augenbrauen hoch. »Wer war sie.« Sie nippte an ihrem Glas, zuckte dann leicht die Achseln. Als würde es die Frage beantworten, sagte sie: »Sie war Schauspielerin.«

Das fand ich nicht sonderlich aufschlußreich. »Eine Schauspielerin?«

»Eine der besten«, sagte Miss Lizzie schlicht, und ich konnte sehen, wie ihre Mattigkeit zu schwinden begann. »Sie war hervorragend. Ich habe Eleonora Duse und Sarah Bernhardt gesehen, und keine von ihnen konnte ihr das Wasser reichen.«

Sie griff nach ihrer Zigarre, paffte daran, legte sie wieder weg. »Das erste Mal sah ich sie 1904 im Colonial Theater in Boston. Als Lady Macbeth. Kennst du *Macbeth?*«

Ich schüttelte den Kopf.

»Die Lady Macbeth ist eine schwierige Rolle, mußt du wissen. Sie ist keine sehr nette Person. Sie stachelt ihren Mann dazu an, den König von Schottland zu töten, damit sie beide das Königreich übernehmen können. Sie ist schrecklich ehrgeizig. Im Grunde ein Ungeheuer. Und viele Schauspielerinnen spielen sie auch so. Knirschen mit den Zähnen, fuchteln mit den Armen herum, reißen sich die Haare aus. Durch und durch böse.«

Sie nippte an ihrem Glas. »Aber Nance hatte eine Gabe. Es war etwas Instinktives – sie hatte keine Ausbildung erhalten. Aber sie war imstande, dem Publikum das Gefühl zu vermitteln, daß selbst Ungeheuer Tiefe haben. Und warum sollten sie das auch nicht haben? Nur wenige Menschen, Ungeheuer eingeschlossen, betrachten sich im Geiste als böse.«

»Aber das heißt nicht, daß sie es nicht doch sind«, sagte ich.

Sie lächelte traurig. »Nein. Das heißt es nicht ... Aber was Nance konnte, das war, einem das Gefühl zu geben, daß hinter

Lady Macbeth' schändlichem Verhalten etwas steckte. Etwas Verletzliches und Zerbrechliches. Etwas, das man nicht genau definieren konnte, von dem man aber wußte, daß es da war ... Und das gab einem das Gefühl, daß wenn man es jemals verstehen würde, man dann auch das Böse verstanden hätte.«

Sie schwieg, schüttelte den Kopf. »Ich kann es nicht ausdrücken. Was ich sagen will, ist – nun, vielleicht hat das Publikum im Colonial es am besten ausgedrückt. Zum ersten Mal erlebte ich, daß Lady Macbeth dem Publikum richtig leid tat.«

»Obwohl sie böse war?«

»Das Böse ist das Fehlen von Einfühlungsvermögen. Nance brachte es fertig, daß sich das Publikum in die Lage der betreffenden Person hineinversetzte.« Sie zuckte die Achseln. »Das ist ein Trick, weißt du. Wie die Flüsternden Damen oder der Katzensprung.«

»Und da haben Sie sie kennengelernt? Als sie die Lady Macbeth spielte?«

Sie schüttelte den Kopf, trank wieder einen Schluck. »Nein, damals nicht. Etwa sechs Monate später. Auf einer Gesellschaft in Tyngsboro. Sie trat im dortigen Theater in *Judith* auf. Wir unterhielten uns und wurden Freundinnen.«

»Wie war sie?«

»Wie Feuer«, sagte Miss Lizzie. Sie lächelte. »Wie Rauch und Regen. Sie war eine Urkraft, eine Naturgewalt. Ganz anders, wie ich wohl kaum zu betonen brauche, als alle Menschen, die ich jemals kennengelernt hatte.«

»Und was ist dann passiert? Wieso haben Sie aufgehört, Freundinnen zu sein?«

Sie zuckte wieder kaum merklich die Achseln. »Das lodernste Feuer läßt die kälteste Asche zurück. Wir waren eine Zeitlang befreundet, sehr eng befreundet, und dann nicht mehr.«

»Aber was ist passiert? Sie sagten, Sie hätten sie in ihrem Herzen getötet.«

Sie nippte wieder an ihrem Glas, runzelte die Stirn.

»Ist schon gut«, sagte ich. »Eigentlich geht es mich ja auch nichts an.«

Miss Lizzie lächelte. »Du würdest selbst eine gute Schauspielerin abgeben.«

»Wie meinen Sie das?« fragte ich sie, aber mein Gesicht war puterrot.

Miss Lizzie lachte. »Immerhin hast du soviel Anstand, rot zu werden.« Sie trank wieder einen Schluck. »Nance wäre nicht rot geworden. Sie hätte höchstens gelacht. Sie lachte gewöhnlich, wenn man sie durchschaut hatte.«

»Ich habe nur gemeint«, protestierte ich unschuldig, »daß Sie es mir nicht erzählen müssen, wenn Sie nicht wollen.«

»Du hast nur gemeint«, sagte sie lächelnd, »da du das Feingefühl hattest einzusehen, daß die Sache dich nichts angeht, müßte wiederum ich das Feingefühl besitzen, dich dafür zu belohnen, indem ich dir alles erzähle.«

Ich lachte; ich konnte einfach nicht anders.

»Na, siehst du«, sagte sie. »Durchschaut.« Sie lehnte sich zurück, betrachtete mich ein Weilchen und sagte dann: »Du erinnerst mich sehr an sie.«

»An Nance?« Ich war mir nicht sicher, ob das ein Kompliment war.

»Äußerlich, meine ich. Du bist ein viel besserer Mensch. Netter. Aber du hast fast die gleiche Haltung. Und du hast das gleiche ovale Gesicht. Das gleiche Haar. Die Kritiker nannten es immer ›flachsfarben‹.«

Ich blickte hinunter auf die Photographie. »Sie hat einen kleinen Mund.«

Miss Lizzie lachte. »Dann stellst du eine Verbesserung gegenüber dem Original dar.«

Ihr Lachen freute mich, obwohl es durch meine Eitelkeit ausgelöst worden war. »Nance war nicht nett?« fragte ich.

Miss Lizzie lächelte. »Und du läßt nicht locker. Sie hat auch nie lockergelassen.« Sie beugte sich vor. »Möchtest du wirklich etwas über Nance hören?«

»Ja«, sagte ich. »Natürlich.«

»Na schön.« Sie nippte an ihrem Glas und nickte dann. »Na schön. Als ich sie kennenlernte, war sie in finanziellen Schwierigkeiten. Sie hatte Schulden bei einem Theaterdirektor in Chicago, ein Direktor in Boston hatte sie verklagt, und sie hatte gerade erst eine Farm in Tyngsboro gekauft. Und als Mitglied eines Tourneetheaters, als Star, war sie für die Kosten des Ensembles verantwortlich. Alles kam aus ihrem Gewinn.

Aber Nance machte sich nichts aus Geld. Es war für sie keine Realität. Das war für sie ohnhin nur wenig. Geld nicht, Menschen nicht, nichts, was den eintönigen Alltag betraf. Ich glaube, das einzige, was für sie real war, war der Zauber, den sie auf der Bühne entfaltete.«

Wieder ein Schluck. »Außerhalb des Theaters, draußen in der realen Welt, war sie wie ein Kind. Wild, unzuverlässig, extravagant. Und natürlich unbesonnen. Aber auch mutig – ungeheuer mutig. Zu der Zeit erforderte ein solches Verhalten wahren Mut, sogar bei einer Frau vom Theater. Ich erinnere mich, daß sie mir einmal erzählt hat, daß sie als kleines Mädchen, als sie etwa in deinem Alter war, in ihr Tagebuch geschrieben hatte: *Lieber eine Ausgestoßene als nicht frei.* Und genau nach dieser Devise lebte sie.«

»Aber wenn sie so wild war, wieso sind Sie beide dann Freundinnen geworden?«

Miss Lizzie griff wieder nach ihrer Zigarre, paffte daran, legte sie zurück in den Aschenbecher. »Wie gesagt, ich war noch nie einem Menschen wie ihr begegnet. Sie war eine Offenbarung. Und ich weiß, daß ich mich geschmeichelt fühlte, daß sie mich um sich haben wollte, als Gefährtin. Wir gingen in Boston auf Gesellschaften und fuhren mit dem Zug nach New York, um Premieren zu besuchen. Wir gingen in Restaurants und Nachtclubs, und es war alles sehr lustig. Helle Lichter und Musik. Sie war wunderschön, und sie war berühmt, und überall, wo wir hinkamen, drehten sich die Männer nach ihr um und starrten. Die Frauen sahen meist weg, und man sah es ihren Gesichtern an, daß sie schlicht aufgaben. Sie versuchten erst gar nicht, mit ihr zu konkurrieren.«

Sie trank wieder einen Schluck. »Was sie zu mir hinzog«, sagte sie mit einem Achselzucken, »das war, daß sie mich zu kennen glaubte. Die Rollen, die ihr als Schauspielerin am besten gefielen, waren Frauen, die ihr Leben alleine lebten, aus freien Stücken oder aufgrund der Umstände. Ich war . . . nun, ich war damals allein, die meiste Zeit jedenfalls, und ich glaube, daß es sie reizte, mit einer Frau zusammenzusein, von der sie glaubte, sie ähnele den Figuren, die sie spielte.«

»Und was ist dann passiert?« fragte ich sie.

»Nun, wie ich bereits sagte, war sie in finanziellen Schwierigkeiten, als ich sie kennenlernte. Ich konnte ihr aushelfen – es ging nicht um viel Geld, und ich freute mich, es ihr geben zu können.«

»Hat sie es zurückbezahlt?«

Miss Lizzie lächelte. »Einen Teil davon. Aber vergiß nicht, daß Geld ihr nichts bedeutete. Und auf ihre Art war sie eigentlich immer sehr großzügig. Wenn sie in New York auftrat und ich hinfuhr, um sie zu treffen, speisten wir gewöhnlich bei Delmonico, und sie lehnte es immer ab, mich mein Essen bezahlen zu lassen.«

Wieder ein Schluck. »Doch dann, zwei Jahre nachdem ich sie kennengelernt hatte, geriet sie erneut in finanzielle Schwierigkeiten. Falls sie nicht siebentausend Dollar auftrieb, würde sie die Farm in Tyngsboro verlieren. Sie bat mich um das Geld, und ich sagte ihr, daß ich es nicht hätte. Die Wahrheit war, daß ich es tatsächlich nicht hatte. Ich hätte die Summe aufbringen können, aber nur mit beträchtlichen Verlusten. Selbst wenn Nance sie mir zurückbezahlt hätte, was nicht sehr wahrscheinlich schien.«

Ein Zug an der Zigarre. »Nun, wir stritten uns. Ich sagte Dinge, die ich nicht hätte sagen sollen. Sie sagte Dinge, die sie nicht hätte sagen sollen. Sie konnte das wesentlich besser als ich – streite niemals mit einer Schauspielerin, Amanda. Sie verfügen über ein unglaubliches Repertoire an Schimpfworten. Sie ließ ein Ausmaß an Grausamkeit, an Bösartigkeit erkennen, wie ich es noch nie erlebt hatte. Zumindest nicht bei ihr.« Sie zögerte kurz und zuckte dann wieder die Achseln. »Und das war das Ende. Ich verließ das Zimmer – ich erinnere mich, daß es in Boston war, im Hotel Bellevue –, und wir haben nie wieder miteinander gesprochen.«

Sie legte die Zigarre weg und hob das Glas an die Lippen.

Ich fragte: »Hat sie nie versucht, sich mit Ihnen zu versöhnen?«

Sie schüttelte den Kopf. »Sie war eine sehr stolze Frau.«

»Und Sie haben sie nie wiedergesehen?«

»Nie.« Sie trank wieder einen Schluck und leerte das Glas. »Ich habe sie aus meinem Herzen verbannt, es gegen sie versiegelt. Ich hatte nämlich auch meinen Stolz.« Sie stellte das Glas auf der Frisierkommode ab, griff nach der Flasche, entkorkte sie und schenkte sich ein. Das Etikett auf der Flasche besagte, daß es Cognac war.

»Was ist aus ihr geworden?« fragte ich.

Sie verkorkte die Flasche wieder, griff nach ihrem Glas. »Sie hat ihre Farm verloren. Eine Zeitlang lief es sehr schlecht für sie.«

»Und danach?«

»Wie sich herausstellte, hat sie es ziemlich weit gebracht. David Belasco nahm sie unter Vertrag. Dann wirkte sie einige Jahre in Filmen mit. Letztes Jahr kehrte sie auf die Bühne zurück. In *Die Passionsblume.«* Sie lächelte ihr nach innen gewandtes Lächeln, nippte an ihrem Cognac. »Nach allem, was ich gelesen habe, war es ein triumphales Comeback.«

»Sie haben es nicht gesehen?«

Sie schüttelte den Kopf. »Ich bin schon sehr lange nicht mehr im Theater gewesen.«

»Wollten Sie denn gar nicht wieder mit ihr befreundet sein?«

Wieder dieses Lächeln. »Zuerst nicht. Aber nach einer Weile ... Ja, da schon.«

»Warum haben Sie dann nichts unternommen?«

Sie seufzte. »Zu dem Zeitpunkt gab es nichts mehr, was ich hätte unternehmen können. Dazu war zuviel geschehen. Wir waren beide älter, wir waren beide andere Menschen.« Sie runzelte die Stirn. »Sie hat geheiratet, wie ich höre, vor sechs oder sieben Jahren.«

»Aber ich glaube trotzdem, daß wenn Sie beide sich getroffen hätten . . .«

»Dann wären wir freundlich und liebenswürdig gewesen und hätten vielleicht eine gewisse Sympathie füreinander empfunden. Aber die . . . Zuneigung, die wir früher empfunden hatten, war verschwunden. Wir hatten sie beide mit Füßen getreten. Und liebenswürdig lächelnd dazustehen und liebenswürdig draufloszuplaudern würde gewissermaßen alles nur noch schlimmer machen. Jedenfalls für mich. Das wäre so, als würden wir beide bestreiten, daß es einmal etwas soviel . . . Bedeutsameres gegeben hatte.«

Sie nippte wieder an ihrem Cognac.

Ich sagte: »Ich finde das schade.«

»Ja«, sagte sie, und ihr Lächeln wirkte wie eine Wunde. »Ich auch.«

Wir redeten noch eine halbe Stunde, Miss Lizzie und ich. Sie hatte ziemlich viel Cognac getrunken; und obwohl ihre Aussprache so deutlich wie eh und je war, begann sie doch langsamer zu sprechen, bedächtiger, als hätten die Worte ein physisches Gewicht erlangt und müßten vorsichtig benutzt werden, damit sie ihr nicht von den Lippen fielen und auf dem Boden zerschellten. Schließlich meinte sie mit einem müden Lächeln, daß wir beide ein bißchen schlafen sollten.

Am nächsten Morgen war es heiter und klar und angenehm warm. Miss Lizzie, die wiederum ihre Trauerkleidung trug, bewegte sich mit der langsamen Präzision eines Tauchers durch das Haus, wie ein Soldat durch ein Minenfeld. Sie erklärte, daß sie üble Kopfschmerzen bekommen hätte. Beim

Frühstück stellte sie ihre Teetasse ab, runzelte die Stirn und sagte abrupt: »Amanda, ich möchte mich entschuldigen, daß ich dich heute nacht so lange wach gehalten habe.«

»Aber nein, Miss Lizzie«, sagte ich. »Ich fand es schön.«

Sie nickte geziert. »Danke, daß du das sagst. Aber, Liebes, du solltest dem wirren Gerede einer alten Frau bitte nicht zuviel Bedeutung beimessen.«

»Ich finde nicht, daß Sie wirres Zeug geredet haben. Mir hat es sehr gefallen.«

Sie runzelte wieder die Stirn. »Nun ja, ich glaube, daß dein Vater höchst besorgt wäre, wenn er erfahren würde, daß ich derart pflichtvergessen war. Das soll unser kleines Geheimnis bleiben, ja?«

»Klar«, sagte ich. Ich dachte, daß sie Vaters Besorgnis überschätze, aber da die Wahrheit über die Kartentricks enthüllt worden war und die Existenz des Forts ebenfalls, war mein Vorrat an Geheimnissen fast erschöpft. Ich war entzückt, nun eines mit Miss Lizzie zu teilen.

Sie lächelte. »Danke, Liebes.«

Vater kam gegen neun, und als wir beide hinausgingen, sah ich, daß zwar Leute auf der Straße waren, daß aber keiner von ihnen sich sonderlich für uns oder das Haus, das wir soeben verlassen hatten, zu interessieren schien. Die Menge war verschwunden. Vielleicht hatte Officer O'Haras Tobsuchtsanfall gestern sie verscheucht. Vielleicht hatte der Regen der vergangenen Nacht sie abgeschreckt. Vielleicht hatten sie darin, daß William im Gefängnis war, eine neue Quelle der Faszination entdeckt. Auf jeden Fall war die Belagerung von Miss Lizzies Haus aufgehoben.

DRITTES BUCH

Zwanzig

Scheinbar völlig sorgenfrei, die Beine übereinandergeschlagen, in den Händen eine Ausgabe von ›Collier's‹, die er auf die Brust gestützt hatte, lag William auf der durchhängenden unteren Matratze eines Etagenbetts. Er blickte von der Illustrierten auf, sah mich am Gitter stehen und grinste. »Hallo, Kleine. Na, wie geht's?«

»Mir geht's gut, William. Aber wie geht es *dir?*«

»Ich kann nicht klagen.« Er legte die Zeitschrift weg, setzte sich auf und schwang seine langen Beine von der Matratze.

Er wirkte ganz und gar unverändert. Ich hatte gedacht, daß die Reise zu meinen Großeltern, der Aufenthalt im Fort, die Rückfahrt im Gewahrsam von Officer Medley, die Nacht im Gefängnis, daß all dies seine Spuren hinterlassen hätte. Aber das war nicht der Fall; zumindest nicht äußerlich. Sein schwarzes Haar war ordentlich gekämmt, sein schwarzer Schnurrbart ordentlich gestutzt. Seine Nase, die nach Vaters Aussage verletzt worden war, schien wie immer zu sein, gerade und ebenmäßig, und hatte noch die gleiche kleine Einbuchtung an der Spitze.

Er stand auf, und als er zum Gitter herüberschlenderte, sah er stark und vital und völlig entspannt aus. Er trug nicht die schäbige Gefängniskleidung, die ich mehr oder weniger erwartet hatte, schlecht sitzend und gräßlich gestreift, sondern ein weißes Polohemd, lohfarbene Sporthosen mit Bügelfalte und ein Paar braun-weiße Halbschuhe.

»Na«, sagte ich, »du scheinst die Sache ja überhaupt nicht tragisch zu nehmen.«

Er ginste. »Was soll ich denn tun? Mich auf dem Boden herumwälzen und schreien und toben?«

»William«, sagte ich und stemmte die Arme in die Hüften, »ist dir eigentlich klar, was für Sorgen wir uns alle gemacht haben?«

Er lehnte sich an die Wand und verschränkte die Arme vor der Brust. »Komisch«, sagte er lächelnd, »du klingst genau wie Audrey.«

»Na, *vielen* Dank. Vater und ich sind krank vor Sorge um dich, keiner kann mehr schlafen. Vater fährt die lange Strecke zu Großmama, um dich zu holen, und du stehst da und sagst, daß ich wie Audrey klinge!«

Er grinste. »Siehst du, was ich meine?«

»William . . .«

»Schau«, sagte er mit einem geduldigen Lächeln. »Es tut mir leid, daß du und Dad euch Sorgen gemacht habt. Das habe ich ihm gestern abend auch gesagt. Und ich möchte mich bei dir dafür bedanken, daß du ausgeknobelt hast, wo ich war. Ehrlich. Wenn du dich nicht an das Fort erinnert hättest, würden sie immer noch nach mir suchen. Aber jetzt ist alles in Ordnung bei mir. Wirklich. Und alles ist bestens.«

»William«, sagte ich, »du bist im Gefängnis.«

Er zuckte die Achseln. »Das ist gar nicht so schlimm. Ich habe mein eigenes Zimmer« – er lächelte –, »und Dad hat mir einen Stapel Zeitschriften gebracht. Und ich darf mir das Essen aus dem Fairview kommen lassen. Zum Frühstück gab es Steak und Eier.«

Ich sah mich im »Zimmer« um. Fahlgrüne Zementwände mit einem winzigen vergitterten Fenster hoch droben, eine einzelne nackte Glühbirne an der Decke, ein grauer Fußboden, zwei graue eiserne Etagenbetten. Spinnweben in den oberen Ecken, außer Reichweite. Drüben auf der rechten Seite ein zerbeulter grauer Blecheimer neben einer offenen Toilette. Die Luft war absolut still und voller Gerüche: dem beißenden Geruch von Desinfektionsmitteln, dem Gestank von abgestandenem Urin, dem widerlichen Geruch von altem Schweiß. Ich hätte heulen könne.

»He«, sagte er, »wie ich höre, seid ihr – du und Lizzie Borden – inzwischen Busenfreundinnen.«

»Miss Lizzie ist sehr nett zu mir gewesen.«

»Ja?« Er grinste. »Also wenn ich du wäre, würde ich mit ihr nicht zum Holzhacken gehen . . .«

»Das ist gemein, William. Du kennst sie doch gar nicht.«

». . . außer *du* bist diejenige mit dem Beil.«

»*William!*«

Er lachte, hielt abwehrend die Hand hoch. »Schon gut, schon gut.«

»Vater würde mich nicht dort wohnen lassen, in ihrem Haus, wenn er sie nicht leiden könnte.«

»Ist ja gut.« Er lächelte.

Ich sah rechts den Korridor hinunter. Hinter der Stahltür wartete Vater mit dem neuen Pinkerton-Mann, einem Mr. Dick Foley. Ich beugte mich dichter an das Gitter. »Hast du gewußt, daß Vater eine Freundin hat?«

»Klar«, sagte er und zuckte wieder die Achseln. »Susan St. Clair. Er kennt sie schon lange.«

Erstaunt fragte ich: »Wie lange?«

»Ein paar Jahre.«

»Ein paar Jahre? Woher weißt du das?«

»Ich habe letztes Jahr einen Brief von ihr gefunden. In einem der Bücher im Arbeitszimmer.«

»Letztes Jahr? Was hast du im Arbeitszimmer gemacht?«

»Was zu lesen gesucht.« Er ginste. »Ist das ein Verbrechen? Willst du mich ins Gefängnis schicken?«

»Das ist überhaupt nicht komisch«, sagte ich. »Wieso hast du mir nie etwas davon erzählt?«

»Ich fand, daß das Dads Sache war.«

»Aber *du* hast davon gewußt.«

»Das heißt nicht, daß ich *dir* davon erzählen mußte.«

»Was stand in dem Brief?«

»Ich hab's dir doch gesagt. Das ist Dads Sache.«

»*Du* hast ihn aber gelesen.«

»Aus Versehen.«

»Aber William, sie könnte diejenige gewesen sein, die Audrey umgebracht hat. Sie könnte hinter Vaters Geld her sein. Sie könnte es nur auf sein Geld abgesehen haben.«

Er lächelte geringschätzig. In den letzten Tagen, als ich im stillen immer wieder Williams Tugenden aufgezählt hatte, hatte ich es (mit, wie ich fand, wahrer Seelengröße) unterlassen, mir auch seine Untugenden ins Gedächtnis zu rufen. Die herausragendste davon war vielleicht seine brüderliche Geringschätzung. »Amanda« sagte er, »sie ist reich. Wirklich reich. Sie hat mehr Geld als Dad.«

»Woher weißt du das nun wieder?«

Er machte eine vage Handbewegung. »Ich habe es herausgefunden.«

»Wie?«

»Ich habe es eben herausgefunden, klar?«

Es hatte keinen Sinn, ihn weiter auszufragen; er war genauso stur wie ich.

»Sie ist sehr nett«, sagte er. »Alle sagen das.«

»Wie sieht sie aus?«

»Sie ist hübsch.«

»Du hast sie *gesehen?«*

»Ja, ich habe sie gesehen. Na und?«

»Wo? Wo hast du sie gesehen?«

»In der Innenstadt. Auf der Straße. Sie waren in ihrem Wagen unterwegs. Sie hat einen Packard.«

»Wie sieht sie aus? Ist sie eine Blondine oder eine Brünette? Ist sie groß?«

»Sie ist blond. Aber das ist doch belanglos.«

»Na ja«, sagte ich, »vielleicht würde sie jemand hier in der Stadt wiedererkennen. Bis jetzt hat die Polizei keine Zeugen. Aber es muß doch *irgend jemanden* geben, der etwas gesehen hat. *Irgend etwas.* Vielleicht können wir uns ein Bild von ihr besorgen, und die Polizei könnte es allen Leuten zeigen. Nicht nur hier, meine ich, sondern überall zwischen hier und Boston.«

Er hatte mit geschürzten Lippen und gefurchter Stirn zugehört. Nun schüttelte er den Kopf. »Amanda, Susan St. Clair hat Audrey nicht getötet.«

»Woher willst du das wissen?«

Er lächelte. »Weil ich sie getötet habe.«

»Das ist überhaupt nicht komisch«, sagte ich. Meine Finger waren um die Gitterstäbe geklammert.

»Es war auch nicht komisch gemeint.« Er schob die Hände in die Hosentaschen. »Es ist die Wahrheit.«

»Das ist es nicht, William. Hör auf. Du lügst.«

»Ich lüge nicht. Ich habe sie getötet.«

»Ach ja? Wie hast du sie denn getötet?«

»Mit einem Beil.«

»Wo hast du das gefunden?«

»Das ist doch völlig belanglos.«

»Siehst du? Du weißt nicht einmal, wo du es gefunden hast.«

Er grinste. »In dem alten Schuppen am Sumpf.«

»Was hast du da gemacht?«

»Da bin ich nach dem Streit hingegangen. Ich hab einfach dagesessen, und dann hab ich es unter irgendwelchen Brettern liegen sehen.«

»Wo ist es jetzt?«

»Ich hab es in den Sumpf geworfen. Hinterher.«

»Wo im Sumpf?«

»Das weiß ich nicht mehr. Ich bin weggelaufen. Ich war in Eile.«

»Sie werden den Sumpf absuchen. Die Polizei, meine ich.«

Er zuckte die Achseln. »Dann werden sie es vermutlich finden.«

»Na schön, William.« Ich verschränkte die Arme vor der Brust. »Warum hast du sie getötet?«

»Ich hatte genug von ihr. Von ihrem blöden Jammern und

Nörgeln. Davon, wie sie Vater behandelt hat, davon, wie sie uns behandelt hat. Ich hatte genug davon, wie sie mich ansah, und von ihren fetten weißen Händen und davon, wie sie mich manchmal angefaßt hat.«

»Was meinst du damit?«

Er hielt inne, bevor er antwortete, und blickte finster drein. »Schau, ich hatte einfach genug von ihr, klar? Von allem an ihr. Und ich war wütend, furchtbar wütend. Ich habe das Beil liegen sehen, und ich habe es aufgehoben. Ich bin am Strand entlang zum Haus zurückgegangen.«

»Mit einem Beil in der Hand?«

»Das hatte ich in die Hose geschoben. Es sind nur ein paar hundert Meter vom Sumpf bis hinter das Haus, und es war niemand unterwegs.«

»Wie bist du ins Haus gekommen?«

»Die Hintertür war abgesperrt, also bin ich nach vorn gegangen und habe die Haustür benutzt.«

»War die Haustür verriegelt?«

»Nein. Ich bin einfach reingegangen. Ich habe in ihrem Zimmer nach ihr gesucht, aber da war sie nicht, also bin ich wieder hinuntergegangen ...«

»Du bist als erstes nach oben gegangen? Über die Hintertreppe?«

»Ja, aber oben war sie nicht. Also bin ich nach unten gegangen und die Vordertreppe hinaufgegangen. Sie hat im Gästezimmer geschlafen.« Er zuckte die Achseln. »Und ich habe sie getötet.«

Ich schüttelte den Kopf. »Du lügst, William.«

»Ich lüge nicht.«

»Hast du in mein Zimmer geschaut?«

»Nein.«

»Warum nicht?«

»Ich wußte ja, daß sie nicht drin sein würde.«

»Aber *ich* war drin.«

»Na und? Ich habe nicht hineingeschaut.«

»Wieso habe ich dich nicht gehört?«

Er zuckte die Achseln. »Ich bin auf Zehenspitzen gegangen.«

»Ich hätte dich trotzdem hören müssen.«

»Hast du aber nicht.« Er lächelte, wie um mich zu verhöhnen.

Ich holte tief Luft. »Und was hast du gemacht, nachdem du sie getötet hast?«

»Ich hatte Blut an mir, also habe ich im Waschraum eine Dusche genommen, und dann habe ich das Beil in das schmutzige Handtuch gewickelt und bin nach unten gegangen und habe das Haus verlassen.«

»Mit dem Beil und dem Handtuch?«

»Ja.«

»Und du hast beides in den Sumpf geworfen?«

»Ja. Einzeln. Erst das Handtuch, dann das Beil. Und dann bin ich eine Weile den Weg am Bach entlanggegangen, bis zur Straße hoch, und bin per Anhalter nach Boston gefahren.«

»Wer war der Mann, der dich mitgenommen hat? Der Mann, mit dem du dich geprügelt hast?«

»Das habe ich erfunden. Wegen der Flecken auf meinem Hend. Ich habe versucht, sie im Waschraum herauszubekommen, aber einige davon waren noch zu sehen.«

»Also wer hat dich mitgenommen?«

»Irgendein Kerl. Ich erinnere mich nicht mehr.«

»Wie sah er aus?«

»Ein Mann eben. Klein. Er hatte einen Schnurrbart.«

»William, du lügst.«

Er schüttelte den Kopf. »Nee. Tut mir leid, Amanda. Ich lüge nicht. Ich habe sie getötet.«

»Das hast du nicht.«

»Es ist egal, ob du mir glaubst oder nicht. Ich habe es getan.«

»Als du aus dem Haus gegangen bist, hast du da die Haustür verriegelt?«

»Das weiß ich nicht mehr.«

»Sie war verriegelt.«

»Dann muß ich sie wohl verriegelt haben.« Er lächelte wieder. »Gib's auf, Amanda. Ich habe sie getötet.«

»Er *lügt,* Miss Lizzie«, sagte ich. »Ich weiß es genau. Vater muß ihm die Einzelheiten erzählt haben, und jetzt benutzt er sie, um zu behaupten, daß er Audrey getötet hat. Er hat alles nur nach und nach erfunden.«

Sie runzelte die Stirn. »Es hört sich fast so an, als hätte er eine Rolle ausprobiert, nicht wahr? Sie an dir ausprobiert, bevor er sie bei der Polizei ausprobiert. Wie eine New Yorker Inszenierung, die zuerst in Boston gezeigt wird.«

»Aber er will das alles der Polizei erzählen.«

»Hat er dir gesagt, warum er noch nichts davon erzählt hat?«

»Er sagte, er wollte nicht, daß Vater es erfährt. Aber daß er jetzt einsieht, daß er alles gestehen muß, egal, was passiert.«

»Und du sagst, dein Vater war noch auf der Polizeiwache, als du gegangen bist?«

»Ja. Er weiß es noch nicht.«

»Du hast ihm nichts davon erzählt?«

»Ich mußte es William versprechen. Er sagte, das sei seine Aufgabe.«

Sie nickte.

Wir saßen am Tisch auf der hinteren Veranda, und jede hatte Miss Lizzies Universalheilmittel vor sich stehen, eine Tasse Kamillentee.

»Was mich plagt«, sagte ich, »ist das Handtuch, von dem er gesprochen hat. Er sagt, er hätte das Beil in ein Handtuch gewickelt, bevor er das Haus verließ. Vielleicht fehlt ja wirklich ein Handtuch, aber wenn eins fehlt, woher wußte William davon?«

Sie lächelte. »Nur weil du und ich nichts davon gewußt haben, heißt das noch lange nicht, daß nicht doch ein Handtuch fehlt. Wer immer den Waschraum benutzt hat, hat aller Wahrscheinlichkeit nach ein Handtuch mitgenommen, um keine Spuren zu hinterlassen. Und die einzige Möglichkeit, wie die Polizei das feststellen konnte, war, dich oder deinen Vater zu fragen. Wenn sie deinen Vater gefragt haben, dann kann er auch deinem Bruder davon erzählt haben.«

»Genau!« sagte ich. »So muß es gewesen sein! Er hat es von Vater, genau wie alles andere auch.«

»So sieht es jedenfalls aus. Hat er etwas von dem Schlüssel erwähnt? Dem Schlüssel deiner Stiefmutter?«

»Von dem, der fehlt? Nein.« Ich beugte mich zu ihr. »Miss Lizzie, wir müssen etwas unternehmen.«

»Ja«, sagte sie und runzelte die Stirn. Sie starrte in ihre Teetasse.

Ich stand auf und ging zu dem Fliegengitter, das auf unser Haus ging. Von dort konnte ich durch die ungepflegte Ligusterhecke sehen, die die beiden Grundstücke, Miss Lizzies und unseres, trennte. Ich konnte den Strand hinter unserem Haus ausmachen, fast unseren ganzen sandigen Garten und den verwitterten kleinen grauen Windfang vor der hinteren Veranda, wo nur drei Tage zuvor meine Stiefmutter und William miteinander gestritten hatten.

»Wenn ich nur am Dienstag hier gestanden hätte«, sagte ich. »Dann könnte ich beweisen, daß William nicht zurückgekommen ist, wie er behauptet.«

Hinter mir sagte Miss Lizzie leise: »Es gibt kein ›Wenn ich nur‹ auf der Welt, Amanda, so leid mir das tut.«

Ich drehte mich zu ihr um. »Warum lügt William? Wieso tut er das?«

»Nun«, sagte sie, »ich kann mir mehrere Gründe denken.« Sie lächelte. »Aber darüber wollen wir uns jetzt nicht den Kopf zerbrechen. Das Wichtigste ist, wie mir scheint, zu beweisen, *daß* er lügt, und ich habe schon eine Idee, wie wir das anstellen können. Mr. Boyle hat vorhin angerufen und gesagt, daß er nach dem Mittagessen vorbeikommt. Wir könnten mit ihm über diese Sache reden. Was hältst du davon?«

»Einverstanden«, sagte ich. »Zum Mittagessen bin ich wieder da.«

Sie runzelte die Stirn. »Wo willst du denn hin?«

»In den Sumpf.«

Einundzwanzig

Miss Lizzie wollte nicht, daß ich alleine ging – »Ich halte das nicht für sicher, Liebes« –, und eine Zeitlang drohte sie, selbst mitzukommen. Ich sah sie im Geist schon durch den heißen Sand stapfen, ein gezwungenes unerschrockenes Lächeln auf den Lippen, das schwarze Kleid vom Wind gebläht wie ein Segel; und ich wußte, daß der Gang, den ich mir vorgenommen hatte, für sie schwierig und unangenehm wäre (auch wenn das keine von uns zugegeben hätte). Als ich schließlich versprach, Annie Holmes mitzunehmen, war sie bereit, mich gehen zu lassen. Als ich das Haus verließ, war es elf Uhr, und ich versicherte ihr, daß ich um halb zwei zurück sein würde.

Annies Haus lang einen Block nördlich von uns in der Water Street. Ihre Familie lebte in Boston, genau wie wir, und dies war bereits ihr dritter Sommer an der See. Sie kannte sich in der Gegend besser aus als ich, wie sie oft genug betont hatte, und vielleicht wußte sie sogar, ob sich in dem alten Schuppen am Sumpf jemals ein Beil befunden hatte.

Annie öffnete die Tür, sah mich und schien plötzlich, ohne tatsächlich zurückzuweichen, hinter der Tür zu verschwinden, sie fast wie einen Schutzschild zu benutzen. »Oh, hallo, Amanda.«

»Hallo, Annie.« Ich hatte eine überschwenglichere Begrüßung erwartet; aber vielleicht hatten die Ereignisse der letzten Tage sie etwas unbeholfen gemacht. »Kommst du raus? Wir können spazierengehen.«

Sie zögerte. »Äh, na ja, ich fühle mich nicht besonders.« Annie war eine schlechte Lügnerin; und jetzt log sie, ganz eindeutig. Ich wußte es, und sie wußte, daß ich es wußte. Sie starrte auf ihre Schuhe und klapperte mit den Augendeckeln. »Lieber nicht.«

»Was ist denn?« fragte die Stimme von Mrs. Holmes, und dann stand sie unter der Tür, eine grobknochige, aufdringliche Frau, die ein braunes Baumwollkleid mit einer geblümten Schürze darüber trug. »Amanda«, sagte sie, und ihr Gesicht straffte sich, während sie die Hand schützend auf Annies Schulter legte. »Annie fühlt sich nicht wohl. Sie braucht Ruhe.«

Abgesehen von Miss Lizzie war Annie meine beste Freundin an der See; ihre Mutter hatte mich immer freundlich behandelt. Nun schlossen sie mich aus, alle beide. Ihre Gesichter waren angespannt und leer, zwei ausdruckslose Masken; aber was sich dahinter verbarg, was sich in ihren Augen offenbarte, war Furcht.

Ich kam mir nackt und ausgeliefert vor, als hätte man mir die Haut abgezogen und das heiße rohe Fleisch darunter bloßgelegt.

Einen Moment lang konnte ich nicht atmen, konnte ich meine Stimme nicht wiederfinden. Ich schluckte und sagte schwach: »Ja.«

»Wir sehen uns ein andermal«, sagte Mrs. Holmes. Sie rang sich ein sprödes Lächeln ab. »Einverstanden, Liebes?« Als sollte ich meine Demütigung auch noch bestätigen.

»Ja«, sagte ich matt, aber da machte sie schon die Tür zu.

Meine Augenränder brannten wie die Ränder einer Wunde. Ich machte kehrt und ging schwerfällig die Treppe hinunter. Ich werde nicht weinen, sagte ich mir. *Ich werde nicht weinen.*

Ich blieb einen Moment vor Annies Haus stehen, um die bitteren Tränen wegzublinzeln und mir zu überlegen, was ich tun sollte. Ich wäre beinahe wieder heim zu Miss Lizzie gegangen. Ich hatte eine Ausrede: Ich hatte ihr gesagt, daß ich nur hingehen würde, wenn Annie mitkam. Aber ich erinnerte mich, wie Miss Lizzie gestern den Schaulustigen getrotzt hatte, während die sie verhöhnt und ihre dummen Tomaten geschmissen hatten. *Sie* war nicht davongelaufen. Und *ich* würde auch nicht davonlaufen, jedenfalls nicht vor einer dicken blöden Hexe wie Mrs. Holmes und ihrer wehleidigen, hinterhältigen und treulosen Tochter. Wie so oft war der Schmerz durch Zorn ersetzt worden.

Der Zorn richtete sich größtenteils gegen mich selbst, weil ich mich so schnell und so feige hatte abspeisen lassen; weil ich nicht den Mut gehabt hatte, ihnen die Schimpfworte ins Gesicht zu sagen, mit denen ich sie jetzt im stillen belegte.

Na schön, sagte ich mir. Ich brauchte die beiden nicht. Wenn ich ohne Himmel leben konnte, dann konnte ich auch ohne Verräter und Ratten wie Mrs. Holmes und Annie leben. Ich brauchte niemanden.

Aber weil die Hitzewelle vorbei war, waren alle Leute wieder am Strand, Schwärme von murmelnden Erwachsenen und ausgelassenen Kindern; und als ich an ihnen vorbeiging, hörte ich ihr Wispern und Kichern, spürte ihre Blicke im Rücken. Heute würde ich vielleicht glauben, daß ich mir das alles nur eingebildet habe, hätte nicht hinter mir eine schrille Kinderstimme zu singen begonnen: »Lizzie Borden mit dem Beile . . .« Dann das scharfe *Klatsch* einer auf Haut treffenden Hand, gefolgt von schrillem Geheul.

Es war Flut, eine sanfte Brise wehte, und die Sonne schien. Es war fast mit Sicherheit ein herrlicher Tag. Doch ich achtete nicht darauf. Ich war damit beschäftigt, die Schultern geradezuhalten und den Kopf aufrecht auf einem plötzlich zerbrechlich dünnen Hals zu tragen. Zum ersten Mal verstand ich Miss Lizzies entschlossenen Gang, ihren bedächtigen unnachgiebigen Tritt.

Der Schuppen, der früher wahrscheinlich einem Fischer gehört hatte, war schlicht ein Schuppen, verlassen und baufällig, der nach Staub und von der Sonne ausgedörrtem Holz roch. Wie William gesagt hatte, lagen überall Bretter und leere Blechdosen und anderer Unrat herum. In einer Ecke war eine alte ›Police Gazette‹ in eine Ritze gestopft. Aber in dem Staub, der den Boden überzog, zeichneten sich nirgends die zweckdienlichen Umrisse eines Beils ab. Ich weiß nicht, was ich getan hätte, wenn sie dagewesen wären.

Gleich hinter dem Schuppen lag die sumpfige Bucht, die zur Mündung des Bachs führte. Der Sumpf selbst war etwa hundert Meter breit und hundert Meter lang. Die Luft schien hier schwerer zu sein und roch nach Fäulnis und Moder. Dichte Wolken von kleinen Mücken schwebten über den Ansammlungen von stinkender Zehrwurz und dem Dickicht aus Spartgras, unangenehmem Zeug mit langen schmalen Halmen, die so scharf wie Schwerter waren.

Inmitten des brackigen Wassers und des glitschigen schwarzen Schlamms lagen kleine mit Unkraut überwucherte Inselchen, und zwischen vielen von ihnen hatte jemand alte Planken ausgelegt, die eine Art gewundenen Durchgang bildeten. Ich hob einen Stock auf und betrat eine dieser Planken. Sie gab unter mir nach und sank mit einem schmatzenden Geräusch in die trübe Brühe ein, so daß sich kaltes Wasser über meine Schuhe ergoß. Ich erschauerte. Zwei fahle Winkerkrabben zogen sich hastig ins Gras zurück.

Vorsichtig steckte ich den Stock ins Wasser, in den Schlamm. Wasserschneider glitten über die Oberfläche. Der Stock drang mehr als einen halben Meter ein, bevor er auf Grund stieß.

Wenn das Beil tatsächlich hier weggeworfen worden war, irgendwo in diesem ausgedehnten Morast, dann würde man es nie finden. Und ein Handtuch, das womöglich auf dem Wasser schwamm, wäre von dem Gewitter am Vorabend bestimmt fortgerissen worden.

Ich ließ den Stock in der Schmiere stecken und betrat wieder festen Boden. Meine Schuhe waren völlig durchnäßt. Ich setzte mich auf einen alten Baumstumpf, band die Schnürsenkel auf, schlüpfte aus den Schuhen. Ich zog die Kniestrümpfe aus, wrang das gelbe Sumpfwasser aus, zog sie mühsam wieder an und quälte mich wieder in meine Schuhe. Sie sahen zwar manierlich aus, lagen aber kalt und feucht um meine Füße.

Ich sah mich im Sumpf um. Abgesehen von den herumschwirrenden Mücken war alles still. Aber ich wußte, daß es hinter der Stille, dort unten, wo die Halme des Spartgrases aus der durchweichten Erde ragten, vor Leben nur so wimmelte. Ratten und Schlangen, Blutegel und Schnecken, Milben und Käfer und Tausendfüßler.

Und dann sah ich aus den Augenwinkeln, wie sich plötzlich etwas bewegte. Zu meiner Linken, im Wald.

Vielleicht hatte ich es mir auch nur eingebildet. Aber in dem Moment, als die Angst mir kalte Schauer über den Rücken jagte, glaubte ich das nicht. Dort drüben, im Schatten zwischen den Bäumen, hatte sich etwas bewegt. Oder jemand.

Und ich kann nicht sagen, warum, aber ich war überzeugt, daß es Audreys Mörder war.

Ich sah ihn im Geiste vor mir, wie er, mit dem Beil in der Hand, hinter einem Baum auf der Lauer lag und auf seine Chance wartete, sich auf mich zu stürzen. Er hatte mich übersehen, als er Audrey abgeschlachtet hatte, doch diesen Fehler würde er nun korrigieren.

Und dann bewegte sich genau in dem Teil des Waldes wieder etwas: Die Zweige eines kleinen Baumes zitterten.

Plötzlich wurde mir bewußt, daß ich ganz allein war. Der Sumpf war still, und der Wald war mit einem Mal dunkler, mit einem Mal dichter. Ich war weit von menschlicher Hilfe entfernt. Und außer Hörweite: Wenn ich schrie, würde mich niemand hören. Wenn er mich hier umbrachte, auf mich einschlug, mich mit seiner Waffe zerstückelte, konnte er meine Leiche tief in die schwarze, übelriechende Brühe stoßen, und niemand würde sie jemals finden.

Ich stand auf und begann den Weg zum Strand zurückzugehen, während unter mir meine Schuhe gluckten. Ich ging ganz ruhig, gemächlich – ich wollte ihn nicht alarmieren, ihn nicht wissen lassen, daß ich ihn bemerkt hatte. Aber ich wußte, daß er da war; ich konnte das Gewicht seiner Blicke auf dem ganzen Leib spüren.

Als ich an den Strand kam und weiter vorn die Menschen sah, die Leute, deren Wispern mich zuvor aus der Fassung gebracht hatte, war ich heilfroh, sie zu sehen. Und als ich dann die Straße erreicht hatte und den Weg zum Polizeirevier einschlug, um mit Vater über William zu sprechen, war ich zu der Überzeugung gelangt, daß ich mir das im Wald nur eingebildet hatte, daß in Wahrheit niemand dagewesen war. Daß die Bewegung, die ich gesehen hatte, allenfalls ein Eichhörnchen gewesen war; oder ein Kaninchen.

Aber wie ich später erfuhr, irrte ich mich. Jemand *war* an diesem Tag im Wald gewesen; jemand *hatte* mich beobachtet.

Der Polizist, der hinter dem großen Schreibtisch in der Eingangshalle des Polizeireviers saß, ein dicker Mann mittleren Alters mit einem glänzenden kahlen Schädel, teilte mir mit, daß Vater nach Boston gefahren war. Als ich William zu sehen wünschte, schien er plötzlich verlegen zu sein. »Tja, er sagt, daß er keinen sehen will.«

»Aber ich bin seine Schwester.«

»Das weiß ich, Miss. Aber er will nun mal keinen sehen, sagt er. Ein Gefangener hat nämlich auch Rechte. Wenn er keinen sehen will, dann braucht er auch keinen zu sehen.«

»Ist der Polizeichef da?«

»Das ist ein vielbeschäftigter Mann, unser Chef.«

»Kann ich ihn sprechen?«

Er runzelte die Stirn. »Der redet grade mit Tommy Medley.«

»Bitte! Könnten Sie ihn nicht fragen? Es dauert nicht lange.«

Er zuckte die Achseln. »Ich seh mal nach. Aber ich kann nichts versprechen. Weil er nämlich, wie gesagt, ein vielbeschäftigter Mann ist.«

Er stand auf, ging zu einer Tür zu seiner Rechten, klopfte an, wartete, öffnete sie und steckte kurz den Kopf hinein. Er ließ die Tür offenstehen und kehrte an seinen Schreibtisch zurück. Er zuckte wieder die Achseln, geschlagen oder überrascht oder beides. »Er sagt, du kannst reinkommen.«

In seinem einärmeligen gestärkten weißen Hemd saß Chief Da Silva kerzengerade hinter dem Schreibtisch. Officer Medley, der links von mir auf einem Stuhl gesessen hatte, stand auf. »Hallo, Amanda.« Er grinste ernst.

»Guten Tag.« Dieser Mann hatte meinen Bruder aus dem Haus meiner Großeltern gezerrt: Er hatte von mir nur noch Schroffheit zu erwarten.

Er sagte: »Das ist eine ziemlich schwere Woche für dich gewesen, stimmt's?«

»Ja«, sagte ich und wandte mich an Da Silva. »Könnte ich Sie bitte sprechen?«

Da Silva nickte. »Gewiß. Nimm Platz.« Er wandte sich an Officer Medley. »Ich rechne damit, bis zum Abend von Ihnen zu hören.«

»Jawohl, Sir. Tschüs, Amanda.« Wieder ein Grinsen.

»Auf Wiedersehen«, sagte ich. *Ratte*. Ich setzte mich.

Medley ging, und nachdem er die Tür hinter sich geschlossen hatte, sagte Da Silva: »Nun. Was kann ich für dich tun?«

»Mein Bruder war es nicht.«

Er nickte unverbindlich, und seine dunklen Augen waren so ausdruckslos wie eh und je.

»So etwas würde er nie tun.«

Er nickte wieder. »Ganz deiner Meinung.«

Ich hatte schon weitersprechen wollen; verblüfft sagte ich: »Was?«

»Ich glaube nicht, daß er deine Stiefmutter getötet hat.«

Indigniert: »Warum behalten Sie ihn dann hier?«

Er lächelte knapp. »Erstens. Aufgrund des Beweismaterials hat er die Stadt verlassen, kurz nachdem der Mord passiert ist. Zweitens. Er hat sich nicht freiwillig gestellt. Drittens. Auf einem Kleidungsstück von ihm wurden Blutflecken nachgewiesen, die mit der Blutgruppe der Verstorbenen übereinstimmen ...«

»Aber die stimmen auch mit *seiner* überein. Er hat die gleiche Blutgruppe.«

»Das ist mir bekannt. Viertens. Er hat gestanden.«

William hatte es also tatsächlich getan. Dieser Narr. Dieser dumme, dumme Narr. »Aber er lügt«, sagte ich.

Er nickte. »Ganz deiner Meinung. Aber solange er behauptet, sie getötet zu haben, kann ich nichts tun. Das ganze Beweismaterial, das wir haben, deutet auf ihn als Täter hin. Er hatte ein Motiv, die Mittel und die Gelegenheit.«

»Aber Sie *wissen,* daß er es nicht getan hat.«

Er machte eine knappe Kopfbewegung. »Ich *glaube,* daß er es nicht getan hat. Ich habe schon vor langer Zeit gelernt, daß das, was ich glaube, und das, was bei Gericht als Beweismittel anerkannt wird, zwei völlig verschiedene Dinge sind.«

»Aber das ist nicht fair.«

»So ist das Gesetz.«

»Dann stinkt das Gesetz.«

Er lächelte kurz: »Es ist alles, was wir haben. Das Gesetz ist das einzige, was uns davon abhält, uns wie Tiere zu benehmen.«

»Einige Leute hält es aber nicht ab. Den, der meine Stiefmutter getötet hat, hat es nicht abgehalten.«

»Nein, aber so Gott will, wird er uns ermöglichen, zu verhindern, daß der, der es getan hat, so etwas wieder tut.«

»Aber mein Bruder ist im Gefängnis, und er hat es nicht getan.«

»Keiner von uns will, daß dein Bruder verurteilt wird. Wir stellen noch immer Ermittlungen an. Wir suchen noch immer nach Beweisen. Ich glaube, daß wir die Person, die tatsächlich dafür verantwortlich ist, früher oder später überführen werden.«

»Und bis dahin sitzt mein Bruder im Gefängnis.«

»Ich weiß.« Einen Moment lang bildete ich mir ein, das aus Granit gemeißelte Gesicht hätte sich etwas verändert, die harten Flächen seien weicher geworden. »Es tut mir leid.«

Ich sah ihn an. »Sie glauben immer noch, daß es Miss Lizzie war, nicht?«

Falls sein Gesicht tatsächlich einen Moment lang weicher geworden war, dann war es mit einem Schlag wieder aus Granit. »Wie ich bereits sagte, kommt es nicht darauf an, was ich glaube.«

»Sie war es nicht, ganz bestimmt nicht. Ich weiß, daß Sie sie nicht leiden können. Wegen früher. Ich habe von dem Staub und allem droben auf ihrem Dachboden in Fall River gehört. Aber wenn Sie sich nun geirrt haben? Wenn Sie einen Fehler gemacht haben?«

Er bedachte mich wieder mit seinem kühlen distanzierten Lächeln. »Ich habe mich nicht geirrt.«

»Woher wissen Sie das?«

»Es gab noch andere Beweise.«

»Wieso haben Sie sie dann nicht bei der Verhandlung vorgelegt?«

»Sie sind erst nach dem Freispruch aufgetaucht.«

»Und was waren das für Beweise?«

Er zuckte mit den breiten Schultern, was zur Folge hatte, daß mein Blick von seinem leeren Ärmel angezogen wurde. »Das ist heute nicht mehr von Bedeutung. Die Zeit liegt lange zurück.«

Ich glaubte ihm nicht, daß der lange zurückliegende Prozeß für ihn nicht mehr von Bedeutung war. Und ich glaubte ihm auch nicht, daß es weitere Beweise gegeben hatte. »Kann ich mit William sprechen?« fragte ich ihn.

Er schüttelte den Kopf. »Er hat darum gebeten, keinen Besuch mehr zu bekommen. Das ist sein gutes Recht.«

»Nur eine Minute?«

»Bedaure.« Diesmal bildete ich mir kein Erweichen ein.

Es bestand keine Hoffnung, ihn umzustimmen. Ich sagte: »Weiß mein Vater, daß William gestanden hat?«

»Ja.«

Armer Vater. Ein Schicksalsschlag nach dem anderen. »Warum ist er nach Boston gefahren?«

»Das weiß ich nicht.«

Und auch das glaubte ich ihm nicht.

Als ich auf dem Rückweg zu Miss Lizzie bei Woolworth vorbeikam, rief jemand meinen Namen. Ich drehte mich um und sah Roger Drummond.

Zweiundzwanzig

Überraschenderweise schien Roger sogar noch froher zu sein, mich zu treffen, als er am Vortag gewesen war, Miss Lizzies Haus verlassen zu können. Er grinste, und seine Augen strahlten, als er mir eine zusammengelegte Zeitung unter die Nase hielt. »He, hast du meinen Artikel gesehen? Ist gerade rausgekommen.«

»Roger«, sagte ich, »ich habe jetzt wirklich keine Zeit. Und außerdem, warum sollte ich einen gemeinen blöden Artikel über Miss Lizzie lesen wollen?«

»Nein, nein, so ist er doch gar nicht«, sagte er, und die Worte überstürzten sich vor Aufregung. »Komm, ich zeig's dir. Du bist auch drin. Wir gehen zu Woolworth, ich kaufe dir ein Eis.«

Ich hatte schon genug Probleme, auch ohne mir Gedanken wegen Rogers albernem Artikel zu machen. Aber er freute sich offenbar derart über seinen Erfolg, daß es grausam gewesen wäre, seine Einladung auszuschlagen. Außerdem war er der erste Junge, der jemals angeboten hatte, mich in eine Eisdiele zu führen, ob bei Woolworth oder sonstwo. Eine solch einmalige Gelegenheit versucht man sich doch unter keinen Umständen entgehen zu lassen.

Als wir auf den Hockern an der Theke Platz nahmen, Roger zu meiner Rechten, sagte er: »He, ich hab das mit deinem Bruder gehört. Tut mir leid. Ich mochte ihn wirklich.«

»›Mochte?‹ Was meinst du damit, Roger? Er ist doch nicht tot oder was.«

»Nein, nein, das weiß ich. Ich habe nur gemeint, daß das ganz schön hart ist für ihn, im Gefängnis zu sein und so.« Er breitete die Zeitung auf der Theke aus.

»Er hat es nicht getan«, sagte ich.

»He, ich will nicht mit dir streiten.« Er hatte offenbar noch nichts von Williams Geständnis gehört; und von mir würde er bestimmt nichts davon erfahren. »Da, schau mal«, sagte er und deutete auf eine Seite. »Siehst du das? VON ROGER DRUMMOND, SONDERBERICHTERSTATTER. Nicht übel, was?«

Die Kellnerin kam, und Roger, vor Ungeduld zappelnd, bestellte eine Kirschlimonade. Ich bestellte eine Tasse Kaffee mit Milch und Zucker und kam mir aufregend verrucht vor.

»Ich wußte gar nicht, daß du Kaffee trinkst«, sagte Roger, der wieder zu der Zeitung griff, als die Kellnerin ging.

»Ach«, sagte ich, »dann und wann schon.«

Er schüttelte den Kopf. »Ist mir zu bitter.«

»Man tut ja auch Zucker hinein«, setzte ich ihm auseinander.

Aber Roger hatte bereits zu lesen begonnen, den Kopf hinter der Zeitung versteckt. »›Die ganze Stadt war entsetzt, als sie am vergangenen Dienstag von dem brutalen Mord an Mrs. Audrey Burton, Water Street einhundert, erfuhr. Laut Polizeibericht wurde Mrs. Burton ...« Er ließ die Zeitung sinken, sah zu mir auf, blinzelte, runzelte die Stirn und sagte: »Der Kram ist nicht so wichtig. Ich will mal gleich zum interessanten Teil kommen. Also ...« Er verzog sich wieder hinter die Zeitung. Die Kellnerin brachte die Limonade und den Kaffee und stellte beides auf die Theke.

»Guten Tag, mein Kind«, sagte eine tiefe melodische Stimme zu meiner Rechten.

Es war Mrs. Archer, die Spiritistin. Sie trug ein weißes Kleid, das genauso ausgefallen war wie das, das sie am Vortag getragen hatte, und sie lächelte hold, was ihr Bulldoggengesicht aufhellte. »Wie geht es dir, Amanda?«

»Danke, gut. Das ist mein Freund Roger. Roger, kennst du Mrs. Archer?«

Roger beäugte sie ungeduldig über den Rand der Zeitung hinweg. »Hallo.«

»Guten Tag«, sagte Mrs. Archer und wandte sich wieder mir zu. »Es ist schön, dich wieder auf den Beinen zu sehen, mein Kind. Du darfst dich nicht grämen, weißt du. Deine Stiefmutter ist vollkommen glücklich, wo sie jetzt ist.«

Was, wenn es der Wahrheit entsprach, bei Audrey das erste Mal gewesen wäre.

Mrs. Archer beugte sich zu mir, die Augen zwischen den Fleischfalten vertraulich zusammengekniffen, als wäre sie im Begriff, mir ein großes Geheimnis anzuvertrauen. »Ich habe übrigens wieder mit ihr gesprochen.«

»Ja?« sagte ich.

Hinter ihr verdrehte Roger die Augen und verschwand hinter seiner Zeitung.

»Sie läßt dich herzlich grüßen«, sagte Mrs. Archer.

»Oh. In Ordnung. Danke.« Ich probierte meinen Kaffee.

»Wenn ich dir in irgendeiner Weise helfen kann, mein Kind, dann mußt du mich unbedingt aufsuchen. Hast du meine Karte? Hier, ich gebe dir eine.« Sie machte ihre Reisetasche auf, die mindestens so lang war, wie die Spiritistin groß war, und entnahm ihr eine weiße Visitenkarte. Sie reichte sie mir. In spinnwebartiger erhabener Schreibschrift stand darauf *Madame Helene, Reisende, Beraterin* sowie ihre Telephonnummer.

Ich bedankte mich bei ihr.

»Keine Ursache.« Sie lächelte. »Bitte zögere nicht, zu mir zu kommen. Ich würde mich freuen, dir bei welchen Problemen auch immer behilflich zu sein. Selbstverständlich gratis. Nun, ich muß weiter. Die Forderungen der körperlichen Welt, weißt du. Es war so schön, dich wiederzusehen. Und ein Vergnügen, dich kennenzulernen, Roger.«

Rogers Kopf tauchte über der Zeitung auf. »Klar. Mir auch.«

Als sie außer Hörweite war, sagte ich: »Roger, das war ungezogen, die Zeitung zu lesen, während sie direkt daneben stand.«

Er grinste. »Hätte ich ihr vielleicht ins Gesicht lachen sollen?«

»Auf jeden Fall«, sagte ich und nippte an meinem Kaffee, »war es ziemlich ungezogen.«

»Die spinnt doch«, sagte er. »Ich habe von ihr gehört. Spricht mit Geistern. Humbug.«

Neckend sagte ich: »Ich frage mich, was dein Freund von ihr halten würde.«

»Sehr komisch. Er heißt *Freud*, und nach allem, was ich über Mrs. Archer gehört habe, ist sie eine von der Sorte, der ein bißchen Unterdrückung ganz guttäte.«

»Wie meinst du das?«

Er winkte ab. »Tut nichts zur Sache. Laß mich endlich zu Ende lesen.«

Er las mir den Artikel vor, der wesentlich freundlicher und objektiver war, als ich erwartet hatte. Nirgends stand die kleinste Andeutung, daß Miss Lizzie irgend etwas anzulasten war. Sie wurde als klein, weißhaarig und würdevoll bezeichnet. Ich wurde als die blutjunge attraktive Tochter des Opfers bezeichnet. Vom Abglanz des zweiten Adjektivs erfüllt, gestattete ich mir, den Bogen von Rogers Backenknochen zu bewundern, die geschwungene Linie seiner Wimpern.

Er kam zum Schluß: »›Angesichts dieses die Gemüter bewegenden Falles steht es uns allen wohl an, uns daran zu erinnern, daß Meinungen so etwas wie Kragenstäbchen sind. Jedermann sollte welche haben, aber wenn wir damit umgehen, sollten wir aufpassen, daß wir uns nicht stechen.‹«

»Roger!« sagte ich. »Das ist nicht fair. Da hat Mr. Slocum gesagt.«

Er grinste. »Er hat gesagt, daß ich es verwenden kann. Außerdem hab ich es abgeändert, was hinzugefügt. Ich hab es bearbeitet. Wenn man das macht, gehört es einem.«

Ich schüttelte zweifelnd den Kopf.

»Wirklich«, sagte er. »Das weiß doch jeder.« Er zog gespannt beide Augenbrauen hoch. »Also, was hältst du davon? Von dem Artikel?«

»Ich finde ihn sehr nett.«

Er grinste. »Ehrlich?«

»Ja. Ich finde ihn wirklich sehr nett.«

Er sah wieder auf die Zeitung, studierte sie einen Moment lang schweigend, blickte dann grinsend wieder auf. »Ja, gar nicht so übel, was? Möchtest du sie haben?« Er legte die Zeitung zusammen, hielt sie mir hin. »Ich habe einen ganzen Stapel davon.«

»Danke«, sagte ich und nahm sie. »Ich nehme sie für Miss Lizzie mit.«

Die Munterkeit wich aus seinem Gesicht. »Heißt das, daß du immer noch bei ihr wohnst?«

»Natürlich.«

»Du mußt da unbedingt raus, Amanda. Im Ernst. Sie ist nicht normal.«

Ich schüttelte den Kopf. »Also wirklich, Roger. Ich dachte, das Thema wäre erledigt. Ich meine, der Artikel . . .«

»Mr. Benedict und ich, das ist der Herausgeber, haben darüber gesprochen, und wir haben beschlossen, vorsichtig zu sein. Der Fairneß halber und so. Aber ich sage dir, sie hat ihre Eltern umgebracht.«

»Du und Chief Da Silva, Roger. Ihr gebt einfach nicht auf, stimmt's?«

»Das ist nur, weil er das gleiche weiß wie ich. Daß sie es getan hat.«

»Das ist nicht fair«, sagte ich. »Jetzt behauptet er sogar, daß es irgendwelche Beweise gibt, daß sie es getan hat. Irgend etwas, das erst nach dem Prozeß aufgetaucht ist.«

Roger nickte. »Ja. Der Brief.«

»Was für ein Brief?«

Ich spürte eine leichte, zögernde Hand auf meiner Schulter und drehte mich ruckartig auf meinem Hocker um.

»Oh, guten Tag, Mrs. Mortimer«, sagte ich. »Wie geht es Ihnen?«

Mit beiden Händen ihre Handtasche umklammernd, sagte sie Roger guten Tag, wandte sich dann mit einem bekümmerten Lächeln mir zu und legte den Kopf mit einer raschen vogelartigen Bewegung schief. »Amanda, ich kann dir gar nicht sagen, wie leid es uns getan hat, als wir von dieser furchtbaren Sache erfahren haben. Ist mit dir alles in Ordnung, Liebes?«

Ich war gerührt. Bis jetzt war sie der einzige Mensch in der ganzen Stadt, der zu mir gekommen und das gesagt hatte. »Danke, Mrs. Mortimer. Ich bin ganz in Ordnung. Wie geht es Mr. Mortimer?«

»Es geht ihm gut, Liebes. Und er macht sich ebensolche Sorgen um dich und deinen Vater wie ich. Und um deinen Bruder natürlich auch. Können wir irgend etwas tun?«

»Nein. Aber vielen Dank. Alles ist . . .«

»'tschuldigung«, sagte die Kellnerin über die Theke hinweg. »Willst du noch Kaffee?«

»Ja, bitte«, sagte ich. Sie goß ein.

Mrs. Mortimer beobachtete mich mit leicht unsicher gerunzelter Stirn. »Bist du wirklich sicher, daß du das trinken solltest?«

Ich lächelte. »Das geht schon in Ordnung. Wirklich. Vater läßt mich. Nur meine Stiefmutter wollte es nicht. Aber ich habe immer bei ihr stibitzt.«

»Stibitzt?«

»Wenn sie es nicht gesehen hat. Klammheimlich eben. Ich habe sogar letzten Dienstag welchen stibitzt . . . Sie wissen schon, nach dem Streit.«

Sie runzelte die Stirn, verspürte vielleicht einen kleinen schmerzlichen Stich bei der Erinnerung daran und legte wieder ihre dünne Hand auf meine Schulter. »Ich weiß, Liebes. Wahrscheinlich ist es besser, nicht darüber zu reden.«

»Es tut mir wirklich leid, daß Sie das miterleben mußten.«

»Ich weiß, ich weiß. Die arme Audrey war manchmal sehr... schwierig. Sie war eine so gute Frau, aber ihr Stolz...« Sie zuckte leicht bekümmert die Achseln. »Und glaube mir, Amanda, das mit William tut mir aufrichtig leid. Ich glaube nicht eine Minute, daß er irgend etwas damit zu tun hat. Ich hoffe, du weißt das.«

»Ja, sicher, natürlich.«

»Die Polizei war nur so furchtbar hartnäckig. Sie wollten alles wissen, sie haben mir richtig zugesetzt. Sie haben einfach nicht lockergelassen! Ich hatte keine andere Wahl, als ihnen davon zu erzählen. Von dem... Streit.«

»Ich verstehe schon, Mrs. Mortimer. Es war nicht ihre Schuld.«

»Nun, ich wollte nur, daß du weißt, wie mir zumute war. Und ich möchte nicht, daß du dich jetzt rar machst, hörst du? Wenn du etwas brauchst, wenn du mit jemand reden möchtest, was auch immer, dann kommst du einfach zu uns, hörst du?«

»Ja, danke, das werde ich.«

»Na schön, Liebes. Dann auf Wiedersehen. Auf Wiedersehen, Roger.«

Roger und ich sagten ihr auf Wiedersehen, und sie stakste hinaus, groß und eckig, mit leicht gebeugten Schultern, während ihr Kopf sich auf dem langen dünnen Hals auf und ab bewegte, als spähte sie nach schlanken silbrigen Fischen drunten an ihren Füßen, drunten auf dem Grund eines seichten Gewässers.

»Du wirst ja langsam richtig beliebt«, sagte Roger.

»Nicht überall«, sagte ich. »Was ist jetzt mit dem Brief?«

»Welchem Brief?«

»Der, von dem Chief Da Silva angeblich geredet hat.«

»Ach so. Der. Das war ein Brief von einem Bankier, und darin stand, daß er ganz sicher wisse, daß Andrew Borden, Lizzies Vater, am Tag des Mordes beabsichtigte, eine Liegenschaft zu überschreiben. Es ging um ein Haus, und das hatte Lizzie gehört, aber er wollte es Lizzies Stiefmutter geben. Ich nehme an, daß der Termin für die Überschreibung schon ein paar Wochen vorher vereinbart wurde.«

»An wen wurde der Brief geschickt?«

»An den Polizeichef von Fall River. Und er wurde erst nach dem Prozeß abgeschickt, nachdem Lizzie freigesprochen worden war. Also konnte er nichts mehr machen. Man kann nicht zweimal für das gleiche Verbrechen vor Gericht gestellt werden.«

»Warum nicht?«

»Das ist nun mal so. Jedenfalls, so der Bankier, sollte Lizzies Stiefmutter sich um halb elf mit Andrew in der Bank treffen. Wo sie natürlich nicht aufgekreuzt ist, weil sie da schon oben im Gästezimmer lag, zerstückelt und ...«

»Roger!«

Er grinste, runzelte dann aber plötzlich die Stirn – vermutlich weil ihm meine Stiefmutter einfiel. »Ach so. Tut mir leid. Jedenfalls ist Lizzies Vater früher heimgegangen. Gewöhnlich ging er erst gegen eins. Er hat seine Frau gesucht, ist doch klar. Beim Prozeß hat Lizzie ausgesagt, sie hätte ihm gesagt, ihre Stiefmutter sei ausgegangen, daß sie eine Nachricht bekommen hätte, daß jemand krank sei. Aber der, der diese Nachricht geschickt hatte, ist nie aufgetaucht. Weil es diese Nachricht gar nicht gab.«

»Das weißt *du* doch nicht.«

»Ihre Aussage hat in der Zeitung gestanden, Amanda. Die ganze Stadt wußte, daß die Polypen den suchten, der sie geschrieben hatte.«

»Vielleicht hat er keine Zeitungen gelesen.«

»Na hör mal! Die Morde waren das Aufregendste, was in

Fall River jemals passiert war. Und du glaubst, daß nicht jeder Zeitung gelesen hat?«

»Na schön«, sagte ich. »Vergiß diese Nachricht. Was war denn so wichtig an dem Haus?«

»Das Wichtige daran war, daß Lizzie wirklich habgierig war, was Besitz betraf. Eine richtige Kapitalistin, verstehst du. Fünf Jahre bevor das Ganze passiert ist, hat ihr Vater fast das gleiche gemacht. Er hat ein Haus genommen, das ebenfalls Lizzie gehörte, und hat es seiner Frau gegeben.«

»Warum?«

»Woher soll ich das wissen? Jedenfalls, als so eine Art Ausgleich, hat ihr Vater Lizzie ein anderes Haus gekauft, von dem sie die Mieteinnahmen bekam. Aber selbst das hat sie nicht zufriedengestellt. Sie hat nie wieder mit ihrer Stiefmutter gesprochen. Hat sich nie im gleichen Raum wie sie aufgehalten, nie mit ihr zusammen gegessen.«

»Und du glaubst, weil ihr Vater das gleiche wieder getan hat, geht Miss Lizzie hin und tötet ihre Stiefmutter? Und ihren Vater?«

»Paß mal auf«, sagte er. »Ich glaube, daß es folgendermaßen war – und Chief Da Silva stimmt mir zu.« Er saugte etwas Kirschlimonade durch den Strohhalm. »Zunächst einmal«, sagte er, »war Lizzie schon immer irgendwie sonderbar. Sie war unterdrückt, wie ich schon sagte, richtig unterdrückt, und ab und zu hatte sie diese Anfälle. Und dann wußte sie nicht, was sie tat. Steht alles im Protokoll. Also. Wie es scheint, hat ihr Vater versucht, diese Überschreibung vor Lizzie geheimzuhalten. Was nur logisch ist, wenn man bedenkt, wie sie sich bei dem Mal davor aufgeführt hat. Aber sie erfährt trotzdem davon.«

Ich sagte: »Woher willst du das wissen?«

»Weil es die einzige einleuchtende Erklärung ist. Hör doch mal eine Minute zu, ja?«

»Mir leuchtet das überhaupt nicht ein.«

»Wart's ab. Lizzie wird also immer desperater. Sie *haßt* ihre

Stiefmutter. Sie kann den Gedanken nicht ertragen, daß diese Frau noch ein Haus aus Lizzies Besitz bekommt. Und an dem Tag dann, an dem ihre Stiefmutter, wie sie weiß, in die Stadt kommen und die Urkunden unterschreiben soll, an dem Tag dreht Lizzie durch. Sie hat einen ihrer Anfälle, schnappt sich eine Axt, geht hinauf ins Gästezimmer und bringt sie um. Vielleicht weiß sie gar nicht, was sie tut. Wahrscheinlich weiß sie es wirklich nicht. Nicht während sie es tut.

Aber als alles vorbei ist, da weiß sie es. Ihre Stiefmutter ist tot, und Lizzie muß was unternehmen. Sie wäscht sich und zieht sich um, um auszugehen. Dann kann sie sagen, daß sie nicht da war, als es passiert ist.

Aber dann kommt ihr Vater früher heim als üblich, verstehst du, bevor sie eine Chance hat, das Haus zu verlassen, und er fragt, wo Mrs. Borden ist. Lizzie erzählt ihm von der Nachricht, aber sie weiß, daß das nichts mehr nützt. Früher oder später wird man die Leiche finden, und dann weiß er, daß sie die einzige ist, die sie getötet haben kann. Also greift Lizzie wieder zur Axt und bringt ihn um.«

»Es könnte doch jemand ins Haus gekommen sein.«

»Wann denn? Den ganzen Vormittag war ständig entweder Lizzie oder das Dienstmädchen unten, eine von den beiden. Und die Haustür war abgesperrt. Wie soll er also reingekommen sein? Und nachdem er reingekommen war und Mrs. Borden getötet hatte, wo hatte er sich dann versteckt, bis er Mr. Borden getötet hat? Und warum hat er die beiden überhaupt getötet?«

»Moment mal. Du sagtest, sie hatten ein Dienstmädchen?«

»Ja«, sagte er. »Bridget Sullivan.« Er schüttelte lächelnd den Kopf. »Aber das haut nicht hin, Amanda. Sie hatte keinen Grund, irgendwen umzubringen.«

»Woher willst du das wissen? Vielleicht hat sie gestohlen oder was, und Mrs. Borden hat sie erwischt. Und vielleicht wollte Mrs. Borden die Polizei benachrichtigen. Und da hat das Dienstmädchen sie getötet?«

»Warum hat sie dann Mr. Borden getötet?«

»Aus dem gleichen Grund, den du Miss Lizzie unterstellst. Weil er gewußt hätte, daß sie es getan hat.«

»Und warum hat sie dann nicht auch Lizzie getötet? Lizzie hätte es ja auch gewußt.«

»Vielleicht waren sie Freundinnen, und sie wußte, daß Miss Lizzie sie decken würde.«

»Selbst wenn Lizzie dafür hingerichtet würde?«

»Wie gesagt, vielleicht waren sie Freundinnen.«

»Da müßte man mit jemand aber schon sehr befreundet sein, um sich für etwas hinrichten zu lassen, das der andere getan hat.«

»Es kann aber vorkommen.«

»Paß auf«, sagte er. »Bridget Sullivan arbeitete dort schon seit Jahren. Willst du etwa sagen, daß sie beim Stehlen erwischt wird und daß sie beide umbringt, und zwar ausgerechnet an dem Tag, an dem *Lizzie* allen Grund hat, die beiden umzubringen?«

»Auch das kann vorkommen.«

Er grinste. »Dann gibst du also zu, daß Lizzie allen Grund hatte, die beiden umzubringen?«

»Du willst ja nur oberschlau sein. Ich habe gar nichts zugegeben. Und außerdem muß ich jetzt gehen.« Ich stand auf.

Er lachte. »Klar doch«, sagte er.

»Wirklich. Ich habe versprochen, um halb zwei zurück zu sein. Danke für den Kaffee. Und für die Zeitung.«

Lächelnd sagte er: »Sie war's, verlaß dich drauf.«

Dreiundzwanzig

»Tatsache ist«, sagte Boyle zu Miss Lizzie und stieß einen Kegel aus blauem Zigarettenrauch aus, »daß Sie mit der Bank recht hatten. Ich hab heut morgen mit dem Leiter gesprochen, und sie hat tatsächlich n zweites Konto gehabt.«

»Was für eine Bank denn?« fragte ich Miss Lizzie.

Es war halb drei, und wir drei waren wieder in Miss Lizzies Wohnzimmer. Beim Mittagessen hatte sie mir gesagt, daß Vater angerufen hatte, weil er nach Boston mußte, und versprochen hatte, nach der Ankunft dort wieder anzurufen. Er hatte, wie sie sagte, ihr nicht mitgeteilt, weshalb er so überstürzt weggefahren war. (»Ich hatte kaum Gelegenheit, mit ihm zu sprechen«, sagte sie zu mir mit geschürzten Lippen und anscheinend ziemlich ungehalten angesichts dieser ungebührlichen Hast.)

Nun wandte sie sich an mich und sagte: »Weißt du, Liebes, mir kam der Gedanke, daß deine Stiefmutter, falls sie tatsächlich jemanden erpreßt hat, einen Platz brauchte, um das Geld aufzubewahren. Wenn es irgendwo im Haus gewesen wäre, hätte die Polizei es bei der Durchsuchung gefunden. Und darum habe ich heute vormittag, als Mr. Boyle anrief, ihm geraten, sich bei der Bank zu erkundigen, um festzustellen, ob sie dort ein Konto hatte.«

»Sie hatte ein Konto«, sagte ich. »Vater hat eines eröffnet, als wir herkamen.«

»Sie hat zwei Konten gehabt«, sagte Boyle. »Ein Gemeinschaftskonto mit deinem Vater und eins auf ihren Mädchennamen, Richards.« Er schob die Hand in die Jackentasche, zog ein kleines Notizbuch heraus, schlug es auf. »Das Gemeinschaftskonto ist Ende Mai eröffnet worden. Das andere am fünfzehnten Juni.« Er schaute wieder in sein Notizbuch. »Sie hat hundert Dollar in bar eingezahlt, als sie es eröffnet hat. Dann noch mal hundert am siebzehnten Juli.«

»Ebenfalls in bar?« fragte Miss Lizzie.

»Ja.«

»Handelt es sich um ein Spar- oder ein Girokonto?«

»Sparkonto. Die Einzahlung vom Juli war die letzte.«

Miss Lizzie wandte sich an mich. »Hast du eine Ahnung, woher das Geld stammte?«

»Nein«, sagte ich. »Aber ich habe ja schon gesagt, daß sie immer geklagt hat, sie hätte nicht genug.«

Sie nickte und sah Mr. Boyle an.

Ich fragte sie: »Heißt das, daß sie wirklich eine Erpresserin war?« Auf eine perverse Art hoffte ich es geradezu. Es hätte sie bösartiger gemacht, als ich geglaubt hatte; aber auch interessanter.

»Das wissen wir noch nicht, Liebes«, sagte Miss Lizzie. »Aber ich wüßte *tatsächlich* gerne, woher das Geld kam.« Zu Mr. Boyle: »Sie haben mit den Frauen auf der Liste gesprochen, die Amanda Ihnen gegeben hat?«

»Hab ich.« Er blätterte eine Seite seines Notizbuchs um. »Mrs. Sheehy, Mrs. Maybrick, Mrs. Marlowe, Mrs. Mortimer. Bin eben erst mit Mrs. Mortimer fertig geworden. Keine von ihnen weiß was, wenigstens nichts von Erpressung. Sagen sie jedenfalls. Außer vielleicht Mrs. Marlowe, und die will mir nicht sagen, worum's geht.«

»Sie hat Ihnen mitgeteilt, daß sie etwas weiß?«

Boyle lächelte. »Sie hat mir mitgeteilt, daß wenn Miss Borden den Wunsch hegt, etwas über Mrs. Burton zu erfahren, Miss Borden diese Auskünfte persönlich einholen kann. Zitat Ende.« Er klappte das Notizbuch zu. »Spricht nicht mit Lakaien, hat sie damit gemeint.«

»Ich verstehe. Dann werde ich eben selbst mit ihr sprechen. Schienen die anderen von dem Gedanken überrascht zu sein?«

»Alle miteinander. Mrs. Mortimer meinte, das sei hirnverbrannt.«

Miss Lizzie nickte. »Haben Sie mit dem Neger gesprochen, diesem Charlie?«

»Hab bei ihm vorbeigeschaut, war aber nicht da. Geh später noch mal hin.«

»Gut. Was nun Amandas Bruder betrifft. Wußten Sie, daß er das Verbrechen gestanden hat?«

Boyle saugte an seiner Zigarette, sah mich kurz an, nickte Miss Lizzie bejahend zu, stieß Rauch aus. »Hab's gehört.«

»Amanda ist davon überzeugt, und ich bin geneigt, ihr zu-

zustimmen, daß der junge Mann lügt. Ihr Kollege, der andere Pinkerton-Detektiv, was genau macht er gerade?«

»Foley?« Er zuckte die Achseln. »Kein Schimmer. Daß der Bengel gestanden hat, hat ihm wahrscheinlich den Wind aus den Segeln genommen.«

»Nun, mir scheint, daß er davon ausgehen sollte, daß Williams erste Darstellung die richtige ist und daß er versuchen sollte, den Mann zu finden, der ihn nach Boston gefahren hat.«

Boyle nickte. »Wär sicher ne gute Idee. Aber wie soll er das anstellen? Der Bengel sagt, der Kerl hätt nur ne Spritztour gemacht. Selbst wenn Foley nach Boston fährt, braucht er ewig, um jemand ganz Bestimmtes ausfindig zu machen, der n Ford hat.«

»Nach meiner Erfahrung«, sagte Miss Lizzie, »machen Leute, die einen Ford haben, an Wochentagen keine Spritztouren.«

Boyle zog interessiert eine Augenbraue hoch. »Ach ja?«

»Es besteht zumindest die Möglichkeit, daß es sich bei dem Mann um einen Reisenden handelt, einen Handelsvertreter, der einen Geschäftspartner hier in der Stadt besucht hat. Ihr Mr. Foley wäre gut beraten, sich bei den örtlichen Einzelhändlern umzuhören. Er hat doch zweifellos eine Beschreibung dieses Mannes, oder?«

»Zweifellos«, sagte Boyle und grinste. »Falls Sie mal n Job brauchen sollten, bring ich Sie bei Pinkerton unter.«

Miss Lizzie lächelte. »Vielen Dank. Ich werde daran denken. Dann werden Sie das also mit Mr. Foley besprechen?«

Boyle nickte. »Und vielleicht selbst n bißchen rumschnüffeln.«

»Wie Sie meinen. Ich persönlich finde jedoch, daß Sie diesen Charlie befragen sollten.«

»Wird gemacht. Hat Slocum noch was ausgegraben? Irgendwelche Reaktionen auf die Anzeige von Ihnen?«

»Ich habe am späten Vormittag mit ihm gesprochen. Anscheinend haben sich noch einige Leute gemeldet, aber laut Mr. Slocum schien keiner etwas Stichhaltiges zu wissen.«

»Wie geht es Mr. Slocum?« fragte ich.

Sie wandte sich mir zu und lächelte. »Es geht ihm ausgezeichnet, Liebes. Er läßt dich grüßen.«

Boyle drückte seine Fatima aus und stand auf. »Also«, sagte er, »dann will ich jetzt mal Foley suchen und ihn auf Trab bringen.«

»Nein, Liebes«, sagte Miss Lizzie, die neben mir auf dem Sofa saß. »Ich halte das nicht für eine gute Idee.«

»Aber ich *kenne* Mrs. Marlowe«, sagte ich. »Ich *mag* sie.« Letztere Behauptung war weniger wahr als erstere, und erstere war nur am Rande wahr.

»Ja, ich weiß«, sagte sie, »aber du hast die Männer gestern gesehen. Du hast gesehen, wie sie sich benommen haben. Es wäre für dich nicht sicher, wenn du mitkommen würdest.«

»Aber die sind doch nicht mehr da, Miss Lizzie. Sie werden Ihnen nichts mehr tun. Alle denken doch, daß William derjenige ist, der Audrey getötet hat.«

»Amanda«, sagte sie mit sanfter Stimme, und ihre Augen hinter dem Kneifer blickten gütig, »die Art und Weise, wie sie sich gestern aufgeführt haben, hat sehr wenig mit deiner Stiefmutter zu tun. Es hat mit mir zu tun, Kind. Damit, wer ich bin oder für wen sie mich halten. Verstehst du? Wenn wir zusammen ausgehen, werden sie dich in ihren Köpfen mit mir in Verbindung bringen. Und das ist dir gegenüber nicht fair. Das lasse ich nicht zu.«

»Miss Lizzie«, sagte ich, »die wissen in ihren blöden ollen Köpfen ohnehin schon, daß ich bei Ihnen wohne. Und es ist mir egal, was sie denken. Wirklich. Das sind nicht meine Freunde, keiner von denen. Ich lebe nicht einmal hier, und ich werde auch nie hier leben, und wahrscheinlich sehe ich keinen von denen wieder, solange ich lebe. Aber selbst wenn wir in Boston wären, selbst wenn wir mitten in unserem Viertel wären, würde ich trotzdem mit Ihnen ausgehen wollen. Denn Sie *sind* meine Freundin.«

Die großen grauen Augen blinzelten kurz, und dann räusperte sie sich. Sie griff nach meiner Hand, drückte sie. »Also gut«, sagte sie. Sie nickte knapp und blickte zur Seite.

Wir gingen im Schatten der Ulmen und Ahornbäume die Fremont Street hinauf. Der Tag war noch immer schön, warm und klar, und über uns spannte sich der wolkenlose Himmel wie die straffe Hülle eines riesigen blauen Ballons. Der Geruch von frisch gemähtem Gras und der Purpurduft von Klee schwebte in der Luft. Obwohl es in der vergangenen Nacht geregnet hatte, verteilten hier und da Rasensprenger ihren silbrigen Dunst auf leuchtendgrüne Flächen und ließen Regenbogen aufleuchten. Die Häuser, allesamt etwas von der Straße zurückgesetzt, allesamt groß und gediegen, strahlten eine heitere Ruhe aus, eine Ruhe behäbiger Bürger, die unbeschwert den Nachmittag verdösten.

Wir sahen niemanden, bis wir die Main Street erreichten. Dort bogen wir nach rechts ab und gingen ein Stück an den Geschäften und Läden entlang. Leute eilten vorbei. Köpfe fuhren herum, Blicke wandten sich ab; aus Schwatzen wurde Schweigen, aus Schweigen wurde Schwatzen. Miss Lizzie ging entschlossenen Schrittes neben mir, und ihre Handtasche, die über ihren verschränkten Armen hing, schaukelte im Takt.

Mrs. Marlowes Haus, eines der größten der Stadt, war ein weitläufiger weißer viktorianischer Kasten, behängt mit überladenen Gesimsen und gekrönt von zwei schlanken Kuppeln. Da es auf einer kleinen Anhöhe inmitten der grünen Weite des Rasens lag, ähnelte es einem stattlichen alten Schaufelraddampfer, den die Flut an Land gesetzt hatte.

Wir gingen den Gehweg hoch, die breiten weißen Holzstufen zur Haustür hinauf, und Miss Lizzie betätigte den Klingelzug. Drinnen ertönte gedämpft eine Glocke. Spitzengardinen, schlaff und vergilbt, hingen hinter dem großen Rechteck aus geätztem Glas, das in die Tür eingelassen war, und durch sie sah ich einen Moment später, daß sich dahinter etwas bewegte.

Die Tür ging auf, und ein älterer Mann stand da, groß, aber gebeugt, die Wangen eingefallen, das spärliche Haar, das den gleichen fahlen Farbton wie die Gardine hatte, von der hohen sommersprossigen Stirn zurückgekämmt. Er trug seine schwarze Butlerlivree, als hätte er sie von Kindesbeinen an getragen.

»Guten Tag«, intonierte er mit einer Stimme, die so gekünstelt klang wie die eines Butlers auf der Bühne. »Womit kann ich dienen?«

»Guten Tag«, sagte Miss Lizzie. »Wir würden gerne Mrs. Marlowe sprechen, falls sie Besucher empfängt.«

Der Butler nickte. »Und wen darf ich melden?«

»Miss Lizbeth Borden und Miss Amanda Burton.«

»Sehr wohl. Bitte treten Sie näher.«

Er trat steif zur Seite, um uns hineinzulassen, machte die Tür zu, führte uns steif in das Wohnzimmer und teilte uns steif mit, daß er nachsehen würde, ob Madame Besuch empfing.

Das Wohnzimmer, das nach dem strahlenden Sonnenschein draußen dunkel wirkte, war mindestens doppelt so groß wie das von Miss Lizzie und mit schweren antiken Möbeln vollgestopft, die ausgereicht hätten, ein größeres Haus oder ein kleines städtisches Museum auszustatten. Alle vier Wände waren mit gerahmten Gemälden und Stichen von Klippern, Schonern, Kuttern und Schaluppen tapeziert. Und überall – auf jedem Quadratzentimeter Stellfläche der Tische, Vitrinen und Bücherregale – stand Nippes und Schnickschnack maritimer Herkunft: Buddelschiffe, Schiffsglocken, Bootsmannspfeifen, Muscheln, fächerförmige Korallen, aus Holz und Elfenbein geschnitzte Wale und Walrösser und Delphine.

»Mrs. Marlowe scheint ein Faible für die christliche Seefahrt zu haben«, sagte Miss Lizzi mit einem Blick auf den ganzen Trödel.

»Mann!« sagte ich. »Und was für eins!«

In der Luft hing eine Mischung von Gerüchen: Moschus, Zitrus, ein schwacher Duft von Jasmin, ein schwächerer von Pech. (Viele Jahre später fand ich genau diese Kombination von Düften in der Luft eines leeren buddhistischen Tempels in Nordthailand wieder und fühlte mich auf der Stelle in Mrs. Marlowes vollgestopftes Wohnzimmer zurückversetzt. Leider kann eben fast alles Erinnerungen wachrufen.)

Ich besah mir gerade die kunstvoll geschnitzte Ebenholzstatue eines Harpunierers, dessen kleine spitze Zähne aus Muschelschalen bestanden, als der Butler zurückkam. »Madame wird Sie empfangen«, verkündete er.

Wir folgten seinem gebeugten Rücken durch den Korridor (wo weitere Bilder von Schiffen sowie zwei Harpunen, die wie Schwerter gekreuzt waren, die Wände schmückten), eine lange mit Teppich ausgelegte Treppe hinauf, durch einen weiteren Korridor (weitere Schiffe), an dessen Ende eine Tür offenstand. Er trat ein, wandte sich nach rechts und sagte: »Ihr Besuch, Madame.« Er wandte sich an uns und forderte uns mit einem Nicken auf einzutreten.

Das Zimmer war groß und luftig und erfüllt von buttergelbem Sonnenschein, der schräg durch die Fenster einfiel. Nur eine einzige Wand wies ein Gemälde auf, das eines großen, vor dem Wind segelnden Viermasters, darüber tieftreibende Wolken, das Meer mit Schaumkronen besetzt; und direkt gegenüber, in einem mächtigen Himmelbett und von Kissen gestützt, saß Mrs. Marlowe.

»Amanda«, sagte sie und nickte mir zu. Ihre Stimme war wie immer rauh und ausgedörrt, wie mit Talkumpuder bestäubt. Sie nickte Miss Lizzie zu. »Miss Borden.«

Die goldfarbene seidene Steppdecke auf dem Bett war bis zu ihrer Brust heraufgezogen, und auf ihrem Schoß lag ein in Leder gebundenes Buch, aufgeschlagen, mit dem Rücken nach oben. Sie war winzig, fast elfenhaft, und sehr alt, und ihr rundes Gesicht war voller Runzeln und Furchen. Ihr dünnes weißes Haar war so straff um den Schädel nach hinten gezogen, daß es die Beschaffenheit von Haar verloren hatte und absolut glatt geworden war. Sie trug eine Brille mit einer Fassung aus Golddraht und ein langärmeliges weißes Flanellnachthemd, dessen mit Spitzen besetztes Vorderteil bis hinauf zu den drahtigen Sehnen ihres Halses zugeknöpft war.

»Tee?« fragte sie und fuhr sich hinter den Lippen mit der Zunge über die Zähne. »Oder Sherry?«

»Danke«, sagte Miss Lizzie. »Tee, bitte.«

»Kümmern Sie sich darum, Clabber«, sagte sie zu ihrem Butler, der steif kehrtmachte und hinausging. Sie sah wieder uns an, wedelte mit einer knochigen sommersprossigen Hand. »Setzen Sie sich, setzen Sie sich.«

Zwei zierliche Hepplewhite-Stühle standen sich an einem Tisch gleichen Stils gegenüber. Miss Lizzie und ich nahmen Platz, und Miss Lizzie legte ihre Handtasche auf den Tisch.

Mrs. Marlowe rückte die Brille zurecht, und ihre hellen winzigen braunen Augen musterten Miss Lizzie. »Kannte früher mal Leute aus Fall River. Freunde meines verstorbenen Mannes.« Sie faltete die Hände über dem Buch.

Miss Lizzie legte höflich den Kopf schief. »Ach ja?«

»Die Stockwells«, sagte Mrs. Marlowe, ohne sie aus den Augen zu lassen.

»Ja«, sagte Miss Lizzie mit deutlichem Mangel an Begeisterung.

Mrs. Marlowe lächelte. Ich hatte Mrs. Marlowes Lächeln noch nie leiden können. Es schien immer so etwas wie Boshaftigkeit zu enthalten, eine Spur Niedertracht; und ihr fahlgelbes künstliches Gebiß, groß und unnatürlich regelmäßig, erinnerte mich an einen Mund voller alter Spielwürfel. »Nicht gerade Busenfreunde, was?« sagte sie. »Kann es Ihnen nicht verübeln. Zwei ausgemachte Trottel. Er starb, wie ich hörte«, setzte sie selbstgefällig hinzu. »Der Magen.«

»Mrs. Marlowe«, sagte Miss Lizzie, »wir sind hergekommen, um Ihnen einige Fragen über Mrs. Burton zu stellen. Ich weiß, daß ...«

»Ich habe den Prozeß verfolgt, wissen Sie. Ihren. In den Zeitungen. Das Aufregendste, was hier passiert ist bis zum Krieg. Komische Sache, das Gedächtnis.« Sie machte den Mund zu, strich sich mit der Zunge wieder über die Zähne. »Weiß noch genau, was ich getan habe, wo ich war, als ich von den Morden hörte. Sehe es noch ganz genau vor mir. New Bedford. Hat immer nach Fisch gestunken, New Bedford. Bin mit Carl hochgefahren, um mal wieder einen alten Schleppkahn anzuschauen, den er kaufen wollte. Vor Trockenfäule völlig durchlöchert, aber er wollte ihn haben. Schwachsinnig. Immer gewesen. Inzwischen tot. Das Herz.« Sie sah Miss Lizzie mit zusammengekniffenen Augen an. »Warum haben Sie es eigentlich getan? Warum haben Sie sie zerstückelt?«

»Mrs. Marlowe . . .«

Die alte Frau lachte, es war fast ein Gackern, und schüttelte dann den Kopf. »Sie brauchten doch nur abzuwarten, gute Frau! Zu warten, bis sie Ihnen wegsterben. Alle beide. Schauen Sie mich an. Eltern, zwei Brüder, eine Schwester, zwei Ehemänner, drei nichtsnutzige Blagen. Alle tot. Hören Sie das Geräusch im Hintergrund? Wissen Sie, was das ist? Stille. *Stille*. Ruhe und Frieden. Hat siebzig Jahre gedauert, bis ich das bekam, aber jetzt habe ich es.« Sie kniff wieder die Augen zusammen und schien ehrlich verdutzt zu sein. »Warum um alles in der Welt haben Sie denn nicht gewartet?«

Miss Lizzie nahm ihre Handtasche vom Tisch und sagte: »Vielleicht sollten wir ein andermal herkommen, Mrs. Marlowe. An einem günstigeren Tag.«

Mrs. Marlowe hob die Hand und hielt einen dünnen unentwegten Finger in die Höhe. »Wollen Sie nichts über Audrey Burton und ihre Erpressung hören? Haben Sie nicht deshalb heute vormittag diesen schmierigen kleinen Kerl hergeschickt?«

Miss Lizzie sagte: »Wollen Sie damit sagen, daß Sie etwas über Mrs. Burton und die Erpressung wissen?«

»Natürlich. Ich weiß alles. Ah, der Tee. Warum hat das so lange gedauert, Clabber?«

»Ich habe die Teekanne vorher angewärmt, Madame«, sagte der Butler und stellte ein silbernes Tablett zwischen Miss Lizzie und mir auf dem Tisch ab.

»Dann gießen Sie in Gottes Namen endlich ein«, sagte Mrs. Marlowe. »Für mich drei Löffel.«

»Jawohl, Madame.« Er schenkte uns Tee ein und trug dann eine Tasse samt Untertasse hinüber zu Mrs. Marlowe.

Sie nahm sie und sagte zu uns: »Zwanzig Jahre jetzt, daß Clabber bei mir ist. Erster Maat. Was, Clabber?«

»Zweiundzwanzig, Madame.«

»Seine Frau war früher hier Köchin, Kombüse, was? Starb vor einigen Jahren. Die Leber.«

»Das Herz, Madame.«

Sie sah stirnrunzelnd zu ihm auf, verdrossen. »Aber tot, stimmt's?«

»Ganz recht, Madame.«

Sie nickte besänftigt. »Konnte nicht die Spur kochen. War vermutlich der Fraß, den sie zusammengekocht hat, der Carl umbrachte.« Sie gackerte wieder. »Müßte ihr eigentlich dankbar sein, wenn man so will.« Sie sah zum Butler auf, runzelte die Stirn. »Sie sollen nicht rumstehen, Clabber.«

»Verzeihung, Madame.«

Sie wedelte mit der Hand. »Raus, raus, raus.«

Sobald er das Zimmer verlassen hatte, zeigte sie uns wieder die Zähne. »Denkt, daß er im Testament steht. Denkt, daß er nur so im Geld schwimmt, wenn ich sterbe. Neuer Wagen, Ausflüge nach Boston und New York. Wein, Weib und Gesang. Von wegen. Geht alles an die Töchter der Amerikanischen Revolution. Jeder Penny. Außerdem ist er krank. Schon immer gewesen. Das Herz. Wieder Ettas Essen, nehme ich an.« Sie gackerte. »Den überlebe ich auch noch.«

»Mrs. Marlowe«, sagte Miss Lizzie, »was . . .«

»Man hat sie nie gefunden, stimmt's? Die Axt, die Sie benutzt haben.«

Miss Lizzie seufzte und stellte Tasse und Untertasse auf den

Tisch. »Vielen Dank für den Tee, Mrs. Marlowe. Wir müssen jetzt leider gehen.«

Mrs. Marlowe nippte an ihrem Tee. »Sidney Chatsworth«, sagte sie mit ihrem heimtückischen Lächeln.

»Wie bitte?« sagte Miss Lizzie.

»Der Mann, den Audrey erpreßt hat.« Ihre Augen hinter den runden Brillengläsern funkelten. »Das war es doch, was Sie wissen wollten, stimmt's?«

Vierundzwanzig

»Und wer«, sagte Miss Lizzie, »ist Sidney Chatsworth?«

Mrs. Marlowe nippte an ihrem Tee. »Kennen Sidney nicht, wie? Berühmte Familie in der Gegend. Schon seit Urzeiten hier ansässig. Natürlich nicht so lange wie meine eigene. Die Lorings. Der alte Chatsworth und mein Vater sind nie miteinander ausgekommen. Ein ausgemachtes Schwein, der alte Chatsworth. Ein Schürzenjäger. Hat unser Hausmädchen geschwängert. Rosa. Nicht viel im Oberstübchen, aber ganz ansehnlich, auf eine vulgäre Art. Sie sagte es Mr. Loring, meinem Vater, und er ist losgezogen und hat sich den Dreckskerl vorgeknöpft. Mit der Reitpeitsche.« Sie gackerte. »In der Main Street. Noch dazu am hellichten Tag. Ha!« Sie schüttelte glücklich lächelnd den Kopf. »Der kleine Sidney hat das nie vergessen.«

Miss Lizzie sagte: »Sie sagen, Mrs. Burton hat Mr. Chatsworth erpreßt?«

»Seine Frau ist ein Krüppel. Ist eines Tages umgekippt, vor zehn Jahren, *päng*, aus. Ein Schlag, wie es heißt. Beine gelähmt, liegt seither im Bett. Sie ist natürlich eine Cooper. Schlechte Rasse. Die Großmutter war verrückt, die Tante brannte mit einem Hufschmied durch. Können Sie sich das vorstellen?« Sie gackerte. »Einem *Hufschmied!* Kein Wunder, daß Bessie so geworden ist. Den ganzen Tag im Bett mit ihrem Morphium und ihren Geistern.«

Miss Lizzie sagte: »Und Mrs. Burton hat von dem Morphium erfahren und dieses Wissen dazu benutzt, Mr. Chatsworth zu erpressen?«

Verächtlich: »Seien Sie nicht albern. Die ganze Stadt weiß von dem Morphium.«

»Warum . . .«

»Erst werden *Sie* mir eine Frage beantworten«, sagte Mrs. Marlowe und lächelte.

»Und die wäre?« fragte Miss Lizzie vorsichtig.

»Amy Stockwell sagte, Sie hätten vor den Morden zwei Wochen lang versucht, sich Gift zu beschaffen. Blausäure. Fanden aber keinen, der es Ihnen verkauft hätte. Stimmt das?«

»Wenn das der Fall gewesen wäre«, sagte Miss Lizzie, »dann wäre es doch bestimmt bei dem Prozeß zur Sprache gekommen.«

»Quatsch. Sie hatten den besten Anwalt von ganz Massachusetts. Ehemaliger Gouverneur. Der Mann, der den Richter in sein Amt eingesetzt hatte. *Ihren* Richter. Die beiden haben beim Prozeß ein Absprache getroffen, sagte Amy.«

»Es gab keine Absprache.«

»Dann bestreiten Sie es? Das mit der Blausäure?«

»Dazu sehe ich keine Veranlassung.«

Mrs. Marlowe bleckte wieder ihre gelben Zähne. »Eiskalt, wie? Gut, gut. Aber Sie hätten warten sollen, gute Frau.«

»Um auf Mr. Chatsworth zurückzukommen«, sagte Miss Lizzie.

Mrs. Marlowe gackerte. »Eiskalt. Sie wollen etwas über Sidney hören? Na schön. Sidney hat« – Mrs. Marlowe warf einen Blick auf mich, sah wieder Miss Lizzie an – »hat was mit der Tischrückerin, dieser Madame Dingsbums.«

»Mrs. Archer?« sagte Miss Lizzie verblüfft. »Der Spiritistin?«

»Begreife nicht, was er an ihr findet. Ein Gesicht wie ein

Eimer voller Würmer. Bessie ist ja auch nicht gerade eine Schönheit, ist es nie gewesen. Sah immer so aus, als würde sie dastehen und darauf warten, daß man ihr einen Sattel auflegt.« Wieder Gegacker. »Die Geschmäcker sind eben verschieden, wie?«

»Sie hatten ... ein Verhältnis?«

Mrs. Marlowe runzelte die Stirn. »Habe ich das nicht gerade gesagt? Und Audrey hat es herausgefunden. Und Sidney gesagt, daß sie davon weiß. Und gesagt, daß sie Geld will, damit sie den Mund hält.«

»Und Mr. Chatsworth hat es ihr gegeben?«

Sie grinste. »Hatte ja keine andere Wahl, wie? Verkrüppelt oder nicht, verschroben oder nicht, Bessie ist die mit dem Geld. Wenn sie herausbekommt, daß Sidney etwas mit ihrer Lieblingsrückerin hat, läßt sie ihn fallen wie eine heiße Kartoffel. Streicht ihn glatt aus ihrem Testament. Und ihr Bruder, der würde alles hieb- und stichfest machen. Das ist ihr Anwalt, und er hat Sidney noch nie leiden können. Wie alle.« Wieder Gegacker.

»Wissen Sie das ganz sicher?« fragte Miss Lizzie.

»Natürlich. Er ist ein Dummkopf.«

Miss Lizzie lächelte matt. »Wissen Sie ganz sicher, daß Mrs. Burton drohte, Mrs. Chatsworth zu informieren, und daß Mr. Chatsworth ihr Schweigen erkauft hat?«

»Todsicher. Sagte Ihnen doch, daß ich alles weiß. Man erzählt mir alles mögliche.« Sie deutete auf das Telephon auf ihrem Nachttisch. »Großartigste Erfindung aller Zeiten.«

»Jemand muß auch Audrey Burton alles mögliche erzählt haben.«

Mrs. Marlowe blinzelte. »Was wollen Sie damit sagen?«

Miss Lizzie nippte an ihrer Tasse. »Mrs. Burton war fremd in der Stadt. Wie konnte sie da von einer Affäre zwischen zwei Einheimischen erfahren, einer Beziehung, die die beiden doch höchstwahrscheinlich geheimhielten, sofern ihr nicht jemand davon erzählt hat?«

Zufrieden lächelnd sagte Mrs. Marlowe: »Irgend jemand wird es ihr schon erzählt haben. Wimmelt hier ja nur so von Klatschbasen und Schnüfflern. Macht einen ganz krank, wenn man daran denkt.«

»Und wer von ihnen wäre, Ihrer Meinung nach, so gehässig, so bösartig, so niederträchtig, dieses Wissen an Mrs. Burton weiterzugeben?«

Mrs. Marlowes Lächeln war verschwunden, und sie starrte finster durch ihre Drahtbrille. »Warum fragen Sie mich das? Woher soll ich das wissen? Was Audrey tat, war verdammt noch mal ihre Sache. Doch nicht meine Schuld, daß sie ein Luder war. Niederträchtig? Wenn hier jemand niederträchtig war, dann Audrey. Stimmt das nicht, Amanda? Du mußt es doch wissen. Sag's ihr.«

Miss Lizzie stellte Tasse und Untertasse ab. »Komm, Amanda. Es wird Zeit, daß wir gehen.«

Als wir aufstanden, sagte Mrs. Marlowe: »Eins muß ich aber doch zu Audreys Gunsten sagen.« Ihr Gesicht war rot. Ihre dünnen Arme lagen neben ihr, und ihre winzigen Fäuste waren geballt. *»Sie* hat ihre Eltern *nicht* umgebracht. *Sie* hat *nicht* zur Axt gegriffen und ihrer Mutter den Kopf abgehackt.«

»Vielen Dank für den Tee«, sagte Miss Lizzie.

Als wir das Zimmer verließen, durch den Korridor gingen, schrie Mrs. Marlowe hinter uns her: *»Sie* hat *nie* jemanden getötet! *Sie* hat *nie* Blut vergossen! *Vergossen? Sie* hat *nie* das ganze Haus damit besudelt! *Sie* hat *nie* darin gewatet. *Sie hat nie jemanden in Stücke gehackt und ist ungestraft davongekommen!«* Sie begann wieder zu gackern, und wir konnten das wilde, spröde Rasseln ihres Lachens noch in der Ferne hören, als wir zur Haustür hinausgingen.

Neben mir konnte ich Miss Lizzie schwer atmen hören, aber keine von uns sprach, als wir den Gehweg hinuntergingen. Als wir den Bürgersteig erreichten, legte sie mir die Hand auf die Schulter, blieb stehen und sagte: »Geht es dir gut?« Ihre Stirn war vor Besorgnis gefurcht, ihre Augen zusammengekniffen.

»Alles in Ordnung, Miss Lizzie. Und bei Ihnen?«

»Auch.« Sie holte tief Luft. »Auch.« Plötzlich lächelte sie. »Aber ich bin froh, wieder draußen zu sein.«

»Sie ist keine sehr nette Frau, nicht?«

»Nein. Überhaupt nicht sehr nett.«

Wir gingen die Main Street hinunter.

Nach einem Weilchen fragte ich sie: »Dann war Audrey also eine Erpresserin?«

Sie sah mich an und nickte mit zusammengepreßten Lippen. »Falls Mrs. Marlowe die Wahrheit sagt.«

»Meinen Sie, daß sie vielleicht lügt?«

»Wir werden es noch herausfinden, Amanda.«

»Wollen wir Mr. Chatsworth fragen?«

Sie lächelte. »Ich glaube, das überlassen wir Mr. Boyle. Ich habe für ein Weilchen genug von der örtlichen Hautevolee.«

»Wenn sie ihn wirklich erpreßt hat, könnte er der Täter sein.«

Sie nickte. »Möglich.«

Zwei Autos kamen an uns vorbei, die beide Richtung Stadtmitte fuhren.

Ich sagte: »Sie glauben also, daß Mrs. Marlowe Audrey von Mr. Chatsworth erzählt hat?«

»Ja, vorausgesetzt, daß das, was sie gesagt hat, wahr ist. Und dies vorausgesetzt, muß Audrey diejenige gewesen sein, die ihr von der Erpressung erzählt hat.«

»Warum?«

»Nach allem, was sie gesagt hat, stehen sie und Mr. Chatsworth nicht gerade auf gutem Fuß. *Er* hätte ihr mit Sicherheit nichts davon erzählt. Und wer sonst?«

»Mrs. Archer?«

»Das möchte ich bezweifeln.«

»Aber woher hat Mrs. Marlowe das überhaupt gewußt? Das mit Mr. Chatsworth und Mrs. Archer?«

»Vielleicht hat Mr. Chatsworth Dienstboten, und einer von ihnen hat mit den Dienstboten anderer Leute geredet. Und das hat jemand belauscht und es weitererzählt, bis es früher oder später Mrs. Marlowe zu Ohren gekommen ist.«

»Warum klatschen die Leute soviel?«

»Klatsch ist wie Klebstoff. Er hält die Menschen zusammen.«

»Wie denn?«

»Nun«, sagte sie, »wenn zwei Menschen über einen anderen klatschen, beweisen sie einander und sich selbst, daß sie sich ähnlich sind. Daß sie die gleichen schrecklich wichtigen Anliegen haben und die gleichen schrecklich untadeligen Maßstäbe.«

»Aber manchmal ist Klatsch nicht sehr nett.«

Miss Lizzie lächelte. »Wenn er nett wäre, wäre es kein Klatsch.«

Wir kamen wieder ins Geschäftsviertel.

Ich sah sie an. »Dann war Mrs. Archer wohl Mr. Chatsworths Freundin?«

Sie sah mich an. »Das nehme ich an. Aber darüber wollen wir uns jetzt nicht mehr den Kopf zerbrechen. Was möchtest du zum Abendessen? Sollen wir bei Hanrahan vorbeischauen und ein schönes Steak besorgen?«

»Prima. Können wir dazu ganze gebackene Kartoffeln machen?«

Sie nickte. »Ich glaube, das haben wir uns verdient, meinst du nicht?«

Ich lachte. »Ja.«

Ein Ford Modell T hielt auf der anderen Straßenseite. Der Fahrer hupte und winkte. »Miss Borden!«

Es war Boyle. Er machte den Schlag auf, stieg aus und überquerte die Straße, die Hände in den Hosentaschen. Er trug noch immer den zerknitterten braunen Anzug, den er getragen hatte, als wir ihn zum erstenmal sahen.

Er sagte Miss Lizzie, daß Mr. Foley, der zweite Pinkerton-

Mann, gerade mit allen Ladenbesitzern in der Stadt sprach, um die Identität des Mannes festzustellen, den William beschrieben hatte. Miss Lizzie sagte ihm, was wir beide von Mrs. Marlowe erfahren hatten.

Als sie endete, lächelte Boyle. »Sie brauchen mich nicht, Miss Borden. Sie schließen den Fall noch ganz allein ab.«

Miss Lizzie lächelte ebenfalls. »Trotzdem finde ich, daß Sie mit Mr. Chatsworth sprechen sollten.«

»Sobald ich mit Charlie fertig bin. Will grade zu ihm.«

»Kann ich mitkommen?« fragte ich ihn. Ich weiß nicht genau, warum ich mitfahren wollte. Vielleicht wollte ich nur ein Gesicht wiedersehen, das vor Audreys Tod freundlich gewesen war.

Er zuckte die Achseln. »Nichts dagegen.« Er sah Miss Lizzie an.

Sie runzelte die Stirn. »Es ist fast Abendbrotzeit, Amanda.«

»Es dauert nicht lange. Nicht wahr, Mr. Boyle?«

Boyle zuckte wieder die Achseln. »Kaum.«

»Wir essen um acht Uhr«, sagte sie zu ihm.

Boyle zog seine Taschenuhr heraus, warf einen Blick darauf. »Noch über zwei Stunden. Kein Problem.«

»Sie werden gut auf sie aufpassen?« fragte sie ihn.

»Klar.«

Zu mir: »Na schön, Liebes.« Zu Boyle: »Kurz vor acht Uhr also.«

Boyles Auto roch genau wie Boyle, nämlich nach Zigarettenrauch. Beim Fahren lehnte er sich bequem im Sitz zurück, den linken Ellbogen aus dem Fenster gehängt, die rechte Hand oben am Lenkrad, die Fatima zwischen Zeige- und Mittelfinger geklemmt.

Ich fragte ihn: »Glauben Sie, daß Mr. Chatsworth Audrey getötet haben könnte?«

»Könnte er, klar.« Er zuckte die Achseln. »Könnte auch

Mrs. Archer gewesen sein. Könnte sonst wer gewesen sein, wie's aussieht.«

»Mrs. Archer? Aber die ist doch so *winzig!* Sie ist kleiner als ich.«

»Groß genug, um n Beil zu halten.«

»Aber warum ist sie dann zu Miss Lizzie gekommen? Ich meine, wenn sie es getan hat.«

Boyle tat einen Zug an seiner Zigarette. »Gibt zwei Möglichkeiten, um rauszufinden, was einer weiß. Erstens, du stellst ihm Fragen. Zweitens, du läßt ihn dir Fragen stellen. Wenn wir Mrs. Archer nach dem Mord gefragt hätten, hätt sie womöglich gewußt, daß wir denken, daß sie's war.«

»Aber niemand hat sie danach gefragt.«

Er nickte. »Und jetzt weiß sie, daß wir nicht denken, daß sie's war. *Verdammt.*« Er riß das Lenkrad herum, aber es war zu spät: Wir fuhren über einen großen Stein, und der Ford machte einen Satz. Er landete mit einem dumpfen Schlag und scheppernder Karosserie und rutschte nach links weg.

»Schimpft sich Straße, so was«, sagte Boyle und ging vom Gas, so daß der Wagen langsamer fuhr. Er klopfte sich Zigarettenasche von der Hose.

Die Straße war unbefestigt, voller Schlaglöcher und stark ausgefahren. Rechts und links von ihr standen kleine, mit Schindeln verkleidete Häuser, die meisten weiß gestrichen, jedes umgeben von einem kleinen Stück Rasen. Einige der Häuser waren baufällig, die schmutzige Farbe blätterte ab und warf Blasen, die Dächer hingen durch; das ausgedörrte Gras im Vorgarten war mindestens kniehoch. Die Fenster der Häuser standen offen, und die Haustüren ebenfalls, und alle führten in eine innere Dunkelheit, die weniger das Fehlen von Licht war als vielmehr das Vorhandensein von etwas anderem, etwas Greifbarem und Bedrückendem. Als ob die Menschen, um ihm zu entfliehen, draußen auf den Verandastufen saßen, während die Schatten des Spätnachmittags länger wurden, schwarze Männer und Frauen und Kinder.

Wenn wir im Ford vorbeifuhren, hielten sie plötzlich inne mit dem, was sie gerade taten. Ehemänner hörten auf, mit ihren Frauen zu sprechen; alte Männer hörten auf, miteinander zu lachen; ein junges Mädchen in meinem Alter, die braunen Beine mager und kräftig unter einem rüschenbesetzten rosa Rock, hörte auf, auf dem staubigen Weg, der zur Straße führte, Seil zu hüpfen. Alle hielten inne und blickten uns an, nicht haßerfüllt oder furchtsam oder ärgerlich, nicht einmal neugierig, sondern mit einer Art ausdrucksloser Wachsamkeit: als warteten sie alle samt und sonders darauf zu erfahren, was diese Störung zu bedeuten hatte, bevor sie sich auf eine bestimmte Gefühlsregung festlegten.

Wir kamen auch an anderen Häusern vorbei, die auf kleinen, ordentlich gemähten Rasenflächen standen, begrenzt von weiß gestrichenen Lattenzäunen und sorgfältig gepflegten Blumenrabatten, wo Chrysanthemen und Nelken sich bunt vom Grün des Grases abhoben. Doch die Menschen, die dort auf den Stufen saßen, beobachteten uns auf die gleiche Weise; und die Häuser selbst, so ordentlich und gepflegt und bunt gestrichen sie auch waren, schienen auf der Hut zu sein, argwöhnisch, schienen ebenfalls abzuwarten, bis wir verschwanden.

Vor einem solchen Haus hielt Boyle schließlich den Wagen an. Blumen wuchsen auf einem rechteckigen Beet links vom Rasen, Tomaten und Kopfsalat und Stangenbohnen auf einer Parzelle zur Rechten. Hinter dem Haus lag ein kleines Feld mit Mais, dessen schlanke hellgrüne Stengel vom Gewitter der vergangenen Nacht gebeugt waren.

»Da wärn wir«, sagte Boyle.

»Hier wohnt Charlie?« fragte ich ihn. Ich hatte mir auszumalen begonnen, daß Charlie elend und erbärmlich in einer heruntergekommenen, düsteren Bruchbude lebte wie die, an denen wir vorbeigekommen waren.

»Jau. Komm mit.«

Ich wollte eigentlich nicht mitkommen. Als wir durch die

Straßen gefahren waren, hatte ich zum ersten Mal begriffen, daß schwarze Menschen vielleicht ein Leben aus eigenem Recht führten und nicht nur als Anhängsel und Hintergrund für das Leben der Weißen dienten. Nicht gerade eine besonders brillante Erkenntnis, wie ich zugebe, aber eine Erkenntnis, die mich in dem Moment doch ziemlich beunruhigte. Ich wußte nicht, was ich mit ihr anfangen sollte, wußte nicht, wohin Denken und Fühlen, gewappnet mit dieser neuen Wahrheit (und von ihr erschreckt), mich führen würden. Ich sagte mir, daß wir uns, durch unsere Anwesenheit, Menschen aufdrängten, die nichts mit uns zu tun haben wollten. Aber die Wahrheit ist, daß ihre plötzliche Wirklichkeit sich mir aufdrängte; und ich hatte, wie ich meinte, in der letzten Woche schon genug neue Wirklichkeiten erlebt.

Aber selbst wenn ich all dies gegenüber Boyle in Worte hätte fassen können, war es dazu bereits zu spät.

Wir stiegen aus und folgten dem Plattenweg zur Veranda. Hellblaue Gardinen hingen an den Fenstern. Links von uns hing eine weiße Holzschaukel über dem Boden. Einfache, alltägliche Dinge; und doch in diesem Moment für mich von unüberwindlicher Fremdheit.

Ich fragte Boyle: »Was ist das für ein Geruch?«

»Hühner. Ziemlich übel, was? Der Stall muß gleich dahinter sein.«

Er klopfte an die Tür. Kurz darauf öffnete Charlie.

Er trug blankgeputzte schwarze Schuhe, schwarze Wollhosen mit Bügelfalten, eine aufgeknöpfte schwarze Weste, ein weißes Hemd ohne Kragen. Ich hatte ihn noch nie in etwas anderem als seinem blauen Overall gesehen, der noch dazu gewöhnlich verschmutzt und beschmiert war.

»Mr. Peterson?« sagte Boyle.

Charlie blickte von Boyle zu mir.

»Hallo, Charlie.« Ich lächelte, froh, ihn zu sehen, obwohl er sich als jemand anderes verkleidet hatte.

Er blickte auf mich herab, und sein Gesicht war alles andere als freundlich. Die schwarze Haut straffte sich um seine Augen und zog sich an den Mundwinkeln nach unten.

Fünfundzwanzig

Der Ausdruck verschwand so schnell aus Charlies Gesicht, daß ich nicht erkennen konnte, was es war, abgesehen von einem gewissen allgemeinen Unbehagen. Er sah wieder Boyle an und sagte: »Se sin kein Polizist, nich.«

»Nee, nee. Privatdetektiv. Harry Boyle. Wir müssen Ihnen n paar Fragen stellen über letzten Dienstag. Dauert nicht lang.«

Charlies Mund bewegte sich, während er an einem Zahn saugte. Er sagte: »Ich hab schon mit der Polizei gesprochn.«

Boyle lächelte liebenswürdig. »Gut. Dann ist das ja nichts Neues für Sie. Ein Kinderspiel. Können wir reinkommen?«

Stirnrunzelnd kratzte sich Charlie einen Moment lang den weißhaarigen Hinterkopf. Dann sagte er: »Wir reden hier draußen. Will Mrs. Peterson nich stören. Sie kränkelt grad n bißchen.« Er deutete mit der Hand – widerwillig, wie ich dachte – auf die Schaukel.

Boyle und ich setzten uns auf die Schaukel. Charlie lehnte sich an die niedrige Wand der Veranda. Er schien nicht zu wissen, was er mit seinen knorrigen Händen tun sollte. Einen Moment lang legte er sie, groß und schwielig, übereinander in den Schoß, und dann verschränkte er die Arme und schob sie in die Achselhöhlen, so daß seine langen Finger flach auf seinen gekrümmten Rippen lagen.

»Stören wir?« fragte ihn Boyle.

»Mach mich grad fürn Gottesdienst fertich. Drüben inner Kirche.«

Das war ein ganz anderer Charlie als der Mann, der mit mir gescherzt und gelacht hatte. Er ruhte in einer Selbstsicherheit, die ich bei ihm niemals vermutet hätte. Und doch lag dahinter, wie mir schien, die gleiche lauernde Wachsamkeit, die gleiche argwöhnische Zurückhaltung, die ich gespürt hatte, seit wir in sein Viertel gekommen waren.

»Es wird nicht lange dauern«, versicherte ihm Boyle.

Charlie nickte. »Ja, Sir.« Seit dem ersten schnellen Blick an der Haustür hatte er mich nicht mehr angeschaut. Nun sah er mich an. »Tut mir leid, das mit Ihrer Mama, Miss Amanda.«

Ich sagte: »Danke, Charlie.«

»Der Herr gibt un er nimmt. Er tröstet Sie jetz, wenn Se drum bitten.«

Ich nickte.

»Mr. Peterson«, sagte Boyle.

»Ja, Sir?« Blinzelnd wechselte er leicht die Stellung an der Wand.

»Sie waren am letzten Dienstag in der Water Street? In der Nähe von Mrs. Burtons Haus?«

»Hat mich die Polizei schon gefracht.«

Boyle nickte. »Und was haben Sie geantwortet?«

»Ich hab den die Wahrheit gesacht. Ja, Sir, ich bin Dienstach inner Water Street gewesen.«

»Sind Sie auch zu den Burtons gegangen?«

»Ja, Sir. Geh hin und klopf an die Tür, wie ich's immer mach. Will fragen, ob Missis Burton sich n Huhn bestellen will. Meistens will se. Einmal inner Woche, allermindestens. Aber iss keiner nich gekommn, also geh ich wieder. Hab genau dasselbe auch der Polizei gesacht.«

»Haben Sie irgend jemand gesehen?«

»Ich seh den Mistah Hornsby. Großer Mann, wo auf Captain Hardees Boot arbeitet. Die Polizei, die weiß schon, daß er da war. Er war's doch, wo sacht, daß *ich* da war.«

»Sie haben gestern mit der Polizei gesprochen?«

»Ja, Sir, Schief Da Silva iss hergekommn. Und noch einer. Der Mistah Medley. So um die Zeit.«

»Wo war Hornsby, als Sie ihn gesehen haben?«

»Kommt grad die Water Street runter. Ich geh se rauf.«

»Nachdem Sie das Haus der Burtons verlassen hatten.«

»Ja, Sir.«

»Und Sie sind auf der Water Street Richtung Norden gegangen?«

»Ja, Sir. Richtung Norden.«

»Vom Stadtzentrum weg.«

Ich glaube, daß Charlie an der Stelle lächelte, ganz leicht, ganz kurz nur. »Ja, Sir. Nach Norden.«

Boyle lächelte und sagte: »Jemand auf der Straße gesehen?«

»Nee, Sir. Nur den Mistah Hornsby.«

»Wo wollten Sie hin, Mr. Peterson?«

»Zu Missis Cooper, in der Burnside. Hab n Huhn für se gehabt, was se bei mir bestellt gehabt hat.«

»Und das war in der Tüte, die Sie bei sich hatten?«

»Ja, Sir. Hat die Polizei mich auch schon gefracht. Könn ja Missis Cooper fragen, ob ich ihr nich n Huhn gebracht hab.«

Boyle lächelte. »Ich glaub Ihnen aufs Wort. Aber bloß damit ich klarsehe, wo wohnt diese Miss Cooper?«

»Burnside drei-zwei-eins. Gehn Se ruhich hin, fragen Se se. Se sacht's Ihnen.«

»Kein Problem, Mr. Peterson. Burnside ist doch von Mrs. Burtons Haus so zwei, drei Blocks hoch?«

»Ja, Sir. Fremont und dann Sheridan und dann Burnside. Drei Blocks.« Charlie saugte an einem Zahn. »Richtung Norden.«

Boyle grinste. »Das wär vom Stadtzentrum weg, nehm ich an, stimmt's?«

Charlie lächelte nicht, aber einen Moment lang schienen seine Augen aufzuleuchten. »Ja, Sir. In der Richtung.«

»Was haben Sie gemacht, nachdem Sie Mrs. Cooper ihr Huhn gebracht hatten?«

»Ich geh wieder in die Water Street und geh da weiter, bis ich zur Grant komm, und dann geh ich die Grant rauf bis zur Main Street und hol den Buggy.«

»Wo war der Buggy?«

»Den laß ich immer beim Woolworth stehn.«

Boyle nickte. »Na schön. Sie sind die Water Street wieder zurückgegangen. Dann sind Sie also wieder an Mrs. Burtons Haus vorbeigekommen. Haben Sie diesmal was gesehen?«

Charlie warf einen schnellen Blick auf mich, sah wieder zu Boyle. »Nix, Sir. Ich sach's Ihn doch. Ich hab bei Missis Burtons Haus nie nix gesehn.«

»Haben Sie sonst etwas gesehen, während Sie in der Water Street waren?«

»Nix, Sir. Hab ich der Polizei schon gesacht.«

»Sind Sie sicher, Mr. Peterson?«

»Gar nix, Sir. Ich sach's Ihn doch, ich hab bei Missis Burtons Haus nie nix gesehn.«

»Haben Sie etwas auf der Straße gesehen? Oder in der Burnside? Etwas Merkwürdiges, etwas Ungewöhnliches?«

Charlie legte den Kopf schief, schob die Unterlippe vor. »Nix, Sir. Glaub nich.«

»Überhaupt nichts? Alles war genau so wie immer?«

»Ja, Sir.« Charlie zuckte die Achseln. »Bis aufn Packard.«

Boyle runzelte die Stirn. »Packard? Was für ein Packard?«

»Den, wo in der Burnside steht, unter den Bäum. N halben Block weiter drin, gegenüber von Missis Cooper.«

»Ein zweitüriger Packard?«

»Nee, Sir. Der einzichste zweitürige Packard hier das iss der von Mistah Childers aus Boston. Das Auto kenn ich, wo ich Mistah Childers doch jede Woche n Huhn bring. Der hat vier Türn.«

»Sind Sie ganz sicher?«

»Viertüricher Packard«, sagte Charlie. »Schwarz. Steht da auf der Südseite von ner Straße, wo ihn jeder sehn kann.«

»Haben Sie das den Polypen erzählt?«

»Klar.« Er zuckte wieder die Achseln. »Die fragen mich, ob ich n fremdes Auto gesehn hab. Und ich sach ihn das mit dem Packard.«

Boyle nickte. »In Ordnung, Mr. Peterson. Um noch mal auf Mrs. Burtons Haus zurückzukommen ...«

»Ich sach Ihn doch, ich hab bei Missis Burtons Haus nie nix gesehn.«

Boyle nickte. »Das weiß ich. Aber Sie sind doch direkt vor der Haustür gestanden, richtig? Und während Sie dort gestanden sind, haben Sie da etwas gehört? Ein Geräusch im Haus?«

Charlies Blick huschte wieder zu mir, huschte zurück zu Boyle. »Nix, Sir. Ich hör nix, ich seh nix.«

Vielleicht war es der Blick, den er mit zugeworfen hatte – dreimal schon, immer wenn unser Haus erwähnt wurde –, der mir das Gefühl gab, daß er nicht die Wahrheit sagte: »Bist du sicher, Charlie?« fragte ich ihn. »Es ist wirklich wichtig.«

Er sah mich mit traurigen Augen an. »Miss Amanda, 's wär besser, Se täten nich mehr dran rührn. Tun Se trauern, tun Se beten, und dann tun Se weitermachen. Kommt nix Gutes bei raus bei den ganzen Fragen.«

»Aber Charlie«, sagte ich, »wir wollen es wirklich wissen.«

Er schüttelte langsam den Kopf. »Kommt nix Gutes bei raus.«

Er wandte sich wieder an Boyle. »Wie ich sach, ich hör nix, ich ...«

Er drehte sich um und blickte nach rechts.

Ein Ford kam hüpfend und ruckelnd die Straße herunter, der eine braune Staubwolke hinter sich herzog. Während wir zuschauten, bremste er schlitternd ab, rollte hinter Boyles Wagen und kam mit einem Ruck zum Stehen. Die Türen flogen auf, vier weiße Männer sprangen heraus und versammelten sich am Rand des Rasens, keine fünf Meter jenseits des niedrigen Lattenzauns. Ich erkannte die beiden, die aus dem Fond gestolpert waren, ohne jedoch ihre Namen zu kennen. Sie hatten zu der Menge gehört, die Miss Lizzie mit Tomaten beworfen hatte. Und ich erkannte den Fahrer, einen kräftigen Mann, der leicht schwankte und über das ganze breite Gesicht grinste. Es war Hornsby.

Charlie hatte sich von der Verandawand gelöst und sich zu ihnen umgedreht. Nun stand auch Boyle auf, genau wie ich, und Boyle sagte leise: »Haben Sie ne Schrotflinte im Haus, Mr. Peterson?«

Charlie sagte traurig: »Nee, Sir, hab ich nich.«

»Au weia«, sagte Boyle.

»Verdammt!« sagte Hornsby, und sein breites Gesicht strahlte vor Freude. »Der Fettsack! Wie geht's, wie steht's, Fettsack? Hab ja gleich gesagt, daß wir uns noch mal begegnen.«

Boyle nickte. »Sportsfreund.«

Hornsby lachte. Er wandte sich an die drei anderen. »Das ist der Fettsack. Ich hab euch doch von dem Fettsack erzählt.«

Die Männer nickten und grinsten. Einer von ihnen rief: »Tag, Fettsack!« und bog sich dann, so sehr mußte er über diese witzige Bemerkung lachen. Seine beiden Freunde, die offenkundig seinen Sinn für Humor teilten, klopfen einander auf den Rücken und lachten schallend. Alle schienen ziemlich betrunken zu sein.

Hornsby sagte: »Ich will dir was sagen, Fettsack. Ich freu mich derart, dich wiederzusehn, daß ich dir nicht mal deine dreckige Visage poliere.« Er machte eine großmütige Handbewegung. »Du haust jetzt ab und kümmerst dich um deinen eigenen Kram. Wir ham hier was zu erledigen, ich und meine Freunde.«

»Was denn?« fragte ihn Boyle.

Hornsby klemmte die Daumen hinter den Gürtel. »Nichts weiter. Wir wollen den ollen Charlie bloß auf ne kleine Spritztour mitnehmen, ihm paar Fragen stellen.«

Hinter Hornsby lachte einer seiner Freunde wieder schallend.

»Was denn für Fragen, Sportsfreund?« erkundigte sich Boyle.

Hornsby lachte. »Was für Fragen?« Grinsend drehte er sich zu den anderen um. »Der will wissen, was für Fragen.«

Die drei Männer lachten. Boyle wandte sich an mich und sagte ganz leise: »Wenn's losgeht, rennst du. Bis du zu Hause bist. Kapiert?«

Ich nickte.

Als Hornsby sich wieder zu Boyle umdrehte, grinste er nicht mehr. »Dann will ich dir mal sagen, was für Fragen, Fettsack. Nämlich Fragen, die wo dich verdammt noch mal nichts angehn. Das hier iss unsre Stadt, und wir brauchen keine fetten Pinkertons, um mit unsern Niggern fertig zu werden. Du steigst jetzt in dein Auto und nimmst das Mädchen da mit und verschwindest, bevor dir was passiert.«

Boyle schüttelte den Kopf. »Glaub ich nicht, Sportsfreund.«

Hornsby lachte wieder, rauh, drohend. »Das glaubst du nicht?« Sein Gesicht wurde kalt. »Hör zu, Fettsack, der Nigger da hat ne weiße Frau umgebracht. Und damit kommt er nicht durch. Nicht in *unsrer* Stadt.«

»Hört sich an«, sagte Boyle, »als ob du und deine Freunde nicht richtig informiert wären.«

»Hört sich an«, sagte Hornsby, »als ob du gleich n Tritt in deinen fetten Arsch kriegst.«

Boyle nickte. »Vielleicht. Vielleicht auch nicht.«

Er trat von der Veranda. Hornsby drehte sich zu den drei anderen Männern um, deutete mit dem Kopf ruckartig auf Charlies Haus, und die vier Männer setzten sich in Bewegung, begannen über den Lattenzaun zu steigen.

Weiter links hupte ein Auto, und einen Moment lang erstarrten alle.

Ein langer schnittiger schwarzer Cadillac kam die Straße heruntergerauscht. Als er an den beiden Fords vorbeischnurrte, verlangsamte er das Tempo, fuhr von der Straße herunter und hielt vor ihnen an. Die Fahrertür ging auf, und Mr. Slocum stieg aus.

Groß und schlank und (wie üblich) unglaublich gepflegt und wieder in einem weißen Leinenanzug, schlenderte er um den Cadillay herum und zu den vier Männern hinüber. Zwei von ihnen, nämlich die beiden, die ich vor Miss Lizzies Haus gesehen hatte, standen noch mit gespreizten Beinen über dem Lattenzaun; Hornsby und der vierte waren bereits auf dem Rasen.

»Mr. Hornsby.« Mr. Slocum lächelte. Er blieb stehen, nickte liebenswürdig und steckte die Hände in die Hosentaschen. »Welche Freude.« Er besah sich die anderen. Die beiden am Zaun schwangen die Beine darüber und traten verdutzt zurück, weg vom Haus. Mr. Slocum sagte: »Und Pete Dirkson, und die hochgeschätzten Gebrüder Farley. Captain Hardees komplette Besatzung. Sie haben sich doch nicht etwa verlaufen? Der Hafen liegt in dieser Richtung.« Er deutete mit dem Kopf nach Osten.

Hornsby sagte: »Verschwinden Sie hier, Slocum.«

Noch immer lächelnd sagte Mr. Slocum: »Geht leider nicht, altes Haus. Habe bei den Herrschaften dort etwas Geschäftliches zu erledigen. Aber ich sage Ihnen was. Wie wäre es, wenn Sie jetzt wieder in die Stadt traben würden, Sie alle, und dann treffen wir uns später auf Captain Hardees Boot und kippen ein Bierchen oder zwei oder einen Grog oder sonst was Schönes. Wie wär's?«

»Sie wolln wohl unbedingt Ärger kriegen, Slocum«, sagte Hornsby und sah ihn voll an.

»Wirklich?« Mr. Slocum lächelte. »Wie kommen Sie denn auf diese Idee, altes Haus?«

Die beiden standen keine zwei Meter von der Veranda entfernt, so daß ich, obwohl Hornsby nun die Stimme senkte, ihn dennoch deutlich hören konnte. Er sagte: »Verpiß dich, du verdammte Schwuchtel.« Und dann schlug er zu, mit gestrecktem Arm, Handfläche nach vorn, Finger gespreizt, und stieß Mr. Slocum vor die Brust.

Mit einem schiefen Blick riß der Anwalt die Hände aus den Hosentaschen, während er zurücktaumelte. Er fing sich, fand das Gleichgewicht wieder und streckte sich. Er lächelte sanft. »Wissen Sie«, sagte er, »ich hatte richtiggehend gehofft, daß

Sie etwas Derartiges tun würden.« Vorsichtig, um sie nicht zu zerknittern, zog er die Jacke aus.

Boyle stand am Eingang der Veranda. Ich lief zu ihm. »Mr. Boyle, Sie müssen sie aufhalten.«

Er schüttelte den Kopf. »Geht nicht, Kindchen. Nicht jetzt.«

Mr. Slocum legte sein Jackett Schulter auf Schulter zusammen, klopfte es ab und wandte sich an den anderen Mann, der auf dem Rasen stand. »Mr. Dirkson, würden Sie das bitte halten? Sehr freundlich.«

Gerade als er sich wieder Hornsby zuwandte, kollidierte sein Gesicht mit Hornsbys wildem Schwinger.

Sechsundzwanzig

Hornsbys Faust erwischte Mr. Slocum mitten auf der linken Wange. Der Anwalt wurde nach hinten geschleudert, verlor den Halt und fiel der Länge nach zu Boden, wo er sich zweimal um die eigene Achse drehte. Dann blieb er liegen, mit dem Rükken auf dem Rasen, und einen schrecklichen Moment lang fürchtete ich, er sei tot. Meine Atmung setzte aus; und ich glaube, mein Herz auch. Dann drückte er sich langsam mit den Händen vom Boden hoch und setzte sich auf. Er sah sich leicht verdutzt um, wie jemand, der in einem fremden Zimmer aufwacht.

Hornsby lachte. »Reicht das, du Tunte?«

Mr. Slocum rieb sich die linke Gesichtshälfte. Er blickte hinunter auf seine Hände. Von der Veranda aus konnte ich sehen, daß er Blut an den Fingern hatte. Seine Lippe war aufgeplatzt.

Ich setzte mich in Bewegung, wollte um Boyle herumgehen, der am Eingang der Veranda stand. Ich habe keine Ahnung, was ich tun wollte; mit meinem Kleid vielleicht das Blut abwischen. Boyle legte die Hand auf meine Schulter und drückte sie ganz fest. »Nicht jetzt«, sagte er.

»Aber ...«

»Laß ihm eine Minute Zeit«, sagte er und ließ mich los. Ich blieb, wo ich war.

Mr. Slocum sah Hornsby an und lächelte. Sein Lächeln war genauso verbindlich und liebenswürdig wie zuvor. Er zog die Füße an den Körper, stemmte sich hoch und stand. Er holte tief Luft, atmete aus, nahm die Fäuste hoch und begann mit ihnen kleine enge Kreise in der Luft zu beschreiben, wobei die Linke etwas weiter vorgestreckt war. Das Rückgrat durchgedrückt, den Kopf leicht nach hinten gelegt und leichtfüßig auf den Zehen gehend wie ein Tänzer, bewegte er sich auf Hornsby zu.

Grinsend rief Hornsby über die Schulter den Männern hinter sich zu: »Da kommt Gentleman Jim.« Mr. Slocum versetzte ihm mit der linken Faust einen Schlag auf die Nase.

Hornsby wankte ein paar Schritte zurück, zwinkerte mit den Augen und schüttelte den Kopf. Eher verblüfft als angeschlagen griff er nach seiner Nase. Mr. Slocum rammte ihm die rechte Faust in den Magen, direkt unterhalb des Brustkorbs.

Hornsbys Augenbrauen sanken herab, und seine Hände griffen nach seinem Magen. Mr. Slocums Linke traf wieder seine Nase, einmal, zweimal, dreimal, schnell hintereinander.

Hornsby taumelte zurück. Ein leuchtendrotes Rinnsal lief ihm über das Kinn. Er schüttelte wieder den Kopf und wischte sich mit dem Handrücken das Blut ab. Plötzlich kam ein tiefes Knurren aus seiner Kehle, und dann stürzte er sich mit einem weiteren rechten Schwinger auf Mr. Slocum. Mr. Slocum duckte sich. Noch während Hornsby sich nach dem ins Leere gelaufenen Schwinger wieder zu fangen versuchte, schlug ihm Mr. Slocum zwei weitere Male mit der Linken ins Gesicht.

Hornsby holte mit dem rechten Arm aus, als wollte er Mr. Slocum vom Antlitz der Erde hinwegfegen. Mr. Slocum riß den Oberkörper zurück, um ihm auszuweichen, beugte sich dann vor und ließ eine schnelle angewinkelte Linke auf Hornsbys Kinn sausen.

Hornsby torkelte zur Seite. Dann senkte er mit einem Mal den Kopf und ging mit ausgestreckten Händen und gespreizten Fingern auf den Anwalt los.

Mr. Slocum tänzelte auf die Seite, und Hornsby stürzte an ihm vorbei.

Hornsby fing sich und fuhr herum, wobei er beinahe auf dem Gras ausgerutscht wäre. Er hatte jetzt die Hände oben, zu Fäusten geballt, und schien Mr. Slocum mit dessen eigenen Waffen schlagen zu wollen. Langsam, mit wachsamen Augen, ging er auf den Anwalt zu.

Boyle drehte sich zu mir um und sagte zufrieden: »Jetzt probiert er's mit nem schmutzigen Trick. Paß auf.«

Ich paßte auf. Boyle hatte recht. Sobald Hornsby nahe genug war, trat er mit dem Fuß nach Mr. Slocums Unterleib. Der Anwalt wich aus, indem er den Rumpf herumriß, doch der Tritt streifte ihn am Schenkel. Er strauchelte, und Hornsby ging auf ihn los.

Mr. Slocums Rechte schoß vor und knallte auf Hornsbys Mund. Hornsby machte einen Satz nach hinten, und Mr. Slocum stieß mit einer schnellen Linken auf den Mund nach und dann mit noch einer. Und dann schoß die rechte Faust des Anwalts, die er leicht nach unten gehalten hatte, wie ein Kolben nach oben und krachte gegen Hornsbys Kinn.

Mit wild herumfuchtelnden Armen ging Hornsby zu schnell zurück, um auf den Beinen zu bleiben. Als er ausgestreckt auf dem Rücken landete, konnte ich die Vibration durch die Schuhsohlen spüren.

Nach einem Moment war klar, daß Hornsby nicht wieder aufstehen würde. Mr. Slocum ließ die Hände sinken, ging zu dem Mann, der sein Jackett hielt, und nahm es ihm ab. Der Mann stand nur da und starrte Mr. Slocum an. Der Anwalt deutete mit einer Kopfbewegung auf Hornsby. »Schaffen Sie ihn hier weg.«

Er hängte das zusammengelegte Jackett ordentlich über den linken Arm und kam zur Veranda.

»Wurde aber auch Zeit, daß Sie ihn erledigt haben«, sagte Boyle.

Mr. Slocum lächelte. Er wandte sich an mich. »Hallo, Amanda.«

»Sie bluten ja, Mr. Slocum«, sagte ich. »Sie haben sich an der Lippe verletzt.«

Er befühlte sie mit den Fingerspitzen, betrachtete seine Hand. Er schüttelte den Kopf. »Nichts Ernstes.«

Mr. Slocum war nicht der Typ Mann, der großspurig auftrat, aber allein wie er nun dastand und seelenruhig das Blut ins Gras tropfen ließ, war eine Art Prahlerei. Männer genießen die Spuren eines siegreichen Kampfes, die roten Ehrenzeichen ihrer Tapferkeit; und ich habe das immer als äußerst irritierend empfunden. Es kommt ihnen nie in den Sinn, daß physische Tapferkeit, im Gegensatz zu moralischer Tapferkeit, im allgemeinen nichts weiter als ein Mangel an Phantasie ist.

Und ich glaube auch, daß er seinen Auftritt genoß. Was er wirklich brauchte, war jemand, der ihn nach Hause brachte und ihn säuberte und seine Wunden versorgte. Und sein Hemd und seine Hosen wusch, die beide mit Erde und Gras beschmutzt waren.

Er blickte auf die andere Seite der Veranda. »Hallo, Charlie. Tut mir leid das Ganze.« Er machte eine Handbewegung in Richtung des Rasens. Hinter dem Lattenzaun luden die drei Männer Hornsby in den Fond ihres Fords.

»Braucht Ihnen gar nix leid tun, Mr. Slocum«, sagte Charlie. Er grinste und ließ die Überreste seiner Zähne sehen. »War n richticher Schaukampf. Sie sin n *prima* Boxer, Mr. Slocum.«

Boyle lächelte ihm zu. »Aber gegen Jack Johnson hätte er keine Chance.«

»Andere Gewichtsklasse«, sagte Charlie. »Jack Johnson, der iss n Schwergewicht.«

»Selbst wenn er ein Zwerg wäre«, sagte Mr. Slocum, »wäre er immer noch ein paar Nummern zu groß für mich.«

Einer der Männer warf den Motor des Fords mit der Kurbel

an, rannte dann um die Motorhaube herum, stieg vorne ein, zog die Tür hinter sich zu. Er sah zu uns herüber, als der Wagen wegfuhr.

»So«, sagte Mr. Slocum zu Boyle. »Worum ging es eigentlich?«

Boyle sagte: »Hornsby und seine Kumpel wollten sich mit Mr. Peterson unterhalten. Hornsby bildet sich nämlich ein, daß Mr. Peterson Mrs. Burton getötet hat.«

Mr. Slocum nickte, blickte auf Charlie. »Ist bei Ihnen alles in Ordnung, Charlie?«

Charlie grinste. »Ja, Sir, alles bestens. Wenn Se ma wieder so boxen, Mr. Slocum, dann sagen Se mir vorher Bescheid. Dann verkaufen wir Eintrittskarten, verdienen uns n Batzen Geld. Ham Se Durst? Soll ich Ihn was bringen? 'ne Limonade?«

Mr. Slocum lächelte und zog ein Taschentuch aus der Gesäßtasche. »Sie hätten nicht zufällig etwas Stärkeres vorrätig?«

»Nee, Sir, hab ich nich, tut mir leid.«

Nickend wischte sich Mr. Slocum die Knöchel der linken Hand mit dem Taschentuch ab. Das Tuch rötete sich. *Seine Hand auch noch*, dachte ich.

»Ihrs oder seins?« fragte ihn Boyle.

»Seines, glaube ich.«

»Hab ich mir schon gedacht. Der hat Sie ja auch nicht angerührt, Meister.«

»Komisch«, sagte Mr. Slocum und tupfte sich mit dem Taschentuch die Lippe ab. »Und ich dachte doch tatsächlich, er hätte mich vorhin erwischt.«

»Nur n Ausrutscher«, sagte Boyle. »Zählt nicht.«

»Ach so.«

Boyle sagte: »Und was hat Sie hergeführt?«

»Wie?« sagte Mr. Slocum. »Ach ja. Ich wollte gerade die Kanzlei verlassen und mir bei Mortimer einen Drink genehmigen, als Fred Spencer anrief. Es scheint so, als hätte der andere Pinkerton-Mann, Fred Foley, herausgefunden, wer der Mann ist, der den jungen Burton nach Boston mitgenommen hat.«

Ich hatte zu ihm aufgesehen. Nun sagte ich, plötzlich ganz aufgeregt: »Er hat ihn gefunden?«

»Nicht direkt«, sagte Mr. Slocum. »Aber er weiß, wie er heißt. Oder wie er heißen könnte.« Er wandte sich an Boyle. »Norton. Wilbur Norton. Er verkauft Schuhe, arbeitet für einen Großhändler in Boston. Die Beschreibung paßt auf ihn, und er war am Dienstag vormittag in der Stadt. Auf jeden Fall rief ich Miss Borden an, um es ihr mitzuteilen, und sie erwähnte, daß Sie beide hier draußen seien. Da es auf dem Weg zu Mortimer liegt, beschloß ich vorbeizuschauen. Ich dachte, daß Amanda sich über die Neuigkeit freuen würde.« Er lächelte mich an. Seine Augen waren wirklich unheimlich grün. Ein tiefes Grün, die Farbe von Smaragden, das von innen heraus leuchtete.

Ich merkte wieder einmal, daß ich rot wurde. »Vielen Dank, Mr. Slocum.«

Mr. Slocum streckte Boyle die Hand hin. »Mein Gott, nun sehen Sie sich das an!« Seine Finger zitterten.

»Das ist immer so«, sagte Boyle zu ihm. »Hinterher. Hat nichts weiter zu bedeuten. Führen Sie halt n Weilchen keine Gehirnoperationen durch. Wissen Sie, was? Wir gehen jetzt zu Mortimer und genehmigen uns diesen Drink.«

Mr. Slocum holte tief Luft, atmete aus. »Ja.« Er nickte. »Ja, ich glaube, das wäre eine ausgezeichnete Idee.«

Ich fragte Boyle: »Haben wir soviel Zeit?«

Boyle grinste: *»Wir?«*

»Heißt das, daß ich nicht mitkommen kann?« Ich fand, daß ich das sehr gut machte, kein Schmollen in meiner Stimme durchklingen zu lassen. »Annie Holmes war auch schon mal da. Sie sagt, es sei eigentlich gar keine Bar, sondern eher ein Restaurant.«

Boyle schaute auf seine Uhr. Er wandte sich an Mr. Slocum. »Was meinen Sie? Ob sie für Mortimers Kneipe alt genug ist?«

Mr. Slocum lächelte mir zu. »Sofern sie verspricht, kein überkandideltes Weibsbild zu werden.«

»Das verspreche ich«, sagte ich zu ihm. Ich hätte Mr. Slocum alles versprochen.

Boyle sagte: »Und vielleicht solltest du Miss Borden lieber nichts davon sagen.«

Ich sagte: »Sie würde es bestimmt wollen. Wirklich.«

Boyle lachte. »Also abgemacht.«

Wir verabschiedeten uns von Charlie und gingen über den Plattenweg zu den Autos. Als Mr. Slocum in seinen Cadillac stieg, rief Boyle, der noch neben seinem Ford stand: »He. Wo haben Sie eigentlich so boxen gelernt?«

Mr. Slocum lächelte. »In Yale«, rief er zurück.

Boyle nickte grinsend. »Hab mir gleich gedacht, daß das Hornsbys Problem ist. Dem fehlt eben leider die Hochschulbildung.«

Als der Ford wieder Richtung Main Street ratterte, sagte ich zu Boyle: »Glauben Sie immer noch, daß Mr. Slocum nicht zäh ist?«

Boyle lächelte, ohne den Blick von der Straße abzuwenden. »Hab nie gesagt, daß er das nicht ist, Kindchen. Hab nur gesagt, daß ich nicht weiß, ob er's ist oder nicht.«

»Und was denken Sie jetzt?«

Noch immer lächelnd sog er an seiner Fatima. »Zäh wie Schuhleder.«

»Ich meine es ernst«, sagte ich.

»He. Ich doch auch.« Er sah mich kurz an, wandte sich wieder der Straße zu. »Der ist wirklich zäh; ne Menge Burschen würden nach so einem Schlag, wie er ihn abgekriegt hat, nicht mehr aufstehen. Der hat Mumm in den Knochen, keine Frage.« Er machte einen Lungenzug. »Aber ich frag mich trotzdem, was er in so einem Nest macht.«

»Wie meinen Sie das?«

Er schnippte Zigarettenasche zum Fenster hinaus. »Ein Bursche wie er, Geld, Grips, was macht der in so nem Kaff? Wieso ist er nicht in Boston oder in New York? Oder auch in Philadelphia.«

»Vielleicht gefällt es ihm hier.«

»Vielleicht. Vielleicht ist er aber auch nur gern der Hecht im Karpfenteich.«

»Das ist nicht fair«, sagte ich. »Sie bilden sich ein Urteil über ihn, und dabei kennen Sie ihn gar nicht richtig.«

Er schüttelte den Kopf. »Man braucht sich kein Urteil über die Menschen zu bilden, Kindchen. Man braucht sie nur lang genug in Ruhe zu lassen, dann zeigen sie einem ihr wahres Gesicht schon von ganz alleine.«

»Sie mögen ihn nicht.« Ich war eher überrascht als verärgert. Es war grotesk, daß irgend jemand Mr. Slocum *nicht* leiden konnte.

»He«, sagte er und drehte sich zu mir um. »Ich mag ihn wirklich. Ich find ihn Klasse. Im Ernst.«

»Wieso sagen Sie dann so häßliche Dinge über ihn?«

Boyle grinste und schüttelte den Kopf. »Hab ich ja gar nicht. Tu ich auch gar nicht. Ich halt ihn wirklich für n prima Kerl. In Ordnung? Wenn ihr zwei heiratet, will ich Trauzeuge sein.«

»Heiraten?« Ich konnte spüren, wie die Röte wieder meine Wangen überzog. »Wer hat denn etwas von Heiraten gesagt?«

»Niemand«, sagte Boyle und lachte. »Niemand. Paß auf, ich halt ihn wirklich für n feinen Kerl. Ich mein das ganz ehrlich. In Ordnung? Sind wir immer noch Freunde, du und ich?«

Wieder verspürte ich diese verlegene Schwerfälligkeit. Den größten Teil meines Lebens bin ich nicht imstande gewesen, eine offen angebotene Gefälligkeit oder Freundschaft ohne diese Schwerfälligkeit anzunehmen.

»Ja«, sagte ich.

»Hand darauf«, sagte er. Die Zigarette zwischen den Lippen, die Augen wegen des Rauchs zusammengekniffen, hielt er das Lenkrad mit der Linken und streckte mir die Rechte hin. Wir schüttelten uns die Hand.

Tatsächlich schien Boyle, als wir in Mortimers Lokal an unserem Tisch saßen, Mr. Slocum durchaus zu mögen. Er und ich brachten ihn auf den neuesten Stand: Boyle erzählte ihm, was wir beide von Charlie erfahren hatten, was sehr wenig war; ich erzählte ihm, was Miss Lizzie und ich von Mrs. Marlowe erfahren hatten, was der Anwalt als »faszinierend« bezeichnete. Boyle sagte, daß er sich noch am Abend mit Mr. Chatsworth unterhalten würde und morgen mit Mrs. Archer.

Und dann begannen die beiden über Boxen zu reden, über Johnson und Dempsey und Carpentier, über Uppercuts und Jabs und Crosses. Nachdem sie das ausführlich getan hatten, wandten sie sich einer Erörterung des nur zwei Tage zurückliegenden Freispruchs von acht White-Sox-Spielern zu, die beschuldigt worden waren, die World Series 1919 manipuliert zu haben, und warfen so eifrig mit Namen – Jackson, Johnson, Comiskey, Rothstein – um sich wie kleine Buben, die Baseballkarten tauschen. Trotz Mr. Slocums erklärtem Interesse fand ich das Ganze alles andere als aufregend. Irgend etwas an der Mischung aus Alkoholdunst und der Gesellschaft anderer Männer bewirkt, daß ansonsten intelligente menschliche Wesen in die Präadoleszenz zurückfallen.

In diesem Fall befand sich der Alkohol diskret in den Kaffeetassen, die vor den beiden standen, einem Scotch und Soda für Mr. Slocum, einem Bourbon on the rocks für Boyle. In meiner Tasse befand sich nur Kaffee; aber da es bereits die dritte Tasse an diesem Tag war, mehr, als man mir jemals zugestanden hatte, war ich ungemein zufrieden mit mir.

Dann erörterten sie die Möglichkeit, daß die Red Sox, die anscheinend auf dem dritten Platz lagen, was immer das auch bedeuten mochte, dieses Jahr vielleicht den Wimpel gewinnen würden, was immer das auch sein mochte. Während sie das eingehend diskutierten, sah ich mich um.

Der Raum, in dem wir saßen, war das Restaurant. Es war dunkel, hatte eine niedrige Decke und enthielt etwa dreißig Tische, die inzwischen alle mit Paaren oder Familien besetzt waren. Weiter rechts von mir, in einer Wand mit einer roten Flockmustertapete, befand sich eine Stahltür, die schwarz gestrichen war. Durch diese kamen und gingen in regelmäßigen Abständen einzelne Männer und weitere Paare. Sie führte, wie Boyle mir gesagt hatte, in die Bar.

Mortimers Lokal war aber kein Speakeasy. Es gab hier keine Kennwörter, keine Charleston-Tänzer, keine wilde und verzweifelte Fröhlichkeit. Das Lokal war so gesetzt und alltäglich wie ein Woolworth. Es hätte irgendein beliebiges Restaurant sein können, irgendwo, irgendwann. Jetzt, im ersten Jahr der Prohibition, waren die Leute, die es betrieben, und die Leute, die es frequentierten, Ortsansässige, die von dem Edlen Experiment schlicht nichts hielten und auch noch nie etwas davon gehalten hatten und für die Alkohol nun einmal zum Essen gehörte.

Wenn das Lokal innerhalb der Stadtgrenze gelegen wäre, dann hätte Chief Da Silva vermutlich etwas dagegen unternommen. (Widerstrebend, wie ich annehme, da laut Boyle zu jeder beliebigen Zeit Da Silvas halbe Polizeitruppe hinter der Stahltür anzutreffen war.) Aber das war nicht der Fall, und wie Boyle mir sagte, hatte Mr. Mortimer ein »Arrangement« mit der hiesigen Polizei. Tatsächlich bestand kein Grund, den Alkohol im Restaurant in Kaffeetassen zu servieren; dies geschah, wie Boyle sagte, teils aus Jux und teils, »damit die Gäste das Gefühl haben, sie täten was richtig Verruchtes«.

Ich sah mich, wie gesagt, im Raum um, in Gedanken versunken, dachte an William, warum er gelogen hatte, fragte mich, was mit Vater war, warum er so plötzlich nach Boston gefahren war, als ich Boyle sagen hörte: »Und wenn wir den Kerl finden und er den Bengel entlastet? Was dann?«

Mr. Slocum, der lässig auf seinem Stuhl saß und mit der einen Hand träge mit seiner Kaffeetasse spielte, zuckte die Achseln. »Das liegt bei Miss Borden. Sie scheint der Meinung zu sein, wir könnten herausfinden, wer tatsächlich der Mörder ist, und das der Polizei auch noch beweisen.« Seine Fingerspitzen trommelten leicht auf den Tassenrand. »Nach allem, was sie sagt, habe ich den Eindruck, daß sie eine Ahnung hat oder zu haben glaubt, wer es getan hat.«

Ich unterbrach ihn. »Glaubt sie, daß es Mr. Chatsworth war?«

Er wandte sich mir zu, und ich sah, daß sich auf seiner linken Wange ein Bluterguß abzeichnete. »Das hat sie nicht gesagt. Es war eigentlich nur so ein Gefühl. Ein Eindruck, den ich vorhin während meiner Unterredung mit ihr gewonnen habe.«

Boyle sagte: »Am liebsten würde ich's ja diesem Hornsby anhängen.«

»Ein reizendes Kerlchen, nicht wahr?« sagte der Anwalt mit einem Lächeln. »Wissen Sie, ich habe mich oft gefragt, welche Funktion wohl Mr. Hornsby hat. In der kosmischen Ordnung, meine ich.«

Boyle zog an seiner Fatima. »Wie's bis jetzt aussieht, hat er die Funktion, rumzulaufen und sich von jedem zusammenschlagen zu lassen.« Er deutete mit einer Kopfbewegung auf mich. »Als nächstes ist die Kleine dran.«

Lächelnd sagte Mr. Slocum: »Zu schade, daß wir es ihm nicht in gleicher Münze heimzahlen können. Ihm einen Mickey Finn verabreichen und ihn dann irgendwo hinschaffen, ihn dazu bewegen, uns zu sagen, was er denn, ganz genau, am letzten Dienstag in der Water Street gemacht hat.«

Boyle nippte an seiner Tasse. »Wahrscheinlich hat er einen gesucht, der ihn zusammenschlägt.«

»Was ist ein Mickey Finn?« fragte ich Mr. Slocum.

»Das ist ... Ah, da kommt genau der Mann, der dir diese

Frage am besten beantworten kann. Mr. Mortimer, schön, Sie zu sehen. Nehmen Sie Platz.«

Jovial strahlend sagte Mr. Mortimer: »Das laß ich mir nicht zweimal sagen.«

Er war einer dieser massigen, munteren Männer mittleren Alters, die fast alles jovial tun – sitzen, stehen, reden, zuhören, atmen. Er besaß eine gemütliche Jovialität, die herzlich und aufrichtig war. Ich war ihm erst zweimal begegnet, aber beide Male hatte ich ihn gemocht. Er war kahl, hatte eine blühende Gesichtsfarbe, eine gewölbte Brust und einen dicken Bauch und trug heute einen Anzug mit Weste aus einem braun und gelb karierten Material, das sich eher als Tischdecke angeboten hätte. Er nahm seine große schwarze Zigarre aus dem Mund, grinste Mr. Slocum glücklich an und schüttelte ihm die Hand; setzte sich dann und wandte sich mit einem Ausdruck des Mitgefühls, breit und verlegen, aber offenbar aufrichtig, an mich.

»Meine kleine Amanda«, sagte er. »Mrs. Mortimer sagt, daß sie heut mit dir gesprochen hat und dir gesagt hat, daß du zu uns kommen sollst, wenn du was brauchst. Tja, ich will dir nur sagen, daß das für Donald J. Mortimer doppelt gilt. Wenn du was brauchst, kommst du her, zu mir oder der Frau, und wir kümmern uns drum. Schrecklich, was da passiert ist, wirklich schrecklich, und wenn einem die Leute in schweren Zeiten nicht beistehen, wozu sind sie dann überhaupt gut, stimmt's?« Er klemmte sich die Zigarre mit einer schwungvollen Geste wieder zwischen die Zähne: so ähnlich, könnte ich mir vorstellen, wie ein Schreiber im Mittelalter die Spitze seines Federkiels nach Beendigung der Bergpredigt auf das Pergament drückte.

»Ja«, sagte ich. »Gut, Mr. Mortimer. Danke.«

»Und wie geht's dir so?«

»Ganz gut.«

»Amanda möchte Sie etwas fragen«, sagte Mr. Slocum lächelnd.

»Und das wäre?« erkundigte sich Mr. Mortimer, indem er

erwartungsvoll die sandfarbenen Augenbrauen hochzog und die Zigarre wieder aus dem Mund nahm.

Ich fragte ihn: »Was ist ein Mickey Finn?«

Er grinste. »Weshalb sollte eine junge Dame wie du so etwas wissen wollen?«

»Warum?« fragte ich. »Ist es etwas Schlimmes?«

»Tja«, sagte er und tätschelte sich zärtlich den Bauch. »Das kommt wahrscheinlich auf den Standpunkt an.« Behutsam klopfte er mit dem Mittelfinger die Asche von seiner Zigarre in den Aschenbecher. »Ja, weißt du, da gab's früher mal einen Barkeeper drunten in New York, im guten alten Manhattan, der hieß so. Und der hat immer, wenn einer von seinen Gästen ein bißchen zu unmanierlich geworden ist, ihm was ganz Spezielles ins Bier getan. Und ein klein bißchen später hat der Gast dann auf einmal aufgehört, unmanierlich zu sein. Auf einmal war er so friedlich wie ein Säugling.« Er hob die Zigarre an den Mund und paffte herzhaft.

»Aber was hat er ihm denn in das Bier getan?« fragte ich ihn.

»Tja«, sagte Mr. Mortimer grinsend, »woher soll ein ehrbarer Restaurantbesitzer wie ich so was wissen?«

Mr. Slocum lächelte Mr. Mortimer an. »Ich dachte, jeder Barkeeper an der Ostküste hätte das Zeug griffbereit.« Er wandte sich an mich. »Chloralhydrat. Das ist ein Schlafmittel.«

Er wandte sich wieder an Mr. Mortimer. »Und wie läuft das ehrbare Restaurantgeschäft dieser Tage?«

Mr. Mortimer deutete mit einer jovialen Geste auf das volle Lokal. »Könnte nicht besser sein. Außer wenn der liebe Gott persönlich hinterm Tresen stehen würde. Dieser Unfug mit der Prohibition ist das Beste, was mir passieren konnte.« Er unterstrich dies mit einem weiteren Grinsen und einem weiteren Paffen.

»Keine Probleme mit dem Nachschub?« fragte ihn Mr. Slocum lächelnd. »Sie hatten nicht etwa zufällig eine Lieferung Whisky an Bord der Henry Marshall?«

Die Henry Marshall war ein Schoner, der Alkohol schmuggelte. Drei oder vier Tage davor war sie, unter britischer Flagge fahrend, als erstes Schiff überhaupt von der Küstenwache außerhalb der Drei-Meilen-Zone aufgebracht worden.

Mr. Mortimer strahlte. »O nein, ich doch nicht. Ich hab das alles schon vor Jahren kommen sehen, schon vor dem Krieg. Bevor ich nach Frankreich gegangen bin, hab ich Kevin, meinen Bruder, aus Boston runterkommen lassen, damit er den Laden schmeißt. Und an dem Tag, an dem ich abgefahren bin, hab ich zu ihm gesagt, Kevin, hab ich gesagt, verkauf alles, was nicht niet- und nagelfest ist, und dann holt ihr, du und die Frau, das ganze Geld von der Bank und setzt alles, was wir haben, in flüssiges Inventar um.« Er paffte an seiner Zigarre und nickte entschlossen. »Das Klügste, was ich je gemacht hab.«

Mr. Slocum nickte. »Bewundernswerter Weitblick.«

»Das können Sie laut sagen.« Mr. Mortimer grinste und tätschelte wieder seinen Bauch. »Ich könnte dieser Dingsda, dieser Madame Helene, noch einiges beibringen, wie? Bei mir bekäme sie nämlich was für ihr Geld.«

Boyle stieß Zigarettenrauch aus und fragte beiläufig: »Kennen Sie Mrs. Archer?«

»Na sicher«, sagte Mr. Mortimer. »Geht die Frau etwa nicht einmal in der Woche zu ihr, so regelmäßig wie in die Kirche?«

Boyle lehnte sich auf seinem Stuhl zurück. »Und was halten Sie so von ihr?« fragte er, als interessierte ihn das nur mäßig.

»Tja, eine Schwindlerin, ganz klar. Diese Hokuspokus-Séancen, wo sie mit Geistern redet und so Zeug. Humbug, schlicht und einfach Humbug, stimmt's? Alles Betrug. Und die Zukunft vorhersagen? Die hat nicht mehr Ahnung davon, was im Anzug ist, als ich. *Weniger* sogar. Nur mal als Beispiel ...«

Er beugte sich vor, stützte seine dicken Ellbogen auf den Tisch und paffte an seiner Zigarre. »Wie gesagt, die Frau geht einmal in der Woche zu ihr. Diese Woche, also letzte Woche, geht sie wieder hin, und die blöde Kuh ist nicht mal daheim.

Dabei hat die Frau einen Termin, so wie immer, und dann steht sie da und klopft ewig an die Tür. Aber von der Madame Helene keine Spur. Die Frau geht dann eben wieder. Jetzt sagen *Sie* mir – wie kann man rumlaufen und sagen, daß man in die Zukunft sehen kann und alles, wenn man nicht mal einen einfachen kleinen Termin einhalten kann? Was?« Er paffte an seiner Zigarre, schüttelte den Kopf und starrte dann mit trübseligem Lächeln auf die Zigarrenasche. »Klar, daß die Frau das ganz anders sieht.«

Boyle fragte ihn: »Wann war das?«

»Am Dienstag«, sagte Mr. Mortimer. »Am letzten Dienstag. Sie geht immer dienstags zu ihr.«

»Wieviel Uhr?«

»Um elf.«

Ich sah, wie Boyle und Mr. Slocum sich, ohne eine Miene zu verziehen, anschauten. Mir fiel ein, daß meine Stiefmutter zwischen zehn und elf ermordet worden war.

Mr. Slocum sagte zu Mr. Mortimer: »Eine ungewöhnliche Frau, diese Madame Helene. Wissen Sie sonst noch was über sie?«

»Sieht aus wie ein Dackel«, sagte Mr. Mortimer und lachte in sich hinein. »Und daß sie eine Hochstaplerin ist. Mehr brauch ich gar nicht zu wissen.«

Über die an die Lippen erhobene Kaffeetasse hinweg fragte Mr. Slocum: »Wissen Sie, woher sie stammt?«

»Aus New York. Ich glaube mich zu erinnern, daß die Frau New York gesagt hat. Ist vor etwa vier Jahren hergezogen.«

Mr. Slocum stellte die Tasse ab. »Es muß auch einen Mr. Archer gegeben haben, irgendwann, irgendwo. Was ist aus ihm geworden?«

Mr. Mortimer zog seine massigen Schultern hoch. »Keine Ahnung. Nie von ihm gehört.« Er lachte wieder in sich hinein. »Hockt wahrscheinlich irgendwo in ner Hundehütte.«

Ein großer Mann mit einem runden Gesicht, der einen Smoking trug, war hinter Mr. Mortimer aufgetaucht und tippte ihm nun auf die breite Schulter. Mr. Mortimer drehte sich um, der Mann beugte sich vor und flüsterte ihm etwas ins Ohr, woraufhin Mr. Mortimer nickte. Der Mann ging weg, und Mr. Mortimer wandte sich wieder dem Tisch zu. »Muß jetzt gehen. War schön, Sie zu sehen, Mr. Slocum. Boyle. Du mußt unbedingt zu uns kommen, Amanda, und mich und die Frau besuchen.« Er zog seinen schweren Körper vom Stuhl hoch.

»Das werde ich«, sagte ich. »Grüßen Sie Mrs. Mortimer von mir.«

»Wird gemacht.« Er grinste, klemmte die Zigarre zwischen die Zähne, drehte sich um und ging schwerfällig davon.

Mr. Slocum sagte zu Boyle: »Vielleicht sollten wir uns noch einmal mit Mrs. Archer unterhalten.«

Boyle nickte. »Das hab ich grad auch gedacht.«

»Also war Mrs. Archer«, berichtete ich Miss Lizzie über die Überreste meines Steaks und meiner gebackenen Kartoffel hinweg, »nicht zu Hause, als Mrs. Mortimer zu ihr ging. Und das war um *elf Uhr.«* Ich sprach den Satz in einem unheilschwangeren Ton aus, den ich äußerst passend fand.

Miss Lizzie nickte nur.

Wie ich erwartet hatte, hatte sie die Schilderung meines Besuchs in Mortimers Lokal nicht nur mit Gelassenheit, sondern sogar mit Neugier aufgenommen, mir Fragen nach der Ausstattung, den Gästen und nach Mr. Mortimer selbst gestellt, den sie noch nicht kannte.

»Vielleicht erfahren wir morgen mehr«, sagte sie leichthin, »wenn Mr. Boyle mit ihr spricht.«

Das war nicht ganz die Reaktion, die ich erwartet hatte. Ich sagte: »Mr. Slocum glaubt, daß Sie eine Idee haben, wer der Mörder ist.«

Sie runzelte leicht verwirrt die Stirn. »Ich erinnere mich nicht, etwas Derartiges zu Mr. Slocum gesagt zu haben.«

»Er hat gesagt, er hätte diesen Eindruck gewonnen.«

Sie lächelte. »Ach so. Schließlich kann man nichts dafür, welchen Eindruck ein anderer gewinnt.«

»Aber ist es wahr?«

»Ist was wahr?«

»Daß Sie eine Ahnung haben, wer es war?«

Sie zuckte leicht die Achseln. »Vielleicht. Doch in diesem Stadium glaube ich wirklich nicht, daß wir schon Namen nennen sollten, Amanda.«

»Wer? Wer war es Ihrer Meinung nach?«

Sie schüttelte leicht den Kopf. »Es wäre nicht recht, wenn ich das jetzt schon sagen würde. Angenommen, ich würde mich irren?«

»Ich sage es auch nicht weiter. Ich verspreche es.«

Gütig lächelnd sagte sie: »Es tut mir leid, Amanda. So etwas sollte man erst aussprechen, wenn man sich absolut sicher ist. Das verstehst du doch, nicht wahr?«

Das war zwar vermutlich der Fall, hielt mich jedoch verständlicherweise nicht davon ab, den Namen wissen zu wollen. »Könnten Sie mir nicht einen kleinen Hinweis geben?«

Sie sah mich mit gespielter Strenge über den Kneifer hinweg an und verkündete: »Nein.«

Ich seufzte übertrieben.

»Miss Lizzie«, sagte ich. »Das ist nicht fair.«

»Genau wie das Leben«, sagte sie und lächelte wieder. »Laß uns den Tisch abräumen, ja?«

Wir waren gerade beim Abwasch – Miss Lizzie spülte, ich trocknete ab –, als das Telephon klingelte.

»Darf ich abnehmen?« fragte ich sie. »Wahrscheinlich ist es Vater.«

»Natürlich, Liebes. Wenn er es ist, dann frage ihn doch bitte, ob ich ihn kurz sprechen könnte.« Sie drehte am Wasserhahn, um das heiße Wasser abzustellen. Der Wasserhahn wackelte schon seit einigen Tagen, und als ich aus der Küche lief, hörte ich Miss Lizzie vorwurfsvoll sagen: »Blödes Ding.«

Es war Vater. »Wie geht es dir, Amanda?«

»Mir geht's gut, Vater. Wo bist du?«

»Noch immer in Boston. Ich komme morgen früh zurück. Ist bei dir auch wirklich alles in Ordnung?«

»Ja, mir geht's gut. Wirklich. Aber wieso bist du in Boston?«

»Ich hatte einiges zu erledigen. Geschäftliche Dinge. Aber jetzt ist alles geregelt, das meiste jedenfalls, und morgen früh fahre ich zurück.«

»Hier ist furchtbar viel passiert, Vater. Ich war heute in der ganzen Stadt und habe mit allen möglichen Leuten gesprochen. Ich war mit Miss Lizzie unterwegs und mit Mr. Boyle . . .«

»Amanda, es tut mir leid, ich will dich nicht unterbrechen, aber ich muß jetzt gehen. Es tut mir leid, Kleines. Ich habe nur angerufen, um mich zu vergewissern, daß bei dir alles in Ordnung ist. Du mußt das verstehen.«

Jeder wollte, daß ich etwas verstand, aber niemand schien gewillt zu sein, mir zu sagen, was oder warum.

»Amanda?« sagte er.

»Ja.« Ich schmollte in den Hörer. »Ich bin noch da.«

»Amanda, es tut mir aufrichtig leid«, sagte die spröde, gedämpfte Stimme. »Ich weiß, daß ich in den letzten Tagen wenig Zeit für dich gehabt habe. Ich weiß nicht, ob du mir glaubst oder nicht, und ich kann dir keinen Vorwurf daraus machen, wenn du mir nicht glaubst, aber es quält mich sehr. Wirklich, Amanda. Es tut mir leid, daß wir nicht länger miteinander reden können, aber ich hoffe, daß du immer daran denkst, daß ich dich sehr liebhabe und daß ich dich immer liebhaben werde, was auch passiert.«

»Wie meinst du das?« sagte ich, plötzlich unruhig. »Was soll denn passieren?«

»Nichts, Kleines, gar nichts.« Aber ich konnte die Anspannung, die Anstrengung in seiner Stimme deutlich hören. »Alles wird wieder gut. Ich habe dich sehr, sehr lieb. In Ordnung?«

»Ist bei *dir* alles in Ordnung, Daddy?«

Es räusperte sich. »Aber ja, Kleines, es geht mir gut. Wir sehen uns morgen vormittag. Grüße Miss Borden von mir, ja?«

»Um wieviel Uhr bist du da?«

»Gegen neun. Ich hab dich lieb, Kleines.«

»Ich hab dich auch lieb, Daddy.«

»Dann auf Wiedersehen.«

»Auf Wiedersehen.«

Aus dem Hörer an meinem Ohr kam ein metallisches Knakken.

Ich legte auf und blieb noch einen Moment stehen. Was war denn in Boston so wichtig? Hatte es wieder mit dieser Person, dieser Susan St. Clair, zu tun? Wie konnte dieses Weib wichtiger sein als ich? Als William?

Und was hatte er mit *was auch passiert* gemeint?

Ich hörte, daß Miss Lizzie in der Küche nach mir rief. Kummer und Sorge hatten sich in meiner Kehle zu einem Kloß zusammengeballt. Ich schluckte ihn (einstweilen) hinunter und verließ das Wohnzimmer. Schon im Flur, auf dem Weg in die Küche, rief ich: »Es war Vater. Er war in Eile und konnte nicht lange reden. Er läßt Sie grüßen.«

Über das Spülbecken gebeugt, rief sie mir zu: »Amanda, in der Abstellkammer steht ein Werkzeugkasten. In dem müßte ein Schraubenschlüssel sein. Weißt du, was das ist?«

»Selbstverständlich.« Ich war schließlich nicht völlig unbedarft; daheim in Boston hatte ich William einen benutzen sehen.

»Würdest du mir den holen?«

Die Abstellkammer lag auf halbem Wege zwischen dem Wohnzimmer und der Küche. Ich machte die Tür auf und tastete nach dem Lichtschalter. Es war keiner da, aber von der Decke hing eine Schnur herab. Ich zog daran, und hellgelbes Licht erfüllte den winzigen Raum.

Am Kleiderhaken hingen ein schwarzer Regenmantel aus Popeline und eine leichte Wolljacke, die ebenfalls schwarz war. Auf dem Boden, in Habtachtstellung, standen ein Paar schwarze Gummiüberschuhe und ein Paar schwarze Straßenschuhe. Der Werkzeugkasten stand in der Ecke.

Er war aus grauem Metall, sechzig Zentimeter lang, dreißig Zentimeter breit und dreißig Zentimeter hoch, und hatte vorne zwei Schließen aus Metall. Ich öffnete sie und klappte den Dekkel auf. Im ersten Fach lagen Schraubenzieher und ordentlich aufgereihte Schachteln, die Schrauben und Bolzen und Muttern und Nägel enthielten. Aber kein Schraubenschlüssel.

Als ich das Fach herausnahm, um an das Innere des Kastens zu kommen, sah ich ganz unten einen rostigen Schraubenschlüssel liegen.

Und gleich daneben sah ich das Beil.

Achtundzwanzig

Es war ein ereignisreicher und langer Tag gewesen; aber das Bild, das ich immer wieder vor mir sah, als ich nachts in meinem nach Kampfer riechenden Bett lag, war weder das Bild von Annie Holmes und ihrer Mutter, die hinter ihre Haustür zurückweichen, noch das von Roger Drummond, der voller Stolz seinen Artikel vorliest, noch das der geifernden Mrs. Marlowe, noch das des grinsenden alten Charlie, noch das von Mr. Mortimer in seinem karierten Anzug, auch nicht das von Boyle und nicht einmal das von Mr. Slocum. Sondern das des Beils.

In der Abstellkammer, über den Werkzeugkasten gebeugt, hatte ich einen Moment gezögert. Dann hatte ich, mit angehaltenem Atem, in den Kasten gegriffen, den Stiel gepackt und das Beil herausgeholt.

Es war alt, und es war schwer. Der Stiel war aus dunklem Hickoryholz, dessen Oberfläche so glatt wie Glas war. Abgesehen von der scharfen geschwungenen Schneide war das Blatt mit feinem, pulvrigem schwarzem Rost überzogen. In dem grellen gelben Licht konnte ich unten, wo es auf dem Stiel saß, gerade noch die eingravierten Worte UNDERHILL EDGE TOOL Co. ausmachen.

Miss Lizzie rief aus der Küche: »Amanda? Hast du ihn gefunden?«

»Ja«, rief ich zurück und legte das Beil so vorsichtig, als könnte es explodieren, wieder in den Kasten. Ich nahm den Schraubenschlüssel und trug ihn in die Küche.

Ich stand neben Miss Lizzie, als sie den Wasserhahn in Angriff nahm. Ich hatte noch nie eine Frau Reparaturen ausführen sehen – wenn etwas nicht mehr funktionierte, hatte Audrey es einfach weggeworfen oder die entsprechenden Handwerker geholt. Miss Lizzies plumpe Finger, die so geschickt waren, wenn sie die Spielkarten manipulierte, waren kräftig und sicher, als sie jetzt den Schraubenschlüssel an der Basis des Wasserhahns ansetzte.

»Gut, daß der Schraubenschlüssel da war«, sagte ich.

»Mhm«, sagte sie, ganz auf ihre Arbeit konzentriert.

»Der Werkzeugkasten«, sagte ich. »Gehört der zum Haus?«

»Nein«, sagte sie und machte sich entschlossen und effizient mit dem Schraubenschlüssel ans Werk. »Ich habe ihn mitgebracht. Man kann nie wissen, wann etwas kaputtgeht.« Sie richtete sich auf, drehte sich zu mir um und lächelte. »Und ich finde, daß man imstande sein sollte, mit Problemen selbst fertig zu werden.« Sie prüfte den Wasserhahn. »So. Das müßte ein Weilchen halten.«

Sie gab mir den Schraubenschlüssel. »Danke. Dann wollen wir jetzt den restlichen Abwasch machen, und danach werden wir Tee trinken.«

Wir hatten den Abwasch gemacht und unseren Tee getrunken und hatten uns ein Weilchen unterhalten, worüber, weiß ich nicht mehr. Ich war abwesend, zerstreut, und um zehn Uhr war ich, Müdigkeit vortäuschend, hinauf in mein Zimmer gegangen. Etwa eine halbe Stunde später kam Miss Lizzie die Treppe herauf und ging über den Flur in ihr Schlafzimmer. Ich hörte sie kaum; nur das Knarren und Knacken einer Fußbodendiele sagte mir, daß sie vorbeigegangen war; sie konnte sich fast geräuschlos bewegen, wenn sie wollte.

Jede Wette, Amanda, ich mache jede Wette mit dir, daß das Beil genau hier irgendwo rumliegt. Das hatte Roger Drummond gesagt, vor zwei Tagen, als er mit mir im Wohnzimmer saß.

Ich glaubte nicht, daß Miss Lizzie meine Stiefmutter getötet hatte. Ich rief mir ihre Güte ins Gedächtnis, ihr Verständnis, ihre Kraft. Sie war nicht nur intelligent, sondern darüber hinaus auch weise. Sie war letzten Endes, und zwar auf eine Art, wie es nur wenige sind, ein wahrhaft guter Mensch.

Und außerdem hatte sie, wie ich Roger gesagt hatte, absolut keinen Grund, eine Tat von solcher Brutalität, von solch blindwütigem Haß zu begehen.

Das Beil war schlicht ein weiteres Werkzeug. Wahrscheinlich hatte es seit Jahren in dem Kasten gelegen, Rost und Staub angesetzt, war völlig vergessen worden.

Ich glaubte nicht, daß Miss Lizzie Audrey getötet hatte. Aber ich verbrachte einige Zeit damit, es nicht zu glauben, bevor ich endlich einschlafen konnte.

Als ich am nächsten Morgen um neun nach unten kam, war Miss Lizzie im Wohnzimmer am Telephon. Als ich ins Zimmer kam, hörte ich sie sagen: »Ich verstehe. Und Sie werden Mr. Foley bitten, diese andere Sache zu übernehmen? Danke. Gute Fahrt. Auf Wiedersehen.«

Sie legte auf und drehte sich zu mir um. »Meine Güte«, sagte sie und lächelte. »Siehst du heute morgen aber hübsch aus!«

Ich trug mein Lieblingskleid, das weiße Organdykleid mit dem Spitzenbesatz. Darunter war das beruhigende Rascheln steifer Unterröcke zu hören. Ich trug weiße Lackschuhe, die mit Riemchen statt mit Schnürsenkeln geschlossen waren, und auch diese Schuhe mochte ich besonders gern.

»Danke«, sagte ich. »Gefällt Ihnen das Kleid wirklich?«

»Aber ja. Du siehst ganz und gar präraffaelitisch aus. Was hättest du denn gern zum Frühstück? Ich habe gestern ein schönes Stück Räucherspeck besorgt.«

Wir machten uns auf den Weg in die Küche. »Präraffaelitisch«, sagte ich. »Ist das etwas Gutes?«

»Allerdings.«

»Das war nicht Vater am Telephon, oder?«

»Nein. Das war Mr. Boyle. Er fährt für einen Tag nach Boston.

Als wir an der Abstellkammer vorbeikamen, war ich mir plötzlich stark des Beils dort drinnen bewußt: als wäre meine Haut wundersamerweise hypersensibel geworden und könnte die subtile Strahlung spüren, die dieses Ding aus Holz und Eisen aussandte.

»Warum?« fragte ich Miss Lizzie.

»Aus zwei Gründen, wie ich annehme. Zum einen wegen seiner Berichte. Er war nicht sehr mitteilsam, aber ich glaube, wenn er sie schreibt, neigt er dazu, etwas weniger aufschlußreich zu sein, als seinen Vorgesetzten lieb ist.«

Ich lächelte. »Er ist ein komischer Mann, nicht?«

»Ja«, sagte sie und machte die Eisschranktür auf. »Und tüchtig.«

»Und der andere Grund?«

»Der andere Grund ist«, sagte sie und lächelte, »daß sie den Vertreter ausfindig gemacht haben, diesen Norton, der William im Wagen nach Boston mitgenommen hat.«

»Wirklich?« sagte ich aufgeregt. »Das ist ja toll.«

»Mr. Boyle meinte, es wäre hilfreich, wenn er hinfahren und mit ihm sprechen würde. Ich stimmte ihm zu. Widerwillig.«

»Wieso widerwillig?«

Sie legte die Eier neben dem noch in weißes Papier eingewickelten Speck auf den Tisch. »Weil ich das Gefühl habe, daß sich die Situation hier bald zuspitzen wird, und mir wohler wäre, wenn er in der Nähe wäre.«

»Warum glauben Sie das?«

»Ich bin nicht ganz sicher. Instinkt, vermute ich.«

Sie machte sich am Schrank zu schaffen, holte Teller und Schüsseln heraus.

»Was ist mit Mr. Chatsworth?« fragte ich sie. »Hatte Mr. Boyle gestern abend Gelegenheit, mit ihm zu sprechen?«

Ohne mich anzusehen, sagte sie: »Das hatte er.«

»Was hat er gesagt?«

Sie zog die Besteckschublade auf.

»Miss Lizzie?«

Sie drehte sich zu mir um, faltete die Hände vor dem Bauch und seufzte. »Er hat es zugegeben. Deine Stiefmutter hat ihn erpreßt.«

Auf der moralischen Landkarte, an der ich mich damals orientierte, hatte Erpressung keine große persönliche Bedeutung. In gewisser Hinsicht freute es mich geradezu, wie ich schon sagte, daß Audrey noch etwas anderes mit ihrem Leben anzufangen gewußt hatte, als darüber zu klagen und mir das Leben zu vergällen. Nach den Erfahrungen, die ich mit ihrem Charakter gemacht hatte, kam die Tatsache, daß sie eine Erpresserin war, keineswegs sehr überraschend. Ich war nicht annähernd so betrübt, davon zu erfahren, wie ich nach Miss Lizzies Meinung anscheinend sein sollte.

Aber alle um mich herum – Miss Lizzie, Mr. Slocum, Boyle – schienen sich darin einig zu sein, daß es etwas ganz Schlimmes war, und ich nahm an, daß sie recht hatten und behielt meine Meinung daher für mich.

Während wir das Frühstück zubereiteten und während wir es dann aßen, erzählte mir Miss Lizzie, was Boyle erfahren hatte. Mr. Chatsworth hatte zwar zugegeben, erpreßt worden zu sein, aber hartnäckig bestritten, etwas mit Audreys Tod zu tun zu haben. Er war, wie er Boyle sagte, an dem bewußten Dienstag in Boston gewesen, den ganzen Tag; und er hatte dem Detektiv die Namen mehrerer Leute dort gegeben, die das bestätigen konnten. Boyle hatte vor, heute mit ihnen zu sprechen.

Und was war mit Mrs. Archer, wollte ich wissen.

Boyle wollte heute mit ihr reden, bevor er nach Boston fuhr.

Außerdem hatte er von Mr. Chatsworth ihre frühere Adresse in New York City erhalten und das dortige Pinkerton-Büro angerufen, um zu hören, ob es etwas über ihr früheres Leben in Erfahrung bringen konnte.

Gegen zehn Uhr waren wir mit dem Frühstück fertig, und fünfzehn Minuten später rief Vater an. Er war wieder im Fairview, wie er mir sagte, und wollte in etwa einer halben Stunde zu uns kommen.

Miss Lizzie, die darum gebeten hatte, ihn sprechen zu können, ging nach mir an den Apparat und fragte ihn, ob wir beide statt dessen nicht ins Hotel kommen könnten. Sie sagte, daß sie ihn gerne sprechen würde. Er war einverstanden.

Das Hotel Fairview, das auf einer breiten Landzunge lag und auf das Meer blickte, war ein großer weißer Bau im Zuckerbäkkerstil und hatte ein Flair von schwindender, aber noch immer schicklicher Ehrbarkeit. (Vater hatte uns einmal alle zum Abendessen dorthin mitgenommen, und das einzige Geräusch im ganzen Speisesaal war das gedämpfte Klappern von Silber und Porzellan gewesen.) Rund um das gesamte achteckige Gebäude zog sich eine mit Säulen bestandene hölzerne Veranda. An sonnigen Tagen saßen die älteren Gäste auf den weißen Korbmöbeln dort draußen und starrten mit ausdruckslosen Gesichtern stumm über die grünen Rasenflächen, über die Tennis spielenden jungen Leute hinweg auf die kleinen Boote, die langsam in den Hafen glitten oder ausliefen.

Der Himmel war heute bewölkt, die Sonne verhangen, aber einige Leute saßen immer noch draußen, ein paar davon trotz der Hitze in Wolldecken gepackt wegen des Windes, der vom Ozean herkam und kleine weiße Schaumkronen auf dem grauen Wasser tanzen ließ.

Als wir die breite Verandatreppe hinaufgingen, rief jemand: »He! Miss Borden!«

Es war ein kleiner Mann in einem braunen Anzug, der, so unwahrscheinlich das klingen mag, noch ausgebeulter war als der von Boyle. Das Gesicht unter dem braunen Filzhut war schmal und spitz wie das eines Fuchses. Während er uns über die Veranda entgegenlief, zog er mit der linken Hand blitzschnell ein Notizbuch aus der Jackentasche und riß mit der rechten einen Bleistift hinter dem Ohr hervor.

»Phillips«, verkündete er, als er bei uns ankam. »Von der ›Tribune‹.« Sein scharfes Kinn hüpfte auf und ab, während er seinen Kaugummi kaute. »Wie gut kannten Sie Mrs. Burton?«

Abgesehen von Roger Drummond waren wir bislang von Reportern und Photographen verschont geblieben. Diejenigen, die sich in den Tagen der Belagerung vor Miss Lizzies Haus versammelt hatten, schienen sich mit dem übrigen Pöbel verzogen zu haben. Doch nun war uns das Glück offenbar nicht mehr gewogen.

»Bedaure«, sagte Miss Lizzie höflich. »Ich habe nichts zu sagen.«

Sie ging weiter, doch er machte einen Schritt zur Seite, um uns den Weg zu versperren.

»He, kommen Sie schon, geben Sie mir ne Chance.« Es war mehr ein Befehl als eine Bitte.

Miss Lizzie sagte: »Würden Sie mir bitte aus dem Weg gehen?«

»Was sagen Sie dazu, daß die Bullen den jungen Burton verhaftet haben? Würden Sie Ihre Ansicht darüber unseren Lesern mitteilen?«

»Ich habe Ihren Lesern nicht das geringste mitzuteilen.«

Er nickte genau so, als hätte sie die Frage beantwortet, und fuhr fort: »Und was ist mit der Möglichkeit, daß es ein Einbrecher war?«

»Wenn Sie nicht aufhören, uns zu belästigen«, sagte Miss Lizzie, »hole ich einen Polizisten und zeige Sie an.«

Das Gesicht des Mannes verzog sich vor Ärger. »Hören Sie, Lady, ich tu nur meine Arbeit.«

»Dann tun Sie die bitte woanders.«

»Hören Sie«, sagte er, plötzlich aufrichtig, »wir können uns doch einigen. Sie reden mit mir, exklusiv, und ich halt Ihnen die anderen Burschen vom Leib. Das garantiere ich.«

Mit leiser Stimme und jedes Wort deutlich artikulierend, sagte Miss Lizzie: »Gehen ... Sie ... mir ... aus ... dem ... Weg.«

Der Mann warf die Hände in die Höhe und trat zur Seite. »Na schön, na schön, na schön«, sagte er, und es gelang ihm erstaunlicherweise, in seinem Ton sowohl Bedauern als auch eine Drohung mitschwingen zu lassen. Als wir an ihm vorbeigingen, nickte er mir zu. »Das die kleine Burton? Hab schon gehört, daß Sie zwei jetzt dicke Freunde sind.« Und dann mit erhobener Stimme hinter uns her: *»Weiß sie von Nance O'Neil?«*

Miss Lizzie marschierte weiter, ohne von ihm Notiz zu nehmen, während ich mir den Hals verrenkte und zurücksah. Der Mann stand da, die Hände in die Hüften gestemmt, den Kopf zurückgelegt, und grinste anzüglich, während seine Kinnlade methodisch den Kaugummi bearbeitete.

Ich wußte nicht, was er damit gemeint hatte; ich wußte nur, daß mir Roger Drummond, falls er *das* werden wollte, gestohlen bleiben konnte.

Am entgegengesetzten Ende der leeren Hotelhalle saß Vater mit Mr. Foley, dem anderen Pinkerton-Detektiv, auf einem langen purpurroten Samtdiwan, der von zwei kleinen deprimierten Palmen eingerahmt wurde. Vater, der einen grauen Anzug ohne Weste trug, hatte die Beine übereinandergeschlagen und trommelte mit dem Hut leicht auf sein Knie. Als er uns sah, stand er auf, lächelte und winkte und kam uns über den weißen Marmorfußboden entgegen. »Hallo.« Er beugte sich herab, nahm mich in die Arme, küßte mich auf die Wange. Sein Schnurrbart kitzelte wie immer. »Wie geht es dir, Amanda?« Er lächelte.

»Gut.« Nach dem Telephonanruf vom Vorabend war ich noch ein bißchen zurückhaltend, verlegen und noch ein bißchen beleidigt. »Und wie geht es dir?«

»Bei mir ist alles in Ordnung.« Aber als er mich losließ und sich aufrichtete, wandte er ganz kurz den Blick ab. Dann sah er mir wieder in die Augen und lächelte. »Du siehst in dem Kleid sehr hübsch aus.«

So hübsch wie Susan St. Clair? hätte ich gerne gefragt. »Danke«, sagte ich.

Er wandte sich an Miss Lizzie. »Miss Borden. Wie geht es Ihnen?«

»Danke, sehr gut.« Sie wandte sich an Mr. Foley, den sie noch nicht kennengelernt hatte und der gerade hinter Vater aufgetaucht war.

»Foley, Miss Borden«, sagte er. Er war groß und dünn, hatte kurzgeschorenes Haar und einen ordentlich gestutzten Schnurrbart, die beide vorzeitig weiß waren, und sah mit seinem dunkelgrauen Nadelstreifenanzug und den weißen Gamaschen sehr fesch aus. »Ich habe mit Harry Boyle gesprochen. Ist es Ihnen recht, wenn ich Sie später anrufe?«

»Ausgezeichnet«, sagte Miss Lizzie. »Danke.«

Mr. Foley nickte, wandte sich an Vater und sagte: »Ich werde mich auch bei Ihnen melden, Mr. Burton.«

Vater nickte. »Danke, Foley.«

»Wiedersehen«, sagte Foley und nickte Miss Lizzie zu. »Miss Borden.«

Sobald er außer Hörweite war, sagte Miss Lizzie zu Vater: »Wenn Sie eine Minute Zeit hätten, würde ich Sie gerne sprechen. Alleine.«

Vater schürzte die Lippen – etwas überrascht, wie ich glaube, wegen der Betonung des Alleinseins – und nickte dann. »Wir können in die Bibliothek gehen. Da ist nie jemand.«

Miss Lizzie wandte sich an mich. »Amanda, du entschuldigst uns kurz, ja?«

Nun war ich es, die überrascht war; ich runzelte die Stirn. Warum wollte sie Vater unbedingt unter vier Augen sprechen?

Sie sagte: »Du kannst hier warten, Liebes. Es dauert nur ein paar Minuten. Ich verspreche es.«

Vater lächelte mir zu. Ich glaube, es sollte beruhigend sein, aber es kam mir gezwungen und unsicher vor.

»Na gut«, sagte ich.

Sie gingen weg und verschwanden hinter der Ecke am nördlichen Ende der Halle. Ich setzte mich auf den Diwan, beugte mich vor und nahm eine Ausgabe von ›Collier's‹ von dem Zeitschriftenstapel auf dem Couchtisch.

Es verging keine Minute, bevor jemand neben mir Platz nahm und einen braunen Filzhut auf den Tisch warf. »Hallo, Kleine.« Phillips, der Reporter, hockte auf der Diwankante, nur etwa einen Meter rechts von mir. »Wirklich schlimm, das mit deiner Mutter.«

»Ich habe nichts zu sagen«, teilte ich ihm mit.

»Folgender Vorschlag«, sagte er rasch mit aufgerissenen und ehrlichen Augen. »Nur ein paar Fragen und ich verdufte, einverstanden?« Seine Augen verengten sich, und die Ehrlichkeit verschwand. »Also, ich hab gehört, daß du und deine Mutter nicht gut miteinander ausgekommen seid, und ich hab gehört, daß ihr zwei am Dienstag einen Mordskrach gehabt habt, kurz bevor sie massakriert worden ist. Ich will bloß folgendes wissen – hat deine Freundin Lizzie von dem Streit gewußt? Ich meine, hat sie ihn mitgekriegt? Oder ihn vielleicht gehört?«

»Natürlich nicht. Außerdem würde das auch nichts ändern.«

Sein Blick glitt rasch durch die Halle, kehrte zu mir zurück. »Ich habe mir gedacht, vielleicht *hat* sie ja was gesehen, und weil sie deine Freundin ist, verstehst du, beschließt sie, die Sache für dich zu deichseln.« Er blinzelte mir verschlagen zu. »Kapierst du, worauf ich hinauswill?«

»Hat sie aber nicht«, sagte ich. »Und selbst wenn, würde das auch nichts ändern.«

»Hör mal, Kleine, die Lady da hat Erfahrung mit Beilen.« Er sah sich wieder rasch in der Halle um. »Ich meine, schließlich wäre es nicht das erste Mal oder so. Kannst du mir folgen?«

»Nein, kann ich nicht, und ich glaube, Sie sollten mich lieber in Ruhe lassen.«

»Hör mal«, sagte er und sah weg, schnitt dann eine Grimasse, schnappte seinen Hut und stand auf. »Bis später, Kleine.« Er sauste um den Tisch herum und spurtete durch die Halle.

Er hatte natürlich gesehen, daß Miss Lizzie und Vater zurückkamen. Ich legte die Zeitschrift weg. Als sie bei mir ankamen, sagte Miss Lizzie: »Hat dich der Mann belästigt, Amanda?«

»Ich glaube, er hat es versucht«, sagte ich. »Ich habe ihm gesagt, daß ich nicht mit ihm sprechen will.«

Stirnrunzelnd blickte Miss Lizzie zum Hoteleingang, durch den Phillips geflüchtet war.

Vaters Gesicht war blaß und schlaff. Er sagte: »Amanda, ich glaube, wir müssen miteinander reden.«

Mir war plötzlich wieder ganz beklommen zumute: Ich fürchtete, er würde mir mitteilen, daß er vorhatte, William und mich zu verlassen und mit Susan St. Clair fortzugehen. Ich sah Miss Lizzie an. Sie schwieg.

Ich sah wieder Vater an. »Na gut«, sagte ich.

Er holte tief Luft. »Gehen wir in die Bibliothek.«

Miss Lizzie sagte: »Ich warte hier, Liebes.«

Neunundzwanzig

Wie Vater gesagt hatte, war die Bibliothek verlassen. Es war ein kleiner Raum, knapp vier auf vier Meter groß, in dem sich an drei Wänden Bücher reihten, während sich in der vierten ein breites Flügelfenster befand, das über die Veranda auf das bleigraue Meer blickte.

»Setz dich, Amanda.«

Ich setzte mich in einen schwarzen Ledersessel, und Vater nahm in dem daneben Platz.

Er schlug die Beine übereinander und lehnte sich steif zurück, die Arme über der Brust verschränkt. Wieder holte er tief Luft. Er sagte: »Ich habe nicht die Wahrheit gesagt.«

»Wie meinst du das, Vater?« Das hatte er mir doch schon gesagt.

»Ich meine damit, daß ich gelogen habe. Ich habe die Polizei belogen, dich belogen, alle. Auch mich selbst.«

»Bei was?«

»Bei fast allem. Ich war am Dienstag vormittag nicht in Boston. Ich war hier in der Stadt.«

»Aber ich dachte, du wärst bei Susan St. Clair gewesen.«

Er nickte. »Wir sind in ihrem Wagen hierhergefahren.«

»Warum?« fragte ich.

Er strich sich kurz über den Schnurrbart und betrachtete mich prüfend. Dann sagte er: »Ich wollte Audrey um die Scheidung bitten.«

Ich starrte ihn an. Eine Scheidung war damals längst nicht etwas so Alltägliches wie heute, sondern wesentlich folgenschwerer. Daß er sich scheiden lassen wollte, schockierte mich vermutlich mehr, als wenn er mir gesagt hätte, daß er Audrey getötet hatte.

Er sagte: »Es war schon seit langem keine gute Ehe mehr. Wir hielten nur noch den äußeren Schein aufrecht, und selbst das nicht besonders gut.«

Er schüttelte den Kopf. »Ich weiß auch nicht. Wenn ich Susan nicht begegnet wäre, wer weiß, vielleicht hätte ich dann so weitergemacht. Aber ich bin ihr nun einmal begegnet, und dadurch hat sich alles geändert. Nach einiger Zeit wurde die Situation mit Audrey . . . unerträglich.«

Er starrte mit zusammengekniffenen Augen ins Leere. »Ich begann sogar, sie zu hassen. Alles an ihr zu hassen. Den Klang ihrer Stimme, wie sie atmete, wie sie roch. Das schmatzende Geräusch, das sie machte, wenn sie schlief.«

Er furchte die Stirn, als wäre er von der Heftigkeit seiner Gefühle überrascht und verwirrt. »Ich habe noch nie einen Menschen gehaßt, richtig gehaßt. Es ist kein angenehmes Gefühl.«

Er holte wieder Luft, atmete langsam aus, wandte sich wieder mir zu. »Ich hatte schon seit geraumer Zeit darüber nachgedacht.« Seine Stimme klang sehr müde. »Über die Scheidung. Ich wußte, daß es nicht leicht sein würde. Ich wußte, daß Audrey Schwierigkeiten machen würde, selbst wenn ich ihr eine noch so große Abfindung anbot. Aber schließlich hatte ich den Punkt erreicht, wo mir alles egal war. Ich war bereit, ihr alles zu geben, was sie wollte.«

»Du meinst, sogar mich und William?«

Seine Augen weiteten sich, als er mich ansah, und dann lächelte er traurig. »Nein. Natürlich nicht. Wenn es dazu gekommen wäre, hätte ich Susan aufgegeben. Amanda, ich liebe dich und deinen Bruder mehr als alles auf der Welt.«

Ich spürte ein Brennen an den Augenrändern.

Wieder holte er tief Luft. »Wie dem auch sei. Am Montag abend kam ich zu einem Entschluß. Ich konnte einfach nicht mehr mit ihr leben. Am Dienstag fuhr Susan mit mir her. Zur moralischen Unterstützung.« Er lächelte matt. »Und die brauchte ich. Ich bin leider kein besonders starker Mensch. Und Audrey konnte richtig ... furchteinflößend sein. Im letzten Moment hätte mich beinahe der Mut verlassen. Kurz vor der Stadt hielt ich am Straßenrand an und saß mit Susan ein Weilchen im Wagen. Du kennst doch die große Eiche? Auf der kleinen Wiese bei der Brücke?«

Ich nickte.

»Dort saßen wir. Und Miss Borden glaubt, daß William uns dort gesehen hat. Ich glaube, sie könnte recht haben.«

»William?«

»Er muß uns irgendwo gesehen haben, und dort war die Wahrscheinlichkeit am größten. Wenn William vom Sumpf aus am Bach entlang gegangen ist, als er die Stadt verließ, so, wie er dir erzählt hat, dann hätte er genau dort an der Brücke die Landstraße erreicht.

Ich hatte mich das schon bei meinen Eltern gefragt, als er mir sagte, daß er per Anhalter nach Boston gefahren war. Wieso hatten Susan und ich ihn dann nicht auf der Landstraße gesehen? Wir hatten ihn nicht gesehen, weil er sich natürlich versteckt hatte. Er muß den Bach heraufgekommen sein, Susan und mich gesehen haben und dann durch das Wäldchen neben der Straße gegangen sein, bis er außer Sichtweite war. Vermutlich dachte er, daß es für uns alle peinlich wäre, wenn er dort auftauchen würde.«

Sein Lächeln war gleichzeitig traurig, schief und bitter. »Ein reizender Zufall, nicht? Perfekte Koordinierung. Wenn er fünfzehn oder zwanzig Minuten später gekommen wäre, hätte er uns nicht gesehen. Und wäre jetzt nicht im Gefängnis.«

Ich sagte: »Ich verstehe es immer noch nicht.«

»Miss Borden erzählte mir, daß du bei deinem Besuch im Gefängnis zu ihm gesagt hast, daß die Polizei den Leuten, die an diesem Tag unterwegs waren, ein Bild von Susan zeigen sollte. Erinnerst du dich? Um festzustellen, ob sie jemand wiedererkennt? Nun, William wußte, daß Susan an dem Tag tatsächlich auf dieser Straße gewesen war. William hatte sie gesehen, und er hatte mich gesehen. Er wußte, daß ich hier in der Stadt war, und zwar zu der Zeit, als Audrey getötet wurde. Und er wußte, daß ich behauptete, um diese Zeit in Boston gewesen zu sein. Er gestand den Mord an Audrey, um mich zu schützen, Amanda. Begreifst du es jetzt? Er glaubt, daß ich sie getötet habe.«

»Aber das hast du nicht.« Ohne daß ich es gewollt hätte, wurde aus dieser Feststellung eine Frage, als sie mir über die Lippen kam.

Er sah mich an. »Nein. Ich habe sie nicht getötet.«

Er straffte die Schultern, wie um sich für etwas zu wappnen, und legte die Arme auf die Sessellehnen. »Ich ließ Susan dort zurück, an dem Baum. Ich wollte alleine in die Stadt fahren. Ich wollte es hinter mich bringen, aber gleichzeitig wollte ich mich auch davor drücken. Ich fuhr nicht sehr schnell.« Er lächelte matt, selbstironisch.

»Und dann, als ich zum Haus kam, hat mich die Courage

völlig verlassen. Ich fuhr ein Weilchen herum und versuchte, mir wieder Mut zu machen.« Er starrte wieder ins Leere, zog die Augenbrauen hoch, schürzte die Lippen. »Wenn ich sofort ins Haus gegangen wäre, gleich auf der Stelle, dann hätte ich den Mord an Audrey vielleicht verhindern können. Der Zeitpunkt stimmte. Vielleicht hätte ich sie retten können. Ich habe viel darüber nachgedacht.«

»Daddy«, sagte ich, »es war nicht deine Schuld.«

Er sah mich traurig an. »Vielleicht nicht. Ich weiß es nicht.« Er räusperte sich. »Jedenfalls habe ich den Wagen in der Burnside Street stehen lassen und bin zu Fuß nach Haus gegangen.« Mir fiel der Packard ein, den Charlie dort gesehen hatte. Und mir fiel zum erstenmal ein, daß William mir erzählt hatte, daß Susan St. Clair einen Packard besaß.

»Die Haustür war verriegelt«, sagte Vater. »Ich schloß auf und ging hinein. Unten war niemand. Ich ging hinauf in unser Schlafzimmer, aber es war leer. Ich schaute in dein Zimmer, aber du hast geschlafen.«

»Wieso hast du mich nicht geweckt?«

Ein trauriges Lächeln. »Du hast so friedlich ausgesehen, Amanda. Du hast so glücklich ausgesehen, wie du da lagst. Und wenn ich dich geweckt hätte, hätte ich dir sagen müssen, warum ich gekommen war. Oder eine Ausrede erfinden müssen. Beides hätte ich vermutlich nicht fertiggebracht. Das ist das eine. Aber vor allem habe ich dich wohl deshalb nicht geweckt, weil ich bereits vorhatte, wieder zu gehen.«

Er lächelte bitter. »Ein weiteres reizendes Beispiel für meinen Mut. Wenn Audrey nämlich nicht zu Hause war, dann war sie einkaufen. Ich konnte also unbemerkt wieder gehen und die ganze Sache ein Weilchen ad acta legen. Auf den nächsten Tag verschieben.« Er zuckte die Achseln. »Ich sagte es dir ja bereits. Ich bin kein besonders starker Mensch. Ich scheue Konfrontationen.«

Er strich sich wieder über den Schnurrbart. »Ich ging wieder nach unten. Ich wollte das Haus schon verlassen, zurück zu

Susan gehen, als mir das Gästezimmer einfiel. Ich wußte, daß sie da manchmal ihr Nickerchen machte. Also ging ich nach oben . . . und fand sie.«

Wieder schürzte er die Lippen und starrte vor sich hin. »Ich stand eine Minute lang da und sah sie nur an.« Bei der Erinnerung daran wurde sein Gesicht schlaff. »Mir war übel, und ich konnte mich nicht bewegen. Das viele Blut. Das ganze Zimmer stank danach.« Er wandte sich mir zu. »Und ich muß wohl auch leicht verrückt gewesen sein. Weil trotz des Schocks und der Übelkeit etwas in mir richtig froh war. Eine kleine Stimme in meinem Kopf sagte mir: ›Jetzt bist du *frei*. Sie ist *weg*.‹« Er zuckte zusammen und schüttelte den Kopf. »Ich weiß nicht, ob du das verstehen kannst.«

Ich sagte: »Doch.« Hatte ich nicht selbst ähnliches empfunden?

Er atmete wiederum tief ein. »Und dann wurde mir schlagartig klar, daß jeder denken würde, *ich* hätte sie getötet. Jeder würde *wissen*, daß ich sie getötet habe, obwohl ich es nicht getan hatte. Denn ich hatte ein Motiv – Susan.«

Er zuckte die Achseln. »Und so lief ich weg. Ich lief die Treppe hinunter und ins Wohnzimmer. Ich ging zum Fenster und schaute hinaus, um nachzusehen, ob draußen jemand war. Und da war tatsächlich jemand, ein Mann kam den Gehweg hoch. Charlie, der alte Neger, der Hühner verkauft.«

Ich fragte ihn: »Hat er dich gesehen?«

»Ich bin nicht sicher. Aber ich glaube schon.« Heute glaube auch ich, daß Charlie ihn sah und daß er beschloß, sich aus einer Angelegenheit der Weißen herauszuhalten. Letzten Endes hätte sein Wort gegen das von Vater gestanden.

»Auf jeden Fall«, sagte Vater, »wartete ich, bis er weg war, und dann ging ich. Ich sperrte die Tür hinter mir zu.«

Er seufzte. »Amanda«, sagte er, und seine blauen Augen glänzten verwundet. Er blickte zu Boden, blickte wieder mich an. »Am meisten bedauere ich allerdings, daß ich dich dort allein gelassen habe. Zugelassen habe, daß du sie findest. Sie derart zerstückelt sehen mußtest. Ich war so mit mir beschäftigt, daß ich überhaupt nicht an dich gedacht habe! Es tut mir so leid.« Er räusperte sich wieder. »Es tut mir so leid, daß meine Feigheit, meine Schwäche dir das angetan haben. Es tut mir wirklich von ganzem Herzen leid.«

»Nein, Daddy«, sagte ich, indem ich mich vorbeugte und nach seiner Hand griff. »Nein, Daddy. Ist schon gut. Wirklich. Du warst eben durcheinander.«

Er drückte meine Hand und holte bebend Luft. »Nein«, sagte er. »Ich hatte keinen Mumm. Und das werde ich mir niemals verzeihen können.«

»Es ist gut. Wirklich.« Ich wollte, daß er aufhörte, sich Vorwürfe zu machen, sich zu quälen; ich wechselte das Thema. »Was war dann? Hast du Susan St. Clair das mit Audrey gesagt?«

Er schüttelte den Kopf. »Nein«, sagte er. »Nein, nicht sofort. Ich sagte ihr, ich hätte Audrey nicht gesehen, und fuhr wie ein Irrer aus der Stadt hinaus. Nachdem ich ungefähr eine Stunde gefahren war, vielleicht war es auch eineinhalb Stunden später, hielt ich wieder an. Dann sagte ich es ihr. Und im nächsten Ort rief ich das hiesige Polizeirevier an. Ich weiß nicht, mit wem ich gesprochen habe – mit dem Beamten eben, der dort die Anrufe entgegennimmt. Ich sagte ihm zunächst, daß ich im Haus der Familie Burton einen Streit gehört hätte, und er sagte, das wisse die Polizei bereits. Er wollte meinen Namen wissen. Ich fragte ihn nach dir, und er sagte, dir sei nichts geschehen, und ich legte auf.«

»Warum bist du gestern nach Boston gefahren?«

»Ich mußte mit Susan sprechen. Nachdem William gestanden hatte, wollte er mich nicht mehr sehen. Er weigerte sich. Ich wußte, daß ich der Polizei die Wahrheit sagen mußte. Und das betraf auch Susan – ich konnte nicht zur Polizei gehen, bevor ich mit ihr gesprochen hatte und sie meine Handlungsweise verstand. Wahrscheinlich mußte ich einfach noch ein bißchen Zeit mit ihr verbringen, bevor ich zur Polizei ging.«

Ich empfand eine mir vertraute Verärgerung: Mit *mir* hatte er keine Zeit verbringen müssen. »Dann willst du es ihnen jetzt sagen? Heute?«

Er nickte. »Amanda, Susan und ich haben um zehn Uhr an der Brücke gehalten. Ich fuhr etwa zwanzig Minuten später weiter. Die Polizei glaubt, daß Audrey um zehn noch am Leben war. Verstehst du? Wenn William uns zu dieser Zeit gesehen hat, dann kann er sie nicht getötet haben.« Er nickte langsam, bekümmert. »Ja, ich werde zur Polizei gehen. Ich muß.«

»Aber Mr. Boyle und die Pinkerton-Leute haben den Mann doch gefunden, der William mitgenommen hat. Sie werden bestimmt dafür sorgen, daß er die Wahrheit sagt.«

»Selbst wenn es ihnen gelingt, selbst wenn sie das fertigbringen, liegt der Polizei noch immer Williams Geständnis vor. Ich muß erklären, warum er gestanden hat.«

»Aber was geschieht mit dir? Was wird die Polizei tun?«

»Das weiß ich nicht. Ich glaube nicht, daß sie genügend Beweise haben, um mich zu verhaften. Nicht wegen Mordes. Sie können mich wegen Falschaussage anklagen oder es jedenfalls versuchen.« Er zuckte wieder die Achseln. »Ich weiß es wirklich nicht. Ich bin um halb zwölf mit Mr. Spencer, dem Anwalt, verabredet. Er wird mit mir zur Polizei gehen.«

»Aber was passiert, wenn sie dich doch verhaften?«

Er lächelte, drückte meine Hand. »Das werden sie schon nicht, Kleines.«

»Aber wenn sie es doch tun?«

»Amanda«, sagte er, »alles wird wieder gut werden.«

»Das sagt Miss Lizzie auch immer. Aber bis jetzt ist noch gar nichts wieder gut geworden.«

»Das kommt noch«, sagte er. Er lächelte. »Sie ist eine sehr gescheite Frau, deine Freundin Miss Borden. Sie hat sich das meiste davon selbst zusammengereimt. Wenn ich noch nicht beschlossen gehabt hätte, zur Polizei zu gehen, dann hätte ich mich bestimmt nach dem Gespräch mit ihr dazu entschlossen.« Er stand auf. »Komm. Du gehst jetzt wieder mit Miss

Borden nach Hause. Ich komme heute nachmittag vorbei und erzähle dir, wie es ausgegangen ist.«

Ich stand auf und umarmte ihn. »Ich hab dich lieb«, sagte ich.

Seine Arme umfingen mich. »Ich hab dich auch lieb, Amanda.«

Um zwei Uhr hatten wir noch immer nichts von Vater gehört. Boyle hatte um eins aus Boston angerufen und Miss Lizzie mitgeteilt, daß es ihm nicht möglich gewesen war, Mrs. Archer ausfindig zu machen, bevor er wegfuhr. Er hatte jedoch mit dem New Yorker Pinkerton-Büro gesprochen und rechnete damit, bis zum Abend Näheres von dort zu erfahren.

Nachdem wir zu Mittag gegessen hatten, saßen Miss Lizzie und ich draußen auf der Veranda und tranken unseren Tee. Der Himmel war noch immer bewölkt, doch der Wind hatte sich gelegt, und die Luft war still und heiß und sehr feucht. Sie ließ auf allem eine dünne feuchte Schicht zurück, wie die Spur einer Schnecke.

»Vielleicht sollte ich zum Polizeirevier gehen«, meinte ich.

»Ich glaube nicht, daß das hilfreich wäre, Liebes.«

»Aber vielleicht schlagen sie ihn oder so.«

Sie lächelte. »Ich vermute, daß die Polizei selten Leute schlägt, die sich Anwälte leisten können. Er wird wohl keinen leichten Stand haben, aber ich bezweifle, daß sie ihm körperlichen Schaden zufügen.«

»Warum sollte er keinen leichten Stand haben?«

»Polizisten neigen meiner Meinung nach zu der Auffassung, daß man, wenn man ihnen nicht die volle Wahrheit sagt, ein schweres Vergehen gegen das Universum begeht. Dessen Repräsentanten natürlich *sie* sind.«

»Und Sie glauben nicht, daß sie ihm weh tun werden?«

»Nein, ganz bestimmt nicht. Und wie er dir gesagt hat, haben sie anscheinend nicht genügend Beweise, um ihn wegen irgendeiner Sache festzuhalten.«

»Schon, aber sie werden trotzdem denken, daß er es war.«

Sie nippte an ihrem Tee. »Vielleicht. Wir können nun einmal nicht wissen, was sie denken.«

»Alle werden das denken. Nicht?«

»Wen meinst du damit?«

»Alle. Hier in der Stadt. Und daheim in Boston.«

Sie lächelte. »Meinst du die Leute, die sich vor ein paar Tagen draußen auf der Straße versammelt haben? Die alle?«

»Ja, schon. Aber auch alle anderen. Alle seine Freunde in Boston. Die Leute, mit denen er arbeitet.«

»Wenn sie tatsächlich seine Freunde sind«, sagte sie, »werden sie nicht über ihn richten. Das bedeutet Freundschaft nämlich. Über den anderen nicht zu richten. Wenn sie ihn kennen und ihn mögen, werden sie sich nicht darum kümmern, was die Polizei irgendeiner unbedeutenden Kleinstadt denkt. Und außerdem bin ich immer noch davon überzeugt, daß wir herausfinden werden, wer dieses Verbrechen tatsächlich begangen hat.«

»Ja, schon, vielleicht, aber ich bin trotzdem schrecklich froh, daß wir nicht hier leben.«

Sie nippte an ihrem Tee. »Ja. Das kann ich verstehen.«

Und da mußte ich – zum ersten Mal, glaube ich – daran denken, daß Miss Lizzie nach ihrem Prozeß zeit ihres Lebens in Fall River geblieben war, obwohl sie wußte, daß viele, vielleicht sogar die meisten Menschen in ihrer Umgebung glaubten, daß sie schuldig war. Fast dreißig Jahre hatte sie in einer Stadt gelebt, die davon überzeugt war, daß sie ihre Eltern ermordet hatte.

Warum war sie nicht weggezogen? Sie hatte Geld; sie hätte überall hingehen können, sogar ins Ausland. Sie hätte wieder nach Paris gehen können. Warum war sie in Fall River geblieben?

»Miss Lizzie?«

»Ja?«

Plötzlich hörte ich, daß es an der Haustür klopfte.

Ich sagte: »Vielleicht ist es Vater!«

Sie lächelte, nippte an ihrem Tee. »Vielleicht solltest du lieber nachsehen.«

Ich sprang vom Stuhl und rannte durch den Flur in die Diele. Ich drückte die Klinke herunter und riß die Tür auf.

Und draußen auf der Veranda, in einem Seersucker-Anzug und mit einem breiten Grinsen im Gesicht, stand William.

Dreißig

»Es geht ihm wirklich gut«, sagte William. »Sie stellen ihm nur Fragen. Mr. Spencer ist bei ihm, der Anwalt.«

Inzwischen waren wir alle drei auf der Veranda. Nachdem ich die beiden einander vorgestellt hatte, schenkte Miss Lizzie William eine Tasse Tee ein.

»Bist du sicher, William?« fragte ich ihn.

»Absolut.«

»Und dich haben sie einfach so freigelassen?«

»Mehr oder weniger. Dad und Chief Da Silva kamen ins Gefängnis, und Daddy sagte einfach: ›William, ich weiß, daß du Susan St. Clair und mich am letzten Dienstag gesehen hast. Ich möchte, daß du weißt, daß Audrey schon tot war, als ich ins Haus kam.‹ Und Da Silva sagte zu mir: ›William, haben Sie Ihren Vater am Dienstag vormittag vor der Stadt gesehen, so gegen zehn Uhr?‹ Und ich sehe Dad an, und er nickt, und ich sage zu Da Silva, ›ja‹, und er sagt: ›Wollen Sie Ihr Geständnis widerrufen?‹ Du weißt ja, wie er ist, verzieht keine Miene, wie ein Felsklotz oder so was. Und ich sage zu ihm, ›ja‹, und er nickt nur und geht.«

»Und dann?«

»Dann sagt Dad zu mir, daß ich blöd war, etwas zu gestehen, was ich gar nicht getan habe, aber daß er es versteht. Wir gaben uns die Hand und so.« Er blinzelte und sah einen Moment zur

Seite. »Und dann kommt Da Silva mit dem Schlüssel zurück und sperrt die Zelle auf. Und er sagt zu Dad: ›Sie können ein paar Minuten miteinander sprechen. Anschließend kommen Sie in mein Büro.‹ Und damit hatte es sich.«

»Und du bist ganz sicher, daß mit Vater alles in Ordnung ist?«

»Bestimmt, es geht ihm gut. Er sagte, ich soll herkommen und dir sagen, daß du dir keine Sorgen zu machen brauchst.«

Wir redeten noch etwa eine halbe Stunde, und William erzählte uns, wie es ihm in den letzten Tagen ergangen war, von den Wanzen, dem Gestank, dem Schwachkopf von Gefängniswärter. Obwohl er erst siebzehn war, hatte er bereits diese irritierende männliche Angewohnheit, von zurückliegenden Nöten so zu sprechen, als wären es schlicht amüsante Unannehmlichkeiten gewesen.

Um drei Uhr klopfte es wieder an der Tür.

William verstummte und sah Miss Lizzie an, die mich ansah. »Würdest du bitte nachsehen, Amanda?«

Es war Vater. Er lächelte auf mich herunter und sagte: »Ich habe den Wagen da. Wollen wir drei nicht ein bißchen wegfahren?«

Wir fuhren zu Mortimers Lokal. Vater trank einen Scotch mit Wasser, William ein Bier, ich einen Kaffee. William war ausgelassen, lachte und grinste in einem fort, und Vater stand ihm darin kaum nach.

Ich dagegen empfand eine merkwürdige Lustlosigkeit und Ernüchterung. Natürlich war ich froh, daß die Polizei Vater nicht festgenommen hatte; aber es kam mir so vor, als hätten die beiden vor lauter Freude über ihre Freiheit vergessen, daß weder die Polizei noch Mr. Boyle eine Ahnung hatte, wer Audrey nun wirklich getötet hatte. Und bis diese Person gefunden war, würde sich der Verdacht gegen meinen Vater und meinen Bruder und vielleicht sogar gegen mich richten.

Und außerdem vermute ich, daß tief in meinem Innern,

irgendwo im Unterbewußtsein, das Wissen war, daß Vater mich nicht nur angelogen hatte, sondern daß er, wie er zugab, es mir überlassen hatte, Audreys verstümmelte Leiche zu finden. Bewußt, durch vorsätzliche Anstrengung, vermied ich es, daran zu denken: Schließlich war er mein Vater, und ich liebte ihn. Doch das Wissen war da, und ich glaube, daß dieses Wissen meine Teilnahmslosigkeit zu einem guten Teil erklärte.

Auch war mir keineswegs entgangen, daß Vater zugelassen hatte, daß William eine weitere Nacht im Gefängnis verbringen mußte, während er selbst in Boston blieb, vermutlich bei Susan St. Clair. Vielleicht dachte er, daß es ihre letzte gemeinsame Nacht wäre; trotzdem lehnte ich mich dagegen auf.

Manchmal können Jahrzehnte, ja sogar ein ganzes Menschenleben vergehen, bevor wir unseren Eltern verzeihen, daß sie nur Menschen sind.

Aber als ich dort saß, lächelte ich und nickte und gab vor, ihr Glück zu teilen. (Ich lernte, was es heißt, erwachsen zu sein, eine Fähigkeit, die ich inzwischen, wie ich zu meiner Freude sagen darf, längst verloren habe.)

Mr. Mortimer kam an unseren Tisch und machte viel Aufhebens von William, klopfte ihm ständig auf den Rücken und fragte ihn, wie das Essen »im Knast« gewesen sei. Nachdem er uns eine Runde spendiert hatte, begab er sich schwerfällig und grinsend in die Bar.

Wir gingen gegen fünf Uhr und fuhren ins Fairview. Vater rief von dort aus Miss Lizzie an, um ihr mitzuteilen, daß ich mit ihm und William zu Abend essen würde. Als wir gegessen hatten, ging William nach oben, um ein Bad zu nehmen, und Vater fuhr mich zurück zu Miss Lizzie. Das war gegen halb sieben, und inzwischen hatte leichter Regen eingesetzt, ein tristes dünnes Nieseln, und vom Ozean her begann Nebel aufzukommen. Fahle Dunstfetzen wirbelten träge über die Straße, ringelten sich um die Straßenlaternen. Sie zerstoben, wenn wir vorbeifuhren, wurden vom Fahrtwind des Studebaker weggerissen.

Als Vater mich absetzte, sagte er, daß er mich am nächsten Morgen um neun zum Kirchgang abholen werde; eine Erinnerung, wie er nicht wissen konnte, daß der liebe Gott und ich noch immer keinen Ausweg aus unserem Dilemma gefunden hatten.

Miss Lizzie und ich waren im Wohnzimmer und mit dem Nikola-System beschäftigt, als gegen acht Uhr das Telephon klingelte. Miss Lizzie nahm ab.

»Ja ... Hallo, wie geht es Ihnen? ... Ja? ... Gut, gut. Freut mich zu hören.« Sie begann Williams Freilassung zu schildern, und ich merkte, daß sie vermutlich mit Boyle sprach.

»Ja«, sagte sie. »Allerdings ... Ja. Es besteht also kein Zweifel? Er war am Dienstag vormittag in Boston? ... Ich verstehe ... Tatsächlich? Und das wäre? ... Ach wirklich? ... Wirklich? ... Es wurde also nie aufgeklärt? ... Ja. Ganz Ihrer Meinung ... Und Sie sind ganz sicher, daß es sich um die gleiche Person handelt? ... Nicht der geringste Zweifel. Ja, ich verstehe ... Ich habe heute nachmittag mit ihm gesprochen ... Ja, das wird er ... Ja. Vielen Dank. Sie haben ausgezeichnete Arbeit geleistet ... Auf Wiedersehen.«

Sie legte auf und kehrte zu ihrem Sessel zurück, der auf der anderen Seite des Couchtisches von meinem Platz auf dem Sofa aus stand. »Mr. Boyle«, sagte sie. »Er hatte geradezu eine Fülle von Informationen.«

»Was hat er gesagt?«

»Nun, erstens hat er mit diesem Norton gesprochen und von ihm eine unterschriebene Aussage erhalten, die Williams Darstellung bestätigt. Er gibt zu, deinen Bruder kurz nach zehn Uhr mitgenommen zu haben.«

»Aber die Polizei hat William doch schon freigelassen.«

»Jede Kleinigkeit hilft. Zweitens hat er mit den Leuten gesprochen, die Mr. Chatsworth erwähnt hatte. Anscheinend hat Mr. Chatsworth die Wahrheit gesagt. Er war am Dienstag in Boston. Mr. Boyle sagt, daß daran kein Zweifel besteht.«

»Dann kann er Audrey nicht getötet haben.«

»Offensichtlich nicht. Allerdings hat Mr. Boyle vom New Yorker Pinkerton-Büro gewisse Auskünfte erhalten.«

»Ja?«

Aus irgendeinem Grund runzelte Miss Lizzie die Stirn. »Ja. Wie es scheint, wurde Mrs. Helene Archer vor fünf Jahren in Manhattan wegen Mordes an ihrem Ehemann verhaftet.«

Ich saß wie betäubt da, während Miss Lizzie, noch immer mit gerunzelter Stirn, nachdenklich auf die Karten blickte, die auf dem Couchtisch ausgelegt waren.

Schließlich sagte ich: »Sie hat ihren Mann umgebracht? Mrs. Archer?«

Miss Lizzie sah auf. »Sie wurde verhaftet, aber der Fall kam nie vor Gericht. Laut Aussage von Mr. Boyles Kollegen war die Polizei überzeugt, daß sie schuldig war, aber die entsprechenden Beweise wurden nie gefunden.«

»Aber die Polizei kann sich irren.«

Sie nickte. Sie betrachtete wieder prüfend die Karten. »Ja«, sagte sie. »Ja, das kann sie.«

»Wie ist er gestorben?«

»Er wurde erstochen. Mrs. Archer war diejenige, die es gemeldet hat. Sie sagte der Polizei, sie sei vom Einkaufen zurückgekommen und hätte ihn so gefunden. Im Schlafzimmer liegend. Sie hat immer behauptet, ein Einbrecher hätte ihn getötet.«

»Halten Sie das für möglich?«

»Für möglich schon, nach allem, was Mr. Boyle sagt. Ob es allerdings die Wahrheit ist oder nicht, weiß ich beim besten Willen nicht. Die Polizei fand heraus, daß sie und ihr Mann nicht gut miteinander ausgekommen waren. Anscheinend traf sie sich mit einem anderen Mann.«

»Mit wem?«

»Das hat Mr. Boyle nicht gesagt. Er kommt morgen vormittag zurück. Er sagte, daß er dann alle Informationen mitbringt.«

»Meinen Sie, wir sollten es der Polizei sagen?«

»Mr. Boyle ist dieser Ansicht. Er telephoniert wohl gerade mit Chief Da Silva.« Sie runzelte die Stirn. »Ich nehme an, daß er dazu moralisch verpflichtet ist.«

»Dann finden Sie also nicht, daß er es tun sollte?«

Sie runzelte wieder die Stirn. »Ich weiß es wirklich nicht, Amanda.«

»Aber wenn sie ihren Mann getötet hat, dann könnte sie auch Audrey getötet haben.«

»Ja«, sagte sie. »Das wäre möglich.« Sie schüttelte abrupt den Kopf, wie um alle Gedanken daraus zu vertreiben. »Darüber wollen wir uns jetzt keine Sorgen machen. Damit soll sich die Polizei befassen.« Sie schaute hinunter auf die Karten. »Also. Wo waren wir?«

Miss Lizzie blieb noch unten und las, als ich um halb zehn in mein Zimmer hinaufging. Ich war nicht besonders müde, aber ich wollte nachdenken. Ich zog mich aus, schlüpfte in mein Nachthemd und legte mich ins Bett.

Mrs. Archer? Madame Helene? Konnte sie wirklich Audrey getötet haben?

Sie war sonderbar, gewiß, trug diese albernen pseudogriechischen Gewänder, sprach mit Geistern; aber konnte sie töten? (Waren ihr etwa die Geister ausgegangen, so daß sie beschlossen hatte, sich einen eigenen Geist zu erschaffen?)

Wenn sie Audrey getötet hatte, erklärte dies vielleicht, weshalb sie am Donnerstag zu Miss Lizzie gekommen war. Wie Boyle mir auseinandergesetzt hatte, wollte sie vielleicht erfahren, was wir wußten und welchen Verdacht wir bezüglich des Mordes hatten.

Aber genausogut hätte sie auch gekommen sein können, weil sie davon überzeugt war, uns helfen zu können.

Konnte sie töten?

Ich wußte es nicht. Es war eines der vielen Dinge, die ich nicht wußte. In den letzten vier Tagen hatte ich entdeckt, daß die Grenzen meines Wissens sehr viel weniger weit auseinander lagen, als ich angenommen hatte, und daß das Gebiet, das jenseits von ihnen lag, riesengroß war.

Bis zum letzten Dienstag hatte ich geglaubt, das Leben sei ein Fluß, silberhell und klar, der mich idyllisch in die (vermutlich rosige) Zukunft trug. Nun hatte ich entdeckt, daß es unter der Oberfläche andere, dunklere Strömungen gab. Und daß unter diesen, drunten auf dem trüben Grund, drunten zwischen den Steinen und den Schlingpflanzen und dem Schlamm, Kreaturen lebten, die ich nicht verstand, deren groteske Fratzen ich jedoch wiederzuerkennen fürchtete, wenn sie an die Oberfläche stiegen.

Unten klingelte das Telephon.

Ich fragte mich, wer wohl um diese Zeit anrief.

Einige Minuten später hörte ich die Fußbodendiele vor meinem Zimmer knarren und dann ein schwaches Klopfen an der Tür.

»Amanda?« rief Miss Lizzie ganz leise.

»Ich bin noch wach, Miss Lizzie.«

Sie machte die Tür auf und stand, als gesichtslose Silhouette, im schwachen Licht des Flurs. »Ich gehe kurz weg, Liebes. Ich wollte es dir nur sagen.«

»Wo gehen Sie hin?«

»Ich habe etwas zu erledigen. Es wird nicht lange dauern.«

»Wieviel Uhr ist es?«

»Kurz nach zehn. Du bleibst im Bett, und ehe du dich versiehst, bin ich wieder da.«

»Ist gut, Miss Lizzie.«

»Noch etwas, Amanda.«

»Ja?«

»Halte die Türen verschlossen. In Ordnung, Liebes?«

»Ja«, sagte ich. »In Ordnung.«

Zehn Minuten später stand ich am Fenster und mußte über eine Reihe neuer Fragen nachdenken. Wer hatte angerufen? Warum war Miss Lizzie weggegangen? Wohin war sie gegangen? Und warum die Ermahnung, die Türen verschlossen zu halten?

Unter mir war der Nebel dichter geworden. Das Meer war verschwunden, verschluckt von der Dunkelheit. Ich konnte gerade noch die graue Form der Hecke ausmachen, die Miss Lizzies Grundstück von unserem trennte; aber ansonsten sah ich nur waberndes Weiß.

Der Nebel bewegte sich, als wäre er lebendig. Fahle Bänder lösten sich von der verschwommenen Masse und wanden und ringelten sich, verflochten sich, wirbelten herum, um dann auf mysteriöse Weise wieder in der Wolke aufzugehen. Manchmal riß irgendwo ein Loch auf, durch das ich die Erde sehen konnte, die neben dem rauchigen Weiß nun schwarz wirkte.

Und dann, während ich so schaute, bewegte sich dort unten noch etwas anderes. Weiter links von mir, neben der Hecke.

Ich blinzelte. Bestimmt hatte ich es mir nur eingebildet. Nachdem ich so lange in den Nebel gestarrt hatte, hatten sich meine Augen damit vergnügt, etwas zu erfinden, das gar nicht da war.

Doch nein. Es bewegte sich wieder, von der Hecke weg, geduckt, eine dunkle Gestalt, vom Nebel umhüllt, aber offenbar menschlicher Natur. Da das Wesen schwarz gekleidet war und anscheinend eine Kapuze trug, bildete ich mir einen Moment lang ein, es sei ein Mönch; und ich fragte mich blöderweise tatsächlich, in welch geheimer Mission er wohl unterwegs war.

Und als die Gestalt eine kleine nebelfreie Stelle erreichte und einen Arm hob, erwartete ich, an dessen Ende eine Laterne oder eine Kerze zu sehen, die den Weg leuchtete.

Statt dessen sah ich ein Beil.

In all den Jahren, die seit damals vergangen sind, habe ich dieses Beil viele Male gesehen, des Nachts in Träumen, bei Tage auf dunstigen Straßen, wenn sich Nebelfetzen lösten und vor mir eine Form sichtbar werden ließen, den schwarzen Arm erhoben, eine Form, die sich, nach einem Moment der Erstarrung, in etwas Harmloses und Prosaisches und folglich Lächerliches verwandelte: in eine Straßenlampe oder einen Wegweiser. Jahrelang habe ich es vermieden (und mich so daran gewöhnt, daß es schon bald ganz mechanisch geschah), am Fenster zu stehen oder auch nur zum Fenster zu sehen, wenn draußen Nebel wallte.

Und jahrelang habe ich mich gelegentlich gefragt, was passiert wäre, wenn ich nicht an diesem speziellen Fenster gestanden hätte, als die Gestalt unten über den Rasen schlich. Dann wäre ich vermutlich tot.

Als ich damals dort stand, dachte ich nicht, daß die Gestalt unter mir Mrs. Archer sein könnte oder daß sie sonst jemand sein könnte. Ich schrieb ihr keinerlei menschliche Identität zu. Während sich mir das Herz in der Brust umdrehte und mein Blut zu Eis erstarrte, wußte ich nur, daß das *Ding* dort unten das Ungeheuer war, das Audrey abgeschlachtet hatte, und daß *Es* jetzt hinter mir her war.

Wenn ich aus dem Haus gelaufen wäre, wenn ich versucht hätte, mich irgendwo im Haus zu verstecken (und bis zum heutigen Tag weiß ich nicht, warum ich das nicht tat), dann wäre ich jetzt vermutlich genauso tot, wie wenn ich das *Ding* nicht hätte näherkommen sehen. Statt dessen schaute ich zu, wie *Es* an der Wand verschwand, und sah mich dann mit klopfendem Herzen verzweifelt im Zimmer nach einer Waffe um, nach irgend etwas, mit dem ich mich schützen konnte.

Es war nichts da.

Denk nach! sagte ich zu mir. *Denk nach!*

Es mußte doch etwas geben. Irgendwo im Haus mußte doch *irgend etwas* sein, das ich gegen das Untier dort draußen einsetzen konnte.

Das Beil. Ja. *Miss Lizzies Beil.*

Und ich mußte es holen, bevor das *Ding* hereinkam, bevor das *Ding* mich erreichte.

Ich lief zur Tür, riß sie auf, rannte durch den Flur und die Treppe hinunter. Unten sauste ich um die Ecke und raste durch den Flur. Ich riß die Tür der Abstellkammer auf, zerrte an der Lichtschnur und stürzte zum Werkzeugkasten. Meine Daumen fummelten an den Schnappschlössern herum, und dann klappte ich sie auf und warf den Deckel des Kastens zurück und griff hinein, packte das oberste Fach, zerrte es heraus und schleuderte es zur Seite, so daß Schachteln zu Boden fielen.

Und dort unten, im Werkzeugkasten, fehlte das Beil.

Einunddreißig

Einen Moment lang kniete ich nur da und starrte wie betäubt in den Werkzeugkasten.

Das war unmöglich. Das Beil war gestern noch dagewesen. Ich hatte es gesehen, in der Hand gehabt.

Vergiß das Beil. *Tu etwas.*

Das Telephon.

Hole Hilfe.

Ich sprang auf und lief aus der Abstellkammer, rannte durch den Flur ins Wohnzimmer zum Telephon. Ich riß den Hörer von der Gabel. Aus dem Hörer kam nichts, nicht der geringste Ton. Das Telephon war tot.

Vielleicht waren es nur Kinder, sagte ich mir. Kinder, die einen Streich spielten.

Aber es war fast elf Uhr nachts. Die Kinder schliefen. Das war kein Streich.

Das *Ding,* das Untier, das Ungeheuer, das Audrey in Stücke gehackt und verstümmelt und zerfetzt hatte, dieses *Ding* war irgendwo dort draußen und versteckte sich im Nebel. Von dort draußen beobachtete *Es* mich, beobachtete jede Bewegung, die ich machte.

Dummkopf, sagte ich zu mir und rannte zum Lichtschalter, knipste das Licht aus.

Dann stand ich im Dunklen und konnte mich atmen hören, heftig und schnell. Mein Herz pochte so rasend, daß ich dachte, es würde mir aus der Brust springen.

Ich würde warten. Ich würde warten, bis das *Ding* hereinzukommen versuchte. Ganz gleich, welche Tür *Es* zu öffnen versuchte, ob vorne oder hinten, ich würde zur anderen rennen.

Gespannt lauschend wartete ich.

Nichts.

Plötzlich fiel mir die Küche ein. Die Tranchiermesser.

Auf Zehenspitzen und bemüht, absolut lautlos zu sein, sowohl um das *Ding* zu hören, wie auch um zu verhindern, daß *Es* mich hörte, schlich ich durch das Wohnzimmer auf den Flur zu.

Plötzlich hörte ich ein lautes *Bums.* Ich erstarrte.

Das Geräusch kam wieder. *Bums.*

Es war von der Wohnzimmerwand gekommen, der, die zur Straße ging, und es klang, als würde draußen jemand mit der flachen Hand gegen das Holz schlagen.

Bums.

Was ging da vor?

Ich hatte mich nicht von der Stelle gerührt. Nun schob ich mich mit angehaltenem Atem weiter auf die Wohnzimmertür zu.

Bums.

Das Geräusch kam näher an das Fenster heran. Alles, was ich draußen sehen konnte, war das ölige Wabern des Nebels.

Ich bewegte mich weiter auf die Tür zu, den Blick unverwandt auf das Fenster gerichtet. Ich ging lautlos einen Schritt weiter, und genau in dem Moment erschien, mit einer Plötzlichkeit, die mir das Blut gerinnen ließ, eine Gestalt hinter dem Glas.

Zunächst erkannte ich sie nicht. Ihre Brust war schwarz vor Blut, das ihr über das Gesicht strömte, neben ihren weißen erschrockenen Augen herunterlief.

Dann erkannte ich das kurzgeschorene Haar, den gestutzten Schnurrbart, die sich beide grellweiß von dem Blut abhoben.

Es war Mr. Foley, der Pinkerton-Detektiv.

Plötzlich, als kapitulierte er, sackte er gegen das Fenster. Mit offenem Mund, die Augen aufgerissen und starr, aber ohne zu sehen, begann er auf den Boden zu sinken. Im nächsten Moment war er verschwunden, und ich sah nur noch den breiten schmierigen schwarzen Streifen auf der Scheibe und den wirbelnden weißen Nebel dahinter.

Ich dachte nicht erst lange darüber nach, was Mr. Foley vor Miss Lizzies Haus getan haben könnte. Ich rannte nur. Aus dem Wohnzimmer, durch den Flur, in die Küche, zur Besteckschublade. Ich stemmte sie mit solcher Wucht auf, daß sie aus dem Schrank sprang und Messer durch die Küche flogen und sich auf dem Boden verstreuten. Ich sah, wie das lange französische Tranchiermesser unten an den Herd schlug. Ich warf die Schublade weg, rannte hin, packte es.

Genau da begann die Küchentür zu klappern, die Tür zur hinteren Veranda. Sie klapperte heftig, laut, wie verrückt: Draußen kämpfte jemand mit dem Türknopf. Ich konnte nicht durch die Spitzengardinen sehen, aber *Es* konnte hereinschauen. Das *Ding* war auf der Veranda, nur einen Meter entfernt.

Natürlich hätte ich zur Haustür laufen müssen. Ich glaube, daß ich dann entkommen wäre. Wenn ich erst einmal draußen gewesen wäre, hätte ich in die Stadt laufen können; wenn *Es* mir gefolgt wäre, hätte ich mich im Nebel verstecken können.

Aber die Vorstellung, daß Mr. Foley dort draußen lag, blutüberströmt, mit blinden weißen Augen, die durch den Nebel zu mir aufsahen, machte es mir unmöglich. Ohne eigentlich zu überlegen, sauste ich mit dem Messer in der Hand die Treppe hinauf. Hinter mir hörte ich das Bersten und Splittern von Glas.

Ich raste durch den Flur. Die Tür meines Zimmers hatte kein Schloß; ich stürzte in Miss Lizzies Schlafzimmer, schlug die Tür zu, schob den Riegel vor, schaltete das Licht ein.

Das Schloß schien zu schwach zu sein, um lange standzuhalten. Hastig, verzweifelt sah ich mich im Zimmer um. Ich mußte etwas vor die Tür stellen, eine Barrikade bauen.

Die Frisierkommode.

Ich rannte zu ihr, warf das Messer darauf, umklammerte mit den Fingern die hintere Ecke und zog. Die Kommode war aus massivem Teakholz; sie rührte sich nicht von der Stelle.

Ich hörte Schritte auf der Treppe.

Keuchend und unter Einsatz aller Kräfte zerrte ich wieder an der Kommode. Sie bewegte sich. Zwar nur ein paar Zentimeter, aber sie bewegte sich.

Draußen im Flur knackten die Fußbodendielen.

Mein Nachthemd war naß vor Schweiß; das Haar klebte mir kalt und feucht auf der Stirn. Ich zerrte wieder, stöhnte vor Anstrengung. Die scharfe Kante schnitt mir in die Finger, und die Kommode bewegte sich. Aber wieder nur ein paar Zentimeter.

Der Türknauf drehte sich. Jemand klopfte einmal so fest an die Tür, daß das Holz bebte.

Das Fenster. *Steig hinaus*.

Das Fliegengitter war eingesetzt. Meine glitschigen und zitternden Finger rutschten an den Haken ab. Sie waren überstrichen worden, sie würden sich nie öffnen lassen. Ich schlug die Fingernägel in den Gitterdraht, sah, daß es sinnlos war, lief wieder zur Kommode und packte das Messer.

Ein gewaltiges Krachen, als etwas gegen die Tür traf. Ein langer schmaler Streifen Holz splitterte ab.

Ich stach mit dem Messer auf den Fliegendraht ein.

Wieder ein Krachen. Das Holz spaltete sich, und das Blatt des Beils drang ein, schwarz vor Rost.

Ich zerrte mit den Fingern am Fliegendraht, riß ihn aus dem Rahmen. *Krach!* Ein großes gezacktes Stück Holz kam durch die Luft geflogen, das ein Loch in der Tür zurückließ, und dort erschien eine Hand, die Finger gekrümmt wie Krallen, und tastete nach dem Schloß.

Mit beiden Händen hob ich das Messer hoch über den Kopf, rannte zur Tür und stieß mit aller Kraft, die ich besaß, und mit aller Wucht, deren ich fähig war, das Messer in die Hand.

Es schnitt durch Fleisch und Knochen und bohrte sich in das Holz, und dann kam von der anderen Seite der Tür ein wilder, schriller, gespenstischer Schrei.

Keuchend und von einem Brechreiz erfaßt, ließ ich das Messer los und wich zurück.

Und dann ballte sich die Hand zur Faust und fuhr ruckartig nach unten, und das Messer sprang heraus und fiel zu Boden. Die Hand bewegte sich auf das Schloß zu, die Finger fanden es, schoben den Riegel zurück, und dann flog die Tür auf, und Mrs. Mortimer stand da in einem langen triefenden schwarzen Regenmantel, das Haar feucht von Nebel und Regen und Schweiß, die Augen weit aufgerissen und wahnsinnig.

»Luder!« kreischte sie und trat ins Zimmer.

In der linken Hand hielt sie das erhobene Beil. Die rechte Hand hing schlaff herab, und Blut tropfte und spritzte auf den Holzboden.

Ich wich zurück.

Sie zog die Oberlippe nach oben. »Du hast es die ganze Zeit gewußt, du dreckiges kleines Luder. Deine Alte hat's dir erzählt, die fette alte Schlampe, die hat dir von mir und Kevin erzählt. Und du hast das mit dem Kaffee gewußt. Woher hast du das gewußt, du Luder? Wem hast du davon erzählt?«

Ich spürte die Wand an meinem Rücken; ich war so weit zurückgewichen, wie ich konnte. Ich rang nach Atem. »Mrs. Mortimer . . .«

Sie machte einen weiteren Schritt auf mich zu. Inzwischen breitete sich eine leuchtendrote Blutlache auf dem Boden aus.

»Du dreckiges kleines Luder, du Schlampe, jetzt mußt du dran glauben, du Luder, ich laß dich zur Hölle fahren, zu deiner Alten, dieser fetten Schlampe.«

Links von mir stand das Bett. Ich sprang hinauf, rollte über die seidene Steppdecke, landete mit Gepolter auf Händen und Knien. Ich kam taumelnd auf die Beine, während Mrs. Mortimer unerbittlich, unentrinnbar um das Bett herumzugehen begann.

»Scheiß*luder!*« zischte sie. »Scheißluder, du wirst mir mein Leben *nicht* zerstören, o nein, ich werde dich totschlagen, du Luder. Ich schlag dir deine verdammte Visage ein.«

Sie machte wieder einen Schritt, und dann bewegte sich etwas zu meiner Rechten, an der Tür, und ich sah – und ich merkte, daß ich schon die ganze Zeit darauf gewartet hatte, darum gebetet hatte –, daß es Miss Lizzie war.

Genau wie Mrs. Mortimer trug auch sie einen schwarzen Regenmantel, von dem das Wasser herunterlief; und genau wie Mrs. Mortimer hatte sie ein Beil in der Hand.

Sie sagte: »Gehen Sie weg von ihr!«

Mrs. Mortimer fuhr herum, daß ihr Mantel sich wie ein Cape blähte.

»Sie!« sagte sie.

»Gehen Sie weg von ihr.« Miss Lizzie trat ins Zimmer, die Augen zusammengekniffen, den Mund zu einem Strich zusammengepreßt, der so scharf war wie die Schneide eines Messers.

Mrs. Mortimer, die mit dem Rücken zu mir stand, trat einen Schritt auf Miss Lizzie zu. »Sind Sie heimgekommen, um Ihrer kleinen Lesbenfreundin zu helfen?« Sie lachte, ein gellendes, irres, gereiztes Bellen. »Sind Sie da, um ihr einen lesbischen Zungenkuß zu geben? Ja? Du mieses, mieses gottverdammtes Lesbenluder!«

Und dann, den Arm über den Kopf erhoben, rannte sie plötzlich auf Miss Lizzie zu und schwang das Beil.

Mit dem Handrücken voraus und den ganzen Körper in den

Schwung gelegt, riß Miss Lizzie blitzschnell ihr eigenes Beil hoch. Die beiden Blätter trafen mit einem lauten spröden *Päng* aufeinander, und beide Frauen taumelten unter der Wucht des Aufpralls zurück.

Miss Lizzie fing sich als erste wieder. Mit gefletschten Zähnen, das Beil an der Schulter, sprang sie auf Mrs. Mortimer zu. Sie holte aus, und Mrs. Mortimer wich rasch aus, und ich hörte das *Zisch* des Beils, als es durch die Luft sauste.

Mrs. Mortimers Beil kam auf Miss Lizzies Hals zugeflogen. Miss Lizzie fuhr zurück, und das Beil schoß an ihr vorbei.

Sie begannen einander zu umkreisen. Hinter ihnen, in dem großen Spiegel auf der Frisierkommode, tanzten eine zweite Miss Lizzie und eine zweite Mrs. Mortimer den gleichen lauernden, tödlichen Reigen.

So konnte es nicht lange weitergehen. Miss Lizzie war eine alte Frau und hatte Übergewicht; Mrs. Mortimer verlor noch immer Blut. Doch jede schien finster entschlossen, jede beobachtete die andere mit einer erschreckenden, grimmigen Angespanntheit. Mrs. Mortimers Lippen waren noch immer zu diesem bösartigen, irren Grinsen zurückgezogen. Miss Lizzies Gesicht war verfärbt, mit purpurnen Flecken übersät, genauso wie damals in ihrem sprachlosen Zorn nach dem Zusammenstoß mit dem Pöbel.

Als sie einen vollen Kreis beschrieben hatten, sah ich, wie Mrs. Mortimers Blick zu mir huschte. In ihren wahnsinnigen Augen funkelte es plötzlich berechnend. Mit einem Mal schlug sie wild auf Miss Lizzie ein. Als Miss Lizzie einen Satz nach hinten machte, wirbelte Mrs. Mortimer herum und lief um das Bett herum direkt auf mich zu.

Ich glaube, daß sie mich in diesem Moment nicht töten, sondern als Geisel benutzen wollte, als Mittel, um Miss Lizzie zum Aufgeben zu zwingen.

Ich taumelte zurück, weg von ihr, aber sie war zu schnell. Das Beil in der linken Hand haltend, griff sie mit ihrer blutenden Rechten nach mir. Eigentlich hätte sie gar nicht mehr imstande sein dürfen, diese Hand noch zu gebrauchen. Knochen waren gespalten, Sehnen durchtrennt worden. Aber sie war wie besessen, von Wut und Wahnsinn getrieben, und ich spürte, wie ihre Fingernägel durch mein Nachthemd drangen und sich in meine Schulter bohrten.

Ich schlug in blankem Entsetzen zu, schmetterte ihr die Knöchel ins Auge. Ihr Gesicht zuckte zurück, und ihre Finger lockerten sich, und ich packte ihre Hand, wobei meine Finger im Blut abrutschten, und drehte sie, so fest ich konnte, nach hinten. Die Frau verzog den Mund, riß die Augen auf und *heulte,* ein Geräusch, das mir selbst damals, in meiner Todesangst, kindlich und jämmerlich vorkam. Dann fuhr sie herum, um Miss Lizzie abzuwehren, doch dazu blieb keine Zeit mehr, nicht für Mrs. Mortimer, denn Miss Lizzie war schon da, und Miss Lizzies Beil schoß herab, überwältigend, unvermeidlich, und das geschwungene Blatt drang mit einem jähen, endgültigen, nassen Knirschen in ihre Stirn ein.

Sie brach in die Knie wie ein Marionette, deren Fäden durchschnitten wurden, und kippte dann, mit dem Gesicht voraus, zu Boden. Miss Lizzie stand über ihr und starrte, leicht schwankend und durch den offenen Mund atmend, auf sie hinunter. Sie hielt noch immer das bluttriefende Beil in der Hand.

Sie sah mich an. Ich schluckte, konnte nicht sprechen. Sie hob die Hand, sah einen Moment lang auf das Beil hinunter, ließ die Hand sinken und lockerte den Griff. Das Beil fiel klirrend zu Boden.

Sie sagte zu mir: »Ist mit dir alles in Ordnung?« Ihre Stimme war rauh, abweisend.

Ich nickte. »Ja . . . ja.«

Sie streckte die Hand nach mir aus, und ich ging zu ihr, und dann hielt sie mich fest, und ich konnte ihren Zitrusduft riechen und konnte, durch ihren Regenmantel hindurch, ihr Herz klopfen hören.

Ich fragte: »Ist es vorbei? Ist jetzt alles vorbei?«

Sie strich mir über das Haar. »Ja. Es ist alles vorbei.«

Epilog

Aber natürlich war noch nicht alles vorbei. Es blieben noch die kleinen Fragen bezüglich des Motivs, der Mittel und der Gelegenheit, wie die Anwälte und Chief Da Silva, zu sagen pflegten.

Wenn dies ein Kriminalroman wäre und nicht so etwas wie ein Bericht, eine Art detaillierter und sehr verspäteter Aufsatz über das Thema *Was ich im letzten Sommer gemacht habe,* dann könnte ich jetzt vermutlich alle Charaktere in der Bibliothek versammeln und sie, bei Amontillado und Stilton, dasitzen und gespannt lauschen lassen, während Miss Lizzie (eine Miss Marple mit Beil) steif erläutern würde, was sich im Laufe der vergangenen Tage tatsächlich ereignet hatte, und zwar unter der Oberfläche dessen, was sich ereignet zu haben schien.

Doch leider ging es nicht in dieser Form weiter. Es verging geraume Zeit, bevor die Wahrheit ans Licht kam, und selbst dann waren nur wenige Fakten auch zu beweisen. Die Wahrheit und die Fakten sind Gott sei Dank nicht dasselbe.

Nicht, daß Miss Lizzie, genau wie Miss Marple, den Mörder nicht schon früh gekannt hätte. Sie hatte von Anfang an geglaubt, daß es Mrs. Mortimer war.

»Der Schlüssel«, sagte sie am Montag zu mir, zwei Tage nach Mrs. Mortimers Tod. Ich war gerade von der gerichtlichen Untersuchung des Mordes an Audrey zurückgekommen. »Der fehlende Schlüssel. Schließlich gab es sonst niemanden, der ihn hätte nehmen können oder einen Grund dazu gehabt hätte.«

»Wozu brauchte sie denn den Schlüssel?« fragte ich sie.

Lächelnd sah sie mich über den Kneifer hinweg an. »Was macht man mit einem Schlüssel für gewöhnlich?«

Ich zuckte die Achseln. »Etwas aufschließen.«

Sie nickte. »Deine Stiefmutter hatte die Haustür immer verriegelt. Um ins Haus zu kommen und sie zu töten, brauchte Mrs. Mortimer einen Schlüssel. Sie hatte das Ganze schon seit geraumer Zeit geplant, nehme ich an, und wartete nur auf die passende Gelegenheit. Die ergab sich, als du und Audrey an jenem Morgen draußen auf der hinteren Veranda wart. Sie nahm einfach den Schlüssel vom Haken und steckte ihn ein.«

»Und später«, sagte ich nickend, »als Audrey und ich schliefen, ist sie dann zurückgekommen und hat damit die Haustür aufgeschlossen.« (Und beim Gehen damit die Haustür wieder zugeschlossen, vielleicht aus Gewohnheit, vielleicht, um die Polizei zusätzlich zu verwirren.)

»Ja«, sagte Miss Lizzie. »Ich glaube, daß sie gerufen hat, nach dir oder Audrey, als sie im Haus war. Wenn eine von euch geantwortet hätte, hätte sie sagen können, sie hätte den Schlüssel aus Versehen eingesteckt und sei wiedergekommen, um ihn zurückzubringen. Sie hätte sagen können, sie hätte geklopft, und als niemand geantwortet habe, sei sie hereingekommen, um den Schlüssel wieder an den Haken zu hängen.«

»Es hat niemand geantwortet, weil wir beide von dem Chloralhydrat bewußtlos waren.«

Miss Lizzie: »Sie hatte keinen Grund anzunehmen, daß du im Haus warst. Keinen Grund anzunehmen, daß du betäubt worden warst. Ich glaube, daß sie entsetzt war, als sie später herausfand, daß du dagewesen warst. Sie konnte ja nicht wissen, was du gesehen oder gehört hattest.«

Es war Chief Da Silva, nicht Miss Lizzie, der auf die Sache mit dem Chloralhydrat gekommen war. Obwohl es keinen Beweis gab, schien es mehr als wahrscheinlich, daß Mrs. Mortimer, bevor oder nachdem sie den Schlüssel gestohlen hatte, die Droge an jenem Dienstag in Audreys Kaffee getan hatte, um dafür zu sorgen, daß sie ihr übliches Nickerchen im Gästezimmer machte. Mr. Mortimer hatte gegenüber Da Silva zugegeben, daß er dieses Schlafmittel im Haus hatte und daß seine Frau Zugang dazu hatte.

Wenn ich in den paar Schluck Kaffee, die ich aus Audreys Tasse stibitzt hatte, Chloralhydrat eingenommen hatte, dann würde das erklären, weshalb ich weder etwas von Audreys Ermordung noch von Vaters Besuch kurz danach mitbekommen hatte.

Als ich Mrs. Mortimer gegenüber den stibitzten Kaffee erwähnte und mich einige Stunden später, rein zufällig, bei ihrem Mann nach Chloralhydrat erkundigte, war sie zu der Überzeugung gelangt, daß ich wußte, was sie getan hatte. Vermutlich hatte sie das damit gemeint, als sie während dieser schrecklichen Szene in Miss Lizzies Schlafzimmer von »dem Kaffee« schwafelte.

Nach Da Silvas Meinung hatte sich Mrs. Mortimer sicher gefühlt, solange William im Gefängnis war. Sobald er auf freiem Fuß war, wurde ihr klar, daß die Polizei erneut nach dem Mörder zu suchen beginnen würde. Und ich hatte – wie sie meinte – bewiesen, daß ich von dem Chloralhydrat wußte, das darauf hindeutete, daß sie der Mörder war. Sie beschloß mich zu töten, und zwar mit dem Beil, das sie bei Audrey benutzt hatte, um den Verdacht auf Miss Lizzie zu lenken. An dem besagten Samstag abend rief sie Miss Lizzie anonym aus dem Fairview an und versprach ihr Informationen über den Mord, um sie aus dem Haus zu locken, damit sie selbst hineingelangen und an mich herankommen konnte.

Ich glaube, daß sie völlig verrückt war.

Wenn sie nicht schon vorher wahnsinnig war, dann hatte die Sorge um ihre Sicherheit sie bis Samstag abend bestimmt zum Wahnsinn getrieben. Sonst hätte sie wohl kaum Mr. Foley, den Pinkerton-Mann, umgebracht.

Mr. Foley war in jener Nacht draußen, weil Boyle nicht da war. Seit die Polizeiwache abgezogen war, hatte Boyle wie ein Schutzengel über mich gewacht. Da Miss Lizzie wußte, daß ich zum Zeitpunkt des Mordes im Haus war, und da sie glaubte, daß Mrs. Mortimer in mir eine Gefahr sah, wollte sie, daß jemand ein Auge auf mich hatte. Mit dieser Aufgabe hatte sie Boyle betraut.

Am Freitag, als ich loszog, um den Schuppen im Sumpf zu inspizieren, war es Miss Lizzie, mit Hilfe des Telephons, gelungen, ihn aufzuspüren und mir nachzuschicken. Er hatte mich vor Annie Holmes' Haus entdeckt und war mir gefolgt. *Seine* Anwesenheit hatte ich im Wald geahnt, *seinen* Blick im Rücken gespürt.

Auch nachts hatte er das Haus bewacht. Ich weiß nicht, wann er schlief oder ob er überhaupt zum Schlafen kam.

Doch am Samstag war Boyle gezwungen gewesen, nach Boston zu fahren, und so hatte Miss Lizzie Mr. Foley angeheuert.

Diese Vorsichtsmaßnahme hatte sich nicht als sehr erfolgreich erwiesen. Mr. Foley war getötet worden und ich beinahe auch.

Als wir nun in Miss Lizzies Wohnzimmer saßen (zum letzten Mal, wie sich herausstellte), sagte ich zu ihr: »Wie, glauben Sie, hat Audrey von Mrs. Mortimer und Kevin erfahren?«

Nach seinem Gespräch mit Kevin Mortimer in Boston hatte Boyle bestätigt, daß Kevin während des Krieges, als sein Bruder in Frankreich kämpfte, ein Verhältnis mit Mrs. Mortimer hatte.

Miss Lizzie sagte: »Das weiß ich nicht. Vielleicht hat Mrs. Mortimer es ihr selbst erzählt.«

»Vielleicht war es auch Mrs. Marlowe.«

»Das kann auch sein. Leider werden wir das wohl nie ganz sicher wissen.«

»Glauben Sie, daß Audrey Mrs. Mortimer erpreßt hat? Um Geld?«

Sie runzelte die Stirn. »Auch das werden wir wohl nie ganz sicher wissen. Aber nach allem, was wir über deine Stiefmutter wissen, vermute ich, daß sie, ob nun Geld im Spiel war oder nicht, diese Information als eine Art Macht über Mrs. Mortimer benutzte, eine Möglichkeit, sie zu beherrschen. Vielleicht konnte Mrs. Mortimer es nicht mehr ertragen. Oder aber die Drohungen deiner Stiefmutter, die Sache publik zu machen, waren ernster geworden.«

»Ich glaube«, sagte ich, »daß es sehr viel gibt, was wir nie wissen werden.«

Miss Lizzie lächelte. »Ich glaube«, sagte sie, »das ist so.«

Wir fuhren noch am gleichen Abend nach Boston zurück, Vater und William und ich. Weder mein Vater noch mein Bruder wollten an die See zurückkehren; ich wollte, aber ich wurde überstimmt. Als ich Miss Lizzie anrief, um es ihr mitzuteilen, sagte sie mir, daß sie ebenfalls abreiste und wieder nach Fall River fahren werde. Wir würden uns wiedersehen, sagte sie, wir würden einander besuchen; aber obwohl wir uns noch einige Jahre lang Karten und Briefe schrieben, kam es nie dazu.

Offiziell erfuhr niemand in Fall River, was zwischen Miss Lizzie und Mrs. Mortimer passiert war. Chief Da Silva und die anderen örtlichen Behörden vertuschten die ganze Sache. Zwei Axtmorde binnen einer Woche waren schließlich keine gute Reklame für einen Badeort.

Während der vergangenen Woche hatte Vater Audreys Leichnam nach Boston überführen lassen, was ebenso ohne mein Wissen geschah wie so viele andere Dinge in dieser Woche auch. Die Beisetzungsfeierlichkeiten fanden am Mittwoch statt, zwei Tage nach unserer Rückkehr nach Boston. Bei dieser Gelegenheit begegnete ich zum erstenmal Audreys Eltern. Die beiden schweigsamen alten Leute, die sich mit ihrer Enttäuschung abgefunden zu haben schienen, kehrten anschließend an ihren Wohnort irgendwo in Nebraska zurück, und ich sah sie nie wieder.

Susan St. Clair lernte ich binnen eines Monats nach unserer Rückkehr kennen. Sie war das Gegenteil von dem, was ich erwartet hatte, eine kluge, liebenswerte, tüchtige Frau, völlig ungekünstelt (und überhaupt nicht französisch). Schon bevor sie und Vater heirateten, waren wir Freunde geworden. Sie war es, die mir die Geheimnisse der Sexualität erklärte (jedenfalls einige davon, denn keiner kann alle kennen). Hätte ich schon in jenem Sommer darüber Bescheid gewußt, dann hätte ich die Beziehung zwischen Vater und Susan, zwischen William und Marge Grady, zwischen Mr. Chatsworth und Mrs. Archer ansatzweise verstanden und vielleicht ansatzweise die Beziehung verstanden, die (vielleicht) zwischen Audrey und William bestand und zwischen Miss Lizzie und der Schauspielerin Nance O'Neil.

Als ich vor mehreren Jahren mit diesem Bericht begann, schrieb ich einem alten Freund in den Staaten und bat ihn, Auskünfte über Nance einzuholen. Er konnte alles bestätigen, was Miss Lizzie mir erzählt hatte, und noch zusätzliche Fakten liefern.

Nance war eine bekannte Schauspielerin um die Jahrhundertwende, schön und ungeheuer begabt, und wurde in den späten zwanziger und frühen dreißiger Jahren eine anerkannte Charakterdarstellerin beim Film. Unter vielen anderen Rollen spielte sie die Felice Venable in der Verfilmung von *Cimmaron.* Anfang der sechziger Jahre lebte sie in der 34. Straße in New York (wie es sich traf, keine zwei Blocks von dem Haus, in dem ich, nichts ahnend, zu der Zeit lebte), und sie starb 1965 in einem Altersheim für Schauspieler in Englewood, New Jersey.

Viele andere Menschen starben noch vor ihr. Einer nach dem anderen traten alle Menschen, die ich in jenem Sommer kannte, von der Bühne ab und verschwanden. Der erste war William. Er starb 1937 in Spanien, wo er in der Abraham-Lincoln-Brigade gekämpft hatte. Vater starb 1938 und Susan 1952. Roger Drummond wurde Reporter und später Ressortleiter bei ›Time‹ und starb 1960.

Harry Boyle und ich korrespondierten miteinander, bis er 1943 in Florida an Lungenkrebs starb. Den ersten Brief schrieb ich ihm an das Bostoner Pinkerton-Büro, um ihn zu fragen, wo Mrs. Archer an jenem letzten Samstag gewesen war. Sie war in New Haven gewesen, schrieb er zurück, um einen weiteren »Freund« zu besuchen.

Ein letzter loser Faden bleibt.

Miss Lizzie starb 1927 in Fall River. Wir hatten seit geraumer Zeit keinen Kontakt mehr miteinander; wie die meisten Menschen erfuhr ich von ihrem Tod aus der Zeitung.

Im Jahre 1930 wohnte ich in der West End Avenue in New York und studierte Jura an der Columbia-Universität. An einem heißen Augustnachmittag bekam ich durch Eilboten ein schweres Paket zugestellt, das etwa vierzig Zentimeter lang und zwanzig Zentimeter breit und hoch war.

Ich trug es in die Küche, legte es auf den Tisch und packte es aus. Innen befand sich der mit Gold verzierte Schmuckkasten aus Teakholz, den ich acht Jahre davor auf Miss Lizzies Frisierkommode gesehen hatte.

Oben war mit Klebestreifen ein Brief an mich befestigt, der meinen neuen Familiennamen trug. Ich öffnete ihn und las:

Wie Ihnen vermutlich bekannt ist, verstarb Miss Lizbeth A. Borden im Jahre 1927. Der Hauptteil ihres Vermögens wurde testamentarisch zwei Tierheimen vermacht, doch ein Rechtsstreit zwischen beiden hat die Aushändigung des restlichen Nachlasses verzögert. Ich freue mich jedoch, Ihnen mitteilen zu können, daß dieser Fall nun entschieden ist und daß Miss Bordens Letzter Wille endlich erfüllt werden kann. Miss Borden persönlich hat mich gebeten, dafür Sorge zu tragen, daß Sie Beiliegendes erhalten. Bitte bestätigen Sie den Empfang so bald wie möglich.

Er war unterzeichnet mit Peter M. Wilburforce.

Als ich den Kasten aufmachte, ertönte innen plötzlich eine dünne blecherne Melodie, die ich seit acht Jahren nicht mehr gehört hatte. Irgendeine Hand – die von Mr. Wilburforce, die von Miss Lizzie? – hatte den Mechanismus aufgezogen. Die Musik spielte und wiederholte sich und erstarb langsam.

Innen im Kasten, auf dem obersten Boden, lag eine einzelne Spielkarte. Ich trug den Kasten und die Karte in das Arbeitszimmer meines Mannes, stellte den geschlossenen Kasten vor ihm auf den Schreibtisch und legte die Karte daneben.

Er hatte seit etwa einer Stunde geschmollt; unsere übliche Meinungsverschiedenheit: Er haßte New York. Nun sah er auf, mit einem verwunderten Blick in den grünen Augen, und sagte: »Das ist sehr hübsch, aber was ist das?«

»Es ist von Miss Lizzie«, sagte ich ihm. »Sie hat es mir in ihrem Testament hinterlassen.«

Er hob die Spielkarte auf, drehte sie um, betrachtete wieder die Vorderseite. »Die Herz-Sechs. Hat das etwas zu bedeuten?«

Ich schüttelte den Kopf. »Nur eine Erinnerung.«

Langsam, nachdenklich, trommelte er mit der Karte auf den Deckel des Schmuckkastens. »Stell dir mal vor«, sagte er, »wie einsam sie gewesen sein muß, wenn sie es nicht getan hat, wenn sie ihre Eltern nicht getötet hat.«

Ich strich ihm über den Kopf, sein schwarzes Haar begann grau zu werden. »Stell dir vor, wie einsam sie erst gewesen sein muß, wenn sie es getan hat.«

Es gab eine Sache, die ich Darryl nie erzählt hatte. Nämlich etwas, das sich in jener Nacht vor acht Jahren ereignet hatte, als Miss Lizzie vor dem Spiegel ihrer Frisierkommode Cognac trank. Gegen Ende hin, als ihre Sprache schon leicht schleppend war, hatte sie mich angesehen und gesagt: »Das Leben. Die Menschen. Der Geist Gottes. Nur das ist von Bedeutung, Amanda. Nicht Holz oder Stahl oder Land. Nicht Besitz. Ich habe einmal Besitz den Menschen vorgezogen, und ich werde immer dafür büßen müssen.«

Bevor Roger Drummond mir von der Überschreibung des Grundstücks von Miss Lizzie auf ihre Stiefmutter erzählte, hatte ich geglaubt, sie hätte von Nance O'Neils Farm gesprochen.

Ich hatte mich immer gefragt, ob sie es jemals irgend jemandem erzählt hatte – Nance vielleicht. Ich hatte mich immer gefragt, ob sie, in einem geheimen, verletzten Teil ihres Wesens, es hatte erzählen wollen, es hatte gestehen wollen.

Es war natürlich ein Beil gewesen, was Miss Lizzie in jener Nacht spontan als Waffe gewählt hatte, als sie wegging, um den anonymen Anrufer zu treffen – Mrs. Mortimer.

Im Nikola-System merkt man sich die Position der Herz-Sechs anhand des Bilderpaares *Mutter* und *Beil*.

Ich überließ Darryl seiner Arbeit und trug den Kasten ins Schlafzimmer und stellte ihn auf meine eigene Frisierkommode. Ich öffnete ihn, legte die Karte auf den Boden und starrte lange Zeit darauf. Und als ich schließlich den Deckel des Kastens zuklappte und die Karte wegsperrte, empfand ich das gleiche Gefühl des Abschlusses, der Beerdigung – obwohl ich wußte, daß Miss Lizzie und alle anderen aus jenem Sommer immer bei mir sein würden –, das man empfindet, wenn man das letzte Kapitel gelesen hat und das Buch, mit einem Lächeln oder auch einem kleinen Seufzer, schließt.

Danksagung

Für Hilfe aus Thailand danke ich Joe West, Dusty Rhodes, Igor und Buayem Studnar von Buayem's Books und außerdem Gabe Vallicelli vom Fountain Restaurant für sein Chili und seine Hilfe. Jeder, der in Koh Samui strandet und gerade Lust auf amerikanisches oder italienisches Essen hat, sollte unbedingt mal bei Gabe vorbeischauen.

In den Südwesten der Vereinigten Staaten geht mein Dank an Jim und Donna Ballin aus Phoenix, an die Leute von Coronade Waldenbooks in Albuquerque und an die Bibliothekare der Abteilung Wyoming der dortigen Stadtbibliothek. Chuck Fair von Office Incorporated, Santa Fe, war wieder einmal sehr großzügig, wofür ich ihm dankbar bin. Dr. Roger Smithpeter, Gefäßchirurg und Lebemann, stand mir stets freundschaftlich zur Seite.

Ganz besonders danken möchte ich Jeanne W. Satterthwait (Hallo, Mum) sowie Jonathan und Claudia Richards, ohne deren Hilfe dieses Buch niemals fertig geworden wäre.

Miss Lizzie kehrt zurück

Vorbemerkung des Autors

Gegen Ende des Romans ›Miss Lizzie‹ erklärte ich, nie wieder der Person begegnet zu sein, die als Hauptfigur des Romans diente. Diese Aussage entsprach nicht ganz der Wahrheit. Tatsächlich handelte es sich um eine faustdicke Lüge, für die ich mit diesem Buch gewissermaßen Abbitte leiste. Der Grund für die Lüge wird, wie ich glaube, jedem einleuchten.

ERSTES BUCH

Eins

Eine kurze Zeit lang, bevor alles zusammenbrach, war es wirklich fabelhaft dort.

Ich war sechzehn Jahre alt und ich war frei, frei und selbstbestimmt, wie ich es nie zuvor gewesen war und auf Jahre hinaus nicht wieder sein sollte. Und ich war frei in der großen Stadt New York, die, wie alle New Yorker wußten, genau im Zentrum des Universums lag, ein Ort, an dem alles – alles Wunderbare – passieren konnte.

Mein Vater und meine Stiefmutter Susan (meine zweite Stiefmutter, die nicht-böse) hatten Boston zu guter Letzt verlassen und die Reise angetreten, die sie einander seit drei oder vier Jahren versprochen hatten: eine Reise um die halbe Welt, nach Tibet und zu einer Trekkingtour durch den Himalaya. Damals, im Jahre 1924, bevor es internationale Flugverbindungen und internationale Telefonleitungen und die ausartenden Schrecken des internationalen Tourismus gab, war das wahrhaftig noch ein Abenteuer.

Es war jedoch ein Abenteuer, das weder ich noch mein älterer Bruder William teilen wollten. William schlug es aus, weil er sich wieder einmal in eine vergeistigte Anglistikstudentin mit Nickelbrille verliebt hatte. Ich verzichtete, weil ich damals wilden, windigen Bergen und Yakbuttertee nicht viel abgewinnen konnte. (Was die Berge betrifft, habe ich meine Meinung inzwischen geändert.)

Nach nicht unbeträchtlichen Diskussionen hatten Vater und Susan schließlich eingewilligt, mich den Sommer in New York verbringen zu lassen. Während sich die beiden bei den Yetis verlustierten, würde ich bei John Burton, dem jüngeren Bruder meines Vaters, in der Nähe des Central Park in einem herrschaftlichen Apartmenthaus namens The Dakota wohnen.

William, fünf Jahre älter als ich, zog es vor, in Boston zu bleiben, in Rendezvous-Weite der Anglistikstudentin. Er sei ein Mal in New York gewesen, teilte er mir mit, und es habe ihm überhaupt nichts gegeben. William war der ältere Bruder *par excellence*: im Irrtum befindlich bezüglich fast allem, wenn auch auf liebenswerte Weise.

Vater und Susan reisten am zweiten Juni ab. Am sechsten, um sieben Uhr morgens, fuhr mich William zum Bahnhof, und ich bestieg den Zug. Sechs Stunden später, nachdem wir durch den Süden Neuenglands und den Südosten des Staates New York gerumpelt waren, den Harlem River nach Manhattan hinein überquert hatten, an der 96. Straße in die Erde eingetaucht und durch einen düsteren und naßkalten und scheinbar endlosen Tunnel gerattert und geschwankt waren, lief der Zug in der unteren Ebene des Grand Central Terminal ein.

Mein Onkel hatte ein Telegramm geschickt und mich gebeten, zum Auskunftsschalter im Erdgeschoß zu kommen. Leicht benommen, in der rechten Hand den Koffer, über der linken Schulter die baumelnde Handtasche, verließ ich den Waggon und wankte den Bahnsteig entlang. Der Tunnel war noch immer naßkalt, aber hier war er mit flackernden gelben elektrischen Lichtern beleuchtet. Die anderen Fahrgäste hasteten um mich herum, allesamt eindeutig mit Angelegenheiten von höchster und unmittelbarer Wichtigkeit befaßt. Ich kam mir sehr klein vor, fühlte mich bedeutungslos und unzulänglich angesichts ihrer Zielstrebigkeit, ihres Eifers.

Ich folgte der Menge, wurde weitergeschoben, mitgerissen, und gelangte so in den eigentlichen Bahnhof, und dort die helle weiße Treppe hinauf in die große Halle.

Es war eine Offenbarung. Noch heute – und ich bin seit Jahrzehnten nicht mehr im Grand Central Terminal gewesen – kann ich mich genau erinnern, was ich empfand, als ich zum ersten Mal auf diese weite schimmernde Marmorfläche hinaustrat, über mir die riesige blaue Kuppeldecke mit den funkelnden goldenen Sternen. Sonnenlicht flutete durch die mächtigen Bogenfenster herein. Noch mehr geschäftige Menschen hasteten und huschten um mich herum. Rotbemützte Dienstmänner sausten hin und her, die hölzernen Schiebekarren mit Gepäck beladen. Staunend und aufgeregt hatte ich das Gefühl, eine Kathedrale betreten zu haben, den Sitz der Erzdiözese von Trubel und Gewusel. Die Luft um mich herum flimmerte und summte, und sie schien sich zu verdichten, lieblicher und kompakter zu werden, während ich da stand und sie einatmete.

Mein Herz klopfte wie verrückt.

Ich war hier! Ich war in New York!

Ich schleppte meinen Koffer zum Auskunftsschalter, einem gedrungenen zylinderförmigen Pavillon aus glänzendem Messing und Glas, der mitten in der Halle kauerte. Von vier Seiten standen Leute an, die darauf warteten, die ernsten, blau uniformierten Würdenträger im Inneren um Rat (oder möglicherweise um ihren Segen) zu bitten.

Ich sah hinauf zu der Uhr über dem Pavillon. Fünfzehn Minuten nach eins. Ich hatte mich verspätet. War mein Onkel wieder gegangen?

»Ah«, sagte eine Stimme hinter mir. »Amanda?«

Ich drehte mich um. Zwei Männer standen da, beide Anfang Dreißig. Einer von ihnen war kurz und sehr breit, und er trug einen schwarzen Anzug mit Weste, der ihm mindestens eine Nummer zu klein war. Sein schwarzes Haar war aus der eckigen Stirn nach hinten geklatscht. Tatsächlich war sein ganzes Gesicht eckig, und vorne war es plattgedrückt, als hätte vor kurzem jemand eine Tür dagegengeknallt. Er lächelte, aber es wirkte wie das Lächeln eines Menschen, dem beim Lächeln nicht ganz wohl ist; es schien an seinem Gesicht festgeklebt zu sein.

Den anderen Mann erkannte ich von einer Photographie, die mir Vater gezeigt hatte. Nur daß der Mann vor mir ein wenig älter und unendlich viel attraktiver war als der Mann auf der Photographie. Er war hinreißend. (Abgesehen von meinem ersten Ehemann vielleicht war John Burton der schönste Mann, der mir je begegnet ist.)

Er war groß und rank. Sein dichtes Haar war schwarz, seine Augen waren blau, das Blau von Rotkehlchen-Eiern, aber mit winzigen goldenen Punkten getüpfelt. Seine Nase war gerade, sein Mund war breit, seine Zähne waren weiß. Er war glattrasiert, und er roch schwach nach einem herben, schrecklich maskulinen Eau de Cologne.

Er trug einen cremefarbenen Leinenanzug, ein blaues Seidenhemd mit weißem Kragen, eine rote Seidenkrawatte, lohfarbene Seidenstrümpfe, ein Paar hellbraune Halbschuhe. In der linken Hand, auf Höhe seines Oberschenkels, hielt er einen eierschalenfarbenen Panamahut.

Er reichte mir die rechte Hand, sehr förmlich, und ich griff zu. Die Finger waren schlank, und ich bemerkte, daß er manikürte Nägel hatte. Ich war mir nicht sicher, ob ich manikürte Nägel bei Männern billigte.

Er schüttelte mir ein-, zweimal die Hand und ließ sie dann los.

»Das ist Albert«, sagte er und klopfte dem anderen Mann auf die breite Schulter. »Ein guter Freund von mir.«

»Sehr erfreut, Sie kennenzulernen«, sagte Albert, der sich wieder mit seinem Lächeln abmühte, als er die Hand ausstreckte.

»Guten Tag«, sagte ich und griff nach seiner Hand. Sie war groß und klumpig und schien ganz und gar aus Knöcheln zu bestehen. Heftig mit dem massigen eckigen Kopf nickend, legte er seine dicken Finger überraschend sanft um meine.

»Albert wird deinen Koffer nehmen«, sagte mein Onkel.

»Wird gemacht«, sagte Albert, ließ meine Hand los und griff nach dem Koffer. Ich überließ ihn ihm, und er hob ihn auf, als enthielte er eine Handvoll Federn. Fast erwartete ich, daß er ihn hochwerfen und sich unter den Arm klemmen würde wie eine Aktenmappe.

»Also«, sagte mein Onkel. »Hast du gegessen?«

»Ich hatte Cracker im Zug dabei.«

»Cracker sind kein Essen. Cracker sind *passatempi*. Zeitvertreiber.«

»Ich weiß, was das Wort bedeutet«, sagte ich, vielleicht eine Spur schnippischer, als angebracht war.

Er zog eine Augenbraue hoch. »Du sprichst italienisch?«

»Ich hatte Latein.« Auch ohne Lateinkenntnisse, schien mir, konnte das Wort nicht allzu schwer zu verstehen sein.

Er sah mich einen Moment an, und dann lachte er. Es war ein sehr nettes Lachen, offen und unbefangen. Er senkte den schönen Kopf, fuhr sich mit der Hand durchs Haar und sah mich dann schief von unten an. »Natürlich hattest du Latein. Und ich bin ein rechter Esel, stimmt's?«

Da mußte auch ich lachen, vor Überraschung und Erleichterung.

»Schau«, sagte er. »Das ist eine große Sache für mich. Stimmt's, Albert? Habe ich nicht zu dir gesagt, das sei eine große Sache?«

Albert hatte unsere Unterhaltung mit ernster Miene verfolgt und dabei den Kopf langsam vor- und zurückpendeln lassen. Nun nickte er heftig. »Eine ungemein große Sache«, versicherte er mir.

»Ich begegne meiner Nichte zum ersten Mal«, sagte mein Onkel. »Ich hatte ein kleines Mädchen erwartet«, er hielt die Hand in Hüfthöhe, »das Gott weiß was trägt – was tragen kleine Mädchen eigentlich? Dirndl?« Er grinste. »Und statt dessen steht vor mir eine bildhübsche junge Frau, die ein bildhübsches französisches Kleid trägt – es ist doch französisch, stimmt's?«

»Ja.« Mit klappernden Augendeckeln brachte ich mein patentiertes verlegenes Lächeln hervor. Ich wußte, daß ich keine bildhübsche junge Frau war. Ich hatte zwar gemerkt, daß ich bei der entsprechenden Beleuchtung andere gelegentlich glauben machen konnte, daß ich es wäre; aber ich wußte, daß meine Augen zu weit auseinander standen, mein Hals zu lang war, mein Mund zu groß. Dennoch war es hochherzig von ihm, sich die Mühe zu machen; und unerwartete Hochherzigkeit (*per definitionem* unverdient) machte mich immer verlegen. Ich sagte: »Susan – meine Stiefmutter – hat es mir letzten Monat gekauft.«

»Nun, ich muß sagen, daß ihr beide einen ausgezeichneten Geschmack besitzt.«

»Danke.« Es *war* ein entzückendes Kleid, zitronengelbe Baumwolle, leicht und sommerlich, mit tiefer Taille und passender Jacke.

»Jedenfalls«, sagte er, »hast du mich durcheinandergebracht.

Und ich habe mich wie ein Idiot benommen. Ich bitte um Entschuldigung.«

»Das ist nicht nötig«, sagte ich.

»Wenn man sich wie ein Idiot benimmt, schon. Nun denn. Magst du Meeresfrüchte?«

»Sehr sogar.«

»Fein. Dann schlage ich folgendes vor. Albert bringt deinen Koffer in die Wohnung. Oder brauchst du im Moment etwas daraus?«

»Nein, eigentlich nicht.«

»Sehr gut. Gleich hier im Bahnhof ist ein Fischlokal. Du und ich können da einen Happen essen, uns besser kennenlernen. Danach, falls es dir recht ist, gehen wir ein bißchen die Stadt erkunden. Klingt das annehmbar?«

»Das klingt«, sagte ich, »wunderbar.«

»Fein.« Er grinste. »Aber bitte etwas weniger Begeisterung. Sonst merkt man sofort, daß du nicht von hier bist.«

Ich lächelte. »Und das ist schlecht?«

»Ganz schlecht.« Er wandte sich an Albert. »Wir sind um sechs zurück, nehme ich an«, teilte er ihm mit.

Albert nickte. »Möchten Sie, daß ich ein leichtes Abendessen vorbereite? Ein kleines Soufflé vielleicht? Einen Salat?«

»Nein, danke, Albert. Im Eisschrank ist jede Menge zu essen. Du kannst dir freinehmen. Wir sehen uns am Montag.« Er klopfte ihm abermals auf die Schulter und wandte sich dann wieder mir zu. »Dann wollen wir mal.«

Während er mir durch die Menge der Reisenden und Dienstmänner vorausging, drehte er sich plötzlich um. »Kann ich dich um einen Gefallen bitten?«

»Natürlich.«

»Ich nenne dich Amanda, richtig?«

»Ja, natürlich.«

»Nun, du kannst mich nennen, wie du willst. *John. Jack. Dodo.* Aber ich wäre dir dankbar, wenn du nicht *Onkel John* zu mir sagen würdest.«

»Ist gut«, sagte ich. »In Ordnung.«

»Macht es dir etwas aus?«

Geschmeichelt, daß er gefragt hatte, schüttelte ich den Kopf. »Aber nein.«

Er war wirklich ganz außergewöhnlich attraktiv. Und es war wirklich ganz erstaunlich, wie die goldenen Pünktchen im Blau seiner Iris irrlichterten.

Sein Lächeln wurde schüchtern, was ich ungemein liebenswert fand. Er sagte: »Es ist nur, weil *Onkel John* ... na ja, weil ich mir dann ein bißchen ... verknöchert vorkomme.«

»Was wäre dir am liebsten?« fragte ich ihn.

»John, nehme ich an.« Er lächelte wieder. »Okay?«

»Okay.«

»Du wirst dich daran gewöhnen«, sagte er.

Da war ich mir nicht so sicher. Ich hatte noch nie einen erwachsenen Mann beim Vornamen genannt. Schon gar nicht einen Onkel. Schon gar nicht einen Onkel, der aussah wie dieser.

Wir aßen in der Oyster Bar, die an diesem Tag das erste meiner Lieblingsrestaurants in New York wurde.

John und ich waren noch etwas befangen miteinander. Wir waren schließlich Wildfremde, Vorübergehende, die nur durch den mysteriösen Zufall der Abstammung verbunden waren. Falls einer von uns eine Enttäuschung für den anderen darstellte, konnte das nicht auf einen ererbten Makel in uns selbst hindeuten?

Nachdem wir unser Essen bestellt hatten, nippte er an seinem Wein. (Serviert in einer Kaffeetasse, als Zugeständnis an die Prohibition.) Er musterte mich. »Du hast große Ähnlichkeit mit deiner Mutter«, sagte er.

Genau in der Mitte seines kantigen Kinns befand sich ein wohlgeformtes Grübchen, ein Grübchen von der Art, die in einer Frau urplötzlich den heftigen Wunsch auslösen kann, es genauer zu erforschen, vielleicht mit der behutsamen Spitze eines streichelnden Fingers. (Nicht etwa, daß ein solcher Gedanke einem sechzehnjährigen Mädchen jemals gekommen wäre, geschweige denn einer Nichte.)

»Ich habe sie nie gekannt«, sagte ich.

»Ich weiß. Es war eine Tragödie. Eine wahre Tragödie. William war am Boden zerstört.«

Es dauerte einen Moment, bis ich begriff, daß er nicht von meinem Bruder, sondern von meinem Vater sprach.

Er stellte die Kaffeetasse ab. »Ich mochte sie. Sie war intelligent, sehr intelligent. Und sehr schön.«

»Wann hast du sie kennengelernt?«

»Bei der Hochzeit. Nur das eine Mal.«

»Ich habe Bilder von ihr gesehen. Findest du wirklich, daß ich Ähnlichkeit mit ihr habe?«

»Ja.« Er lächelte. »Soll ich ins Detail gehen?«

Wieder einmal spürte ich, daß ich rot wurde.

»Ah. Dein Gesicht verrät dich.«

»Na ja«, sagte ich, »ich bin ja auch nicht von hier.«

Er lachte. »Und intelligent dazu. Genau wie deine Mutter.«

Ich klimperte mit den Wimpern und betrachtete eingehend das Tischtuch.

Es war ein wunderbares Essen: Austern in der Schalenhälfte, fleischige graue Belons aus Maine; Oyster Stew, reichhaltig und schmackhaft, nach Meer riechend; ein herrlicher gebackener gefüllter Hummer; ein sündhaft schwerer Käsekuchen, dick belegt mit glänzenden süßen Erdbeeren.

Draußen, in dem Geviert des Korridors direkt vor dem Restauranteingang, zeigte mir John die Flüsterecken. Wenn sich der eine ganz dicht in eine der steinernen Ecken stellte, das Gesicht der Wand zugewandt, und der andere sich in gleicher Weise in die diagonal gegenüberliegende Ecke stellte, konnten beide im Flüsterton miteinander sprechen und sich klar und deutlich hören, trotz der wogenden und summenden Menge zwischen ihnen, hinter ihrem Rücken.

Entzückt blickte ich nach oben, hinauf zu den niedrigen grauen Gewölbebogen. Ich flüsterte: »Der Schall wandert über die Decke!«

»Stimmt genau«, flüsterten die Steine.

»Ist das ein großes Geheimnis?« fragte ich sie.

»In Brooklyn«, sagten sie, »gibt es noch zwei Leute, die es nicht kennen.«

Ich lachte.

»Komm«, sagten die Steine. »Jetzt machen wir die Stadt unsicher.«

Wir verließen den Bahnhof am Ausgang Vanderbilt Avenue, überquerten die Vanderbilt unter der dunklen Masse der Park-Avenue-Überführung und folgten der 42. Straße Richtung Westen. Es war ein strahlender Sommertag, eine warme Brise strich durch die Straßen.

Wir gingen über die Madison zur Fifth Avenue, unmittelbar nördlich des prachtvollen weißen Bauwerks der Public Library mit ihren wundervollen Löwen. Wir bogen nach rechts in die Fifth Avenue ein und folgten ihr die Vierziger-Straßen hinauf. Unterwegs machte er mich auf die Sehenswürdigkeiten aufmerksam: das Shepard- und das Goelet-Haus, beide aus braunem Sandstein, die St.-Nicholas-Kirche, das Vanderbilt-Palais, die St.-Patricks-Kathedrale.

Inzwischen hatten wir die Fünfziger erreicht, kamen an all den glitzernden Ladenfronten vorbei – Stueben Glass, Cartier, Bergdorf-Goodman. Und dort im Fenster von Bergdorf-Goodman, inmitten eines kunstvollen Arrangements von Schaufensterpuppen – schicken jungen Pappmaché-Männern und -Frauen, die um ein glänzendes schwarzes Stutz-Bearcat-Automobil herum zu einem Tableau erstarrt waren –, sah ich den Hut. Ich blieb stehen.

Eine der Puppen trug ihn. Sie stand mit dem linken Fuß auf dem blitzenden Trittbrett des Wagens, den rechten Arm auf dem Türrahmen, und starrte unverwandt in die sie ebenso unverwandt anstarrenden Augen des betont schneidigen Fahrers.

»Was ist?« fragte John.

»Ach, nichts. Hab nur geguckt.«

»Schöner Wagen«, sagte er.

»Mir gefällt der Hut.« Ich deutete mit einer Kopfbewegung auf die Schaufensterpuppe.

»Ah«, sagte er. »Iris Storm.«

Es hätte mich eigentlich nicht überraschen dürfen, daß er Michael Arlens Roman *Der grüne Hut* kannte. Alle kannten ihn in jenem Jahr, sogar die wenigen, die ihn nicht gelesen hatten. Moralpredigten wurden gegen die »Dekadenz« seiner Figuren gehalten, insbesondere die der bildschönen und dem Untergang geweihten Heldin. Iris Storm, eine finanziell unabhängige Frau, verbringt ihre Zeit damit, durch Europa zu streifen, sich bewundern zu lassen und Herzen zu brechen. Sie liebt. Sie leidet. Sie trägt den bewußten Hut, eine grüne Cloche. Am Ende steuert sie ihren riesigen gelben Hispano-Suiza-Tourenwagen absichtlich gegen einen sehr großen Baum, in sehr hohem Tempo. Dies wird dargestellt – und wurde von uns Lesern zu jener Zeit genauso aufgefaßt – als Akt von wahrer Seelengröße.

Sie wurde als eine Frau beschrieben, deren Augen, wie meine, blau waren und weit auseinander lagen. Dies waren vermutlich unsere einzigen Gemeinsamkeiten; denn Iris' Augen waren, was meine nicht waren, ungeheuer eindrucksvoll. Meine lagen einfach in ihren Höhlen, wo sie sich manchmal hinter blinzelnden Lidern versteckten. Ihre *brannten* oder, noch öfter, sie *glühten* »wie die Augen eines Tieres«.

Ich wußte natürlich, daß sie nicht wirklich existierte; und ich glaube, ich wußte schon damals, daß sie gar nicht wirklich existieren konnte, nirgendwo auf der Welt. Trotzdem bewunderte ich sie maßlos.

»Komm mit«, sagte John und nahm seinen Panamahut ab. »Sehen wir mal nach.«

Ich folgte ihm in das Gebäude, hinein in den herrlichen warmen Schwall von Kaufhausgerüchen, von Parfum und Eau de Cologne und Puder. In der Hutabteilung, arrangiert auf einer stufenförmigen Mahagoni-Etagere, gab es Cloches in allen Größen und Farben. Einige davon waren grün, und eine von diesen schien meine Größe zu haben. Ich berührte sie zögernd.

»Probier sie auf«, sagte John.

»O nein«, sagte ich. »Das kann ich nicht.«

Lässig legte er seinen Panamahut auf die Etagere, nahm die Cloche herunter, hielt sie mir hin. »Bitte. Mir zuliebe.«

In diesem Moment kam eine Verkäuferin auf uns zugeschwebt, möglicherweise direkt von der Decke herab. Sie war groß, schwarz gewandet, mindestens zehn Jahre älter als ich und zwanzig Jahre kultivierter. Ihr Bubikopf war flott und fugenlos, so glänzend wie Lackleder. Ihr schmales, bildhübsches Gesicht war weiß, abgesehen von den bemalten Bereichen – dem dick aufgetragenen Rouge auf den Wangenknochen, den grell geschminkten Lippen. Ihre dunklen ägyptischen Augen waren riesig. Sie verströmte Chanel No. 5.

Ihre Augen glitten hinunter zu dem Hut in meinen Händen. »Das ist unsere gefragteste Farbe«, verkündete sie. Sie sah John an, und ihre Augen flackerten einen Moment lang auf, kurz und begehrlich. Im Laufe der nächsten Woche sollte ich dieses Flakkern noch in den Augen vieler Frauen sehen.

Ich setzte den Hut auf, sah John an, sah mich im Spiegel an, richtete den Hut aus, richtete die Neigung meines Kopfes aus. Ich stellte mir vor, wie ich mich mit diesem Hut fühlen würde, wenn ich lässig dastand. Ich versuchte, lässig dazustehen. Es mißlang. Ich blickte zu John.

Er stöberte in der Auslage, nahm Hüte in die Hand, inspizierte die Innenseite.

Die Verkäuferin verkündete: »Er steht Ihnen.«

Noch immer stöbernd, sagte John: »Darf ich etwas sagen?«

Ich sah ihn an.

»Hast du bemerkt«, fragte er mich, »wie viele Frauen diesen Hut tragen? Draußen auf der Straße?« Er deutete auf die Cloche auf meinem Kopf. »Genau in dieser Farbe?«

Ich hatte es nicht bemerkt; ich war zu sehr damit beschäftigt gewesen, auf die Länge der modischen Röcke und die eleganten Kleider zu achten, und leider zu dem Schluß gelangt, daß mein gelbes Kleid doch nicht so chic war, wie ich gedacht hatte.

Die Verkäuferin hatte John die ganze Zeit mit leicht geöffneten Lippen angesehen. Nun sagte sie: »Das ist unsere gefragteste Farbe.«

»Genau«, sagte John. »Hier«, sagte er und hielt mir eine andere Cloche hin, eine in bräunlichem Gelb. »Probier mal diese auf.«

Ich nahm die grüne ab, legte sie hin, griff nach der gelben. Ich setzte sie auf, rückte sie zurecht und drehte mich zum Spiegel, um mich zu betrachten. Die Farbe des Huts paßte natürlich viel besser zu meinem Jackenkleid.

»Das Futter ist grün«, sagte John und lächelte.

Ich wußte sofort, was er meinte. Daß ich im stillen vorgeben konnte, Iris Storm zu sein, ohne daß es jemand wissen würde.

Abgesehen von John natürlich.

Ich wurde wieder rot. *Ertappt.*

»Gefällt er dir?« fragte er mich.

»Ja, aber...«

»Kein Aber. Laß mich mal sehen.« Er beugte sich vor, legte seine Hände rechts und links an mein Gesicht und rückte behutsam den Hut zurecht.

Im Laufe der Jahre habe ich ein seltsames Phänomen bemerkt. Wann immer mir jemand einen körperlichen Akt der Gefälligkeit erweist, verspüre ich eine merkwürdige körperliche Reaktion.

Zum ersten Mal fiel es mir, passenderweise, in der ersten Klasse auf. Wir malten mit Wasserfarben, und ich hatte auf meinem jungfräulichen Blatt Papier einen dicken roten Apfel zustande gebracht. Das Mädchen, das neben mir saß – Nancy Warburton –, beugte sich herüber, betrachtete mein Werk und sagte: »Der ist wirklich schön. Darf ich dir etwas zeigen?«

»Klar.«

Sie tauchte ihren Pinsel in ihren Farbkasten, beugte sich wieder herüber und brachte dann, umsichtig, mit präzisen rosa Strichen, auf der runden Seite meines Apfels ein kleines, abgerundetes Fenster an – eine Reflexion. Während sie sich die Zeit – ihre Zeit – nahm, dies auszuführen, verspürte ich ein deutliches angenehmes Prickeln, das hinten in meinem Nacken begann und sich fächerförmig über Rücken und Schultern ausbreitete – einen köstlichen, geheimen, anhaltenden Schauer der Erregung.

Ich weiß wirklich nicht, was ihn auslöste und noch immer auslöst. Ich glaube nicht, daß es etwas Sexuelles ist. Der Schauer tritt auf, unabhängig davon, ob die Gefälligkeit von einem Mann oder einer Frau kommt, und unabhängig davon, ob sie von jemandem kommt, für den ich etwas empfinde. (In Borneo trat er, Jahre später, einmal auf, als die Gefälligkeit – eine sorgfältig mit der Hand in den Sand gezeichnete Karte – von einem Mann kam, den ich für einen Mörder hielt.)

Und nun passierte es hier, bei Bergdorf-Goodman, als John Burton den Sitz meines neuen Hutes korrigierte.

»Falls du unbedingt etwas sagen willst«, sagte er, »kannst du danke sagen.«

»Danke«, sagte ich.

»Gern geschehen«, sagte er lächelnd. Und die goldenen Pünktchen in seinen blauen Augen irrlichterten.

Wir gingen zu seiner Wohnung: vorbei am Plaza Hotel, die Central Park South nach Westen, Richtung Norden in den Park hinein und auf dem West Drive durch den Spielplatz und das Green und dann über die Central Park West hinaus in die 72. Straße.

Das Dakota war ein hinreißender alter Bau aus gelbem Backstein, mit Giebeln, Gauben und Zinnen wie im Märchen. Es war nicht sehr hoch, nahm aber einen ganzen Straßenblock ein; und Johns Wohnung, im dritten Obergeschoß, mit Blick zum Park, nahm fast ein Viertel der einen Seite des Gebäudes ein.

Ich sah zum ersten Mal eine Wohnung, die im, wie man damals sagte, »modernen« oder »zeitgenössischen« Stil eingerichtet war, der heute als Art déco bekannt ist. Sie war ganz in Brauntönen gehalten – Siena, Umbra, Ocker. Das Mobiliar, edle lackierte Hölzer, hell und dunkel, mit Intarsien aus Schildpatt oder Perlmutt, war glatt und stromlinienförmig, als beabsichtigte es davonzufliegen.

Er führte mich herum. Durch eine riesige Küche, in der ein runder Mahagoni-Eßtisch und sanft geschwungene Mahagonistühle standen. Einen Salon auf zwei Ebenen mit einem ausladenden Feldstein-Kamin, dessen Sims aus einer dicken Edelstahlplatte bestand, und einem großen Panoramafenster, das Aussicht auf den leuchtendgrünen Park bot. Ein formelles Speisezimmer. Eine Bibliothek, drei Wände mit Bücherregalen, an der vierten wiederum ein Kamin, dieser aus Onyx und Chrom. Drei Schlafzimmer, wunderschön ausgestattet, jedes mit eigenem Bad. Eines davon, sagte er mir, war das von Albert, der es während der Woche benutzte. Am Wochenende, sagte John, wohne Albert bei einer Bekanntschaft in Queens. Einer Damenbekanntschaft, fügte er hinzu.

»Was macht Albert so?« fragte ich ihn.

John lächelte. »In welcher Hinsicht?«

»Was macht er für dich?«

Er zuckte die Schultern. »Dies und das. Er hilft mir aus. Er ist ein Freund.«

Nicht gerade eine hilfreiche Antwort, aber ich war zu höflich, um weitere Fragen zu stellen.

Das dritte Schlafzimmer war meines, und neben dem Bett stand mein Koffer.

Wie John zu Albert gesagt hatte, war Essen im Eisschrank, und bevor wir wieder ausgingen, nahmen wir »einen Happen zwischendurch«, wie John es nannte. Zum ersten Mal in meinem Leben aß ich Belugakaviar auf gebutterten Toastecken. Dazu gab es eine weitere mir bislang unbekannte Köstlichkeit, ein halbes Glas Champagner Marke Dom Perignon.

Danach fuhren wir mit einem Taxi hinunter zum Broadway, wo wir die Marx Brothers in einem Stück namens *I'll Say She Is* sahen. Vielleicht war zum Teil der Champagner schuld, jedenfalls habe ich noch nie im Leben, weder vorher noch später, so schallend gelacht. Es wäre mir peinlich gewesen, hätte John neben mir nicht genauso schallend gelacht.

Als ich an diesem Abend zu Bett ging, begann ich mich bereits selbst wie im Märchen zu fühlen.

Ich freute mich unbändig auf den Rest meines Sommers mit John Burton.

Doch leider sollten wir nur eine einzige Woche miteinander verbringen.

Zwei

Es war eine erlebnisreiche Woche.

Ich war an einem Freitag angekommen. Während des Wochenendes führte mich John in der ganzen Stadt aus: in das Ferrara in der Grand Street, den Empire Room im Waldorf Astoria, den Oak Room im Plaza, das Café Julien am University Place, gleich um die Ecke vom Washington Square. Am Samstagabend sahen wir, wie Douglas Fairbanks, der Dieb von Bagdad, auf einem ziemlich wackeligen fliegenden Teppich durch Arabien sauste. In der Sonntagsmatinee sahen wir, wie Larry Cantor im Earl Carroll Theater seine Banjo-Augen blitzen ließ und durch Ziegfelds *Kid Boots* tänzelte.

Am gleichen Abend fuhren wir mit dem Taxi hinunter in die 4. Straße Ost in ein Speakeasy namens The Red Head. John kannte die Besitzer, einen Mr. Berns und einen Mr. Kriendler, Jack und Charlie; und während wir dicke blutige Steaks und knusprige Bratkartoffeln aßen, setzten sie sich zu uns an den Tisch. Mr. Kriendler erzählte mir, daß es Anfang des Jahres 1919, als Alkohol noch legal in New York ausgeschenkt wurde, fünfzehntausend Bars in der Stadt gegeben hatte. Nun, nach fünf Jahren Prohibition, gab es dreißigtausend. Mr. Kriendler fand das offensichtlich äußerst witzig.

John Burton kannte fast jeden, wie es schien, und fast jeder kannte ihn. Restaurantbesitzer, Oberkellner, Sommeliers, Empfangsdamen, sie alle begrüßten ihn mit Namen. Er stellte mich als »meine Nichte Amanda« vor, und sie sahen mich mit einer Art verbindlich lächelnder Höflichkeit an, hinter der sich (da war ich mir ganz sicher) brennende Neugier verbarg. John war unweigerlich der attraktivste und bestgekleidete Mann in jedem Restaurant, Café oder Club – was schleppte er da diesen linkischen Backfisch mit sich herum?

Ich hatte noch immer das Gefühl, als wäre ich in ein Märchen geraten.

Am Sonntagabend, bevor ich zu Bett ging, erklärte mir John, daß er am nächsten Morgen früh zur Arbeit mußte. (Genau wie mein Vater machte er irgend etwas Mysteriöses mit Aktien und Wertpapieren.) Wir saßen noch am Tisch in der Küche, John mit einem King's Ransom Scotch und Soda vor sich, ich mit einer Coca Cola. John hatte den Knoten seiner Krawatte gelockert und sich auf dem Stuhl zurückgelehnt, lässig und entspannt.

Er erinnerte mich, daß Albert, der Mann, den ich im Grand Central Terminal kennengelernt hatte, da sein würde, wenn ich aufwachte.

»Ich verstehe immer noch nicht, was Albert macht«, sagte ich.

»Er hilft mir im Haushalt«, sagte John. »Beim Kochen, Putzen, was eben anfällt.«

»So ähnlich wie ein Butler?«

»So ähnlich. Und er ist ein Freund. Er hilft aus, wenn ich etwas brauche. Und wenn du etwas brauchst, während ich morgen weg bin, mußt du es ihm nur sagen.«

Als ich am nächsten Morgen aufwachte und auf die Uhr auf dem Nachttisch schaute, sah ich, daß es fast neun war. Ich wusch mich rasch und zog etwas über, wobei ich mich wieder für ein leichtes Sommerkleid entschied, diesmal eines aus weißer Baumwolle.

Albert war in der Küche. Er saß auf Johns Stuhl, in die *New York Times* vertieft, und sein eckiges Gesicht sah noch immer so aus, als wäre es angefahren oder überfahren worden.

Gegenüber von ihm war der Tisch für eine Person gedeckt: ein weißes Platzdeckchen aus Leinen, eine weiße Leinenserviette, zu einem Dreieck gefaltet, Silberbesteck, ein Porzellanteller, eine Butterschale, Tasse und Untertasse, ein geschliffenes Kristallglas mit Orangensaft.

»Guten Morgen«, sagte ich.

Er drehte sich um und ließ die Zeitung sinken. »Oh, hallo, Miss«, sagte er, legte die Zeitung auf den Tisch und stand auf. Er trug ein weißes Oberhemd, eine schwarze Krawatte und eine schwarze Hose. Um seine dicke Mitte war eine bis knapp unter die Knie reichende makellose weiße Schürze gebunden. Er nahm rasch einen glänzenden Pfannenwender vom Tisch, hob ihn hoch und schwenkte ihn, wie grüßend, neben seinem Kopf im Kreis herum. »Was ist Ihr Begehr, wenn ich fragen darf?«

»Wie bitte?«

Er ließ den Pfannenwender sinken. »In puncto Essen, meine ich. Nach meinem Dafürhalten böte sich etwas in der Richtung von Pfannkuchen an. Ich will mich ja nicht selbst loben, aber in gewissen Kreisen werden meine Pfannkuchen über alle Maßen geschätzt.«

Und das sagte er, ohne eine Miene zu verziehen. Wie ich feststellen sollte, sagte Albert alles, ohne eine Miene zu verziehen.

»Pfannkuchen wären wunderbar«, sagte ich. »Falls sie nicht zuviel Mühe machen.«

»Nicht die geringste Mühe«, sagte er. »Denn in der Tat habe ich sie bereits gemacht.« Er deutete mit dem Kinn auf das Glas Saft. »Außerdem gibt es Orangensaft, welchselbigen ich vor zwei Minuten ausgepreßt habe. Rein wissenschaftlich gesprochen, nach Meinung von Fachleuten, ist frischer Orangensaft eines der gesündesten Getränke, über die wir verfügen.«

»Danke. Kann ich etwas helfen?«

»Nicht das geringste. Sie setzen sich nur zu Tisch, Miss.«

Das tat ich.

»Nun«, sagte er. »Verraten Sie mir eines.« Er führte die Hände vor der massigen Brust zusammen, Handflächen aneinander, Finger gestreckt, als würde er beten, und legte den breiten eckigen Schädel zur Seite. »Gehören Sie zu den Personen, die des Morgens eine schöne heiße Tasse Kaffee goutieren?«

»Ja. O ja.«

»Okay.« Er ließ die Hände sinken, drehte sich um und ging zum Herd. »Die Sache ist nämlich die«, sagte er, »daß ich zu meinem Bekanntenkreis nicht viele Personen jugendlichen Alters zähle.« Er nahm eine Kaffeemaschine vom Herd, ein kleines Tablett von der Arbeitsfläche daneben, drehte sich um und kam wieder zurück. Seine Bewegungen waren sehr exakt, beinahe geziert. »Somit bin ich nicht ganz auf dem laufenden, was ihre Präferenzen in puncto Essen und Trinken betrifft. Ich hoffe, Sie werden es mir nachsehen.«

»Aber ja«, sagte ich. »Natürlich.«

Er stellte das Tablett auf den Tisch. Ein Kännchen Sahne, ein Schälchen Zucker. Er schenkte mir Kaffee ein. »Da ist eine Nachricht für Sie«, sagte er. »Von Ihrem Onkel. Gleich da. Auf dem Buch.«

Rechts von mir auf dem Tisch lag ein kleines Buch mit einem gefalteten Blatt Papier darauf. Ich nahm das Blatt, faltete es auf.

Liebe Amanda!

Guten Morgen.

Ich lasse Dir einen Stadtführer da. Falls du etwas brauchst, sage Albert Bescheid. Ich bin um sechs Uhr abends zu Hause. Bis dann.

Gruß, John

Ich nahm das Buch in die Hand. *New York und Umgebung.* Mittendrin schaute oben zwischen den Seiten, wie ein Lesezeichen, der Rand eines neuen Zwanzigdollarscheins heraus.

Zwanzig Dollar waren damals ziemlich viel Geld. Und an jedem der darauffolgenden vier Tage, selbst nachdem ich bei John dagegen protestierte, erwarteten mich weitere zwanzig Dollar auf dem Küchentisch. Am Ende der Woche hatte ich noch immer etwas von dem zweiten Zwanziger übrig, und dazu noch sechzig Dollar. Ich hatte die Absicht, John das Geld irgendwann zurückzugeben. Aus Gründen, die sich noch herausstellen werden, war ich dazu außerstande.

Albert hatte das Tablett wieder auf der Arbeitsfläche abgestellt, die Tür des Backofens geöffnet und eine Platte herausgeholt, die mit einem Topfdeckel bedeckt war. Er stellte die Platte neben meinem Teller auf den Tisch, zusammen mit einem weißen Porzellankännchen voll Ahornsirup. Er hob den Deckel, und zum Vorschein kam ein dampfender Stapel goldbrauner Pancakes. Die Küche füllte sich mit ihrem schweren, feuchten Duft.

Albert sagte: »Nach meinem Dafürhalten bieten sich als Beilage etwa schöne Spiegeleier an. Heute morgen, auf meinem Weg hierher, habe ich die Eier bei einer Quelle erstanden, die mir persönlich bekannt ist. Ich kann mich für ihre Frische verbürgen, uneingeschränkt.«

»Eier wären toll«, sagte ich.

»Und Ihre diesbezügliche Präferenz wäre welche? Auf beiden Seiten gebraten? Auf einer Seite gebraten?«

»Auf beiden Seiten, bitte.«

»Das Eigelb noch in flüssigem Zustand, korrekt?«

»Korrekt. Ja.«

»Ein As? Eine Zwei?«

»Hm – eine Zwei, bitte.«

»Fangen Sie an«, sagte er und deutete mit flatternden Fingern ein-, zweimal auf das Essen vor mir. »Bitte. Essen Sie, Miss.«

Ich lud mit der Gabel drei Pancakes auf meinen Teller, bestrich sie mit Butter, goß Sirup darüber.

Am Herd hielt Albert ein brennendes Zündholz an den Brenner. Die Gasflamme sprang mit einem kleinen Rumps an.

»Ihr Onkel teilte mir mit«, sagte er, während er eine Bratpfanne auf den Gasring stellte, »daß Sie vermutlich mehr von der Stadt zu sehen wünschen, da dies Ihre erste Gelegenheit zu einem Besuch hier ist. Ich würde mich freuen, Ihnen meinen Beistand anbieten zu dürfen, in jedweder Art, Weise, Form oder Hinsicht. Was ich meine, ist, ich kann als Fremdenführer dienen, sozusagen. Falls Sie dies wünschen, meine ich.«

»Danke«, sagte ich. »Das ist sehr freundlich.«

»Ganz und gar nicht, Miss. Die Sache ist nämlich folgende: Jede Person, die ein Freund Ihres Onkels ist, ist auch ein Freund von mir.«

Die Bratpfanne zischte. Er stellte die Gasflamme kleiner. Einer Schüssel auf der Arbeitsfläche entnahm er ein großes braunes Ei. Geschickt klopfte er es an der Kante der Arbeitsfläche auf, hielt es über die Pfanne, trennte mit einer Drehung der Finger die beiden Schalenhälften und hob dann flink die Hand.

Eigelb und Eiweiß glitten auf einen Rutsch heraus und fröhlich glucksend in das heiße Fett.

»Ich hoffe, es macht Ihnen nichts aus«, sagte ich zu ihm, »aber ich würde mich gern alleine umsehen.«

Er nickte. »Okay. Ich verstehe vollkommen.« Er entnahm der Schüssel ein zweites Ei, schlug es geschickt in die Bratpfanne.

Ich aß das nächste Stück Pancake. »Wie lange kennen Sie John schon?«

»Seit dem Weltkrieg.« Er schüttelte die Pfanne kurz, griff nach seinem Wender.

»Haben Sie sich beim Militär kennengelernt?«

Er konzentrierte sich auf die Eier. »Korrekt.«

»Und jetzt arbeiten Sie für ihn?«

»Korrekt.«

»Was machen Sie da so?«

Er sah zu mir her. »Das kommt darauf an, Miss. Was immer zu tun ist. Ein bißchen dies, ein bißchen das.«

Was praktisch genau das war, was John gesagt hatte, und praktisch genauso hilfreich.

So sah für eine Woche mein Tagesablauf aus. Als erstes frühstückte ich mit Albert. Manchmal unterhielten wir uns über New York und die Sehenswürdigkeiten, die es bot. Manchmal machte Albert Vorschläge – wohin ich gehen, was anschauen, was auslassen sollte.

Manchmal sprachen wir über die neuesten Nachrichten. Die zwei großen Themen jener Woche – ja, jenes Sommers und tatsächlich des ganzen Jahres – hatten jeweils mit einem Verbrechen und zwei Männern zu tun. Jeden Tag brachte die Zeitung einen Artikel über den einen oder den anderen Fall oder über beide.

Erst in der Woche davor war in Chicago Anklage gegen Nathan Leopold und Richard Loew erhoben worden, zwei College-Studenten, die aus purer Mordlust den kleinen Bobby Franks getötet hatten. Der berühmte Anwalt Clarence Darrow sollte sie verteidigen. In Boston hatten andere Anwälte Berufung gegen die Vollstreckung der Todesurteile an Nicola Sacco und Bartolomeo Vanzetti eingelegt, zwei italienischen Anarchisten, die drei Jahre zuvor in Braintree, Massachusetts, des Raubes von Lohngeldern und des zweifachen Mordes für schuldig befunden worden waren.

Die Jungs in Chicago würden verurteilt werden, meinte Albert. »Das sind zwei ausgekochte Bürschchen. Die Frage ist im Moment nur, ob Mr. Darrow verhindern kann, daß sie schmoren.«

»Schmoren?«

Er nickte feierlich. »Auf den elektrischen Stuhl kommen, Miss. Mr. Darrow ist ein hervorragender Wortführer, daran besteht nicht der geringste Zweifel, aber da wird er definitiv seine liebe Mühe haben.«

Was die Anarchisten betraf, sagte mir Albert: »Die zwei Itaker sind Sündenböcke und kriegen Gefängnis, das ist meine persönliche Meinung.«

»Weil sie unschuldig sind, meinen Sie.« Ich hatte den Fall daheim in Boston verfolgt und ging davon aus, daß es sich so verhielt.

»Wie neugeborene Lämmer«, sagte er. Er blickte sich kurz in der Küche um, sah wieder mich an und sagte düster, die Stimme und die Augenbrauen senkend: »Politik, Miss, das ist alles Politik.«

Nach dem Frühstück brach ich dann zu einem Streifzug durch die Stadt auf. Manchmal nahm ich die Untergrundbahn, manchmal die Hochbahn entlang der Sixth Avenue, aber meistens ging ich zu Fuß. Die ganze Woche über war das Wetter ideal, klar und sonnig und warm. Mit dem Reiseführer als meinem Vergil sah ich mir alles an, vom Battery Park bis zum Columbus Circle, vom East River bis zum Hudson. Ich bewunderte das Woolworth Building an der Ecke Broadway und Park Place, das höchste Gebäude der Welt. Ich bewunderte die überschwengliche, an römische Thermen erinnernde Pracht der Pennsylvania Station in der Seventh Avenue. Ich bewunderte das Flatiron Building am Madison Square, diesen grotesken, bügeleisenförmigen Keil aus Stein und Stahl, der zwanzig Stockwerke emporragte.

Jeden Tag aß ich eine andere neue Köstlichkeit: Knisches, Brezeln, Bagels und Lox, Hot Dogs mit Sauerkraut auf einem gedämpften Brötchen, den berühmten Apfelkuchen von Horn und Hardart.

Ich liebte New York, liebte alles an dieser Stadt. Sie war nicht nur größer und heller als Boston, und dynamischer, sondern schnodderig und protzig und herrlich laut. Hupen schrillten, Pfiffe gellten, Autos summten und brummten, Menschen kreischten und brüllten. Es war das Land des Immer-mehr, und manchmal, wenn ich auf den Bürgersteig hinaustrat, konnte ich geradezu spüren, wie das Pflaster unter meinen Füßen pulsierte, als raste die ganze Stadt, kometengleich, auf das stürmische, unabschätzbare Herz der Roaring Twenties zu. Für ein sechzehnjähriges Mädchen war das alles wahrhaft atemberaubend.

Das einzige, was fehlte, was *mir* fehlte, war jemand, mit dem ich es hätte teilen können. Manchmal sah ich Pärchen, Männer und Frauen, nicht viel älter als ich, über den Bürgersteig schlendern, die Finger mit denen des anderen verflochten, die Köpfe zueinandergeneigt, und mich durchzuckte jäh blanker Neid, und dann entrang sich ein tiefer, langer, freudloser Seufzer meiner leeren Brust, und ich fragte mich, ob es jemals jemanden geben würde, der meine Hand genau auf diese Weise hielt oder seinen Kopf genau auf diese Weise zu meinem neigte.

Es gab Männer auf den Straßen, die zweifellos zur Verfügung gestanden hätten. Hin und wieder erdreistete sich einer von ihnen, lüstern zu grinsen, wenn er sich mir näherte, und den Blick demonstrativ über meinen Körper wandern zu lassen. Dies hatte, wie ich wußte, weniger mit mir oder mit meinem Körper zu tun als mit den Männern selbst. Wie Susan, meine Stiefmutter, mir erklärt hatte, gab es auf der Welt nicht wenige Männer, die Einsamkeit mit Verlangen verwechselten. Einige von ihnen, sagte sie, kämen mit diesem Problem nie ganz zurecht.

Einer folgte mir einmal mehrere Straßenblocks. Es war im Greenwich Village, als ich auf der Westseite der Seventh Avenue in Richtung Norden ging. Jedesmal wenn ich mich umdrehte, war er da, etwa zehn Schritte hinter mir, ein blödes Grinsen im Gesicht, die Hände in den Hosentaschen seines buntkarierten Anzugs. Und jedesmal zog er die rechte Hand aus der Hosentasche, lüftete seine Melone und wedelte damit in der Luft herum.

Ich hatte keine Angst. Ich war umgeben von Menschen, und ich war überzeugt, daß mir der Mann unter so vielen Leuten nichts zuleide tun würde. Aber ich war, wie ich gestehen muß, ziemlich enttäuscht. Es warf kein gutes Licht auf mich, dachte ich, daß ein Verehrer einen karierten Anzug und eine Melone trug. Und noch dazu blöde grinste.

Am Ende, kurz bevor ich den Sheridan Square erreichte und mich abermals umdrehte, war er verschwunden, spurlos verschwunden, als hätte ihn die zornige Hand eines Riesen gepackt und gen Himmel geschleudert.

Auch bei zwei oder drei anderen Gelegenheiten hatte ich das Gefühl, verfolgt zu werden. Wenn ich unterwegs Schaufenster betrachtete, konnte es passieren, daß ich plötzlich ein eigenartiges Kribbeln zwischen den Schulterblättern spürte, als ob der Blick einer Person hinter mir etwas Greifbares wäre, etwas Feuchtes und Kaltes, dessen stumpfe, klamme Spitze über meinen Körper strich. Aber immer, wenn ich herumfuhr, um nachzusehen, war niemand da – jedenfalls niemand, der sich auch nur im geringsten für mich zu interessieren schien. Einmal glaubte ich, eine gedrungene dunkle Gestalt in einen Durchgang schlüpfen zu sehen, aber vermutlich bildete ich es mir nur ein; zumindest sagte ich mir das.

Für kurze Zeit, nachdem ich einen solchen Verfolger gespürt oder mir eingebildet hatte, war mir dann etwas unbehaglich, meine gute Stimmung getrübt. Doch das Unbehagen legte sich jedesmal schnell. Nichts, so glaubte ich damals, konnte meine Begeisterung für die Stadt New York schmälern.

Vielleicht wäre es besser gewesen, wenn das Unbehagen geblieben wäre.

Abends gingen John und ich aus. Wir sahen Paul Robeson in *All God's Chillun Got Wings* im Provincetown Playhouse im Greenwich Village. Am Broadway sahen wir Sophie Tuckers Bühnenrevue und Buster Keatons neuesten Film *Sherlock Junior*. Wir sahen Fletcher Henderson und sein Orchester im Roseland, begleitet von einem jungen und erstaunlich begabten Trompeter namens Louis Armstrong.

So ging es die ganze Woche – Abendessen in netten Restaurants, dann ein Theaterstück oder eine Revue oder ein Film, dann ein Schlummertrunk (Cherry Cola für mich) in einem Nachtclub oder einem Speakeasy.

Der Freitag, Freitag der dreizehnte, bildete keine Ausnahme. Doch anders als die Tage davor ging er böse aus.

Drei

»Also«, sagte John. Er fuhr sich mit der Hand durch das dichte schwarze Haar. »Wohin heute?«

Es war halb sieben Uhr abends. Sowohl John als auch Albert waren in der Wohnung gewesen, als ich vor etwa einer halben Stunde von meinem Ausflug zurückgekehrt war, doch Albert hatte sich inzwischen auf den Weg nach Queens gemacht. Nun saßen John und ich am Küchentisch und planten unseren Abend. John trug eine aufgeknöpfte schwarze Weste mit Nadelstreifen, ein weißes Hemd, dessen Ärmel an den Unterarmen zurückgeschlagen waren, und ein graues Halstuch, dessen Knoten im offenen Hemdkragen gelockert war. Er saß salopp auf dem Stuhl, entspannt, den rechten Fuß über das linke Knie gelegt. In der linken Hand hielt er lässig einen King's Ransom Scotch mit Soda.

»Nach Harlem«, sagte ich.

»Nach Harlem?«

»Da war ich noch nie. Ich möchte den Cotton Club sehen.«

Er lächelte. »Und woher kennt eine junge Dame den Cotton Club?«

»Von Albert. Er sagte, das sei ein piekfeines Etablissement.«

»Sagte er das. Ich werde mit Albert ein ernstes Wort reden müssen.«

»Warum? Was ist denn so schlimm am Cotton Club?«

»Schlimm? Ich schlage vor, wir gehen hin, und du sagst mir, was du davon hältst. Aber richtig interessant wird es dort erst später. Laß uns zuerst nach Downtown gehen. Okay?«

»Okay.«

Er lächelte. »Es ist Freitagabend. Wollen wir uns in Schale werfen?«

Ich hatte nur ein einziges Abendkleid aus Boston mitgebracht –

fließende schwarze Seide, ärmellos –, das ich bis jetzt noch nicht getragen hatte. »Ja!« sagte ich.

»Fein«, sagte er. »Ich habe etwas für dich.«

Er stand auf, stellte sein Glas auf den Tisch, ging zum Eisschrank, öffnete ihn und holte eine kleine Schachtel aus schimmerndem goldfarbenen Karton heraus, etwa fünfzehn mal fünfzehn Zentimeter groß, mit einem glänzenden schwarzen Band darum. Er kam zurück und überreichte sie mir.

»Was ist das?« fragte ich.

»Mach auf.«

Ich tat es. Darin, zwischen raschelndem weißen Seidenpapier, lag eine extravagante samtige Orchidee, sahnegelb und leuchtend purpurrot auf einem duftigen Sträußchen Grün.

Ich blickte zu ihm auf.

Er fragte: »Gefällt sie dir?«

Noch nie hatte mir jemand eine Orchidee geschenkt. Ich spürte, wie die Dankbarkeit gegen meine Augenränder drückte. »Sie ist wunderschön«, sagte ich. Ich blickte zur Seite und blinzelte ein-, zwei-, dreimal, ganz schnell.

»Fein«, sagte er herzhaft. Vielleicht etwas zu herzhaft – vielleicht hatte ihn meine Dankbarkeit ebenso verlegen gemacht wie mich seine Großzügigkeit. »Fein«, sagte er noch einmal. Er griff nach seinem Glas, leerte es.

Ich wagte einen Blick nach oben. Er grinste zu mir herunter, herzhaft. »Wollen wir uns fertigmachen?«

Eine Stunde später saßen wir im Taxi und fuhren auf der Fifth Avenue nach Süden.

Zu dem Kleid trug ich eine schwarze Seidenjacke und eine schwarze Samt-Cloche, die ich erst zwei Tage davor gekauft hatte, bei Wanamaker's am unteren Broadway. Die Orchidee war vorne an meiner Jacke festgesteckt.

John sah hinreißend aus in seinem mitternachtsblauen Smoking mit spitz zulaufenden Satinrevers und Satinstreifen an den Hosen, einem weich plissierten weißen Hemd, einer schwarzen seidenen Smokingschleife, einem roten seidenen Kummerbund, schwarzen Seidensocken und schwarzen Abendschuhen aus Lackleder. Unter den Jackenärmeln lugten die blütenweißen Manschetten hervor, und aus der Brusttasche lugten die blütenweißen Ecken eines Damasttaschentuchs. All dies trug er, wie er alles trug, mit Nonchalance und Eleganz. Es sollten mehrere Jahre vergehen, bis mir wieder ein Mann begegnete – der Tänzer Fred Astaire –, der sich so ungezwungen in Abendgarderobe bewegte.

Wir aßen in einem Speakeasy namens Chumley's, das einen diskreten Eingang in einem kleinen Hof in der Barrow Street hatte. John erklärte mir, daß das Lokal außerdem einen diskreten Ausgang in der Bedford Street 86 hatte. Bei den seltenen Gelegenheiten, wenn FBI-Beamte eine Razzia durchführten, legten die Kellner den Gästen nahe, »einen Sechsundachtziger zu machen«, woraufhin sich alle, Gäste wie Kellner, fröhlich durch besagte Hintertür verzogen. Das Speakeasy, sagte John, sei inzwischen berühmt, genau wie die Redewendung; Kellner in anderen Restaurants überall in der Stadt benutzten sie. Wann immer ein spezielles Gericht ausging, hieß es, es habe »den Sechsundachtziger gemacht«.

Das Lokal war gemütlich und unkonventionell: Sägemehl und Erdnußschalen auf dem Fußboden, Holzwände mit gerahmten Photographien und Zeichnungen, Schwaden von blauem Zigarettenrauch, die sich langsam unter der niedrigen Decke entrollten. Wie in den meisten Bars und Cafés im Greenwich Village war das Publikum gemischt: adrette junge Pärchen, die sich händchenhaltend weit über die winzigen Tische beugten und das gleiche bißchen Luft einatmeten; ernste junge Studenten, die zerknautschte Anzüge und Nickelbrillen trugen; bärtige Männer in langen Mänteln, die verschwörerisch die Köpfe zusammensteckten.

John bestellte das sautierte Seezungenfilet, ich bestellte das gegrillte Steak.

Wir waren gerade mitten im Essen, als plötzlich eine Frau an unserem Tisch erschien. John blickte auf, erhob sich und legte seine Serviette auf den Tisch. Im Laufe der vergangenen Woche hatten ihn, während wir aßen, mehrmals Leute angesprochen und um eine kurze Unterredung gebeten. Gelegentlich war er ein paar Minuten mit ihnen weggegangen. Doch bis jetzt waren es stets Männer und, wie er mir sagte, Kunden gewesen.

»Daphne«, sagte er. Er klang weder angenehm noch unangenehm überrascht. Mir schien es, als spreche er in bewußt neutralem Ton.

Sie war eine dieser bildhübschen Frauen, die sich der Wirkung, die sie auf andere haben, absolut sicher sind. (Diese Sicherheit trägt natürlich ebensoviel zu ihrer Wirkung bei wie ihre Schönheit.) Sie war etwa fünfunddreißig Jahre alt, nur ungefähr einen Meter fünfundfünfzig groß, aber schlank und perfekt proportioniert.

Bevor sie auftauchte, war ich mit meinem Seidenkleid ungemein zufrieden gewesen. Doch diese Frau stellte mich in puncto Seide eindeutig in den Schatten. Ihr blondes Haar fiel in weichen Löckchen auf den fransenbesetzten schwarzen Seidenschal, der um ihre glatten Schultern lag. Ihr kurzes Seidenkleid in schillerndem Grau war schräg geschnitten und schmiegte sich eng an die anmutigen Rundungen und Mulden ihres Körpers. Ihre wohlgeformten Beine waren ebenfalls in Seide gehüllt, in durchscheinende schimmernde Strümpfe, die von oberhalb der reizenden runden Knie bis hinunter zum blitzenden grauen Leder der hochhackigen Schuhe glänzten.

Ich sagte mir zwar, daß ich im Gegensatz zu ihr eine wunderschöne Orchidee mein eigen nannte; doch das war ein schwacher Trost.

Sie lächelte John an. »Johnny«, sagte sie in einem schwülen Südstaaten-Tonfall und legte die Fingerspitzen der rechten Hand leicht auf seine Brust. »Wie *geht* es dir? Es ist ja *ewig* her.«

Johnny?

Sie wandte sich mir zu, die Andeutung eines Lächelns auf den klassisch geschwungenen scharlachroten Lippen. Fragend zog sie die gezupften Augenbrauen hoch und klimperte mit den langen Wimpern.

»Daphne«, sagte John. »Das ist meine Nichte Amanda. Amanda, das ist Daphne Dale.«

»Guten Abend«, sagte ich.

Ohne darauf einzugehen wandte sie sich wieder ihm zu, die Lippen nun gespielt schmollend vorgeschoben. »Aber, Johnny, du hast mir nie erzählt, daß du eine Nichte hast.«

Er lächelte knapp. »Du hast mich nie danach gefragt.«

Sie musterte mich. »So ein hübsches kleines Ding. Einfach *entzückend.*«

Ich war, wie ich genau wußte, mindestens zehn Zentimeter größer als sie. Und ich war, wie ich hoffte, bedeutend weniger irritierend.

»Daphne ist Schriftstellerin«, sagte John zu mir, als würde das alles erklären; und vielleicht war das bei Leuten, die sich mit Schriftstellern besser auskannten als ich, auch der Fall.

Sie hielt die Hand seitlich an den Mund, beugte sich leicht zu mir und sagte in einem Flüsterton, der vermutlich noch am anderen Ende des Lokals zu hören war: »Weißt du«, sagte sie, »daß du von so gut wie *allen* hier glühend beneidet wirst? Von allen *Mädels*, meine ich.« Sie blickte wieder zu John hoch und bedachte ihn mit einem holden Lächeln. »Ich selbst natürlich eingeschlossen.«

Ich wies sie nicht darauf hin, daß es ziemlich lange her sein mußte, seit Daphne, die Südstaaten-Magnolie, ein Mädel gewesen war.

John fragte sie höflich: »Kann ich etwas für dich tun, Daphne?«

Wieder lächelte sie hold. »Könnten wir uns vielleicht kurz unterhalten, Süßer? Unter vier Augen?«

Er sah sie einen Moment an, ganz neutral, und sah dann zu mir herunter. Er lächelte. »Entschuldigst du mich eine Minute?«

»Klar«, sagte ich. »Natürlich.«

Süßer?

Daphne schwang das rechte Ende ihres Schals über die linke Schulter, drehte sich hoheitsvoll um und rauschte dann mit schwingenden Hüften in Richtung Bar ab. Ich konnte die Hüften fast ticken hören wie ein Metronom. John folgte ihr.

Ich stocherte in meinem Essen und beobachtete die beiden. Sie setzte sich auf einen Barhocker und bestellte ein Getränk, das sich als etwas Rosarotes und Schaumiges entpuppte. Zierlich nippte sie daran, während sie sprach. John stand neben ihr, das Gesicht nicht ihr, sondern dem Lokal zugewandt, die Ellbogen auf der Bar, die Hände verschränkt, mit gesenktem Kopf, und nickte hin und wieder. Dann drehte er sich zu ihr um und sagte etwas.

Daphne knallte ihr Glas auf die Bar. Etwas Rosarotes schwappte über und spritzte auf den Tresen. Rechts und links entlang der Bar drehten sich die Köpfe in ihre Richtung. Sie schwang sich herum, weg von John, stieg vom Hocker, warf sich den Schal über die Schulter und stolzierte erhobenen Hauptes durch das Lokal. Dann verschwand sie im Foyer.

John hatte sich langsam umgedreht und ihr nachgeschaut, während sie davonstürmte. Nun blickte er rasch zu mir her. Ich senkte den Kopf und war plötzlich ungemein damit beschäftigt, an meinem Steak herumzusäbeln.

Kurz darauf saß er mir wieder gegenüber. »Tut mir leid wegen der Störung«, sagte er.

Ich sah von meinem Steak auf. »Das macht doch nichts.« In meinem muntersten Ton sagte ich: »Was schreibt Miss Dale denn so?«

Er hatte Weißwein zu seinem Fisch bestellt, und sein Glas war noch halb voll. Jetzt griff er danach, hob es an die Lippen und leerte es in einem Zug. Er stellte das Glas ab, starrte einen Moment hinein, blickte auf und sagte dann: »Sie hat ein Buch geschrieben. Einen Roman. *Die Fleischsucher*.«

»Ist es gut?«

»Ich glaube nicht.« Er lächelte schief. »Aber ich bin vermutlich befangen. Ich komme nämlich darin vor.«

»Wirklich? Sie hat dich in ihr Buch aufgenommen?«

»Ja. Verkappt zwar, aber nicht besonders gut.«

»Darf man das denn? Kannst du sie nicht verklagen?«

»Sie stellt mich als ziemlich verrufen hin. Wenn ich sie verklagen würde, gäbe ich damit zu, daß ich *tatsächlich* ziemlich verrufen bin, stimmt's?«

Mir wurde klar, daß ich mir irgendwie, und zwar so schnell

wie möglich, ein Exemplar dieses Buches besorgen mußte. »Sie schien verärgert zu sein. Als sie ging, meine ich.«

»Sie ist ziemlich oft verärgert. Die Welt wird Daphnes Ansprüchen selten gerecht.«

»Was hast du eigentlich zu ihr gesagt?«

Er lächelte knapp.

Ich sagte: »Bin ich zu naseweis?«

»Nicht *zu* naseweis, nehme ich an.«

»Also, was hast du zu ihr gesagt?«

»Ich habe ihr gesagt, daß sie ihre Ansprüche herunterschrauben muß.« Er deutete mit dem Kinn auf meinen Teller. »Du ißt ja gar nicht. Bist du fertig?«

Ich blickte nach unten. Was von dem Fleisch noch übrig war, lag rosa und zerstückelt in einer erstarrenden roten Lache.

»Ich glaube schon«, sagte ich.

Im Laufe des Abends wollten noch zwei weitere Personen mit John sprechen. Ich erwähne dies hier, weil später die Möglichkeit zu bestehen schien, daß diese Unterredungen etwas mit dem zu tun hatten, was danach passierte.

Die erste andere Person, die ihn ansprach, tat dies im El Fay, einem riesigen, glitzernden Tanzlokal in der 45. Straße West.

Wir saßen dort an einem Tisch gegenüber der Kapelle und direkt am Rand der Tanzfläche. Als Conferencier fungierte eine üppige Blondine namens Texas Guinan, derb und dreist, vor Pailletten funkelnd, von Perlenschnüren umschlungen. Sie trug einen ausladenden Hut, sehr Belle Époque, den sie häufig herunterriß und durch die Luft schwenkte wie ein Cowgirl. Sie amüsierte sich prächtig, und das Publikum ebenfalls, obwohl sie es als Ganzes mit »ihr Schlawiner« anredete.

Sie kündigte die nächste Nummer an, einen Mann namens George Raft. Wieder schwenkte sie ihren Hut. *»Einen donnernden Applaus«*, brüllte sie, *»für unseren Tänzer!«*

Das Publikum klatschte wie verrückt. Aus einer Seitentür schoß eine kleine schmale Gestalt, die heftig mit Armen und Beinen zappelte, auf die glänzende Tanzfläche heraus. Doch gerade als das Orchester *The Charleston* anstimmte, trat ein untersetzter Mann an unseren Tisch, legte die Hand auf Johns Schulter, beugte sich über ihn und flüsterte ihm etwas ins Ohr.

John nickte und drehte sich zu ihm um. »Larry«, sagte er mit erhobener Stimme, um die laute Musik zu übertönen, »das ist meine Nichte Amanda. Amanda, das ist Larry Fay. Ihm gehört das Lokal.« Er machte eine kreisförmige Handbewegung, die den ganzen Raum einschloß.

»Guten Abend«, sagte ich zu dem Mann.

»Hallo«, sagte er. »Freut mich.« Sein breites Gesicht unter dem sich lichtenden schwarzen Haar war grau, als bekäme er selten die Sonne zu sehen. Sein Mund war groß und schmal. Er trug einen schwarzen Anzug, ein schwarzes Hemd, eine purpurrote Krawatte, in der eine goldene Krawattennadel mit einem Brillanten steckte. Der Brillant hatte die Größe einer Weintraube.

John sagte zu mir: »Ich bin gleich wieder da.«

»Ist gut.«

Während er und Mr. Fay zwischen den Tischen nach hinten gingen, beobachtete ich die anderen Gäste, wie sie die beiden beobachteten. Oder vielmehr, wie sie John beobachteten, denn er war derjenige, auf den alle Blicke gerichtet waren. Vielleicht bildete ich es mir ein, aber die Männer wirkten ablehnend oder neidisch; die Frauen wirkten abwägend oder schlicht begehrlich.

Als ich mich wieder dem Tänzer zuwandte, war er schon mitten in seiner Darbietung.

Er war außerordentlich. Er trug einen enganliegenden schwarzen Anzug, schwarze Schuhe und strahlend weiße Gamaschen, hatte das glänzende schwarze Haar an den Schädel geklatscht, war schlank, geschmeidig und erstaunlich schnell. Er schwang die Arme nach rechts und schleuderte dabei das rechte Bein nach links; dann schwang er die Arme nach links und schleuderte dabei das linke Bein nach rechts. Mühelos wirbelte er, Gliedmaßen schwingend und schleudernd, über die Tanzfläche. Als die Musik schneller wurde, rotierte er rasanter, ging kreiselnd in die Hocke und warf die Beine nach vorn, eines nach dem anderen, links, rechts, links, wie ein Kosak. Dazwischen war kein Augenblick Pause. Manchmal schienen unglaublicherweise beide Füße gleichzeitig in der Luft zu sein. Es war klar, daß er irgendwann hinfallen würde.

Aber er fiel nicht hin. Er rotierte und wirbelte herum, und dann, als die Kapelle das Stück mit triumphierendem Schlagen der Becken und blechernem Schmettern der Blasinstrumente beendete, sprang er, immer noch rotierend, in die Luft und breitete die Arme aus und warf die gestreckten Beine hoch, das rechte Bein nach vorn, das linke Bein nach hinten, beide Beine parallel zum Boden, und dann stürzte er erdwärts und landete in einem perfekten Spagat, die Arme nun hoch erhoben, den Kopf zurückgelegt, auf dem Gesicht ein breites Grinsen, ekstatisch.

Die Zuschauer spielten verrückt. Sie klatschten, sie pfiffen, sie grölten und johlten.

Mit unendlicher Grazie, die Hände parallel zum Boden leicht ausgestreckt, und nur mit der Kraft seiner Beine, schob sich der Tänzer wundersamerweise aus dem Spagat hoch. Als er stand, ließ er die Arme hängen und verbeugte sich zur einen Seite des Raumes, drehte sich um und verbeugte sich zur anderen.

Miss Guinan trat vor, packte seine rechte Hand und riß sie in die Höhe wie ein Ringrichter, der die Faust des siegreichen Boxers hochreißt. Sie brüllte: »*Na, was sagt ihr jetzt, ihr Schlawiner?*«

Während das Publikum abermals tobte, spürte ich eine Hand auf meiner Schulter. Es war John. Er beugte sich zu mir. »Bereit für den Cotton Club?« fragte er.

Er war nicht zu verfehlen. An der Ecke Lenox Avenue und 142. Straße posaunte der Club seinen Namen in gigantischen elektrischen Lichtern auf der Markise vor dem Eingang hinaus und obendrein auf einem raffiniert blinkenden Neonschild darüber.

Es war fast Mitternacht, und dennoch waren die Bürgersteige voller Menschen. Alle, wie ich überrascht feststellte, waren weiß. Unser Taxi hatte uns auf der Lenox Avenue, nördlich des Central Park, hergefahren, und nachdem wir die 125. Straße passiert hatten, war jeder auf der Straße, rechts und links, schwarz. Im hellen Schein der vorbeiziehenden Straßenlaternen sahen wir Männer, Frauen, Pärchen, ganze Familien fröhlich das Trottoir bevölkern, die alle genauso aussahen wie die Leute, die südlich der 125. Straße lebten, von ihrer Hautfarbe abgesehen. (Und abgesehen vielleicht von einer gewissen Überschwenglichkeit im Verhalten, an der es, wie mir schien, weiter südlich etwas fehlte.)

Doch als wir das Taxi verließen, befanden wir uns in einer dichten Menge gutgekleideter Weißer, jung und alt, Männer und Frauen. Sie wogten auf und ab, traten von einem Fuß auf den anderen, während sie anstanden, wisperten, kicherten und verströmten den betörenden Geruch von Geld, von Zigarren und Parfum und Eau de Cologne, alle von einer freudigen Erregung erfaßt.

Als John mich an die Spitze der Schlange führte, hörte ich ärgerliches Murren hinter uns, eine Stimme rief laut: »He!«, doch John nahm keine Notiz davon, genausowenig wie der hünenhafte Weiße im schwarzen Smoking, der die Tür bewachte. Sein Mund öffnete sich zu einem gewaltigen Grinsen. Einer seiner oberen Schneidezähne fehlte.

»Hallo«, sagte er. »Mister Burton.« Er nahm seine mächtigen Fäuste hoch und tat so, als wolle er John einen Schlag versetzen. Über das ganze Gesicht strahlend tat John so, als blocke er den Schlag ab, und dann tat er so, als schlage er zurück. Ich muß gestehen, daß ich etwas überrascht war, vielleicht sogar ein wenig enttäuscht, daß sich mein eleganter Onkel zu solch albernen Bubenspielchen herabließ. (Aber ich habe im Laufe der Jahre bemerkt, daß fast alle Männer, insbesondere die kinderlosen, irgendwo immer kleine Buben bleiben. Was fast immer weniger anziehend ist, als sie sich einbilden.)

Der Hüne wich Johns Schlag mühelos aus und grinste. »Sie haben es echt drauf, Mister Burton.«

»Nicht so wie du, Champ«, sagte John. Er wandte sich an mich. »Amanda, das ist Bobby Minton.« Er hielt die rechte Hand hoch, Zeigefinger und Daumen ein paar Millimeter auseinander. »Er war so dicht dran, Weltmeister im Schwergewicht zu werden.«

Mr. Minton grinste. »Nah dran zählt nicht«, sagte er. Er beugte sich zu mir und hielt mir eine Hand von der Größe einer Radkappe hin. »Leg sie rein, Schätzchen.«

Ich tat es. Genau wie bei Albert war sein Griff überraschend sanft.

Er ließ meine Hand los, trat zurück, packte die lange Messingstange und zog die schwere Holztür auf. Dahinter staute sich die Musik wie Wasser hinter einem Damm, Trommeln und Gitarren und Blasinstrumente, die nun jäh auf den Bürgersteig herausschwappte. »Gehen Sie rein«, sagte Mr. Minton zu uns.

»Danke, Bobby«, sagte John. Er griff in die Hosentasche, zog einen Schein heraus und reichte ihn dem Mann. Und dann tauchten wir in die Woge aus hämmernden Klängen ein.

Innen, neben dem Empfang, stand ein weiterer Hüne im Smoking, der John anlächelte, ihm die Hand schüttelte, mich anlächelte, etwas sagte, das ich wegen der lauten Musik nicht verstehen konnte, und uns zu unseren Plätzen führte.

Das Lokal war riesig. Der Restaurantbereich war hufeisenförmig um den höhlenartigen Raum angeordnet, auf zwei Ebenen, jede vollgestopft mit kleinen Tischen und Stühlen und hier und da künstlichen Palmen, die unerschrocken tropisch aussahen. Es müssen an die tausend Menschen in dem Saal gewesen sein, die alle (wie mir schien) den Kopf im Takt der Musik bewegten. Diese lieferte geräuschvoll ein Orchester, das am anderen Ende auf einer kleinen Bühne saß. Davor auf der spiegelblanken Tanzfläche waren schlanke junge Frauen in knappen Kostümen aufgereiht, die hüpften und hopsten. Hinter ihnen, fast wie eine Kulisse, tanzten aufgereihte Männer, groß und graziös.

Alle Gäste waren ausnahmslos weiß. Alle Künstler waren schwarz.

Nicht direkt schwarz; oder zumindest nicht alle. Während *schwarz* auf die meisten Musiker und Tänzer zutreffen mochte, ist es nicht ganz das richtige Wort für die Frauen. Sie waren geschmeidig und jung (keine über einundzwanzig, wie ich später erfuhr), und ihre glatte, makellose Haut wies alle Schattierungen von Braun auf: Mokka und Milchschokolade und *café au lait*.

Sie paradierten durch das gleißende Licht der Scheinwerfer, stellten lange seidige Arme und lange seidige Beine zur Schau. Zähne blitzten, glänzendes schwarzes Haar wippte und schimmerte. Die Männer hinter ihnen sahen blendend aus; aber die Frauen waren außergewöhnlich. Sie waren feurig. Sie waren spektakulär.

Erst Daphne Dale und nun diese glitzernden Wunderwesen. Ich fand mich plötzlich blaß und grau und chancenlos; fand, daß ich ernsthaft den Eintritt in ein Kloster erwägen sollte.

Der Mann führte uns zu einem Tisch in der Nähe der Bühne, der aus unerfindlichen Gründen frei war. Wir setzten uns, und der Mann beugte sich vor und sagte John etwas ins Ohr. John nickte, und der Mann ging.

Die Musik steigerte sich mit dröhnenden Trommelschlägen zu einem Crescendo und brach dann abrupt ab. Das Publikum tobte, als die Revuetänzerinnen von der Tanzfläche stolzierten.

John beugte sich grinsend zu mir, doch da tauchte ein weiterer Mann im Smoking neben ihm auf. Er war Ende Vierzig und noch hünenhafter als der ehemalige Boxer am Eingang, aber rundlicher, massiger. Sein Gesicht war klobig und mutlos, und unter den großen braunen Augen hing das schlaffe Fleisch herab wie bei einer Bulldogge. Er sah mich kurz an, nickte, beugte sich vor und flüsterte John etwas ins Ohr.

John blickte zu dem Mann auf, nickte, drehte sich lächelnd zu mir. »Ich muß eine Minute weg. Amanda, das ist Frenchy DeMange, der Geschäftsführer. Frenchy, meine Nichte Amanda.«

Mr. DeMange lächelte, und ein unerwarteter und strahlender Charme ließ sein zerknautschtes Gesicht schlagartig aufleuchten. »Freut mich, Sie kennenzulernen«, sagte er und schüttelte mir die Hand.

»Ich bin gleich wieder da«, sagte John und stand auf.

Mr. DeMange fragte mich: »Kann ich Ihnen was bringen, Amanda? Eine Coca Cola? Ein Cherry-Soda?«

»Nein, danke«, sagte ich. »Ich warte lieber.«

»Ist geritzt«, sagte er. Er legte die Hand auf Johns Rücken, wie um ihn zu führen, und dann gingen die beiden weg.

Um mich herum wurde angeregt geplaudert. Ich besah mir die Gäste genauer.

Es kam mir so vor, als herrschte im Raum eine gespannte Atmosphäre. Selbst nach dem Einlaß in das Lokal waren die Leute noch immer voll nervöser Erwartung. Ihre Gesichter glänzten, ihre Mienen waren lebhaft, ihre Bewegungen abrupt. Sie alle warteten auf etwas, versprachen sich etwas, etwas Exotisches und vielleicht Gefährliches. Ich hatte keine Ahnung, was das war, und möglicherweise wußten sie es selbst nicht.

Ich hatte vielleicht zehn Minuten so dagesessen, die Garderoben bewundert, Vermutungen über ihren Preis angestellt, als plötzlich John neben mir stand. »Komm, Amanda«, sagte er. »Wir gehen.«

Ich blickte zu ihm auf. Sein Gesicht war verschlossen, sein Mund grimmig.

»Stimmt was nicht?« fragte ich.

»Der Magen«, sagte er und legte sich die Hand auf den Bauch. »Muß ihn mir verdorben haben.«

Das erschien mir sehr unwahrscheinlich, und es war auf jeden Fall sehr unfair, aber ich stand auf. Gemeinsam gingen wir Richtung Ausgang.

Wir waren fast dort, als ich ein Paar an der Wand stehen sah, das uns beobachtete. Die Frau war blond und klein, so klein wie Daphne Dale, aber eher üppig als schlank. Ihre zierliche weiße Hand lag auf dem Arm des Mannes. Sie trug ein weißes Kleid, das enger an ihrem Körper klebte, als in jenem Jahr Mode war, besser gesagt, in den meisten Jahren jenes Jahrzehnts. Aber sie trug es, wie ich fand, mit großer Bravour.

Der Mann, fast einen Kopf größer als sie, schwarzes Haar, trug eine leuchtendweiße Smokingjacke und eine schwarze Hose. Er sah ziemlich gut aus, hatte ein zerfurchtes und grüblerisches Gesicht, eckige Schultern, den Rücken durchgedrückt. Seine braunen Augen waren schläfrig, die Lider halb geschlossen wegen des Rauchs der Zigarette, die lässig zwischen seinen Lippen hing.

Als wir näher kamen, nahm er mit der rechten Hand die Zigarette aus dem Mund und machte einen Schritt auf John und mich zu. Ohne das Tempo zu verändern, sah John ihn an und sagte sehr deutlich: »*Nein.*«

Der Mann hielt inne, und über sein Gesicht huschte ein Ausdruck, kalt und hart, der im nächsten Moment wieder verschwunden war. John und ich gingen an ihm vorbei und zur Eingangstür hinaus.

Auf der Taxifahrt nach Hause starrte John aus dem Fenster.

»Meinst du, es war der Fisch?« fragte ich ihn.

Er drehte sich zu mir. »Wie bitte?«

»Der Fisch, den du gegessen hast. Ob er vielleicht schlecht war?«

Er nickte. »Ja«, sagte er. »Vermutlich war es der Fisch.«

Er drehte sich um und sah wieder zum Fenster hinaus, wie jemand, der weder über Fisch noch über irgend etwas anderes zu reden wünscht.

Als wir zu Hause ankamen, war es nach Mitternacht. John sagte, daß er gleich zu Bett gehen werde. Ich fragte, wie es seinem Magen ging. Besser, sagte er und fügte hinzu, daß wir uns am Morgen sehen würden. Ich legte meine Orchidee zurück in ihre Pappschachtel, stellte die Schachtel in den Eisschrank, ging in mein Zimmer, entkleidete mich, zog mein Nachthemd an, putzte mir die Zähne und legte mich hin.

Vor dem Einschlafen fragte ich mich, warum sich John im Cotton Club und danach so merkwürdig benommen hatte. Ich glaubte ihm nicht, daß er plötzlich eine Magenverstimmung hatte. Irgend etwas war vorgefallen, dachte ich, nachdem er mit Mr. DeMange weggegangen war.

Vielleicht würde er es mir am nächsten Morgen sagen. Und vielleicht würde er mir auch verraten, wer der Mann in der weißen Smokingjacke war.

Wäre dies ein Roman, dann müßte ich etwa an dieser Stelle von meinem unruhigen Schlaf berichten, meinen quälenden

Träumen, meinen bösen Vorahnungen. Aber in Wahrheit schlief ich sehr schnell und völlig problemlos ein. Ich hatte keine Träume, soweit ich weiß, und ich hatte mit Sicherheit keine Vorahnung.

Als ich aufwachte, war es fast neun. Ich warf meinen Morgenmantel über, stieg in meine Pantoffeln und ging hinaus, um nachzusehen, ob John wach war.

Die Tür zu seinem Schlafzimmer stand offen, das Bett war gemacht.

Ich nahm an, daß ich ihn in der Küche finden würde, beim Kaffeetrinken. Aber die Küche war leer. Kein Duft von Kaffee, kein Zeichen von John.

Der Salon war ebenfalls leer. Die Tür zur Bibliothek war geschlossen.

Ich klopfte. Keine Antwort.

Ich drehte den Türknopf, stieß die Tür auf, trat ein. In der Luft lag ein unangenehmer kupferartiger Geruch, ein Geruch, an den ich mich vage erinnerte, den ich vage beunruhigend fand.

Am anderen Ende des Zimmers, in dem braunen Ledersessel, auf den das Licht einer hohen, futuristischen Stehlampe aus Messing fiel, saß etwas, das sich nicht bewegte. Obwohl ich einmal, Jahre zuvor, etwas ähnliches gesehen hatte, konnte ich einen Moment lang nicht einordnen, nicht verstehen, was ich vor mir hatte. Der eine Teil war so gekleidet, wie John es am Vorabend gewesen war, trug schwarze Hosen und ein plissiertes weißes Hemd. Aber der andere Teil, der obere Teil, war mit einem wilden Durcheinander von Streifen und Flecken und Klecksen einer dunklen teerartigen Substanz überzogen.

Und dann begriff ich, daß die teerartige Substanz Blut war, Johns Blut, und daß es furchtbar viel war, literweise, eimerweise auf den Sessel verspritzt und auf die Bücherregale dahinter; und ich begriff, daß Johns Gesicht zerschmettert und zu einer nicht wiederzuerkennenden Masse zerhackt war; und während sich mein Magen zusammenkrampfte und mich im Stich zu lassen begann, begriff ich, daß der kurze Stock, der grotesk aus Johns Hals ragte, der glatte Griff eines Beils war.

Vier

»Und woher hast du gewußt, daß es ein Beil ist?«

»Weil ich schon mal ein Beil gesehen habe.«

Mit angehender Glatze, rotem Gesicht, schwer gebaut, in einem weißen Hemd, einer schmalen schwarzen Krawatte und einem dünnen schwarzen Anzug, der an den Ellbogen und Knien glänzte, beugte sich Detective Daniel O'Deere zu mir vor. Sein Atem kam in kleinen Stößen und hatte einen düsteren Geruch, ähnlich dem Geruch einer Höhle, in der feuchte Sachen modern. »Und wo würde ein junges Mädchen wie du so etwas sehen?«

Detective O'Deere schien ein netter Mensch zu sein. Aber er war nicht furchtbar attraktiv, körperlich, meine ich; und er war, wie ich argwöhnte, nicht furchtbar fähig.

Wir waren im Salon. Ich saß auf dem Sofa, Detective O'Deere auf einem Stuhl, den er von der anderen Seite des Zimmers herübergeschafft hatte. In der rechten Hand hielt er einen Füllfederhalter. In der linken Hand hielt er ein kleines Notizbuch, das aufgeschlagen war.

Weitere Polizisten gingen in der Wohnung herum, einige in Uniform, einige in Zivil wie Detective O'Deere. Die meisten von ihnen wirkten auf mich sehr unbeteiligt, schlenderten hierhin und dahin, nahmen Sachen in die Hand, legten sie wieder weg, ohne daß sich auch nur einer zielstrebig bewegt hätte.

»In unserem Haus in Boston«, teilte ich ihm mit. »Da haben wir ein Beil. Wir benutzen es, um Holz zu spalten. Für den Kamin, im Winter.«

»*Wir?*« sagte der Kriminalbeamte. Er lächelte auf eine Art, die er vermutlich für onkelhaft hielt. Seine Zähne waren grau. »Das heißt also du?«

»Nein. Mein Vater und mein Bruder. Die benutzen es.«

Er nickte. »Also weiter. Erzähl mir noch mal, wie es kam, daß du ihn gefunden hast.«

»Aber das habe ich Ihnen doch schon erzählt.«

Er nickte liebenswürdig. »Klar hast du. Und ich weiß, daß du einen furchtbaren Schreck gekriegt hast und alles, aber so gehen wir nun mal vor. Wir halten alle Einzelheiten haarklein fest. Bis auf das letzte I-Tüpfelchen. Verstehst du, was ich meine?«

»Ja. Na gut.«

»Dann erzähl mir jetzt einfach noch mal, wie alles abgelaufen ist.«

Ich erzählte es ihm noch einmal.

Als ich begriff, daß das verstümmelte, entstellte Ding im Sessel John war, drehte sich mir der Magen um, und ich preßte krampfhaft die Arme auf den Bauch und übergab mich heftig.

Ich taumelte durch die offene Tür, raus aus diesem entsetzlichen Raum, und fiel im Flur mit dem Rücken gegen die Wand. Meine Kehle war wund und brannte, ich hatte Galle im Mund und rang nach Atem – ich saugte Luft ein, wieder und wieder, aber es war einfach nie genug, und ich hatte das Gefühl, daß ich nie wieder genug Luft bekommen würde, nie mehr. Ich spürte, daß ein Speichelfaden an meiner Unterlippe hing. Ich wischte ihn mit dem Handrücken weg.

Mir wurde plötzlich bewußt, daß es passiert war, während ich nur wenige Meter entfernt geschlafen hatte.

Jemand hatte heimlich die Wohnung betreten, nach John gesucht, ihn in der Bibliothek angetroffen und ihm das angetan, seine rasende Wut und seinen ganzen Haß an ihm ausgelassen – derweil ich friedlich in meinem Zimmer schlief, nur ein paar Schritte weiter.

Heftig keuchend, auf wackeligen Beinen, die wie mit Sägemehl gefüllt waren, wankte ich zurück in den Salon, wankte hinüber zum Sofa und ließ mich darauf fallen. Ich drehte mich zum Beistelltisch und griff nach dem Telefon. Es war ein englisches, ein schwerer Apparat aus Chrom mit Gabel und Hörer aus schwarzem Bakelit. Mein Spiegelbild in dem glänzenden makellosen Metall war verzerrt, meine Stirn geschwollen, mein Kinn geschrumpft; und ich erinnere mich, wie ich dachte, daß das absolut passend war.

Ich nahm den Hörer ab, horchte hinein, hörte den banalen, gleichgültigen Wählton. Ich steckte den Finger in die letzte Öffnung der Wählscheibe und drehte sie bis zum Anschlag.

Es dauerte eine Ewigkeit, bis sich die Wählscheibe zurückgedreht hatte, während es im Hörer an meinem Ohr weit entfernt klickte. Es dauerte eine weitere Ewigkeit, bevor das Telefon am anderen Ende zu klingeln begann. Es klingelte einmal, zweimal, dreimal, viermal ...

»Vermittlung«, meldete sich eine ausdruckslose nasale Frauenstimme. »Was kann ich für Sie tun?«

»Die Polizei«, sagte ich. »Ich brauche die Polizei.«

Sie wirkte nicht alarmiert. Dies war schließlich New York City. Seelenruhig fragte sie: »Handelt es sich um einen Notfall?«

»Ja. Nein ... Ja.«

Sie seufzte ungehalten. »Was denn nun? Ein Notfall oder nicht?«

»Es ist ein Notfall. Ja. Bitte.«

»Ich verbinde.«

Am anderen Ende klingelte abermals ein Telefon. Einmal, zweimal ...

»Zwanzigstes Revier. Sergeant Halloran.«

»Es hat ... es hat einen Mord gegeben.«

Er war so ruhig wie das Fräulein vom Amt; vielleicht noch ruhiger. »Und wer spricht da?«

»Amanda Burton.«

»Und wo sind Sie, Miss Burton?«

»Im Dakota. Das ist ein Haus an der ...«

»Wir wissen, wo das Dakota ist. Welche Wohnungsnummer?«

Ich gab sie ihm. »Die Wohnung gehört meinem Onkel. John Burton. Er ist ermordet worden – ich bin ins Zimmer gekommen, in die Bibliothek, und er war tot, er ist mit einem Beil erschlagen worden, und da ist Blut auf ...«

»Miss Burton?«

Ich holte tief und bebend Luft. »Ja?«

»Ist sonst noch jemand in der Wohnung?«

»Nein. Nein, nur mein Onkel und ich.«

»Und Sie sind sicher, daß er tot ist?«

»Ja, natürlich bin ich sicher. Da ist ... überall Blut.«

»Sind Sie selbst in irgendeiner Weise verletzt?«

»Nein. Ich bin gerade erst aufgestanden, vor ein paar Minuten. Ich habe geschlafen.«

»Und wie alt sind Sie, Miss Burton?«

Ich holte wieder tief Luft. »Sechzehn. Ich bin sechzehn.«

Als die Worte über meine Lippen kamen, hatte ich plötzlich das schreckliche Gefühl, daß der Mann einfach auflegen, sich weigern würde, mit einer Person dieses Alters zu sprechen.

»In Ordnung«, sagte er. »Hören Sie zu. Ich sage Ihnen jetzt, wie es weitergeht. Zunächst einmal werden Sie nichts anfassen. Aber auch gar nichts. Haben Sie das verstanden?«

»Ja.«

»Gut. Ich werde einige Beamte hinüberschicken. Und Sie bleiben an der Wohnungstür. Hat sie ein Guckloch?«

»Ja.«

»Wenn die Beamten kommen, werden sie klingeln. Davor ...«

»Ich muß mich erst anziehen.«

»Was?«

»Ich bin gerade aufgestanden. Ich muß mich erst anziehen.«

»Gut. Dann ziehen Sie sich eben an. Wenn die Beamten eintreffen, sagen Sie, sie sollen sich ausweisen. Bevor Sie sie reinlassen. Verstanden? Sie werden ihre Marken vor das Guckloch halten.«

Und so geschah es. Ich führte ein weiteres Telefongespräch, ein sehr kurzes, und dann zog ich mich an und ging in die Diele. Ich vergewisserte mich, daß die Wohnungstür abgesperrt war, legte die Messingkette vor und wartete.

Detective O'Deere und sein Partner Detective Cohen trafen als erste ein, zusammen mit zwei weiteren Beamten in Zivil. Die anderen trudelten nach und nach ein, einzeln oder zu zweit, wie neugierige Touristen, die viel Zeit zur Verfügung haben. Es schien mir eine merkwürdige Art zu sein, Ermittlungen in einem Mordfall durchzuführen, doch zu diesem Zeitpunkt beschränkte sich meine Erfahrung mit Ermittlungen in Mordfällen auf ganze zwei: diesen hier und einen anderen.

Detective Cohen war noch in der Bibliothek, mit der Leiche meines Onkels.

Detective O'Deere fragte mich: »Hast du ihn angefaßt?«

»Wen?« sagte ich. »John? Nein. Ich bin nicht einmal zu ihm hingegangen. Mir war... übel.«

»Du hast ihn John genannt, wie?«

»Ja. Er bat mich, ihn so zu nennen.«

Er nickte. »Hast du irgendwas im Zimmer angefaßt?«

»Nein.«

»Irgendwas in der Wohnung?«

»Nein. Er hat gesagt, daß ich nichts anfassen soll. Der Mann, mit dem ich telefoniert habe. Als ich Sie angerufen habe. Die Polizei, meine ich.«

Er warf einen Blick in sein Notizbuch, sah wieder mich an. »Gut. Und jetzt erzähl mir mal was über diesen Albert. Den Burschen drüben in Queens.«

Ich erzählte ihm, noch einmal, was ich über Albert wußte.

O'Deere sagte: »Was war er denn genau? So was wie 'n Gehilfe?«

»So ähnlich. Nehme ich an.«

»Und hast du 'ne Adresse von ihm?«

»Nein. Er wohnt während der Woche hier, aber wo er sich in Queens aufhält, weiß ich nicht.«

Er warf wieder einen Blick in sein Notizbuch, blickte wieder zu mir. »Und er war gestern abend nicht hier?«

»Nein. Das sagte ich bereits. Er ist gegen halb sechs gegangen.«

»Er...«

O'Deere blickte nach rechts, stand dann abrupt auf und legte die Hände an die Hosennaht, gerade so, als würde er strammstehen.

Ein Mann hatte das Zimmer betreten, in der Hand einen Filzhut. Er war etwa vierzig Jahre alt und groß, über einen Meter achtzig. Die Schultern unter dem teuren und maßgeschneiderten grauen Jackett waren breit und eckig. Sein Haar war blond und dicht, links gescheitelt. Seine Gesichtszüge waren markant, aber sie waren vollkommen leer, ohne den geringsten Ausdruck. Seine grauen Augen blickten teilnahmslos, sein Mund war starr.

»Lieutenant«, sagte Detective O'Deere in respektvoll knappem Ton.

Der Mann nickte O'Deere zu und musterte mich dann mit einem kurzen, kalten, abschätzigen Blick von oben bis unten, ohne das geringste Interesse an mir zu zeigen. Und doch hatte ich den Verdacht, daß er noch dreißig Jahre später imstande sein würde, mich exakt zu beschreiben, bis hin zur Farbe meiner Schuhe.

Er sah wieder O'Deere an. »Wo ist er?« fragte er ihn.

»In der Bibliothek, Sir. Cohen ist drin.«

»Der Leichenbeschauer?«

»Unterwegs, Sir.«

Der große Mann nickte. Er warf nochmals einen flüchtigen Blick auf mich, die Augen nach wie vor teilnahmslos, drehte sich dann um und verließ das Zimmer. Seine Schultern füllten beinahe den Türrahmen. Trotz seiner Größe bewegte er sich sehr leichtfüßig.

O'Deere setzte sich wieder, ohne die Augen von der Tür zu nehmen, durch die der Mann gegangen war. Er blies die Backen auf und stieß mit einem kurzen *Wuff* die Luft aus.

»Wer war das?« fragte ich ihn.

»Lieutenant Becker«, sagte er. Er drehte sich zu mir. »Einer von den Bonzen. Aus dem Präsidium.«

»Den was?«

»Einer von denen ganz oben. Hohes Tier, der Lieutenant Bekker.« Er runzelte die Stirn, als fragte er sich, was einen so wichtigen Mann an diesem Tag hierherführte. Dann sah er wieder in sein Notizbuch, blätterte um und sagte: »Also weiter.« Er blickte noch einmal kurz zur Tür, wandte sich wieder mir zu. »Dann erzähl mir mal von gestern abend.«

Ein weiteres Mal erzählte ich ihm vom Vorabend. Ich hatte gerade den Punkt erreicht, an dem John und ich bei Chumley's aßen, kurz bevor Daphne Dale in ihrem Seidenkleid auftauchte, als der große Mann, Lieutenant Becker, wieder ins Zimmer kam.

»Das reicht«, sagte er zu O'Deere.

Einen Moment lang schien O'Deere etwas sagen zu wollen. Doch er hielt den Mund, und sein Gesichtsausdruck wurde abwesend.

Becker sagte: »Hier geht es zu wie auf dem Bahnhof. Schaffen Sie alle außer Cohen raus. Und lassen Sie niemanden mehr rein, ausgenommen den Leichenbeschauer.«

»Ja, Sir.«

»Niemanden«, wiederholte Becker. »Insbesondere nicht die Presse.«

»Ja, Sir.«

Becker wandte sich an mich. »Hast du eine Handtasche?«

»Ja.« Die klinische Direktheit seines starren Blicks schnürte mir die Kehle zu. Ich räusperte mich.

»Hol sie«, sagte er. »Wir fahren in die Stadt.« Er stülpte sich den Filzhut auf den Kopf.

Ich sah Detective O'Deere an.

Er nickte. »Geh ruhig mit«, sagte er, und dann lächelte er. »Es wird schon alles wieder.«

Doch da befand er sich, wie sich herausstellte, gewaltig im Irrtum.

Ich saß allein auf dem breiten Rücksitz von Lieutenant Beckers Wagen, einem langen schwarzen Packard. Der Lieutenant saß vorne neben seinem Fahrer, einem kleinen, dunklen Mann, der die Uniform und Mütze eines Streifenpolizisten trug.

Während der ganzen Fahrt sagte Becker nicht ein einziges Wort, drehte sich nicht ein einziges Mal zu mir um. Er saß einfach da und blickte geradeaus, während der große teure Wagen durch die Straßen schnurrte.

Erschöpft und seltsam lustlos starrte ich aus dem Fenster und sah zu, wie sich die Stadt um mich herum entfaltete. Was vorbeiglitt, während der Wagen den Broadway hinunterrollte, war eine Art surreale Zusammenfassung dessen, was ich während der vergangenen Woche gesehen hatte – Times Square, Madison Square, Union Square, das Kaufhaus Wanamaker. Doch alles – die Bäume, die Häuser, die Bürgersteige, die Menschen – war an diesem Morgen anders. Was aufregend und begeisternd gewesen war, war jetzt öde und abweisend. Sogar der Himmel hatte sich verändert: Er war trübe und bewölkt, bleigrau.

Wir fuhren weiter nach Süden, über die Houston, die Prince und die Spring Street hinaus, und bogen dann an der Broome Street nach links ab. Drei Blocks weiter bogen wir nach rechts ab, in die Center Street. Wir passierten den breiten überwölbten Eingang eines riesigen Steinbaus, auf dessen Freitreppe sich vier oder fünf Männer in schäbigen Anzügen lümmelten und Zigarren und Zigaretten rauchten. Etwa dreißig Meter weiter hielten wir vor einer kleinen Tür desselben Gebäudes an.

Becker drehte sich zu mir um. »Aussteigen.«

Er öffnete seine Tür, ich öffnete meine. Wir traten hinaus auf den Bürgersteig.

Ich blickte nach oben. Das Gebäude war so imposant wie das Dakota, jedoch dunkler und düsterer. Mit seinen vier grauen Stockwerken, geschmückt mit grimmigen barocken Säulen und Pilastern, schien es sich in die Unendlichkeit auszudehnen.

»Hier lang«, sagte Becker.

Ich folgte ihm die schmalen Steinstufen hinauf und durch die Tür. Innen war ein schmaler und apfelgrün gestrichener Korridor. Die Luft roch nach Desinfektionsmitteln und schalem Rauch.

Wir gingen den Korridor hinunter, dann durch einen zweiten, und dann durch eine weitere Tür und eine enge Holztreppe hinauf. Die dunkelgrünen Stufen waren ausgetreten, in der Mitte bis auf das nackte Holz abgenutzt. In der Luft lagen andere Gerüche: Lack, Staub, Haaröl. Wir sahen niemanden.

Eine Treppe höher gingen wir wieder durch eine Tür und wieder durch einen Korridor, der aber breiter und mit Teppich ausgelegt war. Wie überall waren auch hier die Wände hellgrün.

Männer marschierten über den Teppich, als wüßten sie ganz genau, wo sie hinmußten, und hätten die Absicht, möglichst bald dort zu sein. Einige trugen Uniform, andere nicht. Die meisten, die an uns vorbeikamen, nickten Becker respektvoll zu und sahen mich kurz an, doch keiner von ihnen sagte etwas.

Wir kamen an eine weitere Tür. Becker machte davor halt und hob die Hand zum Zeichen, daß ich stehenbleiben sollte. Ich blieb stehen. Er griff in die rechte Hosentasche, zog einen kleinen Schlüsselring heraus, ging ihn durch, bis er den richtigen Schlüssel fand, und schloß damit die Tür auf. Er stieß sie auf, trat ein, betätigte einen Lichtschalter, winkte mich herein.

Der Raum war klein, fensterlos. Die Wände waren, wieder einmal, hellgrün. Der Fußboden war mit dunkelgrünem Linoleum ausgelegt, in dessen Mitte sich ein kreisrunder Abfluß befand, gute zehn Zentimeter im Durchmesser und mit einem Sieb abgedeckt. Ich wunderte mich über den Abfluß. Wozu brauchte man in einem Raum wie diesem einen Abfluß?

An der gegenüberliegenden Wand befand sich ein Holztisch, auf dem ein zerbeulter Blechkrug und eine armselige Blechtasse standen. Auf der einen Seite des Tisches stand ein Drehstuhl aus Holz, auf der anderen Seite standen zwei weitere.

Becker sagte: »Setz dich.« Er deutete mit dem Kinn auf den einzelnen Stuhl.

Ich ging zum Tisch, drehte mich dort wieder zu ihm um.

Er beobachtete mich, das Gesicht noch immer ausdruckslos.

Er zog leicht, fast unmerklich, die Schultern hoch. Er sagte: »Dumm gelaufen, Mädchen.« Sein Ton war unbeteiligt.

Es hätte eine Erklärung sein können; es hätte eine Entschuldigung sein können. Als Erklärung ließ es einiges zu wünschen übrig. Und als Entschuldigung – nun, ich konnte mir nicht vorstellen, daß Lieutenant Becker sich jemals entschuldigte, bei wem auch immer, und schon gar nicht bei mir.

Er drehte sich um und ging hinaus und zog die Tür hinter sich zu. Ich hörte, wie der Schlüssel im Schloß umgedreht wurde, ein Geräusch, das eine Zäsur darstellte, so wie der Punkt am Ende eines Satzes.

Fünf

Ich entdeckte, daß alle Stühle am Boden festgeschraubt waren. Ebenso der Tisch.

Ich drehte den einzelnen Stuhl herum und ließ mich darauf nieder. Ich legte meine Handtasche auf den Tisch. Ich faltete die Hände. Ich wartete.

Ich wartete zwei Stunden. Das weiß ich, weil ich alle fünf Minuten auf meine Armbanduhr sah und jedesmal hoffte, daß mehr Zeit vergangen wäre, als tatsächlich der Fall war.

Der Blechkrug enthielt Wasser, und ab und zu füllte ich die Tasse und trank davon. Es war warm und schmeckte nach Rost.

Ich hatte nichts zu lesen, nichts anzuschauen außer dem leeren Zimmer um mich herum; nichts zu tun, außer mich zu fragen, was Lieutenant Becker gemeint hatte, und an den Vormittag zu denken, an den Anblick meines Onkels zu denken, der blutüberströmt erschlagen am anderen Ende der Bibliothek lag.

Kurz darauf, praktisch im nächsten Moment, begann ich zu weinen. Um John, der so schön und elegant gewesen war. Um meine Eltern, die so gütig, so verständnisvoll waren, so weit fort.

Und dann, wie wir es letzten Endes immer tun, weinte ich natürlich um mich selbst, krampfhaft und stoßweise, übermannt von meiner Verlassenheit und meinem Verlust.

Ich hatte mich vorgebeugt, den Kopf auf die verschränkten Arme auf dem Tisch gelegt. Als ein Schlüssel im Schloß umgedreht wurde, fuhr ich ruckartig hoch. Meine Augen waren trokken; ich hatte mich längst ausgeweint. Doch meine Nase war noch verstopft und geschwollen. Ich schniefte.

Die Tür ging auf, und Lieutenant Becker trat ein.

Ihm folgte ein jovialer untersetzter Mann in den Fünfzigern.

Wie Becker trug er einen teuren grauen Anzug, doch seiner hatte eine Weste, und auf dem festen runden Bauch der Weste hing eine dicke goldene Kette. Abgesehen von den grauen Koteletten und einigen dünnen grauen Haaren, die über seinen rosig glänzenden Schädel drapiert waren, war er kahl. Wie um dies wettzumachen, waren seine grauen Augenbrauen buschig und sein grauer Schnurrbart dicht und gestutzt. Die leicht aufgedunsenen Wangen und die leichte Knollennase wiesen die schnörkeligen Äderchen des starken Trinkers auf. Er grinste mich an, und seine warmen braunen Augen hinter der goldgefaßten Brille funkelten vergnügt.

Lieutenant Becker sagte: »Amanda Burton.« Sein Gesicht war noch immer ausdruckslos. »Das ist Polizeipräsident Vandervalk.«

Mr. Vandervalk streckte die pummelige rechte Hand aus. »Hallo, Amanda. Wie geht es dir?«

»Ganz gut, danke.«

»Tut mir leid, daß wir nicht früher kommen konnten, aber hier geht es heute zu wie in einem Tollhaus.« Er wandte sich an Lieutenant Becker. »Den ganzen Tag auf Achse, was, Lieutenant?« Dann wandte er sich wieder an mich. Hinter der Brille wanderten seine Augenbrauen nach oben. »Brauchst du irgend etwas, können wir dir irgend etwas bringen?«

»Kann ich bitte die Toilette benutzen?«

»Natürlich, natürlich. Komm mit.«

Ich warf einen Blick auf Becker. Er stand mit den Händen in den Hosentaschen da und beobachtete mich.

Draußen vor der Tür, an die Wand gelehnt, die Arme gekreuzt, stand eine hagere Frau mittleren Alters in einer gestärkten schwarzen Uniform. Sie wirkte ziemlich beängstigend: Ihre Augen waren zusammengekniffen, ihr Mund verbittert; an ihrem dünnen sehnigen Nacken war das graue Haar zu einer faustgroßen harten Kugel zusammengeschnürt.

»Mrs. Hadley«, sagte Mr. Vandervalk, »würden Sie die kleine Amanda rüber zum WC bringen?«

Ohne ein Wort zu sagen führte mich die Frau durch den Flur.

Sie roch nach Talkumpuder und scharfem alten Schweiß, und sie rasselte beim Gehen – an ihrem schmalen schwarzen Gürtel war eine kurze Kette mit einem großen Schlüsselring befestigt. Wir kamen an eine Holztür, und sie klopfte an und wartete. Nichts geschah. Sie machte die Tür auf und bedeutete mir, hineinzugehen. Ich trat ein, in den Gestank von altem Zigarrenrauch und abgestandenem Urin.

Es war eine Männertoilette, und ich hatte noch nie so etwas gesehen wie die breite Porzellanrinne, die über die gesamte Länge der einen Wand lief. Ich kam zu dem Schluß, daß ich mich glücklich schätzen würde, wenn ich nie wieder so etwas sehen müßte.

Bevor ich den Raum verließ, wusch ich mir das Salz vom Gesicht und versuchte, das Rot aus meinen Augen zu waschen. Ich blickte mich suchend um. Die Handtücher, die auf den Holzstangen hingen, waren schmutzig, voll schwarzer Streifen. Ich schüttelte die Hände in der Luft und trocknete sie dann, oder versuchte es jedenfalls, hinten an meinem Kleid ab.

Ich schaute auf meine Armbanduhr. Ein Uhr.

Schweigend führte mich Mrs. Hadley zurück zu dem Zimmer, klopfte an die Tür, öffnete sie und sah mich von oben herab an. Ich trat ein, und sie zog die Tür hinter mir zu.

Mr. Vandervalk und Lieutenant Becker saßen auf den zwei nebeneinanderstehenden Stühlen. Mr. Vandervalk nickte mir zu. »Dann wollen wir mal«, sagte er. »Setz dich einfach da drüben hin, kleines Fräulein, und dann bringen wir die Sache so schnell wie möglich hinter uns, was?«

Ich ging um den Tisch herum und setzte mich auf den einzelnen Stuhl, ihnen gegenüber.

Lieutenant Beckers Hände lagen auf dem Tisch, die Finger ineinander verschränkt. Es waren starke Finger, lang und kräftig. Blonde Haare, wie Borsten aus feinem weißen Draht, bedeckten die blasse Haut zwischen den Knöcheln. Er sah mich wieder an, wie er mich vom ersten Moment an angesehen hatte, ohne auch nur die geringste Spur von Interesse.

Mr. Vandervalk lächelte mir wieder zu. Er rückte an seiner

Brille. »Also«, sagte er. »Als allererstes, Amanda, solltest du uns sagen, wo deine Mama und dein Papa derzeit sind.«

»Sie sind in Tibet«, sagte ich.

»In Tibet?« sagte er fröhlich. »Du meine Güte! Was machen sie denn in Tibet?«

»Sie reisen. Sie wollten da schon immer hin.«

»Verstehe«, sagte er. »Tja, schön für sie, schön für sie. Reisen bildet, wie ich immer sage. Und weißt du auch, wann sie wieder zurückkommen?«

»Im September oder Oktober. Sie sind lange unterwegs.«

»In der Tat«, sagte er und lächelte wieder. »In der Tat.« Er rückte an seiner Brille. »Also. Sag mal. Hast du noch andere Verwandte?«

»Meinen Bruder. In Boston.«

»Hier in der Stadt, meine ich. Hier in New York.«

»Nein.«

»Nein.« Er nickte. »In Ordnung. Na gut. Vielen Dank.« Er lehnte sich zurück und legte die Hände auf dem Schoß zusammen. Er setzte eine ernste Miene auf. »Und jetzt solltest du uns mal ganz genau erzählen, was passiert ist.«

Es hätte mir nichts eingebracht, darauf hinzuweisen, daß ich meine Geschichte bereits Detective O'Deere erzählt hatte. Lieutenant Becker wußte das, und Mr. Vandervalk vermutlich auch. Die Polizei war immer noch dabei, die letzten I-Tüpfelchen anzubringen.

»Wo soll ich anfangen?« fragte ich ihn.

»Warum fängst du nicht einfach mit gestern abend an? Du und dein Onkel seid zum Abendessen ausgegangen, wie ich höre.«

Ich schilderte abermals die Ereignisse des Vorabends – Chumley's, das El Fay, der Cotton Club – und dann die Ereignisse dieses Vormittags.

Weder Mr. Vandervalk noch Becker stellten Fragen. Als ich fertig war, lächelte mich Mr. Vandervalk wieder an. »Sehr gut. Danke, Amanda.« Er wandte sich an Becker. »Lieutenant?« sagte er.

Zum ersten Mal brachte Becker ein Lächeln zustande. Es war knapp und kalt. »Wir haben uns«, sagte er, »mit der Bostoner Polizei in Verbindung gesetzt.«

»Ja?« sagte ich höflich und spürte, wie die Haut auf meinem Rücken zu kribbeln begann, als wäre ein kühler Wind darübergestrichen.

Becker sagte: »Das ist nicht das erste Mal, daß du über eine Leiche stolperst, richtig?«

Ich fragte mich, wer von den Bostoner Polizeibeamten es ihm erzählt hatte.

Im Grunde war es egal. Jeder von ihnen konnte Bescheid wissen, und jeder von ihnen konnte Becker davon erzählt haben. Obwohl der Mord außerhalb von Boston begangen worden war, in einem kleinen Ort am Meer, war er eine Zeitlang *das* Thema in allen Zeitungen der Stadt gewesen.

»Ja«, sagte ich. »Das ist richtig.«

»Deine Mutter«, sagte er.

»Meine Stiefmutter«, verbesserte ich ihn.

»Und sie wurde mit einem Beil getötet, richtig?«

»So ist es. Ja.« Ich warf einen Blick auf Mr. Vandervalk. Er saß mit vor der Brust verschränkten Armen da, die Unterlippe vorgeschoben. Er betrachtete mich mit besorgten, zusammengekniffenen Augen.

Becker sagte: »Es wurde nie geklärt, wer es getan hat.«

Ich verbesserte ihn abermals: »Es wurde nie jemand verhaftet.« Am Ende wußte die örtliche Polizei sehr wohl, wer es getan hatte. Aber aus verschiedenen Gründen war die Identität des Mörders geheimgehalten worden.

Ich wandte mich an Mr. Vandervalk, meinen einzigen Verbündeten im Raum, meinen einzigen Verbündeten in ganz New York. »Sie glauben doch nicht etwa, daß *ich* meinen Onkel getötet habe?«

Er lächelte wieder, freundlich und gütig. »Amanda, wir versuchen hier nur, die Wahrheit herauszufinden.«

»Aber ich habe Ihnen die Wahrheit gesagt.«

Becker sagte: »Wirklich ein erstaunlicher Zufall, oder? Daß

eine Person zweimal einen Toten findet. Beide mit einem Beil getötet.«

»Ich war damals erst dreizehn Jahre alt.«

»Alt genug, um ein Beil zu halten. Alt genug, um es zu benutzen.«

»Ja, aber das habe ich nicht getan.«

Mr. Vandervalk hielt Becker mit einer leichten Handbewegung zurück. »Hör zu, Amanda. Paß mal auf. Wir sind hier keine Unmenschen. Wir wollen dir nur helfen.« Er beugte sich zu mir, ein freundliches Lächeln unter dem Schnurrbart. »Soll ich dir mal was sagen? Ich wette, du hast einen guten Grund gehabt.«

»Was? Wie bitte?«

»Wir können das verstehen«, sagte er. »Glaub mir, wir verstehen das. Wenn dich dein Onkel angefaßt hat, wenn er...«

»*Angefaßt?*«

»So was passiert ständig. Wir kennen das. Ein gutaussehendes junges Mädchen wie du. Ein älterer Mann, der allein lebt. Da besteht eine gewisse Anziehung. Eine gegenseitige.«

Ich war unfähig, etwas zu sagen, teils vor Schock, teils aber auch aus Schuldbewußtsein – denn in gewissem Sinn hatte Mr. Vandervalk recht. Gegenseitig oder nicht, es *hatte* eine gewisse Anziehung bestanden. Ich erinnerte mich, wie ich John betrachtet hatte, wenn er mit etwas anderem beschäftigt war, las oder schrieb oder sich eine Revue ansah; erinnerte mich, wie mein Blick – zögernd, jederzeit bereit, blitzschnell wegzuhuschen – über die klaren, edlen Linien seines Gesichts gewandert war.

»Das ist doch ganz natürlich«, sagte Mr. Vandervalk. »Das läßt sich gar nicht vermeiden. Aber dann, eines Nachts, ist die Sache ein bißchen zu weit gegangen...«

»*Gar nichts* ist zu weit gegangen.« Mein Schuldbewußtsein machte mich schnippisch.

Becker hatte mich durchschaut. Er sagte: »Vielleicht hat er dich ja *nicht* angefaßt.« Er lächelte verschlagen. »War es das? Hast du ihn deshalb gehaßt? Hast du ihn deshalb umgebracht?«

Ich schüttelte den Kopf, weniger, um diese Unterstellung zu

verneinen, sondern um sie abzuschütteln, den Alptraum abzuschütteln, der sich um meine Schultern senkte. »Das ist … verrückt. Das ist absolut verrückt. Ich habe meinen Onkel nicht gehaßt. Ich habe ihn bewundert.«

»Das ist doch ganz normal«, sagte Vandervalk, wieder nikkend, ermunternd zu mir. Er lächelte, und plötzlich begriff ich, daß sein Lächeln unecht, sein Verständnis geheuchelt war. Er war genauso überzeugt wie Becker, daß ich für Johns Tod verantwortlich war; oder er wollte, aus welchen persönlichen Gründen auch immer, daß es sich so verhielt.

»Natürlich hast du ihn bewundert«, sagte Vandervalk. »Du hast ihn bewundert, du hast ihn geschätzt. Und dann hat er etwas getan, was dir angst gemacht hat. Etwas, das du ihm nicht verzeihen konntest. Eines Nachts, während du geschlafen hast, kam er zu dir und …«

»Das stimmt doch überhaupt nicht«, sagte ich. Ich wandte mich an Becker. Plötzlich war er der weniger unangenehme von beiden. Er war wenigstens unverhohlen feindselig. Ich sagte: »Ich möchte bitte einen Anwalt sprechen. Ich habe das Recht, mit einem Anwalt zu sprechen.«

Ich klang ungeheuer ernst, wie ich fand, aber offensichtlich amüsierte ich Lieutenant Becker. »Wo hast du denn das her?« fragte er mich.

»Das steht in der Verfassung der Vereinigten Staaten.«

»Ach ja?« sagte er. »Die Verfassung der Vereinigten Staaten – steht da auch was über Minderjährige? Denn genau das bist du, *Kleine*.«

Die Worte wurden in einem so beiläufig verächtlichen Ton ausgesprochen, daß es mir die Sprache verschlug. Meine Kehle war wie zugeschnürt, und ich spürte einen wachsenden Druck hinter den Augen.

Ich blinzelte, schluckte mühsam, holte tief Luft. Ich würde vor diesem Mann nicht weinen. Ich würde vor keinem der beiden Männer weinen.

Vandervalk, der meine Verwundbarkeit gespürt haben mußte, beugte sich vor. »Schau, Amanda«, sagte er, und seine Stimme schnurrte vor Aufrichtigkeit, »wir wollen dir nur helfen. Glaub mir, kein Gericht der Welt wird dich verurteilen, wenn es die Wahrheit kennt.«

»Aber das *ist* nicht die Wahrheit!«

Er lehnte sich zurück und schüttelte traurig den Kopf, zutiefst von mir enttäuscht.

Becker versuchte es anders. Er sagte: »Hat dein Onkel die Tür abgeschlossen, als ihr gestern abend heimgekommen seid?«

»Ja.«

»Wieviel Schlüssel gibt es?«

»Wie bitte?« sagte ich.

»Wie viele Schlüssel es zu der Wohnung gibt.«

»Das weiß ich nicht. Ich bin nicht sicher. Ich hatte einen. Albert hatte einen.«

Becker wandte sich an Vandervalk. »Albert Cooper. Der Butler. Wir haben mit ihm gesprochen, er hat ein Alibi.«

Mir wurde klar, daß ich bis zu diesem Moment noch nie Alberts Nachnamen gehört hatte. Ich fragte mich, wie Becker ihn herausgefunden hatte.

Becker sagte zu mir: »Und der Schlüssel deines Onkels. Der war in seiner Hosentasche. Das macht drei.«

»Es könnte noch mehr geben«, sagte ich. »Jemand anderes könnte letzte Nacht hereingekommen sein. Jeder x-beliebige.«

»Wer?« fragte Becker.

»Das weiß ich nicht. Aber ...«

»Die Tür war zugekettet.«

»Wie bitte?« sagte ich.

»Die Wohnungstür. Als die Beamten ankamen, hörten sie, wie du die Kette aufgemacht hast.«

Ich warf einen Blick auf Vandervalk. Er hatte die Arme verschränkt und den Kopf schief gelegt.

»Das stimmt«, teilte ich Becker mit, »aber ich hatte sie selbst vorgelegt. Heute morgen. Nachdem ich die Polizei angerufen hatte.«

»Und warum das?«

»Damit … damit der, der meinen Onkel … der ihm das angetan hat, nicht reinkam.«

»Bißchen spät dafür, stimmt's?«

»Ich war nicht …«

»Weißt du, was Abwehrspuren sind?«

»Nein.« Aber ich wußte, daß er es mir gleich verraten würde.

»Verletzungen an den Händen und Armen. Die auftreten, wenn man zu verhindern versucht, daß einen jemand aufschlitzt. Mit einem Messer. Oder einem Beil. Dein Onkel hatte keine.«

»Na und?« Die zwei Worte klangen so kindisch, daß ich, als ich mich sie sagen hörte, beinahe zusammengezuckt wäre.

»*Und*«, sagte Becker und lächelte sein frostiges Lächeln, »das heißt, daß er den Mörder kannte. Er kannte *dich*. Du bist geradewegs zu ihm hingegangen, und er wußte nicht, wie ihm geschah.«

»Moment mal, Moment mal«, sagte ich verzweifelt. »Wie hätte ich mit einem Beil in der Hand zu ihm hingehen können?«

»Du hast es versteckt. Hinter deinem Rücken. Vielleicht hast du es in ein Kleidungsstück gewickelt.« Er zuckte die breiten Schultern. »Vielleicht war er auch eingenickt. Es war spät. Vermutlich hatte er gestern abend ordentlich gebechert.«

»Wenn er eingenickt war«, sagte ich, »hätte ihn *jeder* töten können.«

»Aber sonst war niemand in der Wohnung.«

»Aber es muß jemand dagewesen sein!«

»Folgendes ist passiert«, sagte Becker. »Irgend etwas ging zwischen euch beiden vor. Vielleicht *hat* er etwas getan, was er nicht hätte tun dürfen. Wie Mr. Vandervalk sagt, können wir das berücksichtigen. Aber letzte Nacht bist du hergegangen und hast das Beil geholt …«

»Ich wußte ja nicht einmal, daß ein Beil da war.«

»In der Vorratskammer hinter der Küche, in der Holzkiste. Das mußt du gewußt haben.«

»Ich habe die Holzkiste noch nie gesehen. Ich bin nie in der Vorratskammer gewesen. Wir haben kein Holz gebraucht, seit ich hier bin. Es ist *Hochsommer.*« Meine Stimme war schrill, und ich konnte die Panik darin knistern hören. Ich wußte, daß die beiden sie ebenfalls hörten, und das erfüllte mich mit Scham.

Ein weiterer verzweifelter Gedanke schoß mir durch den Kopf: »Was ist mit Fingerabdrücken? Sie haben da drin bestimmt keine Fingerabdrücke von mir gefunden. Das konnten Sie auch gar nicht.«

»Weil du sie abgewischt hast«, sagte er. »Offenbar kennst du dich mit Fingerabdrücken aus. Für ein kleines Mädchen hast du eine Menge Erfahrung.«

Ich blickte von ihm zu Mr. Vandervalk. »Aber das ist verrückt! Ehrlich, ich habe ihn nicht getötet. Ich habe niemanden getötet.«

Mr. Vandervalk löste die verschränkten Arme, beugte sich vor und legte die Hände auf den Tisch. »Jetzt hör mal zu, Amanda«, sagte er ernst. »Wir können dir nicht helfen, wenn du dir nicht selbst hilfst.«

»Aber ich habe ihn nicht getötet!«

Er lächelte traurig. »Schätzchen«, sagte er, »gib's doch zu. Tu es dir selbst zuliebe. Du brauchst uns ja nur zu schildern, wie sich alles abgespielt hat. Wie dich dein Onkel ... angefaßt hat. Daß dich das verstört hat. Das ist doch ganz normal. Es hat dir angst gemacht. Und du warst ganz allein in der großen Stadt. Du hattest keinen, zu dem du gehen konntest, keinen Menschen, mit dem du reden konntest. Und darum hast du letzte Nacht ...«

»Aber das ist nicht *wahr*!«

»Bald ist alles vorbei, Amanda. Wir können dich hier rausholen. Dir was Gutes zu essen bringen, was? Dir ein schönes bequemes Plätzchen besorgen, wo du bleiben kannst.«

Die Vorstellung, daß ich meinen Onkel wegen einer Mahlzeit verraten sollte, war so ungeheuerlich, daß ich mich auf meinem Stuhl zurückwarf. »Nein«, sagte ich. Ich verschränkte die Arme und drückte sie fest an die Brust. »Nein. Mein Onkel war ein anständiger Mensch. Er hat nichts von dem getan, was Sie da sagen.«

Ich reckte trotzig das Kinn vor, eine Geste, die selbst mir schwach erschien. Aber mehr hatte ich nicht aufzubieten. »Und ich habe ihn nicht getötet«, sagte ich.

Er sah mich einen Moment an. Dann schüttelte er seufzend den Kopf. Er wandte sich an Becker. »Sagen Sie Mrs. Hadley, sie soll sie nach unten bringen.«

Sechs

Die Zelle war etwa zwei mal drei Meter groß und stank nach Karbol. An der Decke brannte eine einzelne schwache Glühbirne hinter einem Metallgitter. Der Fußboden war nackter Beton; drei der vier Wände waren gemauert und in einem faden stumpfen Grau gestrichen; die vierte bestand aus langen schwarzen Gitterstäben, die senkrecht von oben bis unten verliefen. An zwei der gemauerten Wände, einander gegenüber, standen zwei schmale Pritschen, jede mit einer durchgelegenen Matratze, einem fadenscheinigen Bettlaken, einem flachen Kopfkissen in einem fadenscheinigen Bezug und einer harten braunen Wolldecke. An der dritten Wand, genau in der Mitte zwischen den beiden Pritschen, hing einen guten Meter über dem Fußboden ein kleines Metallwaschbecken mit einem einzelnen Wasserhahn. Auf dem Waschbeckenrand stand eine Blechtasse, die gleiche wie in dem Zimmer oben. Unter dem Waschbecken stand ein kleiner Eimer. Daneben hatte jemand sorgfältig eine dünne Rolle braunes Toilettenpapier aufgestellt.

Andere Zellen waren nicht in der Nähe. Mrs. Hadley hatte mich drei Treppen nach unten geführt, dann durch einen gemauerten Korridor und in einen kleinen Kellerbereich. Die Hälfte davon nahm die Zelle ein. Der Rest war mit einem Sammelsurium von alten Möbeln vollgestopft, auf denen eine dicke Staubschicht lag: Schreibtische, Stühle, Hocker, Tische.

»Was ist das hier?« fragte ich Mrs. Hadley. Ich meinte: Wo sind die anderen Zellen? Wo sind die anderen Gefangenen? In einem Gebäude von der Größe des Polizeipräsidiums mußte es doch mehr Gefangene geben als nur ein sechzehnjähriges Mädchen …

Bis zu diesem Moment hatte sie kein Wort mit mir gesprochen. Nun lächelte sie honigsüß und sagte: »Das ist der Ort, wo kleine Mädchen hinkommen, die uns nicht die Wahrheit sagen.«

Ihre Stimme war viel sanfter, als ich erwartet hatte. Doch die Sanftheit gepaart mit dem honigsüßen Lächeln ließ die Worte herablassend und gehässig klingen – was natürlich beabsichtigt war.

Ich wurde rot. Gehässigkeit ist etwas, womit ich nie gut umgehen konnte. Es ist nackte Grausamkeit; und selbst heute, Jahre später, bin ich immer noch bestürzt, wenn jemand tatsächlich will, daß andere ihn für grausam halten.

»Aber ich sage die Wahrheit«, sagte ich.

»Wenn du sie sagen würdest«, sagte sie mit der absoluten Überzeugung einer untergeordneten Amtsperson, »wärst du nicht hier.«

Sie griff nach der Kette, die an ihrem Gürtel hing, nahm den Ring mit den Schlüsseln in die Hand, fand unverzüglich den, den sie wollte, und schloß die vergitterte Tür der Zelle auf. Sie zog die Tür auf und drehte sich zu mir. Sie streckte die Hand aus. »Tasche«, sagte sie.

Ich reichte sie ihr. Sie klemmte sie sich unter den Arm, und wieder schlug mir der scharfe, aggressive Geruch von altem, getrocknetem Schweiß entgegen. Sie streckte wieder die Hand aus und deutete mit dem Kinn auf mein Handgelenk. »Uhr«, sagte sie.

»Kann ich sie nicht behalten?« fragte ich, obwohl ich die Antwort bereits kannte.

Sie schnippte ungeduldig mit den Fingern.

Ich würde nicht betteln. Ich machte das Uhrarmband auf, reichte ihr die Uhr. Es war halb drei.

Susan, meine Stiefmutter, hatte mir die Uhr zu meinem sechzehnten Geburtstag geschenkt, eine wunderschöne Bulova mit einem schmalen rechteckigen Gehäuse aus Gold und vier kleinen Smaragden an jeder Ecke. Es war meine erste Armbanduhr. Nun fühlte ich mich beraubt, als ob mich ein guter Freund verlassen hätte.

Ungerührt ließ Mrs. Hadley die Uhr in die Tasche ihrer Uniform fallen. Sie machte eine ruckartige Kopfbewegung. »Rein«, sagte sie.

Ich trat in die Zelle.

Mit diesem einen Schritt veränderte sich alles. Ich war nicht länger eine bestimmte Person, in einem bestimmten Leben, sondern jemand völlig anderes, mit völlig anderen Aussichten.

Ich war plötzlich schwach und zerbrechlich. Mein Atem verließ mich, seufzte sich mutlos davon, und eine Schweißperle stahl sich an meiner Schläfe hinunter.

Mrs. Hadley machte die Tür zu. Dröhnend fiel sie ins Schloß. Mrs. Hadley sperrte ab, *klick*, *klick*, und ging dann, die schweren Schuhe auf den Beton knallend, ohne ein weiteres Wort davon.

Inzwischen heftig atmend und kurz vor dem Hyperventilieren, schaute ich mich um. Alles war gräßlich und bedrohlich. Die dünne Rolle Toilettenpapier, die neben dem abstoßenden grauen Eimer strammstand, wirkte besonders unheilverkündend. Jemand hatte sie benutzt, bevor ich hier eintraf, vielleicht sogar mehrere Personen – was war mit ihnen passiert? Wo waren sie jetzt?

Ich konnte noch immer das ferne Knallen von Mrs. Hadleys Schuhen hören. Ich begann erst zu weinen, als es völlig verstummt war.

Ohne eine Uhr, die sie mißt, dehnt sich die Zeit aus wie ein Nebel, lichtet sich, zerteilt sich, bis sie sich zuletzt gänzlich auflöst.

Nachdem ich mich ein weiteres Mal ausgeweint hatte, legte ich mich auf eine der Pritschen und starrte zur Decke.

Ich dachte an Dinge, an die ich seit Jahren nicht mehr gedacht hatte. Mein lachender Vater am Meer, knietief im schäumenden Wasser, die sonnengebräunten Arme zu mir ausgestreckt, während er meine unbeholfenen, planschenden Schwimmversuche anfeuert. Mein heulender Bruder daheim im Wohnzimmer, völlig verstört, weil er und seine neue Schleuder tatsächlich einen kleinen Spatz getötet haben. Mein erster Tag an einer neuen Schule, in der zweiten Klasse, mit einem aufregenden Jungen namens Adam in einer Reihe gehend.

Ich dachte an meinen Onkel. Wer hatte ihn getötet und warum?

Und warum war die Polizei so überzeugt, daß ich die Täterin war?

Wegen des Beils natürlich. Was Beile betraf, hatte ich leider eine Vorgeschichte.

Aber warum hatte der Mörder gerade diese Waffe benutzt? In New York City standen doch bestimmt Schußwaffen zur Verfügung, vermutlich sogar in rauhen Mengen. Und Messer und Sprengstoff und tausend andere Werkzeuge, um jemanden umzubringen.

Warum dann ein Beil?

Und wer sollte John überhaupt töten wollen?

Daphne Dale? Dieser Mann im Cotton Club, der Mann in der weißen Smokingjacke?

Jemand anders? Jemand, dem ich nie begegnet war, den ich mir nicht einmal vorstellen konnte?

Ich quälte mich mit diesen Fragen ab; aber früher oder später versank ich zwangsläufig wieder in Selbstmitleid: Wie *konnte* man ein sechzehnjähriges Mädchen ins Gefängnis stecken? Wie konnte man das *mir* antun?

Irgendwann, sehr viel später, hörte ich Schritte näher kommen und das Rasseln von Schlüsseln. Mrs. Hadley. Ich setzte mich auf, schwang die Beine von der Pritsche, brachte mein Kleid in Ordnung.

Sie hatte einen kleinen Blechteller in der Hand.

»Essen«, sagte sie.

Ich stand auf. Zwischen den Gitterstäben befand sich eine kleine waagerechte Öffnung, durch die Mrs. Hadley den Teller hereinschob. Ich ging zum Gitter und nahm ihn ihr ab. Auf dem Teller war eine undefinierbare Masse aufgehäuft, die die Farbe von Rost hatte, und oben auf dem Haufen lag ein abgenutzter Blechlöffel.

»Danke«, sagte ich.

Sie verschränkte die Arme und sagte: »Oben wollen sie wissen, ob du bereit bist, die Wahrheit zu sagen.«

»Ich habe die Wahrheit bereits gesagt.«

Sie nickte, als hätte sie nichts anderes erwartet. Sie deutete mit einem knochigen Finger auf das Essen. »Iß das oder gib's wieder her. Ich warte hier.«

Ich setzte mich wieder auf die Pritsche.

Die rostfarbene Masse waren Bohnen, fast bis zur Unkenntlichkeit zerkocht und längst kalt.

Obwohl ich seit dem Vorabend nichts gegessen hatte, hatte ich das Gefühl, ich wäre es John schuldig, alles zu verschmähen, was diese Leute mir vorsetzten. Ich haßte Bohnen, und meine guten Vorsätze hätten eigentlich obsiegen müssen. Sie taten es nicht: Ich begann die Bohnen in mich hineinzuschaufeln.

Der Körper, wie wir im Laufe der Zeit lernen, schert sich nicht sonderlich um gute Vorsätze.

Mrs. Hadley hatte mich die ganze Zeit beobachtet. Ich legte den Löffel auf den leeren Teller, stand auf, ging zur Tür, schob den Teller durch die Öffnung.

»Wann kann ich mit einem Anwalt sprechen?« fragte ich sie.

»Wenn du anfängst, die Wahrheit zu sagen«, sagte sie.

Sie drehte sich um, ging mit knallenden Schuhen und rasselnden Schlüsseln davon. Ich kehrte zur Pritsche zurück.

Ein weiteres Mal verhallten ihre Schritte in der Ferne. Und dann, gerade als das Geräusch verstummte, gingen alle Lichter aus. Mir blieb fast das Herz stehen.

Zu Hause, in Hotels, in Johns Wohnung, überall, wo ich jemals geschlafen hatte, mein Leben lang, war immer von irgendwoher ein Rest Licht in mein Zimmer gedrungen. Unter der Tür, zwischen den Vorhängen und der Wand. Selbst Sternenlicht, das durch Gardinen sickert, kann die Dunkelheit mildern.

Doch die Dunkelheit in der Zelle war absolut. Ich konnte überhaupt nichts sehen; es war, als hätte die Welt um mich herum zu existieren aufgehört.

Ich saß da, horchte auf mein rasendes Herz, wollte es zwingen, langsamer zu schlagen.

Es gehorchte mir nicht.

Ich war allein, völlig allein, in völliger Dunkelheit.

Aber schlimmer, als im Dunkeln allein zu sein, ist natürlich der Gedanke, daß man vielleicht *nicht* allein ist.

Und so begann ich trotz meines lauten Herzklopfens bald andere Geräusche zu hören.

Ein leises mechanisches Summen, wie von einer fernen Maschine.

Ein schwaches kratzendes Geräusch, nicht ganz so weit weg. Jemand in einer anderen Zelle?

Ein scharrendes Geräusch, wesentlich näher, wie von kleinen Krallen, die an Stein kratzen. Und dann wieder, noch näher. Etwas huschte über den Beton, ganz in der Nähe.

Ratten.

Wieder blieb mir fast das Herz stehen.

Das scharrende Geräusch kam plötzlich ganz aus der Nähe.

Ich versuchte, meine Angst mit Vernunft zu beruhigen. Es waren ja nur Ratten.

Aber was wußte ich schon von Ratten?

Sie waren Säugetiere, stimmt. Sie waren schmutzig, trieften vor Abwasser und hatten früher einmal die Pest übertragen. Ich erinnerte mich an Geschichten aus dem Krieg, von Männern in Schützengräben, die vor Erschöpfung einschliefen und beim Aufwachen feststellten, daß ihre Finger abgenagt waren.

Die Vernunft war nicht besonders erfolgreich darin, meine Angst zu beruhigen. Das schafft sie nur selten.

Wieder ein scharrendes Geräusch. Ich wußte, daß sie bei mir in der Zelle waren, über den Boden krochen, durstig, hungrig.

Ich riß die Füße auf die Pritsche hoch und hielt den Atem an.

Ich habe keine Ahnung, wie lange ich wach blieb. Ich kann heute nicht abschätzen, wie lange es gedauert haben mochte, bis ein ziemlich verwöhntes junges Mädchen, schwach vor Erschöpfung, zermürbt von den Ereignissen des Tages, seine Ängste bezwang, oder von ihnen bezwungen wurde, und schließlich in Schlaf sank.

Möglicherweise war ich inzwischen so müde, daß ich einfach

aufgab, einen Punkt erreichte, an dem ich beschloß, daß mich die Ratten haben konnten.

Jedenfalls schlief ich ein. Ich weiß das, weil ich irgendwann, plötzlich, geweckt wurde.

Das Licht war an, gleißend, und Schritte kamen knallend auf mich zu. Mehr als eine Person. Einen kurzen Moment lang wußte ich nicht, wo ich war.

Dann fiel es mir ein.

Es war wieder Mrs. Hadley, doch diesmal war sie nicht allein. Bei ihr war ein Mädchen, vielleicht achtzehn Jahre alt, ein paar Zentimeter kleiner als ich, dafür wesentlich breiter gebaut. Sie trug ein ausgefranstes weißes Baumwollhemd, das innen am Kragen grau war, einen Drillich-Overall und derbe schwarze Straßenschuhe, abgestoßen und abgewetzt. Das dunkle Gesicht unter dem glatten schwarzen Haar, dessen Schnitt einer umgedrehten Suppenschüssel glich, war breit und mürrisch: kleine zusammengekniffene braune Augen, eine Stupsnase, fleischige Lippen und nach unten gezogene Mundwinkel.

Mrs. Hadley lächelte mich an. Zuckersüß. »Wir haben dir eine kleine Freundin gebracht. Das ist Ramona. Ramona, sag Amanda guten Tag.«

Das Mädchen stierte mich nur finster unter den schwarzen Stirnfransen an.

Mrs. Hadley schnappte sich die Schlüssel an ihrem Gürtel, schloß die Tür auf, öffnete sie, drehte sich zu Ramona. Das Mädchen trat ein, sah kalt zu mir auf meiner Pritsche herab und drehte sich dann zur Tür. Mrs. Hadley stieß die Tür zu, schloß ab und ging mit knallenden Schritten davon.

Als das Geräusch verhallt war, drehte sich das Mädchen wieder zu mir. Sie warf einen Blick auf meine Spangenschuhe, die ich neben die Pritsche gestellt hatte. Sie warf einen Blick auf die andere Pritsche. Dann sah sie mich an.

»Das ist mein Bett«, sagte sie. »Raus da.«

Einen Moment lang war ich verwirrt. Ich konnte keinen Grund erkennen, weshalb jemand die eine Pritsche der anderen vorziehen sollte.

Dann wurde mir klar, daß es im Grunde gar nicht um die Pritsche ging. Es ging darum, die Hackordnung in dem engen grauen Raum festzulegen.

(Man sollte meinen, daß ein sechzehnjähriges Mädchen nichts von Hackordnungen weiß. Aber es gibt wenige Orte, an denen man mehr darüber lernt als in einem Bostoner Mädchenpensionat.)

Vorsichtig schlug ich die Decke zurück. Ich setzte mich auf und stellte meine bestrumpften Füße auf den kalten Betonboden. Ich stand auf.

Ramona musterte mich von oben bis unten, so demonstrativ und so unverschämt, wie es die Männer auf der Straße getan hatten. Sie lächelte – ein schmales, verschlagenes Lächeln. »Schnukkelig«, sagte sie.

Sie trat einen Schritt auf mich zu.

»Wir kommen bestimmt prima mitnander aus, was, Schnukki?« Sie streckte die Hand aus, um mein Gesicht zu berühren.

Ich wich zurück.

Ihre Mundwinkel rutschten wieder nach unten. »Vielleicht muß ich dich erst mal rannehmen«, sagte sie und kam näher.

Drei Jahre davor, während der polizeilichen Untersuchung des Mordes an meiner ersten Stiefmutter, hatte ich einige Zeit mit einem gedrungenen, kahl werdenden Privatdetektiv namens Harry Boyle verbracht. Wir hatten über viele Dinge gesprochen, unter anderem über Selbstverteidigung.

»Wenn du genau weißt, daß dir jemand was tun will«, sagte er, »dann gibt's nur eins: Du mußt zuerst zuschlagen, und zwar kräftig.«

Er hatte die Technik erklärt: Knie in den Unterleib rammen, bei den Haaren packen, dann sofort an die nächste Wand befördern und den Kopf dagegenschlagen.

»Und bei einem Mädchen?« fragte ich ihn.

Er sah mich an. »Wenn dir ein Mädchen was tun will?«

»Ja.«

Er nickte. »Ein Schlag in die Magengrube. Direkt unter dem Brustkasten. Aber du zielst nicht auf den Magen, klar? Du zielst ein paar Zentimeter dahinter. Du zielst aufs Rückgrat, und du mußt dein ganzes Gewicht in den Schlag legen. Dann sackt sie zusammen. Und dann machst du die Sache mit den Haaren.« Er sah mich an. »Und voll gegen die Wand.«

»Ich glaube nicht, daß ich das könnte.«

»Tja«, sagte er. »Es ist nicht leicht. Anderen weh zu tun ist nicht leicht. Beim ersten Mal. Beim zweiten Mal geht's schon besser. Aber wenn du's nicht tust, bist du diejenige, die es erwischt.«

Nun, als Ramona näher kam, erinnerte ich mich an Harry Boyle.

Ich hatte noch nie im Leben einen Menschen geschlagen. Ich hatte auch noch nie ein Tier geschlagen.

Aber ich hatte einen anstrengenden Tag hinter mir. Und nun wollte mir diese mürrische, übergewichtige, gefährliche Person etwas tun.

Sie machte noch einen Schritt. »He«, sagte sie. »Du bleibst schön da, Schnucki. Du gehörst jetzt mir.«

Ich sagte: »Und die da?« Ich deutete mit der linken Hand über Ramonas Schulter.

Das war natürlich ein uralter Schulhof-Trick. Aber vielleicht hatte Ramona nie eine Schule besucht. Oder aber sie rechnete schlicht und einfach nicht mit irgendwelchen Tricks bei jemandem, der so offenkundig hilflos war wie ich. Sie drehte sich um.

Ich glaube, daß sie, noch bevor sie sich ganz umgedreht hatte, begriff, daß es ein Fehler gewesen war. Doch als sie rasch wieder herumfuhr, hatte ich bereits den Arm angewinkelt, und dann, gerade als sie mir wieder das Gesicht zuwandte, riß ich die Faust vor und rammte sie, so fest ich konnte, in ihren dicken runden Bauch.

Mit einem lauten *Wusch* entwich die Luft aus ihr, Arme flogen zum Bauch, und sie klappte nach vorn zusammen.

Leider erwies ich mich nach diesem vielversprechenden Anfang für Harry Boyle als eine Enttäuschung.

Zwar packte ich Ramona bei den Haaren und zerrte sie an die gemauerte Wand – sie war schlaff und wehrte sich nicht –, doch im letzten Moment zauderte ich. Ich sah mich plötzlich wie aus großer Höhe, als blickte ich auf uns beide herab; sah, was ich einem anderen Menschen da antat.

Sich seiner selbst bewußt zu sein ist nicht immer förderlich.

Ich hatte allerdings so viel Stoßkraft gewonnen, daß ich den Schwung nicht mehr bremsen konnte. Ramonas Kopf schlug gegen die Wand, nur nicht mit der Wucht, die Mr. Boyle (wohlweislich) empfohlen hatte. Dennoch tat es einen fast Übelkeit erregenden Schlag, und als ich sie losließ, prallte sie von der Wand zurück und fiel rücklings auf den Boden. Ihre Arme zuckten krampfhaft.

Ich atmete schwer. Ich war entsetzt und mir keineswegs sicher, was als nächstes passieren würde.

Unten auf dem Fußboden blinzelte Ramona. Sie stöhnte und griff sich dann mit der Hand an den Kopf. Sie rang nach Luft, hustend. Als sie die Hand wegnahm, war diese triefend rot.

Sie blinzelte wieder, schaute nach links und rechts, blinzelte abermals. Vorsichtig faßte sie sich an den Bauch. Sie atmete dramatisch aus.

Dann, langsam, ganz langsam, rollte sie sich herum.

Viele Jahre später meinte jemand, daß genau dies der Moment war, in dem ich nach vorn springen und Ramona möglichst hemmungslos direkt ins Gesicht hätte treten müssen.

Ich verabsäumte, dies zu tun.

Langsam, ganz langsam, kam sie auf die Hände und die Knie. Sie schüttelte den Kopf, und ich mußte an einen nassen Hund denken, der sich schüttelt. Sie blickte sich wieder in der Zelle um, und diesmal sah sie mich. Ihre Augen wurden schmal. »Ich bring dich um«, sagte sie.

Sie kam auf die Füße. Blut rann ihr unter den Stirnfransen hervor und rechts am Gesicht hinunter. Sie wischte es ab. Sie schwankte ein wenig. Mit sichtlicher Anstrengung, schmerzverzerrt, richtete sie sich auf. »Ich bring dich um, du Schlampe«, sagte sie.

Ich machte mich bereit.

Wofür genau, wußte ich nicht. Ich wußte nur, daß mir keine Tricks mehr gestattet wären. Nicht, daß ich noch welche auf Lager gehabt hätte; mein Vorrat war erschöpft.

Gerade als sie eine schwerfällige Bewegung auf mich zu machte, kamen eilige Schritte durch den Korridor gepoltert.

»*Unglaublich!*« hörte ich eine Männerstimme sagen. »*Empörend!*«

Dann sah ich ihn durch die Gitterstäbe: ein kleiner und kahl werdender Mann mittleren Alters in einem grauen Wollanzug, der in der linken Hand eine Melone hielt und in der rechten meine Handtasche. Neben ihm stand Mrs. Hadley, die kleinlauter war, als ich es für möglich gehalten hätte. Sie fummelte mit ihren Schlüsseln herum.

»*Aufmachen!*« sagte der Mann. »*Sofort aufmachen*, oder ich knalle der Stadt eine Klage auf den Tisch, die sich gewaschen hat.« Er war rot angelaufen und eminent entrüstet.

Mrs. Hadley steckte den Schlüssel ins Schloß, drehte ihn um, zog die Tür auf. Sie trat zurück, den Blick auf den Boden gerichtet.

Der Mann stürmte herein und beugte sich zu mir. »Alles in Ordnung, Kindchen?« Er tippte mir leicht mit seiner Melone auf die Schulter.

»Ja«, sagte ich. »Ja.«

Er fuhr herum zu Ramona. Sie war an die Wand zurückgewichen und wischte sich gerade wieder Blut aus dem Gesicht. Er sagte: »Was ist denn mit dir passiert?«

Ramona warf einen Blick auf Mrs. Hadley, sah wieder den Mann an, reckte das Kinn vor. Ihre trotzige Haltung war so fadenscheinig wie es meine bei Becker und Vandervalk gewesen war; und verblüfft stellte ich fest, daß ich ein Quentchen Mitleid mit ihr hatte. Sie sagte: »Bin ausgerutscht.«

Der Mann sah Mrs. Hadley an, sah Ramona an, sah mich an. Die Röte verschwand aus seinem Gesicht. Er grinste. »Okay. Ich bin Morrie Lipkind. Du bist Amanda Burton. Wir gehen.« Er sah hinunter auf meine Füße. »Hast du Schuhe?«

»Ja.«

»Großartig. Zieh sie an.«

Ich setzte mich auf die Pritsche und hob einen Schuh auf. Während ich hineinschlüpfte, wandte sich der Mann wieder an Mrs. Hadley.

Er sagte: »Das ist infam. Das ist der Gipfel der Infamie.«

Mrs. Hadley sagte: »Es war nicht ...«

»Sparen Sie sich die Worte. Richten Sie Vandervalk aus, daß er morgen früh von mir hören wird.«

Ich stand auf.

Mr. Lipkind fragte: »Fertig?«

»Ja.«

Er gab mir meine Handtasche. »Haben die sonst noch was von dir?«

»Meine Uhr«, sagte ich.

Er drehte sich zu Mrs. Hadley um, deren Hand bereits in der Tasche ihrer Uniform kramte. Ich bemerkte mit einem gewissen Erstaunen, daß ihr Gesicht dunkelrot angelaufen war, und empfand eine gewisse Genugtuung, eine abstoßende Genugtuung, wie ich sie noch nie empfunden hatte und die mir nicht sonderlich gefiel.

Mr. Lipkind ging zu ihr, riß ihr die Uhr aus der Hand, kam zurück, reichte sie mir, legte den Arm um meine Schulter. »Gehen wir. Mein Wagen steht draußen.«

Ich schaute auf die Uhr.

Halb zehn. Das konnte nicht sein. Ich war ganz sicher gewesen, daß es zwei oder drei Uhr morgens sein mußte.

Sein Wagen war ein glänzender schwarzer Cadillac, zu dem ein livrierter Chauffeur gehörte, ein großer schwarzer Mann namens Robert. Als Mr. Lipkind und ich in die Ledersitze im Fond sanken, stellte er mich ihm vor.

Im Schein der Innenbeleuchtung konnte ich Robert mit dem großen stattlichen Kopf nicken sehen. »Miss«, sagte er. Seine tiefe und volltönende Stimme erinnerte mich an den Schauspieler Paul Robeson.

Mr. Lipkind zog die Tür zu. Robert knipste das Licht im Wagen aus. »Okay«, sagte Mr. Lipkind zu mir. »Nun erzähl mal.«

Der Wagen fuhr los.

Ich sagte: »Von meinem Onkel, meinen Sie?«

»Das kannst du mir später erzählen. Erzähl mir von den Bullen. Wann sind die aufgetaucht?«

Während der schwere Wagen durch die nächtliche Stadt schnurrte, strahlende Lichtbänder rechts und links von uns vorbeihuschten, rot und weiß und grün, erzählte ich ihm alles.

Ab und zu warf er eine Frage ein. »Und wann ist Becker erschienen?« – »Haben sie dir zu essen gegeben?« – »Diese Ramona. Hat sie dir was getan?«

Als ich ihm erzählte, was Becker und Vandervalk von mir hatten hören wollen – daß mein Onkel sich irgendwie an mir vergangen habe –, schüttelte er den Kopf. »Mieser geht's wohl nicht. Die wissen nicht weiter. Die haben keinen anderen Täter parat.«

Als ich am Ende angelangt war, schüttelte er wieder den Kopf. »Diese Halunken«, sagte er. »Diese elenden Halunken. Ein Kind so reinzulegen. Wenn du willst, verklagen wir sie, daß ihnen Hören und Sehen vergeht. Mir persönlich wäre es, ehrlich gesagt, ein Vergnügen, Vandervalk dafür bluten zu lassen.«

»Woher wußten Sie eigentlich«, fragte ich ihn, »wo ich bin?«

»Ich – stop, wir sind da.« Er beugte sich nach vorn. »Robert, laß uns da vorne raus, okay? Danach, wenn's recht ist, könntest du rüber in die Wohnung flitzen und dir den Kram schnappen. Okay?«

»Okay«, dröhnte Roberts tiefe Baßstimme.

Wir waren in Midtown, irgendwo in den Vierziger-Straßen. Der Cadillac fuhr rechts ran und kam geschmeidig zum Stehen. Mr. Lipkind öffnete die Tür, trat hinaus auf den Bürgersteig, hielt mir die Tür auf. Ich kletterte aus dem Wagen, und er knallte die Tür zu.

Wir gingen um den Cadillac herum. Mr. Lipkind blickte nach links und rechts, ließ einige Autos vorbeifahren und sagte dann: »Okay, Kindchen.«

Wir überquerten die Fahrbahn in Richtung eines exklusiv wirkenden Hotels namens The Algonquin. Ich folgte ihm durch die messingbeschlagene Glastür in die mit Teppichen ausgelegte Hotelhalle, die wir zwischen eleganten Säulen aus poliertem Holz durchquerten. Mr. Lipkind winkte einem Mann hinter dem Empfang mit seiner Melone zu, und der Mann nickte. Wir kamen an zwei Aufzüge, und Mr. Lipkind drückte auf den Knopf.

»Sie wollten mir vorhin sagen«, erinnerte ich ihn, »woher Sie überhaupt von mir wußten.«

Eine der Aufzugtüren wurde leise rumpelnd von innen aufgezogen.

Er grinste mich an. »Das erfährst du gleich. Rein mit dir.«

Es war alles sehr mysteriös; dieser Mann war wie ein wundersamer *deus ex machina* in meinem Leben aufgetaucht und hatte mich aus dieser gräßlichen kleinen Zelle geholt, mich vor Ramona und Mrs. Hadley gerettet. Ich betrat den Aufzug. Er roch nach Parfum, ein gewaltiger Fortschritt nach den diversen Düften, die im Polizeipräsidium zur Auswahl standen.

Wir fuhren drei Stockwerke hoch, dann hielt der Aufzug an. Der Fahrstuhlführer öffnete die Tür, und Mr. Lipkind ließ mir den Vortritt. Ich trat in den Korridor. Er folgte mir hinaus, und hinter ihm wurde leise rumpelnd die Tür zugezogen.

»Hier lang«, sagte er.

Wir tappten über einen dicken roten Läufer den Flur entlang, bis wir zu Zimmer 311 kamen. Er klopfte an.

Einen Moment später wurde die Tür von einer attraktiven Frau Anfang Dreißig geöffnet, die höchstens einen Meter fünfzig groß war. Ihr schimmerndes kurzes schwarzes Haar war rechts gescheitelt, und sie trug ein elegantes grünes Kleid, das ihre exzellenten Beine und ihre schwarzen Lackpumps perfekt zur Geltung brachte. Ich konnte ihr Parfum riechen, den holzartigen Duft von Chypre.

Sie blickte von Mr. Lipkind zu mir und wieder zu Mr. Lipkind. Sie lächelte. »Heil dem siegreichen Helden.« Ihre Stimme war weich, und sie dehnte die Worte mit einer Art träger, schulmädchenhafter Anmut. Sie sah mich an, und das Lächeln wurde breiter und fast betörend. »Hallo, Amanda. Schwing deinen Arsch hier rein.«

Ich blinzelte. Noch nie hatte ein Erwachsener dieses Wort in meiner Gegenwart benutzt.

Sie trat zur Seite. Mr. Lipkind bedeutete mir mit seiner Melone, einzutreten.

Ich ging hinein. Ein winziger Boston-Terrier, schwarz und weiß, mit hektisch wedelndem Stummelschwanz, hüpfte aufgeregt hechelnd auf dem Teppich herum.

Ich befand mich im Salon einer exklusiven Suite, hell erleuchtet und mit Polstersesseln und einem großen Polstersofa möbliert. Die bodenlangen Vorhänge waren zugezogen. Ein großes Standradio spielte leise Chopin. Und auf der anderen Seite, hinter einem Couchtisch, hievte sich mit Hilfe eines schwarzen Malakkaspazierstocks, dessen Knauf sie in beiden Händen hielt, eine Frau aus dem Sofa, die ich seit drei Jahren nicht gesehen hatte. In einem langen schwarzen Seidenkleid, genau wie die Kleider, die sie immer getragen hatte, damals, als sich jene entsetzlichen Dinge in dem Ort am Meer ereignet hatten, damals, als meine Stiefmutter ermordet wurde, stand dort meine gute Freundin Lizzie Borden.

ZWEITES BUCH

Acht

Ich freute mich so, sie zu sehen, wie ich mich über den Anblick meiner Eltern gefreut hätte. Ich lief zu ihr und fiel ihr in die Arme. Ich atmete den lieblichen Duftkissengeruch von Zimt und Orangen und Nelken ein, an den ich mich schlagartig mit erstaunlicher Deutlichkeit erinnerte. Es war, als wäre überhaupt keine Zeit vergangen, nicht eine Sekunde, seit ich sie das letzte Mal gesehen hatte.

»Amanda«, sagte sie. »Wie geht es dir?«

Ich trat einen Schritt zurück. »Ganz gut. Es ist alles in Ordnung, Miss Lizzie. Und wie geht es Ihnen?«

Als ich sie nun genauer betrachtete, konnte ich sehen, daß die drei Jahre sie verändert hatten. Ihr Haar war noch immer silberweiß, und es war noch immer hinter den kleinen Ohren zu einem Chignon zusammengefaßt. Aber sie war dünner geworden, und ihr Gesicht wirkte angespannt. Der goldene Kneifer, der einst wie ein modischer Einfall gewirkt hatte, ein Accessoire, um ihre großen, runden, leuchtenden grauen Augen zu unterstreichen, wirkte jetzt wie das, was er war, eine Sehhilfe.

Und früher hatte sie nie einen Spazierstock benutzt.

Andererseits hatten die drei Jahre auch mich verändert. Ich war jetzt einen ganzen Kopf größer als sie.

Der Boston-Terrier strich noch immer um meine Füße, schnupperte eifrig an meinen Schuhen – berauscht, möglicherweise, von den Düften des Polizeipräsidiums.

»Danke, ich bin zufrieden«, sagte Miss Lizzie. Sie lächelte. »Es ist wirklich schön, dich zu sehen, Liebes. Du siehst reizend aus. Meine Güte, du bist ja mindestens einen Kopf größer geworden.«

»Wie schön, *Sie* zu sehen, Miss Lizzie. Aber wie sind Sie hergekommen? Wie haben ...«

»Alles zu seiner Zeit«, sagte sie. »Zuerst möchte ich euch einander vorstellen. Mr. Lipkind kennst du ja bereits. Das ist Mrs. Parker, eine Freundin. Ich habe sie letztes Jahr hier im Hotel kennengelernt.«

Mrs. Parker trat vor und streckte mir so lässig wie ein Mann ihre zierliche weiße Hand entgegen. Ich schüttelte sie. »Freut mich sehr«, sagte sie und lächelte, als sie mich losließ.

Der Terrier tollte im Zimmer herum, klopfte mit den Pfoten auf den Teppich und fuhr mit dem Kopf hin und her, um von einem zum anderen zu schauen.

Miss Lizzie warf einen Blick auf den Hund, lächelte vage und sah wieder mich an. »Mrs. Parker war diejenige«, sagte sie, »die mir empfahl, Mr. Lipkind zu engagieren.«

»Der beste verdammte Rechtsverdreher in der Stadt«, erklärte Mrs. Parker in ihrem gedehnten Tonfall.

»Im ganzen Land«, sagte Mr. Lipkind.

Ich fragte Miss Lizzie: »Aber wie ...«

»Setz dich, Liebes«, sagte Miss Lizzie. Sie blickte in die Runde. »Ich schlage vor, wir nehmen alle Platz.«

Sie ließ sich nieder, indem sie sich mit der rechten Hand auf die Armlehne des Sofas, mit der linken Hand auf den Spazierstock stützte. Ich ging um den Couchtisch herum und setzte mich ans andere Ende des Sofas. Mr. Lipkind und Mrs. Parker nahmen auf zwei Sesseln Platz. Auf dem Beistelltischchen neben Mrs. Parkers Sessel stand ein Aschenbecher mit einer brennenden Zigarette, von der fahler weißer Rauch spiralförmig zur Decke aufstieg.

Sobald Mrs. Parker Platz genommen hatte, rannte der Hund über den Teppich und sprang auf ihren Schoß. Mrs. Parker beugte sich zu ihm, nahm seinen winzigen Kopf in ihre winzigen Hände und küßte ihn auf die Schnauze.

Als Miss Lizzie das sah, blinzelte sie. Dann wandte sie sich an mich. »Hast du Hunger, Liebes? Mrs. Parker hat ein Sandwich mitgebracht. Es liegt neben dir auf dem Beistelltisch.«

»Ja«, sagte ich. »Danke.« Ich wandte mich an Mrs. Parker. »Danke.«

Sie lächelte. »Das war Lizbeths Idee.«

Für mich war meine Freundin so lange »Miss Lizzie« gewesen, daß ich fast erschrak, als ich ihren richtigen Namen hörte.

Ich hielt mich jedoch nicht damit auf. Ich hatte einen Bärenhunger. Auf dem Tischchen zu meiner Linken befanden sich zwei Papierservietten, eine Flasche Coca Cola und ein Sandwich, das in Wachspapier eingewickelt war. Ich breitete die Servietten auf dem Schoß aus und legte dann das Sandwich darauf.

»Warte«, sagte Mr. Lipkind. Er stand auf, griff in die Hosentasche, zog einen Flaschenöffner heraus, kam über den Teppich herüber, nahm die Colaflasche, öffnete sie, stellte sie mir hin. »Jetzt kann's losgehen.«

»Danke.«

»Gebongt.« Er steckte den Flaschenöffner wieder in die Hosentasche und ging zurück zu seinem Sessel.

Ich faltete das Wachspapier auf. Darin lag ein dickes Sandwich mit Roastbeef auf dunklem Roggenbrot. Ich hob es an den Mund und biß sittsam (weil in Gesellschaft) ab. Das Fleisch war rosa und zart und mit scharfem Senf bestrichen, das Brot fest und herzhaft. Abgesehen von einem frischen Schwertfischsteak, das ich viele Jahre später zusammen mit meinem zweiten Mann auf der Insel Lamu vor der Küste Kenias aß, war es das Beste, was ich in meinem ganzen Leben gegessen habe.

Miss Lizzie wartete, bis ich hinuntergeschluckt hatte, und sagte dann: »Es war sehr klug von dir, deinen Bruder anzurufen.«

Das war das zweite Telefongespräch gewesen, das ich an diesem Vormittag führte, nachdem ich die Polizei gerufen hatte.

Ich sagte: »Mir ist sonst niemand eingefallen. Aber ich dachte, wenn William mit Mr. Slocum sprechen würde, dann könnte Mr. Slocum vielleicht helfen.«

Darryl Slocum war der Anwalt, der Miss Lizzie und mich während der Untersuchung des Todes meiner Stiefmutter vertreten hatte. Er war der einzige Anwalt, den ich bis dahin persönlich kennengelernt hatte. Ich glaube, ich hatte mir irgendwie vorgestellt, daß, wenn mein Bruder sich mit ihm in Verbindung setzte, Mr. Slocum sich ein Cape umwerfen und zu meiner Rettung herbeieilen würde. Damals, während besagter Untersuchung, war ich furchtbar in ihn verknallt gewesen; ein Sachverhalt, über den ich vielleicht noch nicht ganz hinweg war. Was ein weiterer Grund sein mochte, weshalb ich mir besonders von ihm (und seinem Cape) Rettung erhoffte.

»Und er *konnte* helfen«, sagte Miss Lizzie. »Er hat derzeit sehr viel zu tun, und er kennt niemanden in New York, aber er weiß, daß ich hier Kontakte habe.«

»Woher wußte er das?« fragte ich. »Haben Sie ihn seit dem ... seit damals am Meer gesehen?« Ich biß wieder von dem Sandwich ab. Mein Magen gluckerte. Ich fragte mich, ob alle es hörten.

»Ein- oder zweimal«, sagte sie. »Er hat mir bei ein paar Kleinigkeiten geholfen.« Sie wedelte mit den Fingern, um anzuzeigen, wie klein sie waren. »Jedenfalls rief er mich an. Ich sagte ihm, daß ich mich darum kümmern würde. Ich rief Mrs. Parker an und ging dann zum Bahnhof und kaufte eine Fahrkarte für den ersten erreichbaren Zug nach New York.«

Ich verdrängte den Gedanken, daß Mr. Slocum zu beschäftigt war, um eine Fahrkarte für den ersten erreichbaren Zug zu kaufen, und nahm einen weiteren Bissen Roastbeef.

»Harter Schnitt zu mir«, sagte Mrs. Parker, Zigarettenrauch inhalierend und beim Weitersprechen exhalierend, »wie ich meine Liste von Winkeladvokaten durchgehe. Clarence Darrow war beschäftigt, also rief ich Lipkind an.« Mit der linken Hand streichelte sie beiläufig den Hund, der inzwischen quer auf ihren Schenkeln lag.

»Darrow ist eine Niete«, sagte Mr. Lipkind.

Ich trank einen Schluck Coca Cola. Sie war warm und absolut köstlich.

»Mr. Lipkind, Mrs. Parker und ich«, fuhr Miss Lizzie fort, »trafen uns im Plaza Hotel, um ... nun, ich nehme an, man könnte sagen, um Kriegsrat zu halten. Mr. Lipkind hat Freunde bei der Polizei ...«

»*Freunde* ist ein bißchen zuviel gesagt«, sagte Mr. Lipkind.

»Anwälte haben keine Freunde«, erläuterte mir Mrs. Parker und drückte ihre Zigarette aus. »Die haben schwarze Kutten.« Sie wandte sich an Mr. Lipkind. »Oder heißt es Nutten?«

Miss Lizzie lächelte beide strahlend an. »Darf ich bitte zu Ende sprechen?«

Miss Lizzie hatte schon immer eine ungeheuere Präsenz besessen. Ich hatte nur ein einziges Mal gesehen, wie sie die Beherrschung verlor, und sie war furchterregend gewesen. Selbst jetzt, mit diesem beherrschten Lächeln, war sie respekteinflößend.

»Tut mir leid«, sagte Mrs. Parker. »Manchmal lasse ich mich fortreißen.« Sie lächelte sarkastisch. »Manchmal finde ich, daß das mal ein Mann tun sollte.«

Miss Lizzie sah Mr. Lipkind an.

»Unbedingt«, sagte er.

Sie wandte sich wieder an mich. »Mr. Lipkinds *Bekannten*«, sagte sie, »war es möglich, in Erfahrung zu bringen, wo du festgehalten wurdest. Mr. Lipkind kennt einen Richter...«

»Einen der besten Richter, die für Geld zu haben sind«, sagte Mr. Lipkind und hielt dann abwehrend die Hand hoch. »Hoppla.«

»Einen Richter«, fuhr Miss Lizzie fort, »dem es möglich war, die notwendigen Papiere auszustellen, um deine Freilassung zu erwirken. Nachdem Mr. Lipkind diese hatte, begab er sich zum Polizeipräsidium. Er hat, wie ich finde, hervorragende Arbeit geleistet.« Sie wandte sich wieder an ihn. »Wofür ich Ihnen aufrichtig danke.«

»Hey«, sagte Mr. Lipkind. »Das ist mein Job.«

Ich schluckte den letzten Bissen Sandwich hinunter und fragte Miss Lizzie: »Warum sind Sie nicht mitgekommen?«

»Mrs. Parker gab zu bedenken, daß es unter Berücksichtigung der Umstände besser wäre, wenn ich mich im Hintergrund hielte. Ich glaube, sie hatte recht.«

Ich blickte zu Mrs. Parker, die sich vorgebeugt hatte und leise mit dem Hund sprach. Sie blickte zu mir hoch und lächelte wieder dieses betörende Lächeln.

Miss Lizzie sagte: »Da ich mich ein wenig damit auskenne, wie die Polizei arbeitet, kann ich mir vorstellen, daß du bereits tausendmal schildern mußtest, was heute morgen passiert ist. Aber vielleicht, sofern du dich dazu imstande fühlst, könntest du es ein weiteres Mal schildern, für uns.«

»Na gut.« Ich tupfte mir mit einer der Papierservietten den Mund ab, trank noch einen Schluck Coca Cola.

»Mr. Lipkind«, sagte Miss Lizzie, »hätten Sie gerne ein Notizbuch, um Amandas Aussage aufzunehmen? Ich kann Ihnen eines geben.«

Er lächelte. »Wenn Sie wollen, Miss Borden, können wir in mein Büro rübergehen. Ich hab drüben ein Drahttongerät, neuester Stand der Technik, das noch die Fliege auf 'nem Schokoladenkuchen aufnimmt. Aber ich versichere Ihnen, daß ich mir merken kann, was Amanda sagt. Sonst nagt zwar überall der Zahn der Zeit, aber das olle Gedächtnis läuft noch auf allen acht Zylindern.«

Sie lächelte. »Na schön. Amanda?«

Langsam schilderte ich meine Geschichte ein weiteres Mal.

Hin und wieder stellte Mr. Lipkind Fragen.

»Daphne Dale?« fragte er. »Die Schriftstellerin?«

Mrs. Parkers Hund verfolgte alles sehr aufmerksam, den kleinen Kopf stets dem jeweils Sprechenden zugewandt.

»Das hat mir John jedenfalls erzählt«, sagte ich. »Er sagte, sie habe ihn in ihr Buch aufgenommen.«

»Wirklich?« fragte Mrs. Parker. »In *Die Fleischsucher*? Er war Jerry Brandon? Natürlich war er das. John Burton, Jerry Brandon.« Sie wandte sich an Miss Lizzie. »Sich selbst nennt sie in dem Buch Sophie Dalton. Aus Burton wird Brandon, aus Dale Dalton.« Sie lächelte. »Daphne zieht eben alle Register, von B bis D.«

»Mehr weiß ich nicht«, sagte ich. »Ich habe das Buch nicht gelesen.«

»Sei froh«, sagte sie. »Aber wenn du es lesen willst, kann ich dir mein Exemplar leihen. Ich habe damit ein wackelndes Bücherregal in meiner Wohnung unterlegt.«

»Okay«, sagte Mr. Lipkind. »Was dann?«

Ich sprach weiter, kam zum El Fay.

»Larry Fay«, sagte Mr. Lipkind. »Und dein Onkel ist mit ihm weggegangen?«

»Ja. Für etwa fünfzehn Minuten.«

»Interessant.«

»In welcher Hinsicht?« fragte Miss Lizzie.

»Weil er ein Gangster ist. Ein Rumschmuggler.« Er wandte sich an mich. »Woher kannte ihn dein Onkel? Hat er das gesagt?«

»Nein.«

Noch immer den Hund streichelnd, fragte mich Mrs. Parker: »Hast du zufällig George Raft gesehen?«

Der Hund blickte zu ihr auf und ließ dabei die kleine Zunge aus dem Maul hängen.

»Ja«, sagte ich. »Er war phantastisch.«

Sie lächelte. »Phantastisch auf eine Art und Weise, daß man sich fragt, ob er auch in anderer Hinsicht Phantastisches zu bieten hat.«

»Gewiß«, sagte Miss Lizzie. »Sehr schön, Amanda. Was geschah dann?«

»Dann sind wir in den Cotton Club gegangen«, sagte ich. »In Harlem.« Ich erwähnte den Mann in der weißen Smokingjacke.

»Gutaussehender Typ?« fragte mich Mr. Lipkind. »Englischer Akzent?«

»Er sah gut aus, ja. Aber ich weiß nicht, ob er einen Akzent hatte. Ich habe nicht mit ihm gesprochen.«

»Schwarze Haare, braune Augen, raucht Zigaretten? Steht kerzengerade da?«

»Ja, das ist er.«

»Owney Madden.«

Miss Lizzie fragte: »Und wer ist dieser Herr?«

»Ihm gehört der Laden. Und ein paar Brauereien. Auch so ein Gangster. Stammt aus England. Wurde vor etwa sieben Jahren wegen Mordes eingebuchtet. Ist letztes Jahr rausgekommen. Aalglatter Bursche, aber ganz eindeutig ein Gangster.«

Miss Lizzie wandte sich an mich. »Dein Onkel kannte, wie es scheint, einige schillernde Persönlichkeiten.«

»Er war doch Börsenmakler«, sagte ich. »Vielleicht hatten sie Geld bei ihm angelegt.«

»Typen wie Owney und Larry«, sagte Mr. Lipkind, »brauchen keine Geldanlagen. Die *sind* Geldanlagen.«

»Sie stehen mit ihnen auf du und du?« fragte ihn Mrs. Parker.

»Ich komm eben viel rum.« Er zuckte die Schultern. »Gehört zu meinem Job.«

»Sprich weiter, Amanda«, sagte Miss Lizzie. »Was geschah dann?«

Ich berichtete ihnen, wie wir nach Hause kamen, wie ich zu Bett ging, wie ich Johns Leiche fand.

»Ja, Liebes«, sagte Miss Lizzie – wahrscheinlich um mich möglichst rasch von diesem furchtbaren Erlebnis wegzubringen. »Ich weiß, das muß grauenvoll gewesen sein. Also hast du die Polizei gerufen?«

Ich fuhr mit meiner Geschichte fort. Als ich zu Lieutenant Becker kam, wandte sich Miss Lizzie an Mr. Lipkind und fragte: »Wer ist dieser Becker?«

»Ein hohes Tier im Präsidium. Sitzt schwer am Drücker.«

»Mit ›am Drücker‹ meinen Sie, er hat Macht? Einfluß?«

»Genau. Will heißen, daß er der Geldbote zwischen den Ganoven und den Bullen ist.«

»Ich verstehe nicht.«

»Wie man munkeln hört, ist Becker derjenige, der die Moneten bei den, wie Sie es ausdrücken würden, kriminellen Elementen abholt, also bei Leuten wie Madden und Fay und Arnold Rothstein, und aufs Präsidium bringt. Wo die Kohle dann unter den Polizisten aufgeteilt wird.«

»Arnold Rothstein?«

»Großer Spieler. Hat an wechselnden Orten in der Stadt das Würfelspiel mit den höchsten Einsätzen laufen.«

»Der Name kommt mir bekannt vor. Hat dieser Mann nicht etwas mit der Welt des Sports zu tun?«

Mr. Lipkind lächelte. »Hat 1919 die World Series manipuliert.«

Sie nickte. »Wir reden hier also von Schmiergeldern.«

»Spenden, wie die Polizei es gerne nennt.«

»Und die Polizeibeamten kommen damit ungestraft durch?«

Mr. Lipkind zuckte die Schultern. »New York City. Die kommen hier mit allem durch.«

»Die Polizisten von New York City«, sagte Mrs. Parker, »sind notorische Arschlöcher.«

Dieses Wort aus dem Munde dieses zierlichen Persönchens, mit ihrem Höhere-Tochter-Tonfall, verblüffte mich. Ich warf rasch einen Blick auf Miss Lizzie. Falls sie auch verblüfft war, ließ sie es sich nicht anmerken. Sie quittierte die Bemerkung lediglich mit einem Nicken und wandte sich an Mr. Lipkind.

»Aber wenn Mr. Becker ein so mächtiger Mann ist«, fragte sie, »warum sollte er sich in diesem speziellen Fall in die Ermittlungen einschalten?«

»Gute Frage«, sagte Mr. Lipkind. Er zuckte die Schultern. »Keine Ahnung. Es sei denn, die Bullen wollen Madden und Fay aus der Sache raushalten.«

»Aber Mr. Becker konnte doch, bevor er in John Burtons Wohnung eintraf, nicht wissen, wie Amandas Aussage lauten würde. Er konnte nicht wissen, daß sie Mr. Madden und Mr. Fay erwähnen würde.«

»Vielleicht haben Madden oder Fay erfahren, daß Burton abgemurkst wurde, und beschlossen, nicht damit in Zusammenhang gebracht zu werden. Ein Anruf bei Becker würde genügen.«

»Warum sollte ihnen daran liegen?«

»Was weiß ich. Das müssen wir rauskriegen, nehme ich an.«

Sie wandte sich an mich. »Sehr schön, Amanda. Mr. Becker brachte dich also ins Polizeipräsidium. Was war dann?«

Ich berichtete ihnen von Vandervalk und Becker.

Ein weiteres Mal wandte sich Miss Lizzie an Mr. Lipkind. »Die beiden können doch nicht allen Ernstes glauben, daß Amandas Onkel versucht hat, sie zu ... ihr etwas anzutun?«

»Nee. Wie ich der Kleinen schon ...«

»Amanda«, verbesserte ihn Miss Lizzie.

»Klar. Wie ich ihr schon sagte, die wissen nicht weiter. Die haben keinen anderen Täter. Keine anderen Fingerabdrücke in der Wohnung, keine anderen Indizien. Sie kommt ihnen also wie gerufen, stimmt's? Nicht von hier. Keine Angehörigen, keine Freunde, keine Beziehungen. Sie schieben ihr den Schwarzen Peter zu und können den Fall abschließen.«

»Das ist verabscheuungswürdig.«

»Klar. Halunken, sag ich ja. Hatten sie unten im Keller in 'ne kleine Zelle gesperrt. Wollten ihr Angst einjagen. Haben sogar extra einen kessen Va ...« Er hielt sich rasch die Hand vor den Mund und räusperte sich. »Sie haben sogar eine ganz hartgesottene Göre von der Straße geholt und zu ihr gesteckt.«

Er grinste.

»Wie sich rausstellt, hat die Göre die Hucke vollgekriegt.« Er wandte sich an mich. »Womit hast du's ihr eigentlich gegeben? Mit dem Waschbecken?«

»Mit der Wand«, sagte ich. »Gewissermaßen.« Ich wandte mich an Miss Lizzie. »Sie wollte mich ...«

»Ich bin sicher, daß du genau das getan hast, was erforderlich war«, sagte sie.

Ich sah hinüber zum Anwalt. »Mr. Lipkind?«

»Ja?«

»In dem Zimmer, in dem ich mit Becker und Vandervalk war. Da war ein großer Abfluß im Boden. Wofür ist der gut?«

»Damit sie den Raum mit dem Schlauch abspritzen können. Hinterher.« Er wandte sich an Miss Lizzie. »Manchmal geht den Bullen ein bißchen der Gaul durch, wenn sie Leute verhören.«

»Reizend«, sagte sie. »Nun gut. Wie genau sehen unsere weiteren Schritte aus?«

Bevor er antworten konnte, klopfte es an die Tür der Suite.

Miss Lizzie sagte: »Wer um alles in der Welt ...«

Mrs. Parker setzte den Hund auf den Teppich und stand auf. Der Hund blickte erwartungsvoll zu ihr hoch. »Sehen wir nach«, sagte Mrs. Parker.

Schwanzwedelnd folgte ihr der Hund zur Tür.

Neun

Es war Robert, Mr. Lipkinds Chauffeur. Er trat gemessen ins Zimmer, in der linken Hand seine Mütze und in der rechten einen Koffer. Mit einiger Überraschung stellte ich fest, daß der Koffer mein eigener war.

Hechelnd hüpfte der Boston-Terrier um Robert herum.

Mr. Lipkind erhob sich. »Prima, Robert, danke. Stell ihn einfach irgendwo hin.«

Robert setzte den Koffer ab, rückte ihn an die Wand, richtete sich auf und blieb wartend stehen. Seine gut geschnittene graue Livree betonte die breiten Schultern und die schmale Taille, und er war größer, als er im Wagen gewirkt hatte. Und noch immer ungemein stattlich.

Mr. Lipkind wandte sich an Miss Lizzie. »Das ist Robert Jenkins, meine rechte Hand. Robert, das ist Miss Borden.«

Miss Lizzie lächelte. »Guten Tag, Robert.«

»Ma'am«, sagte Robert mit seiner weichen sonoren Baßstimme und nickte höflich.

»Und das ist Mrs. Parker«, sagte Mr. Lipkind.

»Dorothy«, sagte Mrs. Parker.

»Ma'am«, sagte Robert.

»Dorothy«, sagte Mrs. Parker und lächelte.

»Schnapp dir einen Stuhl, Robert«, sagte Mr. Lipkind. Er sah Miss Lizzie an. »Ist das okay?«

»Selbstverständlich«, sagte sie.

Es gab nur eine weitere Sitzgelegenheit, einen kleinen gepolsterten Stuhl, der an der Wand stand. Mit der Grazie eines Tänzers hob Robert ihn hoch, trug ihn leichtfüßig durchs Zimmer, setzte ihn wieder auf dem Boden ab und nahm darauf Platz. Er saß aufrecht da, die Mütze in beiden Händen auf dem Schoß, während der Terrier schnuppernd und schnüffelnd um seine glänzenden schwarzen Lederschuhe wuselte. Robert beugte sich vor und kraulte den Hund hinter dem Ohr. Der Terrier sprang auf seinen Schoß. Robert grinste und kraulte ihn weiter.

»Mrs. Parker«, sagte Miss Lizzie.

»Ist schon in Ordnung«, sagte Robert.

Mrs. Parker sagte: »*Woodrow*«, und der Terrier sah sie an, blickte bedauernd zu Robert hoch, hüpfte dann von seinem Schoß, rannte über den Teppich und sprang hinauf auf Mrs. Parkers Schoß. Wieder küßte sie ihn auf die Schnauze.

Wieder blinzelte Miss Lizzie.

Mr. Lipkind lehnte sich zurück. »Ich hab Robert ins Dakota rübergeschickt, damit er die Sachen von der Kleinen holt.«

»Von Amanda«, sagte Miss Lizzie.

»Klar.« Er wandte sich an den Chauffeur. »Gab's Probleme?«

»Nein«, sagte Robert. »Als ich ihm die richterliche Verfügung zeigte, ließ mich der Hausmeister sofort in die Wohnung.« Er war der erste Schwarze, den ich kannte, der, wenn er sprach, wie ein Weißer klang.

Ich warf einen Blick auf Mrs. Parker. Sie betrachtete Robert wie gebannt, während sie geistesabwesend den Rücken des Hundes streichelte.

»Kolossal«, sagte Mr. Lipkind und wandte sich wieder an Miss Lizzie. »Okay. Wollen Sie wissen, wie's weitergeht?«

»In der Tat«, sagte sie.

»Im Moment«, sagte er, »haben wir die Bullen vom Hals. Die Bullen werden die Kleine« – er hielt abwehrend die Hand hoch – »Amanda, sie werden Amanda für 'ne Weile in Ruhe lassen. Aber wenn sie keinen finden, dem sie's in die Schuhe schieben können, werden sie sich ziemlich schnell wieder auf sie stürzen. Wir müssen also anfangen, uns selbst ein bißchen schlau zu machen, rausfinden, wer sonst noch in Frage kommt. Ich kenne da jemand, Carl Leibowitz, hervorragender Schnüffler, hat schon oft für mich gearbeitet. Wenn Sie wollen, setz ich ihn auf die Sache an.«

»Kann er morgen vormittag hier sein?«

»Wieviel Uhr?«

»Um neun.«

»Ich ruf ihn an. Inzwischen …« Er wandte sich an Robert. »Robert, du kennst doch jemand vom Ballett im Cotton Club, stimmt's?«

Roberts Mundwinkel verzogen sich zu einem kleinen Lächeln. »Verzeihung?«

Mr. Lipkind erzählte ihm von meinem Besuch dort. »Wie's scheint, kannte Amandas Onkel Owney Madden. Ist vielleicht wichtig, vielleicht auch nicht. Hör dich doch mal um, vielleicht kriegst du was raus.«

Robert nickte. »Ich kümmere mich darum.«

»Kolossal«, sagte Mr. Lipkind. Er stand auf. Auf der anderen Seite stand Robert ebenfalls auf. »Okay«, sagte Mr. Lipkind zu Miss Lizzie. »Ich glaub, das wär's im Moment. Rufen Sie mich an, wenn Sie mich brauchen.«

»Das werde ich tun«, sagte sie. »Und nochmals vielen Dank für Ihre Hilfe heute.«

Er zuckte die Schultern. »Wie gesagt. Gehört alles zu meinem Job.«

Mrs. Parker setzte den Hund ab und stand auf. »Für mich wird es auch Zeit«, sagte sie zu Miss Lizzie. Sie wandte sich an mich. »Hat mich gefreut, dich kennenzulernen, Amanda.«

»Danke«, sagte ich. »Mich auch. Und danke für das Sandwich.«

»Gern geschehen.« Sie sah Miss Lizzie an. »Hätten Sie etwas dagegen, wenn ich morgen vormittag dabei wäre? Wenn Sie mit dem« – sie lächelte – »Schnüffler sprechen?«

»Natürlich nicht, meine Liebe«, sagte Miss Lizzie. »Ich stehe in Ihrer Schuld.«

»Ganz und gar nicht. Grandios. Danke. Wir sehen uns also um neun.« Sie wandte sich an Mr. Lipkind und Robert. »Sie können mich im Fahrstuhl mitnehmen. Ich wohne eine Etage tiefer.«

Nachdem die drei die Suite verlassen hatten, in Begleitung des hüpfenden Boston-Terriers, wandte sich Miss Lizzie an mich.

»Nun«, sagte sie. »Ganz ehrlich. Wie geht es dir, Amanda?«

»Ganz gut«, sagte ich. »Wirklich. Aber ich bin froh, daß ich da raus bin. Aus der Zelle, meine ich.«

»Das kann ich mir vorstellen. Aber sag mir, Liebes, wie ist es dir in den letzten drei Jahren ergangen?« Sie lächelte. »Beschäftigst du dich noch immer mit den Karten?«

»Diese Woche nicht«, räumte ich ein. »Aber sonst schon. Wollen Sie meine Mystische Sieben sehen?«

»Mit dem größten Vergnügen. Aber meinst du nicht, daß du dich lieber ausruhen solltest? Dein Zimmer ist gleich nebenan.«

»Nein, nein«, sagte ich. »Wirklich. Ich bin nicht müde. Wollen Sie sie sehen?«

»Selbstverständlich.«

Vor drei Jahren, vor dem Mord, als Miss Lizzie unsere Nachbarin gewesen war, hatte sie mir Kartentricks beigebracht. Seit damals hatte ich jede Woche zwei- bis dreimal geübt, manchmal auch öfter, und war ziemlich gut geworden. Aber ich würde nie so gut sein wie sie. Im Laufe der Jahre habe ich die Besten des Metiers gesehen – Dai Vernon, Al Baker, Leslie Guest, Theo Anneman, John Scarne –, und Miss Lizzie hätte es mit jedem von ihnen aufnehmen können.

Ich war damals zu dem Schluß gekommen, daß sie deshalb so geschickt war, weil sie sich der Karten, und des Übens mit ihnen, bediente, um die Leere in ihrem vermutlich sehr einsamen Leben zu füllen. Und so hatte für mich jeder Trick, den sie ausführte, gerade wegen seiner Perfektion einen Beiklang von Traurigkeit.

In gewisser Weise bediente ich mich der Karten an diesem Abend aus ähnlichen Beweggründen, nämlich um die Gedanken an meinen Onkel zu verdrängen.

Ich ging zu meinem Koffer und machte ihn auf. Es schien alles da zu sein. Alle Kleidungsstücke, einschließlich meiner Unterwäsche, waren sorgfältig zusammengelegt und verstaut. Als ich mir vorstellte, wie der stattliche Robert – anmutig auf meinem Bett sitzend vielleicht, oder anmutig danebenstehend – penibel alles in den Koffer packte, ein rüschenbesetztes, verletzliches Höschen nach dem anderen, ein hauchdünnes Paar Strümpfe nach dem anderen, wurde ich rot – so puterrot, wie man wird, wenn man vor Scham in den Erdboden versinken will. Miss Lizzie sah es nicht, da ich ihr den Rücken zugewandt hatte.

Das Kartenspiel war in einer der Innentaschen. Ich holte es heraus und ging damit zu ihr.

Sie fragte: »Hast du von deinen Eltern gehört?«

»Noch nicht«, sagte ich. »Es dauert ein Weilchen, bis Post von dort hier ankommt.« Ich legte das Kartenspiel auf den Couchtisch, ging zu dem Stuhl, auf dem Robert gesessen hatte, und zog ihn, weniger graziös als er, an den Tisch heran. Ich setzte mich hin, nahm das Spiel, schob die Karten aus der Schachtel und begann zu mischen.

Miss Lizzie sah zu, die grauen Augen hinter dem Kneifer wachsam.

»Gut«, sagte ich und reichte ihr das Spiel. »Machen Sie sieben Päckchen. Sie müssen sie nicht austeilen. Nur abheben.«

Sie tat es, indem sie sich vorbeugte und die Päckchen auf dem Couchtisch anordnete.

»Gut«, sagte ich. »Wählen Sie ein Päckchen und schauen Sie sich die oberste Karte an.«

Sie tat es, indem sie eine Ecke der obersten Karte des am weitesten links liegenden Päckchens anhob, die Karte einen Moment durch ihren Kneifer betrachtete und sie dann wieder zurückschnappen ließ.

»Gut«, sagte ich. »Nur um Ihnen zu zeigen, daß kein Betrug im Spiel ist« – Miss Lizzie lächelte, denn wenn ein Kartenzauberer dieses Wort sagt, kann man sicher sein, daß der Betrug bereits in vollem Gange ist –, »werde ich drei der anderen Päckchen auf dieses Päckchen legen.« Ich tat es. »Und drei darunter.« Ich mischte das Spiel und reichte es ihr. »Abheben«, sagte ich.

Sie legte das Spiel auf den Tisch, hob einmal ab. Ich nahm es und legte die Karten dann, eine nach der anderen, mit der Bildseite nach oben in senkrechten Reihen auf dem Tisch aus.

»Gut«, sagte ich. »Ich werde mich jetzt umdrehen. Nehmen Sie Ihre Karte an sich und schieben Sie alle anderen Karten auf die Seite.« Ich drehte mich um, schirmte mein Gesicht mit der Hand ab, so daß ich nicht sehen konnte, was sie tat.

»Fertig«, sagte sie.

Ich drehte mich wieder um. »Gut. Legen Sie Ihre Karte mit der Bildseite nach unten auf den Tisch und decken Sie sie mit beiden Händen zu. Und *konzentrieren* Sie sich auf die Karte.«

Miss Lizzie legte die Karte hin, beugte sich vor, legte beide Hände darauf, lehnte sich dann plötzlich lachend zurück und klatschte in die Hände.

»Das war großartig«, sagte sie. »Wirklich großartig. Du hast das ausgezeichnet gemacht, Liebes, und wirklich gekonnt falsch gemischt. Wenn ich nicht Bescheid wüßte, hätte ich nichts gemerkt.«

»Wirklich?«

»Wirklich. Die Leitkarte war die Kreuz-Vier.«

»Ja.«

Sie nickte und lächelte mich breit an. »*Großartig*, Amanda.«

Es war kein besonders komplizierter Trick, aber Miss Lizzies Reaktion darauf freute mich ungemein.

Keine von uns machte sich die Mühe, die einzelne Karte umzudrehen, die mit der Bildseite nach unten auf dem Tisch lag, die Karte, die Miss Lizzie gewählt hatte. Wir wußten beide, daß es der Pik-König war.

Wir verbrachten noch ein oder zwei Stunden damit, zu reden und die Karten zu manipulieren. Sie zeigte mir einige Varianten der Mystischen Sieben und dann ein paar ziemlich knifflige Buchstabier-Tricks. Geschickt wie eh und je führte sie raffinierte Manöver aus, die einfach nicht zu durchschauen waren, obwohl ich wußte, daß sie kamen, obwohl ich wie ein Luchs aufpaßte.

Es war nach ein Uhr morgens, als ich meinen Koffer in die angrenzende Suite schleppte. Ich putzte mir die Zähne, schlüpfte in mein Nachthemd und schlüpfte dann ins Bett. Ich knipste das Licht aus, wartete einen Moment, bis ich das Straßenlicht unter den Vorhängen ausmachen konnte, und erst dann – zum ersten Mal seit Jahren, wie mir schien – entspannte ich mich.

Ich hätte erwartet, daß ich lange wachliegen würde, daß die Dunkelheit Bilder meines Onkels heraufbeschwören würde; aber ich schlief fast auf der Stelle ein.

Fünf Minuten vor neun am nächsten Morgen saßen Miss Lizzie und ich wieder zusammen im Salon ihrer Suite. Wir hatten das vom Zimmerservice gebrachte Frühstück – Speck und Eier, Bratkartoffeln, gebutterter Toast mit Konfitüre – beendet und nippten beide noch an unserem Tee.

Es klopfte an die Tür.

»Ich gehe«, sagte ich und stellte meine Tasse auf die Untertasse. Ich stand auf, durchquerte das Zimmer und öffnete die Tür.

Zehn

Der Mann, der vor der Tür stand, war außergewöhnlich. Er war nur etwa einen Meter sechzig groß. Er trug einen tadellos maßgeschneiderten grauen Seidenanzug, ein weißes Hemd, eine graue Krawatte und kleine schwarze Lackschuhe. In der linken Hand hielt er einen grauen Filzhut. Er war auf fast klassische Weise schön – große mandelförmige braune Augen, markante, wohlgeformte Nase, kantiger Unterkiefer.

Was ihn außergewöhnlich machte, war, daß er faktisch keine Haare hatte: keine am Kinn, keine über der Oberlippe, keine an den Augenbrauen oder Augenlidern und keine auf der glänzenden weißen Kopfhaut.

Ich starrte verwundert auf seinen kahlen Schädel. Er lächelte schief. »Nichts«, sagte er. »Nirgends.«

Ich stellte wieder einmal meine unübertreffliche Schamröte zur Schau. »Wie bitte?«

»*Alopecia universalis*«, sagte er. »Aus dem Griechischen. *Alopékia*. Haarlosigkeit. Seit meinem zwölften Lebensjahr. Als ich Scharlach hatte.«

Er schien so gelassen, so sachlich, daß ich fragte: »Ganz plötzlich?«

»Über Nacht.« Er lächelte wieder, diesmal breit, und zwei Reihen regelmäßiger weißer Zähne wurden sichtbar.

»Mann!« sagte ich.

»Ich bin Carl Leibowitz. Darf ich reinkommen?«

»Oh, ja, natürlich. Entschuldigung.«

»Keine Ursache«, sagte er und trat ins Zimmer. »Amanda?«

»Ja«, sagte ich und stieß die Tür zu.

Er streckte die kleine Hand aus. »Sehr erfreut.«

Ich schüttelte sie. »Und das ist Miss Borden«, teilte ich ihm mit.

Er ging durchs Zimmer zu Miss Lizzie, streckte ihr die Hand entgegen. Sie nahm sie, und er machte eine fast förmliche Verbeugung. »Sehr erfreut«, sagte er.

»Mr. Leibowitz«, sagte sie. »Vielen Dank, daß Sie gekommen sind.«

»Ist mir ein Vergnügen.«

»Wollen Sie nicht Platz nehmen?«

»Danke.«

Er setzte sich auf den Sessel, auf dem am Vorabend Mr. Lipkind gesessen hatte, und legte den Hut auf den Schoß.

Ich ging um den Tisch herum und setzte mich auf den Platz, wo ich am Vorabend gesessen hatte, ans andere Ende des Sofas neben Miss Lizzie.

Sie sagte: »Mr. Lipkind hat Ihnen die Situation erklärt?«

»Ja.« Er wandte sich mit ernster Miene an mich. »Mein aufrichtiges Beileid zu diesem Verlust.«

»Oh«, sagte ich. »Danke.«

Miss Lizzie fragte ihn: »Haben Sie schon eine Vorstellung, wie wir vorgehen sollten?«

Aufrecht, die Ellbogen auf die Armlehnen des Sessels gestützt, die Fingerspitzen über dem Filzhut aneinandergelegt, sagte er: »Morrie hält es für unabdingbar, daß wir herausfinden, wer Mr. Burton wirklich getötet hat.« Er sprach langsam und präzise, fast pedantisch.

Miss Lizzie nickte. »So äußerte er sich gestern abend.«

»Falls der wahre Mörder unentdeckt bleibt, wird die Polizei weiterhin Amanda als Verdächtige betrachten – selbst in Kenntnis der Tatsache, daß sie nichts damit zu tun hat.«

»Aber warum um alles in der Welt?«

»Wie mir Morrie mitteilte«, sagte er, »war Mr. Burton zumindest flüchtig mit Owney Madden und Larry Fay bekannt. Die beiden sind wichtige Männer in New York City. Kriminelle zwar, aber wichtig. Sie gehören zu den Leuten, die insgeheim hohe Bestechungsgelder an die Polizei und an Politiker zahlen. Erwähnte Morrie die Bestechungsgelder?«

»Ja. Er sprach von ›Spenden‹.«

Ein Nicken. »Und er informierte Sie über Lieutenant Bekker?«

»Ja.«

Er wandte sich an mich. »Und du hast Morrie berichtet, daß Vandervalk bei deiner Vernehmung zugegen war?«

»Ja, so war es.«

Er wandte sich wieder an Miss Lizzie. »Da Becker und Vandervalk involviert sind, hat es den Anschein, daß die Polizei versucht, die Ermittlungen von Madden und Fay abzulenken. Falls Mr. Burton in irgendeiner Weise ein Komplize der beiden war, Komplize in einer kriminellen Angelegenheit, wird die Polizei den Fall so schnell wie möglich abschließen wollen. Und da kommt ihnen, bedauerlicherweise, Amanda als Sündenbock gelegen.«

»Er war kein Krimineller«, sagte ich, »mein Onkel.«

Er wandte sich mir zu und lächelte sein strahlend weißes Lächeln. »Ich bin überzeugt, daß er das nicht war«, sagte er. »Aber wir müssen völlig unvoreingenommen an den Fall herangehen und dürfen keine voreiligen Schlüsse ziehen.«

»Und womit genau«, fragte Miss Lizzie, »fangen wir an?«

»Mit dem, was wir wissen«, sagte er, »und mit denen, die wir kennen.«

Er griff in die Innentasche seines Jacketts und zog ein kleines Notizbuch heraus. Er schlug es auf, blätterte einige Seiten um, sah Miss Lizzie an. »Albert Cooper. Daphne Dale. Mr. Burtons Geschäftskollegen. Und dann Fay und Madden.«

»Wer ist Albert Cooper?« fragte Miss Lizie.

»Albert«, sagte ich. »Er arbeitet – er arbeitete für meinen Onkel.« Mir wurde klar, daß ich seit Freitag kaum einen Gedanken an den Mann verschwendet hatte. »Hoffentlich geht es ihm gut.«

»Wir müssen«, sagte Mr. Leibowitz zu Miss Lizzie, »mit Mr. Burtons Wohnung anfangen. Morrie könnte eine gerichtliche Verfügung erwirken, die mir den Zugang erlaubt, aber wesentlich schneller und praktischer wäre es«, er wandte sich an mich, »wenn du mitkommen könntest, Amanda. Du hast einen rechtmäßigen Anspruch darauf, dich dort aufzuhalten und mitzubringen, wen du willst. Wärst du dazu bereit?«

Johns Anblick tauchte vor meinen Augen auf. Ich sah ihn, wie ich ihn zuletzt gesehen hatte, bis zur Unkenntlichkeit verstümmelt auf seinem Sessel in der Bibliothek. Das viele Blut. Überall Blut …

Ich schluckte. »Ja«, sagte ich.

Miss Lizzie fragte: »Bist du dir ganz sicher, Amanda?«

»Ja. Ganz sicher.«

»Nun gut«, sagte sie und griff nach dem Malakkastock, der an der Armlehne des Sofas lehnte. »Gehen wir.«

Mr. Leibowitz hüstelte höflich in die geballte Faust. »Ähm«, sagte er.

»Ja?« sagte Miss Lizzie.

»Miss Borden, ich glaube, daß es in Anbetracht Ihrer, ähm – ich glaube, daß es unter diesen Umständen besser wäre, wenn Sie hierbleiben würden.« Es war das erste Mal, daß er sich seiner Sache nicht absolut sicher zu sein schien.

»Unsinn«, sagte Miss Lizzie. »Ich kann nicht zulassen, daß die kleine Amanda allein in New York City herumspaziert.«

»Sie wird nicht allein sein«, sagte Mr. Leibowitz. »Sie wird bei mir sein.«

»*Quis custodiet ipsos custodes?*«

»Juvenal«, sagte Mr. Leibowitz. »*Wer wird die Bewacher bewachen?*«

Miss Lizzie quittierte seine Worte mit einem kleinen, beherrschten Nicken, wie eine zufriedene Lehrerin, und legte dann beide Hände in den Schoß, eine keusch auf die andere. Sie sagte: »Ich bin überzeugt, Mr. Leibowitz, daß Sie ein durch und durch ehrenwerter Mann sind. Aber eines habe ich im Laufe der Jahre gelernt, nämlich, daß die Wahrnehmung der Realität mindestens so wichtig ist wie die Realität selbst. In manchen Fällen kann sie sogar zur Realität werden. Und darum werde ich Sie beide begleiten.«

Mit gesenktem Blick fuhr sich Mr. Leibowitz mit seiner kleinen Hand über den glatten glänzenden Schädel. Er blickte auf und lächelte wieder. »Als Anstandsdame.«

»In Ermangelung eines besseren Wortes.«

»Aber, Miss Borden. Wenn man Ihren Namen hört ...«

»Man wird ihn nicht hören«, sagte sie. Sie hob den Kopf. »Ich werde mir«, sagte sie, »einen *nom de guerre* zulegen.«

»Miss Borden ...«

»Meine Tante«, sagte ich. »Sie könnten doch meine Tante sein.«

Mr. Leibowitz sah stirnrunzelnd zu mir herüber. Vermutlich hatte er das Gefühl, daß wir uns gegen ihn verbündeten. Vermutlich hatte er recht.

»Ausgezeichnet«, sagte Miss Lizzie. »Ja. Tante Elizabeth.« Sie lächelte mich an. »Reizend.«

Sie wandte sich wieder an Mr. Leibowitz. »In New York kennen mich sehr wenige. Nur Mrs. Parker von unten und einige wenige andere. Und niemand hat in dieser Stadt eine neuere Photographie von mir gesehen. Es gibt nämlich keine.« Mit einem Hauch von Stolz fügte sie hinzu: »Dafür habe ich gesorgt.«

»Wo ist eigentlich Mrs. Parker?« fragte ich. Ich schaute auf meine Armbanduhr. »Es ist fast halb zehn. Sie wollte doch hier sein.«

Miss Lizzie sagte: »Wir werden auf dem Weg bei ihr vorbeischauen.«

Mr. Leibowitz lächelte gequält. »Kommt sie auch mit?«

»Falls sie es wünscht«, sagte Miss Lizzie.

Wie sich herausstellte, wünschte Mrs. Parker dies nicht.

Wir standen zu dritt vor ihrem Apartment in der zweiten Etage, und Miss Lizzie klopfte an die Tür . Nichts geschah. Miss Lizzie klopfte ein weiteres Mal.

Die Tür ging einen Spalt auf, und ein Teil von Mrs. Parkers Kopf lugte heraus. Ihr Haar war zerzaust, und ihr Gesicht war blaß. »Oh«, sagte sie. »Verdammter Mist. Ich war gestern abend aus, und ich scheine mir eine Lungenentzündung geholt zu haben. Das passiert mir öfter. Ich bin ungeheuer anfällig.«

Miss Lizzie lächelte. »Vielleicht würden zwei Aspirin helfen.«

»Das«, sagte Mrs. Parker, »oder der Totengräber. Tut mir wirklich leid.«

»Dazu besteht kein Grund. Das ist Mr. Leibowitz.«

Mrs. Parkers Blick richtete sich mühsam von Miss Lizzie auf Mr. Leibowitz. Sie blinzelte, und dann ließ sie die Augen von oben bis unten über ihn wandern, nahm ihn von den glänzenden schwarzen Schuhen bis hinauf zu dem glänzenden weißen Schädel in sich auf. »Hallo«, sagte sie.

»Mrs. Parker«, sagte er.

Sie kniff die Augen zusammen und fragte sehr ernst: »Sie sind nicht zufällig verkleidet, oder?«

Mr. Leibowitz lächelte matt. »Nein«, sagte er.

Miss Lizzie sagte zu ihr: »Vielleicht können Sie sich uns später zum Lunch anschließen.«

»Grandios. Könnten Sie mich anrufen?«

»Gewiß. Nehmen Sie zwei Aspirin, meine Liebe. Und gehen Sie wieder zu Bett.«

»In dieser Reihenfolge«, sagte Mrs. Parker. »Wiedersehen.« Sie sah mich an. »Auf Wiedersehen, Amanda. Dann bis später.«

»Auf Wiedersehen.«

»Mr. Leibowitz.«

»Mrs. Parker.«

Sie machte die Tür zu.

Als wir zum Aufzug gingen, sagte Mr. Leibowitz zu Miss Lizzie: »Mrs. Parker hat eine unterhaltsame Ausdrucksweise.«

»Sie ist Schriftstellerin«, sagte Miss Lizzie.

»Und sie trinkt.«

»Ja«, sagte sie.

»Aber warum ...«

Ich bin nicht sicher, was er hatte fragen wollen. Aber was es auch war, Miss Lizzie schnitt ihm das Wort ab.

»Sie ist meine Freundin«, sagte sie.

Der Tag war sommerlich klar. Hinter den Terrassen und Türmchen der hohen grauen Gebäude strahlte der blaue Himmel wolkenlos. Wir nahmen ein Taxi zum Dakota und trafen kurz vor halb elf dort ein. Wir fuhren mit dem Aufzug hinauf in das Stockwerk meines Onkels. Ich hatte noch immer meinen Schlüssel, und ich benutzte ihn, um die Wohnungstür aufzuschließen.

Sobald die Tür aufschwang, stieg mir der durchdringende Fichtennadel-Geruch von Desinfektionsmitteln in die Nase. Die Wohnung stank geradezu danach.

Wir traten nacheinander ein, und ich drehte mich um, schloß die Tür, sperrte sie wieder ab.

Ich sah mich in der Diele um. Eine Woche lang war diese Wohnung mein Zuhause gewesen; ich hatte mich an ihre Oberflächen und Räume gewöhnt, an die Beschaffenheit ihrer Geräusche und Gerüche. Nun, in der Stille, die uns umgab, wirkte sie wie ein Museumsdiorama, eine Nachbildung des Lebens aus einer verschwundenen, wohlgeordneten Zeit.

»Fangen wir an«, sagte Mr. Leibowitz. »Falls du dazu bereit bist, Amanda, würde ich gerne sehen, wo du ihn gefunden hast.«

»In der Bibliothek«, sagte ich. »Gleich da ...«

In diesem Moment trat Albert aus der Bibliothek in den Flur. »Oh, Miss«, rief er. »Wie wunderbar! Geht es Ihnen gut?«

Wieder war eine weiße Schürze um seine ausladende Mitte gebunden. Seine Krawatte war gelockert, die Ärmel seines weißen Baumwollhemdes waren bis zu den dicken Oberarmen hochgerollt. Er trug ein Paar riesiger gelber Gummihandschuhe, deren Stulpen ihm fast bis zu den Ellbogen reichten.

»Ja«, sagte ich. »Sehr gut. Und Ihnen?«

Er hob den rechten Arm und tupfte sich mit dem hochgekrempelten Ärmel die breite Stirn ab. Ich bemerkte, daß seine Augen tiefrot umrandet waren. »Danke der Nachfrage, Miss, den Umständen entsprechend in dieser absolut, einfach absolut furchtbaren Situation.« Er runzelte die Stirn. »Aber falls Sie mir die Frage gestatten – wo haben Sie während der ganzen Zeit geweilt? Gestern habe ich mich bei der Polizei nach Ihnen erkundigt, aber wie gewöhnlich war man dort nicht sehr mitteilsam.«

»Tut mir leid, Albert«, sagte ich. »Ich war bei meiner Tante. Das ist sie. Miss Elizabeth Cabot. Und das ist Mr. Leibowitz. Er ist Privatdetektiv.«

Albert sah Miss Lizzie und Mr. Leibowitz an, als hätte er die beiden gerade erst bemerkt. Er zog einen Gummihandschuh aus, *schnapp*, zog den anderen aus, *schnapp*, wischte die Handfläche seiner großen Rechten am Oberteil der Schürze ab und trat dann mit ausgestreckter Hand vor.

Miss Lizzie ergriff sie, schüttelte sie. Albert sagte: »Sehr erfreut, Ihre Bekanntschaft zu machen, Miss Cabot.«

»Guten Tag«, sagte sie.

Albert wandte sich an Mr. Leibowitz, gab ihm die Hand. »Und Ihre natürlich ebenfalls, Mr. Leibowitz. Privatdetektiv, wie?«

»So ist es, Mr. Cooper. Ich stelle Nachforschungen zu Mr. Burtons Tod an. Ich würde Ihnen gerne einige Fragen stellen.«

»Selbstverständlich. Darf ich vorschlagen, daß wir uns in den Salon zurückziehen?«

»Eine ausgezeichnete Idee«, sagte Mr. Leibowitz.

Wir marschierten in den Salon. Albert setzte sich auf einen der braunen Ledersessel und legte die Gummihandschuhe neben sich auf den Boden; wir anderen setzten uns auf das lange braune Ledersofa, in der Mitte Miss Lizzie, die sich langsam mit Hilfe ihres Stockes niederließ. Mr. Leibowitz saß zu ihrer Rechten, ich zu ihrer Linken.

Mr. Leibowitz holte sein Notizbuch aus der Innentasche des Jacketts, schlug es auf, zog einen Füllfederhalter aus der Hemdtasche, schraubte die Kappe ab, steckte sie hinten auf den Tintenbehälter. Er schlug die Beine übereinander, das rechte über das linke, und sagte: »Mr. Cooper, wann genau hat die Polizei Sie von Mr. Burtons Tod unterrichtet?«

Albert nickte. »Ich wurde gestern davon unterrichtet, circa um elf Uhr vormittags. Gestern. Jawohl, am Samstag. Zu diesem Zeitpunkt war ich in Queens, Long Island, wo ich eine Freundin besuchte.«

»Man hat also jemanden zu Ihnen geschickt?«

»Korrekt. Man schickte zwei Beamte vom Zwanzigsten Revier. Detective O'Deere und Detective Cohen.«

»Wie fanden die beiden Sie?«

»Ich war sehr kooperativ, glaube ich.«

Mr. Leibowitz lächelte. »Ich meinte, wie hat man Sie ausfindig gemacht?«

»Ach so«, sagte Albert und nickte. »Der Hausmeister dieses Anwesens, Mr. Bryant, teilte ihnen meinen Aufenthaltsort mit. Ich vergewissere mich stets, daß Mr. Bryant meinen jeweiligen Aufenthaltsort kennt für den Fall, daß etwas Unvorhergesehenes passiert.«

»Haben die beiden Sie mit zurück nach Manhattan genommen?«

»Ja, Sir. Auf besagtes Revier, in der Siebzigsten Straße. Nachdem ich ihnen bei ihren Ermittlungen geholfen hatte, bat ich um Erlaubnis, zurückkehren zu dürfen. In die Wohnung, will ich sagen. Sie informierten mich, daß ich erst heute hierher zurückkehren könne. Also verbrachte ich die Nacht in einem Hotel, das einem Bekannten von mir gehört, zentral gelegen, ein sehr angenehmes Haus, und kam heute vormittag hierher.«

»Der Name des Hotels?«

»Das Broadway Inn. An der Ecke Sechste und Broadway.«

»Warum wollten Sie wieder in die Wohnung?« fragte ihn Mr. Leibowitz.

»Um mich davon zu überzeugen, daß alles in Ordnung ist.«

»Und war dies der Fall?«

»Nein, Sir, ganz und gar nicht. Als ich hier ankam, entdeckte ich, daß die Wohnung in einem furchtbaren Zustand ist. Alles ist durcheinander, alles ist voller Pulver.«

»Pulver?« fragte Miss Lizzie.

»Zum Abnehmen von Fingerabdrücken, Miss.«

Sie nickte.

»Und natürlich«, sagte er, »war die Bibliothek ...« Seine Stimme verlor sich, und er senkte den Blick. Er starrte einen Moment zu Boden, dann blickte er zu mir hoch. Seine blutunterlaufenen Augen glänzten. Er schüttelte den Kopf. »Es tut mir so leid, Miss. Ich weiß, daß Sie und er, Mr. Burton, meine ich, daß Sie beide sich richtig gut verstanden haben, ein Herz und eine Seele waren.« Er schluckte und wandte sich dann an Mr. Leibowitz. »Es ist furchtbar, Sir.« Er räusperte sich.

Mr. Leibowitz nickte. »Fehlt etwas?«

Albert holte tief Luft und schüttelte wieder den Kopf. »Nein, Sir. Nichts, soweit ich feststellen kann, jedenfalls bis jetzt. Aber ich habe sehr wenig Vertrauen zur Polizei dieser Stadt. Ich wäre nicht überrascht, zu entdecken, daß etwas entwendet wurde, irgendwo.«

»Aber nichts, dessen Sie sich bewußt sind. Bis jetzt.«

Er nickte. »Nichts, dessen ich mir bewußt bin. Das ist korrekt.«

»Wie ist der Name Ihrer Freundin in Queens?«

»Mrs. Hannesty. Mrs. Madge Hannesty.«

»Und woher kennen Sie sie, Mr. Cooper?«

»Wir sind seit vielen Jahren befreundet. Vor Jahren, wissen Sie, arbeitete ich für ihren verstorbenen Mann. Vor dem Krieg, genau gesagt.«

»Kann ich die Adresse haben?«

»Selbstverständlich.« Er gab sie ihm.

Mr. Leibowitz schrieb sie auf. »Und wann sind Sie nach Queens gefahren?«

»Ich ging am Freitagabend circa um sechs Uhr hier weg.« Er sah mich an. »Korrekt, Miss?«

»Ja«, sagte ich zu Mr. Leibowitz.

»Die Fahrt dauert circa eineinhalb Stunden«, sagte Albert. »Also traf ich in Mrs. Hannestys Domizil, würde ich sagen, circa um sieben Uhr fünfundvierzig ein.«

»Und Sie verbrachten die ganze Zeit bei ihr?«

»Korrekt. Um neun Uhr abends, circa, gingen wir in ein Tanzlokal – sie tanzt nämlich für ihr Leben gern, Mrs. Hannesty, meine ich. Wir blieben dort, meiner Schätzung nach, bis circa ein Uhr nachts, und dann kehrten wir in ihr Domizil zurück.«

»Der Name des Tanzlokals?«

»Jolly Roger.«

»Wer, glauben Sie, hat ihn getötet, Mr. Cooper?«

Albert blinzelte überrascht. »Ich habe absolut keine Ahnung, Sir. Ich tappe vollkommen im dunkeln. Wie ich der Polizei mitteilte, kann ich mir nicht vorstellen, daß irgend jemand Mr. Burton Böses wollte. Er hatte überhaupt keine Feinde, meines Wissens.«

»Wußten Sie, daß er Owney Madden und Larry Fay kannte?«

»Die Namen sind mir bekannt, Sir, aber von Mr. Burton habe ich sie nie gehört.«

»Wissen Sie, wer die beiden sind?«

»Das sind Gangstertypen, glaube ich. Und Nachtclub-Besitzer. Gelegentlich sehe ich sie in den diversen Zeitungen erwähnt.«

»Woher kannte er sie, Ihrer Meinung nach?«

»Das entzieht sich meiner Kenntnis. Vielleicht aus den Nachtclubs? Mr. Burton ging des Abends gerne aus.«

»Kennen Sie eine Frau namens Daphne Dale?«

»Ja, Sir. Die Schriftstellerin. Sie war eine Bekannte von Mr. Burton.«

»Welcher Art war ihre Beziehung?«

Albert warf schnell, beinahe verstohlen, einen Blick auf mich und sah dann zu Boden.

»Mr. Cooper«, sagte Mr. Leibowitz, »ich hoffe doch, daß Sie uns helfen wollen, denjenigen zu fassen, der Mr. Burton ermordet hat.«

Albert sah rasch auf. »Ja, Sir. Unbedingt. Das möchte ich wirklich.«

»Dann sollten Sie uns alles sagen, was Sie wissen. Mr. Burton kann zu diesem Zeitpunkt nicht mehr kompromittiert werden.«

Albert warf abermals einen Blick auf mich, sah wieder Mr. Leibowitz an. »Ja, Sir.«

»Ihre Beziehung?«

»Diese ist nicht länger existent, Sir.«

»Und wann war sie existent?«

»Circa vor zwei Jahren, meiner Schätzung nach.«

»Waren sie intim?«

»Ja, Sir.« Ein weiteres Mal blickte er schnell zu mir her und dann wieder zu Mr. Leibowitz. »Für eine gewisse Zeit.«

»Wie lange?«

»Fünf Monate etwa, würde ich sagen. Circa.«

»Hatte sie einen Schlüssel zu dieser Wohnung?«

»Ja, Sir.«

»Und hat sie ihn Mr. Burton irgendwann zurückgegeben?«

»Das entzieht sich meiner Kenntnis.«

»Wer beendete die Beziehung?«

»Mr. Burton, glaube ich.«

»Wissen Sie, warum?«

»Nein, Sir. Mr. Burton und ich sprachen nicht über seine Privatangelegenheiten.«

»War Miss Dale in letzter Zeit in der Wohnung?«

»Nein, Sir. Nicht, daß ich wüßte.«

»Ich habe gehört, daß Miss Dale Mr. Burton als Figur in einem ihrer Romane benutzt hat. Wissen Sie etwas darüber?«

»Ja, Sir. Zu einem Zeitpunkt teilte mir Mr. Burton dies mit.«

»Zu welchem Zeitpunkt?«

»Kurz nachdem das Buch in Umlauf kam. Das heißt, circa vor einem Jahr. Er war zu diesem Zeitpunkt hier in der Bibliothek, Mr. Burton, meine ich, und er saß dort im ... Sessel. Im gleichen Sessel, will ich sagen, in dem er ... gestern gefunden wurde.« Er wandte sich an mich. »Es tut mir so leid, Miss, daß Sie es waren, die ihn fand. Was für eine absolut scheußliche Sache.«

Wieder einmal verspürte ich ein Brennen unter den Augenlidern. »Danke, Albert.«

Mr. Leibowitz sagte: »Er erzählte Ihnen also davon ...«

Albert nickte. »Im Laufe jenes Abends gehe ich zufällig im Flur vorbei, als ich ihn lachen höre. Darauf trete ich ein, um nachzusehen, ob er etwas benötigt. Er hat das Buch auf dem Schoß und sagt zu mir: ›Albert, die dämliche kleine Mieze hat mich in ihrem Buch verewigt.‹ Ich frage ihn, wen er meint, und er sagt: ›Daphne. Daphne Dale. Sie macht mich zu einer Figur aus *Jane Eyre*.‹«

»Hat er sonst noch etwas gesagt?«

»Nein, Sir. Nur wieder gelacht. Ich fragte ihn, ob er etwas benötigt, und er sagte nein. Also ging ich.«

»Haben Sie Miss Dales Roman gelesen?«

»Nein, Sir.«

»Albert?« fragte ich.

»Ja, Miss?«

»Ist das Buch noch hier? Das Buch von Miss Dale?« Ich wußte, daß ich dieses Buch so bald wie möglich lesen mußte.

»Nein, Miss, es ist nicht mehr hier. Mr. Burton übergab es bereits am nächsten Tag dem Mülleimer.«

Mr. Leibowitz nickte. »Na gut, Mr. Cooper. Wie haben Sie Mr. Burton kennengelernt?«

»Im Krieg, Sir. Im Großen Krieg. Zu diesem Zeitpunkt war er Leutnant, und ich war sein Adjutant. Ich war zu diesem Zeitpunkt Korporal, Sir.«

»Welche Waffengattung?«

»Die Armee, Sir. Die Infanterie.«

»Und Sie sind seit damals immer bei ihm gewesen?«

»Ja, Sir.«

»Was genau war Ihre Aufgabe?«

»Alles, Sir. Kochen, einkaufen, Besorgungen machen, die Wohnung sauberhalten, bis Mrs. Norman kommt.«

»Mrs. Norman?«

»Die Putzfrau, Sir. Mrs. Jeanelle Norman. Sie kommt zweimal im Monat. Jeden zweiten Samstagnachmittag, pünktlich auf die Minute. Eine sehr angenehme Person, sehr ehrbar.«

Ich sagte: »Letzten Samstag war sie aber nicht da.«

»Das ist richtig, Miss. Mr. Burton sagte ihr, sie könne den Tag überspringen. Dafür sollte sie gestern kommen. Aber ich rief sie an, nachdem ich mit der Polizei gesprochen hatte, und teilte ihr mit, was vorgefallen ist.«

»Wissen Sie, wo sie wohnt?«

»Ja, Sir. Sie ist in Harlem ansässig.« Er nannte ihre Adresse und ihre Telefonnummer, und Mr. Leibowitz schrieb alles auf.

Mr. Leibowitz nickte. »Hat Mr. Burton, seit der Zeit mit Miss Dale, sich mit anderen Frauen getroffen?«

»Überwiegend«, sagte Albert, »nein. Bis vor kurzem, will ich sagen.«

»Und mit wem?«

»Einer Miss Sybil Cartwright, Sir. Eine sehr angenehme jungen Person, vom Varieté.«

»Welchem Varieté?«

»Dem El Fay Club, Sir. Sie ist dort Tänzerin.«

Mr. Leibowitz wandte sich an mich. »Du warst dort. Hast du sie kennengelernt?«

»Nein«, sagte ich. Ich empfand plötzlich, absurderweise, leisen Groll gegen John, weil er mir etwas verheimlicht hatte. »Ich habe noch nie von ihr gehört.«

Mr. Leibowitz blickte wieder zu Albert. »Seit wann traf sich Mr. Burton mit Miss Cartwright?«

»Seit zwei Monaten, meiner Schätzung nach. In diesem Zeitraum kam sie mehrmals hierher. Soweit ich persönlich davon weiß, will ich sagen. Das heißt, unter der Woche. An den Wochenenden bin ich für gewöhnlich in Queens, im Domizil meiner Freundin Mrs. Hannesty, die ich bereits erwähnte.«

»Hat Miss Cartwright einen Schlüssel zur Wohnung?«

»Das entzieht sich meiner Kenntnis.«

»Haben Sie ihre Adresse?«

»Das Broadmore Hotel in der Vierundvierzigsten Straße. Mr. Burton erwähnte es einmal.«

Mr. Leibowitz schrieb es in sein Notizbuch, sah dann zu Albert hoch. »Weiß die Polizei von Miss Cartwright?«

»Ja, Sir. Man fragte mich, ob sich Mr. Burton mit Frauen trifft. Ich erwähnte ihren Namen.«

Mr. Leibowitz nickte. »Hatte Mr. Burton einen Anwalt?«

»Ja, Sir. Mr. James McCready, von McCready, McCready und Porter.«

Mr. Leibowitz schrieb wieder, sah wieder auf. »Benutzte Mr. Burton ein Adreßbuch?«

»Nein, Sir. Nicht hier in seinem Domizil. Was seine geschäftlichen Adressen und dergleichen betrifft, könnte es sein, daß diese sich in seinem Büro befinden. Doch das entzieht sich meiner Kenntnis.«

»Hatte er einen Terminkalender? Ein Tagebuch?«

»Nein, Sir. Mr. Burton behielt alles im Kopf. Telefonnummern und dergleichen. Adressen. Er hatte ein erstaunliches Gedächtnis für derlei Dinge, Mr. Burton, meine ich.«

»Was ist mit seinen Unterlagen? Seinen Wertsachen? Bewahrte er die hier in der Wohnung auf? Hatte er einen Tresor?«

Einen Moment lang sah Albert ihn schweigend an. Dann sagte er: »Als die Polizei hier war, teilte ich ihnen mit, daß es nichts dergleichen gibt.«

»Und war das, streng genommen, die Wahrheit?«

Zum ersten Mal lächelte Albert. Es war zwar kein richtiges Lächeln, aber immerhin etwas. »Streng genommen nicht, Sir. Tatsache ist, es *gibt* einen Tresor.«

»Den Sie aber der Polizei gegenüber nicht erwähnt haben.«

»Wie gesagt, Sir, ich habe sehr wenig Vertrauen zur Polizei. Mr. Burton bewahrt gewöhnlich große Geldbeträge im Tresor auf, müssen Sie wissen. Bargeld. Ich bin überzeugt, daß, wenn die Polizei den Tresor untersucht, das Geld die Gelegenheit ergreift und verschwindet.«

»Kennen Sie die Kombination des Tresors?«

»Nein, Sir.«

»Kennt sie sonst jemand? Miss Dale zum Beispiel? Miss Cartwright?«

»Meines Wissens nicht, Sir. Nur Mr. Burton.«

Mr. Leibowitz stand auf. »Zeigen Sie ihn mir«, sagte er.

Albert warf einen schnellen Blick auf mich und sah dann zu Mr. Leibowitz hoch. »Er befindet sich in der Bibliothek, Sir.«

Mr. Leibowitz wandte sich an mich. »Amanda, fühlst du dich dazu wirklich in der Lage?«

»Ja«, sagte ich.

Ich sah Miss Lizzie an. Sie nickte mir knapp zu und griff dann nach ihrem Spazierstock.

Elf

In der Bibliothek roch es noch stärker nach Desinfektionsmitteln, so stark, daß mir die Augen tränten.

Ich warf einen Blick auf den Sessel, in dem John gesessen hatte. Jetzt war er natürlich leer, und die gräßlichen dunklen Spritzer und Flecken waren von den Büchern dahinter verschwunden. Aber auf dem Parkett direkt vor dem Sessel war noch eine schwache, unregelmäßige graue Stelle zu sehen, wie ein Schatten. Daneben stand ein verzinkter Blecheimer.

Ich spürte, wie sich mir der Magen umdrehte.

Miss Lizzie legte mir die Hand auf die Schulter und drückte sie leicht. Ich blickte sie an, lächelte matt.

»Hier drüben«, sagte Albert und ging an die linke Wand. Er griff in eines der Bücherregale, nahm einige Bücher heraus, legte sie auf den Boden, griff dann in das Fach darunter und nahm einen weiteren Stapel heraus, den er neben den Büchern am Boden absetzte. Er legte die Hand auf die rechte Wange des Bücherregals, zog leicht, und zwei der Fächer schwangen aus dem Regal heraus, als wären sie mit einem langen Scharnier an der linken Wange des Regals befestigt. Hinter den Fächern, in die Wand eingebaut, befand sich ein schwarzer Tresor, etwa sechzig Zentimeter hoch und vierzig Zentimeter breit. Das Zahlenschloß war ebenfalls schwarz und hatte in der Mitte einen silberfarbenen Drehknopf. An der linken Seite des Tresors war ein senkrechter Griff von der gleichen Farbe, an dessen Ende eine kleine silberne Kugel saß.

Mr. Leibowitz trat näher. »Ein Mosler«, sagte er. »Vorkriegsware. Ziemlich guter Tresor.«

Albert sagte: »Mr. Burton zufolge, Sir, ist er absolut unknackbar.«

Mr. Leibowitz nickte. »*Absolut* ist ein großes Wort.«

Er legte die linke Hand mit gespreizten Fingern auf den Griff, beugte sich zum Tresor und legte den glänzenden weißen Schädel an das Zahlenschloß. Dann nahm er den Knopf des Zahlenschlosses behutsam zwischen Daumen und Zeigefinger der rechten Hand und drehte ihn langsam.

Ich sah wieder zu Miss Lizzie. Sie sah mich an und zuckte dann ganz leicht, fast unmerklich, mit den Schultern. Hinter den Gläsern ihres Kneifers huschten ihre Augen zurück zu Mr. Leibowitz.

Er drehte den Knopf langsam weiter, änderte die Drehrichtung, trat dann zurück und ließ die Hände seitlich herabsinken.

»Wie gesagt, Sir«, sagte Albert. »Absolut unknackbar.«

Mr. Leibowitz hob die linke Hand, legte zwei Finger an den Griff und gab ihm einen leichten Schubs nach rechts. Geräuschlos glitt die Tresortür auf.

Neben mir lächelte Miss Lizzie. »Mr. Leibowitz«, sagte sie, »Sie wollen renommieren.«

Er blickte sie über die Schulter an und grinste mit blitzenden Zähnen. »Ein klein wenig vielleicht«, sagte er. »Mal sehen, was wir hier haben.«

Zu dritt stellten wir uns hinter ihn. Der Tresor enthielt drei Metallschubladen und, in dem offenen Fach darunter, eine kleine schwarze Metallkassette.

Er zog die erste Schublade auf, schaute hinein. »Nichts«, sagte er. Er schob die Schublade wieder zu.

Die zweite Schublade. »Nichts.« Er schob sie wieder zu.

Die dritte Schublade. »Nichts.« Er schob sie zu und wandte sich an Albert. »Scheint Ihnen das in Ordnung zu sein, Mr. Cooper?«

»Nein, Sir, keineswegs. Erst letzte Woche sah ich Mr. Burton diverse Papiere in die unterste Schublade legen. Zu diesem Zeitpunkt waren alle Schubladen voll.«

»Woher wissen Sie das?«

»Weil er zuerst versuchte, sie in die zwei anderen Schubladen zu legen. Sie waren beide voll.«

»Was für Papiere waren das?«

»Ich habe keine Ahnung. Mr. Burton und ich sprachen nie über seine geschäftlichen Angelegenheiten.«

»Und worüber *haben* Sie gesprochen, Sie und Mr. Burton?«

»Über die aktuellen Ereignisse, Sir. Über Politik und dergleichen. Mr. Burton war ein umfassend informierter Mann, insofern es die aktuellen Ereignisse betrifft. Er ist sein Leben lang viel gereist, in der ganzen Welt, und er weiß sehr gut Bescheid, wie es in fremden Ländern zugeht.«

Mr. Leibowitz nickte. Er beugte sich wieder zum Tresor, legte den Kopf schief, um die Schubladen von der Seite zu betrachten. »Keine Fingerabdrücke, abgesehen von denen, die ich hinterlassen habe. Sauber abgewischt.«

»Und die Kassette?« fragte Miss Lizzie.

Mr. Leibowitz griff hinein, hob die Kassette am Griff auf dem Deckel hoch, zog sie aus dem Tresor. Als er sie bewegte, gab es innen ein dumpfes Geräusch. Er ging zu einem runden Holztischchen, stellte die Kassette ab und legte wieder den Kopf schief, um sie prüfend zu betrachten. »Keine Fingerabdrücke«, sagte er.

Er ließ die Lasche des Schnappschlosses aufspringen, klappte den Deckel auf, steckte die rechte Hand in die Kassette. Als er die Hand herauszog, hielt er darin zwei Päckchen mit Hundert-Dollar-Scheinen, jedes ordentlich mit einem Papierstreifen umwickelt. Er legte eines der Päckchen auf den Tisch und ließ das andere mit dem Daumen abrauschen.

»Von einer Bank banderoliert«, sagte er. »Jeweils fünftausend. Insgesamt zehntausend Dollar.«

»Warum in aller Welt«, sagte Miss Lizzie, »sollte er soviel Bargeld im Hause haben?«

»Eine ausgezeichnete Frage«, sagte Mr. Leibowitz. »Die eine weitere ausgezeichnete Frage nahelegt.«

»Warum das Geld noch da ist«, sagte sie. »Warum derjenige, der die Papiere an sich nahm, das Geld nicht ebenfalls an sich genommen hat.«

Er lächelte sie an, sah nun selbst wie ein zufriedener Schullehrer aus. »Gut gemacht, Miss Cabot.«

»Sie gehen also davon aus«, sagte sie, »daß tatsächlich jemand die Papiere an sich genommen hat.«

Mr. Leibowitz sah Albert an. »Mr. Cooper, waren diese Schubladen – nach bestem Wissen und Gewissen – voll, als Sie sie das letzte Mal sahen?«

»Ja, Sir. Nach bestem Wissen und Gewissen.«

»Und war es üblich, daß Mr. Burton soviel Bargeld im Haus hatte?«

»Wie gesagt, Sir, Mr. Burton hielt oft große Beträge bereit.«

»Beträge in dieser Höhe?«

»Das entzieht sich meiner Kenntnis, Sir.«

»Sind Sie überrascht, hier soviel Bargeld zu sehen?«

»Nein, Sir. Ich kann nicht sagen, daß ich überrascht bin.«

»Wozu brauchte Mr. Burton das Geld?«

»Das entzieht sich meiner Kenntnis, Sir. Möglicherweise zu Anlagezwecken.«

»Und, nach bestem Wissen und Gewissen, sonst wußte niemand von dem Tresor?«

»Nein, Sir. Nach bestem Wissen und Gewissen.«

Mr. Leibowitz nickte. Er hob das andere Päckchen auf und wollte beide gerade wieder in die Kassette legen, als Albert ihn unterbrach.

»Verzeihung, Sir.«

»Ja?«

»Ist diese Handlungsweise nicht etwas unklug? Die Polizei kann zurückkommen, wenn Sie wissen, was ich meine, und eine weitere Durchsuchung durchführen. Wenn sie den Tresor entdecken und ihn öffnen, bin ich sicher, daß sich das Geld in Luft auflöst.«

»Was schlagen Sie statt dessen vor, Mr. Cooper?«

»Ich persönlich glaube, daß es Miss Amanda hier bekommen sollte. Sie ist Mr. Burtons nächste Verwandte.«

»Das stimmt nicht«, sagte ich. »Mein Vater ist das. Und dann mein Bruder.«

»Aber ich weiß ganz genau«, sagte Albert, »daß Mr. Burton Miss Amanda sehr zugetan war.«

Abermals hatte ich plötzlich ein Bild von John vor Augen. Ich sah ihn, wie er am frühen Freitagabend gewesen war, so elegant in seinem Smoking, so charmant, wenn er mich anlächelte.

»Nun, Mr. Cooper«, sagte Mr. Leibowitz, »der Vorschlag gereicht Ihnen zur Ehre. Aber ich glaube nicht, daß wir, rein juristisch gesehen, Amanda das Geld einfach aushändigen können.«

»Ich will es nicht«, sagte ich. »Es gehört mir nicht.«

»Wenn Sie es der Polizei aushändigen«, sagte Albert zu Mr. Leibowitz, »löst es sich in Luft auf. Das kann ich Ihnen versprechen.«

»Vermutlich haben Sie recht.« Er wandte sich an Miss Lizzie und mich. »Ich könnte folgendes machen. Ich habe in meinem Büro einen Tresor.« Er lächelte. »Einen wesentlich besseren Tresor als den hier. Mit Ihrer Erlaubnis, und mit deiner, Amanda, werde ich das Geld dort deponieren. Ich kann Ihnen versichern, daß es dort sicher ist und daß es niemand anrühren wird.«

»Das habe nicht ich zu entscheiden«, sagte Miss Lizzie. »Das ist Amandas Sache.«

Mr. Leibowitz und Albert sahen mich an.

»Einverstanden«, sagte ich.

»Eine Quittung«, sagte Miss Lizzie, »könnte jedoch nicht schaden, wie ich finde.«

Mr. Leibowitz lächelte. »Wird gemacht.« Er legte die Päckchen hin, holte Notizbuch und Füllfederhalter aus der linken Innentasche seines Jacketts, schlug das Notizbuch auf. Er kritzelte rasch etwas hinein, riß dann das Blatt heraus und reichte es mir.

Darauf stand: »Carl Leibowitz schuldet Miss Amanda Burton $10.000,– in bar, die am 15. Juni 1924 dem Tresor von Mr. John Burton in dessen Privatwohnung im Dakota entnommen wurden. Zahlbar nach Aufforderung.« Darunter hatte er seine Unterschrift gesetzt.

Mr. Leibowitz fragte: »Zufrieden, Miss Cabot?«

Rechts neben mir hatte Miss Lizzie die Quittung mitgelesen. Sie blickte zu ihm hinüber. »Vollkommen«, sagte sie.

»Sehr gut«, sagte er. Er steckte Notizbuch und Füllfederhalter wieder ein und schob eines der Päckchen dahinter in die Innentasche. Dann schob er das zweite Päckchen in die andere Innentasche, auf der rechten Seite des Jacketts. Er klopfte sich ab, wie um sich zu vergewissern, daß die Päckchen sicher untergebracht waren, und zog dann ein weißes Seidentaschentuch aus der Brusttasche. Er klappte den Deckel der Kassette zu, wischte sie an allen Seiten ab, machte das Schnappschloß zu und benutzte das Taschentuch dann, um die Kassette zurück zum Tresor zu tragen. Nachdem sie verstaut war, wischte er die Vorderseite der drei Schubladen ab. Er schloß den Tresor, wischte den Griff und das Zahlenschloß ab.

Er steckte das Taschentuch wieder in die Brusttasche und drehte sich zu uns um. »Und jetzt«, sagte er, »müssen wir uns die ganze Wohnung vornehmen.«

Miss Lizzie hatte eine goldene Taschenuhr aus der Vordertasche ihres Kleides geholt. Sie blickte von der Uhr auf und sagte: »Mr. Leibowitz, Sie haben nicht zufällig die Telefonnummer von Daphne Dale?«

»Doch«, sagte er. »Warum?«

»Ich schlage eine Arbeitsteilung vor. Sie durchsuchen Mr. Burtons Wohnung. Unterdessen werden Amanda und ich uns mit Miss Dale treffen. Es ist jetzt kurz vor zwölf. Wir können sie zum Lunch einladen. Und dann, hinterher, können wir vielleicht mit Miss Cartwright sprechen. Wenn lediglich Amanda und ich erscheinen, ein junges Mädchen und eine senile alte Dame, werden die beiden Frauen voraussichtlich eher Auskünfte erteilen.«

Er lächelte. »Senile alte Dame ist gut. Aber, Miss Cabot, ich werde von Ihnen dafür *bezahlt*, die Ermittlungen durchzuführen.«

»Falls Sie es für notwendig erachten«, sagte sie, »können Sie später mit ihnen sprechen, allein. Aber wir stehen hier, wie Sie selbst betont haben, unter beträchtlichem Zeitdruck. Falls die Polizei keinen anderen Verdächtigen ausfindig macht, werden sie sich rasch wieder Amanda zuwenden. Ich versuche lediglich, die Sache zu beschleunigen.«

Er nickte. »Wie Sie wünschen.« Er holte Notizbuch und Füllfederhalter hervor, schrieb wieder etwas auf, riß das Blatt heraus. »Miss Dales Telefonnummer«, sagte er und reichte es ihr.

»Danke«, sagte sie.

»Vergessen Sie nicht«, sagte er, »sie nach dem Schlüssel zu fragen. Und Miss Cartwright auch.«

»Bestimmt nicht«, sagte sie.

Zwölf

Das sechs Stockwerke hohe Hotel Brevoort lag auf der Ostseite der Fifth Avenue, wo es den gesamten Block zwischen der Achten und der Neunten Straße einnahm, nur einen Block nördlich des imposanten weißen Triumphbogens, durch den man die Grünanlagen des Washington Square Park betrat.

Im Taxi hatte mir Miss Lizzie erzählt, daß der Besitzer des Hotels Raymond Orteig fünf Jahre zuvor einen hohen Preis – fünfundzwanzigtausend Dollar – ausgesetzt hatte, den derjenige erhalten sollte, dem der erste Alleinflug über den Atlantischen Ozean gelang. Das Angebot lief in jenem Jahr ab, und noch hatte niemand den Preis gewonnen; aber man rechnete damit, daß Mr. Orteig die Frist verlängern würde. (Was er auch tat, und im Juni des Jahres 1927 wurde das Geld, bei einem Empfang hier im Brevoort, schließlich dem erstaunlichen Mr. Lindbergh überreicht.)

Der große Speisesaal des Hotels war ein prächtiger Raum mit hohen Stuckdecken und heiteren Leinendraperien, weißem Damast und schimmerndem Porzellan und funkelndem Silber. Durch die großen Fenster fiel das Sonnenlicht herein. Schwarzbefrackte Kellner schwebten geräuschlos zwischen den Tischen umher.

Als wir an jenem Sonntag um 12.45 Uhr dort eintrafen, war der Raum fast voll, besetzt hauptsächlich mit Familien und Paaren im Sonntagsstaat. Ein kultiviertes Stimmengewirr hing in der Luft, durchsetzt mit dem diskreten Geklapper von Besteck. Der Oberkellner, dessen französischer Akzent echt wirkte und dessen Augenbrauen ständig hochgezogen schienen, führte uns an einen Ecktisch für vier, reichte jeder von uns eine riesige kartonierte Speisekarte, nickte knapp und marschierte dann eindrucksvoll davon.

»Sollen wir auf Miss Dale warten?« fragte ich Miss Lizzie.

»Ich glaube nicht«, sagte sie. »Nach allem, was du mir erzählt hast, befürchte ich, daß Pünktlichkeit nicht zu Miss Dales Tugenden zählt. Und außerdem«, fügte sie lächelnd hinzu, »muß ich gestehen, daß ich doch ein wenig Appetit habe.«

Geraume Zeit studierten wir die Speisekarte. Miss Lizzie entschied sich für die Zwiebelsuppe und das Geflügelfrikassee. Ich wählte die gleiche Suppe und den *Coq au vin*. Sobald wir unsere Speisekarten sinken ließen, tauchte, *Abrakadabra*, ein großer spindeldünner Kellner zwischen uns auf.

»Vui, Medahm?« Sein Akzent war erheblich weniger überzeugend.

Miss Lizzie gab ihm unsere Bestellung.

»Und su trinkän?« fragte er. »Ein schöner Sansähr? Eine Soda-Pop für Mamsell?«

»Nur ein Glas Wasser, bitte«, sagte Miss Lizzie.

Er wandte sich an mich.

»Für mich auch nur ein Wasser, bitte.«

»Trä bong«, sagte er und entschwebte Richtung Küche.

Ich fragte sie: »Warum, glauben Sie, hatte John soviel Geld im Tresor?«

»Das ist mir ein Rätsel«, sagte sie. »Allem Anschein nach war er ein sehr erfolgreicher Geschäftsmann. Man sollte meinen, daß jeder – jeder gesetzestreue Bürger – anstandslos einen Scheck von ihm akzeptieren würde.«

»Glauben Sie, er hatte vielleicht mit Leuten zu tun, die keine gesetzestreuen Bürger sind?«

Sie lächelte. »Ich glaube, daß Mr. Leibowitz recht hat«, sagte sie, »und daß wir keine voreiligen Schlüsse ziehen dürfen, sondern warten sollten, bis wir die entsprechenden Beweise in der Hand haben.«

Wir hatten unsere Suppe gegessen und waren beinahe mit dem Hauptgericht fertig, als Daphne Dale eintraf. Sie kam in einer weiteren Symphonie aus Seide an unseren Tisch gerauscht, diesmal in Weiß: eine Baskenmütze, die keck auf ihren fröhlichen blonden Löckchen thronte; ein feingewirktes Spitzentuch, das glatt um ihre Schultern gelegt war; ein schmales, lose fallendes elfenbeinfarbenes Kleid; cremeweiße Strümpfe über hochhackigen weißen Lacklederpumps. Sie wirkte noch immer sehr klein, fast elfenhaft.

»Es tut mir ja sooo leid«, sagte sie in ihrem schleppenden Magnolien-Tonfall. »Gerade als ich aus dem Haus gehen wollte, bekam ich einen Telefonanruf. Ein Ferngespräch, aus Los Angeles. In Kalifornien?« Sie hatte die Angewohnheit der Südstaatler, ihre Sätze mit einem Fragezeichen zu beenden. Eine Methode, die, wie ich vermute, sicherstellen sollte, daß wir an ihren Lippen hingen.

»Es war ein Filmangebot, um ganz offen zu sein«, sagte sie, »für mein letztes Buch, und ich *konnte* einfach nicht auflegen. Diese Leute *wollen* nicht begreifen, daß man auch noch ein *Leben* hat.« Sie blies leicht die Backen auf, um einen zarten, femininen Seufzer auszustoßen, und fächelte sich mit den Fingern ihrer feinen rechten Hand das feine Gesicht. »Ich bin buchstäblich hierher *gerannt.*«

»Ich verstehe vollkommen«, sagte Miss Lizzie. »Ich bin Elizabeth Cabot. Amanda kennen Sie ja bereits. Nehmen Sie doch bitte Platz.«

Miss Dale nahm neben mir Platz, deponierte ihre weiße Ledertasche auf dem Stuhl zu ihrer Linken, beugte sich zu mir, legte die Hand auf meine und hielt sie fest. »Du armes kleines Ding.« Ihre Augen waren zusammengekniffen; ihr roter Amorbogen-Mund war tragisch nach unten verzogen. Sie klimperte mit den langen Wimpern. »Das muß einfach *schrecklich* für dich sein, Süße. Wenn *ich* in deiner Situation wäre, wäre ich vollkommen am *Boden* zerstört.«

»Ja«, sagte ich. »Danke.«

Sie ließ mich los, zog das Tuch um ihre Schultern zurecht und lächelte Miss Lizzie an. »Von *den* Cabots?« fragte sie. »Den *Bostoner* Cabots?«

Miss Lizzie lächelte. »Zu meiner Schande sei es gesagt.«

Miss Dale lachte, ein glockenhelles Lachen, das mich an kleine Münzen erinnerte, die in einer Tasse klimpern.

Unser Kellner tauchte abermals wie aus dem Nichts an unserem Tisch auf und verbeugte sich vor Miss Dale. »Die Speisäkartä, Mamsell?«

»Ich glaube nicht«, sagte sie. »Haben Sie diesen herrlichen Kaviar? Den russischen?«

»Vui, Mamsell. Den Belüga?«

»Den Beluga, ja. Der wäre jetzt lecker. Und eine halbe Flasche von dem Veuve Clicquot. Ist er sehr kalt? Ich kann ihn *nur* trinken, wenn er sehr, sehr kalt ist.«

»Vui, Mamsell. Wir aben ihn auf Eis.«

»Herrlich«, sagte sie.

»Trä bong, Mamsell.«

Als er entschwebte, wandte sich Miss Dale wieder an Miss Lizzie. »Sind sie nicht *entzückend*? Ich liebe diesen Akzent. Die Franzosen haben so sagenhaft viel Stil, finden Sie nicht?«

»Sagenhaft«, pflichtete Miss Lizzie bei und rückte ihren Kneifer zurecht.

»Nun«, sagte Miss Dale, indem sie ihre kleinen Hände auf den Tisch legte und die Finger verschränkte. »Wie kann ich Ihnen beiden helfen?«

»Worum es uns im Moment geht«, sagte Miss Lizzie, »ist, soviel wie möglich über John Burton zu erfahren.«

Miss Dale runzelte die Stirn. »Wissen Sie«, sagte sie, »Johnny hat nie erwähnt, daß er eine Tante hat.«

»Ich bin Amandas Tante. Ihre Großtante, mütterlicherseits.«

Miss Dale warf einen schnellen Blick auf mich, in dem so etwas wie eine neue Hochachtung lag. Ich war urplötzlich eine Cabot geworden.

»Ich hatte John sehr gern«, sagte Miss Lizzie, »aber wir standen, wie ich zugeben muß, nicht in engem Kontakt. Wie Sie vielleicht wissen, hat die Polizei keine Ahnung, wer ihn getötet hat. Sie hat sich sogar dazu verstiegen, Amanda zu verdächtigen.«

»Also *das*«, sagte Miss Dale, »ist doch wohl absolut *lächerlich*, oder?« Sie sah mich an und lächelte.

»Aber es ist auch«, sagte Miss Lizzie, »möglicherweise gefährlich. Um Amanda zu schützen, müssen wir herausfinden, ob es in Johns Vergangenheit etwas gibt, das zu seinem Tod geführt haben könnte.«

»Könnten Sie nicht einfach einen von diesen Privatdetektiven engagieren? Ich meine, nach allem, was ich höre, sind das gräßliche kleine Gestalten, keine Leute, mit denen man *gesellschaftlich* verkehren würde, aber in einer Situation wie dieser könnte einer vermutlich nützlich sein.«

»Bevor ich mich zu diesem Schritt entschließe, möchte ich sehen, was ich selbst in Erfahrung bringen kann.«

»Aber, Miss Cabot – oder sollte ich Mrs. Cabot sagen?«

»Miss«, verkündete sie.

»Miss Cabot, ehrlich, da war rein *gar* nichts. Die Frauen beteten John allesamt an, und die Männer, alle miteinander, beneideten ihn schlichtweg glühend.« Sie lächelte mich an. »Wer könnte es ihnen verübeln?«

»Neid«, sagte Miss Lizzie, »kann bekanntlich in Haß umschlagen.«

»Ja, sicher, aber alle *liebten* ihn.«

»Einer erwiesenermaßen nicht. Und Sie haben keine Ahnung, wer das sein könnte?«

Miss Dale lehnte sich zurück. »Absolut keine. Ich war vollkommen sprachlos, als ich es erfuhr. Der bloße Gedanke, irgend jemand könnte *Johnny* etwas *antun* wollen, ist absolut schwindelerregend.«

»Kennen Sie einen Mann namens Larry Fay?«

»Natürlich. Ihm gehört das El Fay.« Sie beugte sich lächelnd vor. »Ein fabelhaftes Lokal, aber wie ich höre, hat Mr. Fay eine etwas *ungewöhnliche* persönliche Vergangenheit. Er ist so eine Art Gauner?«

»Was wissen Sie über ihn?«

»Nun, bevor ihm das El Fay gehörte, hatte er anscheinend ein kleines Taxiunternehmen. Wie ich hörte, war es so, daß er eines Tages mit einem seiner Taxis bis an die kanadische Grenze gefahren ist – die ganze Strecke von New York City hoch? – und den Kofferraum mit Spirituosen vollgeladen hat. Als er nach

New York zurückkam und feststellte, wieviel *Geld* er mit dem Schmuggeln von Alkohol verdienen konnte, hat er nie wieder etwas anderes gemacht. Und jetzt gehört ihm einer der größten Nachtclubs in New York.« Sie lächelte. »Ist das nicht eine *phantastische* Geschichte?«

»Wirklich erstaunlich. Wußten Sie, daß John ihn kannte?«

»Johnny kannte *jeden*. Das war ein Teil seines Charmes.«

»Hat er Mr. Fay jemals erwähnt?«

»Nein. Und ich würde mich daran erinnern, wenn er ihn erwähnt hätte, ganz bestimmt. Als Schriftstellerin habe ich zwangsläufig ein gutes Gedächtnis? Ich kann nichts dafür, es ist nicht zu ändern. Alles, was ich höre, buchstäblich *alles*, bleibt einfach *haften*.«

»Wie steht es mit einem Mann namens Owney Madden?«

»Tja, ich weiß *genau*, daß Johnny Mr. Madden kannte. Er hat mich ihm vorgestellt, droben im Cotton Club. Das ist dieses wundervolle Speakeasy in Harlem? Sehr *chic*. Reizende junge Negermädchen, eine *phantastische* Jazzkapelle.«

In diesem Moment kam der Kellner mit Miss Dales Kaviar. Er war in einer kleinen Kristallschale aufgehäuft, die in einer größeren Kristallschale stand, die wiederum mit geschabtem Eis gefüllt war. Neben dem Kaviar lag ein kleiner Löffel aus Horn. Vor die Schale stellte der Mann eine Platte mit gebutterten Toastecken und daneben drei kleine Teller, einen mit Zitronen-Achteln, einen mit gehackten hartgekochten Eiern, einen mit gehackten Zwiebeln.

Er nahm eine Champagnerflöte von seinem Tablett, stellte sie vor Miss Dale. Zu seiner Rechten tauchte ein Hilfskellner auf, der einen Sektkübel trug. Der Kellner nahm diesen, stellte ihn auf den Tisch, zog die tropfende halbe Flasche Veuve Clicquot heraus, öffnete sie umständlich, hüllte sie theatralisch in eine Serviette, goß eine kleine Menge in die Flöte und trat wartend einen Schritt zurück.

Miss Dale hob das Glas, nippte an dem Champagner, lächelte zu dem Mann auf.

»Himmlisch.«

Der Kellner sagte: »Wünschen Mamsell vielleicht ein wenig *crème fraîche*?«

»Nein«, sagte sie. »So ist es einfach absolut perfekt.«

»Trä bong«, sagte der Kellner. Er füllte ihr Glas, schob die Champagnerflasche wieder in den Kübel, drapierte die Serviette darüber, und dann entschwebten er und der Hilfskellner.

Miss Dale beugte sich zu Miss Lizzie. »Ein einziges Löffelchen *crème fraîche* und ich verwandle mich buchstäblich in einen *Ballon*.«

Miss Lizzie lächelte höflich.

Ohne von der Zwiebel, der Zitrone und dem gehackten Ei Notiz zu nehmen, griff Miss Dale zu dem Kaviarlöffel und schöpfte sich eine größere Menge der durchsichtigen grauen Eier auf. Sie tupfte sie auf eine Toastecke und verteilte sie sorgfältig auf der Oberfläche, wobei sie einige widerspenstige Eier penibel bis an den Rand und in die Ecken stupste und dann den Löffel penibel in das Schälchen steckte. Den Toast mit abgespreiztem kleinen Finger haltend, nahm sie einen zierlichen Bissen, schloß die Augen und kaute ihn genüßlich.

Sie machte die Augen auf und lächelte versonnen. »Köstlich.«

»Das freut mich«, sagte Miss Lizzie. »Aber sagen Sie, Miss Dale. Was wissen Sie über Mr. Madden?«

»Eigentlich so gut wie gar nichts. Nun, ich weiß natürlich, daß er eine bewegte Vergangenheit hat, genau wie Mr. Fay. Es heißt, er habe einmal einen *Mann* getötet. Aber ehrlich, das würde man nie vermuten, wenn man sich mit ihm unterhält. Er ist so gewinnend und liebenswürdig und so *ungeheuer* charmant.« Sie biß wieder von ihrem Toast ab.

»In welcher Beziehung stand John zu ihm?« fragte Miss Lizzie.

Miss Dale schluckte. »Um die Wahrheit zu sagen, ich wußte gar nicht, daß da überhaupt eine Beziehung bestand. Ich nahm an, daß Johnny ihn deshalb kannte, weil Johnny, wie gesagt, praktisch *jeden* kannte. So war das nun mal bei ihm.«

Miss Lizzie nickte. »Wie ich hörte, waren Sie und John eine Zeitlang intim.«

Miss Dale klimperte mit den Augendeckeln. Sie legte behutsam ihren Toast weg, wischte sich die Hände sorgfältig an der Serviette ab und preßte dann die rechte Hand auf die Brust – eine Geste, die Überraschung ausdrücken sollte und vielleicht überzeugender gewesen wäre, wenn ihre Vorbereitung nicht soviel Zeit in Anspruch genommen hätte. »Von *wem* haben Sie denn *das* gehört?«

»Von Albert Cooper. Ich nehme an, Sie kennen Albert. Johns Majordomus.«

Miss Dale trank einen Schluck Champagner. »Albert, ja, natürlich. Ich habe *nie* verstanden, wie John diesen schrecklichen Menschen um sich haben konnte. Er hat so etwas furchtbar *Umständliches* an sich, finden Sie nicht?« Sie schüttelte sich theatralisch. »Er macht mir immer eine Gänsehaut.«

»Sie hatten also eine intime Beziehung mit John, richtig?«

Sie tupfte sich mit der Serviette den Mund ab. »Nun ja, für kurze Zeit, aber das ist *Jahre* her. Buchstäblich eine *Ewigkeit.* Wir kamen, in gegenseitigem Einvernehmen, zu dem Schluß, daß wir uns als Freunde weit besser verstehen, als wenn wir ein Liebespaar sind.« Sie beugte sich wieder leicht vor, lächelte. »Ich hoffe, ich habe Sie nicht schockiert.«

»Bis jetzt noch nicht«, sagte Miss Lizzie und lächelte ebenfalls. »Amanda sagte mir, daß Sie und John am Freitagabend eine Auseinandersetzung hatten.«

»Aber nein«, sagte Miss Dale. »Das war doch keine Auseinandersetzung. Wirklich nicht.« Sie warf einen schnellen Blick auf mich, dann sah sie wieder Miss Lizzie an. »Ich habe der Polizei alles erläutert.« Sie griff nach ihrem Toast und biß wieder ab, diesmal weniger zierlich.

»Vielleicht könnten Sie es uns ebenfalls erläutern«, sagte Miss Lizzie.

Miss Dale schluckte. »Nun«, sagte sie. »Offen gesagt ging es um eine finanzielle Angelegenheit, sozusagen.«

»Genauer gesagt?«

Miss Dale bestrich eine weitere Toastecke mit Kaviar. »Ein Freund von mir hatte mich, *ganz* im Vertrauen, auf eine wirklich *fabelhafte* Gelegenheit aufmerksam gemacht. Die natürlich eine Investition meinerseits erforderte.« Sie sah Miss Lizzie an. »Meine Bücher verkaufen sich selbstverständlich sehr gut, dem *Himmel* sei Dank dafür, aber im Moment, ich will jetzt nicht ins Detail gehen, ist meine finanzielle Situation ein *winziges* bißchen angespannt.«

»Und da haben Sie John um Geld gebeten?«

Miss Dale biß von ihrem Toast ab, kaute wieder, schluckte. »Um ein Darlehen. Ein ganz kleines.«

»Wie klein?«

Sie legte den Toast hin, griff nach ihrem Glas, nippte an ihrem Champagner. »Eintausend Dollar.«

»Und was hat John gesagt?«

»Nun, er erklärte mir, daß seine eigene finanzielle Situation im Moment ebenfalls ein bißchen angespannt sei.« Sie zuckte die kleinen eckigen Schultern. »Das war alles.«

»Nach dem, was Amanda mir erzählt hat, nahmen Sie seine abschlägige Antwort nicht ganz so ruhig hin.«

»Ha, ha, ha«, sagte sie und wandte sich lächelnd mir zu. »Hast du mir *nachspioniert*, Süße?«

»Sie waren ja nicht weit weg«, bemerkte ich. »Nur ein paar Meter.«

»Das stimmt natürlich«, sagte sie. »Und in gewisser Weise hast du natürlich vollkommen recht.« Sie wandte sich wieder an Miss Lizzie. »Ich war am Freitag nicht ganz auf dem *Damm*. Ich hatte, nun ja, ich hatte meine Tage?«

Miss Lizzie nickte.

»Und ich nehme an«, sagte Miss Dale, »daß ich ein *bißchen* überreagiert habe, als John mich abwies. Ich habe es später aufrichtig bereut. Fast *auf* der Stelle. Und sobald ich zu Hause war, rief ich ihn an, um mich zu entschuldigen. Aber er war nicht da.«

»Um wieviel Uhr war das?« fragte Miss Lizzie.

»Um zehn. Ich versuchte es später noch einmal, gegen elf, hatte aber wieder kein Glück.«

Miss Lizzie nickte.

Um zehn Uhr abends waren John und ich im El Fay gewesen. Gegen elf waren wir auf dem Weg zum Cotton Club.

»Ich versuchte es am nächsten Tag erneut«, sagte Miss Dale. »Am Samstag. Vormittags. Und irgendein gräßlicher Polizist nahm den Hörer ab. Er teilte mir mit, was mit dem armen Johnny passiert war. Und so erfuhr ich von seinem Tod – am Telefon, von einem Fremden.«

Sie senkte den Blick, klapperte wieder mit den Augendeckeln und seufzte vernehmlich. »Und jetzt ist es für eine Entschuldigung natürlich zu spät.«

Ich sah Miss Lizzie an. Ihr Gesicht war höflich ausdruckslos. Sie fragte Miss Dale: »Nannte Ihnen der Polizist seinen Namen?«

Sie dachte einen Moment nach. »O'Deere? Ich glaube, so hieß er? Ja, O'Deere. Ich erinnere mich, weil es ein so lächerlicher Name für einen Polizisten ist.«

»Hat die Polizei noch ein weiteres Mal mit Ihnen gesprochen?«

»Ja. Ein Lieutenant Becker. Er kam am Samstagabend in meine Wohnung.«

Sie blickte rasch zu mir, rasch wieder weg. Ich war natürlich, wie sie wußte, der Grund für Lieutenant Beckers Besuch gewesen.

»Hat er Sie«, sagte Miss Lizzie, »nach dem Schlüssel zu Johns Wohnung gefragt?«

»Dem Schlüssel?«

»Ja. Hatten Sie, als Sie mit John liiert waren, nicht einen Schlüssel zu seiner Wohnung?«

Miss Dale nickte. »Albert«, sagte sie ausdruckslos.

»Sie *hatten* also einen Schlüssel?«

»Nun ja, das hatte ich. Irgendwann einmal, meine ich. Und Becker – der Lieutenant – fragte mich tatsächlich danach. Ob ich ihn noch hätte oder nicht? Und wissen Sie, was? Ich dachte *wahrhaftig*, ich hätte ihn noch. Ich habe ihn überall gesucht, überall in meiner Wohnung, während der Lieutenant da war.« Sie zuckte wieder die Schultern. »Aber ich muß ihn verloren haben. Oder verlegt?«

»Wann könnte das gewesen sein?«

»Ich habe buchstäblich keine Ahnung. Sie wissen ja, wie das ist. Man legt etwas wo hin, um es gut aufzuheben, und dann verschwindet es einfach irgendwie? Ich meine, ich habe das Ding seit *Jahren* nicht benutzt.«

»Hallo«, sagte eine Frauenstimme zu meiner Linken. »Tut mir leid, daß ich mich verspätet habe.«

Es war Mrs. Parker, die wiederum ein entzückendes grünes Kleid trug. Plötzlich lag der schwere Geruch von Chypre in der Luft.

»Mrs. Parker«, sagte Miss Lizzie. »Kennen Sie Miss Dale?«

»Und wie«, sagte sie. »Wir sind alte Freundinnen, stimmt's, Daphne? Wobei *alt* natürlich ein Wort ist, das du lieber vermeiden möchtest.«

»Was für ein hübsches Kleid«, sagte Miss Dale honigsüß. »Hast du es selbst genäht?«

Dreizehn

»Wo denkst du hin«, sagte Mrs. Parker genauso honigsüß. »Das habe ich mir von meiner dicken schwarzen Nanny zusammensticheln lassen. Machen wir das bei uns im Süden nicht alle so? Unten im Land, wo die Baumwolle und die Magnolien blühen?«

»Mrs. Parker«, sagte Miss Lizzie, »wollen Sie sich nicht zu uns setzen?«

»Aber gern«, sagte sie. Sie zog den Stuhl neben Miss Dale vor und hängte ihre Handtasche über die Rückenlehne.

Auf dem Stuhlkissen lag Miss Dales Handtasche. Miss Dale beugte sich mit fliegenden Löckchen vor und riß sie an sich, als hätte sie Angst, Mrs. Parker könnte sich auf die Tasche setzen oder sie stehlen. Sie deponierte sie auf ihrem Schoß und legte schützend beide Hände darauf.

Mrs. Parker nahm Platz.

»Ich wußte gar nicht«, sagte Miss Dale zu Miss Lizzie, »daß Sie Dorothy kennen.«

»Mrs. Parker ist eine alte Freundin«, sagte Miss Lizzie.

»Wie nett.«

»Daphne und ich«, sagte Mrs. Parker, während sie einen ihrer weißen Handschuhe abstreifte, »kommen nicht mehr so furchtbar, *furchtbar* gut miteinander aus, seit ich einen Roman von ihr rezensiert habe. Wie hieß er doch gleich, meine Liebe? *Die Flauschsucher*?«

»Du weißt ganz genau, wie er heißt. Und deine Rezension war – nun, Dorothy, du *weißt*, daß sie alles andere als wohlwollend war.«

Mrs. Parker legte den Handschuh auf den Tisch und sah sie erstaunt an. »Ich verstehe wirklich nicht, wie du so etwas sagen kannst, Daphne. Fast die gesamte Rezension bestand aus wörtlichen Zitaten aus deinem Buch.«

»Du hast alles aus dem Zusammenhang gerissen. Und das hast du mit Absicht getan. Nur um mich dumm aussehen zu lassen.«

Mrs. Parker streifte den anderen Handschuh ab und sagte: »Soweit ich feststellen konnte, gab es keinen Zusammenhang, aus dem man sie hätte reißen können. Und es bedarf mit Sicherheit nicht meiner Hilfe, um dich ...«

»Mrs. Parker?« sagte Miss Lizzie. Sie lächelte ihr strahlendes, beherrschtes Lächeln.

»Ja?« Mit unschuldig hochgezogenen Augenbrauen ließ sie den zweiten Handschuh neben den ersten fallen.

»Miss Dale war so freundlich, hierherzukommen und meine Fragen zu beantworten. Würde es Ihnen etwas ausmachen, wenn wir damit fortfahren würden?«

»Nein, natürlich nicht. Verzeihen Sie. Ich werde mich so still wie ein Vögelchen verhalten.« Sie legte die Hände in den Schoß, zog die schmalen Schultern hoch, lächelte und ließ sich tiefer in den Stuhl sinken. »Piep«, sagte sie.

»Danke. Nun, Miss Dale ...«

Sie wurde von unserem Kellner unterbrochen, der zu Mrs. Parker geschwebt kam und sagte: »Mamsell? Etwas zu essän?«

Sie ließ ihre Vögelchen-Pose fallen, setzte sich aufrecht hin und lächelte ihn an. »Nein, danke. Ich versuche es mir abzugewöhnen. Aber wissen Sie, *was* ich gerne hätte?«

»Vui, Mamsell?«

»Ich hätte gerne einen winzigkleinen Scotch mit Wasser.« Sie hielt die Hand hoch, Daumen und Zeigefinger etwa zehn Zentimeter auseinander. »Das wäre der Anteil an Scotch.«

»Vui, Mamsell.«

Kokett sah sie mit klimpernden Wimpern zu ihm auf. »*Merci beaucoup.*«

Er nickte knapp und entschwebte.

»Der ist etwa so französisch«, sagte Mrs. Parker, »wie ein beschissener Hotdog.«

Miss Dale drehte sich zu ihr um. »*Mußt* du immer solche Wörter in den Mund nehmen?«

»Wirklich, Daphne, das aus dem Munde einer Frau, die dafür berühmt ist, daß sie das Chrom von jeder Stoßstange leckt ...«

»Miss Dale?« sagte Miss Lizzie.

Miss Dale wandte sich von Mrs. Parker ab. Mrs. Parker sah mich an, wackelte mit den Augenbrauen und lächelte.

»Ja?« sagte Miss Dale.

»Sie haben also keine Ahnung, wann der Schlüssel zu Johns Wohnung abhanden gekommen sein könnte?«

»Nein«, sagte sie mürrisch. »Keine Ahnung.« Sie streckte die Hand nach der Kaviarschale aus, griff dann aber, als hätte sie es sich anders überlegt, nach der Champagnerflöte.

»Wußten Sie«, sagte Miss Lizzie, »daß sich in Johns Wohnung ein Tresor befindet?«

Miss Dale hatte das Glas schon fast bis zum Mund gehoben. »Wie bitte?«

»Ein Tresor. Ein Ort, an dem man Wertsachen aufbewahrt.«

»Nein.« Sie blickte hinunter auf das Glas, das halb voll war. Sie hob es an die Lippen und leerte es. »Das wußte ich nicht.« Sie stellte das Glas zurück auf den Tisch.

Miss Lizzie sagte: »Kennen Sie eine Frau namens Sybil Cartwright?«

»Nein«, sagte sie. »Wer ist das?«

»Eine Freundin von John, wie es scheint.«

»Nein.«

In diesem Moment erschien wieder der Kellner, der auf einem Tablett Mrs. Parkers Drink brachte. Er stellte ein großes Whiskyglas vor sie hin. »Noch Wünschä, Mamsell?«

»Danke, das wäre alles«, sagte sie.

Er blickte in die Runde. »Wünschän noch jemand etwas?«

Miss Lizzie fragte: »Amanda? Miss Dale?«

»Nein, danke«, sagte ich.

»Nein«, sagte Miss Dale.

»Trä bong«, sagte der Kellner und entschwebte ein weiteres Mal.

Miss Dale schaute auf die goldene Armbanduhr an ihrem linken Handgelenk. »Oje«, sagte sie zu niemand Speziellem und dann zu Miss Lizzie: »Ich muß *sofort* los. Ich habe in fünfzehn Minuten eine Verabredung.«

»Aber Ihr Essen«, sagte Miss Lizzie. »Sie haben es ja kaum angerührt.«

Miss Dale faßte sich leicht an den Magen. »Mir scheint der Appetit vergangen zu sein.«

»Ach, wie schade«, sagte Mrs. Parker und griff mit beiden Händen nach der vor Miss Dale stehenden Kaviarschale, hob sie hoch und setzte sie neben ihrem Scotch mit Wasser ab.

»Das tut mir leid«, sagte Miss Lizzie. »Könnten Sie mich anrufen, falls Ihnen noch etwas einfällt? Ich wohne im Algonquin. Zimmer 311.«

»Falls mir etwas einfällt.« Sie stand auf, die Tasche in der linken Hand. »Tja. Dann auf Wiedersehen.«

»Auf Wiedersehen«, sagte Miss Lizzie. »Und danke, daß Sie gekommen sind.«

»Auf Wiedersehen«, sagte ich.

Mrs. Parker hatte sich mit dem Kaviarlöffel eine Portion Kaviar geschöpft. Sie lehnte sich zurück und hob grüßend den Löffel in Miss Dales Richtung. »*Au revoir.*«

»Dorothy«, sagte Miss Dale, drehte sich um und ging davon.

Den Löffel Miss Lizzie und mir hinhaltend, fragte Mrs. Parker: »Möchte sonst noch jemand etwas davon?«

»Nein, danke«, sagte ich.

»Nein, vielen Dank«, sagte Miss Lizzie. »Sie verstehen es wirklich, eine Unterhaltung zu beleben, meine Liebe.«

Mrs. Parker schob sich den Kaviarlöffel in den Mund. Ihre Wangen wurden einen Moment hohl, und dann zog sie den Löffel heraus und schluckte. »Ich weiß«, sagte sie. »Es tut mir leid. Ehrlich.«

»Wahrscheinlich ist es gut, daß Sie nicht früher gekommen sind.«

»Ich weiß, ich weiß. Aber ich kann das Aas nicht ausstehen. Sie ist so echt wie eine Nonne im Puff.« Sie leckte die Rückseite des Löffels ab und sagte plötzlich: »Ach, Amanda. Da wir gerade vom Teufel sprechen. Ich habe dir etwas mitgebracht.«

Sie steckte den Löffel wieder in den Kaviar, drehte sich auf dem Stuhl herum und hakte einen Finger unter den Riemen ihrer Handtasche. Sie zog die Tasche auf ihren Schoß, öffnete sie, griff hinein, holte ein dünnes Buch heraus. Sie reichte mir das Buch.

Die Fleischsucher.

Auf dem Einband beherrschte ein großer dunkelhaariger Mann im Smoking den Vordergrund. Dahinter sah man die Silhouette von New York City, von hinten angestrahlt von einem kitschigen Sonnenuntergang, der sich in Orange und Rot über einen violetten Himmel ergoß. In der rechten Hand hielt der Mann lässig einen leeren Champagnerkelch. Mit der linken Hand hielt er eine junge blonde Frau in einem silbernen Abendkleid um die Taille gefaßt, sie war entweder ohnmächtig oder tot. Ihr schlanker Körper war nach hinten gebogen, so daß ihr Kopf nach unten hing, das lange Haar offen herabfiel und die langen nackten Arme herabbaumelten. Der Mann studierte ihren Hals, als würde er ernsthaft erwägen, ein großes Stück davon herauszubeißen.

»Wenn du das Ding zu Ende liest«, sagte Mrs. Parker, »bist du ein beßrer Mann als ich, Gunga Din.«

Ich zeigte das Buch Miss Lizzie.

Sie rückte ihren Kneifer zurecht, sah sich den Einband an. »Nun ja. Wenn du es gelesen hast, mußt du es mir unbedingt ausleihen.«

Ich lachte. Rückblickend stelle ich fest, daß dies das erste Mal war, daß ich seit Johns Tod gelacht hatte.

Mrs. Parker fragte sie: »Konnten Sie von Daphne etwas Neues erfahren?« Sie schob sich den Löffel in den Mund.

Miss Lizzie faßte kurz zusammen, was Miss Dale gesagt hatte.

»Und wieviel davon«, sagte Mrs. Parker, »ist Ihrer Meinung nach wahr?«

»Sehr wenig, wie ich vermute. Im Laufe der Jahre ist mir aufgefallen, daß Menschen, die nicht die volle Wahrheit sagen, häufig ganz bestimmte Worte benutzen. Worte wie *offen gesagt* und *wahrhaftig*.« Sie lächelte. »Worte wie *ehrlich*.«

Mit unbewegtem Gesicht sagte Mrs. Parker: »Daß ich mich Daphne Dale gegenüber wie ein verdammtes Luder benommen habe, tut mir, offen gesagt, aufrichtig und wahrhaftig leid.«

Und zum ersten Mal, seit wir in New York City zusammenwaren, lachte Miss Lizzie. Ich hatte vergessen, was für ein schönes Lachen sie hatte, voll und unbekümmert und direkt aus dem Zwerchfell.

Ich fragte: »Was davon halten Sie für unwahr?«

»Zunächst einmal«, sagte sie, »möchte ich bezweifeln, daß Filmleute aus Hollywood ausgerechnet sonntags ihren Geschäften nachgehen.«

»Das ist mir zu hoch«, sagte Mrs. Parker und leckte den Kaviarlöffel ab. »Die einzigen Filmleute, die ich kenne, sind die Platzanweiserinnen.«

Miss Lizzie wandte sich wieder an mich. »Und ich frage mich, was sie tatsächlich von deinem Onkel wollte. Nach allem, was du uns erzählt hast, war John sehr kühl zu ihr. Er war, wie ich vermute, nicht der Mann, an den sie sich wegen eines Darlehens wenden würde. Und nach ihrer Garderobe zu schließen, nach ihrem Auftreten, ist sie es gewohnt, Geld zu haben. Ungeachtet dessen, wie gut oder wie schlecht sich ihre Bücher verkaufen, kann ich mir nicht vorstellen, daß es ihr schwerfallen würde, tausend Dollar aufzutreiben.«

»Auf der Park Avenue«, sagte Mrs. Parker, »hätte sie die in einer Woche beisammen. Allerdings müßte sie rund um die Uhr anschaffen gehen.«

»Auf jeden Fall«, schloß Miss Lizzie, »glaube ich, daß es bei dem Wortwechsel zwischen den beiden um etwas anderes ging.«

»Sie hat die Wahrheit gesagt«, sagte ich, »als sie erzählte, daß sie am Samstagvormittag mit der Polizei gesprochen hat. Sie kannte Detective O'Deeres Namen.«

»Ja. Und wahrscheinlich sagte sie auch die Wahrheit, was Lieutenant Beckers Besuch betrifft.«

»Was ist mit dem Schlüssel?« fragte Mrs. Parker und nahm sich wieder einen Löffel Kaviar. »Dem Schlüssel zu Johns Wohnung. Glauben Sie, daß sie ihn tatsächlich verloren hat?«

»Vielleicht. Mit Schlüsseln verhält es sich wie mit der Tugend, nicht wahr? Beide sind bekanntlich leicht zu verlieren.«

Mrs. Parker lächelte. »Stimmt«, sagte sie. »Und bekanntlich schwer wiederzubekommen.«

Das Taxi setzte uns kurz vor drei am Broadmore Hotel ab. Miss Lizzie ging über den Bürgersteig voran, die Handtasche wie ein großes baumelndes Vorhängeschloß über den linken Arm gehängt, den Spazierstock fest auf das Pflaster setzend.

Es war ein eher kleiner Backsteinbau zwischen der Ninth und der Tenth Avenue, fünf Stockwerke hoch. Außen stand kein Portier, und als wir die kleine, muffige Hotelhalle betraten, stellten wir fest, daß auch die Rezeption nicht besetzt war.

Wir gingen zu dem einzelnen grauen Aufzug. Auch von einem Fahrstuhlführer war nichts zu sehen.

Miss Lizzie zog die Tür rumpelnd auf, wir stiegen ein, Miss Lizzie zog die Tür rumpelnd zu und stellte den Hebel auf die fünfte Etage.

Im fünften Stock folgten wir Miss Lizzie, als sie in den Korridor hinaustrat und sich nach rechts wandte.

Der Läufer unter unseren Füßen, dessen Muster vage an einen Perserteppich erinnerte, war ausgetreten und abgewetzt, rote Bereiche waren zu Rosa verblaßt, Rosa zu fadenscheinigem Weiß. Als wir zu Zimmer 505 kamen, klopfte Miss Lizzie an die Tür.

Nichts.

Miss Lizzie klopfte ein weiteres Mal.

Noch immer nichts.

Sie nahm den Spazierstock in die linke Hand und holte ihre Uhr heraus. »Drei Uhr. Sie hat mir versprochen, daß sie hier wäre.« Miss Lizzie hatte die Frau von Johns Wohnung aus angerufen.

Sie klopfte noch einmal, diesmal lauter.

Nichts.

»Wie ärgerlich«, sagte sie.

Mrs. Parker beugte sich vor, griff nach dem Türknauf und

drehte ihn herum. Sie drückte, und die Tür schwang geräuschlos nach innen auf. Im Zimmer war es sehr dunkel. Jemand hatte die Vorhänge zugezogen oder die Jalousien heruntergelassen.

Mrs. Parker räusperte sich. »Ich glaube, das gefällt mir nicht.«

Miss Lizzie nahm den Spazierstock wieder in die rechte Hand, trat ins Zimmer, streckte die linke Hand zur Seite aus, fand den Lichtschalter, betätigte ihn.

Wir folgten ihr hinein.

Das Zimmer war klein, Blümchentapeten an den Wänden, billige Kiefernmöbel – eine Kommode, ein Schreibtisch, zwei Sessel. Alles war sehr ordentlich, alles gewissenhaft aufgeräumt. Das Bett war gemacht.

Aber der Bettüberwurf war blutgetränkt, so dunkelrot, daß er fast schwarz war, und mitten darauf lag schlaff wie eine weggeworfene Stoffpuppe eine blasse dunkelhaarige junge Frau in einem dünnen schwarzen Negligé. Jemand hatte ihr die Kehle durchgeschnitten, Fleisch und Muskeln waren bis zu der rosa Luftröhre durchtrennt, und die entsetzliche rote Wunde vor uns war weit aufgerissen wie der gequälte Mund eines Wahnsinnigen.

Mir wurde schwindelig. Meine Lunge versagte ihren Dienst.

Ich hörte, wie Mrs. Parker nach Luft schnappte. »Ich glaube«, sagte sie, »wir sollten hier verschwinden.«

Vierzehn

»Einen Moment noch«, sagte Miss Lizzie. Dann wandte sie sich an mich. »Amanda?«

»Alles in Ordnung«, sagte ich automatisch.

»Warum wartest du nicht draußen im Flur, Liebes? Ich komme gleich nach.«

Ich konnte ihn jetzt riechen, den gleichen schweren kupferartigen Geruch, der in der Bibliothek gehangen hatte, als ich John fand. »Warum ...«, begann ich. Ich wußte nicht, ich weiß bis heute nicht, was ich fragen wollte.

»Hey«, sagte Mrs. Parker leise. Sie berührte meinen Arm. »Gehen wir.«

Ich wankte mit ihr hinaus in den Korridor, und einen Moment später war auch Miss Lizzie bei uns, in der Hand ein weißes Taschentuch. Sie benutzte es, um die Tür zuzuziehen und den Türknauf sorgfältig abzuwischen, und stopfte es dann in ihre Handtasche.

»Wir sollten lieber die Treppe nehmen«, sagte sie. Sie sah mich an. »Bist du dazu in der Lage?«

»Ja.«

Wir stiegen durch das schwach beleuchtete Treppenhaus nach unten, alle drei schweigend, so daß nur das leise Klappern unserer Absätze auf den Stufen zu hören war. Miss Lizzie war vor mir; die zierliche Gestalt von Mrs. Parker folgte mir. Als wir die Hotelhalle erreichten, war diese noch immer verlassen.

»Gehen Sie beide schon vor«, sagte Miss Lizzie, und Mrs. Parker und ich gingen Richtung Eingang voraus.

Ich drehte mich um. Miss Lizzie humpelte an der Rezeption vorbei zum Ende des Tresens, blickte dahinter, rückte ihren Kneifer zurecht und runzelte die Stirn. Sie holte tief Luft, daß sich ihre Schultern hoben, und dann kam sie hinter uns her gehumpelt.

Draußen auf der 44. Straße sagte sie: »Nicht stehenbleiben.« Ihre Stimme war angespannt.

»Was ist los?« fragte Mrs. Parker.

»Der Portier. Hinter dem Tresen. Man hat ihm die Kehle durchgeschnitten.«

»*Scheiße*«, sagte Mrs. Parker. »Ich brauche einen Schnaps.«

Sie bekam einen, in einem griechischen Lokal auf der Sixth Avenue, das sie kannte. Das einzige alkoholische Getränk, das es dort gab, war Ouzo, ein süßer Anisbranntwein; aber sie stürzte ein Glas davon hinunter, als ob es Wasser wäre. Sie verzog das Gesicht, sagte: »Widerlich«, gab dem Restaurantbesitzer das Glas zurück und sagte: »Noch einen, bitte.«

Mir war noch immer übel. Bevor wir das Restaurant verließen, ging ich auf die Toilette und übergab mich.

»Wie lange sind Sie in Miss Cartwrights Zimmer geblieben?« fragte Mr. Lipkind.

»Nicht länger als eine Minute«, sagte Miss Lizzie.

Wir waren wieder in ihrer Suite im Algonquin – Miss Lizzie, Mrs. Parker und ich –, wo Mr. Lipkind und Mr. Leibowitz sich zu uns gesellt hatten. Es war inzwischen halb sieben. Ein paar Stunden früher, bevor wir Johns Wohnung verließen, hatte Miss Lizzie mit dem Privatdetektiv vereinbart, sich um sechs hier zu treffen; und kurz bevor wir wieder im Hotel eintrafen, hatte sie von einer Telefonzelle aus den Anwalt angerufen und ihn hinzugebeten.

Mrs. Parkers Boston-Terrier hatte sich ebenfalls zu uns gesellt. Sie hatte ihn in ihrem Apartment abgeholt, und nun saß er wieder einmal auf ihrem Schoß, wo er seinen kleinen rechteckigen Kopf eifrig nach links und rechts drehte, während wir uns besprachen. Mit der linken Hand kraulte ihm Mrs. Parker den Nacken; in der rechten hielt sie eine Zigarette. Auf dem Tischchen neben ihr, gleich neben dem Aschenbecher, stand ein Glas Scotch mit Wasser, das sie von unten mitgebracht hatte.

»Warum so lange?« fragte Mr. Lipkind Miss Lizzie. Unter seinem grauen Sportsakko trug er ein bunt gemustertes Hemd, dessen breite Kragenecken über das Revers des Sakkos hingen.

»Ich wollte feststellen«, sagte sie, »wann sie gestorben sein könnte.«

»Sie sind doch kein Arzt.«

Miss Lizzies Augen funkelten. »Nein, das bin ich nicht. Aber ich kenne den Unterschied zwischen kalt und warm.«

»Und was davon war sie?«

»Sie war nicht mehr warm, aber sie war keinesfalls schon kalt.«

»Also ein paar Stunden«, sagte Mr. Lipkind.

Mr. Leibowitz fuhr sich mit der Hand über den glänzenden Schädel. »Und Sie hatten um zwölf mit ihr telefoniert.« Er war natürlich anwesend gewesen, als sie die junge Frau von Johns Wohnung aus anrief. »Dann ist sie offenbar nicht lange danach gestorben.«

Rauch ausstoßend, sagte Mrs. Parker: »Aber wer sollte ihren Tod wollen?« Der Hund blickte freudig hechelnd zu ihr hoch.

»Vermutlich jemand«, sagte Mr. Leibowitz zu Miss Lizzie, »der nicht wollte, daß sie mit Ihnen spricht. Wer wußte, daß Sie vorhatten, Miss Cartwright aufzusuchen?«

»Albert Cooper«, sagte sie.

Ich sagte: »Aber wenn Albert nicht gewollt hätte, daß sie mit uns spricht, hätte er nur ihren Namen für sich behalten müssen.«

»Das ist richtig«, sagte Miss Lizzie. »Und wir haben keine Ahnung, mit wem *sie* möglicherweise gesprochen hat. Sie könnte jemanden angerufen haben. Und jeder, mit dem sie sprach, könnte beschlossen haben, sie zum Schweigen zu bringen.«

»Verdammt«, sagte Mr. Lipkind.

Mr. Leibowitz sagte zu ihm: »Ich werde den Portier befragen. Im Broadmore. Vielleicht erinnert er sich, ob und mit wem sie telefoniert hat.«

»Ich fürchte«, sagte Miss Lizzie, »das wird nicht möglich sein.«

»Und warum nicht?« fragte Mr. Lipkind.

»Passen Sie auf, jetzt wird's spannend«, sagte Mrs. Parker ruhig. Sie trank einen Schluck Scotch.

Mr. Leibowitz sah Miss Lizzie an und sagte: »Er ist tot.«

Sie nickte. »Er lag auf dem Boden hinter dem Tresen. Seine Kehle war durchgeschnitten.«

Mr. Lipkind sagte: »Mal ganz langsam. Der Kerl hat auch den Portier abgemurkst?«

»Ja«, sagte Miss Lizzie.

»Sehen Sie?« sagte Mrs. Parker und zog an ihrer Zigarette.

»Wahrscheinlich deshalb«, sagte Mr. Leibowitz, »weil der Portier *wußte*, mit wem Miss Cartwright telefoniert hat. Oder weil er *sah*, wer sie besucht und umgebracht hat.«

»Kolossal«, sagte Mr. Lipkind. »Da spaziert einer am hellichten Tag in ein Hotel, mitten in Manhattan, wo eine halbe Million Menschen vorbeilaufen, und murkst zwei Leute ab. Schneidet ihnen mir nichts, dir nichts die Kehle durch. Einem davon mitten in der *Hotelhalle*. Und geht dann seelenruhig davon.«

»Na, habe ich zuviel versprochen?« sagte Mrs. Parker, Rauch ausstoßend.

Mr. Leibowitz fragte Miss Lizzie: »Haben Sie Fingerabdrücke am Tatort hinterlassen?«

»Ich habe sie abgewischt. Am Türknauf, am Lichtschalter.«

»Und die vom Mörder gleich mit«, sagte Mr. Lipkind.

»Unter den gegebenen Umständen blieb mir keine andere Wahl. Und es erschien mir höchst unwahrscheinlich, daß der Mörder welche hinterlassen hatte. Wie Sie sich erinnern werden, gab es in John Burtons Wohnung keine Fingerabdrücke.«

»Der gleiche Kerl, meinen Sie?« sagte Mr. Lipkind.

»Davon gehe ich aus.«

»Hat jemand gesehen«, fragte Mr. Leibowitz, »wie Sie das Hotel betreten oder verlassen haben?«

»Nein. Ich glaube nicht.«

Er wandte sich an Mrs. Parker. »Es war niemand in der Nähe?«

»Niemand, der uns Beachtung geschenkt hätte«, sagte sie,

Rauch ausstoßend. Sie streichelte ihren Hund. »Aber das bin ich gewohnt.«

»Amanda?« sagte er.

»Ich habe niemanden gesehen.«

Er nickte. »Wie verkraftest du das alles?« fragte er mich.

»Ganz gut.«

»Zwei Morde in drei Tagen. Geht es dir wirklich gut?«

»Ich glaube schon. Jetzt jedenfalls, meine ich.«

»Mir geht es ebenfalls gut«, sagte Mrs. Parker und trank wieder einen Schluck Scotch. »Danke der gütigen Nachfrage.«

Er lächelte sie düster an. »Freut mich außerordentlich, das zu hören.« Dann wandte er sich wieder an Miss Lizzie. »Haben Sie Miss Cartwrights Tod gemeldet?«

»Ich hielt es für besser, zuerst mit Ihnen zu sprechen. Aber nachdem ich dies getan habe, sollte ich den Mord nun *wirklich* melden. Die junge Frau hat bestimmt Freunde, Angehörige. Man muß sie verständigen.«

»Inzwischen«, sagte Mr. Lipkind, »ist bestimmt längst jemand über den Portier gestolpert.«

»Mag sein«, sagte sie. »Aber möglicherweise wurde Miss Cartwright noch nicht gefunden.«

»Ich ruf nachher bei den Bullen an«, sagte Mr. Lipkind. »Anonym natürlich. Wenn ich gehe.«

Mr. Leibowitz wandte sich wieder an Miss Lizzie. »Sie sagten vorhin, Sie hätten Daphne Dale Ihre Zimmernummer gegeben. War das klug? Angenommen, sie ruft hier an und fragt nach Miss Cabot?«

»Bevor wir das Brevoort verließen, habe ich den Empfang angerufen und mit dem Mann an der Rezeption gesprochen. Er wird alle Gespräche für eine Miss Cabot durchstellen und alle Nachrichten für sie entgegennehmen. Er hat mir äußerste Diskretion zugesichert.«

»Waren Nachrichten für Sie da? Haben Sie sich erkundigt?«

»Ich habe mich erkundigt, ja. Es waren keine da.«

Er nickte. »Und Sie glauben, daß Miss Dale bezüglich der Auseinandersetzung mit Mr. Burton am Freitagabend gelogen hat.«

»Ja, das vermute ich, aber beweisen kann ich es natürlich nicht.«

»Nun«, sagte er, »ich glaube, von einem können wir bei ihr mit Sicherheit ausgehen.«

Miss Lizzie nickte. »Nämlich davon«, sagte sie, »daß Miss Dale höchstwahrscheinlich keine Kenntnis hat von dem, was Miss Cartwright wußte. Oder daß jemand glaubt, daß sie nichts davon weiß.«

»Richtig«, sagte Mrs. Parker. »Die Dame lebt ja noch.« Sie drückte ihre Zigarette aus. »Die Sache wird langsam unheimlich.«

»Es ist natürlich denkbar«, sagte Miss Lizzie zu Mr. Leibowitz, »daß derjenige, der Miss Cartwright getötet hat, nichts von Miss Dale weiß.«

»Oder sie für unwichtig hält«, sagte er.

»Oder das«, stimmte sie zu. »Schließlich war sie seit einiger Zeit nicht mehr mit John Burton liiert.«

»Es ist aber auch denkbar«, sagte er, »daß Miss Cartwrights Tod überhaupt nichts mit John Burtons Tod zu tun hat.«

»Ein Beil«, sagte Mr. Lipkind, »ein Messer. Zweimal eine Klinge. Hört sich für mich nach dem gleichen Kerl an.« Er schüttelte den Kopf. »›Unheimlich‹ trifft den Nagel auf den Kopf. Allmählich wird's brenzlig.«

Miss Lizzie wandte sich, leicht steif, ihm zu. »Falls Sie es vorziehen«, sagte sie kühl, »kann ich mich jederzeit nach einem anderen Anwalt umsehen.«

»Hey«, sagte er und hob abwehrend die Hand. »Ich hab nur eine Meinung geäußert. Nicht meinen Rücktritt eingereicht. Keine Angst. Ich bin bis zum bitteren Ende dabei.«

»Nun gut«, sagte sie. »Sie sagten gestern etwas von einem Gespräch mit dem Polizeipräsidenten?«

»Vandervalk. Stimmt. Hab heute vormittag mit ihm gesprochen. Ihm die Leviten gelesen. Ich bin ziemlich sicher, daß uns die Bullen ein Weilchen in Ruhe lassen.«

»Ausgezeichnet. Vielen Dank.« Sie wandte sich an den Privatdetektiv. »Und Sie, Mr. Leibowitz? Haben Sie bei der Durchsuchung der Wohnung neue Erkenntnisse gewonnen?«

»Keine brauchbaren«, sagte er. »Aber ich habe das hier gefunden.« Er griff in die Innentasche seines Jacketts. »Er lag in der obersten Schublade der Kommode in seinem Schlafzimmer.«

Er zog einen abgenutzten Paß heraus und reichte ihn Miss Lizzie.

Während sie ihn durchblätterte, sagte er: »Seit dem Krieg ist er fast in der ganzen Welt gewesen.«

»In der Tat«, sagte sie. »Deutschland. England. Frankreich. Du meine Güte – China. Letztes Jahr. Einen ganzen Monat. Und in jüngster Zeit wieder in Europa. Er war im Februar in Deutschland, und er kam erst am ...«, sie spähte durch ihren Kneifer, »am fünfzehnten März in die Staaten zurück.«

Ich sagte: »Albert hat erzählt, daß er viel auf Reisen war.«

»Gewiß«, sagte sie. »Aber ich wüßte gerne, warum.«

»Vielleicht ist er einfach gerne gereist«, sagte ich.

Sie lächelte. »Das wäre möglich.«

»Vielleicht«, sagte Mrs. Parker zu Mr. Leibowitz, »waren es Geschäftsreisen. Können Sie nicht in seinem Büro nachfragen?« Sie leerte ihr Glas und stellte es auf das Tischchen.

»Das kann ich«, sagte Mr. Leibowitz, »und das werde ich auch, gleich morgen vormittag.«

»Und was machen wir in der Zwischenzeit?« fragte Miss Lizzie.

»*Wir*, Miss Borden?«

»Ja, wir, Mr. Leibowitz. Obwohl das selbstverständlich von Amanda abhängt.«

»Was denn?« fragte ich.

Sie sah mich an. »Ich halte es für sehr wahrscheinlich, daß die Person, die deinen Onkel getötet hat, auch Miss Cartwright und den armen Mann im Hotel getötet hat. Und ich glaube, daß er Miss Cartwright getötet hat, weil sie im Begriff war, mit uns zu sprechen und uns vielleicht etwas zu verraten. Wenn es sich so verhält, dann muß sie jemandem von meinem Anruf erzählt haben. Und das hatte, wie ich glaube, auf die eine oder andere Weise ihren Tod zur Folge.«

»Was wir aber«, sagte Mr. Leibowitz, »nicht mit Sicherheit wissen.«

»Das ist richtig. Aber ich finde, daß es für uns im Moment das Klügste wäre, so zu tun, als verhielte es sich so. Falls wir uns irren, ist nichts verloren. Falls wir jedoch recht haben, dann ist Amanda möglicherweise in Gefahr.«

»Ich?« fragte ich. »Warum?«

»Weil du etwas wissen könntest.«

»Aber ich weiß nichts.«

»Vielleicht nicht, aber die Person, die deinen Onkel getötet hat, kann sich dessen nicht sicher sein. Du hast eine Woche mit John verbracht, die letzte Woche seines Lebens. Du warst der letzte Mensch, der ihn lebend gesehen hat, abgesehen von seinem Mörder. Und du warst in der Wohnung, als er starb.«

»Aber wenn ich etwas wüßte, hätte ich es doch der Polizei gesagt.«

»Vielleicht weißt du etwas, ohne dir dessen bewußt zu sein. Vielleicht hast du etwas gesehen oder gehört, das den Mörder verraten könnte. Ich sage nicht, daß es tatsächlich so ist, Amanda. Ich sage nur, daß diese Möglichkeit besteht und daß der Mörder der Meinung sein könnte, es verhielte sich so.«

»Und was machen wir jetzt?« fragte ich sie.

»Es gibt zwei Alternativen«, sagte sie. »Wir könnten nach Boston fahren, wir beide. Wenn wir erst dort sind, sorge ich dafür, daß du beschützt wirst.«

»Gute Idee«, sagte Mrs. Parker. »Kann ich mitkommen?« Sie griff nach ihrem goldenen Feuerzeug und zündete sich wieder eine Zigarette an.

»Wird den Bullen nicht gefallen«, sagte Mr. Lipkind. »Wenn sich Amanda verdrückt.«

Miss Lizzie lächelte. »Ich glaube, daß ich in Massachusetts über genügend Beziehungen verfüge, um mit der Polizei von New York City fertigzuwerden.«

»Aber wenn wir weggehen«, sagte ich, »findet die Polizei vielleicht nie heraus, wer John getötet hat.«

Sie nickte. »Das könnte durchaus der Fall sein.«

»Bestimmt sogar«, sagte Mrs. Parker, Rauch ausstoßend.

»Und die zweite Alternative?« fragte ich Miss Lizzie.

»Wir setzen unsere bisherigen Bemühungen fort. Wir versuchen, den Mörder auf eigene Faust zu ermitteln.«

»Gute Idee«, sagte Mrs. Parker. »Kann ich trotzdem nach Boston fahren?«

»Aber, Miss Borden«, sagte Mr. Leibowitz, »Sie haben es selbst gesagt. Wenn Amanda hierbleibt, könnte sie in Gefahr sein.«

»Gewiß. Wenn wir bleiben, werden wir in irgendeiner Form für ihren Schutz sorgen müssen.«

»Robert«, sagte Mr. Lipkind.

Mr. Leibowitz sah ihn stirnrunzelnd an.

»Ich verstehe nicht«, sagte Miss Lizzie.

»Robert. Mein Chauffeur. Sie haben ihn gestern kennengelernt. Er ist gut. Er ist schlau, er ist zäh, und er hat einen Waffenschein. Seine Kanone ist immer schußbereit.«

»Das sieht man«, sagte Mrs. Parker.

Mr. Lipkind drehte sich zu ihr um.

Unschuldig sagte sie: »Ich meine, es ist offensichtlich, daß er seinen Mann steht.« Sie nahm den Kopf des Hundes in die Hand und sagte: »Stimmt's, Woodrow?«

»Es gibt Lokale in New York City«, sagte Mr. Leibowitz zu Miss Lizzie, »die Robert nicht aufsuchen können wird.«

»Warum nicht?« fragte ich.

»Weil er ein Neger ist«, sagte er.

»Das spielt doch keine Rolle«, sagte ich.

»So ist es nun einmal auf der Welt.«

»Ich kenne jemand«, sagte Mr. Lipkind. »Einen Weißen. Der kann einspringen, wenn Sie ihn brauchen.«

Mr. Leibowitz runzelte wieder die Stirn. »Sie meinen Cutter.«

»Der Mann ist sehr gut.«

»Der Mann ist gefährlich.«

»In manchen Situationen ist das sehr gut.«

»Ist seine Kanone immer schußbereit?« fragte Mrs. Parker.

»Klar«, sagte Mr. Lipkind. »Und ob.«

»Gut«, sagte sie und streichelte den Hund.

Mr. Leibowitz wandte sich wieder an Miss Lizzie. »Miss Borden ...«

»Die Entscheidung liegt nicht bei mir«, sagte sie. Sie sah mich an. »Wer der Täter auch ist, er ist skrupellos. Er hat bereits drei Menschen ermordet, alle mit äußerster Brutalität. Wenn wir hierbleiben, könntest du in Gefahr sein. Selbst wenn Mr. Lipkind für ein gewisses Maß an Schutz sorgen kann, ist das keine Garantie für absolute Sicherheit. Ich bin es vollkommen zufrieden, dich nach Boston zurückzubringen. Noch heute abend, wenn du willst.«

Ich blickte in die Runde, zu Mrs. Parker, Mr. Leibowitz, Mr. Lipkind. Dann sah ich wieder Miss Lizzie an.

»Es liegt ganz bei dir.«

Ich dachte an John, wie er in der Bibliothek hingestreckt im Sessel lag. Allein. Weggeworfen wie etwas, das man nicht mehr braucht.

»Ich möchte bleiben«, sagte ich.

Fünfzehn

Zwanzig Minuten vor zehn an jenem Abend fuhr Mr. Lipkinds glänzender schwarzer Cadillac vor dem Algonquin vor, wo Miss Lizzie und ich bereits warteten.

Robert öffnete die Fahrertür. Mit der Grazie eines Tänzers stieg er aus, ging hinten um den Wagen herum, nahm die Mütze ab, öffnete die Tür zum Fond und hielt sie uns mit seiner großen braunen Hand auf. »Miss Borden«, sagte er mit seiner tiefen, dröhnenden Baßstimme. Er lächelte zu mir herab. »Miss Amanda.«

»Guten Abend«, sagte Miss Lizzie. »Danke, Robert.«

»Hallo, Robert«, sagte ich. (Ich versuchte, nicht daran zu denken, wie er am Vorabend meine Kleider eingepackt hatte. Die Vorstellung hätte mir wieder meine legendäre Schamröte ins Gesicht getrieben.)

Miss Lizzie stieg als erste in den Wagen und schob sich dann, unter Zuhilfenahme ihres Stocks, hinüber auf die andere Seite des Rücksitzes. Ich stieg ein, und Robert schloß die Tür. Er schritt wieder um den Wagen herum, glitt auf den Fahrersitz, zog die Tür zu.

Er blickte hinauf in den Rückspiegel. »Zum El Fay, Miss Borden?«

»Ja, bitte«, sagte Miss Lizzie. »Mr. Lipkind hat Ihnen die Lage erklärt?«

»Ja, Ma'am. Er sagte, Sie könnten einige Tage meine Hilfe benötigen.«

»Machen wir Ihnen nicht zu viele Umstände?«

»Nein, Ma'am.« Er drehte die breiten Schultern zu uns herum und lächelte sie an. »Es ist eine interessante Abwechslung.«

»Sie wissen aber«, sagte sie, »daß es gefährlich werden könnte?«

»Ja, Ma'am.« Er lächelte wieder. »Ich nehme es seit vier Jahren mit dem New Yorker Verkehr auf. Dagegen ist alles andere ein Kinderspiel.«

»Das hoffe ich.«

»Ja, Ma'am. Haben Sie es da hinten bequem?«

»Ich sitze sehr gut, vielen Dank.«

»Miss Amanda?«

»Ja. Danke, Robert.«

»Dann fahren wir jetzt«, sagte er und drehte sich wieder nach vorn.

Zuvor, nach einer weiteren Debatte mit Mr. Leibowitz, hatten Miss Lizzie und ich unser Vorgehen geplant. Sie wollte an Ort und Stelle rekonstruieren, was John und ich am Freitagabend gemacht hatten. Abgesehen von dem Auftritt von Daphne Dale, mit der wir bereits gesprochen hatten, war nichts Ungewöhnliches bei Chumley's vorgefallen, wo John und ich zu Abend gegessen hatten. Miss Lizzie meinte folglich, daß wir am besten im El Fay anfingen, dem großen Nachtlokal in der 45. Straße West. Mr. Leibowitz wollte sich dort um zehn Uhr mit uns treffen.

Mrs. Parker wollte auch dasein. (»Wenn Robert mitkommt, kann uns nichts passieren. Seine Kanone ist nämlich immer schußbereit.«) Sie hatte gefragt, ob sie sich uns ebenfalls um zehn anschließen dürfe, da sie sich vorher mit einigen Leuten zum Abendessen traf. Miss Lizzie sagte ihr, sie sei herzlich willkommen.

Das El Fay lag nur einen Straßenblock nördlich des Hotels. Wir hätten die Strecke mühelos zu Fuß zurücklegen können, doch Mr. Lipkind und Mr. Leibowitz hatten darauf bestanden, daß Robert uns während des gesamten Abends fuhr.

Später in der Nacht würden wir noch froh darüber sein.

»Robert?« sagte Miss Lizzie, als wir uns vor dem Algonquin in den Verkehr einfädelten.

»Ja?«

»Sie erwähnten, daß Sie im Cotton Club jemanden kennen.«

»So ist es, Ma'am.«

»Haben Sie mit dieser Person gesprochen?«

»Noch nicht, Ma'am. Ich will es heute abend noch einmal versuchen. Wir fahren anschließend hin, sagte Mr. Lipkind. Ist das richtig?«

»Ja«, sagte sie. »Falls noch Zeit bleibt. Wenn Sie mit dieser Person sprechen, würde ich Sie bitten, etwas für mich in Erfahrung zu bringen.«

»Und das wäre, Ma'am?«

»Mr. Lipkind sagte, daß Mr. Madden, der Besitzer, bis letztes Jahr im Gefängnis saß. Nach allem, was man hört, dürfte der Cotton Club recht kostspielig sein, sowohl was den Erwerb als auch was die Unterhaltung betrifft. Ich wüßte gerne, wie sich Mr. Madden das Geld dafür beschafft hat.«

»Ja, Ma'am. Ich werde mich danach erkundigen.«

Fünf Minuten später waren wir am El Fay. Als Robert den schweren Wagen an den Straßenrand steuerte, neigte er den Kopf seitlich zurück. Über die Schulter sagte er: »Sie verstehen, Miss Borden, daß ich nicht mit hineinkomme?«

Der Wagen hielt.

»Gewiß«, sagte sie. »Wir verstehen vollkommen.«

Er drehte sich um. »Mr. Lipkind sagte, ich soll Ihnen ausrichten, daß er drinnen jemanden hat.«

»Mr. Cutter?« fragte ich. Ich war verständlicherweise neugierig auf den Mann.

»So ist es, Miss.«

»Dann lernen wir ihn also kennen?«

»Nur, wenn er dies wünscht.«

»Und weshalb?«

Er lächelte. »Wenn Sie ihn kennenlernen, Miss, werden Sie wissen, warum.«

Mr. Cutter klang zunehmend mysteriöser.

Robert stieg aus, ging um den Wagen herum, öffnete die Fondtür, und ich stieg aus. Miss Lizzie folgte. Nachdem Robert die Tür geschlossen hatte, sagte er zu ihr: »Ich bleibe in der Nähe, Miss Borden. Halten Sie einfach Ausschau nach mir, wenn Sie den Club verlassen.«

»Vielen Dank, Robert.«

Mr. Lipkind hatte für uns reserviert, und die Empfangsdame, eine große Blondine in einem roten Satinkleid, führte uns an einen Tisch für fünf. Es war eine andere Frau als die, die John und mich am Freitag an unseren Platz geführt hatte, und ein anderer Tisch. Offenbar kamen wir gerade zwischen zwei Vorstellungen an: Das Lokal war hell erleuchtet, und unter dem fahlen Dunst von Zigarettenrauch plauderten die Gäste angeregt.

Mr. Leibowitz saß bereits in einem schwarzen Anzug am Tisch. Ich gestehe, daß ich, als ich ihn hier in aller Öffentlichkeit sah, über seinen glänzenden Schädel und die glänzenden Brauen abermals erschrak. Sein Gesicht wirkte nackt, ungeschützt, so entblößt war es der üblichen Abwehrmittel, mit denen die meisten Gesichter ausgestattet sind.

Er stand auf, als wir näher kamen, begrüßte uns und setzte sich, als wir Platz nahmen.

»Möchten Sie die Speisekarte?« fragte die Empfangsdame.

»Nein, vielen Dank«, sagte Miss Lizzie. Wir hatten im Speisesaal des Algonquin gegessen. »Oder möchtest du etwas, Amanda?«

»Nein. Danke.« Ich hatte vorhin nicht viel hinuntergebracht, nur ein paar Löffel Suppe. Die tote Miss Cartwright hatte unsichtbar neben mir gesessen, und sie hielt sich auch jetzt noch in der Nähe auf.

»Mr. Leibowitz?« fragte Miss Lizzie.

»Nein, vielen Dank.«

»Ich werde Ihnen einen Kellner wegen der Getränke schikken«, sagte die Empfangsdame.

Miss Lizzie dankte ihr.

Als sie ging, sagte Mr. Leibowitz zu Miss Lizzie: »Ihre Freundin Mrs. Parker ist noch nicht eingetroffen.«

»Es ist noch früh. Sie wird kommen, da bin ich ganz sicher.«

»Falls es ihr gelingt, das Lokal zu finden.«

»Wie bitte?«

»Na ja, Miss Borden, Sie müssen zugeben, daß es heute nachmittag so aussah, als ob sie schon ziemlich viel getrunken hätte.«

Miss Lizzie runzelte die Stirn. »Mr. Leibowitz, nur wenige Stunden zuvor hatte Mrs. Parker ein Zimmer betreten, in dem eine Tote lag. Eine Frau, der man die Kehle durchgeschnitten hatte. Mir scheint, daß man es Mrs. Parker nachsehen kann, wenn sie sich daraufhin ein Glas oder zwei genehmigt.«

Er lächelte matt. »Ich bin nicht überzeugt«, sagte er, »daß es bei Mrs. Parker dazu einer Toten bedarf.«

Miss Lizzie nickte. »Sie selbst trinken wohl keinen Alkohol, Mr. Leibowitz?«

Ich bemerkte, daß sich in dem Glas vor ihm nur eine klare Flüssigkeit befand, vermutlich Wasser.

»Nein«, sagte er. »Ich finde keinen Gefallen daran.«

»So wenig wie ich an Ihrer Bemerkung. Falls Mrs. Parker vielleicht ein wenig zuviel trinkt, könnte sie dafür durchaus gute Gründe haben.«

Er zuckte die Schultern. »Ganz wie Sie meinen, Miss Borden.«

Sie nickte. »Vielen Dank, daß Sie so nachsichtig mit mir sind.«

Er lächelte. »Ist mir ein Vergnügen.«

Der Kellner kam, ein übergewichtiger junger Mann in einer schwarzen Hose, weißem Rüschenhemd, schwarzer Fliege und mit einem elastischen schwarzen Ärmelhalter um den linken Oberarm. Er fragte Miss Lizzie, was sie zu trinken wünsche.

»Ich hätte sehr gerne«, sagte sie langsam, mit Bedacht, »einen Ramos Gin Fizz.« Sie sagte es, ohne Mr. Leibowitz anzusehen. Ich sah ihn an und merkte, daß er sie beobachtete, wieder mit einem Lächeln auf den Lippen.

Als der Kellner mich fragte, sagte ich, daß ich nichts wolle. Mr. Leibowitz schloß sich mir an.

Während der Kellner seinen Bestellblock unter den Ärmelhalter klemmte, sagte Miss Lizzie: »Verzeihen Sie.«

»Ja, Ma'am?«

»Ist Mr. Fay derzeit im Club?«

»Und wer will das wissen, Ma'am?« fragte er zurück.

»Ich.«

Er lächelte befangen. »Ja, aber...«

»Sie können ihm ausrichten«, sagte sie, »daß eine Verwandte von John Burton ihn zu sprechen wünscht.«

»John Burton«, sagte er. Er nickte unbefangen. Und dann, mit einem Mal, wurde sein Gesicht starr. Er blickte in die Runde, als wäre ihm plötzlich klargeworden, daß wir alle mehr wußten als er, und blickte dann wieder Miss Lizzie an. »Okay. Ich schau nach, ob er da ist.«

»Danke.«

Nachdem er gegangen war, sagte Mr. Leibowitz: »Er kennt seinen Namen.«

»Ja«, sagte Miss Lizzie. »Aber wir wußten ja bereits, daß John hier Stammgast war.«

Nach etwa zehn Minuten kam der Kellner zurück, auf einem runden Metalltablett Miss Lizzies Drink balancierend. Er stellte das hohe Glas vor ihr ab. Es war mit etwas gefüllt, das wie ein Milchshake aussah und in dessen weißem Schaum ein roter Trinkhalm steckte. Er trat einen Schritt zurück und sagte zu Miss Lizzie: »Mr. Fay ist momentan beschäftigt, aber er läßt ausrichten, daß er in ein paar Minuten Zeit für Sie hat. Er gibt Ihnen dann Bescheid.«

»Vielen Dank«, sagte Miss Lizzie. Sie setzte sich auf, beugte sich vor, nahm den Trinkhalm zwischen die Finger und schob dessen Ende geschickt in den Mund.

Es dauerte eine halbe Stunde – und Mrs. Parker war noch immer nicht eingetroffen –, aber schließlich kam der Kellner zurück. Die Kapelle spielte gerade etwas Langsames, und Paare schoben sich eng aneinandergeschmiegt über die spiegelblanke Tanzfläche. Der Kellner beugte sich zu Miss Lizzie und sagte: »Mr. Fay hat jetzt Zeit für Sie.«

»Danke«, sagte sie und stand auf. Desgleichen ich und Mr. Leibowitz.

Der Kellner blickte in die Runde. »Sie alle?«

Miss Lizzie hob das Kinn in meine Richtung. »Sie ist die Verwandte. Ich bin ihr Vormund. Dieser Herr ist mein Freund und Berater.«

»Tja«, sagte der Kellner. »Ich weiß nicht ... Ich dachte, daß nur Sie zu ihm wollen.«

Miss Lizzie lächelte. »Vielleicht lassen wir das Mr. Fay entscheiden.«

»Sicher. Alles klar. Ist ja nicht meine Beerdigung. Folgen Sie mir.«

Miss Lizzie und ich nahmen unsere Handtaschen, und dann folgten wir, mit Mr. Leibowitz zur Seite, dem Kellner um die Tanzfläche, hinaus ins Foyer und durch einen engen, schwach beleuchteten Korridor. Vor einer edel wirkenden Mahagonitür stand ein Mann mit ungeheuer breiten Schultern. Er steckte in einem schwarzen Anzug und stand regungslos da, die massigen Arme vor der massigen Brust verschränkt. Über seine linke Wange zog sich eine breite rosa Narbe.

Der Kellner sagte zu ihm: »Die wollen alle rein.«

Der Mann sah uns an, einen nach dem anderen, und deutete dann mit einer Kopfbewegung auf die Tür. »Frag ihn«, sagte er zum Kellner.

Der Kellner klopfte an die Tür, öffnete sie dann, stieß sie hinter sich zu.

Der Mann sagte nichts mehr, er blickte lediglich zu Boden, ohne uns zu beachten, und wartete. Wir warteten mit ihm.

Nach kurzer Zeit ging die Tür auf, der Kellner kam heraus und zog die Tür wieder zu. »Er sagt, es ist okay.«

»Gut«, sagte der Mann. »Verschwinde.«

Der Kellner ging, und der Mann nahm die Arme von der Brust und wandte sich an Mr. Leibowitz. »Schießeisen?«

Mr. Leibowitz schob die Hand links unter sein Jackett, zog eine kleine Pistole heraus, reichte sie ihm.

Der Mann ließ sie ein paarmal auf seiner breiten Handfläche hochhüpfen und sagte dann zu Mr. Leibowitz: »Eine Sechsfünfunddreißiger. Was für Waschlappen.«

Mr. Leibowitz nickte. »Ich muß oft auf Waschlappen schießen.«

Ich kicherte, ich konnte einfach nichts anders.

Der Mann blickte kurz zu mir her, die Augen über der eindrucksvollen Narbe leicht zusammengekniffen. Er sah wieder Mr. Leibowitz an. »Klar«, sagte er. »Sehr witzig.« Er steckte die Pistole in die Jackentasche und wandte sich Miss Lizzie zu.

»Ich habe nur den hier«, sagte sie und hielt ihren Spazierstock hoch. »Ohne meinen Stock bin ich leider zu nichts nütze.«

»Tasche«, sagte er. »Aufmachen.«

Miss Lizzies Gesicht lief rot an, und sie preßte die Lippen zusammen. »Bitte«, sagte sie.

»Was dagegen?« sagte der Mann.

»Bitte machen Sie die Tasche auf«, sagte Miss Lizzie.

Der Mann blickte zu Mr. Leibowitz, zu mir, dann wieder zu Miss Lizzie. »Häh?«

»Machen Sie *bitte* die Tasche auf.«

»Ach so«, sagte der Mann. Er zuckte die Schultern. »Klar. *Bitte*.«

Sie nickte, nahm die Handtasche vom Arm, machte sie auf, hielt sie ihm hin, damit er hineinschauen konnte.

Er spähte hinein, nickte und wandte sich dann an mich. »Okay, Kindchen. Die Tasche.« Er warf Miss Lizzie einen Blick zu, sah wieder mich an. »Bitte.«

Ich hielt meine Handtasche auf, wünschte (albernerweise), mein zerknülltes Taschentuch läge nicht, wie ich genau wußte, wie eine tote Maus in der Ecke.

Er sah hinein, richtete sich auf, verschränkte die Arme, bewegte dann ruckartig den Kopf Richtung Tür. »Gehen Sie rein.«

Lächelnd machte Mr. Leibowitz die Tür auf und bedeutete Miss Lizzie mit einer Armbewegung voranzugehen. Sie tat es, und ich folgte ihr, und Mr. Leibowitz trat hinter mir ein.

Sechszehn

Es war ein großes Büro, hell erleuchtet, luxuriös möbliert, üppig mit Teppichen ausgelegt. An jeder Wand hingen zwanzig bis dreißig gerahmte Photographien. Und jede Photographie, soweit ich feststellen konnte, war eine Aufnahme von Mr. Fay in fröhlicher Kumpanei mit jemandem, der vermutlich berühmt war.

Mr. Fay selbst saß zurückgelehnt auf einem Drehstuhl hinter einem riesigen Holzschreibtisch, die Absätze der großen schwarzen Schuhe auf die dunkelgrüne Löschunterlage gelegt. Sein Gesicht war noch immer grau, aber er trug an diesem Abend einen anderen schwarzen Anzug, diesmal einen Zweireiher. Die Jacke stand offen, und darunter trug er ein dunkelblaues Hemd, eine weiße Krawatte und eine andere Krawattennadel, diesmal eine mit einem großen blauen Sternsaphir in einer silbernen Fassung.

Im Zimmer befand sich noch ein zweiter Mann. Er saß zur Linken von Mr. Fays Schreibtisch, ein kleiner, sehr dicker Mann in einem grauen Anzug. Er hatte graue Haare, ein ebenso graues Gesicht wie Mr. Fay und war vielleicht fünfzig Jahre alt. Seine breiten Ellbogen waren auf die Armlehnen des Stuhls gestützt, die dicken Hände über dem ausladenden schwabbeligen Bauch verschränkt.

Mr. Fay deutete mit dem Finger auf mich. »Dich hab ich schon mal gesehen«, sagte er. »Tut mir leid wegen deinem Onkel. Eine echte Tragödie. Amanda, stimmt's?«

»Ja.«

Er sah Mr. Leibowitz und Miss Lizzie an, dann wieder Mr. Leibowitz.

»Leibowitz, stimmt's?« sagte er.

»Ja.«

»Sie ham doch die Banksache da gemacht. Die Ermittlungen. Für Morrie Lipkind.«

»So ist es.«

Die schmalen Lippen verzogen sich zu einem Lächeln. »Muß ein ziemliches Handikap in Ihrem Beruf sein, keine Haare zu haben. Sie fallen überall auf.«

Mr. Leibowitz lächelte. »Ich bin ein Meister der Verkleidung.«

Mr. Fay drehte sich zu dem dicken Mann um. »Schnüffler. Ham auf alles eine Antwort, diese Klugscheißer.«

Der dicke Mann sagte nichts.

Mr. Fay sah Miss Lizzie an. »Und Sie?«

»Ich bin Elizabeth Cabot. Amandas Tante«

»Okay«, sagte er. »Worum geht's?«

Miss Lizzie sagte: »Dürfen wir Platz nehmen?«

Er wedelte ungeduldig mit der Hand. »Klar, klar. Lassen Sie sich nieder.«

Anscheinend benutzte Mr. Fay den Raum als Treffpunkt: Auf dem schweren Teppich vor seinem Schreibtisch standen fünf Stühle. Wir nahmen drei davon.

Mr. Fay deutete mit dem Kinn auf den dicken Mann. »Das ist Mr. Green. Ist mein Rechtsberater.«

»Guten Tag«, sagte Miss Lizzie.

Der dicke Mann nickte, ohne eine Miene zu verziehen.

»Sitzen Sie gut?« sagte Mr. Fay zu Miss Lizzie.

»Ausgezeichnet«, sagte Miss Lizzie.

»Toll. Sie haben fünf Minuten.«

»Wer hat John Burton getötet?« fragte sie ihn.

Er drehte sich zu dem dicken Mann um. »Kommt gleich zur Sache. Freiheraus.«

»Und vielleicht«, sagte Miss Lizzie, »könnten Sie freiheraus darauf antworten?«

Er blickte wieder sie an. »Wer sagt, daß ich überhaupt was antworten muß?«

»Warum denn nicht?«

»Eine alte Dame. Ein kleines Mädchen.« Er blickte zu Mr.

Leibowitz. »Eine Billardkugel.« Er wandte sich wieder an Miss Lizzie. »Mit *dem* Aufgebot können Sie nicht viel Eindruck schinden.«

»Ich hatte eigentlich gedacht«, sagte sie, »daß Ihnen daran gelegen wäre, uns zu helfen, die Sache aufzuklären.«

»Wieso?«

»Weil es Ihre staatsbürgerliche Pflicht ist.«

Er wandte sich wieder an den dicken Mann. »Hab ich diesen Monat schon meine staatsbürgerliche Pflicht erfüllt, Sammy?«

Der dicke Mann sagte nichts.

»Ich bin sicher«, sagte Miss Lizzie, »daß Sie persönlich nichts zu verbergen haben.«

Er sah sie an. »Gar nichts.«

»Na also. Haben Sie eine Ahnung, wer ihn getötet hat?«

»Keinen Schimmer.«

»Aber Sie kannten Mr. Burton.«

»Klar. War Gast hier.«

»Sie haben am Freitagabend etwa fünfzehn bis zwanzig Minuten mit ihm verbracht.«

Er blickte zu mir. »Das kommt von dir. Du hast mit den Bullen gequatscht.«

»Das mußte ich doch«, sagte ich.

Er nickte, als wäre das eine Antwort, die ihm einleuchtete. Dann wandte er sich wieder an Miss Lizzie. »Wir ham über Geldanlagen geredet. Burton und ich. Er hat mir einen Rat gegeben.«

»Welchen?«

»Noch mal?«

»Welchen Rat hat er Ihnen gegeben?«

»An der Warenbörse zu investieren. Das ist derzeit ein heißer Tip, hat er gesagt.«

»Und in was genau?«

»In Erdnüsse.«

»Sie haben fünfzehn Minuten damit verbracht, über Erdnüsse zu sprechen?«

»Wir ham das Für und Wider erörtert.« Er hob die linke Hand, warf einen Blick auf seine goldene Armbanduhr.

»Bei Ihnen arbeitet eine junge Frau«, sagte Miss Lizzie. »Eine Miss Sybil Cartwright.«

Er deutete mit dem Finger auf sie. »Sehen Sie, da ham Sie sozusagen die falsche Zeitform erwischt.«

»Wie das?«

»Sybil Cartwright, die arbeitet nicht mehr hier. Die hat sich heut umbringen lassen.«

Heftig hinter dem Kneifer blinzelnd, legte Miss Lizzie die Hand auf die Brust. Es war wesentlich überzeugender gespielt als das, was Daphne Dale am Nachmittag im Hotel Brevoort geboten hatte. »Wie furchtbar«, sagte sie. »Wie um alles in der Welt ist das passiert?«

»Jemand hat ihr die Kehle durchgeschnitten«, sagte Mr. Fay.

Miss Lizzie erschauerte. »Du meine Güte.«

»Tja. Nettes Mädchen, wie ich höre.«

»Wie Sie hören? Sie war eine Angestellte von Ihnen.«

»Ich hab sie nicht weiter gekannt. Tänzerinnen gibt's hier in der Stadt wie Sand am Meer.«

»Hat die Polizei schon einen Verdächtigen?«

»Die Polizei und ich, also wir ham's nich so miteinander.«

»Aber finden Sie das nicht bemerkenswert?«

»Was?«

»Sie wußten doch sicher, daß John Burton und Miss Cartwright sich näher kannten?«

»Ich weiß alles, was hier läuft.«

»John Burton wurde am Freitag ermordet, mit einem Beil. Miss Cartwright wurde heute ermordet, mit einem Messer.«

»Stimmt. Na und?«

»Könnte da nicht ein Zusammenhang bestehen?«

»Wer weiß? Das Leben ist 'ne komplizierte Angelegenheit. Wieso interessieren Sie sich für das Mädchen?«

»Ich wollte sie sprechen.«

»Zu spät.«

»Das sehe ich. Haben Sie ...«

Es klopfte an der Tür.

Mr. Fay rief laut: »*Was ist?*«

Die Tür ging auf, und der kräftige Mann von draußen steckte den Kopf herein. In der Helligkeit des Zimmers wirkte die Narbe in seinem Gesicht dunkler. »Da ist noch wer«, sagte er.

»Wer?« fragte Mr. Fay.

»'ne Mieze. Sagt, sie gehört zu denen.«

»Laß sie rein.« Er drehte sich zu dem dicken Mann um. »Demnächst müssen wir Platzkarten ausgeben.«

Es war Mrs. Parker, die ein elegantes schwarzes Abendkleid trug, schwarze Handschuhe und eine kleine schwarze Toque mit glänzenden schwarzen Federn. Sie betrat das Büro, blieb stehen, blickte sich im Zimmer um. Sie sagte: »Nobel, nobel.«

»Wollen Sie's kaufen«, sagte Mr. Fay, »oder wollen Sie hinsitzen?«

Mrs. Parker lächelte strahlend. »Oh, lieber hinsitzen.«

»Und wer sind Sie?«

»Ich bin Mrs. Parker«, sagte sie. »Entzückt, Sie kennenzulernen.« Sie ging zu dem leeren Stuhl neben Miss Lizzie. »Tut mir leid wegen der Verspätung«, sagte sie leise, während sie Platz nahm.

Mr. Fay sah wieder auf seine Armbanduhr, sah Miss Lizzie an. »Ich will ja nicht unhöflich sein. Aber Ihre fünf Minuten sind längst um.«

»Haben Sie eine Theorie«, sagte Miss Lizzie, »wer John Burton getötet haben könnte?«

»Klar hab ich 'ne Theorie. Das war 'n Typ mit 'nem Beil.« Er drehte sich lächelnd zu dem dicken Mann um. Dann wandte er sich an mich. »Nichts für ungut, Kindchen.«

Mr. Leibowitz sagte: »Mr. Burton war viel auf Reisen.«

Mr. Fay sah ihn an. Der dicke Mann ebenfalls. »Ach ja?« sagte Mr. Fay.

»Europa, mehrmals im Jahr. Frankreich, Deutschland. Letztes Jahr war er in China.«

»China. Echt wahr?«

Es kam mir so vor, als würde der dicke Mann Mr. Leibowitz scharf beobachten.

»Wissen Sie, warum?« fragte Mr. Leibowitz.

»Bin ich ein Reisebüro?« sagte Mr. Fay. »Vielleicht ißt er gern Nudeln.« Er blickte wieder auf die Uhr, wandte sich an Miss Lizzie. »War's das?«

»Ja.« Sie erhob sich. »Vielen herzlichen Dank.«

Wir erhoben uns ebenfalls.

»Gern geschehen«, sagte Mr. Fay. »Sagen Sie dem Kellner, Ihre Drinks gehen aufs Haus.« Er sah mich an. »Das mindeste, was ich tun kann. Wegen deinem Onkel und allem.«

»Danke«, sagte ich.

»Gern geschehen.«

Wir waren schon fast an der Tür, als er sagte: »He. Eins noch.«

Wir drehten uns alle um und sahen ihn an.

»Ja?« sagte Miss Lizie.

»Hier werden ständig Leute kaltgemacht. Burton. Diese Cartwright. Vielleicht isses da keine so dolle Idee, überall rumzuschnüffeln.«

»Mag sein«, sagte Miss Lizzie. »Wir werden ja sehen.«

Nachdem Mr. Leibowitz seine Pistole bei dem Mann vor der Tür abgeholt hatte, kehrten wir an unseren Tisch zurück. Unsere Rechnung wartete bereits. Trotz Mr. Fays Anweisungen griff Miss Lizzie danach, besah sie sich, legte sie wieder hin, öffnete ihre Handtasche und holte einen Fünfdollarschein heraus. Sie legte ihn auf die Getränkerechnung, und dann gingen wir hinaus, um nach Robert Ausschau zu halten.

Binnen einer Minute fuhr er am Bordstein vor. Mr. Leibowitz, Miss Lizzie und ich setzten uns in den Fond, ich in der Mitte, und Mrs. Parker setzte sich zu Robert auf den Vordersitz.

»Hallo, Robert«, sagte sie.

»Guten Abend, Ma'am.«

»Dorothy«, sagte sie.

Der Wagen fädelte sich in den Verkehr ein.

Mr. Leibowitz sagte zu Miss Lizzie: »Die Frage nach den Reisen von John Burton hat ihm nicht behagt.«

»Nein«, sagte Miss Lizzie. »Ganz und gar nicht. Und der Tod

von Miss Cartwright schien ihn überhaupt nicht zu interessieren.«

»Stimmt. Aber es ist durchaus möglich, daß er sie nur als Tänzerin kannte. Wie er sagte, in New York gibt's Tänzerinnen wie Sand am Meer.«

»Tanzen Sie, Robert?« fragte Mrs. Parker.

»Nein, Ma'am.«

Ich sagte: »Er wollte uns fünf Minuten geben, aber er hat uns viel länger dableiben lassen.«

»So ist es«, sagte Miss Lizzie. »Ich vermute, daß er feststellen wollte, wieviel wir wissen.«

»Wir wissen nicht gerade viel«, sagte Mr. Leibowitz.

»Aber wir wissen«, sagte Miss Lizzie, »daß er gelogen hat, was das Gespräch mit John Burton betrifft.«

»Wissen wir das tatsächlich?« fragte Mr. Leibowitz.

»Zufällig«, sagte sie, »verfolge ich die Warenbörse. Zur Zeit besteht ein Überangebot an Erdnüssen. Kein vernünftiger Mensch würde in Terminkontrakte mit Erdnüssen investieren oder jemandem dazu raten.«

»Wußten Sie, Robert«, sagte Mrs. Parker, »daß George Washington Carver über dreihundert Verwendungsmöglichkeiten für Erdnüsse entdeckt hat?«

»Ja, Ma'am.«

»Klar, natürlich wußten Sie das.«

»Vielleicht«, sagte Mr. Leibowitz zu Miss Lizzie, »hat Mr. Burton versucht, Fay reinzulegen.«

»Würden Sie versuchen, Mr. Fay reinzulegen?«

»Nicht ohne eine Waffe in der Hand.«

»Eben«, sagte sie. »Sehen Sie?«

Siebzehn

Wir kamen kurz nach elf am Cotton Club an. Als Robert uns absetzte, sagte er zu Miss Lizzie, daß er den Wagen parken, den Club durch den Hintereingang betreten und versuchen werde, seine Bekanntschaft zu finden.

»Das Wild ist auf, folgt eurem Mute, Robert«, sagte Mrs. Parker.

»Ja, Ma'am.«

Es war Sonntagabend, aber den Menschen, die sich vor dem Club drängten, hatte das offenbar niemand gesagt. Die Schlange war genauso lang wie am Freitag, und alle waren genauso ungeduldig und genauso aufgeregt. Ich sah Mr. Minton, den früheren Preisboxer, in seinem Smoking an der Eingangstür stehen und führte die anderen zu ihm.

Der sonntäglichen Menge mißfiel dieser Verstoß gegen die guten Sitten genauso wie der Menge am Freitag. »Hinten anstellen!« brüllte ein Mann.

Mr. Minton blickte einen Moment finster auf mich herab, dann erhellte sich seine Miene, als er mich wiedererkannte. Er lächelte, daß man die Lücke in den oberen Schneidezähnen sah. »Hey«, sagte er. »Schätzchen.«

»Hallo, Mr. Minton.«

Er ging in die Hocke, wobei er sich mit der linken Faust auf dem Pflaster abstützte, und sein Gesicht wurde ernst. »Hör mal«, sagte er. »Das mit deinem Onkel tut mir wirklich leid. Er war ein prima Kerl. Ein echter Gentleman.«

Im Gegensatz zu Mr. Fay wirkte er aufrichtig bekümmert.

»Danke«, sagte ich. »Mr. Minton, wir müssen mit Mr. Madden sprechen. Ist er heute abend da?«

Er blickte zu Miss Lizzie, Mr. Leibowitz und Mrs. Parker hoch.

»Das sind Freunde von mir«, sagte ich.

Er nickte ihnen zu, sah wieder mich an. »Tja, weißt du, Schätzchen, der Mr. Madden ist ein vielbeschäftigter Mann. Ist es wirklich was Wichtiges?«

»Ja. Wirklich. Ehrlich.«

Er lächelte, und dann nickte er. »Okay. Du gehst jetzt mit deinen Freunden rein und redest mit dem Mr. DeMange. Weißt du, wer das ist?«

»Der Geschäftsführer. Ich habe ihn kennengelernt.«

»Genau. Der kann dir sagen, ob es klargeht. Okay?« Er hielt mir seine große Hand hin.

Ich ergriff sie. »Ja. Vielen Dank, Mr. Minton.«

»Gebongt.« Er erhob sich aus der Hocke, wobei er sich mühsamer bewegte als vorhin. Er drehte sich um und zog die Tür an der Messingstange auf. Wiederum brandete ein Schwall lauter Musik auf den Bürgersteig heraus. Wir tauchten hinein, während Mr. Leibowitz sich bei Mr. Minton bedankte und ihm dabei einen Schein zusteckte.

Am Empfang stand wieder ein großer Mann, aber diesen erkannte ich nicht. Genau wie der Mann, der am Freitagabend hiergewesen war, trug er einen schwarzen Smoking. Er lächelte Mr. Leibowitz an und fragte dann, die Musik übertönend: »Haben Sie reserviert, Sir?«

Mr. Leibowitz deutete mit dem Kinn auf mich. »Wir gehören zu ihr.«

Der Mann blickte zu mir herunter.

»Kann ich bitte«, sagte ich und erhob die Stimme, um mich verständlich zu machen, »Mr. DeMange sprechen?«

Er lächelte, als stellte er amüsiert fest, daß ich tatsächlich der Sprache mächtig war. »Und wer sind Sie, kleines Fräulein?«

»Mein Name ist Amanda Burton«, sagte ich, »und ich würde gerne Mr. DeMange sprechen.«

Der Mann sah Mr. Leibowitz an.

Mr. Leibowitz lächelte. »Sie würde gerne Mr. DeMange sprechen.«

Der Mann sah Miss Lizzie an, sah Mrs. Parker an.

Mrs Parker sagte: »Muß ich es wirklich auch noch sagen?«

Er sah wieder mich an. »Wie war noch mal der Name?«

»Amanda Burton. Die Nichte von John Burton.«

Die Erwähnung von Johns Namen rief auch diesmal einen Ausdruck des Wiedererkennens hervor. Er nickte. »Warten Sie hier.« Er glitt geschmeidig davon.

Wir warteten im Foyer. Drinnen hörte die Kapelle auf zu spielen. Das Publikum klatschte, johlte und grölte wie verrückt. Von hier draußen hörte sich der Lärm an wie das Gebrüll eines einzigen großen wildgewordenen Tieres.

Nach ein oder zwei Minuten kam Mr. DeMange um die Ecke, hünenhaft und massig, das lange, traurige Bulldoggen-Gesicht so zerknautscht, wie es am Freitag gewesen war. Er betrachtete Miss Lizzie und die anderen, blickte dann auf mich herunter. Als er mich das erste Mal gesehen hatte, zwei Abende zuvor, hatte sich sein trauriges Gesicht schlagartig erhellt. Das geschah an diesem Abend nicht.

»Amanda«, sagte er. »Wie geht es Ihnen?«

»Danke, gut.«

»Schlimme Sache, was mit Ihrem Onkel passiert ist.«

»Ja.«

»Wir mochten ihn alle hier.« Er blickte wieder zu den anderen, dann wieder zu mir. »Was kann ich für Sie tun?«

»Das sind meine Freunde«, sagte ich ihm. »Wir würden gern Mr. Madden sprechen.«

»Und wer sind Ihre Freunde?«

Ich stellte sie vor.

Er nickte. »Geritzt. Ich besorg Ihnen jetzt erst mal einen Tisch, und dann rede ich mit Mr. Madden. Mal sehen, ob er Zeit hat. Aber ich kann nichts versprechen, klar?«

»Gut«, sagte ich. »Danke.«

»Dann kommen Sie mal alle mit.«

Wir folgten ihm in den höhlenartigen Raum, hinein in die Dünste von Zigarren und Zigaretten, Parfum und Kölnischwasser, und er führte uns an einen großen runden Tisch auf der zweiten Ebene, an der Rundung des hufeisenförmigen Restaurantbereichs, direkt gegenüber von der Bühne. Auch diesmal war das Publikum ausnahmslos weiß. Und genau wie das Publikum zwei Abende davor wirkte es gespannt, erregt von einer Art geheimer fiebriger Erwartung. Überall um uns herum saßen die Leute vorgebeugt da und plauderten angeregt miteinander.

Als wir Platz nahmen, sagte Mr. DeMange zu mir: »Ich schicke Ihnen den Kellner.«

Ich bedankte mich, und dann ging er, bewegte den hünenhaften Körper geschickt durch die Menge der Gäste.

»Scheiße«, sagte Mrs. Parker. Sie hatte die Handschuhe ausgezogen und steckte sich nun eine Zigarette in den Mund. »Wir haben die Vorstellung verpaßt.«

»Wir sind eigentlich nicht wegen der Vorstellung hier«, sagte Mr. Leibowitz.

Sie kramte in ihrer Handtasche. »Ich wollte Roberts Freundin sehen.« Beim Sprechen bewegte sich das Ende ihrer Zigarette auf und ab. »Sie ist eine von den Tänzerinnen, wie er sagte.«

»Und woher hätten Sie gewußt, welche von ihnen Roberts Freundin ist?«

Sie hatte ihr Feuerzeug gefunden. »Ganz einfach«, sagte sie und zündete die Zigarette an. Sie nahm sie aus dem Mund, stieß einen Schwall Rauch aus. »Es ist die mit dem breitesten Lächeln im Gesicht.«

Ein dünner schwarzer Kellner schlängelte sich zwischen den Tischen durch, ein Tablett unter den linken Arm geklemmt, einen Bestellblock in der rechten Hand. »Abend miteinander«, sagte er und wandte sich an Mr. Leibowitz. »Was kann ich Ihnen bringen?«

»Für mich nichts, danke«, sagte er.

Miss Lizzie bestellte wieder einen Ramos Gin Fizz, Mrs. Parker einen Scotch mit Wasser. Ich bestellte eine Coca Cola.

»Kommt sofort«, sagte er und bahnte sich seinen Weg zurück.

Miss Lizzie blickte sich im Raum um. »Ein außergewöhnliches Lokal«, sagte sie.

Mr. Leibowitz lächelte. »So was hat Fall River wohl nicht zu bieten, Miss Borden?«

»Soweit ich weiß«, sagte sie, »hat ganz Massachusetts nichts dergleichen zu bieten.«

»Das ist er, stimmt's?« sagte Mrs. Parker.

Ich schaute. Auf der leeren Tanzfläche hatte ein Mann den Kellner angehalten, eine Hand leicht auf dessen Arm gelegt, dann beugte er sich zu ihm und flüsterte ihm etwas ins Ohr. Es war derselbe Mann, den ich zwei Abende davor gesehen hatte, der dunkelhaarige, grüblerisch gutaussehende Mann mit den schläfrigen Augen, der sich so kerzengerade hielt. Auch an diesem Abend trug er eine tadellos geschneiderte weiße Smokingjacke, und neben ihm stand die Frau, die schon am Freitag bei ihm gewesen war. Ihr kleiner sinnlicher Körper war in ein hautenges schimmerndes schwarzes Abendkleid aus Seide gezwängt, das ihre Arme und ihre blassen runden Schultern frei ließ.

»Ja«, sagte ich.

Der Kellner nickte und stakste davon. Der Mann und die Frau kamen auf unseren Tisch zu.

Mr. Leibowitz erhob sich.

»Guten Abend«, sagte der Mann. Er hatte einen britischen Akzent, und seine Stimme war tief und seidig. Er lächelte die anderen liebenswürdig an. »Ich bin Owney Madden. Willkommen im Club.« Er wandte sich an mich. »Amanda. Wir haben uns neulich abend nicht kennengelernt. Was ich bedaure. Und ich bedaure zutiefst, was mit Ihrem Onkel passiert ist. Er war ein feiner Mann.«

Ich dankte ihm und stellte die anderen vor.

Zu Mrs. Parker sagte er: »Ich habe Ihre Theaterkritiken in *Vanity Fair* gelesen. Sie sind sehr gut gemacht.«

Sie lächelte – überrascht, wie mir schien, daß er sie kannte. »Sagen Sie das mal meinem Chefredakteur.«

»Ich bin sicher, daß er das weiß. Mr. Leibowitz. Sie sind ein Mitarbeiter von Mr. Lipkind, wenn ich nicht irre?«

»Gelegentlich«, sagte Mr. Leibowitz.

»Ein talentierter Anwalt«, sagte Mr. Madden. Er machte eine kleine Verbeugung nach links, zu der kleinen blonden Frau an seiner Seite. »Das ist meine Freundin, Miss West.«

»Entzückt«, sagte sie. Sie hatte einen Akzent, mit dem ich damals noch nicht vertraut war und der, wie ich später erfuhr, genau wie Miss West selbst aus Brooklyn stammte. Zwischen ihren imposanten Brüsten baumelte eine lange Halskette aus großen opalisierenden Perlen.

Mr. Madden wandte sich wieder an mich. »Sie wollten mich sprechen?«

»Wenn es möglich wäre.«

»Aber natürlich. Kommen Sie. Gehen wir in mein Büro.«

Als ich aufstand, stand Miss Lizzie ebenfalls auf.

Mr. Madden sah sie an. »Sie kommen auch mit, Miss Cabot?«

»Ich bin Amandas Vormund.«

Er lächelte. »Dann müssen Sie selbstverständlich mitkommen.«

Mr. Leibowitz begann, um den Tisch herumzugehen.

»Machen Sie es sich gemütlich, alter Junge«, sagte Mr. Madden zu ihm. »Ich verspreche Ihnen, daß ich die beiden Damen wohlbehalten zurückbringe.«

Nach einem schnellen Blick auf Miss Lizzie nickte Mr. Leibowitz.

Mr. Madden fragte ihn: »Wäre es eine schreckliche Zumutung, wenn sich Miss West unterdessen Ihnen anschließen würde? Ich lasse sie höchst ungern allein.«

»Keineswegs«, sagte Mr. Leibowitz.

»Nur zu«, sagte Mrs. Parker ohne große Begeisterung. Ihr Blick glitt mißmutig über das Kleid der Frau. »Je mehr, desto besser.«

Miss West lächelte. »Ich bin so frei.«

Mr. Madden sagte zu ihr: »Ich bin gleich wieder da, Mae.«

»Laß dir ruhig Zeit, Süßer«, sagte Miss West.

Mr. Maddens Büro war größer als das von Mr. Fay, aber es war schlicht, und es war ungemein weiß – der Teppich, die Wände, die zwei langen Sofas, die auf entgegengesetzten Seiten des Zimmers standen, jedes flankiert von ovalen weißen Beistelltischchen. Sogar der Schreibtisch war weiß, ein geschwungenes, ausladendes Möbelstück aus glänzendem Holz. Auf ihm befanden sich ein weißes Telefon, ein kleiner weißer Kalender, ein Notizblock mit weißem Papier, ein langer weißer Füller in einem weißen Marmorhalter. Dahinter hing ein Paar lange weiße Vorhänge, zugezogen.

Der einzige Schmuck war ein Ölgemälde an der Wand gegenüber dem Schreibtisch. Es hatte einen schlichten Holzrahmen, war knapp zwei Meter breit und gut einen Meter hoch und zeigte eine fröhliche Gruppe von Männern und Frauen lachend und trinkend an einem Gartentisch, dahinter grüne Bäume und ein blauer See, das Ganze in verschwenderisches gelbes Sonnenlicht getaucht.

»Bitte«, sagte Mr. Madden und deutete auf eines der Sofas. »Nehmen Sie Platz.«

Wir setzten uns, während er hinter den Schreibtisch ging. Er ließ sich auf den Stuhl sinken, beugte sich vor, verschränkte die Hände auf der Schreibtischplatte, sah mich mit seinen schläfrigen Augen an und sagte: »Nun. Wie kann ich Ihnen helfen?«

»Vielleicht wäre es besser«, sagte ich, »wenn Ihnen das meine Tante erklären würde.«

Er blickte zu Miss Lizzie.

»Wie Sie vielleicht wissen«, sagte sie, »hat die Polizei noch nicht herausgefunden, wer John Burton getötet hat.«

Mr. Madden nickte.

»Anfänglich«, sagte sie, »richtete sich ihr Augenmerk auf Amanda.«

Er lächelte mich an. »Das war bestimmt nicht sehr angenehm.«

»Nein«, sagte ich. Ich mußte daran denken, was Miss Dale gesagt hatte. *Es heißt, er habe einen Mann getötet.* Genau wie ihr fiel es mir schwer, das zu glauben.

»Und wir vermuten«, sagte Miss Lizzie, »daß sich ihr Augenmerk wieder auf Amanda richten wird, wenn es uns nicht gelingt, herauszufinden, wer tatsächlich dafür verantwortlich ist.«

Er nickte. »Und wie gedenken Sie das zu tun?«

»Indem wir mit jedem sprechen, der ihn kannte. Indem wir festzustellen versuchen, wer ein Motiv hatte, ihn zu töten.«

Er schüttelte den stattlichen Kopf. »Ich fürchte, da kann ich Ihnen nicht weiterhelfen, Miss Cabot. Meines Wissens war John allgemein beliebt. Jeder hatte eine hohe Meinung von ihm.«

»Dennoch gab es am Freitagabend gewisse Mißhelligkeiten zwischen Ihnen beiden.«

»Wer hat Ihnen denn das erzählt?« Er sah mich an und lächelte. »Ach. Der kleine Zwischenfall im Foyer. Zwischen John und mir.«

Ich sagte: »Es sah so aus, als ob Sie böse aufeinander wären.«

»Bestimmt hat es so ausgesehen.« Er wandte sich an Miss Lizzie. »Verstehen Sie etwas von Baseball, Miss Cabot?«

»Nur sehr wenig«, sagte sie.

»Vor einigen Wochen haben John und ich miteinander gewettet. Die Washington Senators haben einen Pitcher namens Walter Johnson. Er ist ziemlich gut, und er hat dieses Jahr eine ausgezeichnete Saison. Ich habe mit John gewettet, daß, wenn die Senators gegen die Chicago White Sox spielen, Johnson mindestens einen One-Hitter und möglicherweise einen No-Hitter wirft. Wissen Sie, was das heißt?«

»Daß die gegnerische Mannschaft, nehme ich an, nur einen oder gar keinen Punkt erzielt.«

»Richtig. Und genau das ist passiert. Ein One-Hitter. Als ich ...«

Es klopfte an der Tür.

»Herein«, rief Mr. Madden laut.

Die Tür ging auf, und ein Kellner trat ein, ein Schwarzer, aber nicht der Kellner, der unsere Bestellung aufgenommen hatte. Er hatte zwei Gläser auf seinem Tablett, meine Coca Cola und Miss Lizzies Gin Fizz.

»Danke, Paul«, sagte Mr. Madden. »Könntest du für unsere Gäste einen Tisch aufstellen?«

Der Kellner schob das Tablett auf den Beistelltisch neben Miss Lizzie, ging hinüber zu dem anderen Tischchen, zog es heraus und stellte es vor uns auf. Er kehrte zu seinem Tablett zurück, nahm Papierservietten herunter, legte sie auf das Tischchen vor uns und stellte auf jede Serviette ein Glas. Miss Lizzies Trinkhalm war diesmal gelb.

Der Kellner wandte sich an Mr. Madden. »Darf's noch was sein, Mr. Madden?«

»Nein. Danke, Paul.«

»Ja, Sir«, sagte er. Er nickte mir und Miss Lizzie kurz zu und ging dann.

»Bitte«, sagte Mr. Madden mit einer Kopfbewegung in Richtung der Getränke.

Ich griff nach meiner Cola. Miss Lizzie setzte sich auf, nahm ihren Drink in die Hand. Die Serviette gegen den Boden des Glases drückend, lehnte sie sich zurück. Sie neigte den Kopf, schob den Trinkhalm in den Mund, nippte an ihrem Gin Fizz.

»Ist er so recht?« fragte Mr. Madden sie. »Ihr Drink?«

Ihr Kopf ging hoch. »Sehr erfrischend«, sagte sie. »Vielen Dank.«

»Keine Ursache. Also. Wo war ich stehengeblieben?«

»Bei einem One-Hitter«, sagte Miss Lizzie. »Mr. Johnson hatte ihn geworfen, und John hatte seine Wette verloren.«

»Richtig. Als ich John sah, erinnerte ich ihn daran.« Er lächelte. »Wenn John einen Fehler hatte, dann war es sein Ehrgeiz. Er haßte es, zu verlieren. Haßte es wirklich zutiefst.« Er wandte sich an mich. »Und deshalb war er so mürrisch, als er ging.«

»Ich nehme nicht an«, sagte Miss Lizzie, mit dem Trinkhalm ihren Gin Fizz umrührend, »daß Sie die Wette schriftlich festgehalten haben?«

»Ich bitte Sie, Miss Cabot. Niemand hält Sportwetten schriftlich fest.«

»Um wieviel ging es?«

»Um fünfhundert Dollar.«

»Eine ziemlich hohe Wette.« Sie beugte den Kopf vor und saugte wieder an ihrem Trinkhalm.

»Kommt auf die finanziellen Verhältnisse an, nicht wahr? Ich konnte es mir leisten. Er ebenfalls.«

»Und er bezahlte Sie wie? Mit einem Scheck?«

»Bar.« Er lächelte. »Sie werden feststellen, daß kaum jemand bereit ist, bei einer Sportwette einen Scheck zu akzeptieren. Schecks kann man sperren lassen.«

»Befürchteten Sie, daß John seinen sperren lassen könnte?«

»Das Thema stand nie zur Debatte. Wie gesagt, Wettschulden werden bar beglichen. John wußte das. Er hatte den Betrag in bar dabei, und er gab ihn mir.«

»Aber Sie mußten ihn an die Wette erinnern, sagten Sie. Also hatte er das Bargeld vermutlich nicht bei sich, um Sie zu bezahlen.«

»John hatte immer sehr viel Bargeld bei sich. Ich habe ihn sogar davor gewarnt, mehrmals sogar. New York kann ein gefährliches Pflaster sein.«

»Doch in diesem Fall war es für Sie von Vorteil.«

Sein Gesicht wurde ernst. »Ich darf Ihnen versichern, Miss Cabot, wenn ich John durch den Verzicht auf das Geld zurückbringen könnte, würde ich dies auf der Stelle tun.«

Sie nickte. »Wo haben Sie John kennengelernt, Mr. Madden?«

»Hier. Hier im Club. Als Gast.«

»Und Sie beide wurden Freunde?« Ein weiterer Zug an ihrem Gin Fizz.

»Freunde? Wir kannten uns. Ich bilde mir ein, daß jeder die Gesellschaft des anderen schätzte. Sagen wir so, wir waren gute Bekannte.«

»Kennen Sie Mr. Fay? Den Besitzer des Nachtclubs El Fay?«

»Wir sind uns begegnet.«

»Halten Sie ihn für einen ehrlichen Mann?«

Wieder ein Lächeln. »Solange Ehrlichkeit in seinem eigenen Interesse liegt. Aber in gewissem Maße, Miss Cabot, ist das wohl bei uns allen der Fall.«

»Mag sein.« Sie senkte den Kopf, nippte nachdenklich an ihrem Drink.

»Warum fragen Sie?« sagte er.

»John war am Freitagabend bei ihm, bevor er hierherkam. Er behauptet, John und er hätten über Termingeschäfte mit Erdnüssen gesprochen.«

»Das ist durchaus möglich. Aber bei Erdnüssen besteht derzeit ein Überangebot. John wußte das mit Sicherheit.«

»Mr. Fay zufolge riet ihm John, in Erdnüsse zu investieren.«

Er runzelte die Stirn. »Das erscheint mir sehr unwahrscheinlich.«

»Mir auch«, sagte sie. Sie saugte an ihrem Trinkhalm, der laut gurgelte, als der letzte Rest Gin Fizz verschwand. »Verzeihung«, sagte sie.

Mr. Madden lächelte.

Sie beugte sich vor und stellte das Glas zurück auf den Tisch. »Wissen Sie etwas über Johns Reisen, Mr. Madden?«

»Seine Reisen?«

»Er verbrachte ziemlich viel Zeit außer Landes. Frankreich, Deutschland. Letztes Jahr verbrachte er einen Monat in China.«

Er lächelte. »Ich kann mir nicht vorstellen, warum. Wie man hört, sind die sanitären Einrichtungen dort etwas primitiv.«

»Er hat seine Reisen Ihnen gegenüber nie erwähnt?«

»Nein.«

»Und fällt Ihnen jemand ein«, sagte sie, »der ihm übelgewollt haben könnte?«

»Nein.« Er lehnte sich zurück, legte die Arme auf die Armlehnen des Stuhls. »Aber angenommen, ich mache folgendes. Angenommen, ich telefoniere ein bißchen herum. Es gibt Leute in der Stadt, die etwas wissen könnten.«

»Leute, die John kannten?«

»Leute, die ihn dem Namen nach kannten.«

»War John denn so bekannt, Mr. Madden?«

»Er war wohlhabend. Er war überall anzutreffen, kam viel herum. Es gibt Personen, die es sich angelegen sein lassen, solche Leute zu kennen.«

»Interessant.«

»Kann ich mich irgendwie mit Ihnen in Verbindung setzen?«

»Leider nicht«, sagte sie. »Amanda und ich werden in den nächsten Tagen sehr viel unterwegs sein. Hätten Sie etwas dagegen, wenn ich mich mit *Ihnen* in Verbindung setzen würde?«

»Keineswegs. Ich werde gleich die ersten Anrufe tätigen. Aber ich erwarte nicht, umgehend Auskünfte zu erhalten. Das könnte ein Weilchen dauern.«

»Ich verstehe.«

»Rufen Sie mich doch in zwei oder drei Tagen an.«

»Das werde ich.«

Zu diesem Zeitpunkt konnten wir nicht wissen, daß wir keine zwei oder drei Tage mehr haben sollten.

Mr. Madden zog lässig den Füller aus dem Marmorhalter, kritzelte etwas auf das oberste Blatt des Notizblocks, steckte den Füller wieder in den Halter, riß das Blatt ab, stand auf und hielt es uns hin. »Meine Privatnummer.«

Miss Lizzie und ich erhoben uns. Sie trat vor, nahm das Blatt.

»Vielen Dank«, sagte sie.

»Keine Ursache. Finden Sie allein zu Ihrem Tisch zurück?«

Sie faltete lächelnd das Blatt zusammen. »Das nehme ich doch an. Und vielen Dank, daß Sie sich soviel Zeit für uns genommen haben.«

»Keine Ursache, ich bitte Sie. Würden Sie Miss West bitte ausrichten, daß ich noch ein paar Minuten brauche?«

»Selbstverständlich«, sagte sie und schob den Zettel in ihre Handtasche.

Nachdem wir das Büro verlassen hatten und uns unseren Weg durch die Menge zurück zu den anderen bahnten, beugte sich Miss Lizzie zu mir und fragte: »Was meinst du?«

»Er scheint sehr nett zu sein.«

»Sehr. Glaubst du ihm?«

»Nein«, sagte ich. »Und Sie?«

»Ich auch nicht.«

Achtzehn

Als wir uns unserem Tisch näherten, sahen wir, daß Mr. Leibowitz lächelte und Mrs. Parker lachte. Miss West saß zurückgelehnt auf ihrem Stuhl, die schönen Beine seitlich übereinandergeschlagen, den glatten linken Arm lässig über die Rückenlehne gehängt. Sie nippte an einem tulpenförmigen Champagnerkelch. Mitten auf dem Tisch hatten sich eine Flasche Dom Perignon und ein Eiskübel eingefunden.

Als wir uns setzten, beugte sich Mrs. Parker zu Miss Lizzie und sagte: »Wußten Sie, daß Mr. Madden sieben Kugeln im Leib hat?«

»Nein«, sagte Miss Lizzie. »Er hat verabsäumt, das zu erwähnen.« Sie wandte sich an Miss West, die offensichtlich die Information geliefert hatte. »Das sieht man ihm gar nicht an.«

»Sie sagen es«, sagte Miss West. Sie sprach in einem lasziv gedehnten Tonfall, der so ganz anders war als der gedehnte Höhere-Tochter-Tonfall von Mrs. Parker. »Die tun seiner Leistungsfähigkeit überhaupt keinen Abbruch.«

Miss Lizzie lächelte. »Dann hatte er großes Glück.«

»Owney«, sagte sie, »schmiedet sein Glück selber.«

»Das kann ich mir vorstellen. Übrigens bat er mich, Ihnen auszurichten, daß es noch ein paar Minuten dauert.«

Miss West zuckte mit den weißen Schultern. »Ich werd's überleben.«

»Mae ist Bühnenautorin«, sagte Mrs. Parker.

»Tatsächlich?« sagte Miss Lizzie.

»Verraten Sie ihr den Namen Ihres Stücks«, bat Mrs. Parker.

»*Das Flittchen*«, sagte Miss West. Sie lockerte sich mit der linken Hand leicht das Haar auf. »Es ist so was wie autobiographisch.«

»Da rücken Sie sich gewiß in ein falsches Licht.«

Miss West lächelte, ein träges, laszives Lächeln. »Nie und nimmer«, sagte sie. »Nicht, wenn ich es vermeiden kann.«

»Wurde das Stück bereits aufgeführt?«

»Ich bin noch am Suchen. Man muß das Eisen schmieden, solang es heiß ist. Man muß machen, was man kann, solang man's kann.« Sie sah Mr. Leibowitz an und lächelte wieder dieses Lächeln. Ich könnte es mir eingebildet haben, aber mir schien, daß der glänzende Schädel des Privatdetektivs ein wenig errötete. »In hundert Jahren«, sagte sie, »sind wir alle bloß noch Erinnerungen.«

»Auf die Dauer«, sagte Miss Lizzie lächelnd, »ist es vielleicht gar nicht so schlecht, eine Erinnerung zu sein.«

Miss West sah sie an, und dann grinste sie. »Ich glaube, da sagen Sie was Wahres.«

»Wovon handelt das Stück?«

»Von einem leichten Mädchen. Das sich gesellschaftlich hocharbeitet. Durch die Betten.«

Miss Lizzie lächelte wieder.

Mrs. Parker sagte: »Mae ist auch Sängerin und Tänzerin.«

»In dieser Stadt«, sagte Miss West, »muß man alles auf Lager haben. Vor allem, wenn man für alles zu haben ist.«

Mrs. Parker sagte: »*Variety* – es war doch *Variety*, nicht wahr, Mae?«

»*Variety*, stimmt genau.«

»*Variety* schrieb, sie lege den besten Shimmy am Broadway hin.«

»Nicht den besten«, verbesserte Miss West. »Den *schärfsten*.« Sie sagte es voller Stolz.

»Und was ist ein Shimmy?« fragte Miss Lizzie.

»Das ist die Art von Tanz«, sagte Miss West, »wo sich rausstellt, ob einer ein Bubi oder ein ganzer Kerl ist. Oder wo der eine ruck, zuck zum anderen wird.«

»Das muß ein sehr nützliches gesellschaftliches Talent sein.«

Miss West lachte, und dann kniff sie die Augen zusammen. »Also«, sagte sie, »du bist okay, Liz. Was dagegen, wenn ich Liz zu dir sage?«

»Ganz und gar nicht.«

Ich nippte gerade an meinem Glas Wasser. Ich wäre fast daran erstickt.

»Alles in Ordnung, Liebes?« fragte mich Miss Lizzie.

»Ja«, sagte ich und hustete in die vorgehaltene Hand. »Ja. Danke.«

»Tut mir leid, daß es so lange gedauert hat, Mae.« Es war Mr. Madden, der plötzlich neben meinem Stuhl stand.

»Kein Problem«, sagte Miss West und stellte ihr Glas auf den Tisch. »Wir ham gequasselt wie 'n Schwung Pfadfinderinnen.«

Sie stand auf, strich ihr Kleid glatt, trat einen Schritt vom Tisch zurück und sah uns lächelnd der Reihe nach an. »War lustig mit euch.« Zu Miss Lizzie sagte sie: »Vielleicht sieht man sich mal wieder.«

»Ich würde mich freuen.«

»Vergessen Sie nicht, mich anzurufen«, sagte Mr. Madden zu Miss Lizzie.

»Bestimmt nicht.«

»Die Getränke gehen übrigens auf mich.«

»Ich ziehe es im allgemeinen vor, selbst zu bezahlen«, sagte sie.

Er lächelte. »Heute abend können Sie das leider nicht.«

»Nun gut. Vielen Dank.«

»War mir ein Vergnügen. Guten Abend.«

»Guten Abend«, sagte Miss Lizzie.

Die beiden machten kehrt und gingen hintereinander die Stufen zur Tanzfläche hinunter, Mr. Madden die Finger leicht auf den Rücken von Miss West gelegt, Miss West die üppigen Hüften schwingend.

»Sie ist erstaunlich«, sagte Mrs. Parker. »Ich hasse sie.« Sie beugte sich zu Miss Lizzie. »Sie sagt, sie spricht zwei Sprachen. Englisch und Leiblich.«

»Beide fließend, wie es scheint.«

Mrs. Parker lachte.

Miss Lizzie fragte Mr. Leibowitz: »Wie hat sie Mr. Madden kennengelernt?«

»Ihm gehört das Hotel, das Miss Wests Mutter leitet. Dort ist sie Madden begegnet, sagt sie.«

»Ihm gehört auch ein Hotel? Mr. Madden scheint sich sehr gut zu stehen.«

»Wenn ich einen Gang wie die hätte«, sagte Mrs. Parker, während sie Miss West nachsah, »bräuchte ich nie wieder ein Wort zu schreiben.«

»Hat Madden etwas Brauchbares gesagt?« fragte Mr. Leibowitz.

Miss Lizzie berichtete, was Mr. Madden uns mitgeteilt hatte.

Während sie sprach, machte Mrs. Parker einen zerstreuten Eindruck. Sie blickte in die Ferne, blickte zu Boden, verschränkte die Arme. Einmal gähnte sie, taktvoll, indem sie ihre kleine Hand steif vor den Mund hielt. Sie zündete sich eine Zigarette an und ließ sie, unangerührt, zu einem zarten grauen Aschefinger herunterbrennen. Mehrere Male blinzelte sie hektisch, als versuche sie, wach zu bleiben.

Am Ende fragte Mr. Leibowitz Miss Lizzie: »Glauben Sie ihm?«

»Nein«, sagte sie. »Das gilt auch für Amanda.«

»Das gilt auch für mich«, sagte Mrs. Parker und blickte vom Tisch auf.

Mr. Leibowitz wandte sich an mich. »Warum nicht?«

»Na ja«, sagte ich. »Ich glaube, daß John Sport mochte. Ich weiß, daß er etwas vom Preisboxen verstand, und vermutlich verstand er auch etwas von Baseball. Und vielleicht hat er gewettet. Aber ich glaube, wenn er gewettet hat, dann war er nicht so ... so schäbig, seine Wettschulden nicht zu bezahlen.«

Er sagte: »Du warst nur eine Woche bei ihm, Amanda. Und sogar Menschen, die wir seit Jahren kennen, überraschen uns gelegentlich mit dem, was sie tun. Mit dem, was sie sind.«

»Da haben Sie verdammt recht«, sagte Mrs. Parker.

»Schon, aber ich kann es mir bei ihm einfach nicht vorstellen. Und Mr. Madden sagte, John sei am Freitagabend mürrisch gewesen. Er war viel mehr als mürrisch. Er war richtig wütend. Ich glaube nicht, daß es um eine Wette ging.«

Er sah Miss Lizzie an.

»Ich auch nicht«, sagte sie. »Mr. Madden war eindeutig zu glatt.«

»Wissen Sie«, sagte er, »Walter Johnson hat vor ein paar Wochen tatsächlich einen One-Hitter geworfen. Gegen die White Sox.«

»Das überrascht mich nicht. Und es würde mich auch nicht überraschen, wenn Mr. Madden tatsächlich eine Wette auf dieses Spiel abgeschlossen hätte. Aber nicht unbedingt mit John.«

Mr. Leibowitz nickte. »Wir machen keine großen Fortschritte«.

»Immerhin«, sagte sie, »wissen wir jetzt, daß Mr. Madden in puncto Kunst einen ausgezeichneten Geschmack besitzt. Er hat in seinem Büro einen Renoir an der Wand hängen.«

»Wirklich?« fragte ich. »Das war ein Renoir?«

»Ja.«

»Glauben Sie, daß er echt ist?«

»Echter, als es Mr. Madden ist.« Sie wandte sich an Mr. Leibowitz. »Und wir wissen, daß er und Mr. Fay lügen. Wir wissen, daß sich beide ganz bewußt von John distanzieren. Jeder von ihnen behauptet, John lediglich als Gast gekannt zu haben.«

»Aber vielleicht war es so.«

»Mit jedem von ihnen hatte er am Freitagabend eine private Unterredung. Wie viele andere Gäste können das von sich behaupten? Halten Sie Mr. Fay für einen Mann, der mit seinen Gästen verkehrt?«

»Nein«, sagte er, »das kann ich mir nicht vorstellen.« Er lehnte sich zurück und schaute auf seine Uhr. »Mitternacht«, sagte er. »Belassen wir es für heute dabei oder machen wir noch einen Besuch?«

»Einen Besuch?« fragte Miss Lizzie.

»Erinnern Sie sich an Mrs. Norman? Jeanelle Norman? Mr. Burtons Putzfrau. Albert erwähnte sie.«

»Gewiß.«

»Ich habe heute nachmittag mit ihr telefoniert. Wir können hingehen und mit ihr sprechen. Sie wohnt nur ein paar Straßen weiter.«

»Um diese Zeit?« fragte Miss Lizzie.

»Sie ist zu Hause«, sagte er. Er lächelte. »Und wir stören bestimmt nicht. Sie gibt nämlich eine Miet-Party.«

Mrs. Parker blickte strahlend auf. »Eine Miet-Party«, rief sie. »Ich bin dabei.«

»Es ist ziemlich spät«, sagte Miss Lizzie. »Amanda?«

»Ich bin nicht müde. Ich würde gern hingehen.«

»Also gut.« Sie wandte sich an Mr. Leibowitz. »Suchen wir Mrs. Norman auf.«

Als wir alle wieder im Cadillac saßen, Robert am Steuer und Mrs. Parker vorne neben ihm, erläuterte uns Mr. Leibowitz, was eine Miet-Party ist.

Damals waren die Mieten in Harlem höher als in den meisten Gegenden von Manhattan, aber Schwarzen war es im Grunde nicht gestattet, irgendwo sonst in der Stadt zu wohnen. Um die Miete bezahlen zu können, veranstalteten manche Leute daher Partys in ihren Wohnungen. Die Gäste bezahlten Eintritt und bekamen dafür kostenlose Getränke und, bei einigen dieser Partys, kostenlose Unterhaltung.

Mr. Leibowitz beugte sich vor. »Habe ich das richtig erklärt, Robert?«

»Ja, Sir«, sagte Robert über die Schulter.

»Und dürfen Weiße auch kommen, Robert?« fragte ich.

»Bei manchen, Miss.«

»Bei dieser dürfen sie«, sagte Mr. Leibowitz. »Ich habe Mrs. Norman gefragt.«

»Klasse«, sagte Mrs. Parker.

»Robert?« fragte Miss Lizzie.

»Ja, Ma'am?«

»Haben Sie Ihre Bekanntschaft angetroffen?«

»Ja, Ma'am, das habe ich. Meine Bekanntschaft kannte Mr. Burton eigentlich nicht. Einige der Gäste, die Männer, treffen sich gerne mit den Mitgliedern der Tanzgruppe. Nebenbei. Heimlich. Sie verstehen, was ich meine?«

»Ja.«

»Mr. Burton tat das nicht.«

»Was ist mit Mr. Madden? Wie erwarb er den Nachtclub?«

»Es heißt, daß Arnold Rothstein ihm das Geld geliehen hat, Ma'am, nachdem Mr. Madden aus dem Gefängnis kam.«

»Tatsächlich.« Sie wandte sich an Mr. Leibowitz. »Ich dachte, Mr. Rothstein sei lediglich ein Glücksspieler.«

»Bei Arnold Rothstein ist nichts *lediglich*«, sagte er. »Er ist ein Spieler, ja. Aber er ist einer der größten und erfolgreichsten Spieler in New York City. Und ich habe gehört, daß er hin und wieder in Unternehmen investiert. Und gelegentlich in Inszenierungen am Broadway. Falls das stimmt, dann betrachtet er diese Investitionen als eine Art Glücksspiel im großen Maßstab.«

»Robert«, fragte Miss Lizzie, »ist Mr. Rothstein noch immer am Club beteiligt?«

»Das habe ich gehört. Es scheint allgemein bekannt zu sein.«

»Miss Borden«, sagte Mr. Leibowitz, »ich würde nicht allzuviel darauf geben, was man sich über Arnold Rothstein erzählt. Angeblich hat er so gut wie alles gemacht, was ein Mensch machen kann, sei es kriminell oder legal.«

»Zum Beispiel?«

»Er hat die World Series manipuliert. Ein paar Polizisten erschossen und nicht dafür büßen müssen. Die erste Lieferung von geschmuggeltem Whisky aus Schottland organisiert. Die Kaution für alle in der Stadt verhafteten Alkoholschmuggler gestellt – zu exorbitanten Zinssätzen.«

Miss Lizzie lächelte. »Der Napoleon des Verbrechens.«

»Falls man glauben kann, was man so hört. Am besten gefällt mir die Billard-Geschichte.«

»Und wie lautet die?«

»Im Jahre 1909 war Rothstein einer der besten Poolbillard-Spieler in der Stadt, das wußte er und das sagte er auch. Es gab eine Reihe von Leuten, Spielertypen, die ihn nicht leiden konnten. Sie holten sich einen Burschen namens Jack Conoway, den Champion des Philadelphia Athletic Club, und organisierten eine Partie zwischen ihm und Rothstein. Rothstein und Conoway begannen an einem Donnerstag um acht Uhr abends zu spielen, in John McGraws Billardsalon südlich vom Herald Square. Conoway gewann die erste Partie. Rothstein gewann die zweite. Sie spielten die ganze Nacht durch. Sie spielten den ganzen Freitag, und sie hörten erst am frühen Samstagmorgen auf. Zweiunddreißig Stunden, nachdem sie begonnen hatten. Rothstein gewann viertausend Dollar.«

»Aber das klingt doch eher bewundernswert.«

»Das klingt nach einem guten Pool-Spieler. Aber er ist auch schlau, und gewöhnlich bekommt er, was er will.«

»Und die Sache mit dem Alkoholschmuggel?«

»Wer weiß? Es wird viel geredet.«

»Mr. Fay begann als Alkoholschmuggler, wie ich hörte.«

»Noch so eine Geschichte, und vermutlich wahr. Haben Sie von seiner Fahrt mit dem Taxi nach Kanada gehört?«

»Ja. Könnte es zwischen ihm und Mr. Rothstein eine Verbindung geben?«

»Selbst wenn es sie gäbe, wie sollte uns das weiterhelfen?«

»Das weiß ich auch nicht.«

»Robert«, sagte Mrs. Parker.

»Ja, Ma'am?«

»Wie heißt eigentlich Ihre Freundin?«

»Er heißt Leroy, Ma'am.«

»Ist er sehr – oh. Oh. Und Sie beide sind ...«

»Ja, Ma'am.«

»Oh. Tut mir leid.«

Robert drehte sich zu ihr um, und ich konnte seine Zähne blitzen sehen, als er lächelte. »Nichts, was Ihnen leid tun müßte, Ma'am.«

Das Mietshaus, in dem Mrs. Norman wohnte, lag in der 135. Straße, einige Blocks westlich der Lenox Avenue. Davor standen die Autos Stoßstange an Stoßstange, und Robert mußte zwei Blocks weiter fahren, um einen Parkplatz für den großen Cadillac zu finden.

Als er ihn parkte, fragte Miss Lizzie: »Robert, wollen Sie nicht mitkommen?«

Er drehte sich auf dem Sitz um. »Verzeihung, Ma'am?«

»Wäre es akzeptabel für die dort Anwesenden, wenn Sie uns zu dieser Party begleiten würden?«

»Akzeptabel, Ma'am? Bestimmt. Mr. Leibowitz sagte, die Party sei für jedermann.«

»Es liegt natürlich bei Ihnen. Aber es erscheint mir doch etwas albern, Sie hier draußen im Wagen warten zu lassen.«

Robert sah Mr. Leibowitz an.

Im weichen Licht, das von der Straßenlampe hereindrang, lächelte Mr. Leibowitz. »Sie sollen doch ein Auge auf Miss Borden und Amanda haben. Und das können Sie nicht, wenn Sie im Wagen sitzen bleiben.«

Robert grinste. »Nein, Sir, wohl kaum.«

»Wie Miss Borden sagt, es liegt bei Ihnen.«

»Hätten Sie etwas dagegen, Sir, wenn ich die Jacke wechseln würde? Ich habe noch eine im Kofferraum. Es dauert nur eine Minute.«

»Gut.«

Wir warteten auf dem Bürgersteig. Robert warf die Chauffeurmütze in den Kofferraum und zog die Jacke seiner Livree aus. Unter der linken Achsel war ein Lederhalfter festgeschnallt, in dem eine große Pistole steckte.

»Du meine Güte«, rief Mrs. Parker. »Ist das Ding geladen?«

»Ja, Ma'am«, sagte Robert.

Mrs. Parker betrachtete ihn von oben bis unten und seufzte dann hörbar.

Robert legte die Chauffeurjacke in den Kofferraum, holte ein Jackett heraus, das zu seiner schwarzen Hose paßte. Er schlüpfte hinein, knöpfte es zu. Es war genauso tadellos geschneidert wie seine Livree. Nur wenn man ganz genau hinsah, konnte man die leichte Ausbuchtung im Stoff sehen, wo das Halfter saß.

»Tut mir leid, daß Sie warten mußten, Ma'am«, sagte er zu Miss Lizzie.

»Nicht doch, Robert. Vielleicht sollten Sie vorausgehen.«

Wir konnten die Musik schon hören, bevor wir das Gebäude erreichten – das Klimpern eines Klaviers, das Dröhnen von Trommeln, das ernste Klagen einer Trompete.

Drei schwarze Männer saßen auf den Stufen vor dem Eingang, zwei davon nebeneinander auf der untersten, der dritte zwei Stufen höher, die Unterarme auf den Knien, in der rechten Hand den Hals einer großen Bierflasche. Alle drei trugen Anzüge, und alle hatten die Jacke aufgeknöpft und die Krawatte gelockert. Sie blickten ausdruckslos zu uns auf, die Gesichter verschlossen. Was immer sie sich beim Anblick der vier Weißen und des einzelnen Schwarzen denken mochten, sie behielten es für sich.

»Abend«, sagte Robert.

Der Mann mit der Bierflasche nickte. »Stimmt genau.«

»Gestatten Sie?« sagte Robert.

Keiner stand auf, keiner verzog eine Miene, nur der Mann, der auf der untersten Stufe ganz links saß, drehte die Knie ein wenig nach rechts.

Wir stiegen die Stufen hinauf, Robert zuerst, dann Miss Lizzie und ihr Stock, dann ich und Mrs. Parker und zuletzt Mr. Leibowitz. Als wir oben ankamen, sagte der Mann mit der Bierflasche etwas, und die anderen lachten.

Wir folgten den dröhnenden Trommeln nach oben, die immer lauter wurden, je höher wir kamen. Zwischen dem zweiten und dem dritten Stockwerk kamen wir an einem engumschlungenen Pärchen vorbei, das sich leidenschaftlich küßte. Die Zwei nahmen keine Notiz von uns. Im dritten Stock, wo die Musik am lautesten war, traten wir in den Korridor.

Er war vollgestopft mit Menschen – Männer und Frauen, Schwarze und Weiße, alle in Abendgarderobe, die Kleider der schwarzen Frauen schreiend bunt, viel bunter als die Kleider der weißen, grelle Rot- und Rosa- und Gelbtöne. Alle waren sehr aufgedreht, lachten oder lächelten, während sie dastanden, die

Köpfe zusammensteckten und fröhlich schwatzten, mit Pappbechern und Zigaretten herumfuchtelten. Die Luft war schwer vom Geruch von Parfum und erhitzten Körpern. Rauchschwaden hingen unter der Decke und nebelten das Licht der Deckenlampen ein.

Es war eine Energie zu spüren, ein Gefühl der Erregung; und mir kam der Gedanke, daß dies eine Erregung ganz anderer Art war als die, die mir im Cotton Club aufgefallen war. Ich hatte das Gefühl (und habe es immer noch), als hätten die Menschen im Cotton Club auf etwas gewartet, das diese Menschen hier längst erlebten. Es war genau dieses pulsierende Durcheinander von Rassen und Geschlechtern, dieser hektische erotische Tanz, den die Gäste des Nachtclubs suchten – ohne es natürlich je zu finden.

Als ich mich, mit Miss Lizzie an meiner Seite, durch das Gedränge schob, trat uns ein junger Schwarzer in einem grünen Anzug in den Weg und reichte ihr, mit einer galanten Verbeugung, einen Pappbecher. »Komm, trink was, Mama.«

Die Umstehenden lachten. Miss Lizzie lächelte. »Oh, vielen Dank«, sagte sie und nahm den Becher, hob ihn an die Lippen und nippte daran. Sie lächelte. »Köstlich«, verkündete sie. Der Mann grinste zufrieden.

Wir gingen weiter, und ich sah sie an. »Was ist das?« fragte ich.

Sie beugte sich zu mir. »Ich bin nicht sicher, Liebes«, flüsterte sie. »Wahrscheinlich Möbelpolitur.«

Schließlich kamen wir an die offene Tür einer Wohnung. Dort stand, mit einer Zigarrenkiste unter dem Arm, ein mittelgroßer schlaksiger Schwarzer in einem grauen Anzug und mit einer großen schwarzen Baskenmütze auf dem Kopf. Er sagte zu Miss Lizzie: »Wie viele, Ma'am?«

»Wir sind zu fünft«, sagte sie.

»Macht zehn Dollar.«

Als Miss Lizzie die Handtasche aufmachte, trat Mr. Leibowitz vor und reichte dem Mann einen Zehndollarschein.

»Danke«, sagte der Mann. »Ihr könnt dann jetzt rein.«

Miss Lizzie wandte sich an Mr. Leibowitz. »Eigentlich sollte ich bezahlen.«

Er lächelte. »Ich setze es Ihnen auf die Rechnung«, sagte er, »falls Sie darauf bestehen.«

»Das tue ich«, sagte sie.

Wieder ein Lächeln. »Gut. Gehen wir rein?«

Und so tauchten wir alle ein in den Lärm, in das Gewoge und Gedränge von Menschen.

Neunzehn

Das Zimmer war größer, als ich erwartet hatte, und sogar noch überfüllter als der Flur.

Hinten in einer Ecke, in weißen Hemden und offenen Smokingschleifen, spielten die Musiker: ein erschreckend dünner Trompeter, ein kleiner, aber entschlossener Schlagzeuger und ein fröhlicher dicker junger Mann mit Schnurrbart, der auf die Tasten eines alten Klaviers eindrosch und dabei über die breite Schulter nach hinten in die Menge strahlte. Oben auf seinem Kopf thronte ein kleiner flacher Hut, der aussah, als würde er im nächsten Moment davonsegeln.

Vor den Musikern, auf ein paar Quadratmetern des nackten Holzfußbodens, tanzten wie besessen drei schwarze Paare, die ihre schlanken Arme und Beine durch die Luft wirbeln ließen, es aber irgendwie schafften, weder Ellbogen noch Knie in die dichte Menge um sie herum zu rammen.

Auf der linken Seite befand sich die Bar, ein improvisierter Tisch aus zwei langen Brettern auf Sägeböcken. Dahinter stand eine große schwarze Frau in einem ärmellosen violetten Kleid, die mit einer Schöpfkelle eine rote Flüssigkeit aus einer Blechwanne austeilte. Entlang der Bar drängten sich weitere Menschen, darunter Paare, die lachten und grinsten und schwatzten, aber auch Männer ohne Begleitung, die ihre Blicke mit spröder Nonchalance über die Menge wandern ließen.

Überall waren Menschen – standen, saßen, drängten sich. In einem Polstersessel, inmitten einer Traube aufmerksamer junger Männer, saßen zwei junge lächelnde schwarze Frauen in hinreißenden identischen schwarzen Abendkleidern. Auf dem Sofa saßen drei Paare, Männer und Frauen in bunter Reihe. Das letzte Paar war weiß, und sie unterhielten sich angeregt mit dem schwarzen Paar zu ihrer Rechten.

Ich sah Robert eine andere Ecke ansteuern, gefolgt von Mrs. Parker.

»Amanda?« sagte Mr. Leibowitz. »Miss Borden?«

»Ja?« sagte Miss Lizzie.

»Würden Sie beide bitte mit mir kommen?«

»Selbstverständlich.«

Miss Lizzie und ich folgten ihm hinüber zur Bar, wo er sich zwischen zwei Männern durchzwängte und zu der Frau im violetten Kleid vorbeugte. Sie war gerade dabei, mit ihrer langen Schöpfkelle lässig einen weiteren Pappbecher mit der roten Flüssigkeit zu füllen. Er sagte etwas zu ihr, und sie blickte zu mir und dann zu Miss Lizzie.

Über die laute Musik hinweg rief sie Miss Lizzie zu: »Was zu trinken?«

»Nein, vielen Dank«, sagte Miss Lizzie lächelnd und hielt ihren Pappbecher hoch. »Ich bin bereits versorgt. Köstlich.«

Die Frau grinste und sah dann mich an. »Glas Wasser, Schätzchen?«

»Nein, danke«, sagte ich.

Sie war Mitte Vierzig, grobknochig und mit breiten Hüften, eine korpulente Frau; aber ihre Haut war makellos und milchschokoladenbraun. Ihr Gesicht mit den starken Wangenknochen, dem breiten Mund und den großen ernsten Augen besaß die schlichte stoische Schönheit, die ich später an olmekischen Statuen bewundern sollte. In ihrem glänzenden ondulierten Haar steckte rechts eine spektakuläre vollerblühte weiße Dahlie.

»Mr. Leibowitz?« brüllte sie.

»Nein. Danke.«

Sie rief einer Frau zu, die auf unserer Seite des Tisches stand: »Florence?« Sie hielt die Schöpfkelle hoch.

Florence kam zu ihr hinter den Tisch, übernahm die Kelle, und die Frau im violetten Kleid schob sich hinter der Bar hervor und sagte zu Mr. Leibowitz: »Dann komm' Se mal alle mit.«

Wir drei folgten ihr durch das Gedränge und kamen in einen vollgestopften Flur. Hier roch es anders, süßlicher als Tabakrauch, der Geruch, wie ich einige Jahre später lernen sollte, von

Marihuana. Wir kamen an einer Tür vorbei und dann an einer zweiten. Davor standen plaudernd drei Gäste, zwei schwarze Frauen mittleren Alters und ein großer, dinstinguiert wirkender älterer schwarzer Herr. Alle nickten Mrs. Norman zu. Sie nickte ebenfalls, beugte sich zwischen ihnen durch, hämmerte mit der geballten Faust an die Tür und schrie unaufgeregt: »Ihr da drin! Ihr hört jetzt auf mit dem Zeugs und schwingt euern Hintern raus. Andere wollen auch mal.«

Sie wandte sich wieder an uns. »Kommen Sie.«

Ein paar Schritte weiter, am Ende des Flurs, war eine weitere Tür. Mrs. Norman griff in die Tasche ihres Kleides, kramte einen Schlüssel hervor, schloß die Tür auf. Sie sagte zu Mr. Leibowitz: »Muß immer abschließen, weil sonst legen sich noch 'n paar von den' in mein Bett.«

Sie stieß die Tür auf, beugte sich vor, betätigte den Lichtschalter und streckte den langen braunen Arm aus. »Immer reinspaziert.«

Miss Lizzie trat ein, dann ich, dann Mr. Leibowitz. Mrs. Norman folgte uns, zog die Tür zu, steckte den Schlüssel ins Schloß und drehte ihn herum.

Ich sah mich verstohlen um. Es war das erste Mal, daß ich mich im Schlafzimmer einer schwarzen Person befand, und ich nehme an, daß ich in gewisser Hinsicht etwas enttäuscht war. Es wirkte so absolut, so schonungslos normal. Die Wände waren weiß, die zugezogenen Vorhänge braun. Rechts stand ein kleiner Frisiertisch mit Spiegel, auf dessen Platte kleine flache Tiegel mit Cremes und Flakons mit Kölnischwasser aufgereiht waren. Davor stand ein Hocker aus Holz. Links ein bequemer Lehnstuhl zum Lesen und eine Stehlampe mit einem fransenbesetzten gelben Schirm. Daneben eine Kommode und ein Schrank, beide braun gestrichen. Das Bett war groß und hatte eine spitzenbesetzte gelbe Tagesdecke, zwei pralle Kissen und eine Art Kopfbrett mit eingebautem Bücherbord, das mit Büchern vollgestopft war. An der Wand über dem Bett hing ein kleiner gerahmter Druck eines lächelnden Jesus, das Gewand oben offen, den Zeigefinger der rechten Hand gelassen mitten auf die Brust und das frei schwebende, strahlend rubinrote Herz gelegt.

Mr. Leibowitz machte uns bekannt, wobei er Miss Lizzie wiederum als Miss Cabot vorstellte.

Mrs. Norman sah mich an. »Wirklich furchtbar, was mit dei'm Onkel passiert ist. So was Brutales, so was Schreckliches.« Sie wandte sich an Mr. Leibowitz. »Was ist das bloß für ein Mensch, der wo so was macht?«

»Das«, sagte er, »versuchen wir herauszufinden.«

Sie blickte sich im Zimmer um, blickte wieder ihn an. »Ich muß mich entschuldigen«, sagte sie. »Hab bloß die zwei Stühle da. Ich kann stehen.«

»Kommt nicht in Frage«, sagte er. »Ich werde stehen.«

Nach einigem Hin und Her hatten wir die Platzverteilung geklärt. Miss Lizzie setzte sich auf den Lehnstuhl, ich setzte mich auf den Hocker und Mr. Leibowitz blieb stehen, gegen den Frisiertisch gelehnt. Mrs. Norman setzte sich auf das Fußende des Bettes, Rücken gerade, Hände im Schoß, Knie zusammen, die wohlgeformten muskulösen Beine an den Knöcheln gekreuzt.

»Als erstes«, sagte Mr. Leibowitz, »möchte ich Ihnen danken, daß Sie sich trotz Ihrer Party Zeit für uns nehmen.«

Lächelnd hob Mrs. Norman die Hand und berührte sanft die weiße Dahlie in ihrem Haar. »Is richtig nett geworden, die Party.«

»Sehr nett«, sagte Mr. Leibowitz.

»Fats, der Klavierspieler, der hat vor 'n paar Wochen Geburtstag gehabt und is immer noch am Feiern.«

»Er ist sehr gut«, sagte Miss Lizzie.

»Der beste, wo's gibt. Der kommt noch ganz groß raus.«

»Wie oft«, fragte Miss Lizzie sie, »veranstalten Sie diese Partys?«

»So einmal im Monat. Wenn's öfter ist, regen sich die Nachbarn auf. Aber ich lad sie einfach dazu ein, laß se alle für umsonst rein.« Sie lächelte. »Nach 'n paar Gläsern Punsch sind se dann immer quietschvergnügt.«

»Ihr Punsch schmeckt vorzüglich«, sagte Miss Lizzie.

Mrs. Norman lachte. »Sie wolln mich auf 'n Arm nehmen. Er is nich grad pures Gift, aber 'n Göttertrunk isses auch nich. Er tut sein Zweck erfülln, würd ich sagen. Heutzutags braucht der Mensch was, um auf andre Gedanken zu kommen.«

»Nicht nur heutzutage«, sagte Miss Lizzie.

Mrs. Norman nickte. »Das is wahr.«

»Mrs. Norman«, sagte Mr. Leibowitz. »Wie gut kannten Sie John Burton?«

»Eigentlich fast gar nich. Ich arbeit für ihn. Sind jetzt drei Jahre. Aber direkt kennen tu ich ihn nich.« Sie wandte sich an mich. »Nur, daß er nett is. Das weiß ich. 'n richtig feiner Herr. War richtig aufgeregt, daß du zu Besuch kommst.«

»Aufgeregt?« fragte ich.

Sie lächelte. »Wie 'n kleiner Junge. Ist zwei Wochen her, das, war in der Wohnung. Ich klopf an seine Schlafzimmertür, weil ich reinwill und saubermachen, und da kommt er an die Tür. Hat so 'ne piekfeine schwarze Jacke an. Was für zum Ausgehn.«

»Eine Smokingjacke«, sagte ich.

Sie nickte. »Smokingjacke. Sagt er: ›Was halten Sie davon, Mrs. Norman?‹ Is immer ganz höflich. Ich sag zu ihm: ›Weiß nich, was Sie meinen, Mr. Burton.‹ Er sagt: ›Meine Nichte, von der ich Ihnen erzählt hab, die Amanda, die kommt nächste Woche. Meinen Sie, daß es ihr gefällt?‹«

»Das hat er Sie wirklich gefragt?« sagte ich.

»Wirklich und wahrhaftig. Ich sag: ›Sie sehn todschick aus, Mr. Burton. Die wird schwer beeindruckt sein, Ihre Nichte, ganz bestimmt.‹«

Ich dachte an John, der wie ein Schuljunge seine Smokingjacke anprobiert und eifrig Mrs. Norman nach ihrer Meinung gefragt hatte, und spürte eine Welle der Traurigkeit in mir aufsteigen. An der Grand Central Station, als ich ihn das erste Mal sah, hatte er gesagt, daß mein Besuch »eine große Sache« für ihn sei; aber ich hatte nicht viel darauf gegeben. Ich hätte mir nie träumen lassen, daß John, dieser weltgewandte, selbstsichere Mann, der Begegnung mit einem sechzehnjährigen Mädchen tatsächlich voller Nervosität entgegensah.

»Ich sag zu ihm«, fuhr Mrs. Norman fort, »›Wissen Sie, was Se machen, Mr. Burton?‹ sag ich. ›Sie kaufen dem kleinen Fräulein ’ne richtig schöne Blume. Sie kaufen ihr so ’n Bukett zum Anstekken, was richtig Nettes, für wenn Sie zwei mitnander ausgehn. Frauen‹, sag ich, ›die mögen’s, wenn man ihnen Blumen kauft.‹«

Sie lächelte mich an. »Hat er’s gemacht, Schätzchen? Hat er dir ’ne Blume gekauft?«

»Ja«, sagte ich, und es schnürte mir die Kehle zu. Bis zu diesem Moment hatte ich die Orchidee, die John mir am Freitagabend geschenkt hatte, völlig vergessen. Soweit ich wußte, war sie noch immer in seiner Wohnung im Eisschrank, in den ich sie sorgfältig zurückgelegt hatte, als wir in jener Nacht nach Hause kamen.

Ich stellte mir vor, wie sie dort in ihrem kleinen Pappsarg ruhte, schlaff und verwelkt, und ich ließ den Kopf sinken, plötzlich schuldbewußt, plötzlich verloren. Ich spürte, daß mir eine Träne über die Wange lief.

»Ach, Herzchen«, sagte Mrs. Norman gütig. »Is ja gut. Tut mir leid. Ehrlich wahr. Ich hab mal wieder mein großes olles Maul aufgerissen und nich überlegt, was ich da sag.«

Ich blickte auf, schluckte. »Nein«, sagte ich. Ich wischte die Träne mit den Fingerspitzen weg. »Ist schon in Ordnung. Danke, daß Sie es mir erzählt haben.«

»War ’n guter Mann«, sagte sie zu mir. »’n echter Gentleman.«

Mr. Leibowitz fragte Mrs. Norman: »Ist Ihnen bekannt, ob er Feinde hatte, Mrs. Norman?«

Sie wandte sich ihm zu. »Nein. Nicht, soviel ich weiß.«

»Kennen Sie Sybil Cartwright?«

Sie dachte kurz nach, schüttelte dann den stattlichen Kopf. »Kann mich nich an den Namen erinnern.«

»Und Daphne Dale?«

Sie runzelte die Stirn. »Die Frau, wo Bücher schreibt?«

»Ja.«

»Die kenn ich.« Ihr schönes schwarzes Gesicht war plötzlich verschlossen.

»Sie mochten sie nicht«, sagte Miss Lizzie.

Mrs. Norman schüttelte den Kopf. »Steht mir nich zu, was über dem Mr. Burton seine Freunde zu sagen.«

»Mrs. Norman«, sagte Miss Lizzie, »wir tappen hier alle völlig im dunkeln, Amanda und ich und Mr. Leibowitz. Keiner von uns kannte John wirklich. Alles, was Sie uns über ihn oder über seine Freunde erzählen können, jede Kleinigkeit, kann uns weiterhelfen. Aus welchem Grund mochten Sie Miss Dale nicht?«

»Hab ich nich gesagt.«

»Aber so war es doch.«

»Eher so, daß die *mich* nich hat leiden können.«

»Warum?«

»So eine braucht kein Grund. Die is aus 'm Süden. Für die sind Schwarze immer noch Sklaven.«

»Wie haben sich Miss Dale und Mr. Burton verstanden?«

Mrs. Norman zuckte die Schultern. »Zuerst ganz prima. Die reinsten Turteltauben. Bloß später nich mehr. Da ham se mächtig mitnander Streit gehabt.«

»Wann war das?«

»So vorm Jahr. Nein, is schon länger her. Fast zwei Jahre.«

»Wissen Sie, worüber die beiden gestritten haben?«

»Nicht genau.«

»Wie kam es zu dem Streit?«

»Die zwei warn in der Biblothek. Da klopft wer draußen an der Tür, und wo ich grad in der Diele bin und aufwischen tu, geh ich an die Tür und mach auf. Steht 'n kleiner Mann draußen, sagt, er heißt Walters. Joe Walters. Sagt, er muß den Mr. Burton sprechen. Ich sag, er soll warten, und geh in die Biblothek und sag dem Mr. Burton Bescheid. Der sagt, ich soll den Mann reinlassen.«

»Sie haben ein beeindruckendes Gedächtnis, Mrs. Norman«, sagte Mr. Leibowitz. »Und das war vor fast zwei Jahren?«

»So um den Dreh rum.« Sie zuckte die Schultern. »Ob's beeindruckend is, weiß ich nich. Hab 'ne Kusine, is mit 'nem Mann verheiratet, der Joe Walters heißt. Genau der gleiche Name. Drum weiß ich's ja noch.«

»Verzeihung«, sagte er. »Fahren Sie fort.«

»Der Mr. Walters, der kommt rein und geht in die Biblothek, aber er bleibt nich lang drin, bloß 'n paar Minuten. Dann kommt er raus und dreht sich noch mal rum und sagt: ›Okay. Morgen im Spyglass. Zwei Uhr.‹ Und zwar ziemlich laut. Drum hab ich's ja gehört.«

»Im Spyglass?« sagte Miss Lizzie.

»Eine Bar im Süden der Stadt«, sagte Mr. Leibowitz. »In der Nähe des Fulton-Fischmarkts.« Er wandte sich an Mrs. Norman. »Sie erinnern sich genau, daß er das gesagt hat? Im Spyglass?«

»Im Spyglass.« Sie lächelte matt. »Vielleicht is mein Gedächtnis ja doch ziemlich beeindruckend.«

Mr. Leibowitz grinste. »Offenbar.«

»Wie sah Mr. Walters aus?« fragte Miss Lizzie.

»Kurz geraten. Hat 'n richtig guten Anzug an, prima Schnitt. Richtig adrett.«

Miss Lizzie nickte. »Und was geschah dann?«

»Dann ham se ihren mächtig großen Streit. Die Miss Dale, die wird richtig wütend. Wie ich's sag, ich steh direkt draußen vor der Tür, wo ich grad saubermach, und ich hör sie, so deutlich wie nur was. Is nich zu überhören. So laut schreit die. Sie sagt dem Mr. Burton, daß der Mr. Walters nichts taugt. Daß er für den Rothstein arbeitet.«

»Rothstein?« sagte Miss Lizzie.

»Den Arnold Rothstein«, sagte Mrs. Norman. »Den Glücksspieler.«

»Sind Sie sicher«, sagte Miss Lizzie, »daß sie Rothstein sagte?«

»Ich steh doch draußen, direkt vor der Tür. Wie ich's sag, die is *nich* zu überhören.«

»Sagte sie nur *Rothstein* oder sagte sie auch *Arnold*?«

»Bloß Rothstein. Aber ich weiß, wen die meint. Gibt in New York nur *ein'* Rothstein, der wo berühmt is.«

»Aber es könnte«, sagte Mr. Leibowitz, »auch ein anderer Rothstein gewesen sein.«

Mrs. Norman zuckte die Schultern. »Vielleicht. Aber so wie die das sagt, kann se nur den Glücksspielmensch gemeint ham.«

»Was haben die beiden sonst noch gesagt?«

»Weiß ich nich. Weil, da kommt der Mr. Burton an die Tür und sieht, daß ich draußen steh. Er lächelt mich an, so 'n bissel verlegen, und dann macht er die Tür zu.«

»Und bald darauf beendeten Miss Dale und Mr. Burton ihre Beziehung?«

»Hab die nie mehr gesehn. Einmal, paar Monate später, frag ich ihn und sag: ›Was is denn aus der netten Miss Dale geworden?‹« Sie beugte sich eine Spur zu Miss Lizzie vor. »Ich sag *nett* bloß, weil sich's so gehört«, erläuterte sie und setzte sich wieder gerade hin. »Der Mr. Burton, der lächelt bloß und sagt: ›Wir sind uns einig, daß wir nicht zusammenpassen.‹«

Miss Lizzie nickte. »Kam Mr. Walters je wieder in die Wohnung?«

»Nicht, wenn ich da war.«

»Und Mr. Rothstein?«

»Den hab ich nie gesehn. Bloß von ihm gelesen. Berühmter Mann. Hat 1919 damals die World Series manipuliert.«

»Kennen Sie Owney Madden?«

»Dem gehört der Cotton Club. Großer Gangster.«

»Ist er jemals in die Wohnung gekommen?«

»Der einzigste Mensch, den wo ich in der Wohnung gesehn hab, das war die Miss Dale. Und einmal den Mr. Cooper. Den Mr. Albert. Für gewöhnlich ist der nich da. Der Mr. Burton, der hat mir erzählt, daß der Mr. Albert 'ne Freundin drüben in Queens hat.«

Sie wandte sich an mich. »Der Mr. Albert war der wo mich am Samstag angerufen hat und mir das mit dem Mr. Burton gesagt hat. Ich hab gleich nach dir gefragt. Hab mir Sorgen gemacht. So 'n junges Mädchen und ganz allein. Er sagt, du bist bei der Polizei und daß er sich drum kümmert.« Sie nickte. »Bin froh, daß mit dir alles okay ist.«

»Danke«, sagte ich.

»Mrs. Norman«, sagte Mr. Leibowitz, »hat Mr. Burton Ihnen gegenüber Arnold Rothstein jemals erwähnt?«

»Nein, hat er nich.«

»Oder Owney Madden?«

»Nein.«

»Larry Fay?«

»Nein.«

Er wandte sich an Miss Lizzie. »Haben Sie noch Fragen?«

»Ich glaube nicht.« Sie sah Mrs. Norman an. »Falls Ihnen noch etwas einfällt, das hilfreich sein könnte, würden Sie mich dann anrufen? Ich bin im Hotel Algonquin. Soll ich es aufschreiben?«

Wiederum lächelte Mrs. Norman matt. »Ich denk, ich kann's mir merken.«

Miss Lizzie nickte. »Davon bin ich überzeugt. Ich danke Ihnen von Herzen, daß Sie uns soviel Zeit gewidmet haben.«

»Gern geschehen. Wenn mir was einfällt, meld ich mich bei Ihnen.«

Sie führte uns zurück in das brechend volle Wohnzimmer. Als sie sich wieder hinter die Bar schob, sahen wir uns nach Mrs. Parker um. Wir entdeckten sie hinten in der Ecke, wo sie sich mit Robert und einem jungen, gutaussehenden Schwarzen unterhielt. Mrs. Parker und der junge Mann hatten einen Pappbecher in der Hand. Robert, der die beiden überragte, nicht.

»Aber«, sagte Mrs. Parker gerade zu dem Mann, »glauben Sie wirklich, daß Keats und Shelley heutzutage noch relevant sind?«

»GROSSE KUNST«, sagte er, »ist immer relevant.« Ich konnte die Großbuchstaben deutlich in seiner Stimme hören.

»Ja«, sagte Mrs. Parker, »aber...«

»Ma'am«, sagte Robert zu Miss Lizzie, »das ist ein Freund von mir. Countee Cullen. Er geht auf die Universität von New York und er ist ein hervorragender Dichter.«

Der junge Mann lächelte. »Ich würde nicht so weit gehen, von ›hervorragend‹ zu sprechen.«

»Du nicht«, sagte Robert. »Aber ich schon.« Zu Miss Lizzie sagte er: »Sein Vater ist der Pastor meiner Kirche.«

»Stiefvater«, sagte der junge Mann.

»Elizabeth Cabot«, sagte Miss Lizzie und streckte die Hand aus. Er nahm sie. Sie stellte mich und Mr. Leibowitz vor, und Mr. Cullen schüttelte uns beiden die Hand.

»Ich bitte um Entschuldigung«, sagte Miss Lizzie zu ihm, »aber wir müssen leider gehen. Vielleicht begegnen wir uns irgendwann wieder.«

»Vielleicht«, sagte Mr. Cullen und lächelte.

Mrs. Parker kniff die Augen zusammen. »Ich bin immer noch der Meinung, daß Sie sich bei Shelley im Irrtum befinden«, sagte sie zu ihm.

»Mag sein. Aber Ihre Sachen gefallen mir wirklich, Mrs. Parker.«

»Tatsächlich?« sagte sie und riß die Augen auf. »Die Kritiken?«

»Die Gedichte. In *Vanity Fair*. Ich finde sie sehr gut, die, die ich gelesen habe. Ähnlich wie die von Millay, aber ohne das Beklemmende.«

»Oh. Tja.« Sie lächelte, und ich sah, daß sie rot wurde. »Vielen Dank.«

Wir verabschiedeten uns alle, und dann, als Robert uns hinausführte, drehte sich Mrs. Parker zu Miss Lizzie um und sagte: »Was für ein netter junger Mann.«

»Wir stoßen also wieder auf Mr. Rothstein«, sagte Miss Lizzie.

»Vielleicht«, sagte Mr. Leibowitz, »sprachen Mr. Burton und Miss Dale über einen anderen Rothstein.«

»Halten Sie das für sehr wahrscheinlich?«

Wir saßen im Cadillac, südlich der 135. Straße, und fuhren auf der Lenox Avenue in Richtung Central Park.

»Nein«, sagte er. »Eigentlich nicht. Aber vielleicht hat Mrs. Norman den Namen falsch verstanden.«

»Ich halte es für höchst unwahrscheinlich«, sagte sie, »daß Mrs. Norman jemals im Leben etwas falsch verstanden hat. Sie ist eine sehr intelligente Frau. Haben Sie die Bücher auf ihrem Bücherbrett bemerkt?«

»Ja. Spengler. DuBois. Freud. Übersetzungen von Baudelaire und Tschechow. Sie ist offensichtlich sehr belesen.«

Ich hatte die Bücher natürlich bemerkt, war aber nicht auf die Idee gekommen, mir die »offensichtlichen« Titel anzusehen. Ich stellte fest, daß ich eine schrecklich schlechte Detektivin abgeben würde.

»Außerdem war sie«, sagte Miss Lizzie, und ich konnte das Lächeln in ihrer Stimme hören, »höchst belustigt, als Sie ihr Gedächtnis in Zweifel zogen.«

»Stimmt«, sagte er. »Sie ist gescheit. Und darum überrascht es mich eigentlich, daß sie sich nicht besser auszudrücken versteht.«

»Ich vermute«, sagte Miss Lizzie, »daß sie sich ebenso gut ausdrücken kann wie einer von uns. Ich vermute, daß sie schlicht und einfach so sprach, wie wir es von ihr erwarteten.«

»Was machen wir jetzt?« fragte ich sie.

»Jetzt? Ich glaube, daß wir jetzt alle schlafen gehen sollten. Aber morgen vormittag sollten wir uns wohl noch einmal mit Daphne Dale unterhalten.«

»Miss Dale hat Arnold Rothstein mit keinem Wort erwähnt«, warf Mr. Leibowitz ein.

»Wir auch nicht. Nächstes Mal werden wir ihn erwähnen.«

»Mr. Leibowitz«, sagte Robert. Seine tiefe Baßstimme war leise.

»Ja?«

»Ich glaube, wir werden verfolgt.«

Neben Robert fuhr Mrs. Parkers Kopf herum und blickte durch den Fond des Wagens. Ich drehte mich ebenfalls um und sah zur Heckscheibe hinaus.

»Sind Sie sicher?« fragte Mr. Leibowitz.

»Hinter uns. Der zweite Wagen. Der Ford. Er ist mit uns in der 135. Straße losgefahren und die ganze Zeit hinter uns geblieben.«

Mr. Leibowitz schwieg einen Moment. Dann sagte er: »Mal sehen, was er macht. Biegen Sie an der 125. Straße links ab.«

Als wir die 125. Straße erreichten, war die Ampel rot. Wir hielten an und warteten. Niemand sprach. Die Ampel sprang auf Grün. Einige Autos fuhren geradeaus an uns vorbei, Richtung Norden. Robert bog ab.

Es vergingen einige Sekunden. Mrs. Parker, die weiterhin durch die Heckscheibe blickte, sagte: »Er ist immer noch da.«

Einige Sekunden später sagte Robert: »Dahinter ist noch ein zweiter Wagen. Ein Lincoln.«

»Na schön«, sagte Mr. Leibowitz. »An der Fifth Avenue nach rechts.«

Wir fuhren einige Sekunden schweigend weiter, und dann bog Robert in die Fifth Avenue ab. Der Wagen blieb hinter uns. Der zweite Wagen, der Lincoln, blieb hinter dem ersten.

»Das Schwein ist immer noch dran«, sagte Mrs. Parker.

»Tja«, sagte Mr. Leibowitz. Er wandte sich an Miss Lizzie. »Wir haben drei Möglichkeiten. Wir können anhalten und sehen, was sie machen. Wir können versuchen, sie abzuhängen. Oder wir können sie ignorieren. Abwarten, ob sie uns bis zum Hotel folgen.«

»Letzteres auf keinen Fall«, sagte Miss Lizzie. »Ich sehe keine

Veranlassung, diese Leute wissen zu lassen, wo Amanda und ich wohnen. Ich glaube, wir sollten ihnen entwischen. Robert, können wir das?«

Robert drehte den Kopf etwas zur Seite, um sowohl die Straße als auch den Rückspiegel im Auge zu behalten. »Draußen auf dem Land, Ma'am, wäre das kein Problem. Ein Model T kann mit diesem Wagen nicht mithalten. Ein Lincoln vermutlich auch nicht. Aber hier in der Stadt sieht die Sache anders aus.«

Mr. Leibowitz schlug vor: »Dann fahren wir eben aufs Land.«

»Verzeihung, Sir?«

»Der Central Park. Nehmen Sie die 110. Straße nach Westen und fahren Sie gegenüber der Lenox Avenue in den Park hinein.«

»Ja, Sir«, sagte Robert.

An der 110. Straße, wo die Ampel Grün zeigte, bog Robert scharf nach rechts ab. Alle im Wagen fielen nach links. Ich blickte zu Miss Lizzie. Ihre Silhouette hob sich vor dem Licht der Straßenlampen ab, sie saß leicht vorgebeugt da, den Spazierstock aufrecht zwischen den Knien, die Hände fest um dessen Griff gelegt. Sie drehte sich zu mir, und ich glaube, sie lächelte.

»Vielleicht folgt uns das Schwein ja gar nicht«, sagte Mrs. Parker, die noch immer verdreht auf ihrem Sitz saß und durch die Heckscheibe spähte. »Vielleicht ist es nur ein Zufall, daß ...«

Ich drehte mich um und sah den Ford ebenfalls in die 110. Straße einbiegen, etwa hundert Meter hinter uns.

»Scheiße«, sagte sie.

Robert sagte: »Die sind immer noch da, Mr. Leibowitz.«

»Wir sind gleich am Park«, sagte Mr. Leibowitz.

»Ja, Sir.«

»Kein Blinkzeichen vor dem Abbiegen geben.«

»Ja, Sir.«

Wir hatten Glück. Als wir die Einfahrt in den Park erreichten, kamen uns aus der anderen Richtung keine Fahrzeuge entgegen. Robert wirbelte das Lenkrad herum, und der Cadillac schwenkte mit quietschenden Reifen nach links und schoß über die Gegenfahrbahn. Wir rasten in den dunklen Park hinein.

»Und jetzt immer links halten«, sagte Mr. Leibowitz.

»Nichts für ungut, Mr. Leibowitz«, sagte Robert, »aber es wäre besser, Sir, wenn Sie mich jetzt einfach fahren ließen.«

»Ja«, sagte Mr. Leibowitz. »Sie haben recht. Sie fahren, Robert.«

Und wie Robert fuhr. Der schwere Wagen brauste nach Süden, nahm Fahrt auf, jagte mit surrenden Reifen die Straße hinunter. Zu unserer Linken lag das Harlem Meer mit seiner glatten Wasserfläche schwarz und schimmernd im Mondlicht.

»Die haben etwas mit dem Wagen gemacht«, sagte Robert. »Das ist kein gewöhnlicher Ford.«

Ich blickte nach hinten. Die Scheinwerfer des Fords waren nur noch fünfzig Meter hinter uns und kamen immer näher.

»Was ist mit dem Lincoln?« fragte Mr. Leibowitz.

»Den kann ich nicht sehen, Sir. Festhalten.«

Mit quietschenden Reifen folgten wir der Straße, die eine langgezogene Kurve nach links machte, Richtung Osten. Ich fiel gegen Miss Lizzie. Dann ging es quietschend durch eine weitere Kurve, diesmal nach rechts, und wir rasten Richtung Süden.

»Verdammt«, sagte Robert.

Ich drehte mich um. Der Ford war näher gekommen.

Mir ging der Gedanke durch den Kopf, daß es vielleicht ein schwerer Fehler gewesen war, in den Park zu fahren.

Möglicherweise ging der gleiche Gedanke auch Mr. Leibowitz durch den Kopf, denn er griff in sein Jackett und holte seine Pistole heraus. »Robert«, sagte er, »biegen Sie hier rechts ab.« Er zog das Verschlußstück der Pistole zurück, ließ es vorgleiten.

»Ja, Sir«, sagte Robert.

Der Wagen schoß nach rechts, abermals mit quietschenden Reifen. Wieder wurden wir alle nach links geworfen.

»Ihr Colt, Robert«, sagte Mr. Leibowitz. »Ist der gespannt und gesichert?«

»Ja, Sir.«

»Machen Sie sich bereit, ihn zu benutzen.«

»Ja, Sir.«

Miss Lizzie sagte zu Mr. Leibowitz: »Sind Sie absolut sicher, daß wir das Richtige tun?«

»Falls wir uns ihnen stellen müssen«, sagte er, »wäre es mir lieber, Ort und Zeit selbst zu bestimmen.«

»Gewiß«, sagte sie. »Natürlich.«

Ich spürte ihre Hand auf meinem Knie, spürte, wie sie es kurz drückte. Ich nahm ihre Hand in meine.

Mr. Leibowitz sagte: »Robert, nehmen Sie die nächste rechts ...«

»West Drive«, sagte Robert.

»Genau. Nach dem Abbiegen halten Sie so schnell wie möglich rechts an. Ich springe auf dieser Seite raus, Sie springen auf der anderen raus und laufen hinten um den Wagen herum. Die anderen legen sich alle auf den Boden. Miss Borden, können Sie das?«

»Ja.«

»Amanda?«

Miss Lizzie drückte meine Hand.

»Ja«, sagte ich.

»Mrs. Parker? Können Sie sich auf den Boden legen?«

»Ich kann mich durch das verdammte Ding *durchgraben*, wenn es sein muß.«

»Wir sind gleich da, Sir«, sagte Robert.

»Alles festhalten«, sagte Mr. Leibowitz.

Wir bogen abrupt in hohem Tempo nach rechts ab und brausten noch ein Stück die Straße hinunter. Dann quietschten die Reifen und die Räder blockierten, als der Wagen plötzlich bremste. Er rutschte einen Moment weiter, die Reifen rumpelten über das Gras, und dann kam er ruckartig schleudernd zum Stehen. Wir wurden alle nach vorn geworfen, und Miss Lizzies Hand wurde aus meiner gerissen.

Mr. Leibowitz stieß seine Tür auf, flitzte hinaus und knallte die Tür hinter sich zu. Hinter dem Lenkrad tat Robert das gleiche, wobei sich sein kräftiger Körper erstaunlich schnell bewegte.

»Runter, Amanda«, rief Miss Lizzie und schob sich nach

rechts, auf den Platz von Mr. Leibowitz. Unbeholfen begann sie sich auf dem Boden zusammenzukauern. Ich beugte mich vor, um ihr zu helfen, und dann knallten Schüsse, *pop-pop*, laut und in rascher Folge, direkt hinter mir.

Ich fuhr herum und schaute aus dem Seitenfenster.

Im Mondlicht sah ich, daß der Ford auf der anderen Straßenseite angehalten hatte und Männer aus den offenen Türen sprangen, zwei vorne und zwei hinten, während weitere auf der anderen Seite des Wagens herausstürmten. In ihren Fäusten flammten Feuerblitze auf. Die Detonationen verschmolzen zu einem langen abgehackten Knattern – das Geräusch von zerreißendem Papier, nur tausendmal lauter.

Weiteres *Pop, Pop* hinter mir, Mr. Leibowitz und seine 6,35er, und dann zweimal laut *Bumm* aus Roberts Colt. Einer der Männer ging zu Boden, sich die Seite haltend.

»Amanda«, sagte Miss Lizzie.

Ich drehte mich um und rutschte tiefer, spähte aber weiter über den unteren Rand der Scheibe.

Die Männer waren nun alle hinter dem Ford, vier oder fünf an der Zahl. Weitere Blitze, weiteres Knallen. Weitere Schüsse hinter mir. Das Fenster vorne auf der Fahrerseite des Cadillacs zerbarst plötzlich, Glassplitter flogen durch das Wageninnere. Ich zuckte zusammen.

»Scheiße«, hörte ich Mrs. Parker sagen. *»Scheiße Scheiße Scheiße Scheiße Scheiße.«*

»Amanda!« sagte Miss Lizzie, und ich spürte, wie ihre Hand meine Wade packte.

Ich ging notgedrungen ein bißchen tiefer und zog ein wenig den Kopf ein, aber ich sah weiter zu, wie gebannt.

Wir würden natürlich nie erfahren, warum sie beschlossen, genau in diesem Moment anzugreifen und warum sie nicht in der relativen Sicherheit auf der anderen Seite des Ford blieben. Vielleicht glaubten sie, keine andere Wahl zu haben. Vielleicht wollten sie die Sache einfach hinter sich bringen, bevor die Polizei erschien. Aber plötzlich, aus welchen Gründen auch immer, schwärmten sie wild um sich schießend hinter dem Ford hervor. Einer von ihnen brach fast umgehend auf der Straße zusammen.

Und dann, nur für einen Augenblick, wurden sie grell angestrahlt wie von einem Theaterscheinwerfer. Sie erstarrten zu einem Tableau, die Gesichter weiß, die Münder aufgerissen, die Arme steif ausgestreckt, und dann wurden sie ausgelöscht, als von links ein riesiger grauer Lincoln angeschossen kam und mit einem lauten, übelkeiterregenden *Wumm* in sie hineinraste. Ich sah Körper verrenkt nach links fliegen und andere über die lange Motorhaube des Wagens segeln, Arme und Beine ausgestreckt, mit leeren Händen ins Nichts greifend. Der Cadillac wackelte, als vorne etwas dagegenkrachte.

Ich hörte das Quietschen von Bremsen, weit drüben zu meiner Rechten, oben an der Straße, und dann das Zuschlagen einer schweren Wagentür. Ein Schuß wurde abgefeuert, ganz in der Nähe, bei dem Ford, und dann noch einer, weiter weg. Und dann Stille.

Und dann Schritte.

Mr. Leibowitz kam von der linken Seite des Wagens in Sicht, Robert von der rechten. Sie blieben einen Moment in der dunstigen mondbeschienenen Dunkelheit stehen, die Waffen seitlich am Körper nach unten haltend.

Hinter Robert kam ein dritter Mann die Straße herunter. Er war groß, ganz in Schwarz gekleidet, nur die Hände und der Kopf waren zu sehen, das Gesicht gespenstisch weiß und verschwommen.

Die drei sprachen miteinander. Hinter mir hörte ich, wie Miss Lizzie sich vom Boden hochzuziehen versuchte. Ich drehte mich um und half ihr zurück auf den Sitz. Vorne brachte sich Mrs. Parker in Ordnung, klopfte ihr Kleid ab. »Scheiße«, sagte sie.

»Amanda«, sagte Miss Lizzie und rückte ihren Kneifer zurecht, »ich bin *sehr* enttäuscht von dir.«

»Ich wollte doch zusehen«, sagte ich. Ich keuchte; und mir wurde zum ersten Mal bewußt, daß mein Herz wie eine Faust gegen meine Brust hämmerte.

»Aber du hättest verletzt werden können, Liebes. Du hättest …«

»Mir ist nichts passiert. Wirklich.«

»Ja, aber …«

Hinter mir klopfte jemand an die Scheibe. Ich wirbelte herum.

Mr. Leibowitz beugte sich zu uns herunter. »Bleiben Sie drin.«

Er ging weg. Robert und der dritte Mann gingen über die Straße, auf den Ford zu.

»Wer *ist* das?« sagte Mrs. Parker.

»Das«, sagte Miss Lizzie, »ist vermutlich Mr. Cutter.«

Einundzwanzig

Miss Lizzie beugte sich nach rechts und öffnete die Tür. »Ich bin gleich wieder da«, sagte sie und begann auszusteigen.

Vorne sagte Mrs. Parker: »Ich auch.« Sie öffnete ihre Tür und schwang die Beine aus dem Wagen.

Ich öffnete ebenfalls die Tür, stieg aus, machte die Tür zu, blickte mich um.

Überall lagen Leichen, wie weggeworfene Müllsäcke auf dem breiten mondbeschienenen Band der Straße, auf der samtig schwarzen Wiese. Ein Mann war am vorderen Kotflügel des Cadillac zusammengesackt, sein Hals in einem unmöglichen, abstoßenden Winkel verrenkt.

Mr. Leibowitz, Robert und der dritte Mann waren dabei, die Leichen neben dem Ford zu untersuchen.

Der dritte Mann sprach mit einer Stimme, die fast ein Flüstern war. Ich konnte seine Worte nicht verstehen.

In der Luft hing der beißende Gestank von Pulverdampf. Auf einmal stand Miss Lizzie neben mir. Sie legte den Arm um mich, und ich ließ mich gegen sie fallen, atmete ihren Duft nach Zitrus und Zimt und Nelken ein.

Von weiter rechts kam ein würgendes Geräusch, und dann der schwache Geruch von Erbrochenem. Ich drehte mich um. Mrs. Parker war um den Wagen herumgekommen und stand, die Hände auf den Oberschenkeln, vornübergebeugt da und übergab sich.

Mr. Leibowitz und Robert kamen zu uns. Beide hatten die Waffe wieder eingesteckt. Der dritte Mann folgte ihnen.

»Sie müssen hier weg«, sagte Mr. Leibowitz. »Sie alle.«

»Was ist mit Ihnen?« fragte Miss Lizzie.

»Ich werde Cutter beim Aufräumen helfen.« Er drehte sich zu dem dritten Mann um. »Das ist Cutter.«

Er war über einen Meter achtzig groß und trug eine schwarze Hose und ein schwarzes Hemd, das am Kragen geöffnet, an den Manschetten zugeknöpft war. Eine große Pistole steckte hinter seinem schwarzen Gürtel, links von der Schnalle. Nun, da ich ihn aus der Nähe sah, konnte ich Genaueres erkennen: schwarzes Haar, aus dem ihm eine Locke in die Stirn fiel, tiefliegende Augen, markante Nase, kräftiges Kinn, ein scharf geschnittener, dabei fast femininer Mund.

Ganz in Schwarz gekleidet, die Augen in Schatten gehüllt, schien er selbst ein Teil der Nacht zu sein; ein Elementargeist, ein Todesengel, der seine Kraft irgendwie aus der Dunkelheit um ihn herum bezog.

Innerhalb von Sekunden hatte er, ohne zu zögern, das Leben von vier oder fünf Menschen ausgelöscht. Aber vermutlich hatte er uns dadurch das Leben gerettet.

»Ma'am«, sagte er mit rauher Flüsterstimme zu Miss Lizzie. Er nickte knapp, es war fast eine Verbeugung. Unter den gegebenen Umständen wirkte diese Geste unerwartet ritterlich.

»Guten Abend«, sagte Miss Lizzie. »Lizbeth Borden. Das ist ...«

Mr. Cutter hatte sich mir zugewandt, die Augen noch immer im Schatten. Doch ich konnte in diesem Schatten ganz schwach ein fernes Licht schimmern sehen, wie das von einem weit entfernten Stern.

»Später«, sagte Mr. Leibowitz. »Robert, bringen Sie sie zurück ins Hotel.«

»Ja, Sir.«

Er wandte sich an Miss Lizzie. »Ich rufe Sie morgen früh an.«

Ich warf noch einen Blick auf Mr. Cutter. Ich konnte seine Augen noch immer nicht deutlich sehen. Er nickte mir zu, ganz knapp.

»Tja, Lizbeth«, sagte Mrs. Parker, »ich muß schon sagen, Sie verstehen es wirklich, einer Frau einen unvergeßlichen Abend zu bieten.«

Wir waren wieder in Miss Lizzies Suite im Algonquin. Miss Lizzie und ich saßen auf dem Sofa, und Mrs. Parker saß uns gegenüber mit einer silbernen Taschenflasche in der Hand, die sie senkrecht auf die Armlehne ihres Sessels gestellt hatte. Die Flasche war offen, und der Schraubdeckel, der mit einer kurzen silbernen Kette am Hals befestigt war, baumelte herab. Mrs. Parker hatte die Flasche aus ihrer Handtasche geholt, als wir nach dem Überfall durch den Central Park Richtung Süden fuhren, und sie hatte sie seither kaum abgesetzt.

»Sie waren sehr tapfer«, sagte Miss Lizzie zu ihr.

»Tapfer?« Mrs. Parker lachte, ein Lachen, das etwas unsicher klang. »Mein Schließmuskel hat sämtliche Knöpfe aus dem Wagenpolster gerupft.« Sie hielt die Flasche hoch. »Sehen Sie?« Ihre Hand zitterte. »Und das, nachdem ich mir tüchtig Mut angetrunken habe.« Sie hob die Flasche an die Lippen, trank.

»Sie waren sehr tapfer«, wiederholte Miss Lizzie. »Sind Sie ganz sicher, meine Liebe, daß ich Ihnen kein Glas bringen soll?«

Mrs. Parker schüttelte den Kopf. »Später«, sagte sie. »Ich muß erst den exquisiten Scotch ersetzen, den ich im Park von mir gegeben habe.« Sie nahm noch einen Schluck, griff nach dem Dekkel, schraubte die Flasche zu. »Außerdem muß ich jetzt gehen. Der arme Woodrow ist seit Stunden allein. In der Wohnung sieht es wahrscheinlich aus wie nach einer Explosion in der Kackefabrik.« Sie stand auf.

»Ist mit Ihnen wirklich alles in Ordnung?« fragte Miss Lizzie.

»Ich werd's überleben. Aber vielleicht nehme ich morgen eine Auszeit, falls Sie nichts dagegen haben. Ich glaube, ich hatte genug Aufregung für eine Weile.«

»Gewiß, meine Liebe. Wir sprechen morgen miteinander.«

»Vorausgesetzt, daß ich dazu fähig bin. Was ich stark bezweifle.« Sie zuckte die Schultern. »Aber vermutlich wird sich die Abwechslung günstig auf mein gesellschaftliches Leben auswirken. Gute Nacht, Amanda.«

»Gute Nacht, Mrs. Parker.«

»Dorothy«, sagte sie automatisch, und dann lächelte sie Miss Lizzie an. »Ist das nicht eine Schande? Das mit Robert? Daß er...« Zum ersten Mal, seit ich sie kannte, schien sie um das passende Wort verlegen zu sein.

»Nicht ganz und gar heterosexuell ist?« schlug Miss Lizzie vor.

Mrs. Parker lachte wieder unsicher. »Ja. Genau das.«

»Er war sehr darauf bedacht, das Geschlecht seines Freundes nicht explizit zu erwähnen.«

Mrs. Parker runzelte die Stirn. »Das ist Ihnen aufgefallen?«

»Ja.«

»Warum mir nicht?«

»Vielleicht, weil Sie es nicht bemerken *wollten*.«

Sie nickte. »Tja. Vielleicht.« Sie seufzte wieder. »Na gut. Dann bis morgen.«

»Amanda«, sagte Miss Lizzie, »würdest du Mrs. Parker bitte zur Tür begleiten?«

»Natürlich«, sagte ich. Ich stand auf, ging mit Mrs. Parker zur Tür, entriegelte sie, sagte noch einmal gute Nacht, machte die Tür dann hinter ihr zu und verriegelte sie wieder.

Als ich mich wieder auf das Sofa setzte, sagte ich: »Sie ist kein sehr glücklicher Mensch, oder?«

»Nein«, sagte Miss Lizzie.

»Gibt es einen Mr. Parker?«

»Sie sagte mir einmal, daß es einen gebe.« Sie lächelte bekümmert. »Sie meinte, sie habe ihn verlegt. Ihr Leben war immer sehr einsam, Amanda. Ihre Mutter starb, als sie noch sehr jung war, und sie haßte ihre Stiefmutter.«

Beide Aussagen trafen auch auf mich zu. Und wie mir klarwurde, trafen sie auch auf Miss Lizzie zu, deren Beziehung zu ihrer Stiefmutter bekanntermaßen höchst unglücklich gewesen war.

»Aber sie ist sehr klug«, sagte ich.

»Das ist sie.«

»Und sie kommt morgen wirklich nicht mit?«

»Nicht dahin, wo wir hingehen werden, fürchte ich.«

Ich runzelte die Stirn. »Wie meinen Sie das?«

»Wir müssen abreisen, Amanda.«

»Abreisen?«

»Das Hotel verlassen. New York verlassen.«

»Aber, Miss Lizzie ...«

»Wir haben keine andere Wahl.«

»Sie sind immer noch böse auf mich«, sagte ich. »Weil ich mich im Wagen nicht auf den Boden gelegt habe. Vorhin im Park.«

»Ich war nicht böse«, sagte sie. »Ich hatte Angst um dich.«

»Tut mir leid. Aber ich ...«

»Das spielt jetzt keine Rolle mehr, Liebes. Es ist vorbei. Und im übrigen ist das nicht der Grund, weshalb wir abreisen.«

»Warum dann?«

»Amanda, es geht nicht länger um eine *potentielle* Gefahr. Diese Männer wollten uns töten. Mit dieser Absicht sind sie uns von Mrs. Normans Wohnung gefolgt.«

»Aber woher wußten sie, wo wir sind? Woher konnten sie das wissen?«

»Ich vermute, daß sie von Mr. Fay oder Mr. Madden geschickt wurden. Vielleicht haben sich die beiden verschworen. Das sind schlechte Menschen, Amanda. Mr. Fay mag komisch wirken, Mr. Madden mag weltgewandt und kultiviert wirken. Aber sie sind alle beide in Gewalttaten verstrickt. Das ist ihr Milieu. Sie könnten dort nicht überleben, wenn sie nicht bereit wären, es sich zunutze zu machen, rücksichtslos und ohne zu zögern – wann immer ihnen jemand gefährlich werden kann. Jeder von beiden würde uns auf der Stelle umbringen, ohne größere Gewissensbisse zu empfinden als jemand, der eine Fliege erschlägt.«

»Aber *warum*? Warum sollten sie das wollen?«

»Weil dein Onkel und sein Tod mit etwas zu tun haben, das sie unbedingt geheimhalten wollen.«

»Aber wenn wir jetzt abreisen«, sagte ich, »werden wir nie herausfinden, was es ist.«

»Vielleicht nicht. Aber wenn die Alternativen lauten, es nie zu erfahren oder zu sterben, dann fällt es mir nicht schwer, mich für ersteres zu entscheiden.«

Damals hätte ich nicht erklären können, warum ich so fest entschlossen war, zu bleiben und die Ermittlungen zu Ende zu führen. Alles deutete darauf hin, daß ich keine Nancy Drew war. (Zu der Zeit war allerdings selbst Miss Drew noch nicht Miss Drew. Die forsche achtzehnjährige Detektivin aus einer beliebten Kinderbuchreihe sollte erstmals sechs Jahre später auftreten.)

Ich fand, daß ich John etwas schuldig war, ja. Es war nicht recht, daß ihm jemand das Leben nahm, so gefühllos, so brutal, so sinnlos, und dann ungestraft davonkommen sollte.

Doch heute weiß ich, daß das nicht der einzige Grund war.

Ich hatte während der Schießerei im Park eine Todesangst gehabt. Meine Hände waren feucht gewesen, mein Herz hatte gerast. Aber neben den körperlichen Symptomen der Angst, und vermutlich wegen ihnen, hatte sich eine Art bestürzende Faszination eingestellt, eine atemlose Erregung; fast so etwas wie, Gott verzeihe mir, Begeisterung.

Manche Menschen schwelgen darin, ein Leben im Grenzbereich zu führen. Entgegen aller Vernunft suchen sie das, was andere klugerweise meiden: extreme Situationen, das Letztmögliche, die absoluten Höhen und Tiefen. Damals wußte ich es noch nicht, aber ich war im Begriff, ein solcher Mensch zu werden. Es sollten noch viele Jahre vergehen, bis ich soweit war und bis ich verstand, wer und was ich geworden war. Aber da war es natürlich zu spät.

In jener Nacht in Miss Lizzies Salon jedoch war ich lediglich mutwillig und eigensinnig.

»Miss Lizzie ...«, sagte ich.

»Amanda, ich kann dich nicht guten Gewissens in New York bleiben lassen.«

»Sie sind nicht *wirklich* mein Vormund.«

In meiner Stimme war ein säuerlicher Hauch von Verächtlichkeit. Ich hörte es selbst und bereute es sofort.

Miss Lizzie war so anständig, es zu ignorieren. »Nein«, sagte sie. Sie sah mich, ohne zu blinzeln, scharf durch die Gläser ihres Kneifers an. »Aber ich halte mich gerne für deine Freundin.

Und Freundschaft, so will mir scheinen, beinhaltet Fürsorge und Verantwortung. Ich wäre eine unzulängliche Freundin, wenn ich dich nicht in Sicherheit brächte.«

Wieder einmal setzte mich offene und unverdiente Hochherzigkeit außer Gefecht. Ich spürte, wie der bekannte Druck hinter meinen Augen zunahm.

»Wenn du darauf bestehst, zu bleiben«, sagte sie, »kann ich vermutlich dafür sorgen, daß Mr. Leibowitz ...«

»Nein«, sagte ich. Ich schluckte. »Wir fahren. Wir reisen morgen früh ab.«

Sie musterte mich. »Bist du sicher?«

»Ja.«

»Vielleicht bringen Mr. Leibowitz und Mr. Lipkind etwas in Erfahrung, nachdem wir abgereist sind.«

»Ja, vielleicht. Aber Sie haben recht. Wir sollten hier weg.«

Ich konnte nicht einschlafen.

Als ich im Bett lag, tauchten die Ereignisse und die Personen des vergangenen Abends, grell, unentrinnbar, wie in einem Film immer wieder vor meinem inneren Auge auf. Der schurkische Mr. Fay, der uns warnt, uns einzumischen. Der aalglatte Mr. Madden, der seine Unterstützung verspricht. Der fröhliche Schwarze im grünen Anzug, der galant einen Pappbecher überreicht. Die würdevolle Mrs. Norman, aufrecht und ruhig auf der Bettkante. Die Verfolgungsjagd durch den Park, die Schießerei, das berstende Fenster des Wagens, das mondbeschienene Gras, die herumliegenden Leichen, das bleiche, rätselhafte Gesicht von Mr. Cutter, das aus der Dunkelheit auftaucht, das wortlose und höfliche Nicken, mit dem er Miss Lizzie bedachte und dann mich ...

Schließlich griff ich nach dem Buch, das ich auf den Nachttisch gelegt hatte. Miss Daphne Dales *Die Fleischsucher*. Ich schlug es auf und begann zu lesen.

Unter anderen Umständen hätte ich das Buch weggeschmissen oder sogar aus dem Fenster geworfen. Es war grauenhaft.

Die Erzählerin, Sophie Dalton, bekennt gleich zu Beginn, daß sie aus den obersten Schichten der Aristokratie von Alabama stammt; und reizenderweise bekennt sie sich auch zu einem angeborenen brillanten Verstand und einer überschwenglichen naturgegebenen Liebenswürdigkeit. Daß sie bildschön ist, wissen wir dank der zahllosen ritterlichen Verehrer, die um ihre zierliche Hand werben. Sie alle verschmäht sie, angetrieben von dem heftigen Verlangen, es alleine zu »schaffen«. Schon nach wenigen Seiten hat sie sich Hals über Kopf in den verruchten gesellschaftlichen Strudel von New York City gestürzt, wo sie sich großen Erfolg als Schriftstellerin erhofft. Ihr Vater, der alte Colonel, ist außer sich; doch ihre Mutter, weise wie alle Mütter in den Südstaaten, schickt ihr heimlich schleifchengeschmückte Geldpäckchen.

Bei einem Fest im Greenwich Village, inmitten bärtiger Bolschewiken männlichen wie weiblichen Geschlechts, lernt sie Jerry Brandon kennen, »Sproß einer der vornehmsten Familien der Stadt«. Mr. Brandon ist groß, dunkel und unglaublich gutaussehend, ein Börsenmakler »mit mysteriösen Verbindungen, wie man munkelte, zu den mächtigen Leuten im verborgenen, die hinter den Kulissen die politischen und wirtschaftlichen Fäden in Manhattan zogen«.

Miss Dalton ist hingerissen. Schon eine Seite später steht sie in der Bibliothek von Mr. Brandons luxuriöser Wohnung (in einem Apartmenthaus namens ›The Nebraska‹) und schickt sich an, sich seiner fordernden Leidenschaft mit Wonne hinzugeben.

Ich fühlte seinen heißen Atem auf meinem Nacken. Mit einer einzigen kraftvollen Bewegung rissen seine starken männlichen Hände das Rückenteil meines Seidenkleides auf. Die Seide glitt um meine Füße zu Boden, und er trat einen Schritt zurück. Ich stand regungslos da, während seine glühenden Augen über meine weiße Nacktheit glitten. »Ich muß dich haben«, verkündete er. »Ich WILL dich haben.«

Ein erotischer Schauer rieselte über meinen Rücken. »Nimm mich«, forderte ich ihn auf.

Nach einer Reihe züchtiger Andeutungen, und einer gemeinsamen Zigarette danach auf dem Teppich, wälzt sich der nackte

Mr. Brandon herum, steht auf und tappt zu den Bücherregalen. Er räumt einige Bücher weg und zieht einen Teil des Regals heraus, hinter dem ein großer schwarzer Tresor sichtbar wird ...

»Sie hat gelogen«, sagte ich. »Sie *wußte*, daß in der Bibliothek ein Tresor ist.«

»Das erstaunt mich nicht«, sagte Miss Lizzie. »Miss Dale war nicht gerade entgegenkommend. Und was entnahm Mr. Brandon dem Tresor?«

»Eine Smaragdkette. Ein Geschenk für Miss Dale. Für Sophie Dalton, meine ich.«

Es war zehn Uhr morgens, und wir saßen in Miss Lizzies Salon beim Frühstück. Sie hatte dem Mann an der Rezeption mitgeteilt, daß wir noch am Vormittag abreisen würden.

»Aber warum hat sie bei dem Tresor gelogen?« fragte ich sie.

»Zweifellos aus dem gleichen Grund wie Mr. Fay und Mr. Madden. Um sich von John zu distanzieren, und von seinem Tod. Wird Arnold Rothstein in dem Buch erwähnt?«

»Ich habe es durchgeblättert, aber nichts gefunden. Nur diese Zeile über die Leute im verborgenen und die Fäden.«

Sie lächelte. »Eine hübsche Zeile.« Sie hob die Tasse an den Mund, nippte an ihrem Tee. »Nun, wir werden Mr. Leibowitz die Sache mit dem Tresor mitteilen. Vielleicht kann er etwas aus Miss Dale herausbekommen.«

»Ich nehme nicht an, daß wir vorbeigehen und mit ihr sprechen könnten«, sagte ich. »Auf dem Weg zum Bahnhof, meine ich.«

Sie lächelte wieder. »Amanda.«

»Schon gut, schon gut. Wir sagen es Mr. Leibowitz. Ich ...«

Es klopfte an der Tür. Miss Lizzie und ich sahen uns an. Sie hatte den Zimmerservice noch nicht angerufen, um das Frühstücksgeschirr abräumen zu lassen.

»Ich sehe nach«, sagte ich. Ich wischte mir mit der Serviette den Mund ab und stand auf.

»Frage zuerst, wer da ist, Liebes«, sagte sie.

Ich nickte, und an der Tür rief ich laut: »Wer ist da?«

Eine rauhe Flüsterstimme sagte: »Cutter.«

Ich drehte mich zu Miss Lizzie um. »Es ist Mr. Cutter.«

Sie nickte.

Ich öffnete die Tür.

Mr. Cutter stand auf dem Gang. Er trug das gleiche, was er zuvor im Park getragen hatte – das schwarze Hemd, die schwarze Hose. Die glänzende schwarze Haarlocke fiel ihm noch immer in die blasse, eckige Stirn. Aber im Licht des Korridors, ohne die in den Gürtel gesteckte Pistole, sah er nicht länger wie ein Todesengel aus. Er sah aus wie ein schlanker, vermutlich sportlicher, unglaublich gutaussehender junger Mann Mitte Zwanzig. Seine Augen waren blau, wie ich jetzt sah, fast so blau wie die Augen meines Onkels.

Doch neben ihm stand ein größerer, breiter gebauter Mann, der einen grauen Anzug und einen grauen Filzhut trug. Es war Lieutenant Becker, der Mann, der mich am Samstag aus Johns Wohnung geholt hatte.

Becker ging an mir vorbei, trat ein paar Schritte ins Zimmer. Mr. Cutter folgte ihm. Ich stand einfach nur da.

Becker sah Miss Lizzie an. »Ich hielt es für an der Zeit«, sagte er, »mich ein bißchen mit der berühmten Lizzie Borden zu unterhalten.«

DRITTES BUCH

Zweiundzwanzig

Mr. Cutter, der hinter Becker stand, flüsterte Miss Lizzie zu: »Ich habe ihn unten gesehen. Ich wollte ihn nicht ohne Ihre Anweisung reinlassen.«

Mr. Cutter mußte ins Algonquin gekommen sein, nachdem er mit Mr. Leibowitz im Park »aufgeräumt« hatte. Seit wann hatte er unten Wache gestanden? Seit wann hatte er nicht mehr geschlafen?

»Danke, Mr. Cutter«, sagte Miss Lizzie.

»Ich bin Polizeibeamter«, sagte Becker zu Miss Lizzie. »Ich lasse mich nicht von einem miesen kleinen Revolverhelden aufhalten.«

»Augenscheinlich nicht«, sagte sie.

Becker drehte sich zu Mr. Cutter um. »Sie können jetzt verschwinden.«

Mr. Cutter lächelte schmal. »Das glaube ich nicht.«

»Wollen Sie Ärger, Cutter?«

»Klar. Haben Sie welchen?«

Als Mr. Leibowitz Mr. Fays hünenhaften Leibwächter verspottet hatte, hatte ich gekichert, nur kurz, aber zwanghaft. Jetzt kicherte ich nicht. Die beiden Männer standen sich Auge in Auge gegenüber, fixierten sich mit finsterer Miene. Becker wog mindestens zwanzig Kilo mehr als Mr. Cutter, doch Mr. Cutter schien davon unbeeindruckt. Es lag auf der Hand, daß keiner klein beigeben würde.

»Verzeihen Sie«, sagte Miss Lizzie.

Beide drehten sich zu ihr um.

»Mr. Cutter vertritt meinen Anwalt«, verkündete sie. »Als solcher hat er das Recht, anwesend zu sein.«

Einen Moment lang sagte Becker nichts. Dann zuckte er mit den Schultern. »Na gut. Ich bin Lieutenant Becker.«

»Das dachte ich mir.«

Becker kam ins Zimmer herein. »Was dagegen, wenn ich mich setze?«

»Offen gesagt, ja.«

Er setzte sich auf das Sofa und grinste. Ich hatte sein Grinsen noch nie gesehen, und es gefiel mir nicht. Es war das Grinsen eines brutalen Menschen, das unverhohlenes Vergnügen daran verriet, Macht über andere auszuüben.

Mr. Cutter war ihm gefolgt, und jetzt setzte er sich auf einen Stuhl gegenüber, Rücken gerade, die Hände auf die Armlehnen gelegt.

Ich stand noch immer an der Tür. Ich machte sie zu und ging zurück zum Frühstückstisch, wobei ich einen großen Bogen um Becker machte, der vorgebeugt dasaß und mich mit dem gleichen ausdruckslosen Gesicht beobachtete, das ich bereits vom Samstag kannte. Ich setzte mich wieder auf meinen Stuhl.

Becker schnippte seinen Filzhut vom Kopf, hängte ihn über den ausgestreckten Zeigefinger und ließ ihn lässig um den Finger kreisen, während er sich im Zimmer umsah. »Nett«, sagte er und nickte. Er wandte sich an Miss Lizzie. »Bin noch nie im Algonquin gewesen.«

»Sie können ja unten fragen«, sagte sie, »ob man vielleicht ein Zimmer für Sie hat.« Sie wandte sich an mich. »Noch Tee, Amanda?«

»Ja, bitte.«

Sie griff nach der Teekanne und schenkte mir ein. Ihre Hand war absolut ruhig; sie verschüttete keinen einzigen Tropfen. Hätte ich in diesem Moment Tee einschenken müssen, er wäre bestimmt über die Wände und bis zur Decke hochgespritzt.

»Mr. Cutter?« fragte sie, die Kanne hochhaltend.

Ohne den Blick von Becker zu wenden, flüsterte er: »Nein, danke.«

Miss Lizzie stellte die Kanne ab.

Falls Becker enttäuscht war, keinen Tee angeboten zu bekommen, so ließ er es sich nicht anmerken. Er warf seinen Hut auf das andere Ende des Sofas, fuhr sich mit der Hand durch sein dichtes blondes Haar, lehnte sich dann zurück und hängte den rechten Fuß über das linke Knie. Vergnügt lächelnd, breitete er die Arme auf der Rückenlehne des Sofas aus. »Sie fragen sich bestimmt, warum ich hier bin«, sagte er.

»Ich nehme an, daß Sie es uns gleich mitteilen werden«, sagte Miss Lizzie.

»Wissen Sie, was ich mich frage?« fragte er. »Ich frage mich, was die hiesigen Zeitungen dazu sagen, wenn sie erfahren, daß die berühmte Lizzie Borden in der Stadt ist, genau hier. Die berühmte Axtmörderin. Zusammen mit einer Göre, die im Verdacht steht, ihren eigenen Onkel umgebracht zu haben. Und zwar mit einem Beil.« Er grinste. »Das ist das Beste daran, das Beil.«

»Ja«, sagte Miss Lizzie. »Das kann ich mir denken.«

»Ein einziger Telefonanruf genügt«, sagte Becker. »Nur *ein* kleiner Telefonanruf.«

»Achten Sie bitte darauf«, sagte sie, »daß mein Name richtig geschrieben wird. Er lautet *Lizbeth*, nicht *Elizabeth*.«

Er lächelte sein knappes, düsteres Lächeln. »Glauben Sie, ich mache Scherze?«

»O nein«, sagte sie. »Sie meinen es offenbar vollkommen ernst.«

»Haben Sie vielleicht vor, aus der Stadt zu verduften, Sie und die Göre? Vergessen Sie es. Die Kleine ist eine Hauptzeugin. Wenn sie abhaut, holen wir sie zurück. Schon mal was von Auslieferung gehört?«

»Selbstverständlich. Aber wir lieben New York City, alle beide. Wir haben nicht die Absicht, abzureisen. Tatsächlich spiele ich sogar mit dem Gedanken, selbst mit den Zeitungen zu sprechen.«

»Ach ja?« fragte Becker. »Über was?«

Miss Lizzie trank einen Schluck Tee, stellte die Tasse behutsam wieder ab. »Über gewisse Polizeibeamte«, sagte sie ruhig, »die versucht haben, ein verängstigtes sechzehnjähriges Mädchen so einzuschüchtern, daß es ein Verbrechen gesteht, das es überhaupt nicht begangen hat.«

Becker machte den Mund auf. Miss Lizzie streckte den Arm aus und deutete mit dem Finger auf Becker. Ihr Gesicht war wieder gerötet, und ihre grauen Augen, die immer ein wenig hinter dem Kneifer vorstanden, schienen geradezu hervorzuquellen.

»*Nein!*« sagte sie.

Zu meiner Verblüffung machte Becker den Mund zu und lehnte sich zurück.

Miss Lizzie konnte, wie ich bereits sagte, sehr respekteinflößend sein.

Sie setzte sich wieder gerade hin, nippte an ihrem Tee, stellte die Tasse auf die Untertasse. »Über ein Verhör«, fuhr sie in dem gleichen ruhigen Ton fort, »das Stunden dauerte, ohne Rechtsbeistand, ohne Essen. Darüber, daß dieses junge Mädchen in eine abgelegene Gefängniszelle gesteckt und dort auf unbestimmte Zeit allein gelassen wurde, ohne daß Anklage gegen sie erhoben wurde. Ihr Name, Lieutenant Becker, würde in diesem Bericht natürlich eine wichtige Rolle spielen. Ihr Name und der von Mr. Vandervalk, dem Polizeipräsidenten.«

Becker schüttelte den Kopf. »Damit locken Sie keinen Hund hinter dem Ofen hervor.«

»Ach nein? Ihnen mögen Nachforschungen seitens der Presse gleichgültig sein, Lieutenant, aber ist dies auch bei Mr. Vandervalk, einem bestellten Beamten, der Fall? Und da ist noch ein weiteres Detail, das Sie vielleicht in Erwägung ziehen sollten. Ich vermute, daß jeder ehrbare Reporter zu erfahren verlangen würde, warum zwei Männer in Ihrer und Mr. Vandervalks Position ihre Aufmerksamkeit auf ein junges Mädchen konzentrieren. Hierzu könnte ich nur Vermutungen äußern – daß Sie dies auf Geheiß einflußreicher krimineller Personen in dieser Stadt taten, Leuten wie Larry Fay und Owney Madden und Arnold Rothstein.«

»Blödsinn.«

Miss Lizzie lächelte. »Vielleicht. Aber wie Sie mir eben zu verstehen gegeben haben, ist mein Name nun einmal auf Gedeih und Verderb bekannt. Wenn ich mich an die Zeitungen wende, wird man mich zitieren. Ich bezweifle sehr, daß diese drei Herren es goutieren würden, ihre Namen in Verbindung mit dem Ihren zu lesen. Und ich bezweifle sehr, daß Mr. Vandervalk es goutieren würde, *seinen* Namen in Verbindung mit dem dieser Herrschaften zu lesen. All das kann ich tun, Lieutenant. Und ich werde es tun. Andererseits ...«

Sie nippte wieder an ihrem Tee.

Beckers Blick huschte zu Mr. Cutter, kehrte zu Miss Lizzie zurück. Er legte den Kopf leicht nach hinten. »Andererseits was?«

»Andererseits kann ich fortfahren, das zu tun, was ich bisher getan habe. Das heißt, meine Bemühungen fortsetzen, herauszufinden, warum John Burton ermordet wurde. Falls ich etwas herausfinde, werde ich Ihnen diese Information zukommen lassen, von der Sie Gebrauch machen können, wie Sie es für richtig halten.«

Ein weiteres düsteres Lächeln. »Was sind Sie? Sherlock Holmes?«

»Nur eine besorgte Bürgerin.«

»Aha. Und Cutter hilft Ihnen dabei?«

»Neben anderen.«

»Sie wissen, daß er ein Mafioso ist. Ein Killer.«

»Wir haben alle unsere Fehler, Lieutenant.«

Ich warf einen raschen Blick auf Mr. Cutter. Er hatte sich nicht gerührt, seit er Platz genommen hatte. Er rührte sich auch jetzt nicht.

Becker nahm die Arme von der Sofalehne, verschränkte die Hände auf dem Schoß und setzte sein düsteres Lächeln auf. »Was haben Sie bis jetzt?«

»Haben wir ein Übereinkommen?«

Er schüttelte den Kopf. »Ich will erst wissen, welche Trümpfe ich in der Hand habe.«

»Also gut.«

Sie berichtete ihm von den Unterredungen mit Daphne Dale, Mr. Fay und Mr. Madden. Sie erwähnte weder den Tod von Sybil Cartwright noch die Unterredung mit Mrs. Norman, weder die

Ereignisse im Central Park noch den Tresor, den Miss Dale in der Bibliothek von »Jerry Brandon« installiert hatte.

Als sie endete, sagte Becker: »Nicht gerade viel.«

»Nein.« Sie lächelte. »Aber was mein ist, ist auch dein, wie man so schön sagt. Haben wir ein Übereinkommen?«

»Was planen Sie als nächstes?«

»Früher oder später mit Arnold Rothstein zu sprechen.«

»Warum mit Rothstein?«

»Aufgrund gewisser Dinge, die ich gehört habe, vermute ich, daß Mr. Rothstein irgendwie in die Sache verwickelt ist.«

»Was für Dinge?«

»Gerüchte. Hörensagen. Genug, um es ratsam erscheinen zu lassen, mich mit ihm zu treffen.«

Becker lächelte. »Rothstein läßt Ihnen Betonschuhe anmessen.«

»Betonschuhe?«

»Bevor er Sie in den Fluß wirft. Sich mit Madden und Fay anzulegen ist keine gute Idee. Sich mit Arnold Rothstein anzulegen ist schiere Dummheit.«

»Wenn ich tot bin, hat sich zumindest eines Ihrer Probleme erledigt.«

Er sah sie einen Moment an. Und dann grinste er. Auch dieses Mal gefiel mir sein Grinsen nicht. »Okay.«

»Also abgemacht?«

Er griff nach seinem Hut, stand auf. »Ja«, sagte er. »Ich will jeden Tag einen Telefonanruf. Und Sie geben mir alles, was Sie haben.«

»Abgemacht.«

»Aber merken Sie sich eins. Wenn Sie die Stadt verlassen, ist die Sache geplatzt. Dann schnappen wir uns die Göre. Egal, wohin Sie sie bringen, ich hole sie mir. Persönlich. Ist das klar?«

»Vollkommen.«

Er nickte, setzte den Hut auf, klappte die Krempe herunter. Er wandte sich an Cutter. »Sie würde ich mir zu gerne mal vorknöpfen, Cutter.«

»Suchen Sie sich einen Tag aus«, flüsterte Cutter.

»Oh, das werde ich, verlassen Sie sich drauf.« Er wandte sich wieder an Miss Lizzie. »Ich finde allein hinaus.«

»Lieutenant?« fragte Miss Lizzie.

»Ja?«

»Wie haben Sie erfahren, wer ich bin? Und wo ich bin?«

Wieder das düstere Lächeln. »Sie haben Ihre Geheimnisse, Lady, ich habe meine.«

Er drehte sich um, ging zur Tür, öffnete sie. Ohne sich noch einmal umzusehen, knallte er sie hinter sich zu.

»Miss Lizzie«, sagte ich, »Sie waren toll. Sie waren wirklich phantastisch.«

Sie blickte kurz zur Tür. »Mir schreibt niemand vor, ob ich abreisen oder bleiben darf.«

»Er wurde dafür bezahlt, hierherzukommen, oder?«

Sie sah mich an. »So scheint es.«

Mr. Cutter flüsterte: »Bei Becker geht's immer um Geld.« Er drehte sich zu Miss Lizzie, so daß die kleine schwarze Locke vor seiner Stirn leicht schaukelte. »Warum haben Sie den Namen Rothstein erwähnt?«

»Ich hatte keine andere Wahl. Ich hatte ihm gedroht, und das vor zwei Personen. Es war daher wichtig, ihm erstens eine Möglichkeit zu bieten, seine Autorität wiederherzustellen. Und zweitens, ihm Informationen zu liefern, die er verwenden kann.« Sie schenkte sich Tee nach.

»Er hat zu schnell nachgegeben.«

Sie nickte. »Er glaubt vermutlich, daß er, wenn ich ihn über unsere Fortschritte auf dem laufenden halte, gewissermaßen die Kontrolle über uns behält. Und vielleicht Informationen an andere weitergeben kann. Zum Beispiel an Mr. Rothstein.«

Mr. Cutter lächelte sein schmales, kaltes Lächeln. »Aber Sie werden ihn nicht auf dem laufenden halten.«

»Nein, nicht in vollem Umfang.«

Ich sagte: »Heißt das, daß wir hierbleiben?«

Sie sah mich an. »Für ein Weilchen. Ich möchte nicht, daß dieser Mann hinter uns her ist. Aber wir haben nicht viel Zeit.«

»Fünf Minuten«, sagte Mr. Cutter. »Dann weiß Rothstein alles über Sie.«

»Oh, ich bin sicher, das weiß er bereits.«

»Von wem?«

Sie griff nach ihrer Tasse, nippte daran. »Wir wissen von der Frau, die in Johns Wohnung saubermachte, daß Mr. Rothstein in irgendeiner Beziehung zu John stand. Wir haben mit mindestens einem Partner von ihm gesprochen, nämlich Mr. Madden. Mit zwei, wenn wir Mr. Fay einschließen, und ich bin geneigt, dies zu tun. Es erscheint mir somit sehr wahrscheinlich, daß ihn bereits jemand über unser Vorhaben in Kenntnis gesetzt hat.«

»In einem Punkt hat Becker recht. Madden und Fay und Rothstein sind Leute, mit denen nicht zu spaßen ist. Besonders Rothstein.«

»Ich habe nicht die Absicht«, sagte sie, »zu spaßen.« Sie lächelte. »Aber ich möchte Sie um einen Gefallen bitten.«

»Und«, flüsterte er, »der wäre?«

Dreiundzwanzig

Wir saßen in einem langen braunen Packard, weder alt noch neu und leicht muffig vom grauen Geruch nach altem Zigarettenrauch. Mr. Cutter hatte uns gesagt, daß er diesen Wagen fahren werde, bis der Lincoln repariert sei.

Bevor wir das Hotel verließen, hatte er auf Miss Lizzies Bitte ein Telefongespräch geführt und veranlaßt, daß unser Gepäck abgeholt und ins Plaza gebracht wurde. Dann hatte sie Mr. Lipkind angerufen und ihm mitgeteilt, daß wir umzogen. Den Namen des Hotels hatte sie nicht erwähnt.

»Erinnern Sie sich, wo wir uns kennengelernt haben?« fragte sie ihn. »Dort.«

Mr. Lipkind sagte ihr, daß Mr. Leibowitz am Vormittag mit den Leuten in der Broker-Firma meines Onkels und auch mit seinem Anwalt sprechen werde. Am Abend werde sich der Detektiv in der Bar des neuen Hotels mit uns treffen.

Miss Lizzie rief danach Mrs. Parker an und sagte ihr, daß wir umzogen. Sie benutzte einen ähnlichen Code, um ihr mitzuteilen, wohin: »Das Haus, wo Sie den Mann mit dem amüsanten Hut trafen. Sagen Sie keinen Namen, aber Sie erinnern sich? Genau der. Genau dort. Ich werde Sie heute abend anrufen.«

Dann hatten wir gepackt und waren nach unten gegangen, wo Miss Lizzie die Rechnung bezahlte, bevor wir mit Mr. Cutter Richtung Süden fuhren.

Unterwegs berichtete uns Mr. Cutter, was mit den Männern im Park geschehen war. Zwei hatten noch gelebt. Beide hatten sich geweigert, zu sagen, wer sie geschickt hatte.

»Wahrscheinlich«, flüsterte Mr. Cutter, »wissen sie es nicht. Das sind simple Soldaten.«

»Was ist mit ihnen passiert?« fragte ich. »Mit denen, die noch gelebt haben.« Ich saß neben ihm auf dem Vordersitz, zwischen uns sein schwarzes Sportsakko, das über der Rückenlehne hing. Miss Lizzie saß im Fond.

»Wir haben ihnen den Wagen vollgeladen«, sagte er. »Dann sind sie damit weggefahren.«

»Mit den anderen Männern vollgeladen, meinen Sie?«

»Ja.«

»Und die Polizei hat sich nicht blicken lassen?« fragte Miss Lizzie.

»Nein.«

»Merkwürdig«, sagte sie.

»Sind Sie jetzt in Schwierigkeiten?« fragte ich Mr. Cutter. »Weil Sie uns geholfen haben, meine ich.«

Er hatte leise gelächelt, wieder dieses schmale, kalte Lächeln. »Nein.«

Während der Weiterfahrt versuchte ich, mehr über den Mann selbst zu erfahren.

»Haben Sie auch einen Vornamen, Mr. Cutter?«

»James.«

»Und wie kamen Sie zu diesem ...«

»Amanda«, sagte Miss Lizzie.

»Ist schon okay«, sagte Mr. Cutter in den Rückspiegel. »Zu dieser Beschäftigung?« fragte er mich.

»Ja«, sagte ich.

»Ich hab ein paar Sachen beim Militär gelernt.« Er drehte sich zu mir. »Wär doch schade gewesen, sie nicht zu nutzen.« Er schaute wieder auf den Verkehr, und die Stirnlocke bebte.

»Was für Sachen?«

»Amanda, also wirklich«, sagte Miss Lizzie.

»Entschuldigung«, sagte ich.

Wieder sah er mich an und lächelte. Dann wandte er sich abermals dem Verkehr zu.

Miss Daphne Dale wohnte in einem kleinen, schmucken vierstöckigen Reihenhaus in der Morton Street im Greenwich Village. Die Mauern waren aus blitzblankem rosa Backstein, und jeder Backstein sah so frisch aus, als wäre er eben erst aus dem Brennofen geschlüpft. Auf jedem Fenstersims zitterten leuchtend bunte Blumen in roten Kästen. Die spiegelblanke schwarze Haustür hatte einen kunstvollen Messingklopfer in der Mitte. Das kurzgeschorene Gras in dem kleinen, gepflegten Vorgarten war smaragdgrün. Um den Vorgarten herum verlief ein hoher, glänzender, schwarzer schmiedeeiserner Zaun.

Als wir daran vorbeifuhren, fragte ich mich, ob Miss Dale, wie ihre Heldin, regelmäßig Geldpakete aus den Südstaaten erhielt.

Miss Lizzie mochte sich das ebenfalls gefragt haben. »Es sieht nicht aus«, sagte sie aus dem Fond, »wie das Haus einer Person, die dringend eintausend Dollar benötigt.«

Wir parkten zwei Blocks weiter. Mr. Cutter griff unter den Fahrersitz und brachte eine Pistole zum Vorschein. Er beugte sich vor, steckte den Lauf hinten in den Hosenbund, nahm dann sein Sakko vom Sitz und schob die schlanken Arme hinein.

Ich hatte in den letzten Tagen mehr Waffen gesehen als in meinem ganzen Leben.

Wir gingen zu Fuß zu Miss Dales Haus zurück, Mr. Cutter einige Schritte hinter uns. Ich bemerkte, daß seine Schuhe kein Geräusch machten, wenn sie auf den Bürgersteig trafen.

Als wir vor dem Haus ankamen, flüsterte er: »Ich warte hier draußen. Wenn ich was höre, komme ich rein.«

Miss Lizzie nickte. »Sehr gut. Danke.«

Sie machte das kleine Tor auf, und wir traten in den Vorgarten, gingen auf dem gepflasterten Gehweg zur Tür, wo Miss Lizzie den großen Messingklopfer anhob und fallen ließ.

Nichts geschah. Ich drehte mich nach Mr. Cutter um. Er stand mit dem Rücken zu uns, die Arme locker seitlich am Körper, und drehte den Kopf langsam nach rechts und nach links. Im Sonnenschein war sein Haar so schwarz und glänzend wie ein Rabenflügel.

Miss Lizzie hob wieder den Türklopfer an, ließ ihn fallen.

Etwa zehn Zentimeter oberhalb des Klopfers befand sich ein kleines Guckloch aus Glas, ebenfalls umrahmt von blitzendem Messing. Einen Moment lang verdunkelte sich das Glas.

»Sie ist da«, sagte ich.

»Ja.«

Sie zog den Klopfer hoch, knallte ihn nach unten, dann ein weiteres Mal, noch fester. Sie zog ihn wieder hoch – da schwang die Tür auf, riß ihr den Klopfer aus der Hand, und vor uns stand die winzige Miss Dale mit hochrotem Gesicht.

»Was ist?« sagte sie. »Ich *arbeite*.«

Ihr Gesicht war geschminkt: Wimperntusche, Lidstrich, Lippenstift, Rouge. Sie trug rosa Haremshosen aus Seide, rote Ballerinas und ein weites, gazeartiges rotes Oberteil mit Ballonärmeln und einem lose herabfallenden offenen Kragen. Auf dem Kopf, um ihre Lockenfülle zu bändigen, trug sie ein rosa Seidentuch, das im Nacken verknotet war.

»Bitte verzeihen Sie die Störung«, sagte Miss Lizzie. »Aber wir müssen Sie unbedingt kurz sprechen.«

»Sie verstehen nicht«, sagte Miss Dale. »Ich bin gerade *heiß*. Es *strömt* nur so aus mir heraus. Das ist das Beste, was ich je *geschrieben* habe.«

»Oh«, sagte Miss Lizzie. »Das ist natürlich etwas anderes. Dann sollte ich wohl besser meinen Anwalt bitten, Ihnen eine Vorladung zu schicken.«

Ich hatte keine Ahnung, ob das möglich war; Miss Dale augenscheinlich auch nicht.

»Eine Vorladung?« sagte sie.

»Wir müssen dieser Sache wirklich auf den Grund gehen, Miss Dale.«

Miss Dale sah kurz zu mir her, blickte wieder Miss Lizzie an, blickte sich dann vor dem Haus um. »Wer ist der Mann?«

»Unser Chauffeur«, sagte Miss Lizzie.

Miss Dale holte tief Luft, stieß sie aus. »Na *schön*«, sagte sie. Widerwillig fügte sie hinzu: »Dann kommen Sie eben rein.«

Sie führte uns in ihr Wohnzimmer. Ich wußte damals noch nicht, wie ein orientalisches Bordell aussieht; aber ich vermutete, daß es so ähnlich wie dieses Zimmer aussehen mußte. Die Wände waren mit glänzender roter Seide bespannt. Runde weiße Papierlaternen hingen von der Decke. Vor der einen Wand machte sich ein niedriger, roter Seidendiwan breit. Gegenüber fläzten sich zwei rote Seidenottomanen. Außerdem waren da mehrere schwarze Lacktischchen, eine breite schwarze Lacktruhe, ein aufgeklappter Paravent, bemalt mit Kranichen, die über einer Gebirgslandschaft schwebten. In der Luft lag der Duft von Sandelholz.

»Nehmen Sie Platz«, sagte Miss Dale. Sie fügte hinzu: »Bitte.« Vielleicht hatte die Erwähnung einer Vorladung die traditionelle Gastfreundschaft der Südstaatler in ihr wachgerüttelt.

Sie deutete mit einer Kopfbewegung auf den Diwan und setzte sich auf eine der Ottomanen. Miss Lizzie ließ sich, nicht ohne Mühe, in den Diwan sinken, die Hände auf den Griff ihres aufgestellten Stockes gestützt. Ich setzte mich neben sie.

»Ich kann Ihnen etwas bringen«, sagte Miss Dale. »Falls Sie Durst haben? Ich habe aber nur Champagner. Und natürlich Wasser, wenn Sie wollen.«

»Nein, vielen Dank«, sagte Miss Lizzie.

Ich schloß mich ihr an.

Miss Dale blickte zwischen uns beiden hin und her. Sie schob die Hände zwischen die Ottomane und die Oberschenkel, schlug das eine in Seide gehüllte Bein über das andere und beugte sich vor wie ein kleiner Junge. »Nun?« sagte sie zu Miss Lizzie. »Worum geht es?«

»Miss Dale«, sagte Miss Lizzie, »Sie haben uns angelogen.«

Miss Dales Augenbrauen wanderten in die Höhe. »Ich?«

»Sie sagten uns, daß Sie nichts von einem Tresor in Johns Bibliothek wüßten. Das war eine besonders törichte Lüge, da Sie diesen Tresor bei der Beschreibung von Johns Bibliothek in Ihrem Buch ausdrücklich erwähnten.«

»Miss Cabot, das war frei erfunden. Ein Werk der *Phantasie*.«

»Also wirklich«, sagte Miss Lizzie. »Ich hatte noch keine Gelegenheit, das Buch zu lesen, aber Amanda hat es gelesen.«

Miss Dales Blick huschte wieder zu mir, dann zurück zu Miss Lizzie.

»Sie haben Johns Wohnung exakt beschrieben«, sagte Miss Lizzie, »bis hin zu den Nippsachen im Salon. Sie haben Ihren erfundenen Tresor genau an der Stelle des Bücherregals plaziert, wo sich der echte Tresor befindet. Nein, Miss Dale. Sie wußten davon. Die Frage ist nur, warum es leugnen?«

Miss Dale sah abermals zwischen uns hin und her. Sie holte wieder tief Luft, zog die Hände heraus und verschränkte die Arme unter den Brüsten. »Ich stand unter Schock.«

»Unter Schock«, wiederholte Miss Lizzie. Sie rückte an ihrem Kneifer.

»Wegen Johnnys Tod«, sagte Miss Dale. »Ich hatte den Ärmsten noch am Freitag gesehen, nur zwei Tage davor. Wir hatten uns einmal nahegestanden, sehr nahe sogar, wie Sie wissen, und wir waren noch immer die allerbesten Freunde. Ich war *entsetzt*, als ich erfuhr, daß er tot ist. Absolut *entsetzt*.«

»Und dieser Schock zwang Sie, zu lügen.«

»Ich habe nicht direkt *gelogen*. Ich wollte mich nur nicht damit befassen – mit Johnnys Tod, meine ich.«

»Sie wünschten nicht, mit ihm in Zusammenhang gebracht zu werden.«

Sie legte die Hände neben sich auf die Ottomane. »Nein, nein, so war es nicht. Es war nur so, daß – auf irgendeine Art, verstehen Sie? – ich dachte, wenn ich nicht daran denke, mich nicht damit *befasse*, daß ich dann nicht wahrhaben muß, daß Johnny... tot ist.« Sie ließ den Kopf sinken.

»Und darum haben Sie uns das mit dem Geld vorgelogen?«

Sie blickte verwirrt auf. »Welches Geld?«

»Das Geld, das Sie sich angeblich von John leihen wollten.«

»Aber das war die *Wahrheit*. Ich brauchte das Geld.«

»Wofür?«

»Das *sagte* ich Ihnen doch. Für eine günstige Kapitalanlage.«

»Welche günstige Kapitalanlage?«

Sie schüttelte den Kopf. »Ich bin nicht befugt, das zu sagen. Ehrlich nicht. Die Sache war vertraulich.«

Miss Lizzie betrachtete sie einen Moment prüfend. Dann fragte sie: »Wie kommt es, Miss Dale, daß Sie nie Johns Verbindung mit Arnold Rothstein erwähnten?«

Sie blinzelte. »Mit wem?«

Miss Lizzies Gesicht war plötzlich knallrot, fast so rot wie der

Diwan. Ihre Augen traten wieder hervor. Plötzlich hob sie ihren Stock hoch und stieß ihn, *rumps*, krachend auf den Boden. Sie beugte sich über den Griff vor, die Augen zusammengekniffen, die Wangen vor Wut bebend. »Herrgott noch mal, Sie *einfältiges* Ding! Sie *alberne* Gans! So unglaublich *dumm* können nicht einmal *Sie* sein! Erwarten Sie *allen Ernstes* von mir, Ihnen zu glauben, daß Sie noch nie von Arnold Rothstein gehört haben?«

Ich hatte Miss Lizzies Zorn schon erlebt; dennoch verblüffte mich dieser Ausbruch.

Er verblüffte auch Miss Dale. Sie zuckte auf der Ottomane zurück, als hätte sie einen Schlag ins Gesicht bekommen. »Ich ...« Sie schüttelte den Kopf, beugte sich wieder vor. Sie nahm das gekreuzte Bein herunter, stellte beide Füße auf den Boden, legte die Hände in den Schoß. Ihr Mund wurde hart. »Ich muß nicht hier sitzen und mir das anhören.«

»Nein«, sagte Miss Lizzie. »Sie dürfen gerne stehen.« Die Röte war aus ihrem Gesicht gewichen. »Aber Sie werden sich anhören, was ich zu sagen habe, Miss Dale. Ich gehe mit sämtlichen Informationen, die ich habe, zur Polizei. Mit allen. Ich werde sie von Ihrem Streit mit John unterrichten, zu dem es vor einiger Zeit in der Wohnung kam. Dem Streit, bei dem es um Mr. Joe Walters ging. Bei dem es um Arnold Rothstein ging. Und ich ...«

»Wer hat Ihnen das erzählt?«

»Das tut nichts zur Sache. Ich ...«

»Das Niggerweib. Dieses *Luder*. Die war das, stimmt's?«

»Miss Dale, wenn Sie mich noch einmal unterbrechen, gehe ich.«

»Es war das Niggerweib, stimmt's? Die verdammte Putzfrau.«

Sich fest auf ihren Stock stützend, stand Miss Lizzie vom Diwan auf. »Genug.«

Miss Dale streckte die Hand aus. »Nein, warten Sie! Sie dürfen nicht zur Polizei gehen!«

»Warum nicht?«

»Weil die Polizei genauso schlimm ist wie die anderen!«

»Welche anderen?«

»Rothstein und diese Leute. Das wäre mein sicherer Tod.« Sie schüttelte schnell den Kopf. »Sie verstehen das nicht.«

Miss Lizzie ließ sich wieder auf den Diwan sinken. »Dann erklären Sie es mir bitte.«

Miss Dale holte tief Luft. »Ich weiß nicht, wo ich anfangen soll.«

»Am besten am Freitag«, sagte Miss Lizzie. »Was wollten Sie von John? Die Wahrheit jetzt.«

»Sie dürfen nicht zur Polizei gehen. Versprechen Sie mir das. Versprechen Sie mir, daß Sie nicht zur Polizei gehen.«

»Sie haben mein Wort. Was wollten Sie von John?«

Die Frau sah mich an, sah abermals Miss Lizzie an. Sie verschränkte wieder die Arme unter den Brüsten. »Opium«, sagte sie.

Vierundzwanzig

»Opium«, sagte Miss Lizzie mit tonloser Stimme.

»Da ist nichts weiter dabei«, sagte Miss Dale. »Ehrlich. Unmengen von Leuten nehmen es. Sie wären überrascht.«

»Möglicherweise.«

»Sie wissen ja, daß es vor dem Krieg noch gar nicht verboten war, hier in den Vereinigten Staaten.«

»Stimmt. Erst seit Inkrafttreten des Betäubungsmittelgesetzes von 1914.«

»Genau so ist es.«

»Und Sie und John nahmen Opium.«

»Hin und wieder. Wenn wir zusammen waren?« Sie warf einen schnellen Blick auf mich, sah wieder Miss Lizzie an. »Im Bett, wenn Sie es genau wissen wollen.«

»Verstehe. Haben Sie es geraucht?«

Sie schüttelte den Kopf. »Gegessen. Man kann es nämlich auch essen. Viele Leute wissen das gar nicht.«

»Interessant.«

»Johnny hat es immer zu so niedlichen schwarzen Kügelchen gerollt, die wir dann mit Champagner geschluckt haben – am liebsten mit Veuve Clicquot. Nach einer Weile, so nach zwanzig Minuten, beginnt man die Wirkung zu spüren. Dieses tiefe, warme, wunderbare ... weiche Gefühl? Es verlangsamt einfach alles, macht alles ganz schlaff und sanft.«

»Gewiß. Aber Sie waren seit geraumer Zeit nicht mehr mit John zusammen. Warum sollten Sie ihn jetzt um Opium bitten?«

»Die Sache ist die, hin und wieder – wissen Sie? – nehme ich es immer noch gern. Nicht jeden Tag oder so – ich meine, ich bin nicht *süchtig*. Ich nehme es vielleicht ein- oder vielleicht zweimal im Monat, *höchstens*. Und ich hatte da diesen Mann, der es für mich besorgt hat? Aber er hat vor einigen Wochen die Stadt verlassen, und sonst kannte ich keinen, der welches hat. Ich saß auf dem trockenen, sozusagen. Und als ich Johnny letzten Freitag sah, habe ich ihn gefragt, ob er etwas hat.«

»Und er sagte nein.«

»Ja, aber ich habe ihm nicht geglaubt. Johnny hatte *immer* Opium. Während der ganzen Zeit, die wir zusammen waren, hatte er immer welches. Und darum wurde ich so ... wütend auf ihn. Ich gebe es zu, ich habe überreagiert. Das war absolut töricht von mir. Und ich habe es auf der Stelle bereut. Das sagte ich Ihnen bereits.«

»Wo beschaffte sich John das Opium?«

»In Europa. Sie wußten, daß er dauernd nach Europa fuhr?«

»Um Opium zu kaufen?«

»Nein, nein, nein. Er hatte dort, äh, geschäftlich zu tun. Es ist nur so, daß Opium drüben furchtbar leicht zu bekommen ist. Sie haben dort andere Gesetze? Darum brachte er jedesmal welches mit, wenn er hinfuhr. Nicht viel – vielleicht ein halbes Pfund oder so? Aber er brachte immer etwas mit.«

»Welcher Art waren seine Geschäfte in Europa?«

Miss Dale blickte zur Seite, dann wieder zu Miss Lizzie. »Das weiß ich nicht genau.«

»Sie haben aber offenbar eine Vermutung.«

Sie runzelte die Stirn. »Ich kann es aber nicht beschwören.«

»Dann teilen Sie uns einfach Ihre Vermutung mit.«

»Ich glaube«, sagte sie, »ich glaube, daß er Arnold Rothstein half, Alkohollieferungen ins Land zu bringen. Von Europa hierher.«

»Alkohollieferungen?«

»Scotch, Gin ...«

»Gewiß, gewiß, aber was veranlaßt Sie zu dieser Vermutung?«

»Da war dieser Mann. Walters. Joe Walters. Er arbeitet für Rothstein. Und jedesmal, wenn Johnny aus Europa zurückkam, tauchte dieser Walters in der Wohnung auf.«

»Woher wissen Sie, daß Mr. Walters für Mr. Rothstein arbeitet?«

»Ich habe Rothstein mal kennengelernt. Walters war bei ihm.«

»Wo war das?«

»Kennen Sie Lindy's? Das Delikatessengeschäft am Broadway? Im Theaterbezirk?«

»Ich habe davon gehört.«

»Dort arbeitet Rothstein. Ich meine, er benutzt es quasi als Büro. Da ist so eine Nische, hinten im Lokal, in der Ecke, und da ist er jeden Abend. Sieben Abende in der Woche. Das hat mir Johnny erzählt.«

»Und wie kam es zu diesem Treffen?«

»Eigentlich *kam* es nicht direkt dazu. Es war eher zufällig. Wir gingen gerade den Broadway entlang, Johnny und ich, nach dem Abendessen, einem reizenden Abendessen, und da kamen wir an Lindy's vorbei, und er sagte: ›Komm mit rein. Ich möchte, daß du jemanden kennenlernst.‹ Das war gegen zehn Uhr abends, und das Lokal war proppenvoll. Eine Menge Leute aus dem Showgeschäft, Schauspieler und Schauspielerinnen, Prominente, einige davon. Aber auch eine Menge sehr zwielichtiger Typen, kleine Männer in karierten Anzügen und kräftige, dümmlich wirkende Männer, die wahrscheinlich Preisboxer waren. Schiefe Nasen und geschwollene Ohren und so? Und Prostituierte – man wußte sofort, daß es Prostituierte waren, weil sie so *gräßlich* auffallende Kleider trugen, schwarze Netzstrümpfe, *furchtbare* Sachen.«

»Gewiß«, sagte Miss Lizzie. »Um zu Mr. Rothstein zurückzukommen.«

»Richtig. Er saß ganz hinten, wie gesagt. In seiner Nische. Ein Haufen Leute standen herum, die alle mit ihm sprechen wollten, und da war dieser große Mann, sehr dünn, aber auf eine dunkle Art nicht übel aussehend, mit einem scharfgeschnittenen Gesicht? Er fungierte als Leibwächter, hielt alle zurück. Johnny kannte ihn – den Leibwächter, meine ich. Er nannte ihn Jack, schüttelte ihm die Hand und stellte ihn mir vor, und dann ließ uns Jack direkt zu Rothsteins Nische durchgehen.«

»Und Sie sprachen mit Mr. Rothstein.«

»So ist es. Er saß in seiner Nische, zusammen mit diesem Joe Walters. Walters saß direkt neben ihm. Ich war ihm ein- oder zweimal begegnet, wie gesagt, wenn Johnny aus Europa zurückkam. Gegenüber saß noch ein Mann, jemand, der ein Anliegen hatte, nehme ich an, irgendein *Bittsteller*, den ich aber nicht kannte. Jedenfalls schüttelte Johnny beiden die Hand, Rothstein und Walters, und dann stellte er mich Rothstein vor. Ich hatte natürlich schon von Rothstein gehört – Sie wissen, daß er die World Series manipuliert hat?«

»Ich habe davon gehört.«

»Ich mochte ihn überhaupt nicht. Ganz und gar nicht. Er hat so schreckliche, offensichtlich falsche Zähne – sie sehen aus wie Spielwürfel oder was? – und so kleine braune Knopfaugen, die einen richtig *durchbohren*. Als ob sie einen ausziehen? Er war die Liebenswürdigkeit in Person, sehr höflich, aber mir war er irgendwie unheimlich. Das sagte ich auch zu Johnny, als wir gingen. Aber er hat mich nur ausgelacht. Ich sagte: ›Johnny, das ist ein ganz gewöhnlicher *Krimineller*.‹ Und er hat wieder gelacht und gesagt: ›Arnold Rothstein ist alles, nur nicht gewöhnlich. Er ist der Mann, der das Speakeasy begründet hat.‹«

»Was meinte er damit?«

»Genau das habe ich ihn auch gefragt. Er sagte: ›Als die Prohibition begann, war er derjenige, der die erste Lieferung von schottischem Whisky in die Vereinigten Staaten organisierte.‹ John schien beinahe stolz darauf zu sein.«

»Gewiß«, sagte Miss Lizzie. »Aber deshalb mußte John nicht in irgendwelche Geschäfte von Mr. Rothstein verwickelt sein.«

Miss Dale blickte wieder nach unten, betrachtete den Fußboden, blickte dann wieder auf. »Na schön. Also. Folgendes ist passiert. Ein paar Wochen später waren wir in der Wohnung, Johnny und ich, in der Bibliothek, und er legte etwas in den Tresor. Wir wollten kurz darauf zum Abendessen ausgehen. Und dann klingelte das Telefon. Es steht drüben im Salon, das Telefon, also ging er rüber, um abzunehmen. Ich hätte das vermutlich nicht tun sollen, aber, ich meine, ich bin Schriftstellerin, und

Schriftsteller müssen den Dingen auf den Grund gehen. Das ist unsere *Aufgabe*. Verstehen Sie?«

Miss Lizzie nickte. »John hatte den Tresor offengelassen. Sie schauten hinein.«

»Nur einen winzig kleinen Moment lang. Innen sind so Schubladen in dem Tresor – Metallschubladen? –, und die oberste war noch ein bißchen offen, und da habe ich sie herausgezogen, ganz leise natürlich. Innen lag ein Blatt Papier, klein zusammengefaltet, und ich faltete es auf. Es war so etwas wie eine Rechnung, eine Art Liste, und darauf stand 5.000 Flaschen King's Ransom Scotch und 4.000 Flaschen Gordon's Gin, geliefert nach St. Pierre Island. Das ist eine Insel vor der kanadischen Küste. Ich habe sie nachgeschlagen.«

King's Ransom Scotch war, wie ich mich erinnerte, der Scotch, den John immer trank.

»Stand sonst noch etwas auf diesem Papier? Vielleicht ein Name oder ein Datum?«

»Ein Name nicht. Aber ein Datum. Die Woche davor.«

»Und wann genau war das?«

Miss Dale runzelte die Stirn, schüttelte ungehalten den Kopf. »Keine Ahnung. Vor zwei Jahren? Es muß im Juni gewesen sein. Ja, also genau vor zwei Jahren.«

Miss Lizzie nickte. »Haben Sie John je davon erzählt?«

»Ich bin doch nicht verrückt! Ich habe das Ding wieder fein säuberlich zusammengefaltet und die Schublade zugemacht und mich schnell wieder hingesetzt. Wir gingen zum Essen, und ich habe nie ein Wort darüber verloren. Aber es hat mich beunruhigt, wirklich und wahrhaftig. Es ließ mir keine Ruhe?«

Miss Lizzie nickte. »Erzählen Sie uns von dem Streit mit John.«

Miss Dale holte abermals tief Luft. Sie warf wieder einen schnellen Blick auf mich. An Miss Lizzie gewandt, sagte sie: »Hören Sie. Sie haben versprochen, nicht zur Polizei zu gehen?«

»Ich werde nicht zur Polizei gehen.«

»Schwören Sie es?«

»Ja, Miss Dale. Ich schwöre es.«

Miss Dale nickte. »Okay. Was passierte, war folgendes. Johnny war gerade aus England zurückgekehrt, am Tag davor. Das war etwa zwei Monate, nachdem ich diese Rechnung da gefunden hatte. Jedenfalls war es wunderbar, ihn wiederzusehen. Er war *wochenlang* weggewesen, und ich war ganz aufgeregt. Wir waren wieder in der Bibliothek, und wir besprachen gerade, wo wir abends hingehen wollten, als es klingelte. Ich wollte schon zur Tür gehen, aber Johnny sagte, das sei nicht nötig, Mrs. Norman werde öffnen. *Sie* war es, stimmt's? Die Ihnen davon erzählt hat?«

»Vergessen Sie es, Miss Dale. Bitte fahren Sie fort.«

Miss Dale stieß leicht die Luft aus. »Ja. Ja. Also, ein paar Sekunden später kam Mrs. Norman und sagte, Walters sei da. Johnny bat sie, ihn hereinzuführen. Und Walters kam herein. Ich glaube, er war irgendwie überrascht, als er mich sah. Jedenfalls entschuldigte er sich bei Johnny für die Störung und sagte, er werde sich am nächsten Tag mit ihm treffen. In einem Lokal in Downtown. Irgendeine Bar. In der Nähe des Fischmarkts in der Fulton Street? Den Namen habe ich vergessen.«

»Im Spyglass?«

»Genau!« Sie runzelte die Stirn. »Woher wissen Sie das?«

»Das tut nichts zur Sache. Bitte fahren Sie fort.«

»Nun, nachdem Walters gegangen war, versuchte ich mit Johnny zu reden. Ich erzählte ihm nichts von der Liste, die ich im Tresor gefunden hatte – wie konnte ich? Aber ich sagte, ich hielte es für schrecklich gefährlich, wenn er sich mit Leuten wie Walters und Rothstein einlasse. Das seien Kriminelle, *Gangster*. Aber Johnny lächelte nur und sagte, ich solle mir nicht den Kopf zerbrechen. Und ich sagte: ›Was passiert, wenn die Polizei dahinterkommt?‹ Und er lachte und sagte: ›Die Polizei *gehört* Arnold Rothstein.‹«

Miss Dale runzelte wieder die Stirn.

»Und dann artete das ganze vollkommen aus. Ich sagte Dinge, die ich besser nicht gesagt hätte. Johnny sagte auch so manches. Ich erklärte ihm, daß ich nicht mit Gangstern ausgehe. Er sagte, gut. Er sagte, er lasse sich von niemanden vorschreiben, mit wem er sich treffen könne und mit wem nicht.«

»Und kurz darauf«, sagte Miss Lizzie, »beendeten Sie und John Ihre Beziehung.«

Abermals Stirnrunzeln. »Das haben Sie von dieser Norman, dem Luder.«

»Miss Dale!«

»Ja. Na schön – ja, verdammt noch mal. Aber Tatsache ist, daß ich wirklich nicht versucht habe, Johnny zu ... zu kontrollieren. Ich habe nicht versucht, sein Leben zu bestimmen. Ich habe mir Sorgen gemacht. Ich habe mir ehrlich Sorgen gemacht, daß ihm etwas zustoßen könnte. Daß er umgebracht werden könnte. Und jetzt? Sie sehen ja, was passiert ist. Ich hatte recht.«

Miss Lizzie nickte.

»Wenn er auf mich gehört hätte ...« Sie ließ ein weiteres Mal den Kopf sinken und schwieg mehrere Sekunden. Einmal zuckten ihre Schultern. Als sie wieder aufsah, war ihre Wimperntusche verlaufen. »Ich hatte ihn wirklich gern, wissen Sie. Ich habe ihn geliebt. Ich habe ihn aufrichtig geliebt.«

Sie schniefte.

»Er war der schönste Mann, der mir je begegnet ist. Ach, *Scheiße*«, sagte sie und rang nach Luft, und dann ließ sie abermals den Kopf sinken. Sie zog die Knie vor das Gesicht und schlang die Arme um den Kopf, als wollte sie sich verstecken, und dann begann sie zu schluchzen – tiefe, schwere, abgehackte Schluchzer, die ihren ganzen Körper erschütterten.

Miss Lizzie und ich saßen still da, während das Schluchzen das Zimmer erfüllte. Ich wußte nicht, was ich sagen oder tun sollte. Ich hatte Miss Dale nicht gemocht. Doch sie hatte heute Dinge über John gesagt, die die Art und Weise, wie ich über ihn dachte, für immer veränderten. Sie war scheinheilig, sie war oberflächlich. Sie dramatisierte ihre Gefühle so oft und so mühelos, daß man nie wußte, ob sie überhaupt etwas empfand und wenn ja, was. Vielleicht wußte sie es oft selbst nicht. Aber in diesem Moment schien sie ehrlich zu leiden.

Miss Lizzie sagte: »Miss Dale?«

Ohne aufzublicken, mit kleiner und erstickter Stimme, sagte sie: »Ja?«

»Können Sie irgendwo hingehen? An einen anderen Ort?«

Miss Dale hob den Kopf, wischte sich mit dem Handrücken die schwarzverschmierten Augen ab. »Was?« Sie hustete.

»Ich glaube, Sie sollten die Stadt verlassen. Ich erwähnte neulich eine Freundin von John. Sybil Cartwright. Erinnern Sie sich? Sie wurde gestern ermordet. Höchstwahrscheinlich starb sie, weil sie etwas über John wußte. Vielleicht das gleiche, das auch Sie wissen.«

»Ermordet?«

»Von der gleichen Person, wie ich glaube, die John ermordet hat.«

»Rothstein?«

»Das weiß ich nicht.«

»Aber ich ... Sie meinen, ich bin in *Gefahr*?«

»Ich halte es für denkbar. Können Sie irgendwo hingehen?«

Sie schniefte wieder. »Ich weiß nicht. Vielleicht. Long Island. Ich habe Bekannte auf Long Island. Wie lange?«

»Das weiß ich nicht. Aber ich glaube, nicht lange. Ein paar Tage vielleicht.«

»Und was ist mit meiner Arbeit?«

»Die nehmen Sie natürlich mit.«

»Aber es ist so schwierig, mich zu *konzentrieren*, wenn ich bei anderen Leuten bin.«

Etwas steif sagte Miss Lizzie: »Wenn Sie tot sind, ist es noch viel schwieriger.«

Miss Dale sah sie blinzelnd an. Sie schniefte ein weiteres Mal und rieb sich dann mit dem Knöchel des Zeigefingers die Nase. »Glauben Sie wirklich, daß ich die Stadt verlassen sollte?«

»Ja, das glaube ich. Und zwar so schnell wie möglich. Und nun müssen wir uns verabschieden. Vielen Dank für Ihre Hilfe.«

Fünfundzwanzig

»Wohin jetzt?« fragte Mr. Cutter, nachdem wir alle wieder in den Packard gestiegen waren.

»In eine Bar namens Spyglass«, sagte Miss Lizzie. »Kennen Sie sie?«

»Drüben auf der Ostseite«, sagte er. »Nähe Fulton Street.«

»Ja.«

Er griff nach hinten, zog die Pistole aus dem Hosenbund, beugte sich vor und schob sie unter den Sitz. »Wen suchen wir da?«

»Einen Mann namens Joe Walters.«

Er drehte den Schlüssel im Zündschloß um, brachte den Motor sacht auf Touren, warf einen Blick in den Rückspiegel.

»Der wird nicht dasein«, sagte er und fuhr los.

»Sie kennen ihn?« fragte Miss Lizzie.

Er nickte. »Hat früher für Rothstein gearbeitet.«

»Früher?«

»Rothstein hat ihn abserviert.«

»Warum?«

»Weil er zu spritzen angefangen hat. Süchtig ist. Damit war er für Rothstein erledigt.«

»Wann war das?«

»Irgendwann letztes Jahr.«

»Wissen Sie, wo wir ihn finden können?«

Er schüttelte den Kopf. »Versucht sich derzeit unsichtbar zu machen.«

»Vielleicht kann man uns im Spyglass Näheres sagen.«

»Möglich«, sagte er. Es klang nicht überzeugt.

Miss Lizzie sagte zu mir: »Amanda?«

Ich hatte aus dem Fenster geschaut, die vorbeigleitenden Häuser betrachtet. »Ja?«

»Geht es dir gut?«

»Ja.«

»Du bist so still.«

Einen Moment lang sagte ich nichts. Dann: »Mr. Leibowitz hat recht gehabt, stimmt's?«

»Womit, Liebes?«

»Als er sagte, daß wir nicht immer wissen, wie ein Mensch wirklich ist. Selbst wenn wir ihn schon lange kennen.«

»Nun, ja«, sagte sie. »Ich fürchte, er hatte recht.«

Ich hatte in diesem Moment ein ganz ähnliches Gefühl wie am Samstag, als ich mit Lieutenant Becker im Wagen gesessen hatte. Damals – war das wirklich erst zwei Tage her? – war es New York, das sich verändert hatte. Johns Tod hatte die brodelnde, glitzernde, aufgeschlossene Metropole, eine Stadt der grenzenlosen Vergnügungen und unbegrenzten Möglichkeiten, mit einem Schlag in einen grauen, engen, einsamen und angsteinflößenden Ort verwandelt.

Heute war es gewissermaßen die Welt, die sich verändert hatte. Einer der wichtigsten Menschen auf ihr, ein Mann, den ich bewundert und dem ich vertraut hatte, war plötzlich ein vollkommen Fremder. Ein Alkoholschmuggler. Ein Gangster. Ein Opium-Esser. Und Gott weiß was sonst noch.

Ich sann über die Häuser nach, die am Wagen vorbeihuschten. Wie viele dunkle, schäbige Geheimnisse mochten sich hinter den Schindeln und Backsteinen verbergen?

Miss Lizzie erriet meine Gedanken – was nicht sonderlich schwer gewesen sein konnte. Sie sagte: »Was immer John getan haben mag, Amanda, es ändert nichts an seinen Gefühlen für dich.«

Ich starrte weiter aus dem Fenster.

»Erinnerst du dich, was Mrs. Norman dir erzählt hat?« sagte sie. »Wie aufgeregt John wegen deines Besuches war? Und was Mr. Cooper gesagt hat? Wie gern dich John hatte?«

Ich fuhr herum und sah sie an. »Miss Lizzie, er hat mich *angelogen*. Er war nicht der, den er mir vorgespielt hat.«

Mr. Cutter blickte schnell zu mir herüber und dann wieder hinaus auf die Straße.

»Er hat dich nicht angelogen, Liebes«, sagte Miss Lizzie. »Er hat nie über Drogen gesprochen, oder? Er hat nie über Arnold Rothstein gesprochen. Und daß er vorgab, anders zu sein, als er wirklich war – das tun wir alle, Amanda. Ich bezweifle, daß wir es auf der Welt aushalten könnten, wenn wir es nicht täten.«

»Er hat das Gesetz gebrochen.«

»So scheint es. Es wäre jedoch klüger, dich mit einem Urteil zurückzuhalten, bis du die ganze Wahrheit kennst.«

»Aber das ist doch der springende Punkt! Genau das hat Mr. Leibowitz gesagt. Daß man nie die ganze Wahrheit kennt.«

»Ja«, sagte sie und lächelte. »Das ist tatsächlich der springende Punkt.«

Es war ein Chaos. Die Luft roch nach Fisch und Ammoniak. Die Straßen waren vollgestopft mit großen rumpelnden Lastwagen, die alle, wie es schien, hektisch hupten. Auf den schmalen Bürgersteigen drängten sich schaulustige Seeleute, geschäftige Geschäftsleute, flanierende Flaneure. Frauen sah ich keine.

Von drüben vom Fluß hörte ich das Tuten einer Schiffssirene.

Doch alles schien weit weg, fern und entrückt. Eine Art Erstarrung hatte sich meiner bemächtigt.

Mr. Cutter bog nach rechts in eine schmale Straße ein, die kaum breiter als ein Gäßchen war. Wir kamen an einer Reihe kleiner, beengter, verloren wirkender Geschäfte vorbei: einem Kramladen, einer Wäscherei, einer Obst- und Gemüsehandlung, die Schaufenster allesamt blind vor Staub. Dann sahen wir zu unserer Rechten die Bar, die wir suchten. Sie war an einem schaukelnden Holzschild zu erkennen, das leicht schief über dem schmalen Eingang hing. Es zeigte, unter dem Namen, in verblaßter und abblätternder Farbe die Silhouette eines schwarzen Fernglases.

Hier waren weniger Menschen unterwegs. Mr. Cutter fuhr an der Bar vorbei und lenkte den Packard zehn oder fünfzehn Meter dahinter vorsichtig auf den Bürgersteig, wo er nur wenige Handbreit vor einer rußigen Backsteinmauer zum Stehen kam.

Er stellte den Motor ab. »Okay«, sagte er. »Sie beide bleiben besser im Wagen.«

Er beugte sich vor, zog die Pistole unter dem Sitz hervor, steckte sie sich hinten in den Hosenbund. Er drehte sich zu Miss Lizzie um. »Haben Sie Geld dabei, Miss Borden?«

»Wieviel brauchen Sie?«

»Zwei Zwanziger.«

»Sofort.« Sie machte ihre Handtasche auf, holte ihr Portemonnaie heraus, entnahm ihm zwei Zwanzigdollarscheine und reichte sie ihm.

Er schob sie in die Brusttasche seiner Jacke. »Vielleicht brauch ich sie nicht.«

»Wenn doch«, sagte sie, »so haben Sie sie.«

Er nickte. »Haben Sie eine Uhr?«

»Ja.«

»Können Sie ein Auto fahren?«

»Ja, das kann ich. Warum?«

»Der Schlüssel steckt im Zündschloß. Wenn ich in zehn Minuten nicht zurück bin, setzen Sie sich ans Steuer und fahren los.«

»Das klingt nicht sehr beruhigend, Mr. Cutter.«

»Gehen Sie ins Plaza, rufen Sie Morrie Lipkind an. Er soll Robert herschicken.«

»Gut. Wie Sie meinen.«

»Verriegeln Sie die Tür.« Er drehte sich zu mir, und die schwarze Locke schaukelte wieder. »Deine auch. Und meine. Und mach das Fenster zu.«

Ich nickte.

Er öffnete die Tür, stieg aus. Mechanisch verriegelte ich meine Tür, rutschte hinüber, verriegelte seine, rutschte wieder auf meinen Platz, kurbelte das Fenster hoch. Auf dem Rücksitz verriegelte Miss Lizzie ihre Tür, schob sich nach links, verriegelte die andere.

Ich sah sie an. »Halten Sie das für eine gute Idee?«

Sie hatte hinunter auf ihre Armbanduhr geschaut. Nun blickte sie zu mir auf. »Mr. Cutter wird schon wissen, was er tut.«

»Sind Sie sicher?«

Sie lächelte. »Sagen wir, ich hoffe es.«

Wir warteten. Ich warf einen Blick durch die Windschutzscheibe auf den Bürgersteig vor uns. Dort kam, auf unsicheren Beinen, ein alter Mann auf uns zugeschlurft, der abgewetzte Stiefel, eine abgetragene Drillichhose, ein Drillichhemd und eine offene, ausgebeulte schwarze Strickjacke trug. Sein dünnes weißes Haar flatterte im leichten Wind.

Er erreichte den Packard, blieb stehen, schwankte einen Moment, richtete mühsam den Blick prüfend auf den Abstand zwischen dem Packard und der Backsteinmauer. Er runzelte die Stirn, beugte sich dann, die Hände auf die Knie gestützt, vor und schaute in den Wagen, direkt auf mich.

Ich zog die Augenbrauen hoch, hob die Hände, Handflächen nach oben: Was soll ich machen?

Er blickte finster drein, richtete sich auf, schwankte, drehte sich seitwärts und begann, sich mit dem Rücken zur Mauer an ihr entlangzuschieben. Als er an mein Fenster kam, sein Gürtel und sein Hemd von links nach rechts vorbeirutschten, tauchte seine Hand auf, ballte sich zur Faust. Plötzlich schnellte der Mittelfinger heraus und blieb nach oben gereckt, bis der Mann vorbei war.

»Reizend«, sagte Miss Lizzie.

Hinter dem Wagen schlug er mit der flachen Hand fest auf den Kotflügel.

»Entzückend«, sagte sie.

»Wie lange?« fragte ich.

»Er ist seit fünf Minuten weg.«

Wir warteten.

Ich sagte: »Glauben Sie, daß John ihr wirklich eine Smaragdkette geschenkt hat?«

»Miss Dale, meinst du?«

»Ja.«

»Ich weiß nicht. Ich hätte sie vermutlich fragen können. Aber ich war froh, nicht länger bleiben zu müssen. Ich halte sie nicht für eine ausgesprochen …«

Hinter uns war ein dumpfer Knall zu hören, wie die Fehlzündung eines Wagens.

»... angenehme Person«, beendete Miss Lizzie ihren Satz. Sie drehte sich um und sah durch die Heckscheibe hinaus.

Ich sah ebenfalls hinaus. »War das ein Schuß?« fragte ich.

»Hoffentlich nicht.«

Ich sah eine Gestalt auf uns zukommen, im Laufschritt. »Ist das ...?«

»Ja«, sagte sie. »Schnell, Amanda. Riegle seine Tür auf.«

Ich schob mich rasch auf den Fahrersitz, entriegelte die Tür, schob mich wieder auf meinen Platz.

Mr. Cutter riß die Tür auf, warf sich in den Wagen, ließ den Motor an, brachte ihn auf Touren, riß das Lenkrad nach links. Der Wagen rumpelte vom Bürgersteig, wackelte und schoß dann vorwärts. An Mr. Cutter hing der gleiche beißende Geruch nach Schießpulver, den ich schon im Park gerochen hatte.

Mit der rechten Hand zog er die Pistole hinten aus dem Hosenbund und schob sie unter den Sitz.

»Alles klar«, sagte er und fuhr sich mit der Hand durchs Haar.

»Probleme?« fragte Miss Lizzie.

Er schüttelte den Kopf. »Ich hab seine Adresse.«

»War das ein Schuß?« fragte sie ihn.

»Ja, meiner.«

»Ich nehme an, es ging nicht anders.«

»Sah ganz danach aus.«

Er griff in die Brusttasche seiner Jacke, fischte die zwei Zwanzigdollarscheine heraus, reichte sie mir. »Gibst du die weiter?« Ich nahm sie, und er legte die Hand wieder auf das Lenkrad. Er schaute in den Rückspiegel und sagte zu Miss Lizzie: »Ich hab sie nicht gebraucht.«

Mein Blick fiel auf seine rechte Hand. Die Knöchel waren abgeschürft, unter den Hautfetzen war das leuchtend rote rohe Fleisch zu sehen.

»Was ist mit Ihrer Hand passiert?« fragte ich.

Er sah kurz hin, zuckte mit den Schultern. »Muß sie irgendwo angeschlagen haben.«

In der Woche davor, als ich verzaubert durch die Stadt gestreift war, hatte ich einen kurzen Abstecher nach Chinatown gemacht. Eine Zeitlang war ich von den fremdländischen Menschen hingerissen gewesen, die schwatzend durch die geschäftigen Straßen trippelten und alle so klein und tüchtig und in sich ruhend wirkten. Ich war fasziniert von den unverständlichen Ideogrammen, die die Schaufenster schmückten, von den winzigen verräucherten Läden und den exotischen Nahrungsmitteln, die sich innen auf den Theken stapelten oder an den Wänden hingen: Gemüsearten, die ich nie gesehen hatte, rostfarbene Enten und Hühner und nicht identifizierbare rote Fleischstücke.

Doch nach einer Weile begann mich die Fremdartigkeit zu beunruhigen. Ich war ein Außenseiter, war ein Fremdling hier; und wie so oft, begann das Unbehagen sich selbst zu nähren. Szenen aus halb vergessenen Geschichten tauchten ungebeten auf und schoben sich zwischen mich und die Straßen, durch die ich ging. Heimtückische Bandenkriege. Beklemmende Opiumhöhlen. Mädchenhändler, die naive junge Dinger entführen...

Das war natürlich absurd, und meine Reaktion war kläglich, denn ich machte rasch kehrt und ging zurück nach Little Italy, wo man eine Sprache sprach, die nicht gar so fremdartig war, und wo die Menschen überhaupt nicht fremdartig aussahen.

Nun war ich wieder in Chinatown. Es war noch immer fremd, noch immer beunruhigend.

Mr. Cutter fuhr durch die dunklen, engen Straßen, bahnte sich einen Weg zwischen den Menschen, die sie hastig überquerten. Wir kamen an Juweliergeschäften vorbei, an Lebensmittelläden, einer Schneiderei, die »Maßgeschneiderte Damenkleider im chinesischen Stil« offerierte, und zahllosen kleinen Warenhäusern, deren Schaufenster vollgestopft waren mit Papierfächern, Papierdrachen, Jade- und Elfenbeinfigürchen und schwindelerregenden Pyramiden aus Holzkästchen, die rot und schwarz lackiert waren.

Er bog in die Pell Street ein, fuhr einen Block weiter, ließ den

Wagen dann am Bordstein ausrollen und hielt an. Er griff nach unten und holte die Pistole unter dem Sitz hervor, beugte sich vor, schob sie hinten in den Hosenbund.

»Zwanzig Minuten«, sagte er. »Der Schlüssel steckt.«

Miss Lizzie fragte: »Sollen wir die Türen verriegeln?«

»Könnte nicht schaden«, sagte er.

Chinesen hasteten am Wagen vorbei, beachteten weder ihn noch uns.

In der Menge sah ich ein schlankes, bildschönes junges Mädchen, etwa in meinem Alter, in einem langen roten Kleid mit Stehkragen vorbeischweben, das glänzende Haar wie ein Cape um die schmalen geraden Schultern gebreitet. Sie hatte den Kopf hoch erhoben und wirkte ganz und gar entrückt, ganz und gar unerreichbar. Ich war so neidisch auf sie, auf ihre unerschütterliche Selbstsicherheit, daß es weh tat.

Ich fragte über die Schulter: »Waren Sie mal in China, Miss Lizzie?«

»Nein«, sagte sie. »Leider nicht. Dabei wollte ich dieses Land immer kennenlernen. Und Siam, und auch Japan.«

»Warum?«

»Ein Aufenthalt in einem fremden Land, so scheint mir, ist eine ausgezeichnete Möglichkeit, mehr über sich selbst zu erfahren. Und je fremder das Land, desto eindringlicher die Lektion.«

Im Laufe der Jahre, in verschiedenen Teilen der Welt, mußte ich oft an diese Worte denken.

Jetzt sagte ich: »Aber Sie sind nie hingefahren.«

»Nein. Vielleicht fehlte mir der Mut.«

Ich drehte mich zu ihr um. Ich konnte mir nicht vorstellen, daß es Miss Lizzie jemals an Mut fehlte.

Sie lächelte mich an. »Vielleicht hatte ich auch nur ein Stadium erreicht, in dem ich nichts mehr über mich erfahren wollte. Was natürlich auf das gleiche hinausläuft.«

Wir sprachen eine Weile, beiläufig, über das Leben, über die Familie, über die Polizei in New York City. Miss Lizzie hatte ihre Uhr auf dem Schoß und warf hin und wieder einen Blick darauf. Nach einiger Zeit begann sie häufiger nachzusehen.

Plötzlich klopfte jemand an die Scheibe der Fahrertür. Ich zuckte zusammen.

Es war Mr. Cutter, der den Arm einer Person in einem zerlumpten schwarzen Mantel festhielt.

Ich beugte mich hinüber, entriegelte die Fahrertür. Er zog sie auf, griff mit der Hand herein, entriegelte die hintere Tür, zog sie auf. Ich hörte, wie er *»Rein«* befahl, und dann plumpste der zerlumpte Mantel wie ein Bündel schmutzige Wäsche auf den Rücksitz.

Mit ihm schwappte die widerlichste Flut von Gerüchen in den Wagen, die ich je erlebt hatte. Der beißende Gestank von altem Schweiß – schärfer noch als der strenge Körpergeruch von Mrs. Hadley, der Gefängnisaufseherin – vermischt mit dem durchdringenden, ätzenden Gestank von altem Urin und mit noch etwas anderem, etwas Dichtem und Ekelhaftem und Abscheuerregendem. Ich mußte unwillkürlich husten und sah weg. Ich kurbelte mein Fenster herunter. Ich hörte, wie Miss Lizzie ihres herunterkurbelte. Ich sog gierig frische Luft ein.

Mr. Cutter schwang sich in den Wagen. »Tut mir leid«, sagte er und zog die Tür zu. Auch er kurbelte das Fenster herunter. »Er will nur vor Publikum reden.«

»Ich laß mich nich reinlegen«, sagte der Mann in dem zerlumpten Mantel.

Er war vielleicht Mitte Fünfzig, aber es ließ sich unmöglich mit Bestimmtheit sagen. Unter dem gräßlichen Mantel trug er einen zerrissenen gelben Pullover und eine fleckige, ausgebeulte schwarze Hose. Schmutzige graue Socken hingen an seinen zerschundenen Knöcheln über staubigen schwarzen Straßenschuhen. Das schüttere graue Haar war, vielleicht mit der Hand, über seine schorfige, fast violette Kopfhaut nach hinten geschoben. Links auf der Stirn hatte er eine eiternde rosafarbene Wunde. Er hatte sich seit Tagen nicht rasiert, und seine Bartstoppeln waren schmutzigweiß. An seiner Oberlippe klebte angetrockneter gelber Schleim. Die Ränder seiner hellbraunen Augen waren entzündet.

Mrs. Norman hatte Joe Walters als gut gekleidet und adrett

beschrieben. Laut Miss Dale war er, noch vor zwei Jahren, ein Mitarbeiter von Arnold Rothstein gewesen; und Mr. Rothstein war, wie wir inzwischen wußten, einer der mächtigsten Kriminellen in New York City. Es schien unvorstellbar, daß der Mann, der neben Miss Lizzie auf dem Rücksitz saß, jemals gut gekleidet und adrett gewesen war oder daß er jemals irgend etwas mit einer mächtigen Person zu tun gehabt hatte.

»Fahr los, fahr los«, sagte er und wedelte mit der Hand in Mr. Cutters Richtung. »Ich will nicht, daß uns jemand sieht.«

Mr. Cutter ließ den Motor an. »Wohin?«

»Egal. Bloß weg von hier. Über die Canal Street.«

Der Wagen fuhr an.

Der Mann drehte sich zu Miss Lizzie, nickte kurz. »Joe Walters.«

»Elizabeth Cabot«, sagte sie. »Meine Nichte Amanda.«

»Gut«, sagte er. Er beugte sich zu Mr. Cutter vor, und eine stinkende Woge erfaßte mich. »Schneller, Mann.«

»Immer mit der Ruhe«, sagte Mr. Cutter mit seiner rauhen Flüsterstimme.

»Na klar«, sagte Walters. »Ist ja nicht dein Arsch, um den's geht.«

Er lehnte sich zurück, schlug den Mantel vorne übereinander, hielt ihn fest, drückte das stoppelige Kinn auf die Brust, starrte unverwandt auf den Boden des Wagens.

Mr. Cutter fuhr aus Chinatown hinaus, bog an der Canal Street links ab, am Broadway rechts und folgte ihm in nördlicher Richtung bis St. Mark's Place. Dort bog er wieder rechts ab und fuhr drei oder vier Blocks, bis wir an einen kleinen Park kamen. An der Ostseite des Parks bog er links ab, fuhr dann rechts ran und hielt an.

»Wo sind wir?« fragte Mr. Walters und sah sich um.

»Am Tompkins Square.«

»Ah. Okay.« Er wandte sich an Miss Lizzie. »Haben Sie Geld?«

»Ja.«

»Ich will tausend.«

»Nein«, sagte sie.

»Sie wollen Arnold Rothstein, ich kann ihn Ihnen liefern. Auf 'nem silbernen Tablett. Kostet Sie 'nen Riesen.«

»Ich will nicht Arnold Rothstein. Ich möchte lediglich einige Auskünfte.«

Er schüttelte den Kopf. »Ein Riese. Das ist der Preis.«

»Einhundert Dollar«, sagte Miss Lizzie. »In bar. Jetzt.«

»Wissen Sie, was passiert, wenn Rothstein das spitzkriegt? Daß ich mit Ihnen rede?«

»Mr. Rothstein wird nie erfahren, daß Sie mit uns gesprochen haben.«

»Der kriegt's raus. Und dann murkst er mich ab. Nicht er selbst, der macht sich nicht die Hände schmutzig. Der schickt einen seiner Killer. Läuft aufs gleiche raus – ich werd abgemurkst, und bevor ich weiß, was mir geschieht, lieg ich im Fluß und bin Fischfutter. Und Sie auch, Lady. Der hetzt Ihnen einen auf 'n Hals.«

»Dann hat es wirklich keinen Sinn, daß Sie mit uns reden, auch für tausend Dollar nicht.«

Mr. Walters saugte einen Moment an einem Zahn. Dann sagte er: »Neunhundert.«

»Einhundert Dollar«, sagte sie.

»Herrgott, Lady. Haben Sie kein Herz?«

»Ich habe einhundert Dollar.«

Mr. Cutter hatte sich halb auf dem Sitz umgedreht, den Arm auf der Rückenlehne. »Für 'n Hunderter kriegt man 'ne Menge Stoff, Joe«, flüsterte er.

Walters sah wieder Miss Lizzie an. »Fünfhundert.«

»Einhundertundfünfzig Dollar. Mein letztes Angebot, Mr. Walters.«

Nachdenklich kratzte er mit der linken Hand an der offenen Wunde auf seiner Stirn. Dann streckte er die rechte Hand aus. »Zuerst das Geld.«

»Die Hälfte jetzt«, sagte Miss Lizzie. »Der Rest, wenn wir fertig sind.«

Er schlug mit der Hand auf den Rücksitz. »Herrgott noch mal!«

»Ja oder nein.«

Walters blickte in die Runde, aus dem Fenster, wieder zu Miss Lizzie. »Okay, okay. Die Hälfte jetzt.« Er streckte wieder die Hand aus.

Miss Lizzie machte die Handtasche auf, holte ihr Portemonnaie heraus, öffnete es.

Walters beobachtete sie scharf, während sie das Geld abzählte. Er warf einen verstohlenen Blick auf Mr. Cutter. Mr. Cutter lächelte. Walters blinzelte und blickte wieder auf Miss Lizzies Geld.

Miss Lizzie hielt es ihm hin. Er riß es an sich, stopfte es in die Innentasche seines Mantels.

»Okay«, sagte er. »Was wollen Sie wissen?«

»Welche Beziehung bestand zwischen Mr. Rothstein und John Burton?«

»Burton? Wen interessiert der schon.«

»Mich.«

»Das war ein aufgeblasener feiner Pinkel. Ein Arschloch.«

Ich zuckte zusammen. Selbst in meiner Erstarrung, selbst nach allem, was ich über John erfahren hatte, erschien es mir unvorstellbar, daß jemand so abfällig von ihm sprechen konnte, wie dieser Mann es tat.

»Dann wissen Sie also«, sagte Miss Lizzie, »daß er tot ist.«

»Hab's gehört. Kein großer Verlust. Stück Scheiße.«

»Wissen Sie, warum er ermordet wurde?«

»Keine Ahnung. Aber wahrscheinlich hat ihm Rothstein den Garaus gemacht.«

»Warum sollte er das?«

»Wer weiß. Vielleicht hat ihn Burton übers Ohr gehauen.«

»Welche Beziehung bestand zwischen den beiden?«

Er zuckte mit den Schultern. »Burton war Rothsteins Mann in Europa. Ist dauernd rübergefahren, Lieferungen organisieren.«

»Alkohollieferungen?«

Walters grinste verschlagen. »Und das glauben Sie?«

»Was ich glaube, ist irrelevant. Relevant ist augenblicklich nur, ob Sie Ihr restliches Geld wollen.«

Er blickte finster drein. »Drogen. Die Lieferung von Drogen.«

»Drogen? Welche Art von Drogen?«

»Alles. Heroin. Morphium. Das ist drüben nämlich alles legal.«

»Mr. Rothstein importiert Rauschgift in die Vereinigten Staaten?«

»Sag ich doch. Dieser Rothstein ist ein verdammtes Genie. Der Mann denkt immer hundert Jahre weiter als jeder andere. Die Prohibition, mit der ist früher oder später Schluß. Wird irgendwann abgeschafft, das Gesetz ...«

»Der achtzehnte Verfassungszusatz«, sagte Miss Lizzie.

»Genau. Der wird irgendwann abgeschafft. Zuviel Ärger, sagt Rothstein. Zuviel Kriminalität, zuviel Scheiße, was da abläuft, geht den braven Bürgern allmählich gewaltig auf den Sack. Und wenn sie ihn abgeschafft haben, wenn Alkohol wieder koscher ist, dann ist Schluß mit lustig. Also überlegt sich Rothstein was Neues. Der schaut voraus, denkt die Sache durch, klar? Sein Vertriebsnetz hat er schon. Die Schiffe, die Laster, alles da. Er braucht sich also nur auf eine andere Ware zu verlegen. So einfach ist das, klar? Der Mann ist ein verdammtes Genie.«

»Aber im Moment importiert er noch Alkohol?«

»Sie kapieren es nicht. Der Rothstein, der importiert gar nichts. Nicht er selbst. Der arrangiert bloß alles, kapiert? Bringt die richtigen Leute zusammen. Gibt ihnen Geld. Sagt ihnen, wie der Hase läuft. Und dann lehnt er sich zurück und kassiert seinen Anteil. Ich meine, als die Prohibition anfing, da hat er 'ne Truppe zusammengestellt, alles Juden und Itaker, die sich um alles kümmern. Meyer Lansky, Ben Siegel, Carlo Gambino, Charlie Lucky. Und daß das prima funktioniert hat, sieht man ja – noch immer kommt aus allen Richtungen das große Geld rein. Diese Scheißtypen hocken überall im Land. Jetzt baut er das

Rauschgiftgeschäft auf. Und später sitzt er wie die Made im Speck und hat alle Fäden in der Hand.«

»Aber der Markt für Betäubungsmittel kann doch nicht annähernd so einträglich sein wie der Markt für Alkohol.«

»Sind Sie verrückt? Der ist hundertmal besser. Ein Pfund Heroin kostet einen in Deutschland ein paar Dollar. Man bringt's hierher, man versetzt es, man verkauft ein kleines Tütchen davon draußen auf der Straße für einen Dollar. Man verdient *Tausende*. Man geht die gleichen Risiken ein, benutzt die gleichen Laster, die gleichen Leute, nur daß das Zeug hundertmal wertvoller ist. Kapiert?«

»Aber es kann doch nicht annähernd so viele Rauschgiftkonsumenten geben, wie es Trinker gibt.«

»Unwichtig, völlig unwichtig. Worum 's geht, ist die Spanne, wie Rothstein sagt. Die Gewinnspanne. Bei Rauschgift ist die hundertmal höher.«

»Aber an wen soll das Rauschgift verkauft werden?«

»An jeden. An alle. Rothstein meint, daß die Menschen immer irgendwas brauchen, was sie glücklich macht. Von der ganzen Scheiße ablenkt, verstehen Sie? Bißchen Heroin, und schon bist du für ein paar Stunden obenauf. Alles ist eitel Sonnenschein.«

Mr. Cutter sagte: »So wie bei dir, Joe?«

»Verfl...« Er unterbrach sich. Er blickte zu Boden, blickte wieder auf. »Na gut, ja. Ich bin abhängig. Das weiß ich selbst. Aber ich bin schon früher davon losgekommen und das kann ich jederzeit wieder. Ich brauch nur 'n guten Start.«

Mr. Cutter schwieg.

Miss Lizzie sagte: »Ich habe gelesen, daß andere Länder – wie Deutschland, Frankreich – ihre Betäubungsmittelgesetze bald ändern werden.«

»Stimmt«, sagte Walters. »Stimmt. Ganz genau. Das ist ja das Tolle an der Sache. Weil Rothstein, wie gesagt, der denkt mal wieder weiter, wie immer. Der baut eine Organisation in *China* auf, damit das Rohmaterial, das Opium, direkt verschifft wird. Die haben massenhaft Opium in China, die kleinen Scheißer da drüben, aber keine Ahnung, was sie damit anfangen sollen. Und

Rothstein hat seine Itaker, Luciano, Gambino, und die richten Betriebe in Italien ein – Fabriken gewissermaßen –, wo sie Heroin draus machen. Schwuppdiwupp hast du deine Ware.«

Ich erinnerte mich, daß John im vergangenen Jahr in China gewesen war.

»Okay«, sagte Walters. Er spähte durch die Heckscheibe, sah wieder Miss Lizzie an. »Was noch? Wollen Sie was über Rothsteins kleine Schwäche hören? Er hat 'ne Frau, aber er hat auch 'ne süße Puppe nebenher.«

»Nein, ich glaube nicht«, sagte Miss Lizzie.

»Was wollen Sie sonst noch hören?«

»Warum John Burton sterben mußte.«

»Ich hab's Ihnen doch gesagt, Lady. Ich hab keinen Schimmer. Gestern hab ich's erfahren, und ich hab mich noch gefragt, was der aufgeblasene Pinkel bloß gemacht hat, daß der Rothstein so eine Stinkwut auf ihn hat.«

»Sie sind also überzeugt, daß Mr. Rothstein dafür verantwortlich ist.«

»Sind Sie schwer von Begriff? Er war Rothsteins Mann. Und *niemand* macht Rothsteins Mann kalt, ohne daß Rothstein sein Okay gibt. Aber wenn Rothstein will, daß einer tot ist, dann *ist* der tot.«

Miss Lizzie warf einen schnellen Blick auf mich. Ich sah zu Boden.

Walters sagte: »Was soll eigentlich die ganze Fragerei? Wieso interessieren Sie sich so für diesen Burton?«

»Pure Neugier«, sagte Miss Lizzie.

»Ihre Sache. Aber wer nicht viel fragt, lebt länger.«

»Gewiß.« Sie machte wieder die Handtasche auf, holte ihr Portemonnaie heraus, entnahm ihm einige Scheine. »Hier ist der Rest. Danke.«

Walters nahm die Scheine und stopfte sie zu den anderen in die Tasche. »Eins noch. Von mir haben Sie nichts erfahren.«

»Nein«, sagte sie. »Kein Sterbenswort.«

»Wenn ich rauskriege, daß Sie geplaudert haben ...«

Mr. Cutter sagte: »Dann was, Joe?«

Walters runzelte die Stirn, schüttelte den Kopf, sah Miss Lizzie an. »Wenn Rothstein was erfährt, sind Sie tot, Lady. Sie und die Kleine auch. Ich mein das ganz ehrlich.«

»Alles klar, Joe«, sagte Mr. Cutter. »Du kannst abhauen.«

Walters drehte sich um. »Zu Fuß?«

»Nimm ein Taxi.«

Walters sah ihn finster an. »Klar, ein Taxi, stimmt.« Er packte den Türgriff und drehte sich noch einmal zu Miss Lizzie um. »Sie haben nie von mir gehört.«

»Nie«, sagte sie.

Er machte die Tür auf, stieg aus, knallte sie zu. Sein Gestank waberte wie ein böser Geist durch den Wagen.

Mr. Cutter sagte: »Wohin?«

»Zum Plaza, bitte«, sagte Miss Lizzie.

Er drehte sich um, ließ den Motor an, fuhr los.

Ich sagte zu Miss Lizzie: »Hat ihm das Heroin das angetan?«

»Nein. Das hat sich Mr. Walters selbst angetan.«

»Aber er ist doch süchtig, oder?«

»Ja. Um die Jahrhundertwende, Amanda, war in der Hälfte aller nicht verschreibungspflichtigen Medikamente in den Vereinigten Staaten Heroin enthalten. In Hustensaft, Magenmitteln, Schmerztabletten. Ich könnte mir denken, daß viele Menschen süchtig nach Hustensaft wurden. Aber es gab nie eine Seuche von ... Kreaturen wie Mr. Walters.«

»Aber was ist mit ihm passiert?«

»Ich glaube, daß er sich absichtlich selbst zerstört. Warum weiß ich nicht. Vielleicht aus Schuldbewußtsein. Vielleicht ekelt er sich vor sich selbst.«

»Aber das Heroin trägt dazu bei.«

»Ich glaube, so ist es.«

»Und John hat Mr. Rothstein geholfen, Heroin nach Amerika zu bringen.«

»Ja«, sagte sie. »So scheint es.«

Siebenundzwanzig

»Rauschmittel?« fragte Mr. Leibowitz.

»Ja«, sagte Miss Lizzie. »John war Mr. Rothstein anscheinend behilflich, sie in die Staaten einzuführen. Morphium und Heroin aus Europa, Opium aus China.«

Er strich sich mit der Hand über den glatten weißen Schädel und wandte sich dann an mich. »Tut mir leid, Amanda.«

Sein Mitgefühl schnürte mir die Kehle zu. Ich holte tief Luft, um wieder sprechen zu können. »Schon gut«, sagte ich. »Danke.«

»Das muß ein Schock für dich gewesen sein ...«

»Ist schon gut«, sagte ich. »Wirklich.«

»Was haben Sie in Johns Büro erfahren?« fragte ihn Miss Lizzie.

Es war halb sieben Uhr am Abend, und wir saßen in ihrer neuen Suite im Plaza. Mein Zimmer war wieder gleich nebenan. Der Salon hier war noch luxuriöser als der im Algonquin: dicke Teppiche, schwere Polstermöbel, gerahmte Landschaften an den holzgetäfelten Wänden. Miss Lizzie und ich saßen auf einem der beiden Sofas, Mr. Leibowitz auf einem der drei Ledersessel.

»Nicht gerade viel«, sagte er. »John Burton war beliebt. Er wurde geschätzt. Er tat seine Arbeit, wenn man das so sagen kann.«

»Wie darf ich das verstehen?«

»Er tat sie nicht sehr oft. Er war nicht da, war nicht sehr oft im Büro. Er scheint gekommen und gegangen zu sein, wie es ihm beliebte.«

»Sie meinen seine Reisen nach Europa.«

»Ich meine ganz allgemein. Über das Jahr, unter der Woche. Er kam und ging, wann es ihm paßte.«

»Wie konnte er dann seine Anstellung behalten?«

»Zum einen, weil er der Firma Kunden zuführte. Er brachte ihr Geld ein. Das ist heutzutage nicht weiter schwer, wo die Börsenkurse immer weiter steigen. Aber es schlägt trotzdem zu Buche.«

»Zum einen, sagten sie.«

»Ja. Zum anderen hatte ich den Eindruck, daß seine Arbeitgeber ermuntert worden waren, ihm gewisse Freiheiten zu gewähren.«

»Ermuntert?«

»Ja.«

»Von wem?«

»Das weiß ich nicht.«

»Vielleicht von Mr. Rothstein?«

»Es ist eine renommierte Firma, Miss Borden. Keine von der Art, sollte man glauben, auf die ein Mann wie Mr. Rothstein Einfluß ausübt.«

»Wenn es um Mr. Rothstein und seinen Einfluß geht, weiß ich nicht mehr, was ich glauben soll.«

»Soweit ich feststellen konnte, besteht keine Verbindung zwischen der Firma und Arnold Rothstein.«

Sie nickte. »Sie wollten auch mit Johns Anwalt sprechen.«

»James McCready. Ja, das habe ich.« Er wandte sich an mich. »Er möchte mit deinem Rechtsberater sprechen.«

»Meinem Rechtsberater?«

»Ja. Ich sagte ihm, daß Morrie Lipkind sich mit ihm in Verbindung setzen werde.«

»Aber warum?«

»Das wollte er nicht sagen. Aber ich vermute, daß du als Begünstigte von John eingesetzt bist.«

»Ich will nichts von John.«

»Das ist nur eine Vermutung, Amanda.«

»Ich *will* aber nichts.«

»Nun, warten wir ab, was er Morrie zu sagen hat.«

Er wandte sich an Miss Lizzie. »Also. Was machen wir als nächstes?«

»Das dürfte doch wohl auf der Hand liegen.«

Er lächelte. »Ach ja?«

»Ja. Ich werde mit Arnold Rothstein sprechen müssen.«

Sein Lächeln verschwand. »Das können Sie nicht, Miss Borden.«

»Und ob ich das kann«, sagte sie.

Sie debattierten. Ihr könne nichts geschehen, beteuerte Miss Lizzie. Sie werde mit Mr. Rothstein im Lindy sprechen, in einem öffentlichen Lokal, wo sie von Zeugen umgeben sein würden. Er werde es nicht wagen, ihr dort etwas anzutun.

Mr. Leibowitz betonte, daß ihr Leben in Gefahr sei, sobald Mr. Rothstein von ihr, und ihrem Interesse an ihm, erfuhr. Miss Lizzie betonte, wie schon gegenüber Mr. Cutter, daß Mr. Rothstein bestimmt längst von ihr erfahren habe.

»Aber was erhoffen Sie sich davon?« fragte er.

»Ich erhoffe mir ein Geständnis«, sagte sie, »bezüglich des Mordes an John Burton.« Sie lächelte gequält. »Aber ich gestehe, daß ich, was die Erfolgsaussichten betrifft, nicht allzu optimistisch bin.«

»Wozu dann die ganze Sache?«

»Weil es *niemandem*, weder Mr. Rothstein noch sonst jemandem, gestattet sein darf, einen Menschen zu töten, ohne daß er mit seiner Tat zumindest konfrontiert wird.«

Er sah sie einen Moment lang an. Vielleicht dachte er daran, daß Miss Lizzie selbst verhaftet und vor Gericht gestellt worden war wegen des Mordes an ihren Eltern.

Er sagte: »Sie wissen nicht, ob Rothstein ihn getötet hat.«

»Ich glaube nicht, daß er ihn getötet hat. Nicht eigenhändig. Nach allem, was wir gehört haben, glaube ich, daß er dafür gesorgt hat, daß ein anderer die Tat ausführte.«

»Das wird er nie zugeben.«

»Vielleicht nicht. Vermutlich nicht.«

»Eindeutig nicht.«

»Dennoch erscheint es mir unumgänglich, ihn damit zu konfrontieren.«

»Das ist Wahnsinn.«

»Schon möglich.« Sie lächelte wieder. »Aber wer weiß? Vielleicht packt ihn der Übermut, und er gesteht alles.«

»Gewiß, und anschließend stellt er sich der Polizei.«

»Das vielleicht nicht gerade.«

»Ich komme mit«, sagte ich.

»Nein«, sagte Mr. Leibowitz.

»Nein«, sagte Miss Lizzie, »auf keinen Fall.«

»Wenn es für Sie nicht gefährlich ist«, sagte ich zu ihr, »ist es auch für mich nicht gefährlich.«

Sie sagte: »Amanda ...«

»Miss Lizzie«, sagte ich, »es war *mein* Onkel, der ermordet wurde. *Ich* war diejenige, die ihn gefunden hat. Wenn Mr. Rothstein der Täter ist, dann möchte ich ihm Auge in Auge gegenüberstehen. Vielleicht war John ein Gangster und ein Drogenhändler und was sonst noch alles. Aber er war trotzdem mein Onkel, und wenn Mr. Rothstein ihn getötet hat, dann will ich hören, was er zu sagen hat.«

»Wie gesagt, ich glaube nicht, daß er eigenhändig ...«

»Oder ihn hat töten lassen«, sagte ich.

»Nein«, sagte sie. »Das kommt überhaupt nicht in Frage.«

»Wenn ich nicht mitkommen darf, gehe ich alleine hin. Ich weiß, wo er zu finden ist. Er ist im Lindy, diesem Lokal am Broadway. Sieben Abende in der Woche, hat Miss Dale gesagt. Sie können mich nicht daran hindern, es sei denn, Sie fesseln mich und sperren mich ein. Und selbst wenn Sie das tun, schwöre ich Ihnen, daß ich mich befreien werde. Ich werde ...«

»Ich habe nicht die Absicht«, sagte sie, »dich zu fesseln und einzusperren.«

»Dann gehe ich mit.«

»Miss Borden«, begann Mr. Leibowitz und beugte sich vor.

Sie hielt rasch die Hand hoch, gebieterisch. Stirnrunzelnd lehnte er sich wieder zurück.

Sie sah mich an, und die grauen Augen hinter dem Kneifer blickten streng. Sie faltete die Hände auf dem Schoß. Dann, kaum merklich, lächelte sie. »Amanda«, sagte sie, »du bist ein verwöhntes und eigensinniges Kind. Eines steht fest: Sollte es dir je gelingen, erwachsen zu werden, was mir immer unwahrscheinlicher erscheint, so wirst du eine verwöhnte und eigensinnige Frau werden.«

»Ich gehe mit«, sagte ich.

Sie nickte. »Unter einer Bedingung.«

»Miss Borden«, sagte Mr. Leibowitz.

»Unter welcher?« fragte ich sie.

»Daß wir beide, egal was Mr. Rothstein sagt, *egal was*, morgen vormittag New York verlassen. Wir werden den ersten Zug nach Boston nehmen.«

»Gut«, sagte ich.

»Aber, Miss Borden«, sagte Mr. Leibowitz.

Sie drehte sich zu ihm. »Wollen Sie sie etwa fesseln?«

Achtundzwanzig

Robert fuhr uns an diesem Abend.

Er holte uns um halb zehn vor dem Plaza ab. Der Cadillac sah aus wie neu. Die Scheibe an der Fahrertür war ersetzt worden; der Wagen war gewaschen und gewachst. Falls Einschußlöcher in der Karosserie gewesen waren – ich hatte am Vorabend nicht daran gedacht nachzusehen –, so waren nun keine mehr da.

Robert selbst sah aus wie immer: groß und breit und stattlich in seiner maßgeschneiderten Chauffeurlivree.

»Robert?« sagte Miss Lizzie, nachdem wir eingestiegen waren.

»Ja, Ma'am?« antwortete er mit seiner sonoren Baßstimme.

»Sie und Mr. Leibowitz waren gestern abend großartig.«

»Danke, Ma'am. Wie ich bereits sagte, ich bin froh, daß ich Ihnen behilflich sein konnte.«

Ich fragte ihn: »Wo haben Sie so gut schießen gelernt?«

»Bei der Armee, Miss. Im Krieg. Ich war bei General Pershing.«

»War es schlimm, im Krieg?« Noch während die Frage über meine Lippen kam, wußte ich, wie albern sie war.

Einen Moment lang sagte er nichts, und ich begann schon zu hoffen, daß er mich, Gott sei Dank, nicht gehört hatte, als er sagte: »Es war das Schlimmste, was je passiert ist, Miss. Der Krieg hat alles verändert. Er hat jeden verändert.«

Niemand sprach ein Wort. Die Stille breitete sich aus, erfüllte den Wagen. Und dann sagte Robert: »Wie geht es Mrs. Parker, Ma'am?«

»Es geht ihr gut.«

Miss Lizzie hatte sie angerufen, bevor wir im Oak Room des Plaza zu Abend aßen. Ohne zu erwähnen, wo wir später noch hinwollten, hatte sie Mrs. Parker mitgeteilt, daß wir am nächsten Morgen abreisen würden. Mrs. Parker sagte, daß sie versuchen werde, ins Hotel zu kommen, um sich von uns zu verabschieden. Miss Lizzie, die mir davon berichtete, war diesbezüglich nicht optimistisch.

»Wissen Sie, Robert«, sagte sie nun, »Sie waren für Mrs. Parker eine ziemliche Enttäuschung.«

»Ja, Ma'am, ich weiß. Aber es war nicht zu ändern.«

»Nein, natürlich nicht. Aber für Amanda und mich waren Sie alles andere als eine Enttäuschung. Ich danke Ihnen nochmals für alles, was Sie getan haben.«

»Ich auch«, sagte ich.

Vermutlich wollten wir ihm dies sagen, solange wir noch Gelegenheit dazu hatten. Denn trotz Miss Lizzies Beteuerungen mir und Mr. Leibowitz gegenüber, und möglicherweise auch sich selbst gegenüber, hatten wir wirklich keine Ahnung, was passieren würde, wenn wir Arnold Rothstein gegenüberstanden. Danach war vielleicht keine Zeit mehr für Dankbarkeit noch für sonst irgend etwas.

»Keine Ursache, Ma'am«, sagte er. »Keine Ursache, Miss.«

Auf der ganzen Länge des Broadway glitzerten und funkelten Lichter – von Theatermarkisen, von Restaurants und Nachtclubs, von den Scheinwerfern nicht enden wollender Autoschlangen, die die belebte Straße hinauf- und hinunterfuhren und deren glänzendes Metall dunkel unter den Straßenlaternen schimmerte.

Lindy's Delicatessen lag gleich südlich der Fünfzigsten Straße. Über dem breiten Schaufenster an der Fassade befand sich ein langes beleuchtetes Schild, auf dem »Weltberühmter Käsekuchen« stand. Wo so ein Schild draußen hing, konnte einem drinnen doch bestimmt nichts Unangenehmes passieren, oder?

Robert fuhr rechts ran, parkte, stieg aus, ging um den Wagen herum und hielt uns die Fondtür auf. Ich stieg aus, gefolgt von Miss Lizzie, die ihren Stock zu Hilfe nahm, um sich hinaus auf den Bürgersteig zu manövrieren. Menschen gingen eilig vorbei, ohne uns die geringste Beachtung zu schenken – engumschlungene Pärchen, staunende Familien, begehrlich wirkende junge Männer, großspurige Gruppen von Jugendlichen –, alle eingesponnen in den Kokon ihrer eigenen Sehnsüchte und Sünden und Ziele.

»Ich fahre um den Block«, sagte Robert zu Miss Lizzie. »Ich bin in der Nähe, wenn Sie herauskommen.«

»Das weiß ich, Robert. Danke.«

Er zögerte einen Moment. »Wollen Sie das wirklich tun, Ma'am?«

Wir hatten ihm gegenüber nichts von Mr. Rothstein erwähnt. Robert hatte offenbar durch Mr. Lipkind davon erfahren, der zweifellos durch Mr. Leibowitz davon gehört hatte.

»Ja, das will ich«, sagte Miss Lizzie.

»Mr. Lipkind sagte, ich soll Sie fragen, ob Sie es sich vielleicht anders überlegt haben, Ma'am.«

»Keineswegs, Robert.«

Er lächelte bekümmert. »Ja, Ma'am. Er sagte, daß Sie das sagen würden. In Ordnung. Viel Glück, Ma'am. Miss Amanda.« Er tippte sich an die Mütze, nickte ernst, ging dann um den Wagen herum, machte die Tür auf und stieg wieder ein. Wir sahen zu, wie er abfuhr und wie sich die roten Rücklichter des Cadillac zügig in den schimmernden, unaufhörlichen Verkehrsstrom einfädelten.

Sie drehte sich zu mir. »Tja«, sagte sie. »Bist du bereit?«

Ich blickte durch die vorbeieilenden Passanten zum Schaufenster des Restaurants und versuchte, hineinzusehen. Das Lokal war überfüllt: Hunderte von Gästen und potentiellen Zeugen. Bestimmt würde es, wie Miss Lizzie gesagt hatte, niemand wagen, uns dort etwas anzutun.

Ich atmete tief durch, sog die berauschende Nachtluft der Großstadt ein, erfüllt von Autoabgasen und Essensgerüchen, durchsetzt mit zarten Parfumwolken, die von der drängelnden Menge zurückgelassen wurden.

»Ja«, sagte ich.

Wir schlängelten uns durch die Passanten hinüber zum Eingang, und ich öffnete die Tür und hielt sie Miss Lizzie auf. Dann traten wir in blauen Zigarettenrauch und grelles Licht und geräuschvolles Stimmengewirr.

Das Publikum war so, wie Miss Dale es beschrieben hatte. Gutgekleidete Theaterleute, von denen die meisten laut lachten. Trauben von Männern, die einen in karierten Anzügen, die anderen groß und massig wie Preisboxer. Viele junge Paare. Einige auffallende junge Frauen mit müden Augen und müden Mündern, die Prostituierte sein mochten. Alle Tische schienen besetzt zu sein.

Ein abgehetzter Kellner mit einem Stoß Speisekarten unter dem Arm und einem Bleistift hinter dem Ohr eilte herbei und teilte uns atemlos mit, daß in wenigen Sekunden ein Platz frei werde.

»Danke, wir brauchen keinen Tisch«, sagte Miss Lizzie. »Wir sind hier, um mit Mr. Rothstein zu sprechen.«

»Oh«, sagte er. Er sah sie blinzelnd an, überrascht oder verwirrt. »Ah«, sagte er.

»Er ist hinten, glaube ich. Wir finden den Weg allein. Vielen Dank.«

Ich folgte in ihrem Windschatten, während sie langsam, unaufhaltsam, durch das hell erleuchtete Restaurant schritt, durch den Lärm der Unterhaltungen und rauhes Gelächter. Ihr Stock schlug sacht, unhörbar, auf den weißen Fliesenboden.

Hinten in einer Ecke war eine Art Alkoven. Zwei Männer standen davor, die Zigaretten rauchten und den Blick auf den Tisch dahinter versperrten. Daneben war eine weitere Nische, gleich rechts von uns, und diese war leer.

Einer der Männer, groß, schlank und dunkel, mit einem attraktiven scharfgeschnittenen Gesicht – vielleicht dieser »Jack«, von dem Miss Dale gesprochen hatte –, sah uns kommen. Er zog an seiner Zigarette und hob dann die Hand wie ein Verkehrspolizist. »Tut mir leid, Ma'am«, sagte er zu Miss Lizzie und lächelte freundlich. »Die Tische sind besetzt.«

»Ja, ich weiß«, sagte sie. »Von Mr. Arnold Rothstein. Ich möchte ihn bitte sprechen.«

Bei der Erwähnung des Namens drehten sich die beiden Männer zur Nische um. Jetzt war der Blick frei. Gegenüber, mitten auf der roten gepolsterten Lederbank, saß ein korpulenter kleiner Mann mit dicker Hornbrille, der einen unförmigen schwarzen Anzug trug. Auf unserer Seite des Tisches saß ein zweiter Mann, von dem aber nur der Teil zu sehen war, der über die Rückenlehne der Lederbank ragte: die Schultern eines weißen Leinenjacketts, darüber ein Kopf mit angeklatschtem, sich lichtendem Haar, zwei leicht abstehende blasse Ohren.

Der große Mann, der Miss Lizzie angehalten hatte, beugte sich zu ihm vor und flüsterte ihm etwas ins Ohr. Der Mann in der Nische gab flüsternd Antwort. Der große Mann wandte sich wieder an Miss Lizzie. »Ihr Name, Ma'am?«

»Lizbeth Borden«, sagte sie. Die Augen des großen Mannes zuckten, einmal, ganz kurz, und dann beugte er sich wieder über den Mann im Leinenanzug und flüsterte. Der Mann in der Nische nickte, hob die linke Hand, zeigte mit dem Finger auf den korpulenten kleinen Mann gegenüber und deutete dann ruckartig mit dem Daumen nach hinten, auf das Restaurant und auf uns.

Der korpulente Mann nickte sofort und begann, die Hände neben den Oberschenkeln aufstützend, seinen schweren Körper stoßweise von der Bank zu schieben. Noch immer nickend, trat er zwischen die beiden wachestehenden Männer und huschte dann zwischen mir und Miss Lizzie durch. Er wirkte erleichtert.

Der große Mann sagte zu Miss Lizzie: »Wenn Sie bitte Platz nehmen. Sie auch, Miss. Hier drüben.« Er deutete mit dem Kinn auf die freie Lederbank.

Ich rutschte hinein. Während Miss Lizzie sich mühsam niederließ, betrachtete ich Arnold Rothstein.

Er war Anfang Vierzig, hatte ein wenig Übergewicht und ein blasses, ovales Gesicht, das offen und freundlich wirkte und mich liebenswürdig anlächelte. Sein Haar war aus der glatten runden Stirn nach hinten gekämmt. Seine wachsamen braunen Augen blitzten vor Intelligenz. Die leicht aufgedunsenen Wangen ließen auf Genußsucht schließen, doch seine Gesichtszüge waren ebenmäßig, scharfe Nase, kleiner Mund, kantiges Kinn. Unter dem Leinenjackett trug er ein eierschalenfarbenes Seidenhemd und eine himmelblaue Fliege. Vor ihm auf dem Tisch befanden sich ein großes Glas Milch, ein kleines schwarzes Notizbuch und ein Montblanc-Füller.

Er sah nicht aus wie der »Napoleon des Verbrechens«; weder wie jemand, der einen internationalen Schmugglerring leitete, noch wie jemand, der den Tod eines Mannes veranlassen konnte. Er sah aus wie ein gutgekleideter Bankangestellter.

»Miss Borden«, sagte er und lächelte sie an. Die Zähne oben waren falsch, genau wie Miss Dale gesagt hatte – strahlend weiß, etwas zu groß, etwas zu regelmäßig. »Ich habe Sie erwartet.«

»Das hatte ich vermutet«, sagte sie.

Er wandte sich an mich. »Und du bist sicher Amanda.« Sein Gesicht verzog sich mitfühlend. »Hör mal, es tut mir wirklich leid wegen deinem Onkel. Er war ein prima Kerl.«

Ich sagte nichts.

Er wandte sich an den großen Mann. »Jack ...«

Der Mann trat näher.

Rothstein sah wieder Miss Lizzie an. »Oh, tut mir leid. Das ist ein Freund von mir. Jack Diamond. Jack, sag Lizzie Borden guten Tag.«

»Lizbeth«, sagte Miss Lizzie. »Miss Lizbeth Borden.«

Mr. Rothstein grinste. »Sag Miss Lizbeth Borden guten Tag, Jack.«

»Miss Borden«, sagte Jack und nickte. Der Ausdruck seines schmalen, dunklen Gesichts veränderte sich nicht.

»Guten Abend«, sagte sie.

»Okay, Jack«, sagte Mr. Rothstein. »Sorg dafür, daß wir nicht gestört werden.«

Jack nickte und trat wieder zurück.

Mr. Rothstein sah Miss Lizzie an. »Möchten Sie etwas? Der Käsekuchen hier ist phantastisch.«

»Nein, danke.«

»Amanda?«

»Nein. Danke.«

Seine Hand glitt in die rechte Tasche seines Jacketts, zog eine weiße Papiertüte hervor. Er machte sie auf, hielt sie Miss Lizzie hin. »Wie wär's mit einer Feige? Feigen sind gesund.«

Miss Lizzie schüttelte den Kopf. »Nein, danke.«

»Amanda? Komm, nimm dir eine. Schau her.« Er griff in die Tüte, zog eine getrocknete Feige heraus, schob sie sich in den Mund, kaute, schluckte. »Nicht vergiftet, wie du siehst.«

»Nein, danke«, sagte ich.

»Na schön.« Er zuckte mit den Schultern. »Wer nicht will, der hat schon.« Er machte die Tüte zu, steckte sie wieder in die Tasche und legte beide Hände auf den Tisch, eine über die andere. Es waren schöne Hände, fast so weiß wie das Glas Milch, die Finger lang und schlank, die Nägel manikürt. Er sah Miss Lizzie an. »Okay«, sagte er. »Was kann ich für Sie tun?«

»Sie können uns sagen, warum John Burton ermordet wurde.«

Er nickte. »Das haben Sie schon eine Menge Leute gefragt, wie ich höre.«

»So ist es. Und einige von ihnen haben sehr unerfreulich reagiert.«

»Das Theater gestern abend im Park?« Er nickte. »Auch davon habe ich gehört.« Ein verächtlicher Ausdruck huschte über sein Gesicht. Er schüttelte den Kopf. »Reine Dummheit.«

»Unsererseits oder seitens dieser Leute?«

»Dieser Leute. Irgendwer hat es mit der Angst zu tun gekriegt, hat die Sache nicht zu Ende gedacht. Die sind zu weit gegangen. Mehr Muskeln als Verstand. Strohdumm.«

»Wer könnte das Ihrer Meinung nach gewesen sein?«

Er zuckte mit den Schultern. »Da draußen laufen 'ne Menge Idioten rum.«

»Gewiß. Aber vielleicht können *Sie* uns die Frage beantworten. Warum wurde John Burton ermordet?«

Er hob die eleganten Hände hoch, Handflächen zu uns. »Woher soll ich das wissen?«

»Wo immer wir diese Frage stellen, Mr. Rothstein, scheint alles direkt zu Ihnen zu führen.«

Er lächelte und ließ die Hände wieder auf den Tisch fallen.

»Das ist natürlich sehr schmeichelhaft, aber ich muß Ihnen sagen, Miss Borden, daß man Sie falsch unterrichtet hat.«

»Soll ich Ihnen sagen, was wir bereits wissen?« fragte sie.

»Aber ja«, sagte er jovial. Er lehnte sich zurück. »Legen Sie los.«

»Wir wissen«, sagte sie, »daß John Burton für Sie gearbeitet hat. Wir wissen, daß er in der Vergangenheit half, Alkohol in die Vereinigten Staaten zu schmuggeln. Wir wissen, daß er Ihnen in jüngster Zeit half, Rauschgift ins Land zu schmuggeln, Heroin und Morphium aus Europa und Opium aus China.«

»Mann«, sagte er mit hochgezogenen Augenbrauen. »Das ist ja eine tolle Geschichte.« Er grinste mich an, grinste Miss Lizzie an. »Aus China? Wo haben Sie denn das her?«

»Was wir nicht wissen, ist, warum Sie John Burton ermorden ließen.«

»Ach, dann war also ich derjenige, wie?«

»Ja, das glaube ich. Und wir würden gerne wissen, warum.«

Sein Gesicht wurde ernst, und er nickte. »Okay. Dann möchte ich Sie etwas fragen, Miss Borden.«

Sie wartete.

»Selbst wenn das alles wahr wäre«, sagte er in vernünftigem Ton, »was natürlich nicht der Fall ist, und selbst wenn ich John Burton hätte töten lassen, was ich natürlich nicht getan habe, weil ich persönlich den Burschen gut leiden konnte, frage ich Sie, warum ich Ihnen irgend etwas sagen sollte?«

»Sie haben nichts zu verlieren, wenn Sie es uns sagen. Ich gebe Ihnen mein Wort, daß ich nicht zur Polizei gehen werde.«

Er war belustigt. »Ihr Wort?«

Sie richtete sich auf. »Jawohl, mein Wort. Und bedenken Sie – falls ich es brechen sollte, falls ich zur Polizei gehen sollte, so wären meine Informationen niemandem von Nutzen. Ich kann nichts von alledem beweisen.«

Er lächelte. »Na gut«, sagte er, »aber verraten Sie mir eines. Wenn Sie nicht zur Polizei gehen wollen, warum wollen Sie das alles«, er wedelte wegwerfend mit der Hand, »diese ganze verrückte, phantastische Geschichte dann überhaupt wissen?«

»Amanda hatte ihren Onkel sehr gern. Sie hat ein Recht darauf, zu erfahren, warum er ermordet wurde.«

Er blickte kurz auf mich, sah wieder Miss Lizzie an, lächelte. »Nun, Familie wird bei mir großgeschrieben, wirklich. Ganz groß. Aber manchmal, in einem Fall wie diesem, ist es das Beste, die Sache auf sich beruhen zu lassen. Sie verstehen, was ich meine? Man trauert, und dann macht man weiter.« Er richtete seine klugen braunen Augen auf mich. »Das ist manchmal das Beste.«

»Wir wollen«, sagte Miss Lizzie, »lediglich wissen, warum John Burton getötet wurde. Und den Namen des Mannes, der ihn getötet hat.«

Er lächelte. »Und warum wollen Sie den Namen?«

»Damit wir Bescheid wissen.«

Er grinste. Er amüsierte sich offenbar prächtig. »Haben Sie vor, ihn kaltzumachen? Den Kerl, der John kaltgemacht hat?«

»Nein. Wir wollen nur wissen, wer er ist.«

»Wer zuviel weiß, Miss Borden, lebt bekanntlich gefährlich.«

»Die Welt ist voller Gefahren.«

»Das stimmt. Wohin man sieht. Aber ich möchte Sie etwas fragen.« Unvermittelt runzelte er die Stirn und schüttelte den Kopf. Er wedelte wieder kurz mit der Hand. »Vergessen Sie's. Ist vielleicht zu persönlich.«

»Fragen Sie«, sagte sie.

Abermals Schulterzucken. »Na gut. Ist nur fair. Sie stellen mir eine Frage, ich stelle Ihnen eine. Was könnte fairer sein?« Er lächelte wieder, kniff die wachen braunen Augen zusammen, stützte die Ellbogen auf den Tisch und verschränkte die Hände ineinander. »Ein berühmter Fall, stimmt's? Der Prozeß des Jahrhunderts, damals. Ich war noch nicht mal auf der Welt, als es passiert ist, aber ich habe davon gehört. Jeder hat davon gehört. Vierzigmal mit dem Beil zugeschlagen, richtig? Das war 'ne große Sache. Eine ganz große Sache.«

Miss Lizzie nickte. »Wie lautet Ihre Frage?«

Er beugte sich vor, und die braunen Augen sahen verschlagen

unter den Brauen zu ihr auf. »Na schön, passen Sie auf. Sind Sie bereit?«

»Ja.«

»Haben Sie sie getötet, Miss Borden? Haben Sie sie mit dem Beil kaltgemacht?«

Miss Lizzie seufzte. »Ich wurde vor Gericht gestellt, wie Sie wissen werden«, sagte sie. »Ich wurde freigesprochen.«

Er lehnte sich zurück, breitete die Hände aus. »Freigesprochen, sicher. Aber *nicht schuldig* ist nicht das gleiche wie *unschuldig*, stimmt's?«

»Ich habe Ihre Frage beantwortet.«

Er lächelte wieder. »Tja, wissen Sie, ich habe genau hingehört, Miss Borden, ganz genau, und wissen Sie, was? Ich hab eigentlich keine Antwort gehört. Ich hab weder ein klares *Ja* noch ein klares *Nein* gehört.«

Sie sah ihn einen Moment an. Er erwiderte ungezwungen lächelnd ihren Blick. Schließlich sagte sie: »Man sagt, daß Sie ein Spieler sind, Mr. Rothstein.«

Das Lächeln veränderte sich nicht. »Ich bin schon die eine oder andere Wette eingegangen. Hie und da.«

»Dann gestatten Sie mir, Ihnen einen Vorschlag zu machen.«

Er wedelte wieder mit der Hand. »Nur zu.«

»Ich schlage vor, daß wir eine Partie Poker spielen. Nicht um Geld. Um Informationen. Wenn ich gewinne, beantworten Sie meine Fragen. Wenn Sie gewinnen, beantworte ich Ihre.«

Seine Augen leuchteten auf. »Und was garantiert uns, daß es ehrlich zugeht?«

»Wir werden allein sein. Nur Sie und ich. Niemand wird je den Ausgang erfahren.«

»Das ist trotzdem keine Garantie.«

»Sind Sie ein Behumser, Mr. Rothstein?«

Er sagte kategorisch: »Arnold Rothstein behumst nie.«

»Dann bin ich bereit, auf Ihr Wort zu vertrauen, daß Sie ehrlich sein werden.«

Er lächelte. »Ohne Ihnen zu nahe treten zu wollen, aber woher weiß ich, daß *Sie* ehrlich sind?«

»Auch ich bin kein Behumser.«

Er nickte. »Spielen Sie viel Poker, Miss Borden?«

»In letzter Zeit nicht«, sagte sie. »Aber als ich jünger war, habe ich sehr oft Poker gespielt. Ich war angeblich recht gut, nebenbei bemerkt. Fast eine ›Kanone‹.«

Er lächelte wieder. Er blickte kurz auf mich und fragte sie dann: »Ein Spiel, eine Frage?«

»Ja.«

»Stud oder Draw?«

»Ich ziehe Draw-Poker vor. Aber ich wäre gern diejenige, die die Karten mitbringt. Falls Sie nichts dagegen einzuwenden haben.«

»Wir spielen die Partie, und morgen verschwinden Sie, alle beide. Verlassen New York. Keine Fragen mehr, kein Herumgerenne und keine Belästigungen mehr.«

»Ich gebe Ihnen mein Wort darauf.«

Er grinste. »Okay«, sagte er. »Einverstanden.«

»Sehr gut. Soll ich Karten holen gehen? Bestimmt gibt es in der Nähe ein Geschäft, das ...«

Er lachte. »He«, sagte er. »Doch nicht hier. Nicht bei Lindy. Glücksspiel ist im Staat New York verboten – wissen Sie das nicht? Lindeman, der Besitzer, würde mich erschießen, wenn ich hier spielen würde.«

»Wo dann?«

Er schlug sein Notizbuch auf, blätterte, riß hinten ein leeres Blatt heraus. Er legte es auf den Tisch, griff nach seinem Montblanc, schraubte die Kappe ab, schrieb etwas auf das Blatt und schob es dann über den Tisch zu Miss Lizzie.

»Da«, sagte er.

Sie nahm das Blatt, las. »Wann?« fragte sie.

»Um eins. Heute nacht. Schaffen Sie das?«

»Ja«, sagte sie.

»Bringen Sie Amanda mit«, sagte er.

Sie schüttelte den Kopf. »Nur Sie und ich«, sagte sie. »Sonst niemand. Das war die Abmachung.«

»Miss Borden, hören Sie zu. Ich tu jungen Mädchen nichts.«

Er lächelte. »Und ich tu auch alten Frauen nichts. Wer sind Sie schon? Sie und Amanda? Stellen Sie für mich irgendeine Gefahr dar? Gar keine. Sie sagen ja selbst, daß Sie den Bullen nichts vorlegen können, selbst *wenn* Sie etwas in der Hand hätten. Was soll also für mich dabei herausspringen, wenn ich Ihnen was tue? Gar nichts.«

»Sie kommt nicht mit«, sagte sie.

Er zuckte mit den Schultern. »Gut. Dann spielen wir nicht.«

Miss Lizzie blickte hinunter auf das Blatt Papier, blickte zu Mr. Rothstein hoch. »Warum wollen Sie sie dabeihaben?«

Er sah abermals kurz zu mir her, bevor er antwortete. »Weil«, sagte er, »sie zusehen soll.« Wieder kniff er die braunen Augen zusammen, und wieder lächelte er. Jetzt war das Lächeln grausam, so wie das Grinsen von Lieutenant Becker. Und in diesem Moment, zum ersten Mal, glaubte ich wirklich, daß Arnold Rothstein ein böser Mensch war. »Weil«, sagte er, »sie hören soll, was Sie zu sagen haben.«

Miss Lizzie schwieg.

Ich wandte mich an sie. »Ich möchte mitkommen.«

Er streckte die Hand aus, als offerierte er mich ihr wie ein Geschenk. »Da hören Sie es. Also, was ist? Spielen wir oder spielen wir nicht?«

Miss Lizzie sah mich an. Ich nickte. Sie wandte sich wieder an Mr. Rothstein. »Wir spielen.«

Neunundzwanzig

Pearl Street Nr. 42, die Adresse auf Arnold Rothsteins Zettel, war ein kleines Bürogebäude, fünf Stockwerke hoch, und nicht allzuweit entfernt vom Polizeihauptquartier in der Center Street, wo ich, vor nicht allzu langer Zeit, einige höchst unerfreuliche Stunden verbracht hatte. Über der Doppeltür hing eine Lampe, die hell brannte. Ich stand neben Miss Lizzie vor dem Eingang, als sie ihre Handtasche öffnete und den Schlüssel herausnahm, den ihr Mr. Rothstein gegeben hatte. Sie steckte ihn ins Schloß, drehte ihn herum. Die Tür ging auf. Wir traten ein, machten die Tür hinter uns zu, und Miss Lizzie schob den Knopf vor, der den Schließriegel einrasten ließ.

Auch innen war das Licht an, an der Decke brannten Glaslampen. Die Wände waren grün, der Linoleumfußboden war gelb, die Decke war weiß. Im Erdgeschoß befanden sich acht Büros, auf jeder Seite vier.

Ein Bürogebäude bei Nacht hat etwas Beunruhigendes. Man weiß, daß die Leere nur vorübergehend ist, daß am Morgen wieder ungeheuer wichtige Geschäfte hinter geschlossenen Türen abgewickelt, Käufe und Verkäufe getätigt, Gewinne und Verluste gemacht werden. Stimmengemurmel hebt und senkt sich, jemand hustet, jemand lacht, irgendwo knallt eine Schublade zu.

Aber nachts, wenn alle fort sind, wenn alles ausgestorben ist, haben die Korridore etwas Gespenstisches. Das Geräusch der eigenen Schritte ist nicht nur zu laut, sondern auch zu gegenständlich, zu sehr ein Eindringen der Realität in die Traumwelt, die von den Menschen des Tages zurückgelassen wurde.

Und in unserem Fall konnten wir nicht einmal sicher sein, daß die Büros hinter den Türen tatsächlich leer waren. Vielleicht hatte Mr. Rothstein uns jemanden vorausgeschickt.

Am Ende des Korridors war eine Treppe. Wir stiegen hinauf,

Miss Lizzie vorneweg. Im ersten Obergeschoß sahen wir, als wir um die Ecke kamen, einen identischen Korridor wie unten. Acht Büros. Auf der Milchglasscheibe des zweiten Büros zu unserer Rechten stand in sorgfältigen Druckbuchstaben: »Redstone Enterprises«.

»Redstone«, sagte Miss Lizzie. »Rothstein. Im Grunde der gleiche Name.«

Sie steckte den Schlüssel ins Schloß, drehte ihn herum, öffnete die Tür, knipste das Licht an.

Das Zimmer war klein, in kaltem Weiß gestrichen. Es gab kein Fenster, und die Luft roch nach Staub und Leere. An der Wand gegenüber der Tür standen ein Rollschreibtisch und ein Drehstuhl. Auf dem Schreibtisch stand eine Tischlampe mit grünem Schirm. Daneben befand sich eine schmale Tür. Rechts und links waren Aktenschränke aus grauem Metall an der Wand aufgereiht. In der Mitte des Zimmers stand ein rechteckiger Holztisch, auf dem ein grünes Filztuch lag. Um ihn herum waren sechs Holzstühle angeordnet, jeweils zwei an den Längsseiten, jeweils einer am Kopfende.

»Setz dich, Amanda. Ich möchte mich kurz umsehen.«

Ich nahm am Tisch Platz, auf einem der beiden Stühle mit Blick zur Tür.

Die Handtasche über den linken Arm gehängt, begann Miss Lizzie durch das Zimmer zu humpeln, Schränke und Schubladen zu öffnen. »Nichts«, sagte sie. »Gar nichts.« Sie schob den Rolladen des Schreibtischs hoch, kramte einen Moment darin herum, zog den Rolladen dann gewissenhaft wieder herunter. »Mr. Rothstein«, sagte sie und klatschte zweimal leicht in die Hände, »hat offensichtlich schon vor geraumer Zeit alles von hier entfernen lassen. Die Staubschicht ist einen halben Zentimeter hoch.«

»Ist das gut oder schlecht?«

»Das ist schwer zu sagen.«

Sie humpelte zu der Tür neben dem Rollschreibtisch, öffnete sie, zog an einer Kordel, die von der Decke hing. Innen ging das Licht an. Sie zog wieder an der Kordel, und das Licht ging aus.

»Ein Wasserklosett«, sagte sie, während sie die Tür schloß. »Das geputzt werden müßte.«

Sie kam an den Tisch und setzte sich links neben mich, nahm die Handtasche auf den Schoß und legte ordentlich beide Hände darauf, als wartete sie auf den Zug.

»Wieviel Uhr ist es?« fragte ich.

Sie griff in die Tasche ihres Kleides, holte ihre Uhr heraus. »Genau ein Uhr. Mr. Rothstein verspätet sich.« Sie legte die Uhr auf den Tisch.

»Ja«, sagte ich. »Wahrscheinlich hat er es mit der Angst zu tun bekommen.«

Sie lachte. Auch diesmal war es ein schönes, unbefangenes Lachen aus dem Bauch heraus. Wenn man sie hörte, wäre man nie auf den Gedanken gekommen, daß wir auf das Eintreffen eines Mannes warteten, der uns, ohne einen Moment zu zögern, töten lassen konnte.

Oder uns vielleicht selbst tötete.

»Ja«, sagte sie. »Ganz bestimmt ist das der Grund.«

Wir saßen da und warteten.

Nach einer Weile sagte ich: »Miss Lizzie?«

»Ja, Liebes?«

»Ich wollte nur sagen, daß, wenn die Sache nicht so ausgeht, wie sie soll ... also, ich möchte nur, daß Sie wissen, daß Sie mir eine gute Freundin gewesen sind, eine wirklich gute Freundin. Und daß ich Ihnen für alles, was Sie getan haben, wirklich dankbar bin.«

Sie lächelte. »Nun, ich danke dir für diese Worte, Amanda. Und gestatte mir zu sagen, daß du ebenfalls eine gute Freundin gewesen bist. Eine vortreffliche Freundin. Ich bin dir für deine Gesellschaft in den letzten Tagen außerordentlich dankbar.«

»Ich weiß, ich bin eine Nervensäge. Ich weiß, daß ich eigensinnig bin ...«

Lächelnd sagte sie: »Aber überlege mal, wie langweilig alles wäre, wenn es sich anders verhielte. Ich bedaure nichts, Liebes. Nichts von alledem, was passiert ist. Ich bedaure nur die Umstände, die uns wieder zusammengeführt haben.«

»Meinen Sie ...«

Die Tür ging auf, und Arnold Rothstein trat grinsend ins Zimmer. »Hallo, die Damen. Sie haben also hergefunden, wie ich sehe.« Er schloß die Tür hinter sich, und das Geräusch von Holz auf Holz, das Zuschnappen des Metallriegels, hatte etwas Endgültiges und Unwiderrufliches.

»Ihre Anweisungen waren sehr exakt«, sagte Miss Lizzie.

»Freut mich zu hören.« Er ging auf die andere Seite des Tisches, zog die Tüte mit den Feigen aus der Jackentasche, warf sie auf den Tisch. Er zog die Jacke aus und hängte sie über die Rückenlehne eines Stuhls. Er zog den Stuhl hervor, nahm darauf Platz, rückte ein wenig näher an den Tisch heran. Er löste seine Fliege, ließ die Enden herabhängen und knöpfte sich den Kragen auf. Er zog den flachen, runden goldenen Manschettenknopf aus dem linken Ärmel, legte ihn auf den Tisch, krempelte die Manschette hoch. Um das schmale, blasse Handgelenk trug er eine goldene Uhr mit einem Armband aus Alligatorleder.

»Schöne Uhr«, sagte er mit einer Kopfbewegung auf Miss Lizzies Uhr.

»Danke.«

Er zog den Manschettenknopf aus dem rechten Ärmel, legte ihn neben den anderen. »Mein Vater hatte auch so eine Uhr.«

»Tatsächlich.«

Er krempelte die Manschette hoch. »Hat sie immer in einer Schublade in seinem Schlafzimmer versteckt.«

»Nicht besonders gut, wie mir scheint.«

Er lächelte. »Ich hab sie ein- oder zweimal die Woche stibizt, sie versetzt und mit dem Geld Karten gespielt.«

Sie nickte. »Sie sagten bereits, daß Familie bei Ihnen großgeschrieben wird.«

Aus dem Lächeln wurde ein Grinsen. »Ich hab sie jedesmal eingelöst und wieder in die Schublade gelegt, bevor er heimkam. Er hat nie etwas gemerkt. Und ich habe einen netten kleinen Gewinn dabei gemacht. Jedesmal.«

»Sehr geschäftstüchtig von Ihnen.«

Das Lächeln verschwand. Er schaute auf seine Armbanduhr. »Okay«, sagte er. »Haben Sie die Karten?«

Miss Lizzie öffnete ihre Handtasche, nahm zwei Päckchen Spielkarten der Marke Bicycle heraus. »Ein rotes Spiel«, sagte sie, »und ein blaues. Welches ziehen Sie vor?«

»Ist mir egal.« Er griff in die Tüte, holte eine Feige heraus.

»Sie möchten, daß ich wähle?«

»Klar.« Er stopfte die Feige in den Mund.

»Dann wähle ich ...« Sie nahm das rote Päckchen in die eine Hand, das blaue Päckchen in die andere, als würde sie sie abwiegen. »Ich wähle das blaue. Ist Ihnen das recht?«

Er schluckte. »Klar.«

Sie verstaute das rote Päckchen wieder in ihrer Handtasche, bückte sich, stellte die Handtasche auf den Boden. Sie war schon im Begriff, das blaue Päckchen zu öffnen, als Mr. Rothstein sagte: »Moment.«

»Ja?« sagte Miss Lizzie.

»Wenn Sie wollen, brechen wir die Sache sofort ab. Sie vergessen die Partie. Sie vergessen Ihre Fragen. Sie verschwinden. Sie verlassen die Stadt, Sie fahren heim. Alle beide. Niemand wird Sie aufhalten.«

Sie lächelte. »Nun«, sagte sie, »das ist sehr freundlich von Ihnen, Mr. Rothstein, aber wenn wir das täten, würden wir nie Antworten auf unsere Fragen bekommen, ist es nicht so?«

Er nickte. »Okay.« Er zuckte mit den Schultern, wedelte kurz mit der manikürten Hand. »Okay. Wie Sie wollen.«

Miss Lizzie zupfte die Zellglasfolie oben an dem Päckchen auf. Ein Streifen riß ab, bevor sie sich rundum gelöst hatte. »Zu dumm«, sagte sie. Sie schob den Daumennagel unter die Hülle, bewegte ihn hin und her.

Mr. Rothstein lächelte. »Brauchen Sie Hilfe?«

»Danke, ich komme allein zurecht.«

Schließlich gelang es ihr, die durchsichtige Hülle abzuziehen. Sie knüllte sie in der linken Hand zusammen, sah sich suchend nach einem Papierkorb um.

»Werfen Sie's auf den Boden«, sagte Mr. Rothstein.

»Das erscheint mir doch sehr rücksichtslos.«

»Das Haus gehört mir. Werfen Sie's einfach auf den Boden. Morgen früh wird's weggeräumt.«

»Tja.« Widerwillig. »Wenn Sie meinen.« Sie machte die Hand auf und ließ die Hülle auf den Boden fallen.

Sie zerrte den Deckel des Päckchens auf, drückte das Spiel heraus. Eine der Karten, die Kreuz-Sieben, löste sich und fiel auf das grüne Filztuch. Miss Lizzie legte das leere Päckchen weg, hob die Sieben auf, steckte sie zurück in das Spiel und begann unbeholfen per Overhand Shuffle zu mischen.

»Wenn es Ihnen recht ist«, sagte sie zu Mr. Rothstein, »würde ich gerne als erste geben. Ich bin schließlich der Gast.«

Er zuckte mit den Schultern

Den Blick auf ihre Hände gerichtet, teilte sie das Spiel und mischte, indem sie die beiden Stöße ineinander abrauschen ließ. Gegen Ende verkeilten sich die obersten Karten und stellten sich auf, so daß ein kleines, steifes, zeltartiges Dreieck entstand.

»Oje«, sagte sie. Sorgfältig legte sie die Karten ordentlich aufeinander, stieß das Spiel glatt, teilte es abermals und ließ die beiden Stöße wieder ineinander abrauschen, diesmal allerdings mit mehr Erfolg.

Sie blickte zu Mr. Rothstein hoch und lächelte stolz. »Es ist wie mit dem Radfahren, nicht wahr?«

Er nickte. »Wie wär's mit 'nem Einsatz?«

Sie runzelte die Stirn. »Aber wir spielen hier nicht um Geld.«

»Nur, um die Sache interessanter zu machen.«

»Ich habe kein Geld mitgebracht.«

»Die Uhr. Sie legen Ihre Uhr in den Pott, ich meine Manschettenknöpfe.« Er hob sie auf und ließ sie wie zwei Würfel in die Mitte des Tisches rollen.

»Diese Uhr«, sagte Miss Lizzie, »gehörte meiner Mutter.«

»Haben Sie ihre Leiche gefleddert?«

Miss Lizzie starrte ihn an.

Er wedelte mit der Hand. »War nicht so gemeint. Kleiner Scherz. Die Manschettenknöpfe sind echte Goldmünzen. Aus dem alten Rom. Einsatz oder nicht?«

Die Karten in der linken Hand haltend, griff sie mit der rechten nach der Uhr, schob sie in die Mitte des Tisches, legte sie neben die Manschettenknöpfe. Sie lehnte sich zurück und mischte die Karten ein weiteres Mal.

»Genug gemischt«, sagte Mr. Rothstein.

Sie legte die Karten auf den Tisch, stieß das Spiel mit beiden Händen glatt und lehnte sich zurück. »Heben Sie bitte ab«, sagte sie.

Er streckte die Hand aus, klopfte leicht auf das Spiel und lächelte. »Ich vertraue Ihnen«, sagte er.

»Wie nett«, sagte sie und nahm das Spiel in die Hand. Bedächtig, gewissenhaft teilte sie jedem fünf Karten aus, indem sie sich vorbeugte und seine direkt vor ihn legte, eine auf die andere, fein säuberlich. Mr. Rothstein wartete. Als sie fertig war und den Rest des Spiels verdeckt auf den Tisch legte, nahm er seine Karten in die Hand und fächerte sie gerade so weit auf, daß er ein wenig von der rechten oberen Ecke sehen konnte.

Miss Lizzie nahm ihre Karten in die Hand, fächerte sie wesentlich breiter auf und sagte: »Oh, Amanda, schau!« Sie zeigte mir ihr Blatt: drei Damen, das Karo-As, die Kreuz-Vier.

»*He*«, sagte Mr. Rothstein. »Das können Sie nicht.«

Sie sah ihn erstaunt über den Tisch an. »Amanda hat ein ebenso großes Interesse am Ausgang dieses Spiels wie ich.«

»Das können Sie nicht machen, Lady.«

»Sie werden doch nicht allen Ernstes etwas dagegen einzuwenden haben, daß sie meine Karten sieht. Was schadet das schon?«

Er blickte zwischen uns hin und her, und schließlich seufzte er. »Was soll's.« Er betrachtete sein Blatt, zog zwei Karten heraus, legte sie verdeckt ab. »Ich nehme zwei«, sagte er.

Sie legte ihr Blatt auf den Tisch und gab ihm bedächtig und penibel zwei Karten. Sie legte den Stamm wieder auf den Tisch, nahm ihr Blatt auf und studierte es eingehend. »Hmm«, sagte sie.

Mr. Rothstein schob die Finger in die Tüte, angelte eine Feige heraus, stopfte sie in den Mund, kaute.

»Hmm«, sagte Miss Lizzie. Und dann: »Ja. Ich nehme … nein … ja. Ich nehme eine.« Sie zog die Kreuz-Vier heraus, legte sie verdeckt ab, legte gewissenhaft ihr Blatt auf den Tisch, nahm den Stamm in die Hand und teilte umsichtig eine einzelne Karte auf ihre vier Karten aus. Sie nahm ihr Blatt auf, betrachtete es, zeigte es mir und fragte ihn dann: »Was haben Sie, Mr. Rothstein?«

»Zwei Paare«, sagte er und breitete sie offen auf dem Tisch aus. Er lächelte. »Könige und Buben.«

Miss Lizzie nickte. »Full House«, sagte sie und breitete ihre eigenen Karten aus. Sie hatte ein weiteres As gezogen, das Kreuz-As.

Mr. Rothstein blickte hinunter auf ihre Karten. Er lehnte sich zurück, verschränkte die Arme vor der Brust. »Ein Spiel, eine Frage.«

»Ja«, sagte sie. »Hat John Burton Ihnen geholfen, Rauschgift ins Land zu bringen?«

Er runzelte die Stirn. »Sie haben nur eine Frage und stellen ausgerechnet *die*?«

»Ja, genau diese Frage stelle ich Ihnen.«

»Ja«, sagte er. »Hat er.« Er sammelte die Karten ein. »Ich gebe.«

Geschickt mischte er, teilte das Spiel, mischte dann einmal, zweimal, indem er die Karten ineinander abrauschen ließ, legte das Spiel auf den Tisch. »Abheben«, sagte er.

Gehorsam, akkurat, sich Zeit lassend, hob sie mit beiden Händen ab.

»Einsatz?« sagte er.

»Was denn?« fragte sie ihn.

Er schnallte das Armband seiner Uhr auf, legte die Uhr mitten auf den Tisch.

Miss Lizzie schob die beiden Manschettenknöpfe dazu.

»Das ist eine *Cartier*«, sagte er. »Wissen Sie, was die kostet?«

»Das sind echte Goldmünzen«, sagte sie. »Römische, soviel ich weiß.«

Er starrte sie an.

»Aber«, sagte sie, »wenn Sie nicht setzen möchten ...« Sie griff nach den Manschettenknöpfen.

»Liegen lassen«, sagte er, und dann teilte er in hohem Tempo, so daß seine Finger verschwammen, die Karten aus, wobei er die von Miss Lizzie zu einem ordentlichen Häufchen direkt vor ihr abwarf. Er legte den Stamm weg, nahm seine Karten in die Hand, fächerte sie auf.

Auch diesmal zeigte mir Miss Lizzie ihr Blatt. Kreuz-Drei, Karo-Fünf, Herz-Zwei, Pik-Bube, Pik-As.

»Wieviel?« fragte Mr. Rothstein.

»Ich glaube, zwei. Nein. Verzeihung. Drei.« Sie zog drei Karten heraus, darunter das As, und legte sie verdeckt ab.

»Für mich eine«, sagte er. Er tauschte eine seiner Karten aus, nahm sein Blatt wieder in die Hand, warf einen Blick darauf, sah zu Miss Lizzie hinüber. »Was haben Sie?«

»Vier Asse«, sagte sie und breitete sie offen auf dem grünen Filztuch aus.

Dreißig

Wieder starrte Mr. Rothstein ihre Karten an. Dann warf er sein eigenes Blatt auf den Tisch und legte die Arme auf die Armlehnen des Stuhls. »Wie lautet die Frage?«

»Haben Sie den Mord an John Burton befohlen?«

»Ja«, sagte er. »Hab ich. Sie geben.«

»Entschuldigen Sie«, sagte ich.

Er drehte sich zu mir. »Was ist?«

»Dürfte ich bitte die Toilette benutzen?«

Er wedelte mit der Hand. »Ja, ja.« Er sah Miss Lizzie an. »Sie geben.«

Während Miss Lizzie die Karten einsammelte, stand ich auf und ging zum Klosett. Ich machte die Tür auf, zog an der Lichtkordel, machte die Tür zu und lehnte mich mit verschränkten Armen an die Wand. Ich war außer Atem.

Ich sah hinunter auf die Toilette. Miss Lizzie hatte recht gehabt: Jemand hatte die Brille hochgeklappt gelassen, und das Becken mußte dringend geputzt werden.

Ich war aus zwei Gründen gegangen. Erstens, weil mein Herz so laut gegen meinen Brustkorb klopfte, daß ich Angst hatte, Mr. Rothstein würde es hören. Er hatte *gestanden*. Er hatte *zugegeben*, daß er für den Tod meines Onkels verantwortlich war.

Nun wußten wir es. Aber wir wußten noch nicht alles. Wir wußten noch nicht, warum.

Mein zweiter Grund, die Toilette aufzusuchen, war natürlich der gewesen, Rothstein kurz abzulenken, während Miss Lizzie die Karten, mit denen sie gewonnen hatte, palmierte und loswurde. Er durfte nicht merken, daß das Spiel vier zusätzliche Asse enthielt.

Miss Lizzie hatte nicht um meine Hilfe gebeten, und vermutlich brauchte sie sie auch nicht. Aber Freundschaft, wie sie sagte, schließt Fürsorge ein.

Ich klappte die Klosettbrille herunter und betätigte die Spülung.

Ich wusch mir die Hände, trocknete sie an dem Handtuch ab, das auf der Stange an der Tür hing.

Mein Mund war trocken. Auf dem Waschbecken stand ein Zahnputzglas, das aber schmutzig war. Ich ließ Wasser laufen, hielt die hohlen Hände darunter, trank. Ich trocknete mir nochmals die Hände ab, machte die Tür auf, zog an der Lichtkordel, ging zurück ins Zimmer.

Mr. Rothstein sagte gerade: »... Familie kam wahrscheinlich auf der Mayflower rüber, hab ich recht?«

»Nicht ganz so früh«, sagte Miss Lizzie.

Jeder der beiden hatte fünf Karten in der Hand. Mitten auf dem Tisch, neben Mr. Rothsteins Armbanduhr, lag ein schwerer goldener Geldclip. Auf der glänzenden Frontplatte funkelte ein Hufeisen aus Brillanten und Platin.

Als ich mich setzte, zeigte mir Miss Lizzie ihr Blatt.

Ein Flush aus vier Herz-Karten und eine Kreuz-Dame.

»Wissen Sie, wann meine Familie rübergekommen ist?« sagte Mr. Rothstein.

»Nein«, sagte sie. »Wann war das?«

»Vor nicht mal hundert Jahren. Sie wissen, was mit den Juden in Europa passiert ist?«

»Ich habe davon gelesen. Sie wurden sehr schlecht behandelt. Und werden es auch heute noch. Möchten Sie Karten?«

»Eine.« Er warf eine Karte ab.

Gewissenhaft gab sie ihm eine neue.

Er ließ sie liegen. »Und sie sind davongelaufen. Die, die nicht bei den Pogromen umgebracht wurden. Sie wissen von den Pogromen?«

»Ja. Es war entsetzlich. Ich werde ebenfalls eine Karte nehmen.« Sie legte ihr Blatt auf den Tisch, griff nach dem Stamm, gab sich gewissenhaft eine Karte.

»Die Juden sind alle weggelaufen«, sagte er. »Keiner hatte den Mumm, sich zu wehren.«

Sie nahm ihre Karten auf. »Gegen eine unbezwingliche Übermacht? Mumm wäre in einem solchen Fall doch recht töricht.«

»Das wird nie wieder passieren«, sagte er. »Nicht hier. Jetzt stehen die Dinge anders.«

»Gewiß. Wollen Sie jetzt spielen oder nicht?«

Er schnappte sich die neue Karte, steckte sie in sein Blatt, betrachtete es und knallte dann, grinsend, alle fünf Karten auf den Tisch. »Das müssen Sie erst mal übertrumpfen.«

Ein hoher Straight: As, König, Dame, Bube, Zehn.

Miss Lizzie sah ihn lächelnd über ihre Karten an. »Das kann ich in der Tat.« Sie legte ihr Blatt auf den Tisch. Sie hatte ihren Flush komplettiert.

Mr. Rothstein lehnte sich zurück und stieß zwischen geschürzten Lippen die Luft aus. Er sagte nichts.

»Mr. Rothstein?«

Er blickte auf. »Wie lautet die Frage?«

»Warum ließen Sie John Burton ermorden?«

»Weil er mich übers Ohr gehauen hat. Ich gebe.«

Er griff nach den Karten, doch Miss Lizzie hielt ihre fest. »In welcher Weise hat er Sie übers Ohr gehauen?«

Noch immer vorgebeugt, die Ellbogen auf dem Tisch, die Hände über den Karten, sagte er: »Ein Spiel, eine Frage.«

»Das ist keine Antwort. Sie bedarf einer Erläuterung.«

Er lehnte sich zurück. »Einer Erläuterung?«

»Ja.«

»Das ist das letzte Mal, daß ich irgend etwas erläutere.«

»Einverstanden.«

»Ich bin dahintergekommen, daß er Geschäfte nebenbei gemacht hat. Mit meinem Geld. Meiner Ware.«

Ich sagte: »Wie sind Sie dahintergekommen?«

Er drehte sich zu mir. »Spielst du auch mit?«

»Nein, aber...«

»Dann halt den Mund.« Er wandte sich an Miss Lizzie. »Ich gebe.«

Sie schob alle Karten über den Tisch, sammelte dann die Cartier-Uhr und den Geldclip ein und legte beide zu den Manschettenknöpfen.

Beim Mischen betrachtete Mr. Rothstein die Karten diesmal genauer. Nicht demonstrativ – nur ein beiläufiger Blick auf die Rückseiten, während er mischte, um festzustellen, ob sie markiert waren. Er teilte das Spiel, vertauschte die beiden Stöße, schob sie ineinander, fuhr beiläufig mit den Fingern an den Rändern entlang, um festzustellen, ob sie gestutzt waren. Er teilte das Spiel ein weiteres Mal, ließ beide Stöße ineinander abrauschen, legte das Spiel hin. »Abheben.«

Miss Lizzie hob ab. »Setzen wir etwas?« fragte sie.

Er griff in die linke Hosentasche, zog ein dickes Geldbündel heraus. Es schien ausschließlich aus Fünfhundertdollarscheinen zu bestehen. Er zählte zwanzig ab, also zehntausend Dollar, und knallte sie auf das Filztuch. »Gegen alles, was Sie haben«, sagte er zu Miss Lizzie. Er steckte die Rolle wieder in die Tasche.

»Gegen die Armbanduhr und die Manschettenknöpfe«, sagte sie.

»Alles«, sagte er, »oder nichts.«

»Na gut.« Sie schob alles in die Mitte. »Sie sind ein harter Gegner, Mr. Rothstein.«

Ich griff nach den Scheinen. Er sah mich an. Ich sagte: »Darf ich mal sehen?«

Ungehalten wedelte er mit der Hand: Nur zu.

Ich hob einen davon auf, besah ihn mir. In der Mitte war ein Porträt von Präsident McKinley. Ich hatte diesen Schein noch nie gesehen und fand es erstaunlich, daß ein so kleines Stück Papier so viel Geld darstellen konnte. Mit einem einzigen solchen Schein konnte man ein Auto kaufen.

»Das reicht jetzt«, sagte er und deutete auf den Stapel. Ich legte den Schein zurück.

Er teilte zehn Karten aus. Miss Lizzie legte drei ab, nahm drei neue. Er legte eine ab, nahm eine.

Seine drei Buben verloren gegen ihren Straight.

Er schob die Karten weg und lehnte sich zurück. »Sie haben unverschämtes Glück«, sagte er.

Miss Lizzie lächelte. »Fortuna ist mir offenbar hold. Aber es ist ja noch früh.«

»*So* früh nun auch wieder nicht. Wie lautet die Frage?«

»Wie haben Sie erfahren, daß John Sie betrogen hat?«

Er sah mich an und seufzte. Er wandte sich wieder an Miss Lizzie. »Owney Madden«, sagte er. »Der ist dahintergekommen. Sie sind dran. Geben Sie schon.«

Miss Lizzie sammelte die Karten ein, mischte wieder bedächtig, pedantisch. Overhand. Dann durch Abrauschen. Wieder Overhand. Wieder Abrauschen.

Mr. Rothstein zog eine Feige aus der Tüte, schob sie in den Mund.

Nochmals Overhand, nochmals Abrauschen.

»Es hat sich schon mal jemand totgemischt«, sagte Mr. Rothstein.

Behutsam legte sie das Spiel auf den Tisch. »Bitte abheben.«

Er hob ab, griff wieder in die Hosentasche, holte das Geldbündel heraus. Ich zählte mit, während er hastig Scheine herauszog. Vierzig insgesamt. Zwanzigtausend Dollar. Er steckte das Bündel wieder ein, strich die Scheine glatt und legte sie mitten auf den Tisch. »Gegen alles«, sagte er.

Miss Lizzie schob ihren gesamten Gewinn in die Mitte zu dem Stapel Bargeld.

Er verschränkte die Arme vor der Brust. Ein weiteres Mal teilte sie gewissenhaft die Karten aus, exakt eine auf die andere. Sie legte den Stamm weg, nahm ihre Karten auf, hielt sie mir hin, damit ich sie sehen konnte. Nichts. Die einzige anständige Karte war das Pik-As.

Mr. Rothstein nahm seine Karten auf, besah sie sich. »Drei«, sagte er und warf drei ab.

Sie gab sie ihm. Eins. Zwei. Drei.

»Und ich werde ebenfalls drei nehmen«, sagte sie.

Sie legte drei Karten ab, legte ihr Blatt auf den Tisch, nahm den Stamm in die Hand, gab sich drei neue Karten. Eins. Zwei. Drei. Sie hob ihr Blatt auf, sah Mr. Rothstein an. »Was haben Sie?«

Er stieß wieder die Luft aus, angewidert, und warf die Karten auf den Tisch. »Nur Mist und ein König.«

»Ein As«, sagte sie und zeigte ihm ihr Blatt.

»*Scheiße*«, sagte er. Mit hochrotem Gesicht packte er die Tüte mit den Feigen und schleuderte sie durchs Zimmer. Sie flog gegen einen der Aktenschränke und fiel zu Boden.

Miss Lizzie faßte sich an die Brust. »Mr. Rothstein!«

»*Wie lautet die verdammte Frage?*«

»Wer hat John Burton ermordet?«

Seine Augen verengten sich zu Schlitzen, und er spuckte den Namen aus – und mit dem Gefühl des Verrats, das sich meiner bemächtigte, als ich ihn hörte, kam das traurige Gefühl einer gewissen Unvermeidlichkeit. Wütend spuckte er auch den Rest aus, bösartig und gehässig. Schließlich sagte er: »Fay, dieser Idiot, hat recht gehabt. Ihnen gestern abend diese Stümper auf den Hals zu hetzen. Ich hab ihm dafür einen Anschiß verpaßt, aber verdammt noch mal, der Kerl hatte recht.«

Dann brach er abrupt ab. Er holte tief und bebend Luft. »Schluß jetzt«, sagte er. Ich glaube, daß er mit sich selbst sprach, sich befahl, aufzuhören. Langsam, steif, als ob er Anweisungen folgte, begann er den linken Ärmel herunterzurollen.

»Wie bitte?« sagte Miss Lizzie.

Er stierte sie finster an. »Haben Sie wirklich geglaubt, daß Sie damit durchkommen? Haben Sie wirklich geglaubt, daß ich Ihnen alles auf die Nase binde und Sie einfach davonspazieren lasse?«

»Aber wir hatten eine Abmachung. Sie sagten ...«

»Sie sind vielleicht naiv.« Er beugte sich vor, die Hände auf die Tischkante gestützt. »Sie kommen hier nicht lebend raus.« Sein Gesicht war wieder hochrot geworden. »Du bist tot, du dummes altes Luder.« Er lehnte sich zurück, deutete auf seine Manschettenknöpfe, hielt die offene Hand hoch. »Her damit«, sagte er.

»Aber ich habe sie gewonnen«, sagte sie.

»Scheiß drauf«, sagte er. »*Her damit.*«

»Nein.«

Er wand sich vor Wut. »Herrgott noch mal.« Er drehte sich zur Tür. »Jack?« rief er laut. »Beweg deinen Arsch hier rein.«

Ich sah Miss Lizzie an. Sie sah mich an.

Mr. Rothstein rief noch einmal: »*Jack!*«

Der Türknauf bewegte sich, die Tür schwang auf. Mr. Cutter stand da, wieder ganz in Schwarz gekleidet, die Pistole seitlich am Körper haltend. »Jack kann nicht kommen«, sagte er. »Er macht gerade ein Nickerchen.«

Einunddreißig

»Heiliger Strohsack«, sagte Mrs. Parker. Sie machte einen tiefen Zug an ihrer Zigarette. »Sie haben mit *Arnold Rothstein* Poker gespielt?«

»Gewiß«, sagte Miss Lizzie.

Miss Lizzie und ich hatten nicht den ersten Zug nach Boston genommen, der um fünf Uhr morgens den Grand Central Terminal verlassen hatte. Jetzt war es zehn, und alle waren in einem großen Besprechungszimmer versammelt, das sich auf dem gleichen Flur wie Mr. Lipkinds Anwaltskanzlei befand.

Wir saßen auf schweren, dick gepolsterten Stühlen um einen großen ovalen Mahagonitisch herum. Miss Lizzie saß zu meiner Rechten. Rechts von ihr saß Mr. Lipkind. Dann kamen Robert, in seiner Chauffeurlivree, Mr. Cutter, wie üblich ganz in Schwarz, einschließlich des Sportsakkos, Mrs. Parker in einem eleganten grünen Kleid, Mr. Leibowitz, dessen kahler Schädel im einfallenden Tageslicht glänzte, Albert Cooper, in demselben schlecht sitzenden dreiteiligen Anzug, den er getragen hatte, als ich ihn im Grand Central Terminal das erste Mal sah, und schließlich, zu meiner Linken, Lieutenant Becker.

Mrs. Parker sagte: »Und er hat Ihnen *gesagt*, was Sie wissen wollten?«

»Gewiß.«

»Aber wie geht es jetzt weiter? Was ist, wenn er es sich anders überlegt? Was ist, wenn er beschließt, mit Ihnen Johannes den Täufer zu machen?« Sie zog wieder an ihrer Zigarette.

»Und meinen Kopf auf einem silbernen Tablett serviert?«

»Genau das«, sagte sie, Zigarettenrauch ausstoßend.

Miss Lizzie nickte. »Nachdem ich wußte, wo Mr. Rothstein sich mit uns zu treffen wünschte – in einem Büro in der Pearl Street, das ihm gehört –, telefonierte ich mit Mr. Leibowitz. Er kam hierher, in dieses Gebäude, und borgte sich Mr. Lipkinds Drahttongerät. Lange bevor wir am vereinbarten Treffpunkt ankamen, brach Mr. Leibowitz in das Gebäude und in das Büro ein, wo er das Aufnahmegerät in einem Rollschreibtisch versteckte.«

Miss Lizzie und ich hatten dieses Gerät kein einziges Mal erwähnt, während wir in dem Büro waren. Wir mußten befürchten, daß inzwischen einer von Mr. Rothsteins Leuten in der Nähe auf der Lauer lag.

Nun lächelte sie Mr. Leibowitz an. »Ich gestehe, daß ich sehr froh war, diesen Apparat zu sehen«, sagte sie.

Er nickte. Sein kahler Schädel glänzte.

Becker sagte: »Sie haben alles aufgezeichnet?«

»Ja. Ich war von der Qualität der Aufnahme angenehm überrascht. Die moderne Technik ist doch etwas Wunderbares.«

»Das ist polizeidienliches Beweismaterial«, sagte Becker.

»Nein«, sagte sie. »Das ist *mein* Beweismaterial.«

»Ich kann ...«

»Sie können nichts unternehmen, aus Gründen, die wir bereits erörtert haben, und aus diversen anderen Gründen, die ich noch darlegen werde. Außerdem befindet sich die Aufzeichnung nicht mehr in New York City. Ich habe sie an einen anderen Ort bringen lassen.«

Das entsprach nicht der Wahrheit. Die Aufzeichnung befand sich in Mr. Lipkinds Kanzlei, in einem Tresor.

Mrs. Parker sagte: »Aber Rothstein hätte jemanden hinschikken können, zu dieser Verabredung mit Ihnen. Er hätte einen Hinterhalt legen können.« Vor ihr stand ein Aschenbecher, den sie nun benutzte, um ihre Zigarette auszudrücken.

»Das tat er auch«, sagte Miss Lizzie. »Er schickte einen Mann namens Diamond. Aber Mr. Cutter und Robert«, sie lächelte beide an, »waren so freundlich, ebenfalls vor Ort zu sein. Mr. Cutter konnte Mr. Diamond dazu bewegen, sich anders zu besinnen.«

Mrs. Parker blickte von Mr. Cutter zu Miss Lizzie. »Aber warum hat Rothstein Ihnen überhaupt etwas gesagt? Er *mußte* doch nicht.«

»Zum einen, weil er überzeugt war, daß wir das Zimmer nicht lebend verlassen würden. Er konnte also sagen, was er wollte. Zumindest dachte er das. Zum anderen, weil er etwas von mir erfahren wollte. Er war überzeugt, früher oder später ein Spiel zu gewinnen und es zu erfahren.«

»Was denn?«

»Das ist jetzt irrelevant.«

Mrs. Parker sah sie einen Moment an und sagte dann: »Mich laust der Affe. Sie haben tatsächlich eine Aufnahme, auf der Arnold Rothstein zugibt, daß er den Mord an John Burton angeordnet hat.«

Er hatte auch seine Beziehung zu Owney Madden und Larry Fay zugegeben, die beide nicht gut auf Mr. Rothstein zu sprechen wären, sollte der Inhalt der Aufzeichnung publik gemacht werden.

»Ja«, sagte Miss Lizzie. »Und er weiß, falls mir oder Amanda etwas zustößt, wird die Aufnahme veröffentlicht.«

»Warum nicht sofort? Das würde Rothstein recht geschehen.«

»Ich habe ihm mein Wort gegeben.«

»Er hat Ihnen *sein* Wort gegeben, und das war einen Dreck wert.«

»Im Gegensatz zu meinem.«

Was Miss Lizzie nicht sagte, war folgendes: Sie war überzeugt, daß die New Yorker Polizei nicht mit Nachdruck gegen Rothstein vorgehen würde, selbst wenn die Aufzeichnung veröffentlicht würde. Aber sie war auch überzeugt – und zwar zu Recht, wie sich herausstellte –, daß Mr. Rothstein nicht sein Leben darauf verwetten würde, dank korrupter Polizeibeamter ungeschoren davonzukommen. Und selbst wenn die Polizei ihn unbehelligt ließe, hätte er immer noch mit Owney Madden und Larry Fay zu rechnen.

»Hat er Ihnen auch gesagt«, fragte Mrs. Parker, »wer Amandas Onkel tatsächlich getötet hat?«

»Ja«, sagte sie.

»Wer war es?«

Miss Lizzie wandte sich an Albert. »Was glauben Sie wohl, Mr. Cooper, warum wir Sie hierhergebeten haben?«

»Wie bitte?«

»*Sie* haben ihn getötet, Mr. Cooper. Auf Geheiß von Arnold Rothstein.«

Einen Moment lang erstarrten alle.

»Was?« sagte Albert.

»Sie haben von Anfang an für Mr. Rothstein gearbeitet. Sie waren seine Absicherung, denn Sie behielten John im Auge. Sie haben gelogen, als Sie sagten, Sie seien mit ihm beim Militär gewesen.« Sie wandte sich an Lieutenant Becker. »Ein Sachverhalt, den die Polizei mühelos hätte herausfinden können, sofern ihr daran gelegen gewesen wäre.«

Becker runzelte die Stirn.

Sie wandte sich wieder an Albert. »John wußte natürlich, für wen Sie arbeiteten, und war darauf bedacht, seine Privatgeschäfte vor Ihnen geheimzuhalten – seine privaten Rauschgiftgeschäfte unter Verwendung von Mr. Rothsteins Geld, Mr. Rothsteins Rauschgift.«

»Miss Cabot«, sagte er, »ich habe ehrlich keine Ahnung, wovon Sie sprechen.«

»Sie benutzten ein Beil, um ihn zu töten, weil John Ihnen irgendwann etwas von Amanda erzählt hatte. Nämlich von dem Beil, das vor drei Jahren in Massachusetts bei einem Mord benutzt wurde. John wird davon gewußt haben. Er stand mit Amandas Eltern in Verbindung, und vermutlich erzählten sie ihm davon. Und er erzählte vermutlich Ihnen davon. John fand es möglicherweise amüsant. Sie, Mr. Cooper, fanden es schlicht zweckdienlich. Von allen Personen, die in diese Sache verwikkelt sind, waren Sie der einzige, der das von Amanda wissen konnte. Das mit dem Beil. Sie arrangierten alles mit Vorbedacht so, daß ihr der Mord zur Last gelegt werden würde. Und das war natürlich absolut verabscheuungswürdig.«

»Moment«, sagte er. »Ich hab Ihnen immer geholfen, von Anfang an.«

»Sie nannten uns Sybil Cartwrights Namen. Aber nur, weil

Sie davon ausgehen mußten, daß wir ihn auch alleine herausfinden würden. Von Daphne Dale wußten wir bereits, aber Sie konnten davon ausgehen, daß sie keine Gefahr für Sie oder Rothstein darstellte – ihre Beziehung mit John war bereits seit geraumer Zeit beendet. Miss Cartwright dagegen war eine Liaison jüngeren Datums. Vielleicht wußte sie von Johns Vertrauensbruch, daß er Mr. Rothsteins Rauschgift auf eigene Rechnung verkaufte. Und während wir mit Miss Dale beschäftigt waren, wie Sie sehr wohl wußten, gingen Sie zu Miss Cartwright, töteten erst den Mann am Empfang und dann sie.«

»Das ist doch blanker Unsinn«, sagte er und blickte nach rechts und links, wie auf der Suche nach Zustimmung.

»Wie sich herausstellte, hatten Sie in bezug auf Miss Dale recht. Anfänglich jedenfalls. Doch später, als wir ein weiteres Mal mit ihr sprachen, erfuhren wir sehr viel mehr.«

Er schüttelte den Kopf. »Ich war ja nicht einmal in Manhattan, als der Mord geschah. Ich war drüben in Queens.«

»Ich bin sicher«, sagte sie, »daß Ihre Freundin Mrs. Hannesty, sollte Lieutenant Becker ein wenig Druck ausüben, sich daran erinnern wird, daß Sie in der bewußten Nacht in Wahrheit nicht bei ihr in Queens waren.«

Becker, der neben Albert saß, sah diesen scharf an.

Albert schüttelte den Kopf. »So ein Quatsch. Lauter dummes Zeug. Sie haben keinerlei Beweise.«

Einen Moment lang schwiegen alle.

Dann sagte Mrs. Parker: »Was machen wir jetzt?«

Miss Lizzie sagte: »Das liegt ganz bei Amanda.«

Wortlos stand Mr. Cutter vom Tisch auf, ging um Robert, Mr. Lipkind und Miss Lizzie herum und stellte sich neben mich. Er griff nach hinten, zog die schwere Pistole aus dem Hosenbund. Er riß den Verschluß zurück, reichte mir die Waffe. Sie schien einen Zentner zu wiegen. Ich beugte mich vor, stützte die Ellbogen auf den Tisch und richtete, mit beiden Händen, die Waffe auf Albert.

Wir hatten dies einige Male geübt, Mr. Cutter, Mr. Leibowitz, Miss Lizzie und ich. Bevor Mr. Cutter den Hahn spannte, war nur eine einzige Patrone im Magazin gewesen. Nun befand sie sich in der Patronenkammer. Falls Albert nicht gestand, sollte ich zum Beweis, daß ich es ernst meinte, in die Decke schießen. (Zum Glück befanden wir uns, falls dieses Manöver erforderlich wurde, im obersten Stockwerk des Gebäudes.)

Lieutenant Becker sagte zu mir: »Leg sofort das Ding weg.«

»Halten Sie den Mund«, sagte Mr. Cutter.

Albert starrte direkt auf die Mündung der Pistole.

»Sie haben meinen Onkel getötet«, sagte ich, mit vor Wut schmalen Augen. Die Wut war echt, ich mußte sie nicht vortäuschen. Mein Onkel war ein Betrüger und ein Drogenhändler gewesen. Er hatte mich – trotz allem, was Miss Lizzie sagte – angelogen, indem er vorgab, anders zu sein, als er war.

Aber er war auch gut zu mir gewesen, unendlich gut. Er war charmant und rücksichtsvoll und lustig gewesen. Er hatte mir zum ersten Mal in meinem Leben das Gefühl vermittelt, erwachsen zu sein.

Albert, dieser Lump direkt vor meinen Augen, hatte ihn und ihre Beziehung ausgenutzt. Er war am späten Freitagabend zu ihm gegangen und hatte mit einem Beil auf ihn eingeschlagen, wieder und wieder auf ihn eingehackt. Und er hatte dies in dem Wissen getan, daß ich nur wenige Meter weiter schlief; in dem Wissen, daß mir dieses Verbrechen zur Last gelegt werden würde. Für mich war Albert erledigt.

Albert merkte das ganz genau.

Aber vielleicht glaubte er nicht, daß ich schießen würde. Vielleicht war er auch nur verzweifelt. Denn statt zu betteln oder zu flehen oder zu versuchen, sich herauszureden, stieß er sich vom Tisch zurück und griff mit der rechten Hand links unter sein Jackett.

Ich betätigte den Abzug der schweren Pistole. Die Explosion war ohrenbetäubend, und der Rückstoß riß die Waffe in Richtung meines Kopfes.

Und merkwürdigerweise, wie ein unheimliches Echo, hörte die Explosion gar nicht auf, ein weiteres hartes Knallen erfüllte den Raum.

Es war Mr. Leibowitz, der aufgesprungen war und seine Pistole auf Albert abfeuerte.

Alberts Hand rutschte leer aus dem Jackett heraus, während er zuckte und zuckte und zuckte, und dann hing er zusammengesackt auf dem Stuhl, der Mund verzerrt, der Kopf zur Seite gedreht. Seine Augen starrten zur Decke.

»Allmächtiger«, sagte Lieutenant Becker.

Im Zimmer stank es nach Schießpulver.

Ich starrte auf Albert. Dann blickte ich in die Runde. Mrs. Parker, das Gesicht aschfahl, starrte ihn ebenfalls an. Ohne den Blick abzuwenden, öffnete sie ihre Handtasche und kramte darin. Mr. Lipkind starrte mich an. Er runzelte die Stirn, senkte den Blick. Miss Lizzie beugte sich zu mir, legte mir die Hand auf den Arm.

Mr. Cutter nahm mir die Pistole aus der Hand, steckte sie hinten in den Hosenbund, ging um mich herum, beugte sich über Alberts Leiche, untersuchte sie. Er sah mich an. »Du hast ihn verfehlt«, flüsterte er. Er wandte sich an Mr. Leibowitz. »Sie nicht.« Er machte eine knappe Handbewegung: her damit. »Die Waffe«, sagte er.

Mr. Leibowitz setzte sich, legte die Pistole auf den Tisch und schob sie über die glänzende Mahagoniplatte. Neben ihm hatte Mrs. Parker ihre silberne Taschenflasche an den Mund gesetzt.

Mr. Cutter nahm die Waffe an sich. Er fragte Mr. Leibowitz: »Registriert?«

»Nein.«

Mr. Cutter hielt sie Lieutenant Becker hin. »Ihre.«

»Leck mich«, sagte Becker.

»Sie haben gerade den Fall Burton aufgeklärt«, sagte Mr. Cutter. »Saubere Arbeit.«

Mr. Leibowitz sagte: »Ich werde Sie decken, Becker. Ich war dabei. Ich habe es gesehen.«

Becker blickte zwischen den beiden hin und her. Er sagte zu Mr. Cutter: »Die gehört mir nicht.«

»Sie haben sie gefunden«, sagte Mr. Leibowitz.

»Wo?«

»In dem Tresor in Burtons Wohnung.«

»Welcher Tresor?«

»Der in der Bibliothek. Wir waren heute morgen dort, Sie und ich. Wir haben ihn gefunden. Ich habe ihn für Sie geöffnet. Sie baten Albert, hierherzukommen und einige Fragen zu beantworten. Er hat gestanden und dann versucht, eine Waffe zu ziehen. Sie haben die da gezogen und ihn getötet.«

»Schwach«, sagte Becker.

»Aber glaubhaft«, sagte Mr. Leibowitz. »Sie werden eine Belobigung bekommen.«

Mr. Cutter sagte: »Und Ihr Freund Rothstein wird Ihnen ewig dankbar sein.«

Becker blickte einen Moment auf die Waffe. Dann nahm er sie. Mr. Cutter zog ein Taschentuch aus der Gesäßtasche und reichte es Becker. »Abwischen«, sagte er. »Und die Patronen im Magazin nicht vergessen.«

»Das Ei will klüger sein als die Henne«, sagte Becker und begann die Pistole abzuwischen.

Mr. Leibowitz blickte sich suchend auf dem Boden um, fand die Hülsen der drei Patronen, die er abgefeuert hatte. Er zog sein Taschentuch heraus, wischte sie damit ab und ließ sie dann wieder auf den Boden fallen.

Mr. Lipkind stand auf, das runde Gesicht grimmig. »Okay«, sagte er und blickte in die Runde. »Also. Das alles ist nie passiert. Miss Borden, Mrs. Parker, Amanda. Keine von Ihnen war hier. Ist das klar? Miss Borden?«

»Ja.«

»Mrs. Parker?«

»Mein Gott, ja. Alles klar.«

»Amanda?«

Ich starrte immer noch auf Albert. Es war nicht viel Blut zu sehen. Seine schwarze Weste schien lediglich Flecken zu haben, als ob er Kaffee darauf verschüttet hätte. Er sah aus wie jemand, der sich totstellt, sich einen morbiden Scherz erlaubt. Im nächsten Moment würde er blinzeln und sich aufsetzen und alle angrinsen.

»Amanda?« sagte Mr. Lipkind.

Ich drehte mich zu ihm. »Ja«, sagte ich. »Ich habe verstanden. Kein Wort.«

»Versprichst du mir das?« sagte er.

»Ich verspreche es.«

Zweiunddreißig

Mr. Cutter fuhr Mrs. Parker, Miss Lizzie und mich mit dem Packard zum Grand Central Terminal. Unterwegs machten wir am Algonquin halt, um Mrs. Parkers Hund abzuholen. Mrs. Parker saß vorne, der selig hechelnde Boston-Terrier auf ihrem Schoß. Miss Lizzie und ich saßen im Fond. Keiner redete viel.

Aber als wir, von der Fifth Avenue kommend, die 42. Straße hinunterfuhren, drehte sich Mrs. Parker zu Mr. Cutter um und fragte: »Haben Sie auch einen Vornamen, Mr. Cutter?«

»James«, sagte er.

»James, das war sehr mutig von Ihnen. Einfach so in Mr. Rothsteins Büro einzubrechen.«

»Robert war auch dabei.«

»Ja, sicher, Robert war natürlich ebenfalls sehr mutig. Aber es mit einem Berufsverbrecher aufzunehmen, selbst mit Robert dabei, ist dennoch sehr mutig, finde ich.«

Er drehte sich zu ihr, und ich konnte sein schönes Gesicht im Profil sehen. Die glänzende schwarze Stirnlocke zitterte. »Das ist mein Job, Mrs. Parker.«

»Dorothy«, sagte sie.

Er nickte und wandte sich wieder dem Verkehr zu. Ich glaubte Mrs. Parker seufzen zu hören, bevor sie sich wegdrehte und zum Fenster hinaussah. Über ihre Schulter hinweg konnte ich den Hund sehen. Er starrte unverwandt geradeaus.

Wir hatten Mr. Lipkind, Mr. Leibowitz und Robert in Mr. Lipkinds Büro Lebewohl gesagt. Der Abschied war ein wenig überstürzt; Lieutenant Becker war noch im Besprechungszimmer und wartete auf das Signal von Mr. Leibowitz, im Präsidium anzurufen.

»Hör zu, Amanda«, sagte Mr. Lipkind. »Du fährst jetzt heim nach Boston und vergißt die ganze Geschichte.«

»Ich glaube nicht, daß ich das kann«, sagte ich zu ihm. »Alles vergessen, meine ich.«

»Doch«, sagte er. »Früher oder später.« Er irrte sich natürlich.

»Und mach dir keine Sorgen wegen dem Anwalt von deinem Onkel«, sagte er zu mir. »Mit dem Winkeladvokat sprech ich morgen. Ich ruf dich an und sag dir, wie's weitergeht.«

»Ich will nichts von John.«

»Warten wir ab, wie's ausgeht.«

»Gut«, sagte ich. »Aber ich will nichts haben.«

»Warten wir ab, wie's ausgeht. Aber jetzt erst mal gute Reise.« Er hielt mir die Hand hin.

Ich nahm sie, und wir verabschiedeten uns.

Ich wandte mich zu Mr. Leibowitz und hielt ihm die Hand hin. »Sie waren toll«, sagte ich. »Danke.«

Er nahm sie in beide Hände und drückte sie. »Es war mir ein Vergnügen. Ich hoffe, wir sehen uns wieder.« Er lächelte. »Nächstes Mal aber unter anderen Umständen.«

»Das hoffe ich auch«, sagte ich. Er ließ meine Hand los, und ich wandte mich an Robert. »Sie waren auch toll, Robert. Danke.« Ich hielt ihm die Hand hin.

Lächelnd nahm er sie. Seine große schwarze Hand war sanft, seine dunklen Augen waren warm. »Es war schön, Sie kennenzulernen, Miss. Passen Sie auf sich auf.«

»Sie auch.«

Miss Lizzie verabschiedete sich ebenfalls, und dann sagte Mr. Lipkind: »Verschwinden Sie jetzt, alle beide. Mrs. Parker wartet schon.«

Gerade als wir das Büro verlassen wollten, sagte Mr. Leibowitz noch: »Amanda?«

Ich drehte mich um. »Ja?«

»Kopf hoch. Es ist vorbei.«

Ich schüttelte den Kopf. »Ich muß dauernd an Albert denken. Daß ich ... na ja. Abgedrückt habe.«

Er schüttelte den Kopf. »Du hast ihn verfehlt. Ich habe ihn erschossen. Und wenn ich es nicht getan hätte, hätte er uns erschossen. Geh jetzt. Fahrt zum Bahnhof.«

Im Grand Central Terminal herrschte die gleiche hektische Betriebsamkeit wie an dem Tag, als ich hier ankam. Menschen eilten hin und her, eilten entschlossenen Schrittes über die weite Fläche des Marmorbodens. Ich fragte mich unwillkürlich, ob sie alle wußten, wohin sie gingen, wußten, was sie erwartete, wenn sie dort ankamen.

Der Zug fuhr in fünfzehn Minuten. Miss Lizzie kaufte die Fahrkarten, und Mr. Cutter fand einen Dienstmann für unser Gepäck. Mrs. Parker umarmte Miss Lizzie und wandte sich dann an mich. »Melde dich, wenn du mal wieder hier bist.«

»Bestimmt.«

Sie gab mir die Hand. »Ich kann nicht sagen, daß es schön war«, sagte sie. »Aber es war auf jeden Fall interessant.«

Ich lächelte und wandte mich an Mr. Cutter. »Kann ich Sie einen Moment sprechen?«

Er nickte.

Miss Lizzie und Mrs. Parker sahen uns nach, als wir vom Schalter in Richtung des Auskunftspavillons gingen. Auf halbem Wege blieb ich stehen, mitten unter den hetzenden Menschen, und er blieb neben mir stehen.

Ich sah ihn an. »Mr. Cutter«, sagte ich.

Seine blauen Augen blickten in meine. »Ja?«

»Habe ich Albert wirklich verfehlt?« sagte ich. »Als ich geschossen habe?«

Er lächelte. »Meilenweit«, flüsterte er.

Unser Plan war ganz einfach. Miss Lizzie sollte mich nach Boston begleiten, von wo ich nach Hause zurückkehren würde. Ich sollte bei William, meinem Bruder, bleiben, bis ich mich mit meinen Eltern in Verbindung gesetzt hatte. Danach würden vielleicht andere Vorkehrungen getroffen werden.

Etwa eine Stunde nach der Abfahrt aus New York, irgendwo in Connecticut, drehte sich Miss Lizzie plötzlich zu mir um und sagte: »Oh. Das hatte ich ganz vergessen.«

Ich hatte zum Fenster hinausgeschaut und an die Menschen gedacht, die gestorben waren. John. Sybil Cartwright. Albert.

Miss Lizzie nahm ihre Handtasche auf den Schoß, machte sie auf, holte ein Päckchen heraus, das in Packpapier eingewickelt war, reichte es mir. »Von Mr. Leibowitz«, sagte sie.

Ich packte es aus. Innen lagen die zehntausend Dollar, die wir in Johns Tresor gefunden hatten. Oben auf den beiden Geldpäckchen lag eine kurze Nachricht. »Geld hat kein Gedächtnis. Leibowitz.«

Ich drehte mich um. »Das kann ich nicht behalten, Miss Lizzie.«

»Doch, das kannst du.«

»Auf keinen Fall. Sie haben mir schon das Geld von Mr. Rothstein geschenkt.«

Sie hatte mir die Hälfte dessen, was sie gewonnen hatte, geschenkt, fünfzehntausend Dollar. Auch dieses Geld hatte ich nicht haben wollen. Aber sie hatte darauf bestanden, daß wir es gemeinsam gewonnen hätten. Sie hatte natürlich gemogelt, so wie es geplant gewesen war; aber auch Mr. Rothstein hatte gemogelt, so wie sie es von ihm erwartet hatte; und sie fand, daß dies für Gleichstand sorgte.

Sie hatte die Armbanduhr, den Geldclip und die Manschettenknöpfe behalten und alles in ihrer Handtasche verstaut, während Mr. Rothstein sie finster über den Tisch hinweg anstarrte und machtlos zusehen mußte.

»Ich will es nicht«, sagte ich.

»Wenn John nicht getötet worden wäre«, sagte sie, »was hätte er dann wohl mit diesem Geld gemacht? Vielleicht wieder Rauschgift gekauft. Das wird nun nicht geschehen. Und du weißt, Amanda, daß er unter diesen Umständen gewollt hätte, daß du es bekommst.«

Ich dachte an John. Seine Großzügigkeit. Seine Herzensgüte. Ich mußte daran denken, wie er mir am Freitagabend die Orchidee geschenkt hatte.

»Aber ich *will* es nicht.«

»Du wirst folgendes tun«, sagte sie. »Morgen wirst du auf deine Bank gehen – du hast doch eine Bank?«

»Eigentlich nicht.«

»Dann wirst du dir eine suchen. Du wirst das Geld einzahlen, das ganze Geld, wenn du möchtest …«

»Das kann ich nicht. Ich bin minderjährig.«

Sie überlegte einen Moment. »Vielleicht hast du recht. Vertraust du deinem Bruder?«

»Irgendwie schon.«

»Was Geld betrifft?«

»Ja.«

»Und er ist nicht minderjährig?«

»Er ist achtzehn.«

»Du wirst dir von ihm helfen lassen, ein Konto zu eröffnen. Du wirst das Geld einzahlen. Du wirst es auf der Bank lassen.«

»Wie lange?«

»So lange, bis du es irgendwann gebrauchen kannst, um einem anderen Menschen zu helfen.«

Und genau das tat ich.

Nachwort

Kommen wir zum Ende.

Wie ich im vorhergehenden Band schrieb, starb Miss Lizbeth A. Borden im Jahre 1927. Am 1. Juni, um genau zu sein.

Arnold Rothstein starb am 4. November 1928, erschossen in einer billigen Absteige in der 56. Straße West. Er war von einem Mann namens McManus dorthin gelockt worden, mit dem er eine Partie Poker gespielt und verloren hatte und dem er noch das Geld dafür schuldete. Rothstein hatte sich wochenlang geweigert, seine Spielschulden zu bezahlen. McManus verlor schließlich die Geduld. Und so kam es, trotz der Millionen, die er angehäuft hatte, der Millionen, die er in das Drogengeschäft investiert hatte, trotz seines Rufs als einer der größten Spieler in der Geschichte von New York City, daß Arnold Rothstein starb, weil er behumst hatte. Das überraschte mich nicht.

Der amerikanische Drogenhandel, das riesige Unternehmen, das er persönlich aufgebaut hatte, lief natürlich ohne ihn weiter.

Mrs. Parker sah ich mehrere Male in New York, als ich an der Columbia Universität Jura studierte, und einmal in Los Angeles. Sie starb am 7. Juni 1967 in New York City. Sie vermachte ihren gesamten Besitz Martin Luther King, dem sie nie begegnet war.

Was den Besitz von John Burton betrifft, so hatte John in der Woche, die ich bei ihm verbrachte, sein Testament geändert und alles mir hinterlassen. Alles, wie sich herausstellte, war jedoch nur seine Wohnung im Dakota. Obwohl er selbst Börsenmakler war, besaß er weder Aktien noch Wertpapiere, und auf irgendeine Weise war sein Bankkonto am Montag nach seinem Tod leergeräumt worden, und niemand wußte von wem. Die Polizei hatte, wie mir Mr. Lipkind sagte, Albert im Verdacht. Aber sie hatten Albert auch im Verdacht, Johns Tresor ausgeräumt zu haben, nachdem er John getötet hatte; und falls dies zutraf, dann hatte Albert die zehntausend Dollar darin liegen lassen. Doch Albert konnte nichts mehr sagen.

Ich wollte die Wohnung nicht. Mr. Lipkind kam, von Robert chauffiert, nach Boston, um mit mir darüber zu sprechen. Ich sagte ihm, daß ich nie wieder dort wohnen würde. Er wies darauf hin, daß ich sie vermieten und im Grunde von den Einnahmen leben könne. Schließlich, mehr um die Debatte zu beenden als aus sonstigen Gründen, willigte ich ein, sie zu vermieten, vorausgesetzt, die Miete ging auf ein Treuhandkonto. Ich fand, daß das sehr edel von mir war. Allerdings war ich im Laufe der Jahre zwei- oder dreimal froh, über dieses Konto zu verfügen. Ich verkaufte die Wohnung schließlich im September 1960.

Ich ging noch einmal hin, bevor ich den Vertrag unterschrieb. Sie war leer, nackt. Ich ging durch die Räume, die Bibliothek, den Salon, die Schlafzimmer. In der Küche hatte jemand eine alte Holzkiste zurückgelassen, auf die ich mich setzte und wieder vor mir sah, wie John an seinem King's Ransom Scotch nippte, die Weste geöffnet, der Kragen aufgeknöpft, die Hemdsärmel hochgekrempelt, sein aufblitzendes Lächeln.

Kummer vergeht eigentlich nie ganz. Er bildet lediglich eine Art Schorf, bis eine Erinnerung dagegenstößt und er wieder aufplatzt.

Mr. Lipkind blieb bis zu seinem Tod im Jahre 1948 mein Anwalt. Ich sah ihn und Robert mehrere Male. Mr. Leibowitz sah ich gelegentlich, und dann häufiger, nachdem ich in einem ähnlichen Metier zu arbeiten begonnen hatte wie er. Er starb 1965.

Kommen wir zu Mr. Cutter. Im Jahre 1932, als mein erster Mann ermordet wurde und ich Hilfe brauchte, machte ich ihn ausfindig. Er ließ mir die Hilfe angedeihen, die ich benötigte, und wir gingen eine Verbindung ein, die rund 35 Jahre hielt.

Einmal, auf Lamu, sprachen wir über Miss Lizzie. Er sagte, daß er nie einen Moment daran gezweifelt habe, daß sie ihre Eltern getötet hatte.

»Warum?« fragte ich ihn.

Wir lagen nebeneinander auf Badetüchern, die auf dem heißen

weißen Sand ausgebreitet waren. Das Sonnenlicht lastete wie Blei auf unseren Körpern. Träge drehte er den Kopf zu mir herum, und seine Stirnlocke schaukelte. »Ich habe sie beobachtet«, sagte er. »Sie hat immer bekommen, was sie wollte. Jedesmal. Von dir, von Rothstein, von allen.« Er zuckte mit den braunen Schultern. »Wenn sie den Tod ihrer Eltern wollte, dann bekamen sie den Tod.«

Ich erzählte ihm, was sie, Jahre davor, gesagt hatte, als sie und ich in seinem geliehenen Packard in Chinatown saßen und darauf warteten, daß er mit dem gräßlichen Mr. Walters zurückkam.

Wir hatten über die Polizei gesprochen, sie und ich, insbesondere über Lieutenant Becker und Polizeipräsident Vandervalk.

»Was diese beiden versucht haben, Amanda«, hatte sie gesagt, »daß sie dich dazu verleiten wollten, auszusagen, dein Onkel habe ... dir Gewalt angetan, das war absolut unverzeihlich.«

»Wie Mr. Lipkind gesagt hat, sie haben eben keinen anderen.«

»Das spielt keine Rolle«, sagte sie entschieden. »Es gibt nichts Schlimmeres, dessen man einen Menschen beschuldigen kann. Es gibt nichts Schlimmeres, was ein Mensch einem anderen antun kann.«

Sie blickte nach links, durch das Autofenster hinaus auf die Passanten, die auf der anderen Straßenseite entlanghasteten, auf die vorbeifahrenden Autos. Ein Schauer überlief ihren Körper, und sie drehte sich wieder zu mir, und die grauen Augen sahen mich durch den Kneifer scharf an. »*Glaube* mir«, sagte sie.

Auf Lamu, vierzehn Jahre später, während die Sonne auf uns herabbrannte, sagte James zu mir: »Meinst du, daß ...«

»Ich weiß es nicht, nicht mit Sicherheit.«

»Warum beide?«

»Ich weiß es nicht.«

Vor einem Jahr, als seine Krankheit bereits weit fortgeschritten war und wir beide wußten, daß ihm nicht mehr viel Zeit blieb, sagte er mir endlich die Wahrheit über Albert Cooper.

Wir lebten damals noch in dem Haus in Chartres, wo ich

meine besten Sachen geschrieben habe. Ich saß neben ihm auf dem Bett.

»Ja«, sagte er und sah vom Kissen zu mir hoch. Sein Haar war dünner geworden, und grau.

»Ich *habe* ihn also getroffen«, sagte er.

»In den Bauch.« Er lächelte matt. »Du warst schon damals ein meisterhafter Schütze.«

»Ihr habt mich alle angelogen.«

»Du warst noch ein Kind. Niemand wollte, daß du das mit dir herumschleppst.«

»Aber welche Erklärung hatte die Polizei dafür? Für die weiteren Kugeln in Alberts Leiche? Die mit dem anderen Kaliber.«

»Becker war Vandervalks Mann. Der kam mit allem durch.«

Ich seufzte bedrückt. Eine weitere Schuld für meine Sammlung. »Dann habe also ich Albert getötet.«

»Du oder Leibowitz. Leibowitz hat ihm drei Kugeln verpaßt. Es steht also nicht fest.«

Ich wandte den Blick ab.

Seine schwache Hand schob sich über die Daunendecke, fand meine.

»Notwehr«, sagte er.

Ich drehte mich zu ihm. »Wußte Miss Lizzie Bescheid?« Für mich war und blieb sie Miss Lizzie.

»Leibowitz sagte es ihr, als er ihr das Geld gab. Die zehntausend Dollar.«

Ich schüttelte den Kopf. »Die Frau war unmöglich.«

»Sie hat dir aus der Bredouille geholfen.«

»Ich weiß.«

»Sie hat dich geliebt.«

Ich sah ihn an. »Wahrscheinlich.«

Seine Hand drückte meine, nur kurz, ganz sanft. »Genau wie ich.«

Ich lächelte. »Ich weiß.«

Nun sind alle gegangen. Auch ich. Obwohl das Versprechen, das ich Mr. Lipkind gab, vermutlich mit seinem Tod endete, habe ich es bis heute gehalten, und ich habe Vorsorge getroffen, daß es lange über meinen eigenen Tod hinaus gehalten wird. Wenn Sie das lesen, werden wir alle nur noch Erinnerungen sein.

Aber, wie Miss Lizzie einmal sagte, eine Erinnerung zu sein ist vielleicht gar nicht so schlecht.

Danksagung

Ich habe aus den folgenden Büchern gestohlen:

On the Town in New York, Michael and Ariane Batterberry, 1999.
The WPA Guide to New York City, 1982.
New York for New Yorkers, Liza M. Greene, 2001.
Naming New York: Manhattan Places & How They Got Their Names, Sanna Feirstein, 2001.
The Historical Atlas of New York City, Eric Homberger, 1998.
The Cotton Club, Jim Haskins, 1984.
The Algonquin Wits, ed. Robert E. Drennan, 2001.
Dorothy Parker: What Fresh Hell is This?, Marion Meade, 1989.
The Portable Dorothy Parker, 1976.
Becoming Mae West, Emily Wortis Leider, 2000.
Mae West: An Icon in Black and White, Jill Watts, 2001.
George F. Kaufmann, An Intimate Portrait, Howard Teichmann, 1972.
George Raft, Lewis Yablonsky, 1974.
Only Yesterday, Frederick Lewis Allen, 1964.
Prohibition: Thirteen Years that Changed America, 1996.
A House Is Not A Home, Polly Adler, 1955.
The Green Hat, Michael Arlen, 1983.
The Waste Land and Other Poems, T. S. Eliot, 1998.
The Big Con, David W. Maurer, 1999.
Damon Runyan: A Life, Jimmy Breslin, 1992.
The English Godfather, Graham Nown, 1987.
The Rise and Fall of the Jewish Gangster in America, Albert Fried, 1999.
Rothstein, David Pietrusza, 2003.
The Big Bankroll: The Life And Times of Arnold Rothstein, Leo Katcher, 1960.
Encyclopedia of Card Tricks, ed. Jean Hugard, 1974.
Scarne on Cards, John Scarne, 1973.

Marina Lewycka im dtv

Kurze Geschichte des Traktors auf Ukrainisch
Roman
Übersetzt von Elfi Hartenstein
ISBN 978-3-423-21101-7
ISBN 978-3-423-25304-8 (dtv großdruck)

Nadias betagter Vater will wieder heiraten – eine üppige Blondine aus der Ukraine. Familienkrise! »Ein Bravourstück.« *Denis Scheck im ›Tagesspiegel‹*

Caravan
Roman
Übersetzt von Sophie Zeitz
ISBN 978-3-423-21201-4

Die Abenteuer einer Handvoll Erdbeerpflücker in England. Sie träumen von Wohlstand, Unabhängigkeit und Liebe. Doch sie haben nicht mit ausbeuterischen Arbeitgebern, bewaffneten Gangstern und regelwütigen Behörden gerechnet. »Dieses Buch singt vor Lebensfreude.« *Sunday Times*

Das Leben kleben
Roman
Übersetzt von Sophie Zeitz
ISBN 978-3-423-24780-1 (dtv premium)

Sie begegnen sich zufällig an einem Müllcontainer: Georgie Sinclair, alleinerziehende Mutter, und Mrs. Shapiro, eine verschrobene alte Dame mit einer Vorliebe für Schnäppchenjagd und einem Geheimnis aus der Zeit des Krieges … »Dieser Roman ist ein Vergnügen – exzentrisch und lebendig.« *The Independent*

Bitte besuchen Sie uns im Internet: www.dtv.de

Anne George im dtv

»Die Southern Sisters Patricia Anne und Mary Alice sind unwiderstehlich!«
literature.de

O du Mörderische
Roman

ISBN 978-3-423-**21095**-9
ISBN 978-3-423-**25309**-3 (dtv großdruck)

Vorweihnachtszeit in Alabama: die streitlustigen Schwestern Patricia Anne und Mary Alice gehen auf Geschenke- und Mörderjagd. Rasant und urkomisch. »Das cleverste detektivische Schwesternpaar der Geschichte!« (Carolyn Hart)

Mörderische Familienbande
Roman

ISBN 978-3-423-**21193**-2
ISBN 978-3-423-**25315**-4 (dtv großdruck)

Familienforschung ist Schwesternsache! Doch kaum haben Patricia Anne und Mary Alice Bekanntschaft mit der Ahnenforscherin Meg geschlossen, wird diese aus dem Fenster gestoßen … »Witzig, schräg, mit Lokalkolorit.« (Augsburger Allgemeine)

Mörderische Aussichten
Roman

ISBN 978-3-423-**21089**-8

Ein blondes Schnuckelchen hat sich den Sohn von Mary Alice geangelt – und ist nur hinter dem Familienvermögen her, keine Frage! Beim Besuch der Auserwählten stolpern die Schwestern erst einmal über eine Leiche … »Höchst unterhaltsam!« (Literary Review)

Mörderische Dividende
Roman

ISBN 978-3-423-**21234**-2

Eigentlich wollten Patricia Anne und Mary Alice nur ein bisschen an der Börse investieren – doch als ein Mord geschieht, müssen sie auf einmal ganz andere Spekulationen anstellen … »Ein Riesenspaß!« (Library Journal) dtv

»Ein großartiges Buch!
Ich konnte nicht mehr aufhören zu lesen.«
Maarten 't Hart

Dorinde van Oort
Frau im Schatten
Eine Familiengeschichte

ISBN 978-3-423-**21221**-2

Annetje Beets stirbt beinahe hundertjährig. Ihr Leben hat sie in Familien verbracht, die größer, berühmter, mächtiger waren als sie. Ein scheinbar stilles Leben. Doch während des Begräbnisses kommen bei ihrer Enkelin erste Fragen auf: Was hat es mit »dieser Geschichte« auf sich, von der ständig gesprochen wird? Im Nachlass stößt sie auf spektakuläre Familiendokumente und beginnt mit Nachforschungen. An deren Ende kommt die Erzählerin zu erschütternden Schlussfolgerungen. Die Frau, die sie nur als »Oma Annetje« gekannt hat, war sowohl Opfer als auch Täterin in einer Familiengeschichte, die sich wie ein Kriminalroman liest.

Matt Ruff im dtv

»Ruffs Romane sind wie dick gepolsterte Kinosessel, in die man versinkt, um erst wieder aufzutauchen, wenn das Licht angeht.«
Wieland Freund in ›Die Welt‹

Fool on the Hill
Roman
ISBN 978-3-423-20749-2

Nicht zu fassen, was an Universitäten alles passiert, wenn man diesem Roman glauben darf, in dem George sich in die schönste Frau der Welt verliebt, der Kobold Puck der Elfe Zephyr nachjagt und Blackjack und Luther in den Katzen- bzw. Hundehimmel aufbrechen. Ein Sommernachtstraum? Eine Love-Story? All das und noch viel mehr!

G.A.S.
Die Trilogie der Stadtwerke
Roman
ISBN 978-3-423-20758-4

New York, 2023. Hoch über Manhatten wird an einem neuen Turm zu Babel gebaut, der nach dem Willen seines Schöpfers Harry Gant die menschliche Fähigkeit zum Träumen bezeugen soll. Inzwischen gehen tief unten in der Kanalisation merkwürdige Dinge vor …

Ich und die anderen
Roman
ISBN 978-3-423-20890-1

Für Jake Honigpops, für Tante Sam Kräutertee und für Seferis Radieschen: Gar nicht leicht, jeden Tag alle Bedürfnisse zu befriedigen. Aber eigentlich hat der an einer multiplen Persönlichkeitsstörung leidende Andrew Gage sich und seine »anderen« gut im Griff. Bis Andrews Chefin die junge Penny einstellt …

Bad Monkeys
Roman
ISBN 978-3-423-21179-6

Las Vegas. Hochsicherheitsgefängnis. Eine Mörderin legt ein Geständnis ab. Sie gehöre einer das Böse bekämpfenden Geheimorganisation an. Mit geheimnisvollen NT-Knarren, die Herz- oder Schlaganfälle verursachen können, habe sie die Welt von Entführern, Pädophilen und Kofferbombern befreit. Ist sie völlig verrückt, lügt sie – oder geht da etwas ganz anderes vor sich?

Alle Titel wurden übersetzt von Ditte und Giovanni Bandini.

dtv

»Ein erstklassiger historischer Thriller.«
The Guardian

Philip Sington

Das Einstein-Mädchen

Roman · dtv premium
Übersetzt von Sophie Zeitz

ISBN 978-3-423-**24783**-2

Wer ist sie?

Berlin 1932. Eine junge Frau wird im Wald bei Caputh bewusstlos aufgefunden und in die Charité eingeliefert. Als sie aus dem Koma erwacht, kann sie sich an nichts erinnern, nicht einmal an ihren Namen. Man hat nur einen Programmzettel von einem Vortrag Albert Einsteins bei ihr gefunden. Martin Kirsch, der zuständige Psychiater, ist fasziniert von diesem Fall – und von seiner Patientin. Wer ist sie? Gibt es eine Verbindung zu Einstein, dem berühmtesten Wissenschaftler der Welt?

»In elegantem, schnörkellosem Stil: ein packender Thriller und gleichermaßen ein trickreiches Vexierspiel.« (Focus online)

»Ein Thriller mit Stil. Historisches und Erfundenes sind wunderschön miteinander verwoben.« (The Times)